D1855243

Ritt ins Glück

Della Cravens Vater wird nach Australien deportiert – für einen Mord, den er nicht begangen hat. Um der Schande und dem Skandal zu entkommen, die der Prozeß nach sich zieht, nimmt Della einen anderen Namen an. Allein und mittellos verläßt sie im Jahre 1840 das teure London und wird Lehrerin an einer kleinen Schule für Fabrikarbeiterkinder in Nordengland. Ausgerechnet dort wird sie nicht nur erneut mit dem Verbrechen konfrontiert, das ihren Vater ruiniert hat, sondern auch die Liebe ihres Lebens finden.

Die Feuer von Glenlochy

Dunkel, drohend und majestätisch sitzt das Schloß auf den Felsen hoch über dem See. In den Wäldern ringsum hausen noch heidnische Götter und ebenso heidnische Wegelagerer, die ungebetenen Gästen auflauern. Als Marietta Gilmour im Jahre 1770 aus Paris, wo ihr Vater, ein schottischer Freiheitskämpfer, gestorben ist, nach Schottland reist, um ihr Erbe anzutreten, ahnt sie nicht, welche Gefahren ihr dort drohen.

Die Autorin Constance Heaven wurde 1911 als Tochter eines deutschen Auswanderers in England geboren. Ihre Familie stammt aus Hainhausen bei Offenbach am Main. Als Kind »mit Don Quichotte, Homer, Archäologie und den Drei Musketieren gefüttert«, interessierte sie sich sehr früh für Geschichte. Nach dem Studium in London heiratete sie einen Theaterdirektor und schrieb Kinderbücher und historische Unterhaltungsromane.

Im Fischer Taschenbuch Verlag liegen außerdem folgende Titel von Constance Heaven vor: ›Königin mit Liebhaber‹ (Bd. 8296), ›Stürmischer Walzer‹ (Bd. 8299).

Constance Heaven

Ritt ins Glück

Roman

Die Feuer von Glenlochy

Roman

Fischer Taschenbuch Verlag

Veröffentlicht im Fischer Taschenbuch Verlag GmbH,
Frankfurt am Main, Mai 1990

Lizenzausgabe mit freundlicher Genehmigung
des Paul Zsolnay Verlags GmbH, Wien
Für diese Zusammenstellung:
© 1990 Fischer Taschenbuch Verlag GmbH, Frankfurt am Main

›Ritt ins Glück‹
© 1987 Paul Zsolnay Verlag GmbH, Wien und Hamburg
Aus dem Englischen von Grit Zoller
Die Originalausgabe erschien unter dem Titel ›Larksghyll‹
im Verlag William Heinemann Ltd., London
Copyright © 1986 by Constance Heaven

›Die Feuer von Glenlochy‹
© 1976 Paul Zsolnay Verlag GmbH, Wien und Hamburg
Aus dem Englischen von Alice Dietert
Die Originalausgabe erschien unter dem Titel
›The Fires of Glenlochy‹
im Verlag William Heinemann Ltd., London
Copyright © 1975 by Constance Heaven

Umschlaggestaltung: Friederike Simmel
Umschlagabbildung: Alnwick Castle, Archiv für Kunst und Geschichte, Berlin
Druck und Bindung: Clausen & Bosse, Leck
Printed in Germany
ISBN 3-596-10359-2

Ritt ins Glück

Aus dem Englischen von
Grit Zoller

Cecil Widdows
und unserer langjährigen
Freundschaft gewidmet

Erster Teil

März – Juni
1840

I

Delphine betrat den Salon der möblierten Wohnung, die ihr Vater gemietet hatte, und ging zum Fenster. Sie zog die schweren Plüschvorhänge zurück; es war immer noch bitterkalt hier in London. Die Hauswirtin hatte es nicht für notwendig befunden, Feuer zu machen, und Delphine fröstelte, doch über dem Himmel draußen, wo der Wind die Wolken vor sich hertrieb, lag ein unerwartet frühlingshaftes Leuchten. Auf den Ästen der hohen Platane, die das Haus überschattete, sprossen dicke braune Knospen, und einige wenige grüne Narzissenblätter reckten sich tapfer aus der rußgeschwärzten Erde. Doch als Delphine sich vom Fenster abwandte, schlug ihre gute Laune sofort um. Das Licht der frühen Sonne enthüllte ihr erbarmungslos, wie schmutzig die Tapete war mit ihren kahlen, verfärbten Flecken, wie verschlissen der Samt der Stühle, wie durchgesessen das Roßhaarsofa und wie abgewetzt der Teppich. In den Wintermonaten hatten ihr Vater und sie eines ihrer „Tiefs" durchlebt, wie sie sich belustigt eingestand; alles war ganz anders gewesen als im letzten Sommer, als sie in einer fashionablen Gegend gewohnt und den – wenn auch flüchtigen – Umgang mit den Reichen und Berühmten genossen hatten. Vielleicht war es nicht die ganz große Gesellschaft gewesen, aber sie hatten doch an ihrem Rand gelebt, hatten, wenn nötig, eine Kutsche gemietet und Pferde, um im Hyde Park auszureiten, wo ihr Vater mit seinem famosen Aussehen und seiner schneidig-eleganten Art immer wieder die bewundernden Blicke der Damenwelt auf sich gezogen hatte.

Sie schaute auf die Uhr: es war bereits halb acht. Wenn sie sich nicht beeilte, würde sie zu spät kommen, und Madame Ginette, bei der sie seit kurzem eine feste Anstellung hatte, erwartete sie immer um Punkt acht in ihrem Salon.

Della wunderte sich nur, wo ihr Vater blieb. Gewöhnlich stand er vor ihr auf, auch wenn es am Abend zuvor spät geworden war, trank seinen Kaffee, blätterte die *Times* durch und war voll von anregenden Ideen für den Tag. Er war immer so lebensbejahend, so selbstsicher, sogar in den schlimmsten Stunden – plötzlich wurde Della von tiefer Unruhe erfaßt. War Vater vielleicht krank? Er hatte sich immer bester Gesundheit erfreut. Hin und wieder hatte er einen Messerstich davongetragen bei einem mitternächtlichen Handgemenge, oder eine Schußwunde, die, wie Della argwöhnte, von irgendeinem dummen Ehrenhandel auf Hampstead Heath herrührte; aber derlei hatte sie nie tragisch genommen. Sie wollte eben an der Tür seines Zimmers klopfen, als die Hauswirtin mit einem Tablett hereinkam, das sie geräuschvoll auf dem Tisch absetzte.

Mrs. Frant war so füllig, daß sie aus dem Baumwollkleid zu platzen schien. Den funkelnden schwarzen Knopfaugen in dem runden, teigigen Gesicht entging nichts. Della hegte den Verdacht, daß Mrs. Frant ihr und ihrem Vater auf Schritt und Tritt nachspionierte. „Schau'n Sie, daß sie den Tee da runterkriegen, Miss. Werdn'n brauchen", sagte Mrs. Frant barsch. „Ihr Papa is' fort – getürmt –, hat mir die Miete für 'nen Monat dagelassen und sich aus dem Staub gemacht. Gerade noch rechtzeitig, wenn sie mich fragen. Ich kenn das. Hab schon öfter mit so zweifelhaften Kunden zu tun gehabt."

Das kam für Della so unerwartet, daß sie es traf wie ein Schlag, doch wollte sie sich vor der Hauswirtin den Schock nicht anmerken lassen und verzog keine Miene.

„Danke, Mrs. Frant", erwiderte sie kühl. „Es war mir bekannt, daß mein Vater London heute verlassen würde, aber offenbar hat es sich ergeben, daß er früher als erwartet abreisen mußte."

„So, Sie hab'n es also gewußt?" Die Hauswirtin schnaubte heftig durch die Nase; in ihren schwarzen Augen stand deutlich zu lesen, daß sie Della kein Wort glaubte. „Na, dann sollten Sie sich das hier mal ansehen", sagte sie süffisant und tippte mit einem dicken, nicht eben sauberen Finger auf das Päckchen auf dem Tablett. „Hat erklärt, Sie müßten es kriegen, sowie Sie auf wär'n."

„Sehr gut. Vielen Dank", sagte Della und ließ das Päckchen

unberührt liegen, bis die Frau verdrossen zur Tür watschelte, ohne daß ihre Neugierde befriedigt worden wäre.

Della sah sie oben vom Flur aus die Treppe hinuntersteigen und im Keller verschwinden. Sie drückte die Tür fest hinter sich zu, kehrte zum Tisch zurück, und ihre Hand zitterte, als sie das Päckchen vom Tablett nahm. Es war unvermutet schwer, und nach dem Aufbrechen des Siegels war ihr der Grund klar: Es enthielt die Geldbörse, die sie einige Jahre zuvor aus zarten Silberschnüren für ihren Vater geknüpft hatte. Della ließ die schwere Börse auf den Tisch fallen und trat mit dem Brief ans Fenster.

„Mein geliebtes Mädchen", hatte Vater geschrieben, „nun wirst Du bereits wissen, daß ich mich davonmachen mußte; nicht für immer, hoffe ich, aber wer kann das schon sagen? Glaube bitte nicht alles, was Du über mich zu hören bekommst. Ich habe weder das Leben eines Unschuldigen auf dem Gewissen, noch habe ich mich am Eigentum eines Bettlers vergriffen, ich schwöre es Dir. So Gott will (oder sollte ich eher sagen: der Teufel?), werden wir bald wieder beisammen sein. Wenn es Dir irgendwie möglich ist, lasse mir unter der Adresse François, Rue Donjon, Paris, eine Nachricht zukommen – Du erinnerst Dich doch noch an das kleine Café, in dem wir uns einmal vor der Polizei versteckt haben? Ich danke dem Herrgott, daß es Madame Ginette gibt. Sie ist eine Seele von Mensch. Und sie wird dafür sorgen, daß Dir nichts geschieht. Empfiehl mich ihr mit dem Ausdruck meiner Hochachtung und versuche, nicht schlecht von Deinem Papa zu denken, der Dich sehr liebhat und immer liebhaben wird."

Ob er sie wirklich liebte? Della hatte bisher nie daran gezweifelt, aber mit einemmal war ihr, als hätte er sie im Stich gelassen. Sie hatte Mühe, mit diesem Gefühl fertig zu werden, doch weinen wollte sie auf keinen Fall. Wer Tränen vergießt, ist schrecklich verwundbar: Das hatte sie schon als kleines Mädchen in der Schule gelernt. Man tat besser daran zu lachen, und wenn der Schmerz und die Enttäuschung auch noch so groß waren. Doch Della war in tiefster Seele getroffen und mußte diesmal mit aller Kraft gegen die Tränen ankämpfen – ein verzweifelter Kampf, den sie erst gewann, als die Kirchturmuhr schlug: acht Uhr, und heute konnte sie sich ein Zuspätkommen wirklich nicht leisten. Sie ließ den Tee unberührt stehen und lief in ihr Schlafzimmer, um sich das Häubchen aufzusetzen und den gefütterten Mantel zu holen. Den Brief und die Geldbörse sperrte sie in einer Schublade ein. Als sie durch die Halle eilte, rief Mrs. Frant ihr aus dem Kellergeschoß etwas nach, aber Della gab keine Antwort.

Auf der Straße wimmelte es von Männern und Frauen, die zu ihren Arbeitsplätzen hasteten. Bis Piccadilly kämpfte sich Della durch die Menschenmenge und betrat dann ein Labyrinth von engen, schmutzigen Gassen.

Vielleicht – so dachte sie – lag es ja auch an ihr, daß plötzlich alles so verändert schien und der Morgen seinen heiteren, frühlingshaften Zauber verloren hatte. Della legte den größten Teil des Weges im Laufschritt zurück, weil es bereits recht spät war, aber auch, um über den Grund für die plötzliche Abreise ihres Vaters nicht immer wieder ins Grübeln zu verfallen. Natürlich gab es da Fragen, auf die sie unbedingt Antworten haben mußte – wie immer die ausfallen mochten. Sie und ihr Vater waren viel zu wenig seßhaft gewesen, als daß sie feste Freundschaften hätte schließen können, aber einen oder zwei Vertraute hatte sie doch. Wenn nur Edmund Dent da wäre, den sie ein Jahr zuvor kennengelernt hatte, als er am Temple Inn Rechtswissenschaft studierte. Aber Edmund Dent, den sie bestimmt um Rat hätte fragen können, weilte zur Zeit im Ausland.

Sie erreichte eine schmale, schwarzgestrichene Tür neben einem italienischen Restaurant und trat ein. Madame Ginette, geborene Jeanne Reynard, betrieb hier, in Soho, eine kleine Damenschneiderei, die die hochtrabende Bezeichnung „Salon" kaum verdiente, obwohl eine stetig wachsende Zahl von durchaus besseren Kundinnen den Namen der Inhaberin allmählich bekannt machte. Über ein Jahr war inzwischen verstrichen, seit Della – nach einer verhängnisvollen Pechsträhne ihres Vaters bei Pferderennwetten, die sich dann am Spieltisch fortgesetzt hatte – sich nach einer Arbeit hatte umschauen müssen. Sie war praktisch veranlagt und empfand eine tiefverwurzelte Abneigung gegen Schulden – ein Charakterzug, den sie von irgendeinem ihrer starrköpfigen Vorfahren aus Yorkshire geerbt haben mußte. Sie hatte auch vorher schon gelegentlich Stellungen außer Haus angenommen, sehr zum Mißfallen ihres Vaters. Paul Darcy Craven, jüngerer Sohn des George Darcy Craven of Larksghyll, konnte zwar mit einem Stammbaum aufwarten, der über vierhundert Jahre zurückreichte, verfügte jedoch leider nicht über die notwendigen Mittel, um standesgemäß zu leben, und hegte einen aristokratischen Widerwillen gegen alles, was er als „Arbeit" bezeichnete. Della kannte solche Skrupel nicht. Sie arbeitete, auch wenn sie dies – der Einfachheit halber – ihrem Vater gegenüber meist verheimlichte. Andererseits – älteren Damen aus Romanen vorzulesen, einen Mops spazierenführen, kleinen Mädchen französische Verben einzutrichtern oder als Kindermädchen brüllende Babys zu hüten, waren schließlich durchaus damenhafte Beschäftigungen. Für die Arbeit in Madame Ginettes Salon aber war sie geradezu prädestiniert, denn die Nonnen in der belgischen Klosterschule hatten ihr die feinsten Näharbeiten und die kompliziertesten Stiche beigebracht. Und es war schieres Glück, als Kitty, eine begabte Zeichnerin, die ihre Entwürfe überdies in elegante Kleider zu verwandeln verstand, krank wurde und Della ihre Stelle bekam, weil sie gut mit dem Zeichenstift umgehen konnte und Spaß daran hatte, Kleider zu entwerfen. Sogar Madame zollte ihr – wenn auch widerwillig – Lob, nachdem einer ihrer Entwürfe die Aufmerksamkeit einer der wohlhabendsten Kundinnen erregt hatte.

Atemlos hastete Della an diesem Morgen unverzüglich in die winzige, an das Nähzimmer angrenzende Kammer, in der sie an ihren Entwürfen arbeitete. Sie wurde schon von einem jungen Mann erwartet, der am Tisch lümmelte und Della mit einem ekelhaften Grinsen von oben bis unten musterte, als sie die Tür hinter sich schloß und sich keuchend anlehnte.

„Sie kommen zu spät", sagte er tadelnd.

„Ich weiß. Es tut mir leid."

„Maman hat bereits ausdrücklich nach Ihnen gefragt."

„Warum?" Della starrte ihn erschrocken an. „Hat sie Ihnen gesagt, warum?"

Er zuckte die Schultern. Als sie jedoch an ihm vorbeieilen wollte, um ihren schweren Mantel aufzuhängen, packte er sie von hinten, schlang die Arme um sie, preßte sie an sich und umfaßte mit beiden Händen ihre Brüste. Erbittert setzte sie sich zur Wehr.

„Monsieur Reynard, bitte lassen Sie das."

„Warum? Wenn Sie nett zu mir sind, verrate ich nichts."

Sie riß sich los. „Sie brauchen sich nicht zu bemühen. Ich werde es Madame selbst sagen."

„Ganz die feine Lady, wie?" fuhr er gehässig fort. „Miss Delphine Craven, deren Papa ein Gentleman sein will und doch nichts weiter ist als ein Falschspieler und ein schlechter Buchmacher."

„Er ist nichts dergleichen."

„Dann bin ich wohl ein Lügner?"

Er kam auf sie zu. Ihre Nerven waren zum Zerreißen gespannt. Sie verlor die Beherrschung und gab ihm eine schallende Ohrfeige.

„Rühren Sie mich nicht an!"

Er packte Della am Handgelenk und zog sie an sich.

„Das werden Sie mir büßen, meine Süße."

Sie wußte, daß sie sich dumm benommen hatte, aber sie haßte ihn, sie verabscheute diesen Burschen mit den kleinen dunklen Augen, der fahlen, teigigen Haut, dem gierigen roten Mund und den heißen, lüsternen Händen. Schon lag ihr eine heftige Erwiderung auf der Zunge, als sich von der Tür her eine schneidende Stimme vernehmen ließ. Hastig gab der junge Mann Della frei.

„Henri, hast du nichts Besseres zu tun, als mit meiner Mitarbeiterin dumme Spielchen zu treiben? Geh zurück an deinen Schreibtisch."

„Oui, Maman, tout de suite."

Er hatte Respekt vor seiner Mutter; eilige schlüpfte er an ihr vorbei aus dem Zimmer.

„Es tut mir leid, daß ich zu spät gekommen bin", begann Della zaghaft, aber Madame unterbrach sie.

„Schon gut. Ich muß etwas mit Ihnen besprechen, Delphine. Wir gehen besser in mein Zimmer."

Sorgenvoll folgte ihr Della. Madame Ginette musterte das Mädchen, das vor ihr stehengeblieben war; sie betrachtete das feine, seidige schwarze Haar, das in reizenden Löckchen in die Stirn und in den schlanken Nacken fiel, obwohl Della es mit Schleifen zu bändigen versuchte; sie sah die weiche Haut, die leuchtenden, dunkelblauen Augen mit den dichten Wimpern. Selbst in diesem schlichten, taubengrauen Kleid, das mit roten Samtbändern geputzt war, wirkte Dellas schlanke Gestalt elegant. Es tat Madame aufrichtig leid, Delphine zu verlieren. Das Mädchen hatte Klasse, dazu schöpferische Fähigkeiten und Stil – wenn diese Qualitäten auch durch ein hitziges Temperament beeinträchtigt wurden. Leider verhielt es sich aber so, daß Delphines Vater, mochte er auch seiner Herkunft und seinem Wesen nach ein Gentleman sein, mit äußerst fragwürdigen und übel beleumundeten Personen verkehrte. Madame waren da einige höchst unerfreuliche Gerüchte zu Ohren gekommen, und sie konnte es sich nicht leisten, die Frauen und heiratsfähigen Töchter der reichen Bankiers und Industriellen vor den Kopf zu stoßen, die sich auf ihre Empfindsamkeit und Tugend so viel zugute taten. Wegen der Aristokraten war sie weniger besorgt; die würden nur mit den Fingern schnippen und lachen, wenn sie ihre Mätressen herbrachten, um sie von Madame ausstatten zu lassen. Aber vor den Neureichen mußte man sich hüten, die alles so etepetete nahmen. Jeanne Reynards Großeltern waren vor der französischen Revolution und der Guillotine geflohen, und Madame hatte ihr ganzes Leben lang kämpfen müssen. Sie hatte gelernt, die Gesellschaft mit sehr nüchternen Blicken zu betrachten, und kannte Scheinheiligkeit und Ungerechtigkeit. Sie wollte nicht herzlos sein, aber die Welt war nun einmal grausam, und da mußte jeder selbst sehen, wo er blieb.

„Es tut mir leid, meine Liebe", sagte sie. „Ich habe eine schlechte Nachricht für Sie."

Nein, der Tag ließ sich wahrhaftig nicht gut an, Della hatte es bereits geahnt, als sie diesen fatalen Brief gelesen hatte. Plötzlich schien sich das Zimmer um sie zu drehen, und Halt suchend klammerte sie sich an einen Stuhl.

„Ist Ihnen nicht gut? Sie sehen so blaß aus."

Della nahm sich zusammen. „Es geht schon wieder. Ich habe bloß nicht gefrühstückt, weil ich so spät dran war."

„Ich lasse Ihnen eine Tasse Kaffee bringen."

„Nein danke, vielen Dank. Ich möchte lieber erst hören, was Sie mir zu sagen haben."

„Na schön, ich will es Ihnen rundheraus sagen: Kitty kommt zurück, Delphine. Ich habe ihr versprochen, daß sie jederzeit wieder bei mir anfangen kann, und nun hat ihr Mann seine Arbeit verloren, sie muß für ihn und das Kind aufkommen und braucht die Stellung hier dringend."

Dringender als ich kann Kitty sie auch nicht brauchen, dachte Della, aber sie hob nur stolz das Kinn. „Ich verstehe."

„Ich habe Ihnen ja von Anfang an deutlich gemacht, daß ich Sie möglicherweise nur vorübergehend beschäftigen kann."

„Ja, ja, Madame, das haben Sie."

„Wenn Sie wollen, können Sie ja noch eine Zeitlang im Nähzimmer arbeiten..."

„Nein", sagte Della rasch. Nicht vor der Arbeit fürchtete sie sich, so hart und mühevoll sie auch sein mochte. Nein, aber mit den Näherinnen, mit ihrem derben Gelächter und dem Haß, mit dem sie sie wegen des Standesunterschiedes verfolgten, wollte Della nichts mehr zu tun haben, und außerdem hätte sie Henris boshaften Triumph über ihre Demütigung nicht ertragen können. „Nein, Madame, ich glaube, das könnte ich nicht."

„Wie Sie wollen. Sie brauchen natürlich nicht sofort zu gehen. Machen Sie ruhig erst den Entwurf fertig, an dem Sie gerade arbeiten. Sagen wir, bis Ende nächster Woche?"

Am liebsten wäre Della noch an diesem Tag, im gleichen Augenblick noch gegangen, aber sie wagte es nicht, und außerdem war Madame auf ihre Weise recht großzügig gewesen. Sie unterdrückte ihren Stolz.

„Danke. Das wäre mir sehr recht."

„Fein, dann sind wir uns ja einig. Nehmen Sie es nicht allzu schwer. Ich bin sicher, daß Ihnen viele Möglichkeiten offenstehen, und ich bin gerne bereit, Ihnen jede erdenkliche Empfehlung mitzugeben." Madame Ginette lächelte unvermittelt und erhob sich. „Ich denke, jetzt könnten wir beide aber einen guten, starken Kaffee vertragen."

Die Stunden vergingen in quälender Langsamkeit. Della plagte sich mit einem Entwurf für ein Hochzeitskleid, das ungeheuer originell ausfallen sollte. Aber ihr fiel nichts ein. Jede neue Skizze war schlechter als die vorige, und wütend zerriß sie das Papier. Wie sollte sie sich denn konzentrieren, wenn ihre Angst immer größer und bedrückender wurde? Was war geschehen? Wohin war ihr Vater gegangen, und warum war er überhaupt verschwunden? Schließlich hielt sie es nicht mehr länger aus. Es war sicherlich unerhört, daß sie den Salon bereits verließ, aber was konnte das noch ausmachen? Sie war doch ohnehin bereits entlassen worden – und wie ungerecht diese Entlassung war! Della wußte genau, daß sie besser war, als Kitty jemals sein würde. Aber da war die Sache mit Henri, und dann gab es noch etwas, etwas, das Madame gespürt haben mußte und ihr zur Last legte. Dellas Leben, das bisher so unkompliziert verlaufen war, wurde plötzlich durch einen Schatten von Argwohn und Zweifel verdunkelt, für den sie keine Erklärung wußte.

Della holte Häubchen und Mantel, durchquerte, ohne die erstaunten Blicke der Mädchen zu beachten, die Werkstatt und lief hinaus ins Freie, bevor jemand sie aufhalten konnte. Einmal draußen, rannte sie weiter, für den Fall, daß jemand folgte, die Straße hinunter und über den Platz, wo sie sich – ohne zu bedenken, wie leichtfertig diese Ausgabe war – eine Droschke bis zu ihrer Wohnung nahm. Plötzlich war sie felsenfest davon überzeugt, daß alles nur ein dummes Mißverständnis sein konnte, daß ihr Vater sicher schon zu Hause auf sie wartete; daß er sie necken und auslachen würde, weil sie so töricht an ihm gezweifelt hatte. Als sie jedoch das Haus betrat und von Mrs. Frant mit finsterem Blick empfangen wurde, wurde ihr schlagartig klar, daß sie bloß einer schönen Illusion erlegen war.

„Also, das bin ich ja wirklich nich' gewöhnt, Miss Craven, alles, was recht is'. Das is' nämlich ein ehrenwertes Haus, jawohl, und diese Polypen mit ihren Knüppeln und ihren dreckigen Manieren kommen einfach hier 'reingeschneit und stellen dumme Fragen, woll'n wissen, wo Sie sind und wann ich Ihren Papa zum letztenmal gesehen hab, und so weiter. Das hat mir ganz und gar nicht gefallen, und das muß einmal gesagt werden."

„Haben Sie ihnen denn was erzählt?"

„Nein, hab ich nicht, Miss. Nie was ausplaudern, Mund halten, hat Frant immer gesagt, bevor er hinschied. Ich hab was Besseres zu tun, als diesen frechen Affen, die anständige Leute wie Verbrecher behandeln, dumme Fragen zu beantworten. Ich hab denen gehörig meine Meinung gesagt, da können Sie sich drauf verlassen, aber passen Sie bloß auf, Miss. Die kommen nämlich bestimmt wieder, denken Sie an das, was ich Ihnen gesagt hab..."

Sie hielt inne, um Luft zu holen, und Della nutzte die Gelegenheit, um über die Treppe hinauf zu entfliehen, doch Mrs. Frants schrille Stimme folgte ihr.

„Oben wartet jemand auf Sie, Miss. Eine Dame, um es fein auszudrücken, aber ich muß sagen, ich hab da meine Zweifel..."

Der Wintertag neigte sich seinem Ende zu. Im Wohnzimmer herrschte düsteres Zwielicht. Als Della eintrat, erhob sich eine Frau von einem Stuhl neben dem Tisch.

„Miss Craven?" fragte sie.

„Ja. Sind wir einander schon begegnet?"

„Nein, aber ich habe eine Nachricht für Sie."

„Von meinem Vater?"

„Ja."

Plötzlich hatte sie Angst – Angst vor dem, was sie erfahren würde. „Warten Sie einen Augenblick. Ich mache Licht."

Sie hielt einen dünnen Wachsstock ins Feuer und zündete die Kerzen an, bevor sie sich wieder ihrer Besucherin zuwandte, einer gutaussehenden Frau Anfang Dreißig in einem hübschen dunkelgrünen Kleid, zu dem sie einen passenden, mit schwarzen Borten besetzten Mantel trug. Auf dem leuchtendroten Haar, das eine Spur zu grell wirkte, saß schräg einer dieser kekken neuen Hüte, die mit einer riesigen Straußenfeder verziert waren.

„Sie werden sich fragen, wer ich bin, Miss Craven", sagte die Frau ruhig. Ihre Stimme hatte einen weichen, vollen Klang. „Ich heiße Lucinda Shaw." In diesem Moment wußte Della, warum ihr das Gesicht irgendwie bekannt vorgekommen war. Miss Shaw war eine Schauspielerin, die in Charles Keans Truppe am Covent Garden Theatre auftrat.

„Ich kenne Sie." sagte Della stirnrunzelnd. „Ich habe mit meinem Vater Shakespeares *Wintermärchen* gesehen, Sie spielten die Paulina. Sie waren sehr gut."

„Wirklich?" Miss Shaw lächelte flüchtig. „Sehr lieb von Ihnen, das zu sagen, aber ich bin nicht hergekommen, um mit Ihnen über das Theater zu plaudern."

Da war die Angst wieder da. Della preßte krampfhaft die Handflächen aneinander. „Sie wollen mir etwas von meinem Vater bestellen."

„Ja. Er kam letzte Nacht zu mir und bat mich, Ihnen mitzuteilen, was er Ihnen nicht selbst erzählen konnte."

„Warum ist er denn damit zu Ihnen gekommen?"

„Dafür gibt es mehrere Gründe. Sie müssen wissen, Paul Craven und ich sind...alte Freunde."

Freunde oder Liebende? Miss Shaws kurzes Zögern sprach Bände. Della war weder dumm noch prüde. Sie wußte, daß ihr Vater viele Frauen faszinierte und daß er für die Gefühle, die ihm entgegengebracht wurden, durchaus empfänglich sein konnte. Aber er hatte Della nie mit seinen Mätressen bekanntgemacht, die er auch kein einziges Mal mit in die Wohnung gebracht hatte. Und nun stand Della dieser höchst attraktiven Frau gegenüber, die offensichtlich das ganze Vertrauen ihres Vaters besessen hatte. Della litt plötzlich unter quälender Eifersucht und brachte keinen Ton heraus.

„Sie nehmen es mir also übel, daß ich hergekommen bin", sagte Lucinda Shaw ruhig. „Gut, ich werde Ihnen mitteilen, was Paul mir aufgetragen hat, und dann gleich wieder gehen."

Della gab sich die größte Mühe, ihre Abneigung zu verbergen. „Nein. Bitte verzeihen Sie mir, daß ich so – so verwirrt bin. Ich habe einen schrecklichen Tag hinter mir. Setzen Sie sich doch, Miss Shaw, ich werde Mrs. Frant bitten, Tee für uns zu machen."

„Danke, für mich nicht. Ich muß ohnehin rasch wieder fort, damit ich rechtzeitig zur Abendvorstellung ins Theater komme."

Die beiden Frauen standen einander gegenüber, und die ältere betrachtete Dellas reizendes Gesicht mit den klaren, jugendlichen Zügen und den ängstlichen blauen Augen. Paul hatte ihr einmal von dem irischen Mädchen erzählt, das er geheiratet hatte, und von den wenigen glücklichen Jahren, die er mit seiner Frau in Rom verbracht hatte, bevor sie an Malaria gestorben war und ihn mit der fünfjährigen Tochter allein gelassen hatte.

Fast zärtlich fragte Lucinda: „Wieviel hat Ihnen Ihr Vater mitgeteilt?"

„Sehr wenig – eigentlich nur, daß er England so schnell wie möglich verlassen mußte."

„Er hat Ihnen nicht erklärt, warum?"

„Nein."

„Hat er Ihnen nicht gesagt, daß die Polizei hinter ihm her ist, wegen Raubes – und wegen etwas noch Schlimmeren?"

„Etwas *noch* Schlimmeren?"

„Wegen Mordes."

Das Wort traf Della wie ein Blitz, und sie schauderte. „Oh mein Gott, das kann nicht wahr sein. Mein Vater würde so etwas nie tun, nie, niemals!"

„Er hat es auch nicht getan – es waren andere, die sich aus dem Staub gemacht und ihn zurückgelassen haben, so daß nun er der Tat verdächtigt wird."

„Das verstehe ich nicht. Wie könnte jemand auf den Gedanken kommen, so etwas zu tun?"

Die Schauspielerin zögerte. Wie sollte sie es diesem unschuldigen jungen Mädchen bloß erklären? Bis zu welchem Grad kannte sie den komplizierten Menschen, der ihr Vater war?

Sie sagte leise: „Über Paul brauche ich Ihnen wohl nichts zu erzählen. Sie kennen ihn sicher besser als ich. Er ist ein Spieler durch und durch – im Leben, in der Liebe, in der Gefahr. Er hat noch nie einer Herausforderung widerstehen können. Wenn Männer sich zusammen an einen Tisch setzen und um unheimlich hohe Einsätze spielen, dann kann es schon vorkommen, daß einer von ihnen zum Betrüger wird – vorsätzlich oder aus Verzweiflung."

„Nicht mein Vater!" sagte Della schnell.

„Nein, Paul nicht. Er hat für solche Leute nur Verachtung übrig. Und außerdem ist er ein vollendeter Spieler."

Sie hielt inne. Della atmete tief.

„Fahren Sie bitte fort."

„Gestern abend setzte er sich mit drei Männern an den Spieltisch, um – ein wenig unbesonnen vielleicht – das Geld zurückzugewinnen, das er kürzlich verloren hatte. Den hohen Verlust hatte er um Ihretwillen sehr bedauert."

„Meinetwegen braucht er sich doch keine Gedanken zu machen! Ich habe mich noch nie beklagt", sagte Della mit erstickter Stimme.

„Es war gestern äußerst gefährlich, weil er mit Leuten spielte, die er kaum kannte."

„Wissen Sie, wer diese Männer waren?"

„Nein, er wollte mir die Namen nicht nennen. Er hielt es für besser, wenn wir sie nicht kennen. Ich könnte Ihnen aber mindestens ein Dutzend nennen, die in Frage kämen. Im Theater trifft man viele solche Männer; die meisten von ihnen sind jung, lasterhaft, skrupellos und sehr reich."

„Was geschah dann?"

„Sie spielten bis weit nach Mitternacht, und einer von den vieren hatte dann eine so unfaßbare Glückssträhne, daß die anderen alles verloren. Ich habe selbst erlebt, was Spielleidenschaft alles anrichten kann. Sie kann einen Mann um den Verstand bringen, sie treibt ihn dazu, den Schmuck seiner Frau zu verpfänden, sein Haus, sein Land, seinen ganzen Besitz, sogar die Ehre seiner Tochter – in der trügerischen Hoffnung, alles wieder zurückgewinnen zu können."

„Und meinem Vater ist es so ergangen?" fragte Della mit dumpfer Stimme.

„Eigentlich nicht. Er hat es immer verstanden, rechtzeitig aufzuhören. Er war im übrigen nie leicht zu erschüttern. Einer der anderen jedoch, der alles verspielt hatte, bezichtigte in seiner Verzweiflung den Gewinner, falsch gespielt zu haben. Es kam zu einem heftigen Streit, und in seiner maßlosen Wut zog der junge Idiot seine Pistole und schoß den Gewinner nieder. Einen schrecklichen Augenblick lang blieb alles still. Alle waren sich der Gefahr bewußt, in der sie schwebten. Als Ihr Vater niederkniete, um dem Verletzten zu helfen, stieß einer in blinder Panik die Lampe vom Tisch, es wurde stockdunkel im Raum, dann gab es ein wildes Durcheinander, in dem Ihr Vater einen Schlag auf den Hinterkopf bekam, der ihn betäubte. Als er wieder zu sich kam, befand er sich mit dem Toten allein im Zimmer; der Tisch war umgekippt, das Geld mit den Spielkarten verschwunden. Sein Hemd und seine Hände klebten von Blut."

Lucinda hatte die Szene mit ihrer dunklen, tiefen Stimme so eindrucksvoll geschildert, daß Della alles deutlich vor sich sah. Voller Entsetzen rang sie die Hände.

„Wollen Sie damit sagen, daß die anderen ihn im Stich gelassen haben?" flüsterte sie.

„Sie haben vermutlich nur daran gedacht, ihre eigene Haut zu retten. Hätte Paul Hilfe herbeigerufen – wer hätte ihm seine Unschuld wohl geglaubt? Glücksspiele dieser Art sind, wie Sie wissen, strengstens verboten; sogar in den großen Häusern wie

Crocksford's führt die Polizei hin und wieder eine Razzia durch. Wie hätte Ihr Vater das Vorgefallene erklären sollen? Für den Toten konnte er nichts mehr tun, und daher hielt er es für das Beste, das Land zu verlassen und unterzutauchen, bis Gras über die Sache gewachsen ist."

„Und warum kam er noch zu Ihnen?"

„So, wie er aussah, konnte er unmöglich in seine Wohnung wieder zurückkehren. Ich dagegen wohne in einem abgelegenen Viertel. Er zog sich in meiner Wohnung um und schrieb den Brief an Sie, den er heute in den frühen Morgenstunden herbrachte."

„Ich wollte, er hätte mit mir gesprochen", sagte Della dumpf.

„Aber wie denn, meine Liebe? Das kostbarste war für ihn unter den gegebenen Umständen die Zeit. Er mußte so schnell wie möglich verschwinden."

„Er bat mich, ihm nach Paris zu schreiben."

„Ja, dort will er wohl untertauchen."

„Als ich nach Hause kam, erzählte mir Mrs. Frant, daß die Polizei hiergewesen sei und Nachforschungen angestellt habe."

„Das gefällt mir aber gar nicht. Ob wohl einer von den Mitspielern die Polizei informiert hat? Oder hat ihn beim Verlassen des Hauses jemand beobachtet und wiedererkannt?"

Sie starrten einander an, in höchster Sorge um den Mann, den sie beide liebten.

„Was können wir bloß tun?" fragte Della verzweifelt.

„Nichts, wir können leider nur warten, bis wir etwas von ihm hören." Lucinda zögerte einen Augenblick. „Gibt es jemanden – Verwandte, Freunde –, bei denen Sie bleiben könnten, bis alles vorüber ist?"

„Nein, niemand. Ich habe niemand."

Der Vater hatte Della wenig von dem Haus erzählt, in dem er aufgewachsen war. „Larksghyll liegt in einem Tal von Yorkshire", hatte er gleichgültig gesagt. „Es ist dort kalt wie im Armenhaus, und so windig, daß es einem die Haare vom Kopf fegen könnte." Von seinem älteren Bruder hatte er nur einmal gesprochen. „George ist ein fader Hund. Wir haben uns schon als

Jungen nie vertragen, und ich kann mir nicht vorstellen, daß es jetzt anders sein sollte."

„Ist er verheiratet?" hatte sie neugierig gefragt.

„Er war verheiratet und hat einen Sohn." Bei diesen Worten hatte er sich von Della abgewandt. „Bestimmt ein widerlicher Balg, wenn er seinem Vater nachgeraten ist", hatte er noch verächtlich hinzugefügt.

Und das war alles, was Della von ihren nächsten Angehörigen wußte. Sie hatte gespürt, wie ungern Vater über sie sprach, und sie hatten ihm anscheinend nie etwas bedeutet. Infolgedessen hatte auch Della nie das Verlangen gehabt, ihren Cousin kennenzulernen. Aber nun war alles anders. Nun hätte ihr das Wissen, nicht mutterseelenallein auf der Welt zu sein, vielleicht ein wenig Zuversicht und Mut eingeflößt.

Sie bemerkte, daß Lucinda sie beobachtete, riß sich zusammen und sagte: „Danke, daß Sie gekommen sind. Doch nun möchte ich Sie nicht länger aufhalten."

„Wenn ich Ihnen irgendwie helfen kann – Sie brauchen mir nur eine Nachricht ins Theater zu senden."

„Das ist sehr freundlich von Ihnen, aber ich werde es schon schaffen. Ich bin es gewöhnt, auf mich selbst aufzupassen."

„Davon bin ich überzeugt. Aber es gibt Zeiten, in denen man Freunde brauchen kann."

Miss Shaw wandte sich schon zur Tür, als Della sie zurückhielt.

„Einen Augenblick bitte noch. Sie müssen doch Freunde meines Vaters kennengelernt haben. Haben Sie eine Ahnung – oder auch nur einen winzigen Verdacht –, wer dieser Mann sein könnte, der ihm das angetan hat?"

„Ich kenne Paul schon eine ganze Weile, aber ich war nicht ständig in seiner Gesellschaft", lautete die etwas schroffe Antwort. „Mr. Kean wäre nicht sehr erfreut, wenn er feststellen müßte, daß ein Mitglied seiner Truppe in Spielhöllen verkehrt."

„Nein, nein, natürlich nicht, so habe ich das auch nicht gemeint..."

„Aber da fällt mir ein, daß ich *Sie* eigentlich etwas fragen wolle." Lucinda nahm ihr Handtäschen vom Tisch und wühlte darin herum. „Das habe ich in der Tasche des schmutzigen Mantels gefunden, den Ihr Vater bei mir zurückgelassen hat. Gehört es ihm, oder hat er es in dieser verhängnisvollen Nacht irgendwo gefunden und eingesteckt?"

Miss Shaw streckte die Hand aus. Auf ihrer Handfläche lag ein kleines goldenes Schmuckstück, ein Anhänger, der von der Uhrkette eines Mannes stammen konnte. Er hatte die Form eines Totenkopfes, dessen Augenhöhlen mit Diamantensplittern übersät waren.

„Ich habe diesen Anhänger bei ihm nie gesehen", sagte Della zögernd.

„Nehmen Sie ihn. Wer weiß – vielleicht bringt er Sie auf eine Spur." Lucinda legte das Schmuckstück in Dellas Hand. „Jetzt muß ich aber wirklich gehen. Mr. Kean nimmt es sehr genau, was Pünktlichkeit anbelangt. Selbst wenn man erst im letzten Akt auftritt, muß man eine halbe Stunde vor Spielbeginn im Theater sein. Auf Wiedersehen einstweilen, meine Liebe, und viel Glück."

Sie ging und schloß leise die Tür hinter sich, und Della starrte auf den Totenkopf. Konnte ihr dieser Anhänger tatsächlich helfen, den Schurken zu finden, der ihren Vater so brutal niedergeschlagen und dann seinem ungewissen Schicksal überlassen hatte? Della wußte plötzlich, daß sie keine ruhige Minute mehr haben würde, bis sie ihn entdeckt und seiner gerechten Strafe zugeführt hätte. Bei dem Gedanken, daß sie ihn höchstwahrscheinlich doch nie aufspüren würde, lief es ihr kalt über den Rücken, aber dann schob sie ihre Zweifel entschlossen beiseite und versuchte, ihre Haltung wiederzugewinnen.

Nüchtern stelle sie fest, daß ihr jämmerlicher Zustand auch einen ganz simplen Grund hatte: Außer der einen Tasse Kaffee bei Madame Ginette hatte sie den ganzen Tag noch nichts zu sich genommen. Sie wies Mrs. Frant an, ihr Tee, Brot und Butter zu bringen, legte Häubchen und Mantel ab und schürte das Feuer im Kamin.

Heißhungrig machte sie sich über den Imbiß her und fühlte sich bald schon viel besser. Beim Schlafengehen redete sie sich ein, daß die nächsten Tage sicherlich gute Nachrichten bringen würden. Vielleicht würde ihr Vater sie nach Paris nachkommen lassen, oder sogar nach Italien, wo Sie einmal sechs glückliche Monate lang den zurückgebliebenen Sohn eines Adeligen unterrichtet hatte; sie hatte sich in der vornehmen und kultivierten Gesellschaft von Florenz sehr wohl gefühlt. Sollte sie aber in England bleiben müssen, so würde sie sich eben an die Agentur von Mrs. Barnet wenden, die ihr schon manche Teilzeitbeschäftigung verschafft hatte.

Mit solchen Gedanken tröstete sie sich über den ganzen nächsten Tag hinweg. Ihr gelang sogar ein Entwurf für ein Hochzeitskleid, der die zukünftige Braut und Brautmutter in helles Entzücken versetzte.

Als sie Madame Ginettes Salon am folgenden Tag durch die Seitentür verließ, lief sie Henri, der mit hastigen Schritten die Straße herunterkam, direkt in die Arme. Er drückte sie gegen die Mauer, und aus seinem Gesicht sprachen Schadenfreude und ein hämischer Triumph.

„Na, schon davon gehört?"

„Wovon?" Sie versuchte ihn fortzustoßen. „Bitte, Monsieur, Sie tun mir weh."

Er drängte sein Gesicht noch näher heran. Sein Atem roch nach Knoblauch. Sie drehte den Kopf weg.

„Sie haben ihn geschnappt, als er in Dover putzmunter an Bord des Postschiffes gehen wollte – Mr. Paul Craven, den Dieb und den Mörder."

„Das ist nicht wahr", hauchte sie.

„Oh doch", triumphierte er. „Ich habe es von einem dieser Kriminalbeamten, wie sie sich nennen. Er hat damit geprahlt. Im Handumdrehen werden sie Ihrem Vater den Prozeß machen. Dann wird wohl endlich Schluß sein mit Ihrem affektierten Getue!"

„Ich glaube Ihnen nicht."

„Sie werden's bald glauben müssen, und bilden Sie sich ja

nicht ein, daß Sie sich hier noch einmal blicken lassen können. Frauenzimmer Ihrer Sorte wird Maman in ihrem Salon nicht dulden. Nicht, solange ich in dieser Sache noch ein Wörtchen mitzureden habe."

„Seien Sie unbesorgt. Ich habe nicht die Absicht, wieder herzukommen." Sie stieß ihn weg und lief durch die schmale Gasse davon.

Sie konnte es nicht glauben, sie konnte es einfach nicht fassen! Henri hatte die Geschichte nur erfunden, um sie zu quälen, sagte sie sich verzweifelt. Aber die Geschichte stimmte, wie sie später am Abend erfahren mußte. Ihr Vater, ihr charmanter, liebenswürdiger, edelmütiger Vater war im schrecklichen Gefängnis von Newgate eingekerkert, und so sehr sie bettelte und flehte, und was sie dem griesgrämigen Gefangenenwärter auch an Geld anbot, sie durfte ihn nicht sprechen und auch sonst nicht mit ihm in Verbindung treten.

2

Die folgenden Wochen waren für Della ein einziger Alptraum, aus dem es kein Erwachen zu geben schien. In begreiflichem Entsetzen hatte der Eigentümer des Hauses, wo das Glücksspiel stattgefunden hatte, die Polizei alarmiert, nachdem er den Toten entdeckt hatte. Als ihn die Beamten unter Druck setzten, gab er auch zu, welchem Zweck jener Raum gedient hatte. Unglücklicherweise fanden sich Zeugen; eine Straßendirne, die in den frühen Morgenstunden ihrem Gewerbe nachgegangen war, hatte Paul Craven aus dem Haus treten sehen und angesprochen, war beim Anblick des Blutes auf seinen Kleidern jedoch entsetzt zurückgewichen; ein Kutscher, der die ganze Nacht bei seinem kranken Pferd gewacht hatte, erkannte ihn beim Betreten des Gebäudes, in dem Lucinda wohnte, und lieferte eine genaue Personenbeschreibung. Der Tote entpuppte sich als Sohn eines wohlhabenden Bankiers. Jack Hughes war ein junger Mann gewesen, dessen skandalöser Lebenswandel seinen Eltern bereits viel Kummer bereitet hatte, was allerdings den schockierten Vater nicht davon abhielt, aufgebracht die strenge Bestrafung des Mörders zu verlangen.

Erst zehn Jahre zuvor war die Londoner Stadtpolizei vom Innenminister Robert Peel begründet worden, und Hauptkommissar Richard Mayne, der für die Ausbildung der neuen Polizeitruppe verantwortlich war, glaubte, daß bei der Aufklärung dieses Falles seine Ehre und sein Ansehen auf dem Spiel standen. Den Mörder hatte er zu seinem Glück fassen können, bevor er das Land verlassen konnte, aber wo war das Geld geblieben? Der Verhaftete hatte keinen Penny bei sich gehabt und bei dem eindringlichen Verhör nur aufreizend die Schulter gezuckt.

„Schnappen Sie den wahren Täter, dann werden Sie zweifellos auch das Geld finden", sagte er frech.

Hatte er es seiner Geliebten oder seiner Tochter gegeben? Lucinda war bereits einem strengen Verhör unterzogen worden; Della wurde in dem ehrwürdigen, holzgetäfelten Büro des Hauses Whitehall Place Nr. 2 – es sollte sich bald als Scotland Yard einen Namen machen – von dem Hauptkommissar höchstpersönlich befragt. Nachdem Della gegangen war, wandte sich Mr. Mayne enttäuscht an seinen Kollegen.

„Diese junge Frau ist entweder eine abgebrühte Lügnerin oder unschuldig, aber, verdammt noch einmal, ich kann mich wirklich nicht entscheiden, was von beidem sie ist. Ich habe das scheußliche Gefühl, daß wir auf der falschen Fährte sind."

„Sie lassen sich zu sehr davon beeinflussen, daß der Kerl ein Gentleman und das Mädchen gut erzogen ist – und gut erzogen ist sie, das läßt sich nicht leugnen", sagte Oberst Charles Rowan und schnippte die Zigarrenasche von den Silberlitzen seines roten Uniformrockes. „Aber ich habe schon einige dieser Gentleman-Gauner kennengelernt – hatte schon im Regiment mit ihnen zu tun – die meisten von ihnen ebenfalls verdammt gut aussehende Burschen. Er wird sich auf der Anklagebank großartig in Szene setzen und einen gewaltigen Eindruck auf die Geschworenen machen, aber damit wird er nicht durchkommen, nicht bei Richter Willis. Wenn es etwas gibt, das diesem puritanischen Juristenschädel gegen den Strich geht, dann ist es ein Schurke mit Verstand, gutem Aussehen und der Fähigkeit, die Leute mit seinem Charme um den Finger zu wickeln."

Della, die dem Prozeß im Old Bailey beiwohnte, mußte das nur zu bald erkennen. Ihr Vater, hochgewachsen und elegant, ein mildes Lächeln auf den Lippen, betrachtete die Anwesenden mit so unbekümmerter Miene, als stünden sie in der Anklagebank, nicht er. Della sah, wie der Richter die Stirn runzelte und wütend auf den Tisch hämmerte, als eine witzige Antwort des Angeklagten auf eine ungebührliche Frage Gelächter im Publikum auslöste. Ihr Mut sank.

Dieser kleine Zwischenfall ereignete sich an dem Tag, an dem sie Edmund Dent im Gerichtssaal erblickte. Er hatte sie nicht aufgesucht, also war er vermutlich eben erst aus dem Ausland zurückgekehrt. Was sie mit ihm verband, war gewiß nicht Verliebtheit, sonden nur die Liebe zur Musik. Er hatte sie ein paarmal in die Oper und zu Liederabenden von Grisi und Jenny Lind begleitet.

Als Della ihn erblickte, wurde ihr warm ums Herz, und sobald sich das Gericht vertagte, bahnte sie sich einen Weg durch den Korridor zu der Tür, bei der Edmund Dent herauskommen mußte. Als er mit einem anderen jungen Mann auf den Gang trat, stürzte sie auf ihn zu. Er schaute ihr direkt ins Gesicht und ging weiter, als existierte sie überhaupt nicht. Della war sprachlos vor Enttäuschung. Das durfte doch nicht wahr sein – so grausam konnte er doch nicht sein! Aber in diesen Tagen sollte sie sehr rasch erfahren, wer ihre wahren Freunde waren. Es war schmerzlich zu entdecken, wie wenige dazu zählten.

Das Schlußwort des Richters machte sie bange. Er hob die Lasterhaftigkeit des Angeklagten hervor – eines Mannes, der von Geburt an privilegiert gewesen sei, seine Karriere jedoch durch Müßiggang ruiniert habe – und pries den Wert ehrlicher Arbeit; zuletzt verdammte er die lästerliche Tat, die einem anderen grundlos das Leben gekostet hatte.

In dieser Tonart ging es weiter, bis Della es nicht länger ertragen zu können glaubte. Als sich die Geschworenen zur Beratung zurückzogen und das hohe Gericht sich erhob, drängte sie sich durch die Menschenmenge, verließ den Saal und stolperte die Treppe hinunter, um an die frische Luft zu gelangen. Plötzlich sah sie sich einem Mann gegenüber, der ihr bereits ein oder zweimal aufgefallen war – aus dem einfachen Grund, weil er nicht zu jenem Typ von Menschen gehörte, die man üblicherweise bei öffentlichen Gerichtsverhandlungen antraf. Er war groß und schlank und trug einen dunkelblauen Gehrock, der seine breiten Schultern und schmalen Hüften vortrefflich zur Geltung brachte, eine hautenge karierte Hose und handgearbeitete Stiefel. Die Augen in dem schmalen, blassen Gesicht wirkten auf eine eigenartige Weise faszinierend, jedoch ein wenig beunruhigend, als er Della abschätzend musterte – so, als wüßte er genau, wer sie war. Dann verbeugte er sich leicht und trat zur Seite, um sie vorbeizulassen. Sie schauderte, als sie in dem dichten Gedränge auf der Treppe an ihm anstreifte, und ihre Unruhe hielt an, als sie die kalte frische Luft in tiefen Zügen einsog; erst als sie langsam zu ihrem Platz im Gerichtssaal zurückkehrte, hatte sie ihn aus ihren Gedanken verbannt.

Die Geschworenen waren offensichtlich unschlüssig und fällten ein Urteil, das diese Unsicherheit widerspiegelte. Sie erkannten nicht auf Mord, sondern auf Totschlag ohne Tötungsabsicht – und damit hing alles vom Richter ab, der zutiefst enttäuscht schien, daß er sein Opfer nicht an den Galgen bringen konnte. Er warf dem Angeklagten einen finsteren Blick zu und verkündete dann mit großer Genugtuung das Urteil.

„Sieben Jahre Verbannung in die Strafkolonie von Neusüdwales, wo Sie durch harte Arbeit hoffentlich lernen werden, ein nützliches Leben zu führen, anstatt die Privilegien, deren Sie sich bisher erfreuten, sinnlos auszuschlachten."

Della war wie betäubt. Bis zu diesem Augenblick war sie abwechselnd hoffnungsvoll und verzweifelt gewesen; nun war alles vorbei. Ihr Vater mußte zwar nicht sterben, aber die Deportation nach Australien war möglicherweise schlimmer als der Tod. Wie sollte Vater – selbst wenn er die Überfahrt überlebte – das unmenschlich harte Leben eines Sträflings auf diesem schrecklichen, unbekannten Kontinent aushalten, von dem kein Mensch jemals zurückkehrte?

Sie sah das hämische Vergnügen in Henri Reynards Gesicht, als er sich umdrehte und ihr einen funkelnden Blick zuwarf, und ihr wurde übel. Hinter ihm stand der Mann, dem sie auf der Treppe begegnet war, aber in dem scharfgeschnittenen Gesicht zeigte sich keinerlei Regung, weder Befriedigung noch Mitleid. Della wartete, bis sich die dichten Gruppen laut schwatzender Männer und Frauen an ihr vorbeigedrängt hatten, dann erst folgte sie ihnen durch den Korridor hinaus auf die Straße. Jetzt, da alles vorbei war, empfand sie eine seltsame Leere. Sie war viel zu müde und verzweifelt, um über ihre eigene Zukunft nachzudenken; erst mußte sie ihren Vater sehen und mit ihm sprechen. Seit seiner Verhaftung hatte sie nur für einen einzigen, kurzen Augenblick Gelegenheit dazu gehabt. Es war beinahe unmöglich gewesen, in dem langen schmalen Raum, in dem auch andere Häftlinge hinter den dicken Eisenstäben verzweifelt versuchten, mit ihren Angehörigen zu sprechen, und wachsame Gefängniswärter auf und abmarschierten, vertraulich miteinander zu reden.

„Warum, Papa, warum?" hatte sie hilflos gefragt. „Warum hast du nicht gesagt, wer der Täter ist und wer mit dir in jener Nacht zusammen war?"

Aber er hatte nur den Kopf geschüttelt. „Ich habe den armen Teufel nicht umgebracht, Della, das weißt du doch, oder? Du glaubst mir doch?"

„Ja, natürlich glaube ich dir."

„Es gibt keinen echten Beweis für die Anschuldigungen gegen mich. Ich werde auf ‚nicht schuldig' plädieren, und das sollte genügen, wenn es in England noch eine Gerechtigkeit gibt. Man wird mich aus Mangel an Beweisen freisprechen. Es wird alles gut, mein Liebes, du wirst schon sehen."

Es war Della nicht möglich gewesen, ein ausführlicheres Gespräch mit ihm zu führen und ihm begreiflich zu machen, daß ihm sogar gute alte Freunde die Unterstützung verweigerten und zweifelnd den Kopf schüttelten. Und nun hatte sich erwiesen, daß sein Vertrauen in die britische Justiz ein trauriger Irrtum gewesen war.

Er war nach dem Prozeß wieder in das Gefängnis von Newgate gebracht worden; am nächsten Morgen durfte Della ihn besuchen. Als sie ihn sah, stockte ihr der Atem. Sein dichtes braunes Haar war so kurz geschoren, daß die Kopfhaut durchschimmerte. Er war abgemagert, und die unförmige, grobe graue Gefängniskleidung hing schlotternd an seiner Gestalt. Aber sein Lächeln war fröhlich wie eh und je, als sie zu ihm hinlief und unter Mißachtung der Gefängnisordnung beide Hände durch die Gitterstäbe schob, um die seinen zu umklammern.

Anfangs brachte sie keinen Ton heraus, aber sie hatten nur wenig Zeit – und noch so viel zu besprechen.

„Wann?" hauchte sie. „Wann mußt du fort?"

Er zuckte die Schultern. „Das weiß Gott allein. Wir erfahren hier nicht viel, aber es scheint noch nicht soweit zu sein. Ich soll auf eines der Gefangenenschiffe auf der Themse gebracht werden, bis die Fracht groß genug ist, daß sich der Transport nach Botany Bay lohnt."

„Oh nein!" Der Gedanke war ihr unerträglich. Diese Schiffe waren alte, abgewrackte Kähne, und die Verhältnisse an Bord waren unvorstellbar: entwürdigend und scheußlich. „Das können sie dir doch nicht antun, das ist nicht gerecht, das ist ungeheuerlich!"

„Oh doch, das können sie, mein Liebes. Ich bin jetzt ein ganz gewöhnlicher Mann, ein verurteilter Verbrecher wie alle anderen hier, nicht mehr und nicht weniger."

„Oh, wie kannst du bloß so etwas sagen?" Dann sah sie sich verstohlen um und erzählte ihm von der Idee, über der sie in der vergangenen Nacht gebrütet hatte. „Papa, ich habe mir etwas überlegt. Könnte ich nicht auch nach Australien kommen? Könnte ich dir nicht nachreisen, um in deiner Nähe zu sein?"

„Nein!" Seine Reaktion war so plötzlich und ungestüm, daß sie erschrak. „Auf gar keinen Fall, Della. Niemals. Ich habe dich, weiß Gott, nicht verwöhnt, aber daß du in einer Sträflingskolonie lebst, das kommt nicht in Frage. Ich bin ein Mann. Ich werde mich irgendwie durchschlagen. Ich werde überleben, aber ich wäre nicht dazu imstande, wenn ich wüßte, daß ich dich in eine so scheußliche Lage gebracht habe. Wir wären dort sowieso nicht zusammen. Vielleicht könnten wir monatelang, ja sogar jahrelang nicht einmal miteinander reden. Versprich mir, daß du das niemals tun wirst. Ich könnte es nicht ertragen."

Della versuchte zu widersprechen, aber er führte so überzeugende Gegenargumente an, daß sie die Unmöglichkeit ihrer Idee allmählich einsah und ihren Plan widerwillig fallenließ.

Sie brachte es nicht übers Herz, ihm zu erzählen, daß Madame Ginette sie entlassen hatte und daß die meisten ihrer sogenannten guten Freunde sie bereits scheel ansahen und ihr aus dem Weg gingen; offenbar fürchteten sie, daß sie sie um etwas bitten würde, das sie ihr nicht zu geben bereit waren. Doch erzählte sie in warmen Worten, wie freundlich Lucinda gewesen sei. Er lächelte.

„Sie ist eine wahre Freundin, Della, und absolut zuverlässig. Denk daran und verurteile sie nicht, weil sie beim Theater ist und weil...“

„Weil du sie gern hast? Nein, Papa, das würde ich nie tun.“

Eine Glocke schrillte. Die wenigen Minuten, die man ihnen zugestanden hatte, waren vorbei.

„Ich gebe nicht auf, Della“, sagte er ruhig. „Ich werde durchhalten, das schwöre ich, und dann komme ich zurück.“

Sie streckte die Hand durch die Eisenstäbe und strich ihm liebevoll über die Wange. Sofort trat einer der Gefangenenwärter hinter sie.

„Lassen Sie das Miss. Sie wissen doch, das ist verboten.“

„Was ist denn dabei?“ fuhr sie den Mann an.

Der Vater nahm ihre Hand, küßte die Handflächen und schloß ihre Finger über der Stelle. „Das ist mein Pfand dafür“, sagte er, „daß ich zurückkommen werde. Noch ist nicht alles verloren.“

Erst als er aufstand und aus dem Raum ging, bemerkte sie die eisernen Fußfesseln an seinen Knöcheln und die Kette, die die schweren Eisen verband, und es war vor allem dieser Anblick, der sie zum Weinen brachte. Fluchtartig verließ sie den Raum. Tränen strömten ihr über die Wangen und trübten ihr die Sicht, so daß ihr der große, elegante Mann nicht auffiel, der am Eingang lehnte und der langen Reihe der Gefangenen mit den Blikken folgte; besonders den einen beobachtete er, der es auch jetzt noch fertigbrachte, mit stolz erhobenem Haupt hinauszugehen.

Es ist eine traurige Tatsache, daß man – wie elend, einsam und unglücklich man auch sein mag – weiterhin essen und trinken und seinen Lebensunterhalt verdienen muß. Lucinda war unverändert gütig, obwohl sie, wie Della vermutete, auf ihre Art ebenso unglücklich über die Trennung von ihrem Geliebten war wie sie selbst über die Trennung von ihrem Vater. Aber Lucinda konnte sich wenigstens durch unablässige Arbeit betäuben. Die anstrengenden Theaterproben während des Tages und die Vorstellungen am Abend ließen ihr kaum Zeit zum Grübeln.

„Bleiben Sie eine Weile bei mir", drängte sie Della. „Das ist besser, als immer allein zu sein."

Aber Della blieb unbeugsam. Nie hätte sie es über sich gebracht, von der Mätresse ihres Vaters Almosen anzunehmen, auch wenn das Anerbieten gutgemeint war. Nun, da der Prozeß vorbei und das Urteil gefällt war, mußte sie auf jeden Fall irgendeine Arbeit finden, die ihr ein – wenn auch bescheidenes – Leben ermöglichte. Das Geld aus der silbernen Börse würde, selbst wenn sie sparsam damit umging, nicht lange reichen.

Mrs. Barnet war nicht eben zuversichtlich. „Damen von Adel schätzen es nicht, junge Damen um sich zu haben, deren Vater ein Sträfling ist", erklärte sie rundheraus. „Die Tatsache, daß Ihr Vater in gewisser Weise ihrer Gesellschaftsschicht angehörte und in ihren Salons empfangen wurde, macht die Sache eher noch schlimmer; sie haben das Gefühl, er habe sie hinters Licht geführt. Sie brauchen mir nicht zu sagen, daß das ungerecht ist, das weiß ich selbst, aber jeder, der von dieser Welt Gerechtigkeit oder Anständigkeit erwartet, ist ein Narr", fuhr sie verbittert fort, als Della protestieren wollte. „Vielleicht findet sich aber doch irgend etwas. Ich werde Sie vormerken. Kommen Sie in ein oder zwei Wochen wieder vorbei."

Die Tage vergingen. Es war Mitte April, als Della zum drittenmal innerhalb von drei Wochen Mrs. Barnet aufsuchte.

„Mit der heutigen Post ist tatsächlich etwas hereingekommen", sagte sie und musterte Della zweifelnd, „und ich habe niemand auf meiner Liste, der die entsprechenden Fähigkeiten besitzt."

„Worum handelt es sich denn?" fragte Della und versuchte, die aufkeimende Hoffnung zu dämpfen, der ja vermutlich doch nur Enttäuschung folgen würde.

„Wenn ich mich recht erinnere, haben Sie sich schon einmal

als Lehrerin versucht", fuhr Mrs. Barnet fort, während sie die Akte auf ihrem Schreibtisch durchblätterte.

„Ja, in meinem letzten Jahr im Kloster, aber nur bei den Kleinen. Ich habe Klavierspielen und Singen unterrichtet. Außerdem kann ich Französisch."

Mrs. Barnet rümpfte die Nase. „Ich glaube kaum, daß Ihnen diese Fertigkeiten in Yorkshire etwas nützen würden."

„Yorkshire!" wiederholte Della. Es erschien ihr so fern wie Afrika oder der Nordpol. „Wird da eine Gouvernante benötigt?"

„Nicht direkt – eine Lehrerin für eine Schule, falls man die Einrichtung dort als Schule bezeichnen kann."

„Eine Schule!" Dellas Hoffnung sank. Ihr dürftiges Fachwissen reichte wohl kaum aus für einen solchen Posten.

„Ein gewisser Mr. Thomas Clifford, der offenbar im Textilgewerbe tätig ist, sucht eine Lehrerin für die kleine Schule, die er für die Kinder seiner Fabrikarbeiter eingerichtet hat. Seine frühere Lehrerin hat wegen Heirat gekündigt, und ihm liegt viel daran, den Posten so schnell wie möglich neu zu besetzen. Was halten Sie davon?"

„Ich weiß nicht recht", sagte Della abwartend. Die Aussicht war nicht eben verlockend, und Yorkshire war so schrecklich weit weg.

„Nun ja, wie Sie meinen", sagte Mrs. Barnet entmutigend. „Etwas anderes habe ich leider nicht. Allerdings glaube ich nicht, daß mehr von Ihnen verlangt würde, als daß Sie den Gören Lesen, Schreiben und das Einmaleins beibringen. Und dazu sind Sie doch sicher imstande. Außerdem ist die Entfernung groß genug. Bis zu so abgelegenen Orten wie Castlebridge, das fünfzig Kilometer nördlich von Bradford liegt, dringen die neuesten Nachrichten nur langsam durch."

Fort – irgendwo neu anfangen – war es nicht genau das, was sie sich im Augenblick mehr als alles andere wünschte? Impulsiv sagte sie: „Wenn Sie glauben, daß ich dafür geeignet bin, nehme ich die Stelle an."

„Sehr schön. Sie haben drei Monate Probezeit", erklärte

Mrs. Barnet. „Die Bedingungen sind recht großzügig. Außerdem steht Ihnen ein kleines Haus zur Verfügung, das an die Schule angrenzt. Eines aber muß ich Ihnen noch sagen. In Ihrem eigenen Interesse würde ich Ihnen raten, meine Liebe, Ihren Namen zu ändern."

„Warum? Ich schäme mich meines Vaters nicht", erwiderte Della hitzig.

„Das mag schon sein, trotzdem wäre es klüger – um Vorurteile zu vermeiden. Damit müssen Sie sich schon abfinden, meine Liebe."

Della zögerte, alles in ihr lehnte sich dagegen auf. Schließlich sagte sie widerstrebend: „Wenn Sie das wirklich für nötig halten, kann ich ja den Mädchennamen meiner Mutter annehmen. Sie stammte aus Irland – Olivia O'Dowd Lismore."

„Lismore dürfte genügen", sagte Mrs. Barnet gleichgültig. „Ich werde noch heute an Mr. Clifford schreiben."

Innerhalb von vierzehn Tagen traf Mr. Cliffords Antwort ein, zusammen mit einer großzügig bemessenen Geldsumme für die Kosten der langen Reise.

Lucinda hatte Bedenken, als Della ihr von der Stellung berichtete. Sie saßen in ihrer Garderobe. Lucinda schminkte sich für die Abendvorstellung.

„Yorkshire liegt entsetzlich weit weg", meinte sie, während sie sich vorbeugte, um in dem fleckigen Spiegel ihre Augenbrauen besser zu sehen, die sie sorgfältig nachzog. „Werden Sie sich in dieser gottverlassenen Gegend nicht sehr einsam fühlen?"

„Wahrscheinlich werde ich viel zu beschäftigt sein, um mich einsam zu fühlen. Und außerdem", fuhr sie nachdenklich fort, „hat Papa mir erzählt, daß er in Yorkshire zur Welt gekommen ist – auf einem Landsitz namens Larksghyll. Obwohl ich zugeben muß, daß seine Schilderungen nicht sehr aufschlußreich waren. Irgendwo da oben könnten noch Verwandte von mir leben."

„Mein liebes Mädchen, Yorkshire ist ein riesiges Gebiet. Es besteht zum Großteil aus Sumpfland, Felsen und reißenden

Flüssen. Meilenweit gibt es keine menschliche Behausung – nichts als Schafe, Kühe und Ziegen, und manchmal nicht einmal das. Ich kenne die Gegend nur zu gut. Ich war einmal auf Gastspiel dort – York, Harrogate, Richmond, Skipton – ich bin überall aufgetreten, und wir haben die Fahrten von einer Stadt zur anderen in einer Kutsche zurückgelegt – auf den schlechtesten Straßen, die ich jemals gesehen habe. Der Jammer ist, daß ich ein Stadtmensch bin. Ich brauche Städte. Große, offene freie Flächen machen mir Angst. Ich habe gern Leben um mich herum – und Menschen."

„Ich habe im Augenblick kein besonderes Verlangen nach Menschen", sagte Della mit leiser Bitterkeit. „Ich glaube, ich würde mich in Gesellschaft von Schafen oder Ziegen wohler fühlen."

„Ich weiß, wie Ihnen zumute ist", sagte Lucinda mitfühlend. Sie konnte sich gut vorstellen, wie schmerzlich Della Edmund Dents Fahnenflucht empfunden hatte.

„Wie ist er wohl – dieser Thomas Clifford?" fragte Della.

„Nun ja", Lucinda lehnte sich zurück, „ich habe einige dieser reichen Fabrikbesitzer kennengelernt – erhoffen Sie sich nicht allzuviel! Ganz sicher hat er keine besonders guten Manieren. Die meisten dieser Leute mußten sich durch harte Arbeit nach oben kämpfen, und das zeigt sich unter anderem auch darin, daß sie ‚Moneten', wie sie es nennen, nie zahlen, ohne das Vierfache an Leistung dafür zu erwarten. Ich muß Sie warnen, Della. Es könnte sein, daß er sehr viel von Ihnen verlangt."

„Das kann mich nicht abschrecken, Lucinda, und schließlich muß ich irgend etwas tun. Ich kann mich nicht einfach in einem Winkel verkriechen, während er..." Sie stockte, als sie an die Hölle dachte, durch die ihr Vater wahrscheinlich in diesem Augenblick ging. „Es ist eine Herausforderung, und Papa war immer dafür, jede Herausforderung anzunehmen. Ich werde ihm schreiben und ihm alles genau berichten."

Der Brief, den sie so vorsichtig abfaßte, daß er einigermaßen heiter klang, erreichte ihn jedoch nie. Die Gefangenen wurden an diesem Tag von Bord der *Thetis* gebracht, unter schwerer

Bewachung auf Kähnen die Themse flußabwärts befördert und in den Laderaum eines alten, knarrenden Schiffes getrieben. Fast in demselben Augenblick, in dem Miss Delphine Lismore im Hof des Blossoms Inn in der Lawrence Lane nächst Cheapside die Postkutsche bestieg, um nach Castlebridge zu reisen, lief es zu seiner sechsmonatigen Fahrt nach Australien aus.

3

Vierundzwanzig Stunden, nachdem sie London in Richtung Norden verlassen hatte, fuhr die Postkutsche mit ungeheurem Gerassel und Gerumpel vor dem Unicorn Inn in Manchester vor. Sie war die ganze Nacht durch gefahren; es hatte nur fünfminütige Zwischenaufenthalte für den Pferdewechsel gegeben, und je eine knappe halbe Stunde für Frühstück und Mittagessen. In Manchester sollte Della in die Kutsche nach Skipton umsteigen. Steif und müde kletterte sie aus dem Wagen. Das Unicorn Inn war Sammelplatz für viele Postkutschen, die von hier aus in alle Richtungen fuhren – nach Kendal, Edinburgh, Liverpool, Chester. Auf dem Hof wimmelte es von Männern, Frauen und schreienden Kindern. Aufgeregte Reisende liefen zwischen Pferden und Hunden hin und her, um verlorengegangene Gepäckstücke zu suchen, Auskünfte einzuholen und wütend nach Dienstboten des Gasthofes zu rufen, die geschäftig umhereilten. Eine junge Frau, die ohne männlichen Schutz und ohne Dienstmädchen reiste, hatte es in diesem Getümmel nicht leicht. Della brauchte ein paar Minuten, um sich zurechtzufinden, dann schüttelte sie die Betäubung ab, nahm all ihren Mut zusammen und winkte einen der Stallknechte herbei. Als dieser sich zögernd näherte, befahl sie ihm, ihren Koffer in den Gasthof zu tragen, und folgte ihm. Die Gaststube war ein gemütlicher, großer Raum, in dem es lebhaft zuging. Es roch appetitlich nach Speisen und Glühwein, im offenen Kamin flackerte ein helles Holzfeuer. Froh über die Wärme, steuerte Della tapfer auf den Kamin zu. Es kam ihr vor, als habe sie auf dieser Reise nach Norden den Frühling weit hinter sich gelassen; ihre Füße waren fast erfroren, trotz des dicken Reiseplaids, mit dem sie sie eingehüllt hatte. Ein Mann, der am Ende der langen Ofenbank saß, rückte widerwillig ein wenig zur Seite, um ihr Platz zu machen, und sie dankte ihm freundlich, ließ sich erleichtert auf der Bank nieder und öffnete den Kragen ihres Umhangs.

Während des ganzen Tages, als die Postkutsche an Feldern

und Farmen vorbei, durch offenes Heideland und Wälder, winzige Dörfer und, weiter im Norden dann, durch schmutzige kleine Städte gefahren war, hatten Della schreckliche Zweifel gequält. Die zaghafte Vorfreude auf die nie gekannte Unabhängigkeit, das Gefühl, das Richtige getan zu haben, als sie alle Brücken hinter sich abbrach – all das war mit einem Mal verschwunden. Vielleicht hatte Lucinda doch recht gehabt – vielleicht würde sie die Einsamkeit, die Sehnsucht nach dem Vergangenen, das Heimweh, doch nicht ertragen können. Aber Heimweh wonach? fragte sie sich verbittert. Ohne ihren Vater gab es kein Zuhause. Ihr Beisammensein war das Zuhause, ohne ihn war sie heimatlos. Edmund Dents Abtrünnigkeit hatte sie tief getroffen – nie wieder würde sie auf Freundschaft vertrauen. Sie mußte sich ein neues Leben aufbauen, ein neues, arbeitsreiches Leben an einem fremden Ort... Bei dem Gedanken nickte sie ein wenig ein; nach der Kälte draußen machte die Hitze des Feuers sie schläfrig. Eine durchdringende Stimme schreckte sie aus ihren Träumereien, und sie richtete sich mit einem Ruck auf.

„Kann ich Ihnen etwas bringen, Miss?"

Vor ihr stand eine adrett aussehende Frau mittleren Alters mit einem sauberen Servierhäubchen und einer strahlendweißen Schürze. Della stellte fest, daß die Gaststube sich etwas geleert hatte. Offensichtlich waren einige Kutschen mit ihren Reisenden abgefahren.

„Könnte ich etwas Tee und Toast mit Butter haben?" bat sie zaghaft. „Und könnten Sie mir sagen, wann die Kutsche nach Skipton abfährt?"

„Skipton?" Die Frau betrachtete sie eingehender. „Dann sind Sie wohl diese Miss Lismore aus London?" fragte sie.

„Ja, die bin ich", sagte Della überrascht.

„Na, für Sie ist ja alles vorbestellt. Um die Wahrheit zu sagen, ich hab mich schon gewundert, als die Postkutsche ankam, aber der Fahrer hatte es so mächtig eilig, seine Passagiere abzufüttern und wieder weiterzufahren, daß ich's ganz vergessen habe. Mr. Clifford hat uns durch einen seiner Fuhrleute benachrichtigt. Für Sie is' ein Zimmer reserviert. Die Kutsche geht Punkt sieben Uhr früh ab." Sie blickte sich in der Gaststube um, in der fast nur Männer saßen, die behaglich tranken und rauchten. „Wenn Sie wollen, Miss, bring' ich Ihnen den Tee und den Toast aufs Zimmer. Dort is' es viel ruhiger und bequemer. Wenn die Nachtkutschen ankommen, ist hier unten ganz schön was los, wissen Sie."

„Danke. Das wäre mir wirklich lieber."

Dellas Lebensgeister erwachten wieder. Daß sich ihr zukünftiger Arbeitgeber wegen einer unbekannten Angestellten so viele Umstände machte, fand sie sehr ermutigend. Vielleicht war Mr. Clifford doch nicht ein so hartherziger Vorgesetzter, wie Lucinda vermutet hatte. Della folgte der Wirtin eine hohe hölzerne Treppe hinauf bis zu einem kleinen Zimmer unter dem Dach.

„Es ist nicht viel größer als 'n Wandschrank", sagte die Frau entschuldigend, „aber wegen dem Jahrmarkt sind wir zur Zeit voll bis unters Dach. Doch wir möchten gegen Mr. Clifford nicht ungefällig sein, wenn Sie also vielleicht damit auskommen könnten... Ich sag dem Mädchen, es soll 'nen heißen Ziegelstein zwischen die Laken legen."

„Das Zimmer ist wunderbar", erwiderte Della herzlich. „Ich bin Ihnen und Mr. Clifford sehr verbunden."

„Na ja, er ist eben immer 'n guter Gast gewesen."

Der Fabrikbesitzer war offenbar ein Mann, dem man hier die größte Hochachtung entgegenbrachte, dachte Della dankbar.

Als sie eine halbe Stunde später auf dem Bett saß, heißen Tee schlürfte und dick mit Butter bestrichene Toastscheiben verzehrte, hatte sie das Gefühl, daß sich die Zukunft vielleicht doch nicht gar so traurig gestalten würde, wie sie befürchtet hatte.

Es war noch nicht ganz hell, als die Kutsche am nächsten Morgen nach Skipton abfuhr, aber dann brach zögernd die Sonne durch die Wolkendecke, und Della blickte neugierig hinaus auf die kahle hügelige Landschaft mit ihren weichen Grau- und Brauntönen. Am frühen Nachmittag erreichte die

Kutsche die Stadtgrenze von Skipton; zwischen Fuhrwerken mit brüllenden Männern und kläffenden Hunden hindurch bahnte sie sich ihren Weg durch die enge Hauptstraße. Die Luft war erfüllt vom Blöken der Schafe und dem unverständlichen Geschrei der Auktionatoren, die die Tiere versteigerten. Schließlich hielt die Kutsche im Hof eines Gasthauses am Stadtrand; dort, so hatte Della erfahren, würde sie jemand abholen und auf dem letzten Teil ihrer langen Reise nach Castlebridge begleiten.

Der Betreffende war noch nicht angekommen, daher bestellte sie eine Kanne Kaffee und setzte sich ans Fenster, um das Kommen und Gehen vor dem Gasthof zu beobachten. Trotz der Anstrengungen der letzten zwei Tage fühlte sie sich frisch und munter und aufnahmebereit für all das Neue, das hier auf sie einströmte. Angestrengt bemühte sie sich, den ungewohnten, breiten Dialekt der Männer an den Nachbartischen zu verstehen.

Als sie wieder einmal aus dem Fenster blickte, sah sie einen jungen Mann durch das Tor in den Hof kommen. Er war auffallend gut gekleidet: Er trug ein Jackett aus feinem braunen Wollstoff, eine helle Reithose aus Leder und teure, handgenähte Reitstiefel. Gerade als er durch den Torbogen trat, erfaßte eine Windböe seinen Hut. Der Hut rollte lustig davon, und der Mann, dessen weizenblondes Haar im Wind wehte, lief hinterdrein. Er bekam den Hut zu fassen, als er auf eine schmutzige Pfütze zu rollte, und Della klatschte vergnügt in die Hände und lachte. In diesem Augenblick sah er auf und erspähte Della hinter dem Fenster. Er stutzte und runzelte die Stirn, dann erwiderte er ihr Lächeln mit einer leichten Verbeugung und winkte ihr zu.

Sie zog sich ein wenig zurück, um nicht keck zu erscheinen, und hörte ihn nach dem Pferdeknecht rufen.

Eilig kam der Junge herbei. „Der Gaul is' schon fertig, Sir, hab ihn selber vor 'ner Stunde zum Hufschmied 'runtergebracht!"

„Gut. Würdest du ihn holen?"

„Jawohl, Sir, sofort."

Der junge Mann pfiff während des Wartens vor sich hin, und als der Junge mit einem kräftigen Braunen am Zügel zurückkehrte, beugte er sich vor und flüsterte ihm etwas zu; und als der Junge antwortete, blickte der Mann mit einem eigenartig forschenden Blick zu Della herüber, und ihr kam der Gedanke, daß er sich vielleicht nach ihrem Namen erkundigt hatte.

Dann nahm er die Zügel, schwang sich in den Sattel, warf dem Jungen eine Münze zu und ritt davon, ohne sich noch einmal umzudrehen. Della hätte gerne gewußt, wer das gewesen war. In seinem Blick hatte sich Erkennen gespiegelt; und doch war sie ganz sicher, daß sie ihn nie zuvor gesehen hatte. Lähmende Angst überkam sie. War er beim Prozeß dabeigewesen? Wußte er etwa, wer sie war? Es war ziemlich unwahrscheinlich, und doch – sie schob den Gedanken beiseite. Ganz ohne Zweifel bildete sie sich das nur ein. Aber da war etwas an ihm gewesen, etwas Bezauberndes, sehr Anziehendes, und sie dachte flüchtig, daß sie nichts gegen ein Wiedersehen einzuwenden hätte; gleichzeitig aber erkannte sie, wie albern es war, sich für jemanden zu interessieren, der wahrscheinlich nur auf der Durchreise hier war.

Mehr als eine Stunde später fuhr ein leichter Einspänner in den Hof, der von einem kräftigen Pony gezogen wurde. Der Fahrer sprang vom Wagen und betrat die Gaststube. Er war klein und dunkel – ein typischer Talbewohner, wie Della bald erfahren sollte –, und trug lederne Gamaschen, eine Reithose aus Samt, eine Moleskin-Weste und ein Friesjackett. Das Gesicht unter dem runden Hut war braun und runzelig wie eine getrocknete Walnuß. Er schaute sich suchend um und kam dann zu Della ans Fenster.

„Sind Sie die junge Frau aus London?"

„Ja, ich bin Miss Lismore. Sind Sie aus Castlebridge?"

„Jawohl, bin ich. Komm von Rokeby Hall. Wo is' denn Ihr Koffer?"

„Draußen."

Ohne ein weiteres Wort ging er hinaus, und Della trottete

folgsam hinter ihm her. Mit einer Kraft, die man dem kleinen Mann nicht zugetraut hätte, hob er den schweren Koffer in den Wagen; dann half er Della beim Einsteigen. Er setzte sich neben sie, wartete, bis sie ihre Röcke geordnet hatte, schnalzte mit der Zunge, blickte zum Himmel auf, holte eine Decke aus dem hinteren Teil des Wagens und legte sie ihr um die Schultern.

„Könnt' Regen geben", bemerkte er lakonisch, ergriff die Zügel und fuhr los.

Della hatte nicht gewußt, was ihr bevorstand, aber jedenfalls hatte sie nicht erwartet, fast zwanzig Kilometer auf einer Straße zurücklegen zu müssen, die kaum besser war als ein Karrenweg. Frost und Schnee hatten tiefe Furchen in die Fahrbahn gegraben. Die Fahrt ging erst durch weites Moorland, auf dem niedrige Stechginsterbüsche wuchsen, später durch bewaldetes Gebiet. Della erspähte vereinzelte Primeln im grünen Moos und, wenn sie nicht alles täuschte, sogar Veilchen. Ihr Reisegefährte war der wortkargste Mensch, dem sie je begegnet war. Er beantwortete all ihre eifrigen Fragen mit „jawohl" oder „nö", wenn er sich nicht gar mit einem Brummen oder einem Kopfschütteln begnügte, so daß sie es nach einer Weile aufgab und sich in Schweigen hüllte – worauf er fröhlich zu pfeifen begann.

Schließlich erreichten sie eine sanfte Steigung, bald darauf eine scharfe Kurve. Der Kutscher deutete mit der Peitsche abwärts. Zu ihrer Überraschung erblickte Della inmitten des flachen, weiten Landes so etwas Ähnliches wie ein Dorf – Reihen um Reihen kleiner Häuser, schwarz und häßlich, und einige hohe dunkle Gebäude, die in den fahlen Himmel ragten. Wenige Minuten später holperte der Einspänner über das Kopfsteinpflaster der Siedlung. Die starren Blicke der Frauen und Kinder, die neugierig die Straße säumten, folgten dem Fahrzeug. In der Nähe der riesigen Fabrikgebäude war die Luft vom ohrenbetäubenden Knattern und Dröhnen der Maschinen erfüllt. Endlich lag der Ort hinter ihnen. Nach etwa eineinhalb Kilometern passierten sie ein hohes Eisentor und fuhren eine lange, kiesbedeckte Auffahrt hinauf – das mußte Rokeby Hall sein.

Della sah sich aufmerksam um. Das Pony witterte den Stall

und das Futter und beschleunigte seine gemächliche Gangart, als direkt vor ihm eine weiße Katze quer über den Weg jagte, dicht gefolgt von einem großen Hund und einem kleinen Jungen. Im Nu war die Hölle los. Das Kind stolperte und fiel hin. Der Kutscher riß mit einem lauten Schreckensschrei das Pferd zur Seite und sprang vom Wagen, Della hinterdrein. Das Herz klopfte ihr bis zum Hals, während sie zu dem Kind rannte, das ausgestreckt auf dem Boden lag. Als sie und der Kutscher gleichzeitig bei der kleinen Gestalt ankamen, stellte sie zu ihrer großen Erleichterung fest, daß das Kind unverletzt, wenn auch völlig außer Atem war. Wie durch ein Wunder hatte das Rad der Kutsche den Jungen um Haaresbreite verfehlt. Lachend richtete er sich auf und versuchte, den Staub und den Schmutz von seinem blauen Mantel zu klopfen.

„Das war aber verdammt leichtsinnig von dir, Master Peter", sagte der Kutscher streng. „Du hättest tot sein können."

„Es war Rustys Schuld, Rob. Er ist mir davongelaufen, und Mama mag es nicht, wenn er Duchess jagt."

„Is' möglich, aber ihre Ladyschaft tät' sich sicher nicht freuen, wenn du wegen der verdammten Katze abgekratzt wärst."

Dann kam eine ältere Frau herangekeucht – ganz offensichtlich die Nurse des Jungen – und begann Master Peter gehörig zu schelten; der Hund lief schwanzwedelnd und mit hängender Zunge herbei, und Della beobachtete, wie sich ein weißer Wollknäuel vorsichtig aus dem Gestrüpp schlich und dann geradewegs auf das Haus zusauste.

Ohne die Hand des Kindes loszulassen, drehte sich die Nurse um und musterte Della von oben bis unten.

„Sie sind wohl Miss Lismore. Ich bin Nanny Roberts. Der Master ist in der Fabrik aufgehalten worden, aber Mrs. Clifford wird Sie sehen wollen. Rob, bring die junge Dame zum Haus." Dann schüttelte sie den kleinen Jungen halb spielerisch, halb vorwurfsvoll. „Nun komm aber mit, Master Peter, und versuch wenigstens, dich zu benehmen. Schau nur, wie dein schöner neuer Mantel aussieht. Was wird Ihre Ladyschaft dazu sagen? Sicher gibt sie wieder mir die Schuld."

Brummend zerrte sie ihren widerstrebenden Schützling hinter sich her, während sie auf das Haus zustrebte, gefolgt von dem großen Hund.

„Is' ein Racker, der Kleine", murmelte Rob, als er Della auf den Wagen half. „Aber ein richtiger Junge, ja, das is' er."

Sie fuhren nun beträchtlich langsamer auf das Haus zu und hielten vor einer breiten Freitreppe, die zu einem Säulengang hinaufführte. Der Kutscher war Della beim Absteigen behilflich, stellte den Koffer neben ihr ab und fuhr zu den Ställen weiter. Della stand ein wenig verloren da und sah sich zögernd um. Das Haus war groß und imposant, etwa fünfzig Jahre alt, und in einem schwerfälligen, klassischen Stil erbaut. Della brauchte einen Augenblick, bevor sie genügend Mut aufbrachte, um die Treppe hinaufzusteigen und den schweren Messingklopfer zu betätigen.

Der dunkel gekleidete Butler, der das Tor öffnete, war eine eindrucksvolle Erscheinung. Er schien durch Della hindurchzusehen, näselte aber dann:

„Miss Lismore, nehme ich an?"

„Ja."

„Folgen Sie mir bitte, Miss."

Verschüchtert ging Della hinter ihm her. Es war alles so anders, als sie erwartet hatte, und sie hätte sich gern für einen Augenblick zurückgezogen, um ihr zerzaustes Haar zu kämmen und sich ein wenig zu sammeln. Der Butler führte sie über eine breite Treppe hinauf und einen Gang entlang, klopfte an eine Tür und öffnete sie.

„Die junge Dame, Eure Ladyschaft", sagte er und machte Platz, um Della eintreten zu lassen.

Della war so überrascht von dem Anblick, der sich ihr bot, daß ihr der Atem stockte. Die Wände des Zimmers, das sie betrat, waren weiß und grau getäfelt und mit Goldleisten abgeschlossen; die eleganten Sessel waren mit rosa Damast bespannt; schwere Samtvorhänge im selben Ton dämpften das Licht, luxuriöse Teppiche die Schritte; und überall gab es Silber und Kristall, in dem sich der Kerzenschein des funkelnden

Kronleuchters spiegelte – ein wahrhaft passender Rahmen für das schöne Geschöpf, das sich in einer wundervollen Kreation aus cremefarbener Seide und Organza auf dem Sofa räkelte. Das Kleid, überlegte Della, mußte ein Vermögen gekostet haben. Die schlanke Taille der Dame wurde von einer dunkelblauen Schärpe betont, die farblich mit dem Samtband in den aschblonden Locken harmonierte. Unter dem Seidenrock schlüpfte plötzlich eine weiße Katze hervor und fauchte Della an; die grünen Augen des Tieres glitzerten feindselig. Mit einer trägen Handbewegung hob Ihre Ladyschaft die Katze auf ihren Schoß.

„Schsch, Duchess." Sie musterte Della mit unverhohlener Neugier. „Sie also sind die neue Lehrerin. Sind Sie nicht ein wenig jung für diese Stellung?"

„Ich bin dreiundzwanzig, fast schon vierundzwanzig", erwiderte Della mit einem Anflug von Trotz.

„So? Miss Hutton, die uns eben verlassen hat, behauptete, sie sei fünfunddreißig, war aber zweifellos um keinen Tag jünger als vierzig. Wir dachten, sie würde für immer bleiben, doch leider! Sie wird tatsächlich heiraten – und sogar einen Geistlichen. Sehen Sie? Niemand braucht je die Hoffnung aufzugeben. Wie lange beabsichtigen *Sie* denn zu bleiben?"

„Ich hoffe, eine ganze Weile, wenn mich Mr. Clifford für geeignet hält."

„Mein Mann wurde leider in der Fabrik aufgehalten. Irgendein dummes Geschöpf ist mit dem Arm in eine Maschine geraten, und davon wird so viel Aufhebens gemacht. Ich habe mir fast jeden Knochen im Leib gebrochen, als ich noch mit Papa auf die Jagd ritt, aber Tom ist so schrecklich gewissenhaft. Er muß sich immer um alles selbst kümmern. Hatten Sie eine angenehme Reise?"

„Ja, vielen Dank."

Das also war die Frau ihres Arbeitgebers, diese liebreizende, überhebliche junge Frau – für einen Fabrikbesitzer, der sich erst hochgearbeitet hatte, zweifellos eine ungewöhnliche Wahl. Ihre Stimme klang gleichgültig herablassend und fast unmerklich spöttisch. Ganz so, als würde sie ein neues Dienstmädchen einstellen, dachte Della verstimmt.

„Was hat Sie denn eigentlich veranlaßt, Lehrerin zu werden?“ fragte Ihre Ladyschaft jetzt aus reiner Neugierde.

„Die Notwendigkeit, Mrs. Clifford.“

„Ach. Ich könnte mir vorstellen, daß Sie mit Ihrem Aussehen reizvollere Alternativen hätten finden können...“

Della erfaßte den tieferen Sinn dieser Bemerkung und fühlte, wie sie errötete. „Ich verstehe Sie nicht ganz.“

„Ich glaube, Sie verstehen mich sehr gut, aber lassen wir das.“ Sie seufzte. „Ach je, wie herrlich muß es sein, wenn man tun und lassen kann, was man will. Sie wissen gar nicht, wie glücklich Sie dran sind.“

„Das ist nicht immer ein reines Glück, glauben Sie mir“, erwiderte Della scharf.

„Nicht?“ Die veilchenblauen Augen weiteten sich erstaunt. „Leider sind die Möglichkeiten hier oben im Norden sehr begrenzt. Castlebridge ist der gottverlassenste Ort, den man sich nur vorstellen kann.“

„Soviel ich gesehen habe, ist es recht schön hier, Mrs. Clifford, und ich kann Ihnen versichern, daß ich nicht auf einen Ehemann aus bin.“

„Aber vielleicht auf einen Liebhaber?“ Sie lachte plötzlich. „Du meine Güte, jetzt habe ich Sie schockiert. Wenn mein Mann hier wäre, würde er mich für den Unsinn schelten, den ich Ihnen da erzähle.“

„Ich bin aber gar nicht schockiert“, sagte Della abweisend.

Sie war zum Umfallen müde, sehnte sich nach einer Tasse heißen Tee, und ihre Füße fühlten sich an wie Eisklumpen. Es war ihr bewußt, daß sie verspottet wurde, und sie war wahrhaftig nicht in der Stimmung, sich zur Belustigung dieser oberflächlichen jungen Frau auf weitere Wortgefechte einzulassen. Sie wollte gerade fragen, wo sie nun hingehen sollte, als an die Tür geklopft wurde und Nanny Roberts mit dem kleinen Jungen an der Hand hereinkam.

„Master Peter möchte Ihnen gute Nacht sagen, Mylady“,

sagte sie und warf Della einen strengen Blick zu – so als wollte sie sie davor warnen, den Unfall in der Auffahrt zu erwähnen.

„Ah, fein. Nanny, meine Liebe, das ist die junge Dame, die die Stelle von Miss Hutton übernehmen wird. Sorgen Sie bitte dafür, daß man ihr den Weg zum Cottage weist. Sie dürfen Peter bei mir lassen."

„Sollte ich nicht auf Mr. Clifford warten?" fragte Della.

„Oh nein", sagte seine Frau unbekümmert. „Weiß der Himmel, wann er – falls überhaupt – heute abend nach Hause kommt." Sie streckte die schmale Hand aus. „Komm her, Schätzchen. Komm zu Mama."

Der Junge warf der Nurse einen verstohlenen Blick zu und lief quer durch das Zimmer auf das Sofa zu. Er kletterte auf den Schoß seiner Mutter und stieß die weiße Katze weg.

„Gib doch acht auf Duchess, sonst kratzt sie dich, und zerreiß mir nicht das Kleid. Papa wird mir kein neues mehr kaufen, weißt du." Sie entließ Della mit einer flüchtigen Handbewegung. „Sie können jetzt gehen, Miss Lismore. Nanny wird Ihnen den Weg zeigen."

Della folgte der korpulenten älteren Frau aus dem Zimmer.

„Das Schulhaus liegt zwischen dem Parktor und der Fabrik", sagte Nanny, als sie Seite an Seite die Treppe hinuntergingen. „Ich hole den Schlüssel und schicke einen der Stallknechte mit Ihrem Koffer nach."

„Ich hätte gern erst mit Mr. Clifford gesprochen."

„Ja, nun, ich bin überzeugt, er wird Sie rufen lassen, sobald er zurück ist. Die Herrin kümmert sich gewöhnlich nicht um Dinge, die etwas mit der Fabrik zu tun haben. Sie müssen wissen, daß sie vor ihrer Heirat Lady Sylvia Farringford war, die Tochter des Earl of Sterndale."

Und die Ehe mit einem Fabrikbesitzer empfand sie gewiß als einen gesellschaftlichen Abstieg, ergänzte Della in Gedanken. War es eine Liebesheirat gewesen, fragte sie sich zynisch, oder eine Geldheirat mit einem alten Mann?

„Hat sie noch mehr Kinder?" fragte sie.

„Oh nein, sie ist nicht sehr belastbar, müssen Sie wissen."

lautete die Antwort; Nanny sagte das so, als wäre es etwas, auf das man besonders stolz sein konnte. „Ich hab sie aufgezogen, ich kenn sie, seit sie ein Baby war – so ein hübsches Ding –, ich muß es also wissen."

Della sah eine seltene, zarte Blume vor sich, ein Wesen, das gegen seinen Willen in einen groben und gewöhnlichen Boden verpflanzt worden war. Nun, das versprach auf jeden Fall interessant zu werden.

Sie kamen in die Halle. Della erhielt einen großen Schlüssel, und Nanny beschrieb ihr genau, wo das Schulhaus und das Cottage lagen; dann trat Della hinaus ins Freie. Die Abenddämmerung war angebrochen, als sie sich auf den Weg in ihr künftiges Heim machte.

Es war fast dunkel, als sie das häßliche kleine Gebäude erreichte, das, wie sie feststellte, die Schule sein mußte. Der kastenförmige Anbau hatte keinerlei Ähnlichkeit mit dem romantischen Landhäuschen, das sie sich in ihrer Phantasie ausgemalt hatte. Sie versuchte, gegen die Niedergeschlagenheit anzukämpfen, die sich in ihr breitzumachen begann, steckte den Schlüssel ins Schloß und drehte ihn mit einiger Mühe herum.

Die Tür quietschte in den Angeln, und ein Schwall eiskalter Luft strömte ihr entgegen. Es roch dumpf, wie in jeder Behausung, die im Winter länger als zwei Wochen unbewohnt blieb. Sie trat in einen Raum an der Vorderseite des Hauses; genau konnte sie nicht erkennen, was für ein Zimmer das war, denn die Fensterläden waren geschlossen, und es herrschte beinahe vollkommene Dunkelheit. Sie stieß gegen einen Stuhl, schlug mit dem Knie gegen etwas Hartes und tastete sich bis zu einem Tisch vor, wo sie zu ihrer Erleichterung eine Kerze und eine Zunderbüchse fand. Mit einiger Anstrengung konnte sie eine Flamme entfachen und zündete die Kerzen in dem zweiarmigen Leuchter an. Dann sah sie sich um.

Es war ein ungemütlicher, spärlich möblierter Raum, doch wirkte er, abgesehen von einer dicken Staubschicht auf dem Tisch und auf dem Fußboden, recht sauber. Sie nahm den Leuchter und machte sich daran, die anderen Räume zu erforschen. Im hinteren Teil des Hauses befand sich die Küche; hier gab es einen modernen Eisenherd, eine Anrichte, auf der schlichtes weißes Geschirr gestapelt war, und einen Tisch samt Stühlen. Alles war sauber, aber völlig leer, und weder in der Speisekammer noch in den Fächern der Anrichte entdeckte Della etwas Eßbares – nicht einmal einen Sack Mehl oder ein Stück Brot. Sie fragte sich, wie lange das Haus wohl schon leer gestanden haben mochte, und schloß die Tür. Da hörte sie ein leises Rascheln. Eine kleine Kolonne Küchenschaben kroch, vom Licht angelockt, unter dem Herd hervor und marschierte langsam durch den Raum. Der Anblick gab Della den Rest. Sie sank auf einen Stuhl. Sie zitterte vor Kälte und war so wütend, daß sie am liebsten schnurstracks zum Herrenhaus zurückgelaufen wäre, um Thomas Clifford und seiner Frau, dieser schnippischen Aristokratin, ihre Meinung zu sagen: Wenn das alles war, was sie zur Begrüßung einer neuen Angestellten vorbereitet hatten, die nach einer Anreise von zwei Tagen und zwei Nächten völlig erschöpft war, dann mußten sie sich jemand anderen für den Posten suchen – sie würde schnellstens nach London zurückkehren. Eine Weile blieb sie so sitzen und brütete düster vor sich ihn, als abermals ein leises Geräusch sie veranlaßte, ängstlich aufzublicken. Eine Maus saß am anderen Ende des Tisches und schaute sie mit großen Knopfaugen an. Aus irgendeinem unerklärlichen Grund ließ die Spannung plötzlich nach, und Della begann zu lachen.

„Tut mir leid, liebes Mäuschen, aber ich bin so hungrig wie du", sagte sie übermütig.

Die Maus trippelte davon, und Della ging festen Schrittes zurück ins Wohnzimmer. Als erstes mußte sie Feuer machen. Und danach – nun, sie wußte zwar nicht, wo sie um diese Zeit noch etwas zu essen bekommen konnte, aber in ihrem Reisekorb lagen noch ein Stück Käse und ein Apfel. Das mußte eben reichen bis zum Morgen. Sollte das eine Bewährungsprobe sein, dann würde sie sie jedenfalls bestehen; sie war fest entschlossen, sich nicht unterkriegen zu lassen. Sie legte Hut und Mantel auf einen Stuhl und machte sich an die Arbeit.

Eine Stunde später mühte sie sich immer noch damit ab, ein Feuer anzufachen. Sie hatte Holz und Kohlen und ziemlich feuchtes Zeitungspapier gefunden, aber alle ihre Versuche, es zum Brennen zu bringen, waren vergeblich.

Der Verzweiflung nahe, sank Della auf dem Flickenteppich nieder. Ihr Haar hatte sich gelöst und fiel ihr auf die Schultern; Gesicht und Hände waren von Ruß und Rauch geschwärzt, und genau in diesem tristen Augenblick flog krachend die Tür auf.

Auf der Schwelle stand ein Mann, dessen Gestalt sich groß und irgendwie bedrohlich gegen den nächtlichen Himmel abzeichnete. In all den schweren Zeiten, die noch auf die beiden zukommen sollten, würde keiner von ihnen je diese erste Begegnung vergessen. Doch Della sprang entrüstet auf, während er sich abschätzend umsah. Aus seiner ganzen Haltung sprach Wut, und Empörung flackerte in seinen grauen Augen.

„Miss Lismore?“ fragte er und trat ins Zimmer. „Ich bin Thomas Clifford. Es tut mir leid, daß ich nicht da war, als Sie ankamen.“

„Ich habe gehört, daß Sie in der Fabrik aufgehalten wurden.“

Sie übersah seine ausgestreckte Hand. Er hatte sie überrumpelt, und sie war sich wohl bewußt, wie unordentlich und zerzaust sie aussehen mußte.

„Ja, das stimmt, ein unglückseliger Unfall.“ Er kam stirnrunzelnd näher. „Was, zum Teufel, tun Sie denn da?“

„Ich hätte gedacht, das wäre nicht zu verkennen“, erwiderte sie sarkastisch. „Es ist sehr kalt, und ich tue mein Bestes, um Feuer zu machen.“

„Aber verdammt nochmal – verzeihen Sie –, ich hab doch befohlen, daß alles für Ihre Ankunft vorbereitet werden soll...“ Sein Blick glitt durch den kahlen Raum und kehrte dann zu ihr zurück. „Es ist wohl besser, Sie kommen mit mir zum Herrenhaus. Sie können die Nacht bei uns verbringen.“

„Nein“, sagte Della trotzig, „nein, Mr. Clifford. Das werde ich nicht tun. Da ich künftig hier wohnen werde, ziehe ich es vor hierzubleiben.“

„Streiten Sie bitte nicht mit mir.“

„Außerdem liegt mir daran, Ihnen nicht mehr als nötig verpflichtet zu sein.“

„Das ist wirklich lächerlich. Sie können nicht hierbleiben, und damit basta.“

„Tut mir leid, aber nun bin ich einmal hier und werde auch hier bleiben.“

Sie blickte herausfordernd zu ihm auf, obwohl sie innerlich zitterte vor Wut. Es kam zu einem kurzen, stummen Kampf – Wille stand gegen Wille –, dann machte er eine ungeduldige Handbewegung.

„Also, wenn Sie unbedingt hierbleiben wollen, dann lassen Sie mich wenigstens das Feuer machen. Ich glaube, ich kann das besser als Sie.“

„Es geht schon“, sagte sie hastig. „Es braucht nur ein wenig Zeit.“

„Nicht Zeit, bloß Hausverstand“, erwiderte er schroff.

Er zog seinen Mantel aus, warf ihn über einen Stuhl und kniete vor dem Kamin nieder. Sehr zu Dellas Verdruß gelang es ihm in bemerkenswert kurzer Zeit, ein lustig flackerndes Feuer anzufachen, und mit geschickten Händen begann er, Holz und Kohlen aufzuschichten, während sie neben ihm stand und ihn beobachtete.

Er war so ganz anders als der schwerfällige Geschäftsmann, den Della auf Lucindas Beschreibung hin zu sehen erwartet hatte. Vor allem war er viel jünger, offenbar kaum älter als dreißig; er war groß und breitschultrig und vermittelte den Eindruck von Autorität und Kraft. Der Schein des flackernden Feuers schimmerte in dem dichten, ziemlich zerzausten braunen Haar und erhellte ein markantes Gesicht mit ausgeprägten Zügen, klaren Augen unter sehr geraden starken Augenbrauen, vollen Lippen und einem energischen Kinn. Dieser Mann duldet keine Dummköpfe um sich, dachte Della, er gehört auch nicht zu den Menschen, die mit sich spaßen lassen.

Er stand auf, versuchte – allerdings vergeblich – sich den Staub von den Händen zu wischen, und drehte sich zu ihr um.

„Ich bin noch immer der Meinung, daß Sie mit mir ins Herrenhaus kommen sollten.“

„Danke für das Feuermachen. Jetzt komme ich schon allein zurecht.“

„Wie steht's mit Lebensmitteln? Haben Sie zu Abend gegessen?“

Ihr Stolz zwang sie zu sagen: „Ich habe keinen Hunger.“

Er schaute sie scharf an, ging hinaus in die Küche, riß sämtliche Schranktüren auf und kehrte wieder zurück. Wut malte sich auf seinen Zügen. Irgend jemand würde für diese Nachlässigkeit büßen müssen, schoß es Della durch den Kopf.

„Da Sie unbedingt hierbleiben wollen, werde ich die Dienstboten mit dem Nötigsten herschicken“, sagte er barsch.

„Machen Sie bitte meinetwegen keine Umstände.“

„Von Umständen kann keine Rede sein. Ich hatte angeordnet – ach, lassen wir das. Es besteht nicht die geringste Notwendigkeit, daß Sie hier zur Märtyrerin werden, Miss Lismore. Von meinen Angestellten wird nicht erwartet, daß sie hungern. Ich werde mich selbst darum kümmern, daß alles in Ordnung gebracht wird, und wenn Sie morgen früh ins Herrenhaus kommen, besprechen wir Ihre künftigen Aufgaben.“ Er nahm seinen Mantel, schlüpfte hinein und sagte plötzlich: „Sie sind um einiges jünger, als ich erwartet hatte.“

„Das hat Ihre Frau auch gesagt.“ Sein Tonfall wirkte aufreizend auf sie. „Ich versichere Ihnen, daß ich eine Menge Erfahrung mit Kindern habe.“

„Ja, wirklich? Sagten Sie eben, daß Sie mit meiner Frau gesprochen haben?“

„Ja. Gleich, nachdem ich angekommen war.“

„Und sie hat Sie hierhergeschickt?“

„Ja.“

„Aha.“ Della hatte das unbehagliche Gefühl, daß mit Mr. Thomas Clifford nicht gut Kirschen essen war, wenn er in Wut geriet. An der Tür blieb er stehen und wandte sich um. „Wenn die Dienstboten das Essen bringen, sagen Sie ihnen bitte auch, ob Sie sonst noch etwas brauchen.“

„Danke."

„Dann bis morgen früh. Gute Nacht, Miss Lismore."

Er ging hinaus, und sie eilte rasch hinter ihm her zur Tür und sah, wie er die Zügel des Pferdes nahm, die er an einem Ring an der Mauer festgemacht hatte, gewandt in den Sattel sprang und in flottem Trab die Straße hinaufritt.

Nachdenklich schloß Della die Tür und kehrte wieder an das Feuer zurück, das bereits wohlige Wärme verbreitete. Das also war Thomas Clifford. Die erste Begegnung mit ihm war nicht im geringsten so verlaufen, wie sie es erwartet hatte, und sie wußte nicht so recht, ob sie sich darüber freuen sollte. Er machte nicht den Eindruck eines besonders umgänglichen Menschen, und sie war sich ihrer Unzulänglichkeit als Lehrerin und der Tatsache, daß sie sich mit einem falschen Namen tarnte, nur allzu bewußt. Plötzlich zweifelte sie daran, ob es klug gewesen war, ihre wahre Identität zu verschweigen. Bei der kurzen Begegnung mit ihrem Arbeitgeber hatte sie den Eindruck gewonnen, daß er jeden verachtete der nicht den Mut hatte, sich zur Wahrheit zu bekennen; und das war ein höchst unangenehmer Gedanke.

Doch nun war sie hier und hatte keine andere Wahl als durchzuhalten. Nach einigen Minuten ging sie in die Küche. Erleichtert stellte sie fest, daß durch ein steinernes Rohr Wasser in das Spülbecken geleitet wurde; also mußte sie es nicht von einer Pumpe im Hof holen, wie sie zunächst befürchtet hatte. Sie wusch sich den Ruß und den Kohlenstaub ab, so gut es eben ging, nahm die Kerze und stieg die Treppe hinauf ins Schlafzimmer. Es war so kalt, sauber und ungemütlich wie alle übrigen Räume des Häuschens, aber immerhin gab es hier einen Kleiderschrank und einen Toilettentisch mit Spiegel, und der Alkoven mit dem Bett, auf dem fein säuberlich zusammengefaltete Laken und Decken lagen, war mit Vorhängen aus ausgebleichtem hellblauem Leinen verhangen. Es roch muffig und dumpf, und Della plagte sich gerade damit, den rostigen Fensterriegel zurückzuschieben, als sie ein Klopfen vernahm; eilig ging sie hinunter, um zu öffnen.

Fast hätte sie hellauf gelacht, als sie die kleine Prozession sah, die vor der Tür haltgemacht hatte: eine Frau mittleren Alters, in Hut und Mantel, ein etwa siebzehnjähriger Junge, beide mit großen Deckelkörben beladen, und hinter ihnen Rob, der Kutscher, mit einem Karren, auf dem ihr Gepäck lag. Sie trat zur Seite, um die Leute einzulassen, und dachte, daß wohl alle drei den heftigen Unwillen ihres Herrn zu spüren bekommen hatten, denn die Frau – vermutlich die Haushälterin von Rokeby Hall – entschuldigte sich wortreich, während sie den ersten Korb auspackte. Dann stellte sie eine Reihe zugedeckter Schüsseln auf den Herd. Aus dem zweiten Korb holte sie allerhand Vorräte hervor – einen Krug Milch, Butter, Käse, Eier, Brot, Tee – und stapelte sie auf dem Tisch; sie hätte sie auch noch in die Vorratskammer gebracht, was Della jedoch nicht zuließ.

„Bitte bemühen Sie sich nicht. Das kann ich doch selbst tun."

„Nicht der Rede wert, Miss. Brauchen Sie sonst noch etwas? Wissen Sie, wir haben Sie erst in ein oder zwei Tagen erwartet, sonst wäre das alles schon längst geschehen, und das habe ich auch Mr. Clifford gesagt", fuhr sie in gekränktem Ton fort.

Und er hat es dir ebensowenig geglaubt wie ich, dachte Della, lächelte aber nur und bedankte sich.

„Es ist sehr freundlich von Ihnen, so viel für mich zu tun. Aber jetzt komme ich bestimmt allein zurecht."

Rob und der Junge hatten Dellas Koffer hinauf ins Schlafzimmer befördert; nun kamen sie wieder die Treppe herunter und blieben verlegen an der Tür stehen.

„Sind Sie soweit, Mrs. Fenton?" fragte Rob.

„Ich komme gleich, Rob. Brauchen Sie auch ganz bestimmt nichts mehr, Miss Lismore?"

„Nein, danke. Gute Nacht."

„Gute Nacht, Miss."

Della schloß die Tür hinter den dreien, schob den Riegel vor, dann lief sie voll kindischer Neugier in die Küche, um einen Blick in die Schüsseln zu werfen. Sie entdeckte ein halbes Huhn auf einer dicken Scheibe gebratenem Yorkshire-Schinken, große Kartoffelpuffer, dick mit Butter bestrichen, ein Stück Obstkuchen und eine Schüssel mit Vanillepudding. Della merkte erst jetzt, wie hungrig sie war. Sie nahm einen Teller aus dem Küchenschrank, holte dann aber, einer plötzlichen Eingebung folgend, das Stückchen Käse aus ihrem Reisekorb, zerkrümelte es und verstreute die Brocken auf dem Boden.

„Dein Anteil, Mäuschen", flüsterte sie und kicherte.

Sie stellte einen Stuhl vor den Kamin, belud ihren Teller und genoß ihr Mahl mit dem tröstlichen Gefühl, einen kleinen Sieg errungen zu haben, indem sie ihrem Vorsatz treu geblieben war und sich geweigert hatte, mit Mr. Clifford zum Herrenhaus zurückzukehren. Sie hatte ihm, wenn auch maßvoll, zu erkennen gegeben, daß sie nicht irgendwer war, sondern ein Mensch, mit dem man rechnen mußte; zumindest hoffte sie, diesen Eindruck erweckt zu haben.

Mit einer ihrer Vermutungen hatte Della zweifellos recht. Mit Thomas Clifford war tatsächlich nicht zu spaßen, wenn er aufgebracht war. Als er zum Herrenhaus ritt, war er aufs tiefste verstimmt. Er war stolz darauf, wie gerecht er seine Angestellten in der Fabrik und im Haus behandelte, und nun war er von einem jungen Mädchen mit rußigem Gesicht und kohlschwarzen Händen zum Narren gemacht worden, und das paßte ihm gar nicht. Er wies die Haushälterin mit scharfen Worten zurecht, und die Dienstboten machten sich eiligst daran, seine Anweisungen zu befolgen. Dann ging er, immer noch wütend, nach oben, um mit seiner Frau zu sprechen.

Sylvia lag auf dem Sofa und las in einem Roman, als die Tür so ungestüm aufflog, daß die weiße Katze vom Sofa flüchtete und fauchend unter einem Stuhl verschwand.

Sylvia ließ das Buch sinken und blickte zu ihrem Mann hinüber. „Also wirklich, Tom, mußtest du unbedingt wie ein Tornado da hereinstürmen? Du hast Duchess zu Tode erschreckt!"

„Zum Teufel mit der Katze! Ich wußte nicht, daß ich anklopfen muß, bevor ich das Zimmer meiner Frau betrete."

„Sei nicht albern. Komm, um Himmels willen, endlich herein und sieh mich nicht so an. Und mach die Tür zu; es zieht schrecklich."

„Verzeihung, Liebes." Sanft schloß er die Tür, trat an das Sofa und blickte auf sie hinab.

Sie warf ihm, unter den langen seidigen Wimpern hervor, einen schelmischen Blick zu. „Nun, was habe ich diesmal verbrochen?"

„Hast du getan, worum ich dich gebeten habe, und den Dienstboten befohlen, das Schulhaus für Miss Lismore vorzubereiten?"

„Ja, natürlich", sagte sie gleichgültig.

„Ganz bestimmt? Mrs. Fenton schwört, daß sie diesbezüglich keinerlei Auftrag von dir erhalten hätte."

„Wenn du einer Bediensteten mehr glaubst als mir..." Sie zuckte die Schultern und legte das Buch auf ein Abstelltischchen. „Wie auch immer, was macht das schon aus? Ich bin überzeugt, daß diese Person gewöhnt ist, für sich allein zu sorgen."

„Darum geht's hier wohl kaum. Und warum mußte Rob mit dem Einspänner fahren, um sie abzuholen? Miss Lismore ist kein Dienstmädchen."

„Ich habe die Kutsche am Nachmittag selbst gebraucht. Erwartest du etwa, daß ich zu Fuß gehe?"

„Sei nicht albern."

„Du bist albern! Wozu überhaupt all dieses Theater wegen des jungen Dings?"

„Ich habe sie aufgesucht, um sie zu begrüßen und in Castlebridge willkommen zu heißen; sie saß in einem eiskalten Haus – ohne Feuer, ohne Essen, nichts war für sie vorbereitet."

„Du lieber Himmel, das ist doch gewiß keine solche Tragödie! Sie ist doch sicher nicht auf den Mund gefallen; sie hätte nur zu fragen brauchen. Aber wenn du dich schon so darüber aufregst, warum hast du sie denn dann nicht mitgebracht?"

„Sie weigerte sich mitzukommen."

„Na, das ist dann wohl ihre Sache!"

„Nein, das ist es nicht. Wäre ich an ihrer Stelle gewesen, dann hätte ich kehrtgemacht und wäre schnurstracks nach London zurückgefahren." Seine scheinbare Ruhe war wieder dahin, und zornig rief er aus: „Du hast das Mädchen empfangen, du hast mit ihr gesprochen. Was glaubst du wohl, wie ihr zumute ist? Ich verlange, weiß Gott, nicht viel von dir. Aber du könntest zumindest tun, worum ich dich bitte, und den Haushalt ordentlich führen."

„Ich führe den Haushalt ordentlich, aber die Schule ist ein Teil der Fabrik. Das ist deine Angelegenheit, damit habe ich nichts zu tun." Sie stand auf und schritt durch den Raum – schlank, anmutig, unglaublich schön. „Das hatten wir doch vor unserer Hochzeit abgemacht, oder? Es ist schon schlimm genug, hier in diesem Haus leben zu müssen, nur einen Steinwurf von alldem entfernt, was ich verabscheue."

„Keine Übertreibungen, bitte. Ich hab dich nie daran gehindert wegzufahren, wann immer du wolltest, und ich werde es auch in Zukunft nicht tun."

„Oh ja, ein paar Wochen nach Scarborough oder Harrogate, wenn du mich von der Leine läßt. Wann sind wir das letztemal in Paris oder in London gewesen? Oder auch nur zu den Pferderennen nach York gefahren?"

Das war ein Vorwurf, über den sie immer wieder in Streit gerieten, und er runzelte die Stirn. „Es tut mir leid, aber du weißt ebensogut wie ich, daß ich in den letzten zwei Jahren nicht von hier fort konnte."

„Und ich muß darunter leiden", sagte sie und drehte sich zu ihm um. „Ist es etwa meine Schuld, daß den Wollscherern nichts an deinen neuen Maschinen liegt, und die Wollkämmer streiken, um mehr Lohn zu bekommen; oder bin ich vielleicht schuld an deiner Besorgnis, daß diese Chartisten, oder wie sie sich nennen, deine kostbare Fabrik niederbrennen, wie sie es in Bradford getan haben?"

Er machte eine ärgerliche Geste. „Sprich nicht über Dinge, von denen du nichts verstehst."

„Oh, ich verstehe nur zu gut, wovon ich rede, und all das langweilt mich zu Tode. Nun willst du obendrein noch weiterhin teures Geld für eine Schule verschwenden! Als Mrs. Hutton ging, glaubte ich, das wäre endlich erledigt. Wem nützt denn diese Schule? Wozu soll es gut sein, Kindern der Unterschicht auch nur irgend etwas beizubringen? Das einzige, was dabei herauskommt, ist, daß sie unzufriedener werden mit ihrem Leben. Papa hat schon immer gesagt, daß Bildung der Arbeiterklasse nur schadet, und er hatte recht."

Die Ungerechtigkeit ihrer bitteren Tirade traf ihn wie ein Schlag. Er betrachtete sie mit einer Mischung aus Ungeduld und Verzweiflung. Seit wann lief eigentlich alles schief zwischen ihnen? Einige wenige Wochen lang, als sein Vater noch lebte und er mit Sylvia die Flitterwochen in Paris und Italien verbrachte, war er über alle Maßen stolz und glücklich gewesen; dann, eines Abends, war John Henry Clifford, als er über das Moor nach Hause ritt, von der Kugel eines Meuchelmörders niedergestreckt worden, und die Last der Verantwortung war ihm zugefallen, als er noch nicht bereit dazu gewesen war. Eine Zeitlang hatte Tom Tag und Nacht gearbeitet, um den Kopf über Wasser halten zu können und Sylvia mit dem Luxus zu umgeben, den sie erwartete, nur um am Ende festzustellen, daß er seine Frau verloren hatte – falls sie es überhaupt je gewesen war, trotz des Sohnes, den sie ihm geschenkt hatte.

Er trat hinter sie. „Vielleicht hat Lord Sterndale sogar recht, was die Schule betrifft. Ich bin mir manchmal selbst nicht sicher, aber ich muß es versuchen. Versteh das doch." Er legte ihr den Arm um die Schultern. „Iß mit mir zu Abend. Ich hab den ganzen Tag noch nichts zu mir genommen."

„Ich habe schon zu Abend gegessen."

„Dann trink ein Glas Wein mit mir. Bitte, mein Liebes."

Zärtlich hob er ihr schweres Haar und küßte sie auf den Nakken. Die kurze Berührung erregte sie, und sie wäre fast schwach geworden, doch dann wich sie, einer teuflischen Laune folgend, vor ihm zurück.

„Ich bin müde. Ich glaube, ich gehe zu Bett."

Enttäuscht zog er sich zurück. „Gut, wie du willst. Ich beabsichtige, Miss Lismore einzuladen, in ein oder zwei Tagen den

Abend bei uns zu verbringen. Sie wird sich hier in Yorkshire, wo sie doch niemand kennt, recht einsam fühlen. Wir werden ein paar Freunde einladen, die Strattons von Farley Grange, den Doktor und so weiter. Würdest du das bitte arrangieren?“

„Wenn es sein muß.“

„Ich werde später noch einmal hereinschauen, um dir gute Nacht zu sagen.“

Sie blickte ihm nach, bis er leise die Tür hinter sich geschlossen hatte, dann warf sie sich in einem Aufruhr widerstreitender Gefühle auf das Sofa – Wut, Enttäuschung und Empörung vermischten sich mit der quälenden Sehnsucht nach jenem Mann, den sie begehrt hatte und der ihr verweigert worden war. Fünf lange Jahre hatten ihren Groll darüber, daß sie zu einer Ehe mit einem ungeliebten Mann gezwungen worden war, nicht vermindern können, und die Tatsache, daß dieser Mann versucht hatte, ihr jede erdenkliche Freude zu bereiten, machte alles eher noch schlimmer, denn nun fühlte sie sich schuldig.

Später hörte sie, wie Tom die Treppe heraufkam und vor ihrer Schlafzimmertür stehenblieb. Im vergangenen Jahr hatten sie öfter getrennt als zusammen geschlafen. Nicht, daß sie sich ihm verweigert hätte – aber die gequälte Hingabe einer Märtyrerin war keineswegs das, was er von seiner Frau erwartete. Diese Art der Befriedigung konnte er sich jederzeit gegen Geld in Bradford oder Leeds verschaffen.

Nach einer Weile ging Tom weiter, und plötzlich verspürte sie den boshaften Wunsch, er wäre hereingekommen und hätte sie mit Gewalt genommen, so daß sie ihn danach hätte demütigen und erniedrigen können, um ihre rastlose Unzufriedenheit wenigstens mit Wut zu stillen.

4

Erschöpft von der mehrtägigen Reise und den Aufregungen bei ihrer Ankunft, schlief Della länger, als sie beabsichtigt hatte; als sie endlich aufwachte, war es heller Morgen. Sie sprang aus dem Bett, wusch sich mit kaltem Wasser, zog sich so rasch wie möglich an und lief nach unten. Das Feuer, das sie am vergangenen Abend zuletzt noch ungeschickt geschürt hatte, war zu grauer Asche heruntergebrannt. In all den Jahren mit ihrem Vater hatte sie immer in Mietunterkünften gewohnt. Sie war noch nie zuvor mit den Anforderungen eines Haushaltes konfrontiert worden, und dies bekam sie nun zu spüren. Sie stand da, den Wasserkessel in der Hand, und starrte hilflos auf den schwarzen Herd in der Küche, als es an der Tür klopfte. Hastig stellte sie den Kessel nieder und lief zur Tür, um zu öffnen. Draußen stand ein drolliges kleines Geschöpf, dessen braunes Haar in der Mitte des Kopfes zu einem Knoten aufgesteckt war. Ein altes graues Umhängetuch umhüllte die Schultern, und unter einem Rock aus ungebleichter Leinwand, der bis zu den Knöcheln reichte, lugten kleine Füße in viel zu großen, schweren Holzpantinen hervor. Das Mädchen sah nicht älter als elf Jahre aus; in Wirklichkeit war es vierzehn.

„Der Herr hat gemeint, Sie könnten wen brauchen, der die groben Arbeiten macht", sagte die Kleine freundlich.

Della brauchte eine Weile, bis sie den breiten Yorkshire-Dialekt verstand, dann erwiderte sie dankbar: „Oh, ja, das stimmt. Weißt du vielleicht, wie man das Wasser im Kessel zum Kochen bringt?"

Das Mädchen sah sie groß an. „Ja, das weiß ich schon. Sie woll'n sicher 'ne Tasse heißen Tee." Sie stolperte herein; noch ein wenig unsicher nestelte sie an ihrem Tuch. Dann aber begann sie zu grinsen. „Ich mach Feuer, un' Sie bringen mir 'n Kessel. Das ha'm wir im Handumdrehen."

Sie kniete am Herd nieder und scharrte fachmännisch die immer noch glühenden Kohlenreste unter der Asche zusammen.

„Hat Mr. Clifford dich geschickt?“ fragte Della, als sie mit dem Kessel zurückkehrte.

„Ja, er hat mir's gestern ausrichten lassen. Mein Pa is' einer von 'n Vorarbeitern in der Fabrik.“ Sie blies in die Glut, entfachte eine Flamme und legte vorsichtig Holzspäne und Kohlen nach. „Meine Ma arbeitet auch da, und ich auch, bis zu mein'm Unfall.“

„Unfall?“

„Ja, ich bin mit'm Fuß in 'ne Maschine 'rein. Der Doktor konnt's nich' mehr ganz grade machen. Jetzt geht meine Ma statt meiner arbeiten, un' ich bleib daheim un' kümmer mich um die Kleinen.“

Als das Feuer munter brannte, stand sie unbeholfen auf und stellte den rußgeschwärzten Kessel auf den Herd.

„Soll ich Ihnen 'ne schöne Scheibe Toast machen, Miss?“

„Nein, danke, ich möchte nur eine Tasse Tee. Wie viele Geschwister hast du?“

„Vier. Un' die sind 'ne richtige Rasselbande. Miss Hutton wollt' sie nich' in der Schule haben, hat sie mit Ohrfeigen auf'n Hof gejagt, un' mein Pa war ganz schön böse deswegen. Ben – er is' der älteste von den Jungen un' fast neun – möcht in die Fabrik geh'n, aber meine Ma will das nich'. Sagt immer, er soll erst schreiben lernen.“

„Beschäftigt Mr. Clifford denn neunjährige Kinder in seiner Fabrik?“

Das Mädchen sah sie etwas spöttisch an.

„Na klar. In andern Fabriken fangen sie schon mit fünf an, aber davon will der Herr nix wissen.“ Sie sah sich kritisch in dem Zimmer um. „Ich war noch nie hier drin. Miss Hutton wollt' mit unsereiner nix zu tun haben. Ganz schön trostlos, was? Aber machen Sie sich mal keine Sorgen, Miss, ich mach's hübsch und gemütlich für Sie.“

„Da bin ich dir sehr dankbar. Wie heißt du eigentlich?“

„Getauft bin ich auf Lilian Mary“, gab das Mädchen mit sichtlichem Stolz zurück, „nach meiner Oma, aber alle nennen mich Lil.“

Eine Stunde später, als Della sich auf den Weg zum Herrenhaus machte, hatte sie das Gefühl, in dieser fremden, neuen Umgebung eine Freundin gewonnen zu haben, und sie war sehr froh darüber. Sie hatte darauf bestanden, daß das Mädchen eine Tasse Tee mit ihr trank.

„Oh, nein, das kann ich doch nich'", hatte Lil schüchtern gesagt, „ich kann mich doch nich' mit Ihnen an denselben Tisch setzen, das wär nich' recht."

„Unsinn, natürlich kannst du das."

„Sie sind kein bißchen wie diese Miss Hutton. Dünn wie 'ne Bohnenstange war sie, un' hochnäsig, richtig aufgeblasen, aber sie war keine richtige Dame, verstehn Sie, keine Dame wie Sie oder Ihre Ladyschaft."

„Hast du je im Herrenhaus gearbeitet?"

Lil hatte bitter aufgelacht. „Nee, die will unsereins nich' im Haus hab'n, un' diese Mrs. Fenton auch nich'. Ihre Ladyschaft hat sie un' Mrs. Nanny Roberts mitgebracht, als sie Mr. Clifford heiratete, un' das war 'n schlimmer Tag für 'n Herrn, sagt meine Ma immer", hatte sie geheimnisvoll hinzugefügt.

„Was meinst du damit?"

Aber das Mädchen hatte nur den Kopf geschüttelt und sich unter viel Gepolter und Geklapper darangemacht, den Kamin im Wohnzimmer einzuheizen. Lady Sylvia Farringford, dachte Della, war offenbar nicht sehr beliebt bei der Bevölkerung von Castlebridge.

Es war ein heller, klarer Frühlingsmorgen. Die Sonne schien, die Luft duftete frisch und süß, und Dellas Stimmung hob sich, als sie die Straße hinaufwanderte und durch das hohe Tor den Park betrat. Sie hatte die Hälfte der Auffahrt bereits hinter sich; leise vor sich hin summend hatte sie gerade eine Wegbiegung erreicht, als ein Pferd in wildem Galopp auf sie zugestürmt kam. Sie ließ sich seitwärts in die Lorbeerhecke fallen, und die wirbelnden Hufe waren für einen schrecklichen Augenblick genau über ihr. Dann parierte der Reiter das scheuende Pferd mit ungewöhnlicher Geschicklichkeit durch. Della raffte sich mühsam auf und sah sich Lady Sylvia gegenüber – allerdings nicht mehr dem zerbrechlichen, verspielten Geschöpf, das sie gestern abend kennengelernt hatte, sondern einer eleganten, selbstsicheren und zornigen Dame in einem eng anliegenden Reitkleid.

„Können Sie nicht aufpassen?" fragte die Lady herrisch und beugte sich vor, um dem nervösen Pferd beruhigend den Hals zu tätscheln. „Um ein Haar hätten Sie einen Unfall verursacht! Sie haben die arme Sheba erschreckt."

Die mich beinahe umgebracht hätte, dachte Della, und nur mit Mühe schluckte sie ihre Empörung hinunter.

„Verzeihung, ich war nicht darauf gefaßt, daß hier jemand so schnell um die Kurve kommen würde."

„Ach, Sie sind's schon wieder? Die Lehrerin", sagte Sylvia und legte so viel Verachtung in das Wort, wie sie nur aufbringen konnte. „Was haben Sie denn meinem Mann gestern erzählt, daß er so schlecht gelaunt nach Hause kam?"

„Nichts habe ich ihm erzählt. Warum sollte ich auch?"

„Ja, allerdings, warum sollten Sie auch? Wenn Sie hierzubleiben gedenken, vergessen Sie gefälligst nicht, wo Sie hingehören, und benehmen Sie sich dementsprechend, Miss Wie-immer-Sie-heißen. Und machen Sie, daß Sie zum Haus kommen. Tom erwartet Sie schon, und er hat es nicht gern, wenn man ihn warten läßt."

Ohne Della auch nur die geringste Gelegenheit zu einer Antwort zu geben, stieß sie dem Pferd die Fersen in die Seiten und preschte davon. Der Stallbursche, der sie begleitete, grinste, hob grüßend die Hand an die Mütze und galoppierte auf seinem Klepper hinter ihr her.

Schäumend vor Wut klopfte Della den Staub und das trockene Laub von ihrem Kleid und setzte ihren Weg fort. Sie kam zu der Überzeugung, daß die Frau ihres Arbeitgebers ihre Anstellung aus irgendeinem Grund mißbilligte, doch konnte sie sich nicht vorstellen, warum. Wenn Lady Sylvia allerdings durchaus einen Krieg mit ihr anfangen wollte – nun, sie, Della, würde sich ihr stellen. Sie stieg die Freitreppe hinauf und zog an der Glockenschnur; sie war entschlossen, sich zur Wehr zu setzen, wenn jemand – gleichgültig wer – versuchen sollte, sich Paul Cravens Tochter gegenüber unverschämt zu benehmen.

Der Butler führte Della in einen Raum, dessen auffallende Schlichtheit einen erstaunlichen Kontrast zu dem verschwenderischen Luxus im Wohnzimmer Ihrer Ladyschaft bildete. Tom Clifford, der hinter seinem Schreibtisch saß, als sie eintrat, erhob sich.

„Guten Morgen, Miss Lismore. Ich hoffe, Sie haben gut geschlafen und sich von den Anstrengungen der Reise erholt."

„Oh, ja, danke."

Er zog einen Stuhl für sie heran. „Setzen Sie sich doch bitte. Es gibt da ein oder zwei Dinge, über die Sie meiner Ansicht nach informiert sein sollten, bevor nächste Woche die Schule wieder anfängt." Er warf einen Blick auf die Akte auf seinem Schreibtisch. „Mrs. Barnet schreibt, daß Sie sich in Brüssel einige Erfahrung im Schulunterricht erworben haben."

Oh Gott, dachte Della, da hast du es. „Ja, das ist richtig", erwiderte sie kühn und unterließ es zu erwähnen, daß es sich nur um ein paar Unterrichtsstunden in ihrem letzten Ausbildungsjahr gehandelt hatte.

„Vermutlich hatten Sie es nur mit Mädchen zu tun«, fuhr Tom Clifford fort. „Ich fürchte, hier bei uns werden Sie es nicht so leicht haben. Ihre Schüler sind zum überwiegenden Teil die Kinder meiner Arbeiter. Es sind ungefähr dreißig Jungen und Mädchen zwischen fünf und elf Jahren. Sie werden zwar eine Hilfskraft zur Seite haben – Abigail, die Tochter von Dr. Withers –, aber sie kann leider nur die Fünfjährigen übernehmen."

„Ich verstehe vollkommen", sagte Della gelassen.

Aber verstand sie wirklich, was da auf sie zukam? Er bezweifelte es. Was, um alles in der Welt, hatte sich diese Arbeitsvermittlerin in London eigentlich dabei gedacht, als sie ihm dieses Mädchen schickte? Er hätte selbst hinfahren und die Bewerberinnen persönlich befragen sollen; dann hätte er sofort gewußt, daß diese Miss Lismore völlig ungeeignet war – viel zu jung, viel zu attraktiv und viel zu gut erzogen. Wie sollte sie jemals mit einer Bande lebhafter Gören fertig werden, von denen sich die meisten mit Händen und Füßen dagegen wehrten, daß man ihnen auch nur die einfachsten Grundbegriffe in ihre Dickschädel hämmerte?

Della sah, wie er die Stirn runzelte, und ihre Hoffnung schwand. Wie töricht von ihr, einen Posten anzunehmen, für den sie überhaupt nicht geeignet war. Er schaute auf und begegnete ihrem Blick, in dem er eine Bitte las. Er seufzte.

„Haben Sie Familie, Miss Lismore?"

„Meine Mutter starb, als ich noch sehr klein war, und mein Vater ist ... zur Zeit im Ausland."

„Aha. Haben Sie keine Geschwister?"

„Nein. Solange ich zurückdenken kann, waren Papa und ich immer allein."

Der Unterton leiser Verzweiflung in ihrer Stimme rührte ihn. Was war das nur für ein Vater, der ein junges Mädchen wie dieses ganz allein in die Fremde schickte? Plötzlich besann er sich anders. Er war gerade im Begriff gewesen, ihr so freundlich wie möglich beizubringen, daß die ganze Sache ein Mißverständnis gewesen sei, und wollte ihr einen Wochenlohn anbieten und die Auslagen für die Rückreise nach London bezahlen, aber er brachte es nicht übers Herz. Es war genauso, als jage er ein herrenloses Hündchen davon, das vertrauensvoll hinter ihm hergelaufen war. Er durfte sie nicht dafür bestrafen, daß sie seinen Vorstellungen nicht entsprach. Wenigstens die dreimonatige Probezeit, die er ursprünglich vorgeschlagen hatte, mußte er ihr gewähren.

„Ich fürchte nur", sagte er warnend, „daß Ihre Schützlinge hier sich von manierlichen belgischen Schülerinnen sehr unterscheiden werden."

„Oh, die waren weiß Gott keine Engel", erwiderte Della tapfer. „Ich mußte schon manchmal den Rohrstock gebrauchen."

„Tatsächlich? Sie erschrecken mich. Nun, wir werden ja sehen. Ich kann nur hoffen, daß diese Aufgabe ihre Kräfte nicht übersteigt."

„Ich bin zäher als ich aussehe", versicherte sie ihm.

„Freut mich, das zu hören." Er lehnte sich zurück. „Meine

Frau hat für Ende der Woche ein paar Freunde eingeladen. Ich würde mich freuen, wenn Sie auch kämen. Das gäbe Ihnen Gelegenheit, Ihre Nachbarn kennenzulernen. Wir leben hier in Castlebridge ziemlich isoliert; Mrs. Clifford beklagt sich oft darüber."

„Danke, das ist sehr freundlich von Ihnen."

„Wenn Sie das Schulzimmer besichtigt haben, lassen Sie mich bitte wissen, ob Sie noch etwas brauchen."

„Das werde ich sofort tun. Ist das alles, Mr. Clifford?"

„Ich denke schon." Als sie aufstand und gehen wollte, hielt er sie zurück. „Übrigens, ist Lil Burns heute morgen gekommen?"

„Ja, und ich bin Ihnen *sehr* dankbar dafür, daß Sie sie geschickt haben. Ich muß gestehen, daß ich mich nicht besonders gut darauf verstehe, Feuer zu machen und – und dergleichen."

„Das hab ich mir gedacht", erwiderte er trocken.

Die Szene vom vergangenen Abend stand ihm wieder lebhaft vor Augen, und er lächelte. Della bemerkte zum erstenmal, daß er auf seine Art ausgesprochen gut aussah. Das Lächeln erhellte sein Gesicht und leuchtete in seinen Augen, und sie erkannte, daß sich hinter seiner Strenge Warmherzigkeit und ein feiner Sinn für Humor verbargen.

Impulsiv sagte sie: „Ich glaube, ich weiß viel zu wenig über diese Gegend. Ich würde gern etwas mehr über das Leben der Kinder und ihrer Eltern erfahren. Könnte ich vielleicht irgendwann einmal die Fabrik besichtigen, oder würde das zu viele Umstände machen?"

Tom Clifford war verblüfft. Die tiefe Abneigung und Gleichgültigkeit seiner Frau gegenüber allem, was mit seiner Arbeit verbunden war, hatten ihn zu der Überzeugung gebracht, daß alle Frauen ähnlich dachten. Miss Hutton hatte nie eine solche Bitte geäußert. Er sah Della einen Augenblick erstaunt an.

„Ist das Ihr Ernst? Wollen Sie wirklich sehen, wie wir arbeiten?"

„Ja, gern, wenn es möglich ist."

„Aber ja, das läßt sich einrichten. Überlassen Sie es mir, ich werde einen passenden Zeitpunkt wählen."

„Danke. Ich freue mich schon darauf."

Als sie sich zum Gehen wandte, flog die Tür auf, und auf der Schwelle stand der kleine Junge, den sie bereits am Vortag gesehen hatte.

Er starrte Della herausfordernd an. „Ich bin Peter", verkündete er. „Und wer sind Sie?"

„Ich heiße Delphine."

Er runzelte die Stirn und rümpfte die Nase. „Klingt komisch."

„Peter, was sind denn das für Manieren", tadelte ihn sein Vater. „Sie haben allerdings wirklich einen ungewöhnlichen Namen, Miss Lismore. Darf ich fragen, wie Sie dazu gekommen sind?

„Meine Mutter war Irin und sehr romantisch. Sie fand den Namen in einem französischen Liebesroman, und er gefiel ihr so sehr, daß sie ihn mir gab."

„Warum sind Sie hergekommen?" wollte der Junge wissen.

„Miss Lismore wird in unserer Schule unterrichten."

„Darf ich auch zur Schule gehen, Papa? Darf ich?"

„Später, wenn du größer bist. Was suchst du eigentlich hier? Wo ist Nanny?"

Der Junge schaute ihn schuldbewußt an. „Ich hab sie verloren. Ich hab Rusty gesucht."

„Aha. Wenn das so ist, dann werden wir uns wohl am besten gemeinsam auf die Suche nach ihm begeben." Er tauschte einen raschen Blick mit Della. „Ich wünsche Ihnen einen angenehmen Tag, Miss Lismore."

„Danke, Sir. Auf Wiedersehen. Auf Wiedersehen, Peter."

Aber das Kind war bereits dabei, den Schreibtisch seines Vaters zu durchstöbern. Während Della zur Tür ging, sah sie gerade noch, wie Tom Clifford ruhig das Tintenfaß aus der kleinen Hand nahm.

Mit dem befriedigenden Gefühl, das erste Hindernis erfolgreich überwunden zu haben, wanderte Della zum Schulhaus zurück. Das erste, was sie sah, als sie die Tür öffnete, war ein Strauß Himmelschlüssel, die Lil offenbar irgendwo gepflückt hatte; sie standen in einer Tasse mitten auf dem Tisch. Das Zimmer war blitzblank geputzt und sah nun ganz wohnlich aus, und aus der Küche drang der herrliche Duft von frischem Gebäck. Auf einem Teller lagen warme Brötchen, und Della entdeckte, daß Lil die Reste des Hühnchens kleingehackt und, mit Zwiebeln und Kartoffeln vermengt, in Blätterteig gehüllt und gebacken hatte. Das köstliche Gericht mit seiner knusprigen braunen Kruste hatte sie zum Warmhalten in den Backofen gestellt. Zum erstenmal erfuhr Della, was es heißt, allein und in der Fremde gastfreundlich aufgenommen zu werden, und es wurde ihr warm ums Herz.

Ein paar Tage später betrat Della den Salon in Rokeby Hall. Sie war sich peinlich bewußt, daß sich die Augen aller Anwesenden ihr sofort neugierig zuwandten. Sie hatte sorgfältig überlegt, was sie anziehen sollte – nicht, daß ihr die Wahl schwer gefallen wäre, denn sie besaß nicht viele Kleider –, aber die Arbeit bei Madame Ginette hatte ihren Geschmack verfeinert. Schließlich hatte sie sich für ein Kleid entschieden, das sie vor zwei Jahren in Paris gekauft hatte. Es war aus gestreifter altrosa Seide mit einem weiten, fließenden Rock und einem knappsitzenden Mieder; feine Spitze zierte den eckigen Halsausschnitt und die dreiviertellangen Keulenärmel. Das Kleid war so schlicht, daß die Roben der anderen Damen dagegen traurig überladen wirkten, und seine Pariser Eleganz, die allen in die Augen stach, erweckte gemischte Gefühle. Eine einfache Lehrerin durfte doch gewiß nicht so elegant aussehen?

Tom Clifford kam ihr entgegen, um sie zu begrüßen und mit den anderen Gästen bekannt zu machen. Es waren zwölf Personen anwesend, aber nur ein paar von ihnen sollte Della stets in Erinnerung behalten.

Da waren einmal Dr. Alec Withers, ein kahlköpfiger Mann mittleren Alters mit freundlich zwinkernden Augen hinter dikken Brillengläsern, und seine Tochter Abigail, ein linkisches, achtzehnjähriges Mädchen in einem unvorteilhaften, senfgelben Kleid, das ihren blassen Teint noch blasser machte. Aber sie streckte Della freundlich lächelnd die Hand entgegen und stieß atemlos hervor:

„Ich freue mich sehr, Sie kennenzulernen, und bitte sagen Sie Abbie zu mir. Wir müssen uns noch ausführlich über alles unterhalten, bevor die Schule anfängt. Schade, daß mein Bruder nicht hier ist. Timothy ist Arzt wie Papa und sehr interessiert an dem, was Mr. Clifford für die Kinder tut."

Dann waren da Miss Lavinia, Brett Strattons Großtante, eine mindestens siebzig Jahre alte Dame mit einer Masse eisengrauen Haares unter ihrem Spitzenhäubchen. Sie trug Unmengen von schwerem, altmodischem Schmuck und hatte eine sehr direkte Art, sich auszudrücken.

„Ich beneide Sie wirklich nicht, meine Liebe", sagte sie und schüttelte Della kräftig die Hand. „Ich würde von Anfang an nicht mit Ohrfeigen knausern. Erst kürzlich haben diese Quälgeister meinen alten Esel geklaut und im Moor herumgejagt, bis das arme Geschöpf völlig am Ende war. Ich brauchte über eine Woche, um ihn wieder aufzupäppeln."

„Du hättest die Hunde auf sie hetzen sollen, Tantchen", sagte Bret lachend.

„Dann hätte mir Tom aber den Marsch geblasen", erwiderte die alte Dame mit einem verschmitzten Seitenblick auf den Fabrikbesitzer. „Jedermann weiß, daß er ein weiches Herz für die kleinen Schurken hat."

Und dann waren da natürlich Bret Stratton selbst und seine Schwester Martha. Della hatte in ihm sofort den jungen Mann wiedererkannt, der ihr vor dem Gasthof in Skipton aufgefallen war. Aus der Nähe wirkte er sogar noch anziehender. Mit vollendeter Grazie küßte er ihr die Hand.

„Sind wir uns nicht schon einmal begegnet, Miss Lismore?"

„Ja, in Skipton", erwiderte sie freimütig, „als Sie beinahe Ihren Hut verloren hätten."

„Ach ja, richtig. Jetzt ist es mir wieder eingefallen. Ich habe mich noch gefragt, was in aller Welt eine so reizende und vornehme junge Dame in dieser gottverlassenen Gegend verloren hat. Es hat mir richtiggehend das Herz gebrochen, als ich erkennen mußte, daß Sie die neue Lehrerin sind und an dreißig kleine Holzköpfe vergeudet werden." Er grinste den Hausherrn an. „Ich muß schon sagen, Tom weiß immer, wo man sich was Nettes aufgabelt."

„Laß den Unsinn, Bret. Du bringst Miss Lismore in Verlegenheit."

„Da haben wir's. Wissen Sie", fuhr er kleinlaut fort, „Martha paßt ständig auf mich auf."

Martha war älter als er, vielleicht dreißig, trug ein buntkariertes Kleid und wirkte angenehm sachlich und vernünftig.

„Wir leben auf Farley Grange", erklärte sie, „etwa acht Kilometer talaufwärts, und betreiben eine Landwirtschaft – Bret tut zumindest so. Sie müssen uns unbedingt einmal besuchen, Miss Lismore."

Und vor allem war da Sylvia, die von einem Gast zum anderen schwebte, ein lieblicher Traum in ihrem blaßlila Seidenkleid und dem kostbaren Armband an dem schmalen Handgelenk. Sie nahm Della lediglich mit einem kühlen Nicken zur Kenntnis und ignorierte sie dann beinahe gänzlich.

Alles in allem war es ein ganz vergnüglicher Abend; es wurde ein wenig Musik gemacht und reichlich Konversation. Die anderen Gäste waren alle eng miteinander befreundet und sprachen über Ereignisse und Leute, die Della nicht kannte. Gewiß wäre sie sich recht überflüssig vorgekommen, hätten Bret und der Arzt, Dr. Withers, nicht dafür gesorgt, daß sie in die Runde einbezogen wurde.

Bret war es aber auch, der Della einen äußerst peinlichen Augenblick bescherte. Die Dienstboten hatten Erfrischungen serviert, und er brachte ihr eine Tasse Tee und eine silberne Schale mit Konfekt. Als sie ihm die Teetasse abnahm, schlug er sich plötzlich mit der flachen Hand gegen die Stirn.

„Beim Jupiter, jetzt weiß ich, wo ich Sie schon einmal gesehen habe. Es war vor ungefähr sechs Wochen bei diesem Mordprozeß im Old Bailey."

„Du mußt dich irren, Bret. Junge Damen besuchen keine Mordprozesse", sagte Dr. Withers.

„Aber klar tun sie das", gab er übermütig zurück und wandte sich wieder an Della. „Entschuldigen Sie, Miss Lismore, aber helfen Sie mir doch aus der Patsche – habe ich recht? Habe ich Sie dort gesehen?"

Inzwischen hatte Della Zeit gehabt, sich von ihrem Schrekken zu erholen. Auf etwas Derartiges war sie nicht gefaßt gewesen; doch wenn sie jetzt zugab, daß sie dort gewesen war, konnte ihr das bloß schaden. Sie mußte sich rasch entschließen, mußte zu einer Lüge Zuflucht nehmen, und das gefiel ihr gar nicht.

„Dr. Withers hat recht. Damen besuchen keine Mordprozesse", sagte sie ausweichend.

„Nein, natürlich nicht, wie dumm von mir", murmelte Bret, war aber noch immer nicht ganz überzeugt, und das beunruhigte sie. Vielleicht würde sie eines Tages zugeben können, wer sie in Wirklichkeit war, aber im Augenblick hätte das nur den guten Eindruck verdorben, den sie bisher offenbar gemacht hatte.

Martha sah ihren Bruder mißbilligend an. „Was für ein Mordprozeß? Du hast mir nie davon erzählt."

„Wirklich nicht? Vermutlich deshalb nicht, weil ich dachte, es würde dich nicht interessieren. Ich war nur zum Spaß einmal dort.

„Ich glaube kaum, daß man einen Mordprozeß als Spaß bezeichnen kann", meinte Miss Lavinia streng.

„Das hab ich auch nicht gesagt, Tantchen. Ich bin nur hingegangen, weil auch Oliver dort sein wollte."

„Oliver Craven? Was hatte denn der damit zu tun?"

„Der Kerl, der vor Gericht stand, war irgendein entfernter Verwandter von ihm, glaub ich", erklärte Bret mit deutlich sichtbarem Widerwillen. „Hört mal – müssen wir unbedingt darüber sprechen?"

„Nicht, wenn du nicht willst", sagte Tom entschieden. „Es ist ohnehin kein Thema, das in unseren Salon paßt."

„Oliver war nun schon seit mehr als zwei Jahren nicht mehr

in Larksghyll", stellte Sylvia nachdenklich fest und zeigte zum erstenmal Interesse an der Unterhaltung. „Was hat er die ganze Zeit getrieben? Hat er dir etwas erzählt?"

„Offenbar hat er es sich auf dem Kontinent gutgehen lassen – Frankreich, Schweiz, Italien." Bret ergriff die Gelegenheit zum Themawechsel mit so offensichtlicher Erleichterung, daß Della auf den Gedanken kam, er bereue es vielleicht, das Gespräch überhaupt auf den Mordprozeß gebracht zu haben; und nur zu gerne hätte sie gewußt, warum.

„Wir sind zusammen nach Newmarket gefahren", setzte er fort. „Das Pferd, das er vor einiger Zeit erstanden hat, gewann eines der großen Rennen, und er konnte es mit Gewinn weiterverkaufen."

„Oliver war immer schon ein Spieler", sagte Sylvia.

„Glück im Spiel, Unglück in der Liebe", warf Miss Lavinia ein. „Hat er schon eine Braut gefunden, Bret? Das würde seinen armen Vater gewiß sehr freuen."

„Nein, hat er nicht, soviel ich weiß, obwohl die Mütter in Scharen hinter ihm her sind, ganz zu schweigen von den Mädchen."

„Bret, wie kannst du nur so etwas sagen!"

„Es stimmt aber, Schwesterchen. Oliver bricht Mädchenherzen so oft und so mühelos, wie unser letztes Hausmädchen die Familienerbstücke zerbrochen hat."

Della saß schweigend da inmitten des Gelächters. Ihr Herz klopfte ungestüm. Konnte dieser Oliver Craven der Cousin sein, den ihr Vater einmal erwähnt hatte? Wie seltsam, daß er in diesem Kreis so gut bekannt war! Und sie durfte sich nicht näher nach ihm erkundigen, konnte die mögliche Verwandtschaft nicht erwähnen, ohne ihre wahre Identität preiszugeben! Oliver Craven hatte dem Prozeß offenbar ebenfalls beigewohnt. Würde er sie wiedererkennen, wenn er sie sah?

Schließlich fragte sie so gleichgültig wie möglich: „Wo liegt denn dieses Larksghyll? Ist es weit von hier?"

„Ungefähr fünfzehn Kilometer, hinter Bolton Abbey, ein wunderschöner Besitz und ein herrliches altes Haus, das allmählich verfällt. Oliver vernachlässigt es schändlich", sagte Tom mißbilligend. „Hat er gesagt, wann er zurückkommt, Bret?"

„Nein. Offenbar will er den Sommer in Südfrankreich verbringen, um bei Nîmes und Avignon nach römischen Altertümern zu forschen."

„Das ist doch nicht möglich!" rief Miss Lavinia aus.

„Ich kann mir nicht vorstellen, daß Oliver sehr viel Interesse für die Vergangenheit aufbringt – ihn fasziniert doch viel zu sehr die Gegenwart", bemerkte Sylvia ein wenig bitter.

„Nun, das jedenfalls hat er behauptet", fuhr Bret schmunzelnd fort, „aber ich gebe zu, daß ich mich auch schon gefragt habe, ob diese ‚römischen Altertümer' nicht vielleicht ungleich lebendiger sind als verschüttete klassische Statuen."

„Wahrscheinlich ist er auf der Flucht vor seinen Gläubigern", bemerkte Tom sarkastisch. „Es wäre nicht das erste Mal."

Der „widerliche Balg", wie Papa Oliver Craven bezeichnet hatte, schien eine schillernde Persönlichkeit zu sein, und Della bedauerte für einen kurzen Augenblick, daß sie ihren Namen verschweigen mußte und sich nicht auf die Verwandtschaft berufen konnte.

Später, als die Gäste aufbrachen und Della unten in der Halle in ihren Mantel schlüpfte, trat Tom Clifford auf sie zu.

„Sie dürfen nicht allein nach Hause gehen. Einer der Diener wird Sie begleiten."

„Nicht nötig, mein Lieber", mischte Bret sich ein. „Miss Lismore kann mit uns in der Kutsche mitfahren. Wir haben Platz genug, und Cox braucht nur ein paar Minuten für den Umweg."

„Machen Sie sich bitte meinetwegen keine Umstände", sagte Della entschlossen. „Es ist nicht weit, und ich bin nicht im geringsten müde. Ich kann ohne weiteres zu Fuß gehen."

„Das lasse ich nicht zu", begann Tom, wurde aber von Martha unterbrochen.

„Wir passen schon auf sie auf. Sie fahren mit uns, meine Liebe, Tantchen hat sicher nichts dagegen. Es ist ja nicht weit.“

So gab Della schließlich nach, stieg in die Kutsche und zwängte sich zwischen Miss Lavinia und Martha auf den Sitz.

Als die Kutsche vor dem Schulhaus hielt, sprang Bret eilfertig aus dem Gefährt, um Della beim Aussteigen zu helfen. Er nahm ihre Hand, und im Licht der Laterne sah sie sein fröhliches Lächeln.

„Ich hoffe, wir sehen uns bald wieder. Schon damals in Skipton wußte ich, daß uns ein Wiedersehen vorausbestimmt war. Haben Sie es nicht auch gespürt?“

„Daran kann ich mich leider nicht mehr erinnern.“

„Aber jetzt werden Sie sich doch daran erinnern!“ Er küßte ihr galant die Hand. „Auf Wiedersehen, bis bald.“

Er wartete, bis sie im Haus verschwunden war, dann stieg er wieder in die Kutsche.

„Gott, bin ich müde. Ich werde allmählich zu alt für diese Art von Gesellschaften“, verkündete Miss Lavinia, gähnte ausgiebig und lehnte sich mit geschlossenen Augen zurück. Martha hakte sich bei ihrem Bruder unter.

„Verknallt?“ flüsterte sie.

„Also wirklich, Schwesterchen. Ich bin doch kein Schuljunge.“

„Nein? Ich vergesse es immer wieder.“

„Du mußt zugeben, daß sie ausgesprochen ungewöhnlich ist, nicht wahr?“

„Einigermaßen genießbar, immerhin“, sagte seine Schwester zurückhaltend. „Ich möchte nur gerne wissen, was sie hierhergeführt hat, und was, um Himmels willen, Tom dazu veranlaßt hat, sie anzustellen. Er hätte kaum eine ungeeignetere Person für seine Schule finden können.“

„Macht das denn etwas aus?“

„Vermutlich nicht, aber ich glaube, das arme Mädchen wird seine blauen Wunder erleben.“ Sie warf einen flüchtigen Blick auf die alte Dame, bevor sie leise sagte: „Bret, du hast mir nicht viel über deine Londoner Reise erzählt. Ihr habt doch nichts angestellt, du und Oliver, oder?“

„Zum Kuckuck, was soll denn das nun wieder heißen? Ich dachte, du magst Oliver gern."

„Ich mag ihn ja auch, aber das hat mich nie blind gemacht gegenüber seinen Fehlern. Oliver spielt immer hoch, er ist ein Lebenskünstler, und eigentlich nicht ganz von deiner Art, kleiner Bruder."

Bret rückte leicht gereizt von ihr ab. „Martha, ich wünschte, du würdest aufhören, dir Sorgen um mich zu machen. Ich bin ein erwachsener Mensch. Ich kann auf eigenen Füßen stehen."

„Du würdest es mir doch sagen, wenn da irgend etwas passiert wäre, oder?"

„Natürlich würde ich das, auf der Stelle. Aber da war nichts, gar nichts."

„Dann ist ja alles gut."

Bret tätschelte Marthas Hand und starrte durch das Fenster in die dunkle, sternenlose Nacht hinaus. Seine Schwester erwartete zuviel von ihm, dachte er ärgerlich. Er war eben nicht mehr der kleine Junge, der mit all seinen kindlichen Problemen zu ihr gelaufen war. Er mochte sie gern, aber er wollte sein eigenes Leben leben. Immer öfter trachtete er danach, ihrer fürsorglichen Liebe zu entfliehen. Er seufzte und schob diese trüben Gedanken von sich. Denn schließlich sah es jetzt ganz so aus, als würde der Sommer, dem er insgeheim schon mit Bangen entgegengesehen hatte, höchst aufregend werden.

5

In den folgenden Tagen fühlte sich Della beinahe glücklich. Die schmerzliche Erinnerung an die schrecklichen Stunden während des Prozesses und die quälende Sorge um ihren Vater traten ein wenig in den Hintergrund – das Leben mußte schließlich weitergehen. Sie hatte noch nie ein ganzes Haus für sich allein gehabt. Es machte ihr Spaß, die kahlen, ungemütlichen Räume wohnlich zu gestalten und ihnen eine persönliche Note zu geben. Sie unternahm Spaziergänge hinaus ins Moor, wo an geschützten Stellen die ersten Frühlingsblumen blühten. Sie pflückte Himmelschlüssel, Veilchen und Buschwindröschen und schnitt lange Zweige mit dicken Knospen von den Sträuchern. Als Vase diente ihr ein Gurkenglas. Lil starrte die Sträuße zwar verwundert an, hatte aber bereits eine solche Zuneigung zu *ihrer* Miss Della gefaßt, daß sie sie leidenschaftlich gegen jedwede Kritik der Nachbarn verteidigte.

„Was will sie denn mit 'n paar alten Stengeln in 'nem Topf?" sagten die Mißgünstigen unter ihnen verächtlich. „Die is' wieder so 'n verrückter Einfall vom Herrn. Wir brauchen hier oben kein Vögelchen aus London. Weiß der Himmel, was die den Gören für Flausen in den Kopf setzen wird."

Abigail Withers kam zu Besuch. Bei einer gemütlichen Tasse Tee sagte sie schüchtern: „Ich habe das Kleid so bewundert, das Sie auf Tom Cliffords Dinnerparty anhatten. Wir haben hier oben noch nie so etwas Schönes gesehen. Ich nähe meine Kleider meistens selbst, aber irgendwie werden sie immer altmodisch, so sehr ich mich auch bemühe."

„Ich helfe Ihnen, wenn Sie wollen. Ich kenne mich mit dem Entwerfen und Nähen von Kleidern ein wenig aus."

„Oh, würden Sie das tun? Macht Ihnen das auch nicht zu viele Umstände?"

„Überhaupt nicht. Ich tue es wirklich gern. Wäre es nicht wundervoll, eine Menge schöner Stoffe zu haben und traumhafte Kleider daraus machen?"

Abigails Augen weiteten sich vor Staunen über diese ungewöhnliche Idee. Dieses Mädchen war so anders als die steife und gezierte Miss Hutton, daß es ihr geradezu den Atem verschlug.

Nach dem Tee besichtigten sie gemeinsam das Schulzimmer. Es war ein großer, häßlicher Raum mit drei Fenstern, die absichtlich so hoch angebracht waren, daß neugierige Kinderaugen nicht von den Vorgängen draußen abgelenkt werden konnten. Eine große Tafel hing an der Wand, und auf den Pulten lagen die Schiefertafeln der Schüler, auf denen sie ihre Schreib- und Rechenübungen absolvierten; ferner entdeckte Della einen Stoß zerfetzter Lesebücher, die kurze Auszüge aus der Bibel enthielten, ein oder zwei Märchen der streng moralischen Sorte und ein paar Gedichte, so lächerlich dumm und farblos, daß sie sich nicht vorstellen konnte, wie sie damit das Interesse der Kinder je fesseln sollte.

„Das meiste wird auswendig gelernt", erklärte Abbie freundlich. „Die Kleinen können schon das Abc aufsagen, sogar rückwärts. Dann lernen sie Schreiben. Die älteren werden im Rechnen und in der Rechtschreibung unterrichtet, und sie müssen nach Diktat schreiben. Miss Hutton hat sie auch jeden Tag laut vorlesen lassen."

Das waren erschreckende Perspektiven für Della, denn der Unterricht, den sie in Brüssel erteilt hatte, war ganz anders geartet gewesen. Sie sah dem ersten Schultag mit einigem Bangen entgegen.

Die Schule begann um acht Uhr, doch Della hörte die Kinder schon lange vorher – eine schreiende, kreischende, rüpelhafte Schar von Jungen und Mädchen, die lärmend in den Schulhof strömten. Die größeren Mädchen zerrten ihre unwilligen kleinen Brüder und Schwestern hinter sich her. Einige der zehn- und elfjährigen Jungen in ihren geflickten Cordhosen und genagelten Stiefeln waren fast so groß wie Della.

Abigail läutete die Schulglocke, und als Della erschien, wurde es still. Die Kinder stellten sich, einander anrempelnd und drängelnd, in einer Reihe auf, und die Mädchen murmelten:

„Morgen, Miss", als Della an ihnen vorüberging. Die Jungen rissen die Mützen vom Kopf und stopften sie in ihre Jackentaschen. Der Tag begann mit einem Kirchenlied, und Della war dankbar, als Abbie die Weise mit ihrer klaren, jungen Stimme anstimmte.

„Lieb Jesu, mild und rein,
sieh herab aufs Kindelein –"

sangen die Kinder unmelodisch brüllend.

Danach nahm Della sie in Augenschein – die Jungen setzten sich auf die eine, die Mädchen auf die andere Seite des Klassenzimmers; die Kleinen drängten sich, Jungen und Mädchen gemischt, im hinteren Teil des Raumes. Della wußte noch nicht, daß diese Kinder – deren Eltern täglich sechzehn Stunden harte Arbeit in der Fabrik leisteten, um ihre Kinder zur Schule schikken zu können – eine winzige, privilegierte Minderheit darstellten.

Sie sagte ihnen als erstes, wie sie hieß, und fragte sie dann nach ihren Namen. Die Kinder starrten sie mit ausdruckslosen Augen an. Mary Ann, Eliza, Polly und Peggy, Ned, Will, Jem, Joe und Tod – sie hakte einen nach dem anderen ab. Würde sie sie jemals auseinanderhalten können? fragte sie sich zweifelnd.

Die ersten Schultage verliefen ohne größere Zwischenfälle; die Kinder benahmen sich durchwegs ordentlich und bildeten sich auf ihre Weise eine Meinung über die neue Lehrerin. Sie ließen sich nicht hinters Licht führen; der Londoner Akzent, das hübsche Äußere, das elegante Kleid, das sie an die stolze Lady im Herrenhaus erinnerte – all das deutete darauf hin, daß sie leichtes Spiel haben würden. Geduldig warteten sie ihre Zeit ab. Die Hetzjagd fing ungefähr eine Woche später an – und sie begann mit einer Schlange.

Das Morgenlied war vorbei. Della öffnete ihr Pult, um das Klassenbuch herauszunehmen, da streckte ihr eine Schlange den schuppigen Kopf entgegen und wand sich, auf der Suche nach einer Fluchtmöglichkeit, aus der Schublade. Della war nicht auf dem Lande aufgewachsen. Sie hatte noch nie eine Schlange aus der Nähe gesehen. Mit einem entsetzten Aufschrei wich sie zurück, und die Kinder, von denen die meisten von dem Streich gewußt hatten, brüllten vor Lachen, während die Schlange ihre stolzen eineinhalb Meter entrollte und über die Kante des Pultes und dann an einem Tischbein entlang zu Boden glitt.

Della brachte es nicht über sich, das Tier zu berühren. Sie nahm alle Kraft zusammen und sagte, so streng sie nur konnte:

„Wem gehört dieses ekelhafte Vieh?"

Eisiges Schweigen schlug ihr entgegen. Inzwischen hatte die Schlange den Boden erreicht und kroch über die Bohlen weiter. Della war der Verzweiflung nahe, als einer der Jungen ein unterdrücktes Kichern ausstieß. Er war ihr schon einige Male aufgefallen – es war ein frecher, aber dummer Bengel, der seine Bosheit bei jeder Gelegenheit an den Kleinen ausließ.

„Da du es so lustig findest, Jem Carter, wirst du diese – diese Schlange da einfangen und hinausbringen."

„Jawohl, Miss, wenn Sie es sagen." Er stolzierte zwischen den Bänken hindurch, packte die Schlange mit beiden Händen und hielt sie hoch.

„Das is' nur 'ne Ringelnatter, Miss, die würd' keiner Fliege was zuleide tun."

„Es interessiert mich nicht im geringsten, was für eine Schlange das ist", sagte Della wütend, „bring sie sofort hinaus."

Unterdrücktes Gelächter begleitete Jem, als er endlich mitsamt der Ringelnatter durch die Tür des Klassenzimmers verschwand. Della blickte die Kinder durchdringend an.

„Schluß jetzt, wir machen mit unseren Rechenübungen weiter."

Die Kinder holten geräuschvoll ihre Schiefertafeln hervor und freuten sich noch immer über den gelungenen Spaß, während Della sich der Tafel zuwandte und mit vor Wut und Aufregung zitternder Hand eine einfache Rechenaufgabe an die schwarze Tafel malte.

Aber das war erst der Anfang. Die frühere Lehrerin hatte die

Kinder mit ihrer lauten, herrischen Stimme unbarmherzig herumkommandiert und war mit dem Rohrstock unter dem Arm durch die Klasse stolziert, stets bereit, die geringste Unaufmerksamkeit oder Frechheit mit einem schmerzenden Schlag auf die Fingerknöchel zu bestrafen. Dellas Bestrebungen, mit sanfteren Methoden Aufmerksamkeit und Interesse zu wekken, wurden für Schwäche gehalten und zum Vergnügen aller erbarmungslos ausgenutzt.

In den folgenden Wochen mußte sie voller Verzweiflung feststellen, daß die Erfindungsgabe ihrer Schüler unerschöpflich schien. Einmal war es ein Frosch, der ihr aus dem Pult entgegensprang und durch die Klasse hüpfte, während die Kinder fast erstickten vor Lachen. Ein anderes Mal saß ein junger Igel auf ihrem Stuhl und starrte sie aus kurzsichtigen Augen an. Dann wieder verschwand auf mysteriöse Weise das Klassenbuch – und als es endlich aufgestöbert wurde, war es mit Tintenflecken übersät, so daß Della es neu schreiben mußte. Nach einem scharfen Verweis war dann für ein oder zwei Tage Ruhe, aber danach ging es von neuem los. Als Della ihre Feder in das Tintenfaß tauchte, sah sie, daß die Tinte ausgeleert und durch schwarzen, stinkenden Schlamm ersetzt worden war; und die Lesebücher waren nie zu finden, wenn sie gebraucht wurden, und kamen erst nach stundenlanger Suche wieder zum Vorschein. Della hatte den Verdacht, daß meistens die Jungen die Bösewichter waren, aber während der Handarbeitsstunde konnten auch die Mädchen sie zur Verzweiflung bringen. Sie verloren die Nähnadeln, verlegten die Scheren, verknoteten das Stickgarn so, daß es kaum noch zu entwirren war, und machten absichtlich Fehler in die Musterstücke, an denen sie arbeiteten. Della mußte andauernd von einer zur anderen laufen und fand kaum Zeit, sich mit den wenigen zu beschäftigen, die wirklich etwas lernen wollten.

Abbie fühlte zwar mit ihr, war aber keine große Hilfe, und Della hatte die entsetzliche Vorahnung, daß es bald zu einem großen Krach kommen würde. Davon würde Mr. Clifford sicher hören, und das wäre dann das Ende all ihrer Hoffnungen.

Es würde bedeuten, daß sie nach London zurückkehren und ganz von vorne anfangen müßte.

Bret Stratton hatte es sich zur Gewohnheit gemacht, sie zu besuchen, wann immer ihn einer seiner offenbar zahlreichen Botengänge für seine Schwester ins Dorf führte, und Della genoß die Gesellschaft dieses fröhlichen jungen Mannes. Er hielt sich nie lange auf und blieb für all jene, die rein zufällig Zeugen seiner Besuche waren, stets gut sichtbar; trotzdem aber schüttelten die Mißgünstigen in der Nachbarschaft den Kopf, und böse Zungen begannen über die neue Lehrerin, die so eigenartige, ausgefallene Manieren an den Tag legte, zu klatschen.

Della war viel zu sehr mit ihren Schwierigkeiten in der Schule beschäftigt, als daß sie bemerkt hätte, was in den übrigen Industriegebieten von Yorkshire vorging. Aber sie erfuhr einiges, als sie eines Tages von Dr. Withers und seiner Frau zum Abendessen eingeladen wurde und Abbies Bruder Timothy kennenlernte. Tim war älter als seine Schwester, hatte sein Medizinstudium abgeschlossen und arbeitete als Assistenzarzt in einer großen Praxis in Bradford. Er war ein ungemein schlanker, dunkelhaariger junger Mann, der Della durch seine dicken Brillengläser prüfend betrachtete. Während des Essens sprach er kaum, aber anschließend, als sie von ihren Erlebnissen mit den Kindern – die sie wesentlich harmloser darstellte, als sie tatsächlich waren – und ihren Erziehungsmaßnahmen erzählte, ließ er die Zeitung sinken und sah Della stirnrunzelnd an.

„Dieser lästige Junge, den Sie da erwähnten, dieser Jem Carter, ist das der Sohn von Dan Carter, einem untersetzten, rothaarigen Mann?“

„Genau“, antwortete der Vater sofort an Dellas Stelle, „und was ist das doch für ein halsstarriger, dickköpfiger Tyrann! Seine Frau hat ein chronisches Lungenleiden und sollte nicht schwer arbeiten, schon gar nicht in der Spinnerei, wo die Luft von dem feinen Wollstaub erfüllt ist, aber er will nichts hören, wenn ich ihm sage, daß sie sich zugrunde richtet. Er ist einer von denen, die immer alles besser wissen“, erklärte der Arzt und schnaubte verächtlich.

„Noch schlimmer, er ist ein Unruhestifter. Ich habe ihn auf einigen dieser Chartistenversammlungen in Bradford gesehen. Er ist ein Aufrührer, und er hat ein Mundwerk, das wie geschmiert läuft. Er kann den Pöbel im Handumdrehen zu wilder Raserei aufstacheln."

„Du besuchst doch nicht etwa solche Versammlungen, mein Lieber?" fragte seine Mutter, und leises Entsetzen klag aus ihrer Stimme.

„Doch, Mama, und in gewisser Weise bin ich mit den Forderungen dieser Leute sogar einverstanden, wie es im übrigen auch du wärst, wenn du sähest, was ich tagtäglich sehe. Der Wollhandel ist in den letzten Jahren drastisch zurückgegangen, viele Arbeiter wurden entlassen und die Löhne auf ein Minimum gekürzt. Manche Weber verdienen weniger als acht Penny pro Tag, und das bedeutet Hunger und Krankheit für ihre Familien."

„Übertreibst du da nicht ein wenig, mein Junge?" mischte sich sein Vater ein.

„Nein, ich übertreibe nicht", fuhr Timothy ernsthaft fort. „Ich habe Patienten besucht, die auf einem Haufen alter, schmutziger Kartoffelsäcke liegen, keine Möbel haben außer ein paar alten Kisten und sich von einer Handvoll Hafergrütze im Tag ernähren müssen – und auch das bekommen sie oft nur, wenn sie besonderes Glück haben. Es würde euch übel werden, wenn ich noch mehr von dem erzählte, was ich gesehen habe, und dabei wird alles von Tag zu Tag schlimmer. Es ist hoch an der Zeit, daß die Arbeiterklasse ein Mitspracherecht erhält, damit sie ihre Arbeitsbedingungen verbessern kann, und das Stimmrecht, um ihre Wortführer selbst zu wählen."

„Das sind gefährliche Reden, Tim", sagte Dr. Withers mißbilligend, „und ich sag dir hier und jetzt, daß diese Leute nie bekommen werden, was sie fordern, wenn sie Fabriken ausplündern und die Häuser der Fabrikbesitzer niederbrennen."

„Das weiß ich", antwortete der junge Mann, und seine Stimme verriet seine Ungeduld, „und natürlich bin ich mit solchen Gewalttaten nicht einverstanden. Aber ich schäme mich nicht, ein Radikaler zu sein. Und wenn Soldaten zu Hilfe gerufen werden, die die Arbeiter brutal niederknüppeln, dann kann es nicht ausbleiben, daß hungernde Männer in ihrer Verzweiflung Dinge anstellen und Taten begehen, deren Folgen sie selten bedenken."

Gespannt blickte Della von einem zum anderen. In London war auch manchmal von diesen Problemen gesprochen worden. Damals waren ihr diese Ereignisse so fern erschienen, als hätten sie sich in einem anderen Land zugetragen, aber jetzt befand sie sich plötzlich selbst fast im Zentrum des Geschehens, das ebenso plötzlich beunruhigend real war.

„Mr. Clifford hat weder Arbeiter entlassen noch die Löhne reduziert", bemerkte sie, ihrer Sache nicht ganz sicher.

„Noch nicht, aber es könnte sein, daß er einmal dazu gezwungen sein wird, und dann müßte er mit ernsthaften Schwierigkeiten rechnen. Castlebridge liegt abseits, die größeren Städte sind weit entfernt von hier, aber wenn Dan Carter Unruhe stiften kann, wird er es tun. Der Mörder von Toms Vater wurde nie gefaßt, oder? Etwas Ähnliches wie damals könnte durchaus wieder geschehen."

„Also nein, Tim", rief Abbie aus, „wie kannst du nur so reden? Du erschreckst Miss Lismore. Sie muß ja glauben, sie sei unter die Wilden geraten."

„Tut mir leid, aber es ist wahr, jedes einzelne Wort, und ich nehme nichts zurück", erwiderte Tim eigensinnig.

„Ich zweifle nicht daran, daß es wahr ist." Dr. Withers' freundliche Miene hatte sich verdüstert. „Ich habe mich schon manchmal gefragt, ob wir nicht auf einem Pulverfaß sitzen. Hoffen wir nur, daß es nicht eines Tages in die Luft fliegt, und wir mit ihm."

„Also wirklich, mein Lieber, das ist eine äußerst unerfreuliche Vorstellung", sagte seine Frau und lächelte Della beruhigend zu. „Hören Sie nicht auf die beiden. So weit wird es gewiß nicht kommen."

In diesem Augenblick trat der Diener mit dem Teetablett ein, und das Gespräch wandte sich erfreulicheren Dingen zu.

Tim machte sich erbötig, Della nach Hause zu begleiten, und fügte zögernd hinzu, er hoffe, ihr nicht den Abend verdorben zu haben.

„Wenn ich einmal in Fahrt bin, neige ich dazu, übers Ziel zu schießen", sagte er entschuldigend.

„Das verstehe ich recht gut", erwiderte sie herzlich. „Ereignisse wie diejenigen, von denen Sie erzählt haben, lassen die eigenen kleinen Probleme so unbedeutend erscheinen, daß man sich unwillkürlich schuldig fühlt."

„Genau. Ich wußte, daß Sie das verstehen würden. Abbie ist ein gutes Mädchen, aber sie begreift nicht die Hälfte von dem, was um sie herum vorgeht. Ich komme nicht oft nach Hause, mein Beruf nimmt mich zu sehr in Anspruch, aber ich hoffe, wir sehen uns bald wieder, Miss Lismore. Viel Glück mit Ihrer Schule."

„Ach, ich werde es schon schaffen." Della streckte die Hand aus. „Danke, daß Sie mich begleitet haben."

„Gute Nacht, und behalten Sie Jem Carter im Auge. Sein Vater ist ein übler Geselle."

„Ich werde daran denken."

Und eine Weile dachte sie wirklich daran; der Abend hatte ihr eine Menge Stoff zum Nachdenken gegeben. Aber als es dann tatsächlich zum offenen Ausbruch von Feindseligkeiten kam, deren Rädelsführer Jim Carter war, wie sich bald herausstellte, wurde sie so wütend, daß sie den Kopf verlor.

Es begann in der Mittagspause, als die Kinder auf dem Schulhof das Essen verzehrten, das sie mitgebracht hatten. Wie der Streit angefangen hatte, sollte Della nie erfahren, aber plötzlich flogen Worte wie „du verdammter Köter" und „dreckiger Schweinehund" hin und her, und innerhalb von fünf Minuten war eine wilde Rauferei im Gange, an der sich sämtliche Jungen mit Hingabe beteiligten. Die Schulglocke, die sie in das Klassenzimmer zurückrief, beendete vorläufig den Tumult, und die Kinder kamen mit blauen Flecken, blutenden Schrammen und zerrissenen Kleidern hereingetrottet. Doch innerhalb von wenigen Sekunden ging die Schlägerei mit doppelter Gewalt von neuem los. In kürzester Zeit herrschte heller Aufruhr, und selbst die Mädchen beteiligten sich am Kampf, während sich die Kleinen in einer Ecke zusammendrängten und zu weinen begannen. Schiefertafeln gingen zu Bruch, Bänke wurden umgeworfen. Dellas Versuche, die Ordnung wiederherzustellen, wurden völlig ignoriert. Von maßlosem Zorn gepackt, drängte sie sich schließlich durch den zankenden Haufen, trennte die beiden Rädelsführer mit Gewalt und drohte ihnen, höheren Ortes zu melden, was sie angezettelt hatten, wenn sie sich nicht auf der Stelle anständig aufführten. Sie hatte die beiden überrumpelt, und für einen Augenblick glotzten sie Della schweigend an.

„Und zu wem gehen Sie?“ höhnte Jem Carter plötzlich. „Zum Master oder zu Ihrem Liebhaber?“

Die ganze Klasse erstarrte vor Entsetzen über diese unerhörte Beleidigung, und Della spürte zu ihrem Ärger, wie sie rot wurde.

„Streck die Hand aus, Jem Carter. Dafür bekommst du sechs Hiebe mit dem Rohrstock.“

„Wenn Sie mich auch nur anfassen, wird mein Pa Ihnen zeigen, was ’n Rohrstock alles kann, Miss Hochmut“, gab der Junge verächtlich zurück und spuckte aus.

Außer sich vor Wut hob Della den Rohrstock und schlug ihm ins Gesicht, aber Jem griff sofort nach dem Stock und riß ihn ihr aus der Hand. Er war ebenso groß wie sie und um einiges stärker. Drohend machte er einen Schritt auf sie zu, aber sie wäre um nichts in der Welt zurückgewichen und blieb unerschrocken stehen.

Da die Augen aller auf diese faszinierende und beispiellose Szene geheftet waren, bemerkte niemand, daß die Tür geöffnet wurde. Tom Clifford stand auf der Schwelle und rief mit donnernder Stimme:

„Was hat dieses schändliche Betragen zu bedeuten?“

Im Nu war es absolut still, und hastig wandten sich alle Köpfe zu ihm um. Eines der kleineren Kinder begann laut zu schluchzen, und Abbie lief zu ihm hin, um es zu beruhigen.

Tom trat in das Klassenzimmer und schloß die Tür. „Jem Carter, würdest du mir gefälligst diesen Rohrstock geben?“ sagte er ruhig.

Der Junge zögerte einen Augenblick, dann schlenderte er absichtlich langsam zwischen den Reihen seiner schweigenden Mitschüler durch auf Tom zu. Tom nahm ihm den Stock ab.

„Streck die Hand aus“, befahl er und versetzte Jem ein Dutzend so scharfer Stockhiebe, daß der Junge zusammenzuckte. „Und jetzt bitte deine Lehrerin um Verzeihung“, verlangte er.

Für einen Augenblick sah es so aus, als wollte Jem ihm trotzen, aber dann preßte er die gerötete Hand an die Brust und murmelte ein paar unverständliche Worte.

„Noch eine solche Szene, und du kriegst eine Tracht Prügel – und alle anderen auch. Und jetzt raus mit euch!“

Tief beeindruckt von dem Schauspiel stürmten die Kinder mit ängstlichen Gesichtern an Tom Clifford vorbei nach draußen, als erwarteten sie ein neues Donnerwetter, und diesmal waren sogar die Jungen still. Erst draußen brach ein lautes Stimmengewirr los, und Jem höhnische Worte waren bis ins Klassemzimmer zu hören:

„Tom, Tom, des Pfeifers Sohn,
stahl ein Schwein und lief davon...“

„Na los, ihr da“, fuhr er fort, „hat euch die Katze die Zunge abgebissen?“

Aber nur wenige stimmten ein. Sie wußten ganz genau, daß der Zorn des Herrn sich auf die Häupter ihrer Eltern entladen konnte, und außerdem waren Väter nur zu leicht geneigt, die Partei der Autorität zu ergreifen, so daß das dicke Ende möglicherweise noch bevorstand. Sie schnappten ihre Schulranzen, faßten ein greinendes Brüderchen oder Schwesterchen an der Hand und machten sich eilig aus dem Staub.

Das Spottlied verstummte, und Tom Clifford lächelte matt. „Frech bis zum letzten Augenblick“, sagte er und wandte sich Della zu. „Wie lange geht das schon so?“

„Ach, das kommt hin und wieder vor“, erwiderte sie hastig, „aber so schlimm wie heute war es noch nie. Sie müssen mich wohl für eine sehr armselige Lehrerin halten.“

„Nein, das tue ich nicht, nur glaube ich, daß Sie vielleicht eine Aufgabe übernommen haben, der Sie nicht gewachsen sind.“

„Oh nein, wirklich nicht, so geht es nicht immer zu. Manchmal habe ich das Gefühl, daß ich wirklich bis zu den Herzen der Kinder vordringe. Ich hätte den Jungen nicht schlagen dürfen. Ich schäme mich, daß Sie diese Szene mitansehen mußten.“

„Das war Zufall. Ich bin gerade vorbeigeritten, als ich den Lärm hörte.“ Stirnrunzelnd hielt er inne. „Sie hätten es mir sagen sollen.“

„Sie zu Hilfe rufen, wenn ich eine Klasse von dreißig Kindern nicht im Zaum halten kann? Das wäre doch ein Armutszeugnis. Außerdem, was hätten Sie schon tun können?“

„Ich hätte allen eine gehörige Tracht Prügel verabreichen können.“

„Und hätten die Kinder damit ein für allemal gegen mich aufgebracht. Nein, ich muß allein mit ihnen fertig werden.“

„Koste es, was es wolle?“

„Koste es, was es wolle.“

„Und mit dieser Einstellung gehen Sie an jede Aufgabe heran?“

„Mein Vater hat mich gelehrt, jede Herausforderung anzunehmen.“

„Auch wenn sie zu einer Katastrophe führt?“

„Auch dann“, erwiderte sie, aber er sah den Schatten über ihr Gesicht huschen und fragte sich neuerlich, was das wohl für ein Vater sein mochte.

In diesem Moment erschien Abigail in der Tür. „Ich habe Tee gemacht. Ich dachte, den könnten wir jetzt brauchen.“

„Oh, Abbie, das war eine gute Idee.“ Della sah Tom ein wenig unsicher an. „Wollen Sie uns Gesellschaft leisten?“

„Warum nicht? Danke, eine Tasse Tee wäre mir jetzt gerade recht.“

Aufmerksame Augen hinter halbgeschlossenen Fensterläden beobachteten ihn, als er den beiden Mädchen ins Haus folgte. Mit Miss Hutton hätte der Master jedenfalls nie Tee getrunken.

Es blieb nicht nur bei der Tasse Tee, die Della ihm einschenkte; Tom verzehrte auch mit Genuß eines der Rosinenbrötchen, die sie ihm anbot.

„Das habe ich seit meiner Kindheit nicht mehr gegessen", sagte er kauend. „Hab ganz vergessen, wie gut die sind."

„Die Brötchen habe nicht ich gebacken, sondern Lil."

„Freut mich, daß sie sich so nützlich macht." Sein Blick wanderte durch den Raum, und er bemerkte die Veränderungen, die Della vorgenommen hatte. „Fühlen Sie sich wohl hier?"

„Oh ja, es gefällt mir hier ausgesprochen gut."

Nach einer Weile versiegte das Gespräch. Abbie verabschiedete sich mit der Entschuldigung, daß ihre Mutter auf sie wartete, während Tom Clifford eine zweite Tasse Tee annahm und zerstreut darin rührte. Della fand, daß er müde aussah, als hätte er einen schweren Tag hinter sich; doch meinte sie, ihn nicht gut genug zu kennen, um sich eine Bemerkung darüber erlauben zu dürfen.

Nach ein paar Minuten schob er die Tasse zurück und stand auf, wobei er versehentlich ein Buch vom Tisch fegte. Er bückte sich, um es aufzuheben, und warf einen flüchtigen Blick auf die aufgeschlagene Seite.

„Ein Mädchen sah ich auf dem Lande –
welch schönes Traumgebild'! –
im zartesten Gewande,
die Augen blickten wild..."

Die Zeilen erinnerten ihn schmerzlich an Sylvia, an den Tag, an dem er sie zum erstenmal gesehen hatte, an ihren Zauber, der allmählich einen bitteren Beigeschmack bekommen hatte. Hastig schüttelte er diesen unerfreulichen Gedanken ab.

„Lesen Sie den Kindern solche Gedichte vor?"

„Noch nicht, aber ich hoffe, daß es bald soweit sein wird."

„Sie werden Sie für verrückt halten."

„Wie können Sie das sagen? Lesen Sie nie Gedichte?" fragte sie, ein wenig gereizt von dem Ton, den er angeschlagen hatte.

„Dazu habe ich keine Zeit. Ich muß jetzt gehen. Danke für den Tee."

„Ich danke Ihnen, daß Sie zur rechten Zeit gekommen sind. Ich weiß nicht, was sonst geschehen wäre. Wenn ich einmal in Wut gerate, kann ich ziemlich heftig werden."

„Ach so?" sagte er lächelnd. „Danke für die Warnung." Dann wurde er plötzlich ernst. „Trotzdem bereitet mir Jem Carter einiges Kopfzerbrechen. Es ist möglich, daß er Ihnen bald wieder Schwierigkeiten machen und versuchen wird, die anderen aufzuhetzen."

„Ich werde schon fertig mit ihm", sagte Della störrisch. „Aber es ist schade, denn seine Schwester ist ganz anders." Sie hielt einen Augenblick inne und fuhr dann entschlossen fort: „Ich mache mir Sorgen um Mary Ann, weil sie häufig mit blauen Flecken zum Unterricht kommt; einmal hatte sie sogar ein blaues Auge. Sie behauptet, sie sei ungeschickt und falle immer hin, aber das glaube ich nicht. Könnte es sein, daß sie von ihrem Vater oder ihrem Bruder aus irgendeinem Grund mißhandelt wird?"

„Das ist durchaus möglich, aber Sie sollten sich da besser nicht einmischen. Dan Carter ist ein schwieriger Fall. Der Gedanke, daß er Sie zur Zielscheibe seines Grolls machen könnte, behagt mir ganz und gar nicht."

Das hatte Tim Withers auch gesagt, und es machte sie wütend. „Ich fürchte mich nicht. Warum sollte ein Vater seinem eigenen Kind weh tun wollen?"

„Das weiß Gott allein. Es könnte eine Menge Gründe dafür geben."

„Das kann ich mir nicht vorstellen!" rief Della aus. Sie konnte sich des Eindrucks nicht erwehren, daß er ihr bewußt eine ausweichende Antwort gab.

„Bitte, machen Sie die Probleme anderer nicht zu Ihren eigenen", sagte er warnend. „Man würde es Ihnen nicht danken. Die Leute hier in Yorkshire sind zäh und lieben ihre Unabhängigkeit. Sie mögen es nicht, wenn Fremde sich in ihre Angelegenheiten einmischen. Haben Sie verstanden?"

„Jawohl, Mr. Clifford", erwiderte sie mit verdächtiger Demut.

Er schaute sie durchdringend an. „Ich meine es ernst, Miss Lismore. Ich bin hier geboren und aufgewachsen. Ich weiß, wovon ich rede."

„Das bezweifle ich nicht, und ich danke Ihnen noch einmal, daß sie mir zu Hilfe gekommen sind."

„Ehrlich gesagt, ich hab es fast ein wenig genossen", gestand er mit einem jungenhaften Grinsen. „Jem Carter ist ein kleiner Tyrann, er braucht ab und zu einen Dämpfer. Aber jetzt muß ich gehen. Meine Frau und ich sind zum Essen bei Freunden eingeladen, und ich bin schon spät dran. Auf Wiedersehen, Miss Lismore."

Gedankenverloren blickte sie ihm nach, als er fortritt; sie wußte nicht so recht, was sie von ihm halten sollte. Schon im ersten Augenblick, damals, als er am Tag ihrer Ankunft unerwartet zur Tür hereingekommen war, hatte er sie in Verwirrung gestürzt. Er war so völlig anders als alle Männer, die sie bisher kennengelernt hatte – er war offener, ungekünstelt und auf seine Weise unbestreitbar attraktiv. Sie fragte sich, ob seine verwöhnte, schöne Frau, die eine so anmaßende, lässige Art an den Tag legte, ihr Glück überhaupt zu schätzen wußte; wahrscheinlich nicht. Ihr Leben war zu sicher gewesen, zu behütet – niemals hatte sie um ihren Anteil an den Reichtümern der Welt kämpfen müssen.

Della seufzte und ging ins Haus. Es war tröstlich, Tom Clifford auf ihrer Seite zu wissen, aber wie lange würde es so bleiben, wenn sich wieder so etwas ereignete wie vorhin, wenn wieder Unruhe ausbrach – was sie, trotz ihrer kühnen Worte, bereits kommen sah? Wieder einmal wünschte sie, sie hätte sich nicht unter einem falschen Namen vorgestellt. Wenn Mr. Clifford das erfuhr, würde er sie gewiß verachten; und mit Staunen erkannte sie, wie sehr diese Verachtung sie schmerzen würde.

Sie stellte das Teegeschirr auf ein Tablett, trug es in die Küche und versuchte, all diese unnützen Gedanken von sich wegzuschieben.

Tom Clifford zerbrach sich gleichermaßen den Kopf über Della. Miss Lismore wäre so grundverschieden von Sylvia oder den einfältigen, affektierten Töchtern seiner Fabrikantenkollegen, mit denen er oft zusammentraf. Sie war auch anders als die vornehmen jungen Damen in den großen Häusern, zu denen ihm seine Heirat mit Sylvia Zutritt verschafft hat.

Er war als Kind sehr einsam gewesen, nachdem er ohne Geschwister aufgewachsen war. Im Alter von zehn Jahren verlor er seine Mutter. Sie fiel einer Cholera-Epidemie zum Opfer, die damals im Westen von Yorkshire wütete; eine verheerende Seuche, die nicht nur seine Mutter und Brets Eltern dahinraffte, sondern auch eine große Zahl von armen Leuten in den Fabriken und Bauernhöfen. Er war in Sedbergh zur Schule gegangen. Dort hatte er sich mit Bret angefreundet, der – fünf Jahre jünger als Tom und ein hübsches, schwächliches Kind – von seinen Mitschülern tyrannisiert und mißhandelt wurde. In Sedbergh hatte er auch Oliver Craven kennengelernt, der wiederum völlig anders war als Bret und er selbst – elegant, klug und verteufelt gut aussehend. Sie waren ein eigenartiges Dreiergespann gewesen. Bret machte kein Hehl aus seiner Bewunderung für Oliver, während Tom ihn zwar ebenfalls in gewisser Weise bewunderte, jedoch auch ein wenig Argwohn gegen ihn hegte; trotzdem hatten sie immer zusammengehalten. Da ihre Wohnsitze keine fünfzehn Kilometer entfernt voneinander lagen, waren sie Kameraden geblieben, bis die Zeit kam, in der jeder seiner eigenen Wege ging. Tom sah sich gegen seinen Willen genötigt, in der Fabrik zu arbeiten, weil sein Vater bestimmt hatte, daß er sich mit jeder Phase der Tuchfabrikation vertraut machen sollte. Oliver hingegen trieb sich in der Weltgeschichte herum, trotz oder wegen seiner ständigen Schulden, und Bret hängte sich an ihn, vernachlässigte sein Erbe und gab seiner Schwester immer von neuem Anlaß zu Kummer und Sorge.

Tom begegnete Sylvia zum erstenmal auf einer Gesellschaft

in Farley Grange und verliebte sich sofort Hals über Kopf in sie. Der Familienbesitz der Sterndales lag in Nidderdale in North Riding, aber sie waren entfernte Verwandte von Miss Lavinia, und daher verbrachte Sylvia gelegentlich ein paar Tage bei Brets Schwester Martha.

Sie war siebzehn, stolz, äußerst verzogen und einfach bezaubernd. Ihr Vater hoffte, sie würde eines Tages durch eine reiche Heirat dazu beitragen, den Familienbesitz zu sanieren. Einige der vornehmsten Adelsfamilien – so auch die Sterndale – waren nach den langen Jahren der Napoleonischen Kriege etwas in Bedrängnis geraten, und daher war der Earl geneigt, dem reichen John Clifford Gehör zu schenken, als dieser im Namen seines Sohnes um die Hand seiner Tochter anhielt. Sylvia hatte ihm, weiß Gott, schon genug Kopfzerbrechen bereitet!

Sie war erst sechzehn gewesen, als er zu seinem Verdruß feststellen mußte, daß sie – seine einzige Tochter! – Tag für Tag und ohne Begleitung mit einem jungen Mann ausritt, der ihm im höchsten Maße mißfiel. Als er sie deshalb zur Rede stellte, gestand sie ihm trotzig ihre Liebe.

„Der Kerl ist ein Blender", tobte der Earl, „ein abgefeimter Lebemann." Eingehende Nachforschungen hatten an den Tag gebracht, daß er sein Erbe verpraßt hatte und ebenso verschuldet war wie der erzürnte Earl selbst. Sylvia hatte geweint, gebettelt und gefleht, und war schließlich in ihrer Verzweiflung mit dem Mann durchgegangen, wurde jedoch nach ein paar Tagen aufgegriffen und in Schmach und Schande zu ihrem Vater zurückgebracht. Die Affäre wurde natürlich vertuscht, der Name des Mannes niemals mehr erwähnt, und geheimnisvolles Dunkel umhüllte nun die ganze Angelegenheit. Sylvia wurde für zwei Monate fortgeschickt, angeblich, um eine kranke Verwandte zu besuchen, und als sie zurückkehrte, war sie bereits dem reichen Fabrikbesitzer versprochen, der gern bereit gewesen war, für seinen einzigen Sohn eine Frau mit Titel zu kaufen.

„Sei nicht töricht, Mädchen", sagte der Earl zu seiner Tochter, als Sylvia blaß, aber tränenlos und mit blutendem Herzen vor ihm stand. Der Mann, den sie so leidenschaftlich liebte, hatte sie mit einem Achselzucken gehen lassen und nicht den geringsten Versuch unternommen, sie in ihrer trotzigen Auflehnung zu bestärken.

„Du lieber Himmel, du sollst ja nicht einen alten Mann heiraten!“ fuhr ihr Vater fort. „Immerhin ist er ein Clifford, und das war einmal ein großer Name in dieser Gegend.“

„Vielleicht vor Hunderten von Jahren“, erwiderte Sylvia hochmütig. „Ich will doch nicht die Urgeschichte heiraten.“

„Nun hör mir mal zu, mein Kind“, sagte der Earl gereizt. „In Anbetracht dessen, wie du dich benommen hast, mußt du Gott danken für dieses Glück. Tom Clifford ist ein gutaussehender junger Mann, der zu einem Gentleman erzogen wurde. Und wenn mich nicht alles täuscht, ist der arme Teufel total in dich vernarrt. Jede junge Frau, die etwas taugt, würde ihn in kürzester Zeit in die Knie zwingen.“

Sie hatte bei den Strattons lediglich deshalb mit Tom Clifford geflirtet, weil sie ihre wahre Liebe und ihr gebrochenes Herz verbergen wollte – sie hatte Tom sogar einmal erlaubt, sie zu küssen, bloß um Marthas scharfe Augen zu täuschen.

Und so heirateten sie, und alle sagten, was für ein hübsches Paar sie doch seien und wie glücklich Sylvia sich schätzen konnte, aber es kam alles ganz anders, als sie erwartet hatte. Tom ließ sich nicht so leicht täuschen. Er umgab seine Frau mit Luxus, las ihr jeden Wunsch von den Augen ab und richtete ihr im Haus seines Vaters eigene, prächtig ausgestattete Zimmer ein, doch als seine Hoffnung, ihre Liebe doch noch zu gewinnen, schließlich erlosch, wurde der Schatten der zwischen ihnen lag, allmählich immer düsterer.

Tom wußte nichts von der Leidenschaft, die sie immer noch nährte und von der sie beherrscht wurde, und hatte zunächst all die versteckten Andeutungen und Hinweise, die ihm gelegentlich zu Ohren gekommen waren, verächtlich abgetan, aber seit einem Jahr konnte er sich nicht mehr darüber hinwegtäuschen, daß seine Ehe unter einem bösen Stern stand.

Gedanken dieser Art gingen ihm durch den Kopf, als er auf das Herrenhaus zuritt. Rastlosigkeit und Unruhe hatten von ihm Besitz ergriffen. Seit er verheiratet war, hatte er keine andere Frau mehr angesehen. Am Anfang deshalb, weil sich in seinen Augen keine mit Sylvia messen konnte; in letzter Zeit aber vorwiegend deswegen, weil es gegen seinen persönlichen Ehrenkodex verstoßen hätte. Nun aber dachte er immer öfter an Della. Sie hatte etwas Ungewöhnliches und Geheimnisvolles an sich, das ihn faszinierte. Sie war völlig ungeeignet für die Aufgabe, die sie übernommen hatte; und trotzdem bewunderte er den Mut und die Entschlossenheit, mit der sie das Problem in Angriff nahm. Früher oder später würde er einen Ersatz für sie suchen müssen, und was dann? Er scheute sich, eine Entscheidung zu treffen. Seine nüchternen Bekannten, seine Geschäftsfreunde hätten ihn für verrückt erklärt. Sie beschäftigten niemanden, der ihnen nicht irgendeinen Vorteil brachte. Ach, zur Hölle mit ihnen! Was er tat, war seine Sache. Als er die Auffahrt hinaufritt, sah er, wie Peter die Freitreppe herunterstolperte und auf ihn zustürmte. Er zügelte das Pferd, beugte sich hinunter, hob den Jungen hoch und setzte ihn vor sich in den Sattel.

„Du kommst spät, Papa“, sagte sein Sohn vorwurfsvoll.

„So? Solltest du nicht schon längst im Bett sein?“

„Hab noch nicht wollen. Nanny ist böse und Mama auch. Ich habe stundenlang gewartet. Wo bist du gewesen?“

„Ich habe schlimme Jungen in der Schule bestraft.“

„Hast du sie verhauen?“

„Ja.“

„Würdest du mich auch verhauen, wenn ich schlimm bin?“

„Natürlich.“

Sie grinsten einander an – liebevoll und in vollkommener Übereinstimmung.

Als sie vor dem Haus ankamen, setzte Tom den Jungen behutsam zu Boden und schwang sich aus dem Sattel. Einer der Stallburschen führte das Pferd am Zügel weg, und Vater und Sohn betraten Hand in Hand das Haus. Sylvia hatte ihm Peter geschenkt, dachte Tom, und dieses Geschenk war unbezahlbar. Dafür war er bereit, ihr vieles zu verzeihen.

6

Ein paar Tage lang blieb alles friedlich. Tom Cliffords dramatischer Auftritt hatte den Kindern einen gehörigen Schrekken eingejagt, und sie gehorchten – vorläufig. Della ahnte, daß dieser Friede nicht lange anhalten würde, aber die Atempause war ihr höchst willkommen. Jem Carter erschien nicht mehr zum Unterricht, und als sie seine Schwester nach ihm fragte, schüttelte das Mädchen den Kopf.

„Er kommt nich' mehr, Miss, und nach den Ferien komm ich auch nich' mehr. Mein Pa sagt, daß ich schon alt genug zum Verdienen bin."

„Das ist aber sehr schade. Du bist so gut vorangekommen."

Mary Ann schlug die Augen nieder. „Ja, aber das is' meinem Pa egal, wissen Sie. Nur meine Ma will, daß ich zur Schule geh."

„Und wie ist es mit dir selbst? Gehst du nicht auch gerne zur Schule?"

„Doch. Das Lesen wird mir fehlen. Das hat mir gefallen. Das is', wie wenn man aus 'nem Fenster schaut und draußen 'ne andere Welt sieht."

„Ich leihe dir gern ein paar Bücher, Mary Ann, Bücher, die du allein lesen kannst."

„Ich weiß nich'", sagte das Mädchen unsicher.

„Du mußt es versuchen", drängte Della. „Du hast Verstand, du könntest es weit bringen."

Das Mädchen war eine ihrer besten Schülerinnen gewesen, und es machte Della wütend, daß dieser rücksichtslose, brutale Vater das Kind hindern konnte, am Unterricht teilzunehmen und weiterzulernen. Mary Ann war groß für ihr Alter, schlank und anmutig, was sie von den anderen Mädchen unterschied. Mit gewaschenem und gekämmtem Haar, einem sauberen Baumwollkleid und ohne blaue Flecken im Gesicht würde sie vermutlich sehr hübsch aussehen.

Della hatte gewußt, daß es nur die Ruhe vor dem Sturm war. Noch vor Ablauf der Woche ging es wieder los. Sie war an diesem Morgen früh aufgestanden und gerade damit beschäftigt, einzuheizen und den Wasserkessel aufzusetzen, als Lil hereingestürzt kam, wortlos einen Eimer mit Wasser füllte, nach einer Scheuerbürste griff und wieder hinausstürmte.

„Was ist los? Was ist denn passiert?"

Della folgte ihr nach draußen und blieb entsetzt stehen. Was sie da vor sich sah, war unmißverständlich. In fünfzig Zentimeter hohen Buchstaben stand an die Schulmauer geschrieben:

„Hau ab, du dreckige Hure, und bleib weg!"

Für einen Augenblick war Della wie betäubt. Die Roheit der Worte traf sie wic ein Faustschlag; das hatte sie gewiß nicht verdient. Unwillkürlich überlegte sie, ob man vielleicht die Wahrheit über ihren Vater herausgefunden hatte und ihr nun auf diese Weise zeigen wollte, daß man Bescheid über sie wußte, dann aber kam sie zu dem Schluß, daß ihre Feinde eine solche Entdeckung anders ausgedrückt hätten. In dieser Mitteilung lag eine gemeine, schmutzige Gehässigkeit, die sie aufs äußerste beunruhigte.

Lil sagte wütend: „Das war dieser Jem. Unser Benjie hat gehört, wie er vorgestern damit geprahlt hat, was er Ihnen antun will, der gemeine Hund. Ich wollt, ich hätt ihn erwischt. Ich würd's ihm schon zeigen!"

Sie tauchte ihre Bürste in den Eimer und begann energisch zu schrubben, aber die Buchstaben ließen sich nicht so leicht abwaschen. Auch Della holte eine Scheuerbürste und begann, an der verschmierten Mauer herumzureiben, als sich hinter ihnen eine fröhliche Stimme vernehmen ließ.

„Was macht ihr beiden Mädchen denn da, an diesem wunderschönen Morgen?"

„Das sehen Sie doch", sagte Della scharf.

Bret zügelte sein Pferd, blickte genauer hin, und seine Stimme klang nun völlig verändert. „Mein Gott! Wer zum Kuckuck, hat das getan?"

„Ich weiß es nicht, und es ist mir auch egal, aber ich will nicht, daß es jeder, der vorbeikommt, lesen kann." Energischer als zuvor schrubbte sie weiter.

Bret schwang sich vom Pferd. „Geben Sie mir eine Bürste, dann helfe ich Ihnen."

„Danke, aber wir sind wahrhaftig imstande, allein damit fertig zu werden", sagte Della eisig.

„Wie Sie wollen." Er grinste zaghaft. „Aber bitte fallen Sie doch nicht gleich über mich her! Ich bin nicht verantwortlich für diesen heimtückischen Angriff."

Della hielt inne und legte die Bürste hin. „Verzeihen Sie. Es ist nur, weil es so – so scheußlich war, aus dem Haus zu kommen und das hier zu sehen."

„Das kann ich mir vorstellen. Es müssen diese verdammten Bälger gewesen sein. Warten Sie, bis Tom davon erfährt. Er wird diesen kleinen Teufeln das Fell über die Ohren ziehen."

„Nein", sagte Della rasch, „nein, sagen Sie ihm bitte nichts. Wenn es abgewaschen ist, ist die Sache erledigt – das ist sicher besser. Sie wollen ihn doch nicht etwa mit solchen Lappalien belästigen?"

„Eigentlich müßte er davon erfahren, aber wenn Sie unbedingt wollen..."

„Ja doch, ja. Ich würde die Sache lieber auf sich beruhen lassen." Sie schauderte plötzlich, als wäre ein kalter Windstoß über sie hinweggefegt.

„Gehen Sie rein, Miss", sagte Lil. „Ich mach das hier fertig. Das Wasser im Kessel kocht sicher schon."

„Ja, richtig, und die Kinder kommen auch bald. Tut mir leid, Mr. Stratton, aber ich kann nicht hier herumstehen und schwatzen. Ich habe zu tun."

Della ging zurück ins Haus, und Bret folgte ihr.

„Ich halte Sie nicht lange auf, Ehrenwort, aber Martha möchte wissen, ob Sie nicht Lust hätten, den kommenden Sonntag mit uns zu verbringen."

„Vielleicht wäre es ihr lieber, ich käme nicht, wenn sie von dieser Sache erfährt."

„Du lieber Himmel, glauben Sie etwa; meine Schwester kümmert sich auch nur einen Pfifferling um die Gehässigkeiten dieser Bauernlümmel? Kommen Sie doch, bitte. Leider sind es acht Kilometer nach Farley Grange, aber ich würde Sie gleich nach der Kirche mit der Kutsche abholen."

Sie zögerte noch. „Ich weiß nicht..." Bret kam näher und nahm ihre Hand.

„Es ist mir ernst damit. Ich sage es nicht bloß wegen dieser schmutzigen Schmiererei draußen auf der Mauer."

„Wenn Sie wirklich meinen..."

„Aber sicher. Martha redet schon davon, seit sie Sie an jenem Abend kennengelernt hat."

Sie gab nach. „Also gut. Ich komme sehr gern."

„Fein", sagte er. „Ich hole Sie kurz nach elf ab."

Das Wasser kochte. Della entzog ihm ihre Hand und füllte die Teekanne.

„Trinken Sie eine Tasse Tee mit uns?"

„Nein, danke. Martha wartet sicher schon mit dem Frühstück auf mich. Wir sehen uns dann am Sonntag."

„Also, bis Sonntag." Della lächelte und begleitete ihn hinaus. Seine freundliche, nette Art und die Gewandtheit, mit der er die Einladung ausgesprochen hatte, tröstete sie ein wenig über die schmerzliche Erfahrung dieses Morgens hinweg.

Lil blickte ihm nach. „Is 'n richtig netter Mann, dieser Mr. Stratton, und Sie gefallen ihm auch sehr, Miss Della. Das sieht man gleich."

„Rede keinen Unsinn. Ist die Wand sauber?"

Lil ließ die Scheuerbürste in den Eimer fallen. „Jawohl, so sauber wie schon lang nicht mehr. Dieser verdammte Dummkopf! Ich weiß nich', was sich dieser Jem dabei denkt, wenn er schmutzige Wörter an 'ne Mauer kritzelt. Ich möchte unseren Ben sehen, wenn er so was tut. Er würd solche Prügel kriegen, daß er 'ne Woche lang nich' mehr sitzen könnt!"

Aber Della wußte, daß hinter dieser schändlichen Aktion nicht Jem allein steckte. Sicher hatte ihn sein Vater zu dem gemeinen Streich angestiftet, und vielleicht waren noch andere daran beteiligt. Sie fragte sich, ob man mit diesem Schlag auch Tom Clifford treffen wollte, dafür, daß er sie hierhergebracht hatte – und dieser Gedanke erschreckte sie zutiefst.

Bret erwartete Della vor der Kirche mit dem wuchtigen, ekkigen Turm. Das Gotteshaus hatte offenbar noch zu dem ursprünglichen Dorf gehört; nun war es vom Rauch und vom Ruß der Fabrik geschwärzt.

Neugierige Blicke folgten Bret, als er seinem Gast in die elegante Kutsche half, neben Della Platz nahm und die Pferde antraben ließ. Sie fuhren durch eine wellige Hügellandschaft mit weiten Wiesen, auf denen Schafe und Lämmer weideten. Erst als sie tiefer in das Tal gelangten, wurde die Gegend rauher. Doch die Maisonne hatte auch hier die Blumen aus dem Winterschlaf geweckt, und überall schimmerten helle Farbflecken durch Gebüsch und Hecken.

Als Farley Grange in Sicht kam, war Della überrascht und entzückt von dem unerwarteten Anblick, der sich ihr bot. Während sie die kurvenreiche Auffahrt hinauffuhren, tauchten zwischen den alten Bäumen zinnenbewehrte Türmchen und Mauern aus silbrig schimmerndem Gestein auf. Rokeby Hall war weitläufig, breit und stattlich und brachte deutlich den Stolz seines Erbauers zum Ausdruck: Das habe ich aus dem Nichts geschaffen. Es ist mein Werk. Farley Grange dagegen, vor mehr als zweihundert Jahren erbaut, war aristokratisch, ein wenig verblaßt vielleicht, aber noch immer schön in seiner stilvollen Anmut.

„Was für ein wundervolles Haus", rief Della, als Bret ihr aus der Kutsche half und sie den mittleren Turm, die langgestreckten Seitenflügel mit den geteilten Fenstern und die geschwungene Freitreppe betrachtete.

„Gefällt es Ihnen?" Bret warf einem Stallburschen die Zügel zu. „Martha ist ganz vernarrt in Farley Grange, schon von Kindheit an. Sie würde niemals von hier fortgehen, aber mir kommt es manchmal vor wie ein Gefängnis."

In Dellas Ohren, die nie ein eigenes Heim besessen und nie lange genug irgendwo gewohnt hatte, um sich dort auch zu Hause zu fühlen, klang diese Bemerkung wie ein Sakrileg.

„O Bret! Wie können Sie so etwas sagen! Sie wissen gar nicht, welch ein Glück Sie haben!" rief sie impulsiv aus.

„Sie haben mich eben Bret genannt", bemerkte er erfreut. „Bedeutet das, daß ich Della zu Ihnen sagen darf?"

„Natürlich, wenn Sie wollen, und wenn wir Freunde werden."

„Warum nicht? Ich hätte nichts dagegen."

Er nahm ihren Arm und drückte ihn, als sie zusammen die Freitreppe hinaufgingen und die hellgetäfelte Halle betraten, die von dem angenehmen Duft nach Bienenwachs und dem würzigen Geruch getrockneter Blütenblätter, die in einer großen Porzellanschüssel auf dem Eichentisch lagen, erfüllt war. Ein Dienstmädchen erschien, um Della Hut und Mantel abzunehmen, und Martha begrüßte sie herzlich.

„Ich bin so froh, daß Sie heil angekommen sind und nicht allzu sehr durchgerüttelt wurden. Brets Fahrkünsten ist nicht immer ganz zu trauen."

„Na hör mal!" rief Bret aus. „Das ist aber nicht nett von dir."

„Er vergißt manchmal, wen er fährt, und daß er nicht mit seinen ausgelassenen Londoner Freunden unterwegs nach Brighton ist", fuhr seine Schwester fort und nahm Dellas Hand. „Kommen Sie ans Feuer. Der Sonnenschein ist trügerisch. Man glaubt, die Sonne wärmt schon, aber hier oben in den Hügeln weht zu dieser Jahreszeit oft noch ein ziemlich kühler Wind."

Die Scheite, die in dem großen Kamin glosten, waren so groß wie halbe Baumstämme und erfüllten den Raum mit dem süßen Duft von Apfelholz. Della trat näher, um Miss Lavinia zu begrüßen, die in einem steifen, altmodischen Sonntagskleid aus raschelnder schwarzer Seide in einem Ohrensessel vor dem Feuer saß.

„Verzeihen Sie, daß ich nicht aufstehe. Das Rheuma plagt meine alten Knochen wieder einmal", sagte sie fröhlich. „Nun, junge Dame, wie ich höre, haben Sie sich bereits in Feindseligkeiten mit diesen kleinen Lumpen in Castlebridge eingelassen. Ich bin froh, Sie heil und ganz zu sehen."

„Ich bin nicht aus Porzellan", sagte Della mit einem Lächeln. „Ich zerbreche nicht so leicht."

„Das kann man von einigen der jungen Mädchen, die Bret

schon hierhergebracht hat, nicht behaupten", erwiderte die alte Dame streng.

„Aber eines mußt du wenigstens zugeben, Tantchen, sie waren alle schön."

„Schönheit ist nicht alles, bei weitem nicht. Komm und hilf mir aufzustehen, mein Junge. Wie steht's mit dem Essen, Martha? Ich bin halb verhungert."

Bret half seiner Tante aus dem Sessel, und dann gingen sie gemeinsam in das Eßzimmer.

Della genoß diesen Besuch; sie fühlte sich hier sofort heimisch. Sie fand bald heraus, daß es Martha war, die den Haushalt beherrschte. Offiziell gehörte natürlich alles Bret; er war der Herr von Farley Grange und seiner langen Geschichte, der Herr über die ausgedehnten Ländereien, über die zahlreichen Bauernhöfe und die Schaf- und Rinderherden; aber es war Martha, die genau wußte, wieviel ein Mutterschaf und die neugeborenen Lämmer wert waren; sie stritt mit Tom Clifford über den Preis der Schurwolle, und sie besuchte mit ihrem Verwalter Viehmärkte und Auktionen und wählte mit Sachkenntnis die neuen Widder und Zuchthengste aus.

Nach dem Mittagessen machte sich Bret erbötig, Della die Gärten zu zeigen, und runzelte die Stirn, als Martha freundlich sagte, daß sie mitkommen würde. „Tante Lavvy macht am Nachmittag gern ein kleines Nickerchen", fügte sie gelassen hinzu, den offenkundigen Ärger ihres Bruders ignorierend. Sie musterte Dellas Sandalen. „Aber in diesen Schuhen können Sie hier nicht gut laufen, meine Liebe. Am besten, Sie ziehen ein Paar von meinen Stiefeln an."

Sie wanderten auf einem schmalen Pfad durch den Wald bis zu einer kleinen Kapelle, die auf einer Hügelkuppe stand.

„Die hat mein Urgroßonkel gebaut", erklärte Martha. „Er liebte den weiten Blick über das Tal. Wenn es ganz klar ist, sieht man die Ruinen von Bolton Abbey und Bardon Lodge, wo die Cliffords im vierzehnten Jahrhundert gelebt hatten."

„Ist Mr. Clifford ein Nachkomme dieser Cliffords?" fragte Della leichthin.

„Manche Leute behaupten es, obwohl es da irgendeinen dunklen Fleck in der Ahnenreihe gibt", sagte Bret lachend. „Man munkelt, daß irgendein skrupelloser Clifford ein hübsches Dienstmädchen mit ins Bett genommen habe. In der Schule wurde Tom deswegen oft aufgezogen."

„Also wirklich, Bret! Ich bin sicher, daß Miss Lismore keinerlei Interesse an solch alten Skandalgeschichten hat, die obendrein wahrscheinlich bloß erfunden sind. Auf jeden Fall kann Tom auf eigenen Füßen stehen. Er braucht keinen langen Stammbaum als Stütze."

„So wie wir", murmelte Bret boshaft. „Aber wen kümmert das schon? Wir sind wir, nicht wahr?"

„Das meine ich auch", sagte Della entschieden und dachte plötzlich an Larksghyll und die Familie, der ihr Vater den Rükken gekehrt hatte.

„Sie ziehen ein so ernstes Gesicht. Woran denken Sie?" fragte Bret leise.

„Oh, es ist nichts von Bedeutung", erwiderte sie hastig.

Sie wanderten an den Ställen vorbei zum Haus zurück, und Della blieb stehen, um die kräftigen Clevelander zu bewundern, die über die Halbtüren auf sie hinunterspähten.

„Reiten Sie, Miss Lismore?" fragte Martha.

„Oh ja, aber leider bin ich nicht so oft dazu gekommen, wie ich es mir gewünscht hätte, denn Vater und ich lebten meist in der Stadt."

„Sie können jederzeit einen unserer Gäule reiten", sagte Bret spontan. „Es würde mich freuen, Ihnen unser schönes Land zu zeigen."

„Das wäre wunderbar, aber leider habe ich nur sehr wenig Freizeit."

„Das müssen wir unbedingt ändern. Tom darf Sie einfach nicht so schwer arbeiten lassen", fuhr er unbekümmert fort.

„Bret", unterbrach ihn Martha tadelnd, „Du vergißt, daß Miss Lismore nicht zu ihrem Vergnügen in Yorkshire ist. Aber", fügte sie an Della gewandt hinzu, „auch mir wäre es ein Vergnügen, Ihnen sonntags ein Pferd zur Verfügung zu stellen, wenn Sie mehr von unserer herrlichen Gegend sehen wollen."

„Danke. Ich komme gern darauf zurück."

Sie gingen wieder ins Haus, wo ein Imbiß auf sie wartete: Tee mit Sahne, heißes Teegebäck und warme Brötchen mit Erdbeermarmelade. Miss Lavinia lächelte Della zu.

„Kommen Sie und setzen Sie sich zu mir, meine Liebe. Ich möchte mit Ihnen plaudern. Bret und Martha haben Sie nun lange genug für sich in Anspruch genommen."

Die alte Dame legte ihre Stickerei weg und klopfte neben sich auf das Sofa. „Kommen Sie hierher, denn auf dem rechten Ohr bin ich ein wenig schwerhörig. So, und nun sagen Sie mir", fuhr sie fort, sobald Della neben ihr Platz genommen hatte, „wie kommen Sie mit Tom Clifford zurecht?"

„Er ist sehr freundlich", erwiderte Della vorsichtig. „Aber ich sehe ihn ziemlich selten."

„Wenn er Sie nicht gerade vor dem Pöbel rettet und anschließend mit Ihnen Tee trinkt, wie?" Sie lächelte über Dellas erstaunten Blick. „Oh ja, ich weiß alles, mir entgeht kaum etwas, müssen Sie wissen. Daß er Sie besucht, ist natürlich nichts Unrechtes, wirklich nicht, aber seien Sie vorsichtig, meine Liebe. Wir sind hier eine kleine, geschlossene Gemeinde, und in Castlebridge gibt es einige Leute, die hocherfreut wären, wenn sie etwas fänden, das sie Tom Clifford in den Weg legen könnten."

„Ja, aber warum denn? Was habe ich falsch gemacht? Sicher, ich bin keine besonders gute Lehrerin, aber..."

„Vielleicht ist genau das der Grund", sagte Miss Lavinia frei heraus. „Die Leute fragen sich, warum ein nüchterner Geschäftsmann wie Tom Clifford ausgerechnet jemand anstellt, der so ungeeignet ist für diesen Posten wie Sie und dazu noch so attraktiv."

Della fühlte, wie sie errötete. „Aber das ist doch lächerlich."

„Meinen Sie?" fragte Miss Lavinia trocken. „Ich kannte Toms Vater. Der war aus einem ganz anderen Holz geschnitzt! Er hat diese Fabrik aus dem Nichts aufgebaut und Castlebridge ganz bewußt als Standort gewählt, weil es auf halbem Weg zwischen den großen Tuchläden in Bradford und den Schafzüchtern in den Tälern liegt, die seine ersten Schurwollieferanten waren. Er erzählte mir einmal, daß seine Eltern elend und in Armut gestorben sind; daher sei er fest entschlossen gewesen, den Wohlstand, den er sich erarbeitet hatte, zu erhalten und dafür zu sorgen, daß sein Sohn nie ein ähnliches Schicksal erleiden müßte wie seine Eltern. Jenen, die ordentliche Arbeit leisteten, war er ein guter und loyaler Dienstgeber, aber jeden, der aufbegehrte oder streikte oder seine Autorität anzweifelte, den setzte er sofort an die Luft, und nichts hätte ihn dazu bewegen können, den Rebellen wieder einzustellen. Das Schlimmste, was er seinem Sohn antun konnte, war, daß er sich hat umbringen lassen – und noch dazu so früh und zum denkbar ungünstigsten Zeitpunkt."

„Ich habe davon gehört. Hat man jemals herausgefunden, wer es getan hat?"

„Das Gericht kam zu der Überzeugung, daß es sich um Raubmord gehandelt hatte, verübt von einem oder mehreren unbekannten Tätern; aber kurz zuvor hatte es in der Fabrik Schwierigkeiten gegeben, weil ein paar neue Maschinen installiert worden waren. Fragen Sie mich nicht nach Einzelheiten, meine Liebe, alles, was ich weiß, ist, wie man Strümpfe strickt und eine Ferse einarbeitet, aber jedenfalls bedeutete es, daß Arbeiter entlassen werden mußten. Es kam zu Tumulten und überaus häßlichen Szenen auf den Straßen. Eine Zeitlang schlief Toms Vater in der Fabrik, eine geladene Pistole neben sich. Ich bin überzeugt, einer von den Übeltätern wußte, daß der alte Mr. Clifford an jenem Abend aus Bradford zurückkehren würde, und er lauerte ihm auf dem Heimweg auf, aber man konnte nichts beweisen. Das Geld, welches das Opfer bei sich trug, war verschwunden, und daher hielt man das Verbrechen für einen gewöhnlichen Raubüberfall, aber ich bin ziemlich sicher, daß an den Webstühlen heute noch Männer stehen, die eine ganz andere Geschichte erzählen könnten. Tom war zu jener Zeit mit seiner Frau in Paris und mußte auf der Stelle zurückkehren, um die Geschäfte zu übernehmen."

„Es muß ein entsetzlicher Schock für ihn gewesen sein."

„Das war es auch. Er hing sehr an seinem Vater, aber er kam darüber hinweg, und zwar ohne die Hilfe dieser leichtfertigen, launischen Frau, die er geheiratet hat."

„Lady Sylvia ist sehr schön."

„Schönheit!" schnaubte Miss Lavinia verächtlich. „Wozu ist sie denn letztlich nutze? Ein Mann braucht eine Frau, die hinter ihm steht, die ihn unterstützt, die ihm das Bett wärmt und ihm Kinder schenkt, und nicht eine, die sein Geld für elegante Kleider und teure Vergnügungsreisen nach wer weiß wohin ausgibt. Ich weiß genau Bescheid über Sylvia Farringford. Ihr Vater, der alte Sterndale, war ein Cousin meiner Mutter. Er hat sie sträflich verwöhnt, und als er dann nicht mehr mit ihr fertig wurde, hat er sie Hals über Kopf verheiratet und noch Profit daraus geschlagen. Eines Tages wird Tom schon noch dahinterkommen, was für ein schlechtes Geschäft er gemacht hat", fuhr Miss Lavinia freimütig fort. „Ich werde Ihnen etwas sagen, meine Liebe. Tom ist eine gespaltene Persönlichkeit. Ein Teil von ihm ist wie sein Vater, zäh und hart wie Eichenholz, aber der andere Teil ist zu mitleidig, zu offen für das Geschwätz von idealistischen Narren wie Tim Withers."

„Aber ist Mr. Withers denn wirklich ein solcher Narr?" wandte Della ein. „Was er mir erzählte, als ich kürzlich beim Doktor zu Besuch war, hatte durchaus Hand und Fuß."

„Jeder, der glaubt, er könne die herrschende Ordnung von heute auf morgen ändern, ist ein Narr. Neues muß aus dem Volk selbst erwachsen – und das braucht seine Zeit. Würde diese Voraussetzung erfüllt, dann wäre Tom wahrscheinlich imstande, etwas zu ändern – er ist es aber nicht, wenn die Leute ihn in die Enge treiben und bedrohen. Er läßt sich überzeugen – aber drohen darf man ihm nicht."

Miss Lavinia mag ja ihre Schrullen haben, dachte Della, aber sie ist weise in ihrer Art. Allmählich begann sie den Mann, der ihre Gedanken mehr beschäftigte, als ihr zuträglich war, besser zu verstehen.

„Er hätte Martha heiraten sollen, nicht diese eigenwillige junge Frau mit ihren verrückten Ideen."

„War Martha in ihn verliebt?“ fragte Della verblüfft.

„Martha? Du meine Güte, nein! Wann sind junge Frauen denn jemals vernünftig? Sie hatte sich, als sie kaum vierzehn war, in diesen hübschen Spitzbuben, diesen Oliver Craven vernarrt. Daraus ist aber nie etwas geworden, und sie würde eher sterben, als es zugeben.“

Wieder dieser Name, dachte Della. Es war sonderbar, wie er immer wieder und ganz plötzlich auftauchte.

„Waren Sie jemals in Larksghyll?“ fragte Della.

„Nur ein einziges Mal. Olivers Vater lebt sehr zurückgezogen, schon seit Jahren, er empfängt kaum jemals Gäste. Es gibt da ein Geheimnis, eine Tragödie im Zusammenhang mit seiner Frau. Die einen sagen dies, die anderen das. Ich jedenfalls weiß nichts Genaues darüber, da ich erst nach dem Tode der Strattons hierhergekommen bin. Mary Stratton war meine Nichte. Martha war damals erst zwölf. Ich konnte doch das Kind mit ihrem kleinen Bruder nicht allein lassen, also blieb mir nichts anderes übrig, als mein Bündel zu schnüren und herzukommen. Einer mußte ja die Aufsicht über Farley Grange übernehmen.“

„Haben Sie es je bereut?“

„Manchmal schon. Das Leben hier unterschied sich grundlegend von der friedlichen Existenz, die ich in Chester geführt hatte, aber jedenfalls war es niemals langweilig. Ich hatte die ganze Zeit junge Leute um mich. Ich sah sie zusammen aufwachsen – Tom und Martha und Oliver mit ihren Freunden, und Bret, den armen Jungen, der immer hinter den anderen herlief.“

Sie hob ihre Lorgnette und musterte Della aus kurzsichtigen Augen. „Es ist merkwürdig, aber als ich Sie das erstemal sah, haben Sie mich an jemanden erinnert, nur ist mir nicht eingefallen, an wen. Jetzt weiß ich es – dieses dunkle Haar und diese blauen Augen – es war ein Porträt in Larksghyll.“

Della erschrak. „Ein Porträt? Von wem?“

„Ich habe nicht die leiseste Ahnung. Es hing in einem Zimmer, in das ich irrtümlich hineinstolperte, eine Art Abstellkammer voller alter Möbel und Kisten. Aber auf dieses Bild fiel das Licht der Lampe, und es stach mir ins Auge – es zeigte eine sehr schöne junge Frau – wer immer sie gewesen sein mag."

„Ich war noch nie in Larksghyll."

„Nein, warum sollten Sie auch? Es ist bloß einer dieser unerklärlichen Zufälle", sagte Miss Lavinia unbekümmert. „Na, da kommt ja auch Martha. Ich habe Sie zu lange aufgehalten, meine Liebe, es wird Zeit für Sie. Besuchen Sie mich wieder einmal, ich würde mich freuen."

„Natürlich, mit dem größten Vergnügen. Wenn Martha nichts dagegen hat, komme ich bald wieder."

„Wir werden uns in diesem Sommer sicher noch oft sehen", sagte Martha in ihrer herzlichen Art und nahm Dellas Arm, und als sie unten in der Halle waren, küßte sie sie auf die Wange. „Auf Wiedersehen. Paß auf sie auf, Bret, fahr vorsichtig."

Es dämmerte bereits, als Bret vor dem Schulhaus die Pferde zügelte. Er half Della beim Aussteigen.

Della streckte ihm impulsiv die Hand hin. „Haben Sie nochmals vielen Dank für den wunderschönen Tag. Ich habe es sehr genossen!"

„Es darf nicht bei dem einen Mal bleiben", sagte er. „Kommen Sie bald wieder, bitte."

Er hob ihre Hand an die Lippen, dann kletterte er rasch wieder auf den Kutschbock und trieb die Pferde an. Della sah ihm nach und winkte, als er sich umdrehte und noch einmal grüßend die Peitsche schwang.

Sie ging auf das Haus zu. Gerade, als sie den Schlüssel aus der Tasche nahm, sprang die Tür auf, und ein Mann erschien auf der Schwelle. Mit einem erstickten Schrei wich sie zurück, doch dann erkannte sie Tom Clifford.

„Tut mir leid, wenn ich Sie erschreckt habe", sagte er. „Ich bin vorbeigekommen, weil ich etwas mit Ihnen besprechen wollte. Als Sie nicht da waren, nahm ich an, daß Sie nicht allzu lange ausbleiben würden, und wartete die paar Minuten."

„Aha." Sie ging an ihm vorbei ins Haus. „Wie sind Sie denn hereingekommen?"

„Oh, wir haben Zweitschlüssel von allen Gebäuden, die irgendwie zur Fabrik gehören. Das ist notwendig, falls einmal etwas passiert."

Della nahm ihren Hut ab und legte ihn bedächtig auf den Tisch, bevor sie sich zu ihm umdrehte. Der beiläufige Ton, mit dem er sein Eindringen in ihre Privatsphäre rechtfertigte – so als stehe es ihm ohne weiteres zu, bei ihr ein und auszugehen – empörte sie.

„Worüber wollten Sie mit mir sprechen?" fragte sie kühl.

„Ich habe erst gestern erfahren, was hier vor ein paar Tagen geschehen ist. Warum haben Sie mir nichts gesagt?"

„Wenn Sie dieses alberne Gekritzel an der Mauer meinen – warum hätte ich Ihnen davon berichten sollen? Es galt mir, und ich habe es vorgezogen, es zu ignorieren. Es betraf nicht Sie."

„Doch. Jede Beleidigung, die einen meiner Angestellten trifft, trifft auch mich. Wissen Sie, wer dafür verantwortlich war?"

„Nein, und selbst wenn ich es wüßte, würde ich es Ihnen nicht sagen."

Tom runzelte die Stirn. „Warum nicht?"

„Weil ich der Meinung bin, daß es nichts weiter war als ein alberner Lausbubenstreich, dem ich keine Bedeutung beimesse."

„Und wenn ich anders darüber denke?"

„Das ist Ihre Sache, aber bitte greifen Sie nicht um meinetwillen ein."

„Ja, hat es Sie denn nicht erschreckt?"

„Du meine Güte, nein. Ich bin kein Kind mehr, das sich vor dem schwarzen Mann fürchtet. Ich mußte schon mit schlimmeren Dingen fertigwerden."

Sie dachte an die Geschäftsleute, die immer dann mit unbezahlten Rechnungen kamen, wenn kein Geld im Haus war, und an die Polizeiverhöre in den letzten paar Wochen vor ihrer Abreise aus London.

Aber nun war er neugierig geworden.

„Welche Dinge meinen Sie?"

„Ist das wichtig?"

„Nein, vermutlich nicht. Aber ich wäre Ihnen sehr verbunden, wenn Sie es mich wissen ließen, falls sich wieder etwas Ähnliches ereignet, damit ich etwas dagegen unternehmen kann."

„Gewiß – wenn ich es für nötig halte."

Er trat an den Tisch, um seinen Hut zu nehmen. „Bret hat Sie nach Hause gebracht, nicht wahr? Haben Sie den Tag auf Farley Grange verbracht?"

„Ja, das habe ich. Ist etwas daran auszusetzen?"

„Nein, nein, natürlich nicht", erwiderte er hastig. „Martha und ihre Tante sind gute Freunde. Also hatten Sie einen schönen Tag?"

„Sehr schön, danke. Aber wir haben am Nachmittag einen ausgedehnten Spaziergang unternommen, und jetzt bin ich ziemlich müde."

„Ja, natürlich, verzeihen Sie. Ich gehe schon." Tom setzte den Hut auf und ging zur Tür. Plötzlich aber war Dellas Ärger verschwunden, und sie eilte ihm nach.

„Danke, daß Sie gekommen sind. Es war sehr freundlich von Ihnen, sich diese Mühe zu machen."

„Nicht der Rede wert. Ich dachte, ich wäre es Ihnen schuldig." Er blieb stehen und wandte sich um. „Falls Sie noch daran interessiert sind, etwas über unsere Arbeit in der Fabrik zu erfahren, würde ich vorschlagen, daß Sie uns nächste Woche besuchen. Würde Ihnen das passen?"

Er hatte sie überrumpelt. „Oh ja, ja, das paßt mir ausgezeichnet."

„Sagen wir nächsten Samstag?"

„Ja, vielen Dank."

„Gute Nacht, Miss Lismore."

„Gute Nacht."

Er trat hinaus und schloß die Tür hinter sich. Mittlerweile war es fast ganz dunkel geworden, und Della spürte, wie die Schatten auf sie zukrochen und Trübsinn und Einsamkeit sich wieder um sie ausbreiteten. Sie war nahe daran, ihn unter irgendeinem Vorwand zurückzurufen, nur um ihn dort in der Tür stehen zu sehen, stark und beruhigend. Doch dann raffte sie sich auf und zündete die Kerzen an; und dann sah sie das Buch, das aufgeschlagen auf dem Tisch lag. Er mußte darin gelesen haben, bevor sie gekommen war.

„Nicht eine Tochter der Schönheit
hat einen Zauber gleich dir;
und wie Musik auf den Wassern weit
klingt deine Stimme mir..."

Hatte er an seine Frau gedacht, als er Byrons Zeilen las – an dieses wunderschöne, verwirrende, bezaubernde Geschöpf – diese Frau, die Miss Lavinia so unverblümt verurteilt hatte? Plötzlich wurde sie sich der Gefahr bewußt, und rasch schlug sie das Buch zu. Sie dachte viel zu oft an Tom Clifford, und das konnte nur ins Unglück führen. Sie tat besser daran, sich praktischen Dingen zuzuwenden. Entschlossen ging sie in die Küche, um das Abendessen zuzubereiten.

7

Della war noch nie in einer Fabrik gewesen, und was sie an diesem Morgen sah, wirkte erschreckend und faszinierend zugleich auf sie. Das unaufhörliche Rattern der Maschinen, die die Wolle kämmten, krempelten und spannen, dröhnte ihr in den Ohren, während sie die ausgetretenen Stufen des rußgeschwärzten Gebäudes mit seinem hohen, rauchspeienden Turm hinaufstieg. Um sie herum roch es intensiv nach Rohwolle und Öl – ein besonders ekelerregender Gestank, der ihr den Atem benahm. Sie wurde durch einen langen Korridor und über eine Steintreppe in den ersten Stock geführt. In dem geräumigen Bürozimmer, das sie dann betrat, war der Maschinenlärm weniger stark zu hören. Tom kam hinter seinem Schreibtisch hervor, um sie zu begrüßen.

„Sie sind also doch gekommen."

„Natürlich. Was hätte mich abhalten sollen?"

„Ich dachte, Sie hätten es sich vielleicht anders überlegt."

„Oh nein. Ich habe mich schon die ganze Woche darauf gefreut."

In dem Raum herrschte so etwas wie ein geordnetes Chaos. Die Wände waren von hohen Schränken verdeckt, die bis oben hin mit Akten gefüllt waren; die Regale bogen sich unter der Last der unzähligen ledergebundenen Hauptbücher. In einer Ecke stand ein großer Schreibtisch mit einem hochlehnigen Stuhl dahinter, auf dem ein langer, hagerer Mann saß; sein Haar und sein Gesicht waren ebenso grau wie sein Arbeitsmantel. Auf einen Wink seines Dienstherrn hin erhob er sich. Neugierig musterte er Della durch seine dicke Brille und huschte dann wie ein grauer Schatten aus dem Zimmer.

„Seth Barker, mein Bürovorsteher", sagte Tom. „Er weiß fast mehr über das Geschäft als ich selbst. Darf ich Ihnen eine Erfrischung anbieten? Kaffee, oder vielleicht ein Glas Wein?"

„Nichts, vielen Dank."

„Nun denn, wo möchten Sie beginnen?"

„Ich weiß nicht so recht – am Anfang, glaube ich. Ich habe ja überhaupt keine Vorstellung von dem, was in Ihrer Fabrik vorgeht. Ich weiß überhaupt nichts. Was muß alles geschehen, damit die Wolle eines dieser Schafe, die ich draußen auf der Weide sah, zu dem feinen Wollstoff wird, aus dem der Rock gemacht ist, den Sie gerade tragen?"

„Da muten Sie mir ja einiges zu", sagte er lachend. „Aber ich werde mein Bestes tun, Ihnen diese Frage zu beantworten."

Sie begannen im Kellergeschoß, wo die großen Wollballen lagerten und rasch und sachkundig sortiert und geordnet wurden. Länger als zwei Stunden lauschte Della gebannt Toms Ausführungen; mit Feuereifer erklärte er ihr einen Arbeitsgang nach dem anderen. Aber nicht nur das, was er ihr erzählte, faszinierte sie, sondern auch die Begeisterung, die er dabei an den Tag legte; er gab in diesen kurzen Stunden mehr von seinem Wesen preis als bei allen ihren bisherigen Begegnungen. Über sein Fachgebiet wußte Tom frei und flüssig zu erzählen.

„Wie kommt es denn, daß Sie darüber so viel wissen?" fragte Della, als ihr der Kopf zu schwirren begann.

„Bin ich zu weitschweifig? Mein Vater ließ mich jeden Arbeitsprozeß lernen, als ich noch ein Junge war, und zwar in den Schulferien – genauso wie er als Junge all das hatte lernen müssen. Das Tuchmachergewerbe, müssen Sie wissen, wurde in der Zeit, bevor es die Maschinen gab, in Heimarbeit ausgeübt. All diese Arbeitsgänge, die Sie gerade gesehen haben, wurden früher manuell ausgeführt – das Sortieren und Reinigen, das Kämmen und Krempeln, und das Weben mit den schweren Handwebstühlen, alles wurde daheim gemacht. Sobald ein Stück Tuch vom Webstuhl kam, wurde es auf dem Boden ausgebreitet, befeuchtet, geklopft und gestampft und dann auf Spannrahmen im Freien zum Trocknen aufgehängt. Danach erfolgte noch ein Wasch- und Trockenvorgang, und erst dann wurde das Tuch von einem Beamten mit einem Stempel versehen und auf den Markt gebracht. Im Mittelalter wurde englisches Tuch in ganz Europa verkauft; damals galt es als das feinste Tuch der Welt."

„Das klingt ja beinahe unglaublich."

„Aber es ist wahr. Mein Großvater hat noch so gearbeitet. Doch plötzlich mußte er feststellen, daß ihn dieses Handwerk nicht mehr ernährte, und auch, daß seine Fertigkeit nicht mehr gefragt war, nachdem die ersten Maschinen erfunden worden waren. Als mein Vater diese Fabrik und die Häuser für die Arbeiter baute, besaßen einige von ihnen noch ein Stück Land, auf dem sie Gemüse pflanzten oder ein Schwein hielten."

„Und jetzt?"

„Jetzt sind aus fünfzig Arbeitern Hunderte geworden, es mußten mehr Häuser gebaut werden, es gibt nicht mehr genug Schurwolle, so daß wir aus Australien importieren müssen, und manchmal schaffen wir es kaum mehr, den vielen Bestellungen aus aller Welt nachzukommen."

„Darauf können Sie doch sehr stolz sein!"

„Manchmal bin ich es, ja. Mein Vater hatte den Blick immer in die Zukunft gerichtet, für ihn stellte jede Erfindung eine Herausforderung dar, und er ließ die Maschinen installieren. Das war es auch, was ihm schließlich das Leben gekostet hat. Einige bringt der Fortschritt weiter, andere ruiniert er – und sein Mörder ist unter jenen zu suchen, die die Umstellung nicht verkraftet haben." Einen Augenblick lang wirkte Tom verbittert. „Der Fortschritt ist nicht aufzuhalten, aber es gibt Zeiten, in denen er mich beunruhigt."

„Ich habe gehört, Ihr Vater sei bei einem Raubüberfall ums Leben gekommen."

„So lautet die offizielle Version, aber es gab da noch andere Fakten, die stillschweigend übergangen wurden. Ein paar Monate vorher hatte er eine neue Maschine installieren lassen, die die Arbeit von zwanzig Männern leistete. Das führte zu Entlassungen. Er wußte um die Not, die daraus entstand, und bedauerte sie, aber er war ein harter Mann."

Della spürte, daß Tom nicht gern darüber sprach, daher stellte sie für den Augenblick keine weiteren Fragen. Sie gingen weiter und gelangten in den Saal mit den großen mechanischen Webstühlen. Hier arbeiteten hauptsächlich Frauen, während neun- oder zehnjährige Kinder zwischen den Maschinen auf dem Boden herumkrochen und aufpaßten, daß die Stoffe nicht hängenblieben. Der Vorarbeiter, ein kleiner, untersetzter Mann mit einem harten, brutalen Gesicht und kurzgeschorenen roten Haaren, schlenderte zwischen den Reihen hindurch und beobachtete die Arbeiterinnen mit scharfem Blick.

„Ich glaube, hier haben Sie genug gesehen", stellte Tom fest, den Lärm überschreiend, und nahm Dellas Arm, um sie hinauszuführen. Da, mit einemmal, geschah es. Eine junge Frau, die an einem Webstuhl ganz in der Nähe arbeitete, rang plötzlich nach Luft and sank vornüber. Augenblicklich war der Vorarbeiter bei ihr und schlug sie auf den Rücken.

„He, das is' schon das drittemal. Mach dich an die Arbeit, sonst kannst du was erleben."

„Lassen Sie sie", sagte Tom. „Sehen Sie denn nicht, daß die Frau krank ist?"

„Die is' genausowenig krank wie ich, Herr", knurrte der Mann. „Die is' nichts weiter als 'ne faule Schlampe. Ich hab sie schon die ganze Woche beobachtet."

Er wollte sie ein zweites Mal schlagen, aber Tom packte ihn am Handgelenk.

„Ich habe gesagt, Sie sollen sie in Ruhe lassen, Carter."

Die junge Frau richtete sich mühsam auf, ihr Gesicht war kreideweiß, und Della sah, daß sie hochschwanger war.

„Danke, Sir, danke", hauchte sie.

„Lassen Sie sich am Montag von Doktor Withers untersuchen", sagte Tom barsch.

„Ich kenn die Sorte, 'ne dreckige Hure", murmelte Carter. „Schicken Sie die eine fort, fangen alle anderen zu heulen an."

„Das ist meine Sache", erwiderte Tom schroff. „Es ist bald Feierabend. Lassen Sie das Mädchen gehen, und zahlen Sie ihr den vollen Lohn."

Carter murmelte etwas vor sich hin, als das Mädchen schwankend die Halle verließ. Er warf Tom einen dermaßen giftigen Blick zu, daß Della erschrak. War es möglich, daß er ihn aus irgendeinem Grund haßte?

„Ist dieser Mann Jems Vater?" flüsterte sie, als sie wieder auf dem Korridor standen.

„Ja. Er arbeitet ordentlich, geht aber manchmal zu weit. Es ist nicht leicht, einen Mittelweg zwischen Pflichterfüllung und Mitleid zu finden."

„Sollte eine junge Frau in diesem Zustand überhaupt noch arbeiten?"

„Peg ist siebzehn und hat keinen Mann. Wer bin ich, daß ich ihr verbieten könnte, hier die paar Penny zu verdienen, um sich und ihr Kind zu erhalten?" erwiderte er grob.

Die grausame Realität seiner Worte erschreckte sie – und doch, hier war es nicht anders als in London.

Della hatte an diesem Morgen eine Menge dazugelernt; allmählich begriff sie, warum Miss Lavinia Tom Clifford als gespaltene Persönlichkeit bezeichnet hatte. Sie erkannte auch, daß es auf beiden Seiten Probleme gab, und daß Tim Withers mit seinen leidenschaftlichen Brandreden für bessere Arbeitsbedingungen kein wirksames Rezept anzubieten hatte – weder für die Arbeiter noch für die Arbeitgeber.

Sobald sie wieder in Toms Büro waren, ließ Della sich in einen Sessel sinken. Sie stieß einen Seufzer aus, und er blickte reumütig auf sie hinunter.

„Jetzt sind Sie müde, und es ist meine Schuld. Kein Wunder. Ich habe nicht oft ein so interessiertes Publikum. Martha Stratton ist die einzige Dame aus meinem Bekanntenkreis, die mir ebenso aufmerksam zugehört hat wie Sie, und das nur deshalb, weil sie immer schon wissen wollte, was mit der Schurwolle geschieht, die ich von ihr kaufe."

Er holte eine Karaffe Madeira aus einem Schrank und schenkte zwei Gläser voll.

„Trinken Sie ein Gläschen mit mir?"

Della nippte an dem schweren, dunklen Wein und knabberte an dem Keks, das er ihr angeboten hatte. Merkwürdig, wie wohl sie sich in seiner Gesellschaft fühlte.

„Wäre es unverschämt, wenn ich Sie bitte, mir noch das fertige Tuch zu zeigen – so wie Sie es verkaufen?"

„Nein, überhaupt nicht. Wenn Sie Ihren Wein ausgetrunken haben, gehen wir in den Packraum."

„Ich werde jetzt Marthas Schafe, die oben auf den Hügeln grasen, sicher mit ganz anderen Augen ansehen", fuhr sie munter fort. „Bret – ich meine Mr. Stratton – will mir eines seiner Pferde leihen, damit ich ausreiten und so die Gegend besser kennenlernen kann."

„Bret hätte sich wirklich nicht zu bemühen brauchen", sagte Tom rasch. „Hätten Sie mich doch gefragt! Außer der Stute meiner Frau stehen in meinen Ställen noch andere passende Pferde. Sie können sich jederzeit eines ausleihen."

Della mußte insgeheim lächeln; es war allzu offensichtlich, wie sehr es ihn störte, wenn einer seiner Angestellten einem Außenstehenden verpflichtet war.

„Das ist sehr freundlich von Ihnen, Mr. Clifford. Ich nehme Ihr Angebot dankbar an. Martha erzählte mir von schönen Orten wie Bolton Abbey und Bardon Tower."

„Und Bret erzählte Ihnen vermutlich, daß ich Clifford-Blut hätte, stimmt's?"

„Es wurde tatsächlich erwähnt. Ist es denn wahr?"

Er lachte, aber es schwang ein wenig Ärger mit. „Weiß der Himmel, es ist nichts weiter als eine Vermutung, aber Bret zieht mich mit Vorliebe damit auf. Mich hat das nie sonderlich interessiert. Jeder stammt von irgend jemandem ab, und die Cliffords waren – nach allem, was man so hört – eine recht blutdürstige Bande. Mich hat nur einer von ihnen je interessiert, und auch das nur deshalb, weil ich in der Schule seinetwegen gehänselt wurde. Oliver Craven, dieser Teufel, hat damit angefangen. Ich wurde ‚Hirtenbaron' gerufen, und ich habe deswegen nicht nur eine Nase blutig geschlagen."

„Erzählen Sie mir doch von dem Hirtenbaron", bat sie, „wer war das?"

„Oh, das ist eine alte Geschichte aus dem fünfzehnten Jahrhundert. Anscheinend haben die Cliffords in den Rosenkriegen auf seiten der Roten Rose von Lancaster gekämpft, und als Edward von York König wurde, verfolgte er sie und übte grausame Vergeltung. Der letzte Nachkomme war ein siebenjähriger Knabe, den seine Kinderfrau aus Skipton Castle hinausschmuggelte und zu einem Bauern brachte, bei dem er aufwuchs und wie dessen Söhne auf dem Feld arbeitete und Schafe hütete. Nach der Schlacht von Bosworth und dem Tod Richards III. kam schließlich das Haus Lancaster an die Macht, und die Legende berichtet, daß eines Tages ein Bauer mit schwieligen Händen und schweren Stiefeln im House of Lords erschienen und durch die altehrwürdigen Räume getrampelt sei: Der letzte Clifford war gekommen, um sein Erbe anzutreten. Er baute Bardon Tower wieder auf, und es heißt, er hätte es mehr geliebt als all seine anderen Besitztümer."

„Welch eine wunderschöne, romantische Geschichte. Kann man Bardon Tower besichtigen?"

„Es ist jetzt eine Ruine, steht aber in einem ausgesprochen schönen Tal, das schon einen Ausflug wert wäre." Er nahm ihr das leere Glas aus der Hand. „Wie machen Sie das nur?" fragte er halb im Scherz. „Ich habe seit Jahren nicht mehr über diese alten Geschichten gesprochen, mit niemandem."

„Das ist meine Unterrichtsmethode – ich lege es darauf an, die Kinder zum Reden zu bringen."

„So? Dann muß ich in Zukunft wohl vorsichtig sein und meine Zunge hüten. Wollen wir jetzt in den Packraum gehen?"

Dort zeigte er Della die großen Ballen feinen wollenen Tuchs in Schwarz, Grau und anderen dunklen Farben, das zu Gehröcken, Besuchsanzügen und Abendanzügen verarbeitet werden würde.

„Wir haben letztes Jahr Versuche angestellt", erklärte Tom. „Wir wollten einen Stoff erzeugen, der auch für Damenkleider geeignet ist." Er winkte einem der Männer, und dieser schleppte eine Rolle dunkles moosgrünes Tuch heran. Della befühlte die Rolle. Er war so fein und geschmeidig wie Seide.

„Ich wüßte wohl, wie man diesen Stoff verarbeiten könnte", sagte sie begeistert, als der Mann die Rolle wieder forttrug. „Warum schicken Sie zusammen mit dem Stoffmuster nicht gleich auch ein paar Entwürfe an Ihre Kunden?"

Sie blickte sich um, fand ein Stück schwarze Kreide, die zum Numerieren der Ballen verwendet wurde, nahm einen Bogen Packpapier und begann, eine hüftlange Jacke mit modischen Volants und eleganten, glockenförmigen Ärmeln zu skizzieren. „Für so ein Modell wäre Ihr Stoff viel besser geeignet als Samt und Seide, außerdem wäre er viel wärmer."

„Wo haben Sie denn das gelernt?"

Tom stand dicht hinter ihr und legte ihr eine Hand auf die Schulter, als er sich vorbeugte, um besser sehen zu können.

„Bei Madame Ginette in London. Dort habe ich eine Zeitlang gearbeitet."

„Und vorher haben Sie in Brüssel unterrichtet?"

Seine Stimme klang leicht amüsiert.

„Ich habe wirklich Unterricht gegeben", sagte Della rasch und verdrehte den Kopf, um zu ihm aufschauen zu können. „Ich habe nicht gelogen."

„Habe ich das behauptet?"

Ihre Blicke trafen sich. Sie spürte seine Hand auf der Schulter, und sein Gesicht war nur wenige Zentimeter von dem ihren entfernt. Für einen Moment herrschte eine gespannte Stille zwischen ihnen, die in diesem kahlen Werkraum mit den teilnahmslos arbeitenden Männern im Hintergrund und dem fernen, unaufhörlichen Dröhnen der Maschinen ganz sonderbar anmutete. Dann brach Tom das Schweigen. Er nahm die Skizze an sich.

„Die Idee ist revolutionär, aber interessant. Könnten Sie mehr solche Entwürfe für mich machen?"

„Ja, wenn Sie das möchten."

„Ich werd's mir überlegen. Es wäre etwas ganz Neues. Vielleicht gelingt es mir, meinen Kollegen damit ernsthaft Konkurrenz zu machen."

Sie wußte nicht recht, ob er es wirklich ernst meinte oder ob er sie nur foppte, aber sie waren einander plötzlich sehr viel näher gekommen, und das ängstigte sie ein wenig. Sie waren so vertieft gewesen und so in Anspruch genommen von der neuen Situation, die zwischen ihnen entstanden war, daß keiner von ihnen Sylvia bemerkte, die schon vor geraumer Zeit hereingekommen war und nun dicht hinter ihnen stand.

„Verzeih, wenn ich dich störe, Tom, aber hast du vergessen, daß ich heute abreise, um ein paar Tage bei Vater zu verbringen?"

Er blickte sich überrascht um, und Della erhob sich hastig.

„Ich muß gehen. Ich halte Sie schon viel zu lange auf."

„Lassen Sie sich nicht stören, Miss Lismore", sagte Sylvia honigsüß. „Ist die Fabrikbesichtigung Teil des Lehrplanes?"

„Miss Lismore wollte gerne sehen, wo die Eltern ihrer Schüler arbeiten", erklärte Tom.

„Wie gewissenhaft. Ich kann mich nicht erinnern, daß Miss Hutton derlei je für nötig gehalten hätte."

„Woher wußtest du, wo wir sind?" fragte ihr Mann.

„Dein Bürovorsteher hat es mir gesagt. War das falsch?"

„Nein, natürlich nicht."

„Ich muß jetzt wirklich gehen." Della spürte die Feindseligkeit und wollte so rasch wie möglich fort. „Danke, daß Sie mich herumgeführt haben. Es war ausgesprochen interessant. Auf Wiedersehen, Mr. Clifford – Mrs. Clifford", und fort war sie.

Tom sagte entschuldigend: „Es tut mir wirklich leid, mein Liebes. Wie konnte ich nur so dumm sein? Ich war ganz sicher, daß du erst morgen abreisen würdest. Nimmst du den Jungen mit?"

„Vater geht es nicht besonders gut, wie du weißt. Ein lebhaftes Kind ist das letzte, was er jetzt brauchen könnte."

„Ich bringe dich zum Wagen."

„Was hatte dieses Mädchen hier zu suchen?"

„Das hab ich dir doch erklärt. Miss Lismore fragte mich vor einiger Zeit, ob sie die Fabrik besichtigen dürfte."

„Sie weiß offenbar genau, wie sie sich bei dir einschmeicheln kann."

„Ich bitte dich – das ist doch lächerlich!"

„So? Und doch hat sie es verstanden, dich so in ihren Bann zu schlagen, daß du nicht einmal die Zeit fandest, um dich von deiner Frau zu verabschieden!"

„Du weißt genau, daß das nicht wahr ist." Er nahm ihren Arm, und sie gingen zur Tür. „Wie lange wirst du fortbleiben?"

Sie zuckte die Schultern. „Ich weiß es noch nicht genau. Könnte sein, daß ich nach Harrogate weiterfahre. Vater sprach davon, dort eine Kur zu machen."

„Bret würde es dir niemals verzeihen, wenn du zum Fest in Farley Grange nicht zurück wärst; bleib also nicht zu lange fort. Ich werde dich auf jeden Fall schrecklich vermissen."

„Wirklich? Warum kommst du dann nicht mit?"

„Wie könnte ich denn so kurzfristig, Liebes?"

„Wenn du wirklich wolltest, könntest du." Sylvia runzelte die Stirn. „Die Fabrik hat dir schon immer mehr bedeutet als ich."

„Das ist Unsinn, und das weißt du." Er küßte sie zärtlich, bevor er ihr in die Kutsche half und den Wagenschlag hinter ihr schloß.

Sie lehnte sich aus dem Fenster. „Verlieb dich nicht in die Lehrerin, während ich fort bin."

„Ich werde versuchen, standhaft zu bleiben." Er lachte und winkte ihr zu. „Auf Wiedersehen, mein Liebes, und grüße Lord Sterndale von mir."

Natürlich war diese Bemerkung über „die Lehrerin" nicht ernst gemeint gewesen, aber es steckte doch eine unterschwellige Warnung dahinter. Er blickte der Kutsche nach, bis sie verschwand, und ging dann langsam die Treppe hinauf. Natürlich war das alles Unsinn. Er liebte Sylvia, trotz der Auseinandersetzungen, trotz der scharfen, verletzenden Worte und der sinnlosen Streitereien, die in letzter Zeit so häufig waren zwischen ihnen. Vielleicht verliefen alle Ehen so, und das, was er sich erhofft hatte, war ein unerreichbares Ideal. Doch gerade an diesem Tag hatte er ein paar flüchtige Momente lang vor Augen gehabt, wie es hätte sein können, hatte eine kameradschaftliche Wärme und Übereinstimmung gespürt und dazu die fast unmerkliche, nicht greifbare Reaktion der Sinne. Della hatte etwas Geheimisvolles an sich, etwas Rätselhaftes, das er nur allzu gerne ergründet hätte. Und dann war sie so verteufelt hübsch

Er nahm die Skizze, die sie gemacht hatte, mit in sein Büro. Es war eine ungewöhnliche Idee, aber sie gefiel ihm. Wenn sich herausstellt, daß sie dafür Talent hat, dachte er, könnte er sie für das Entwerfen von Damengarderobe bezahlen. Und er würde die Entwürfe mit ihr besprechen... Diese Aussicht erschien ihm plötzlich so verlockend, daß er beschloß, nicht darüber nachzudenken; und auch darüber nicht, daß er durch das bloße Erwägen einer solchen Zusammenarbeit drauf und dran war, eine engere Verbindung zwischen ihnen zu schmieden.

Ein paar Wochen später beschloß Della, Toms Angebot anzunehmen und sich eines seiner Pferde auszuleihen. Der Sommer hatte endlich auch hier im kalten Norden Einzug gehalten, und sie sehnte sich danach, dem Schulhaus, dem ewigen Kreidestaub und dem dumpfen, erstickenden, allgegenwärtigen Geruch von ungewaschenen Kindern wenigstens für ein paar Stunden zu entrinnen. Daher spazierte sie an einem Samstagabend zum Herrenhaus hinüber. In der Sattelkammer traf sie auf Rob, der ein Pferdegeschirr flickte, während der kleine Sohn des Hauses vor ihm auf dem Boden kauerte, einen Arm um den großen Hund gelegt. Als Della eintrat, blickte der Junge stirnrunzelnd auf.

„Sie können hier nicht hereinkommen", sagte er gebieterisch, „dieser Platz hier gehört mir und Rob."

„So spricht man nicht mit einer Dame", sagte der Reitknecht tadelnd. „Du stehst jetzt auf und sagst höflich ‚Guten Abend'."

„Muß ich?"

„Ja, du mußt, und zwar gleich und ohne Widerrede."

Peter rappelte sich hoch, sagte trotzig „Guten Abend" und ließ sich gleich wieder hinplumpsen. „Weiter, Rob, was war, als du mit ‚Blauer Wolke' ins Rennen gegangen bist?" fragte er drängend und wandte Della ostentativ den Rücken zu.

„Na, ich denke, diese Geschichte wird bis morgen warten müssen. Es wird Zeit, daß du zu Abend ißt und schlafen gehst, also marsch, ab mit dir, bevor Nanny dich erwischt und gehörig versohlt."

„Das würde sie nicht tun, sie würde es nicht wagen!"

„So? Na, vielleicht tu ich's einmal für sie."

Der Junge kicherte, weil er Rob kein Wort glaubte, stand jedoch auf – wobei ihm sein Widerstreben deutlich anzusehen war –, packte Rusty am Halsband und stolzierte wortlos hinaus.

„Dieser Bengel! Aus dem wird noch ein richtiger kleiner Hitzkopf, wenn der Master nicht aufpaßt."

„Ich hatte den Eindruck, daß Mr. Clifford seinen Sohn sehr gern hat", sagte Della lächelnd.

„Oh ja, das stimmt, viel zu gern, der würde ihm kein Haar krümmen." Rob sah Della fragend an. „Hätten Sie etwas gebraucht, Miss?"

„Ja, Mr. Clifford meinte, ich dürfte mir eines seiner Pferde ausleihen."

„Ja, das hat er gesagt."

„Würde es morgen vormittag um neun Uhr passen?"

Er betrachtete sie abschätzend. „Durch die Täler reiten ist was anderes als durch den Park traben", sagte er. „Am besten nehmen Sie Tansy – eine sanfte, gutmütige Stute, die das Moorland besser kennt als die meisten Menschen. Möchten Sie, daß einer der Burschen mitkommt?"

„Nein, das ist nicht nötig, glaube ich. Ich bin schon öfter allein ausgeritten."

„Ja, hab's mir schon gedacht. Werde Tansy morgen für Sie bereithalten."

„Danke." Sie wandte sich zum Gehen, besann sich dann aber anders. „Rob, wie weit ist es nach Larksghyll?"

„Keine fünfzehn Kilometer. Sie reiten zuerst bis Bardon Tower und dann den Fluß entlang." Er legte den Halfter beiseite und blickte auf. „Was möchten Sie denn in Larksghyll, Miss?"

„Nichts Bestimmtes. Ich habe nur gehört, daß die Gegend dort besonders schön sein soll."

„Ja, recht schön. Sie haben doch nicht etwa vor, den alten Mr. Craven zu besuchen, oder?"

„Nein, warum?"

„Er sieht Fremde nicht gern – nicht, wenn der junge Mr. Oliver nicht da ist. Einer von den Burschen hat einmal einen Hund in den Park gejagt und dafür eine Ladung Schrot in den Hintern gekriegt, wenn ich so sagen darf, Miss."

„Ich habe nicht die Absicht, dort einzudringen, Rob, also kann mir so etwas wohl nicht passieren."

Der alte Mr. Craven, den Rob erwähnt hatte, mußte ihr Onkel sein, der Bruder ihres Vaters, überlegte sie, als sie zum Schulhaus zurückging. Sehr alt konnte er nicht sein. Paul Craven war an seinem letzten Geburtstag siebenundvierzig geworden, sein älterer Bruder konnte daher höchstens Anfang fünfzig sein. Della fragte sich, warum er so zurückgezogen lebte; wie schade, daß ihr Vater so selten über seine Familie gesprochen hatte! So offen er sonst war – über dieses Thema hatte er sich immer ausgeschwiegen. Schon öfter hatte sie darüber nachgegrübelt, welch dunkles Geheimnis wohl dahinter stekken mochte; ein Unglück vielleicht, das ihn aus seiner Heimat vertrieben hatte und an das er nicht erinnert werden wollte. Bisher hatte sie sich nie sonderlich viele Gedanken darüber gemacht, aber nun, da Larksghyll in der Nähe lag und ihr unbekannter Cousin auf so vertrautem Fuß mit Tom und Bret stand, war das alles anders. Manchmal schien es ihr, als hätte sie eine Schicksalsfügung hierhergeführt. Was, überlegte sie, würde wohl geschehen, wenn sie einfach nach Larksghyll ginge und zu ihrem Onkel sagte: „Ich bin Delphine, Pauls Tochter. Kümmert es dich denn gar nicht, daß er für einen Mord verurteilt wurde, den er nicht begangen hat? War dein Haß gegen ihn so bitter, daß du deshalb keinen Finger gerührt hast, um ihm in seiner verzweifelten Lage zu helfen?" Würde der alte Mr. Craven das Gewehr auch auf sie richten wie auf diesen Burschen, der nichtsahnend seinem Hund nachgelaufen war?

Als Della am nächsten Morgen zum Herrenhaus kam, stand Tansy schon gesattelt und gezäumt für sie bereit. Rob half ihr in den Sattel, und sie dankte ihm. Sylvia war noch nicht von ihrer Reise zurück; und weder Tom Clifford noch sein Sohn ließen sich blicken, als sie die Auffahrt hinunterritt. Ein leichter

Dunstschleier lag über den Hügeln: Es versprach ein strahlend schöner Tag zu werden.

Robs Anweisungen folgend, ritt Della zunächst nach Bolton Abbey. Die altersgrauen Steingewölbe der Ruine boten einen großartigen Anblick inmitten des saftigen Grüns der Wiesen, hinter denen majestätische blaue Berge emporragten. Ausgesprochen schön, hatte Tom gesagt, und er hatte recht, dachte sie, während sie Tansy auf den Fluß zu lenkte.

Sie folgte dem Flußufer und gelangte dann nach Bardon Tower. Das Gemäuer des Turms war alt und bröcklig. Obwohl ein Schild auf die Gefahren hinwies, die bei einer Besichtigung auf den Besucher lauerten, band sie Tansy fest und kletterte die wackligen Stufen hinauf. Oben bot sich ihr ein herrlicher Ausblick. An die Brustwehr gelehnt, konnte Della das Moorland in jeder Richtung überblicken; Toms Geschichte vom Hirtenbaron hatte sie neugierig gemacht. Verträumt blickte sie über das Land, als der Klang von Stimmen sie aufschreckte.

Bardon Tower und Bolton Abbey waren beliebte Ausflugsziele, und obwohl es noch früh am Tag war, trafen bereits die ersten Besucher ein. Della hatte nicht das Verlangen, ihnen zu begegnen, daher stieg sie rasch die Treppe hinunter, kletterte auf Tansys Rücken und ritt den Fluß entlang weiter.

Die frische Luft und das Gefühl der Freiheit unter diesem tiefblauen Himmel, über den weiße Schäfchenwolken segelten, waren ein seltenes Vergnügen für Della, und sie genoß es in vollen Zügen. Sie beobachtete die Schafe, die auf den mit gelben Blumen gesprenkelten Wiesen weideten, und nur hin und wieder begegnete sie einem Schafhirten oder einem Bauern. Immer schon war sie lieber allein gewesen als in Gesellschaft von Leuten, die ihr nichts zu sagen hatten.

Es war bereits später Nachmittag, als sie – Larksghyll konnte nicht mehr weit entfernt sein – durch ein kleines, verwahrlostes Dorf kam. Die aus Stein gefügten Häuschen sahen aus, als könnten sie jeden Augenblick einstürzen. In dem Dorf herrschte sonntägliche Ruhe, und als Della an der Kirche vorbeiritt, hörte sie die hohen, monotonen Stimmen von Kindern, die ihren mühselig erlernten Katechismus herunterleierten. Della dankte dem Himmel, daß es ihr erspart geblieben war, in einer Sonntagsschule zu unterrichten.

Nun gabelte sich die Straße; eine Abzweigung führte geradeaus weiter, die andere ging in einen grasbedeckten Pfad über, an dessen Ende zwei wuchtige steinerne Torpfeiler emporragten. Dort mußte Larksghyll sein. Della spürte, wie ihr Herz ein wenig schneller klopfte, als sie auf dem schmalen Pfad weiterritt. Das schmiedeeiserne Tor stand offen. Der eine Torflügel war verrostet und offensichtlich seit vielen Jahren nicht mehr geschlossen worden, denn er steckte tief in dem Erdreich. Hinter dem Parktor begann eine von riesigen Stechpalmen gesäumte und von Unkraut überwucherte Auffahrt.

Durfte sie es wagen, weiter vorzudringen? Sie zauderte einen Augenblick, doch dann faßte sie sich ein Herz. Sie konnte nicht einfach umkehren, ohne auch das Haus gesehen zu haben – das wäre zu feige gewesen. Sie glitt aus dem Sattel, band Tansy an einen eisernen Haken, der aus dem Torpfosten ragte, und betrat den Park. Lautlos schlich sie dicht an der Stechpalmenhekke entlang; das weiche Moos unter ihren Füßen federte. Dann, nach einer scharfen Biegung, stand Della plötzlich vor dem Haus. Es war ganz anders, als sie es sich vorgestellt hatte; so anders, daß es ihr fast den Atem verschlug.

Es war viel größer, als sie gedacht hatte, und arg vernachlässigt. Auf der einen Seite erhob sich ein wuchtiger steinerner Turm, über und über mit Efeu bewachsen, den man durch ein eisenbeschlagenes Tor betrat. Offensichtlich war dieser Turm der älteste Teil des Anwesens. Das Haupthaus hatte unterteilte Fenster, die tief in ihren Nischen lagen, ein steiles Giebeldach und hohe Schornsteine. Keine Menschenseele war zu sehen, nichts regte sich; da waren keine Katzen, die sich träge sonnten, nicht einmal ein Hund bellte. Das Haus sah aus wie aus einem Traum oder einem Märchen. Wie gebannt starrte Della auf die alten Mauern und sehnte sich danach, wenigstens einen Blick durch eines der hohen Fenster im Erdgeschoß werfen zu können.

Und dann hörte sie plötzlich einen eigenartigen, halberstickten Laut hinter sich und wirbelte herum. Ein paar Schritte von ihr entfernt stand ein Mann; offenbar war er aus dem Dickicht gekommen. Er war groß und hager, stützte sich auf einen Stock und trug einen tabakfarbenen Rock und eine Reithose in derselben Farbe. Das dichte braune Haar war von grauen Strähnen durchzogen. All das nahm Della in Sekundenschnelle wahr, aber ihre ganze Aufmerksamkeit galt seinem Gesicht, denn es war dem ihres Vaters auffallend ähnlich; das heißt, schoß es ihr durch den Kopf, so würde ihr Vater in einigen Jahren aussehen! Dieses Gesicht faszinierte sie. Und dann sah sie, wie sich die Augen des Mannes in freudigem Erstaunen weiteten. Er murmelte etwas; er kennt mich, dachte sie benommen, er weiß, wer ich bin, gleich wird er sagen: „Du mußt Pauls Tochter sein!" Und dann würde sie ihm lachend um den Hals fallen. Aber mit einemmal erlosch das Strahlen in seinen Augen wie eine Kerzenflamme im Wind. Seine Miene verdüsterte sich, und er runzelte die Stirn.

„Wer sind Sie? Was haben Sie hier zu suchen?" fuhr er sie in schroffem, hartem Ton an.

„Ich – ich wollte mir nur das Haus ansehen", stammelte sie.

„Verschwinden Sie, haben Sie gehört? Raus mit Ihnen!" Er machte einen Schritt auf sie zu und hob den Stock. „Wissen Sie denn nicht, daß das hier Privatbesitz ist?"

„Verzeihen Sie, ich wollte Sie nicht stören..."

„Verschwinden Sie", fauchte er nochmals und schwang den Stock so drohend, daß sie auf dem Absatz kehrtmachte und floh.

Erst als sie das Parktor erreicht hatte, wagte sie, sich umzusehen. Der Mann war ihr nicht gefolgt. Er stand noch immer an derselben Stelle und starrte ihr nach, dann drehte er sich um und hinkte auf das Haus zu.

Die Stute rieb die Nüstern an ihrer Schulter, als wollte sie fragen, was denn eigentlich geschehen sei, und Della schmiegte sich, noch ganz außer Atem und erschüttert, an den Hals des Tieres, dankbar, etwas Warmes und Lebendiges zu spüren. Ruhiger geworden, erinnerte sie sich plötzlich an die Worte, die der Mann bei ihrem Anblick vor sich hingemurmelt hatte:

„Olivia! Endlich!"

Der Name ihrer Mutter – er hatte sie also für ihre Mutter gehalten. Aber er mußte doch wissen, daß sie tot war! Und wenn ihm die Ähnlichkeit schon aufgefallen war, warum hatte er dann nicht erraten, wer sie, Della, war? Warum dieser plötzliche Wutanfall, diese unheimliche und erschreckende Veränderung? Hatte er sich getäuscht gefühlt, oder war er gar geistesgestört? Im Augenblick wußte sie keine Antwort darauf.

Langsam ritt sie zurück. Sie war so verstört vom eigenartigen Benehmen ihres Onkels, und so ausschließlich damit beschäftigt, eine Erklärung dafür zu finden, daß sie nicht auf den Weg achtete. Plötzlich stellte sie erschrocken fest, daß sie keine Ahnung hatte, wo sie sich befand. Sie sah sich um – weit und breit nichts als endloses Moorland. Irgendwo mußte sie eine falsche Abzweigung eingeschlagen haben. Als die Abenddämmerung anbrach, breiteten sich Nebelschwaden aus und wehten in dunstigen Schleiern über die Felder. Sollte sie umkehren, um den richtigen Weg zu suchen? Das würde wahrscheinlich viel Zeit kosten, daher trieb sie das erschöpfte Pferd vorwärts, in der Hoffnung, jemandem zu begegnen oder irgendeine menschliche Behausung zu finden, wo sie sich erkundigen konnte. Doch die Straße vor ihr blieb öde und leer. Della war bereits der Verzweiflung nahe, als sie endlich einen uralten hölzernen Wegweiser entdeckte, der verheißungsvoll nach rechts wies. Die Buchstaben waren durch Wind und Wetter fast unleserlich geworden, aber sie glaubte, „Castlebridge" entziffern zu können, und dankbar lenkte sie das Pferd in die angegebene Richtung.

Der Weg führte steil abwärts über einen Hügel, und bald darauf war er nur noch ein grasbewachsener, schmaler Pfad, der sich durch einen Laubwald schlängelte. Der Nebel wurde allmählich dichter, und unter den Bäumen war es sehr dunkel. Della war an sich kein ängstliches Gemüt, aber dieser einsame Pfad hatte etwas Unheimliches. Sie wünschte, sie wäre umgekehrt und hätte den richtigen Weg gesucht. Plötzlich ertönte neben ihr ein eigenartiges Meckern, und sie wäre vor Entsetzen beinahe aus dem Sattel gefallen, als ein schwerer Körper gegen ihr Pferd prallte. Tansy schnaubte nervös und machte einen Satz vorwärts. Della riß an den Zügeln und warf einen flüchtigen Blick zurück. Sie sah einen dunklen Schatten, der hinter ihnen herlief, und geriet in Panik. Die Stute spürte ihre Angst und reagierte sofort. Tiefhängende Zweige fegten Della den Hut vom Kopf und zerzausten ihr Haar, als Tansy in rasendem Galopp zwischen den Bäumen durchpreschte und im dichten Nebel weiterstürmte. Plötzlich begann unmittelbar vor ihr ein Hund wütend zu kläffen. Die Stute wieherte und bäumte sich auf, Della klammerte sich in Todesangst an den Sattelknauf – da fragte eine Stimme laut und gebieterisch: „Was, zum Teufel, ist denn hier los?"

Ein zweites Pferd war neben Tansy aufgetaucht, und Della spürte, wie kräftige Hände nach ihrem Zügel faßten. Und dann sagte die Stimme in beruhigendem Tonfall: „Halt's Maul, Rusty. Na, na, Tansy, altes Mädchen, brr, brr!"

In diesem Augenblick lichtete sich der Nebel, und Della erkannte Tom Clifford, der die Zügel ihres Pferdes fest in der Hand hielt und stirnrunzelnd auf sie niederblickte.

„Ich habe Tansy noch nie so nervös gesehen. Was hat sie denn erschreckt?"

Della war noch zu sehr mitgenommen, als daß sie klar hätte denken können. „Ich weiß nicht recht – wir sind mit irgend etwas zusammengestoßen – ich hab geglaubt, wir werden verfolgt."

„Wahrscheinlich war es ein Schaf. Diese blöden Viecher entfernen sich manchmal von der Herde und geraten dann in Panik."

Zaghaft schaute Della zu Tom auf.

„Ist es schon sehr spät?"

„Nach neun. Ich habe Sie gesucht. Rob sagte mir, daß Sie bereits am Morgen fortgeritten wären, und als es dunkel wurde und der Nebel einfiel, begann ich mir allmählich Sorgen zu machen. Im Moor kann man sich leicht verirren."

„Tut mir leid, daß ich Ihnen so viel Ungelegenheiten bereitet habe. Ich hatte nicht die Absicht, so weit zu reiten."

„Sind Sie bis nach Larksghyll gekommen?"

„Ja. Woher wußten Sie das?"

„Rob erwähnte, daß Sie danach gefragt hätten. Hatten Sie einen bestimmten Grund, dorthin zu reiten?"

„Nein, eigentlich nicht."

„Ein schönes altes Haus, nicht wahr? Wenn Oliver daheim ist, veranstaltet er manchmal Feste, und sein Vater schließt sich so lange im Turm ein. Als ich noch ein Junge war, hatte ich Angst vor dem Mann, aber mittlerweile weiß ich, daß er nur sehr einsam und sehr unglücklich ist."

„Aber er hat doch einen Sohn!"

„Ja, er hat einen Sohn."

Della erkannte, daß Tom mehr wußte, als er sagen wollte, und plötzlich verspürte sie das unbändige Verlangen, ihm alles über sich und ihren Vater zu erzählen. Es wäre eine ungeheure Erleichterung für sie gewesen, einen Menschen zu haben, dem sie sich anvertrauen, den sie in dieser mißlichen Lage um Rat fragen konnte. Aber das war ausgeschlossen. Er würde sie dieser Täuschung wegen verachten, und sie wäre gezwungen, nach London zurückzugehen. Jetzt aber wußte sie, daß sie hierbleiben wollte. Ganz plötzlich hatte sie das sonderbare, aber sichere Gefühl, daß die Antwort auf all ihre Fragen in Larksghyll lag, daß sie dort herausfinden würde, wer damals in der schrecklichen Nacht in London den Mord verübt hatte, und wer es zugelassen hatte, daß ihr Vater nun dafür büßte. Also gab sie ihrem Verlangen nicht nach und sprach nur über belanglose Dinge, bis sie bei den Stallungen ankamen.

Nach der frostigen Begegnung mit ihrem Onkel tat es Della wohl zu spüren, wie besorgt Tom um sie war. Sie lehnte aber ab, als er ihr anbot, sie bis zum Schulhaus zu begleiten.

„Es ist doch nicht weit", protestierte sie. „Ich kann die paar Schritte ohne weiteres zu Fuß gehen."

„Das werden Sie nicht tun. Es ist bereits dunkel", beharrte er. „Ich komme mit und bringe Tansy dann zurück."

Sie gab schließlich nach, und wenn er auch nicht mit ihr ins Haus hineinging, so blieb er doch für einen Augenblick an der Tür stehen und drückte ihr herzlich die Hand. All die neugierigen Augen, die Dellas Kommen und Gehen ständig beobachteten, nahmen auch dies mit Genugtuung zur Kenntnis. Das also führte die Lehrerin im Schilde; danach war sie aus, wenn die Frau des Masters nicht zu Hause weilte.

Zweiter Teil

Juni – Oktober
1840

8

Die Postkutsche nach Harrogate verließ Skipton um elf Uhr, und Bret hatte Della angeboten, sie hinzufahren. Im Hof des Gasthauses herrschte das übliche Gedränge. Bret half ihr aus dem Wagen und verstaute ihren kleinen Koffer in der Postkutsche; dann führte er sie für einen Augenblick zur Seite.

„Ich wünschte, ich könnte mitkommen", sagte er bekümmert, „aber Martha schindet mich zur Zeit. Sie behauptet, ich müßte mich endlich ernsthaft um das Gut kümmern, anstatt mich dauernd in London herumzutreiben und alles ihr zu überlassen."

„Und sie hat ganz recht damit."

„Nein, bitte fangen nicht auch Sie noch damit an!" Wie ein kleiner Junge zog Bret die Nase kraus. „Sie erklärt mir dauernd, es sei höchste Zeit, daß ich heirate und zur Ruhe komme. Aber ich glaube nicht, daß ihr das wirklich gefallen würde, dazu hat sie schon viel zu lange die Zügel in der Hand. Außerdem, wer würde mich denn schon heiraten wollen?"

„Sehr viele, sehr nette Mädchen – Abigail Withers zum Beispiel."

„Abbie! Das kann doch nicht Ihr Ernst sein. Ich kannte sie schon, als sie noch ein brüllendes Baby war. Sie und Tim passen gut zusammen. Die beiden verbringen so viel Zeit damit, Gutes zu tun und sich um die Probleme anderer Leute zu kümmern, daß sie gar nicht mehr wissen, wie man sich amüsiert." Er warf Della einen verstohlenen Seitenblick zu. „Sie sind da ganz anders. Würden Sie mich nehmen?"

„Ist das ein Heiratsantrag, Sir?" fragte sie lachend.

Er faßte ihre Hand. „Vielleicht. Della, denken Sie daß..." Plötzlich war er sehr ernst.

„Ich denke an nichts anderes als an die freien Tage in Harrogate, die vor mir liegen", sagte sie und entzog ihm rasch die Hand, „und heiraten werde ich gewiß noch lange nicht. Sehen Sie, da kommt der Postillion und klettert auf den Kutschbock. Es wird Zeit, daß ich einsteige."

„Wie lange werden Sie fortbleiben?“ fragte Bret, als er ihr in die Kutsche half.

„Nur zwei Tage.“

„Gibt Tom Ihnen nicht länger frei?“

„Ich habe ihn gar nicht gefragt. Auf Wiedersehen, Bret, und danke, daß Sie mich hergebracht haben.“ Als die Kutsche anfuhr, winkte Sie ihm zu.

In dem angenehmen Gefühl, wenigstens für kurze Zeit jeder Verpflichtung ledig zu sein, sank sie auf ihren Sitz und lehnte sich in die Polster zurück. Lucindas Brief war ein paar Tage nach dem Abenteuer in Larksghyll angekommen. Sie hatte geschrieben, daß sich ihre Theatergruppe auf Sommertournee befände und in wenigen Wochen in Harrogate gastieren würde. Ob Della sie dort wohl besuchen könnte?

„Natürlich fahren Sie“, hatte Abigail gesagt, als Della sie um Rat fragte. „Fahren Sie am Samstag hin und kommen Sie am Montag zurück. Für einen Tag kann ich den Unterricht doch ohne weiteres übernehmen. Miss Hutton ist oft weggefahren.“

„Wird Mr. Clifford nichts dagegen haben?“

„Er braucht es überhaupt nicht zu erfahren. Fahren Sie, Della, und genießen Sie es. Ich wünschte, ich könnte mitkommen. Ich habe noch nie eine Schauspielerin kennengelernt oder ein Theaterstück gesehen – jedenfalls kein richtiges“, fuhr sie sehnsüchtig fort.

Abigail war noch nie in London gewesen, und Harrogate, wo die Reichen hinkamen, um eine Kur zu machen oder die Pferderennen zu besuchen, und sich die Nächte mit Tanz und Spiel vertrieben, stellte für sie den Inbegriff feiner Lebensart und Luxus dar – etwas, was sich eine hart arbeitende Arzttochter kaum je erhoffen durfte.

Die Reise nach Harrogate war nicht sehr lang, und die Straße wand sich durch die schönsten Täler von Yorkshire. Die Postkutsche traf pünktlich an ihrem Bestimmungsort ein, und Della begab sich direkt in das Theater, in dem Lucinda auftrat. Ein betäubender Geruch von Farbe, Kleister, billigem Parfum und Schweiß, vermischt mit dem schwachen, aber unverkennbaren

Gestank nach Toiletten, schlug ihr entgegen, als sie den schmalen dunklen Korridor entlangging, und sie fragte sich, wie Lucinda das aushalten konnte. Doch dann wurde ihr klar, daß dies eben zu ihrem Leben gehörte, genauso wie der scharfe Geruch von Schafwolle und Wagenschmiere zu Tom Cliffords Leben. Sie war bestürzt, als sie erkannte, welch große Rolle er in ihren Gedanken bereits spielte. Ich muß dem augenblicklich ein Ende setzen, nahm sie sich vor. Dann klopfte sie an die Garderobentür.

Früher einmal hätte sie es nicht für möglich gehalten, daß sie eines Tages froh sein würde, die Mätresse ihres Vaters wiederzusehen, aber die Umstände hatten die beiden einander sehr nahe gebracht. Lucinda kam mit ausgestreckten Händen auf Della zu, und sie umarmten einander herzlich.

„Ich bin so glücklich, Sie zu sehen", murmelte Della schließlich, „und ich habe Ihnen so viel zu erzählen."

„Sie können bei mir wohnen. Meine Hauswirtin ist eine wirklich nette Person, und wir können kommen und gehen, wie wir wollen. Der Rest der Truppe wohnt anderswo. Wir stören niemanden, selbst wenn wir die ganze Nacht durch plaudern."

Das taten sie dann auch – aber erst viel später. Zuerst mußte Della sich das Stück ansehen.

Die Truppe trat in einem kleinen, aber hübschen Theater auf, das an diesem Samstagabend bis zum letzten Platz gefüllt war. Lucinda hatte für Della einen Sitz in der zweiten Parkettreihe reservieren lassen. Die gewöhnlicheren Theaterbesucher drängten sich hinten im Parkett und auf den Rängen. Zu beiden Seiten der Bühne gab es je eine Loge für vornehme Gäste, aber als Della Platz nahm, war nur eine davon besetzt. Man gab *Hamlet* – mit dem berühmten Mr. Macready als Gast in der Titelrolle; Lucinda spielte die Gertrud. Della lehnte sich zurück und gab sich dem Kunstgenuß hin.

Erst in der Pause streifte ihr Blick zufällig die eine Loge. Zwei Personen, die offenbar zu spät gekommen waren, saßen nun auf den mit rotem Samt bezogenen Stühlen. Zu ihrer Überraschung erkannte Della in der Dame Sylvia Clifford. Sie trug ein blaßrosa Seidenkleid, dessen Gürtel mit Rosen geschmückt war; auch im aschblonden Haar trug Lady Sylvia Rosen. Als der Mann an ihrer Seite den Kopf wandte, verschlug es Della fast den Atem: Es war der Mann, den sie bei Gericht gesehen hatte – jener Mann mit den markanten, zynischen Gesichtszügen, der ausgeprägten Nase und den schmalen Augen, die sie so scharf gemustert hatten. Er beugte sich vor, um Sylvia etwas zuzuflüstern, und sie drehte sich zu ihm um und lächelte. Es war ein sehr vertrauliches Lächeln, und die Geste, mit der er ihr den Seidenschal umlegte, der von ihren zarten Schultern geglitten war, wirkte wie eine intime Zärtlichkeit. Della wandte sich rasch ab und hob den Programmzettel hoch, um ihr Gesicht dahinter zu verbergen; aber diese Mühe hätte sie sich sparen können. Die beiden waren viel zu sehr miteinander beschäftigt, als daß sie sonst irgend etwas in ihrer Umgebung wahrgenommen hätten.

Während des zweiten Aktes, als Hamlet vor seiner Mutter kniete, an Ophelias Grab mit Laertes kämpfte und dann auf tragische Weise starb, wanderten Dellas Gedanken immer wieder zu Sylvia Clifford zurück. Was, um Himmels willen, hatte sie mit einem fremden Mann in diesem Theater hier zu suchen? Tom vermutete sie doch in Sterndale Castle? Es erschien Della zwar unwahrscheinlich, aber der Fremde konnte natürlich auch Sylvias Bruder oder ihr Cousin oder ein alter Freund sein – obgleich ein Bruder oder Cousin oder Freund wohl kaum so zärtliche Blicke mit ihr tauschen würde.

Della zerbrach sich noch immer den Kopf über diese Frage, als sie nach der Vorstellung Lucinda in ihrer Garderobe aufsuchte. Während sich die Schauspielerin abschminkte, sprachen sie über die Vorstellung.

„Hat es Ihnen gefallen?"

„Oh, ja, sehr sogar. Sie waren wunderbar."

„Macready ist wirklich gut, finden Sie nicht?"

„Wie ist er denn als Kollege?"

„Fürchterlich, meine Liebe. Ein kleiner Hänger, eine winzige Geste, die nicht paßt oder ganz sitzt, und er vernichtet Sie. Er ist fürchterlich in seinem Zorn. Das Verrückte daran ist, daß er seinen Beruf zutiefst verachtet. Seiner Meinung nach sind Schauspieler überhaupt das allerletzte."

„Obwohl er selbst Schauspieler ist! Das nenne ich Heuchelei, denn immerhin lebt er doch vom Theater", sagte Della entrüstet.

„Wahrscheinlich haben Sie recht, aber wenn er auch ein entsetzlicher Snob ist – die Art, wie er seine Rollen einstudiert, ist bewundernswert. Er treibt seine Kollegen bei den Proben manchmal fast zum Wahnsinn, aber er schont auch sich selbst nicht, und hie und da geruht er auch, Lob zu spenden."

Lucinda war bald umgezogen, und als die beiden Frauen das Theater durch den Bühnenausgang verließen, gerieten sie in eine kleine Menschenansammlung. „Die warten natürlich auf Macready", flüsterte Lucinda, legte aber all ihren Charme in ihr Lächeln, als zwei junge Herren sich vordrängten, um sie um ein Autogramm zu bitten.

Della und Lucinda gingen die kurze Strecke bis zu ihrer Unterkunft zu Fuß. Lucinda hatte ein kleines Wohnzimmer zur Verfügung, wo sie es sich gemütlich machten. Während die Schauspielerin ein herzhaftes Abendessen zu sich nahm, begann Della zu erzählen.

„Nun, ich muß sagen", meinte Lucinda, als sie sich eine letzte Tasse Tee einschenkte und sich genüßlich zurücklehnte, „dieser Thomas Clifford scheint ja ein wahrer Ausbund an Tugend zu sein. Sie haben sich doch hoffentlich nicht in ihn verliebt?"

„Natürlich nicht. Wie denn auch? Er ist verheiratet."

„Ich hab noch nie gehört, daß dies jemanden daran gehindert hätte, sich zu verlieben", stellte Lucinda nüchtern fest.

„Es sollte aber so sein. Ich bin jedenfalls nicht verliebt", sagte Della so nachdrücklich, daß Lucinda, die ihre Bemerkung nicht ganz ernst gemeint hatte, stutzig wurde.

„Also, ich muß schon sagen, ich stelle es mir schauerlich vor, diese schrecklichen Kinder zu unterrichten. Wollen Sie wirklich hier in Yorkshire bleiben?" fragte Lucinda neugierig.

„Oh, ich erlebe hier auch schöne Augenblicke – und ich möchte auf jeden Fall noch eine Weile bleiben. Erstens gebe ich mich nicht gerne geschlagen, und zweitens ist da noch etwas anderes."

„Ja? Ein Verehrer? Haben Sie Ihr Herz etwa an diesen jungen Mann mit der energischen Schwester verloren?"

„Nein, das habe ich nicht. Es geht um etwas ganz anderes. Um die Wahrheit zu sagen – ich habe Papas Elternhaus aufgesucht, und das war sehr merkwürdig." Sie erzählte Lucinda von Larksghyll und dem, was sich dort zugetragen hatte.

„Das hört sich an wie eines jener Melodramen, die wir in der Provinz spielten, als ich noch eine blutjunge Anfängerin war", sagte Lucinda lächelnd. „Ist dieser Cousin – wie war doch gleich sein Name? Oliver Craven? – verheiratet?"

„Anscheinend nicht."

„Ist Ihnen eigentlich klar, daß sie Larksghyll erben würden, wenn ihm oder seinem Vater etwas zustößt?"

„Ich?" Della war bestürzt. „Ich habe noch nie darüber nachgedacht, aber ich nehme doch an, Papa wäre vor mir erbberechtigt."

„Als überführter Verbrecher wäre er leider überhaupt nicht erbberechtigt, also bleiben nur Sie übrig."

Della starrte Lucinda einen Augenblick lang an, dann erklärte sie plötzlich: „Mein Onkel ist aber am Leben, und Oliver desgleichen, daher sind solche Überlegungen müßig, oder?"

„Ja, aber es könnte sich doch etwas ändern."

„Ich erinnere mich nicht, mit Papa je über solche Dinge gesprochen zu haben." Bis zu diesem Zeitpunkt hatte keine von ihnen den Mann erwähnt, den sie beide liebten; es war, als hätten sie eine stillschweigende Übereinkunft getroffen. Doch nun sagte Della zögernd: „Es ist fast fünf Monate her, seit das Schiff ausgelaufen ist. Es muß nun bald in Botany Bay eintreffen. Wenn wir nur etwas erfahren könnten! Nicht zu wissen, wie es ihm geht, ob er krank oder gesund ist, wie er diese Greuel übersteht, wie er seine Chancen für die Zukunft sieht – das ist mir manchmal unerträglich. Ich vermisse ihn schrecklich."

„Mit geht es genauso, glauben Sie mir", sagte Lucinda leise. „Nacht für Nacht träume ich von ihm, und dann ist er mir so nahe, daß ich Höllenqualen leide, wenn ich aufwache und daran denken muß, was geschehen ist."

„Sie lieben ihn wirklich, nicht wahr?" sagte Della sanft. „Verzeihen Sie, daß ich Sie das frage, aber hat er Sie jemals gebeten, seine Frau zu werden?"

„Ja, einmal. Ich habe nein gesagt. Wir gehören zwei verschiedenen Welten an."

„Macht das etwas aus, wenn zwei Menschen einander lieben?"

„Es würde sehr viel ausmachen, wenn er der Besitzer von Larksghyll wäre", sagte Lucinda mit einer Spur von Bitterkeit. „Schauspieler sind Strolche und Vagabunden, und die meisten Schauspielerinnen sind Dirnen."

„Das ist doch nicht wahr", rief Della schockiert aus.

„Oh doch. Sie wären überrascht, wenn Sie wüßten, wie viele Leute das heute noch glauben, und doch sind einige von uns viel anständiger als jene, die uns verurteilen." Sie lächelte wehmütig. „Aber so ist das eben, meine Liebe. Früher habe ich mich darüber geärgert, aber heute zucke ich nur die Schultern und ignoriere das Geschwätz."

„Wie haben Sie und Papa sich eigentlich kennengelernt? Sie haben mir nie davon erzählt."

„Auf die denkbar komischste Art." Lucinda lächelte verträumt. „Es war eines Abends vor ungefähr zwei Jahren, nachdem ich ihm ein blaues Auge geschlagen hatte."

„*Was* haben Sie?"

„Klingt verrückt, wie? Ich war auf dem Heimweg vom Theater. Unvorsichtigerweise wählte ich eine Abkürzung durch eine kurze, dunkle Allee in St. Giles; und wurde prompt überfallen – von einem Kerl, der es auf meine Tasche abgesehen hatte. Das bißchen Geld, das ich besaß, war damals besonders kostbar für mich, weil ich nach einer langen Durststrecke endlich wieder Arbeit gefunden hatte. Daher wehrte ich mich erbittert. Dann kam ein zweiter Mann hinzu. Ich hielt ihn für einen Komplicen und traktierte ihn mit den Fäusten, aber es war Ihr Vater, der mir zu Hilfe eilen wollte." Lucinda gab ein glucksendes Lachen von sich. „Der andere machte sich aus dem Staub, und ich blieb mit meinem Retter zurück, der nun ein ganz verschwollenes Auge hatte und heftig aus der Nase blutete."

„Und nahmen ihn mit nach Hause."

„Es war das mindeste, was ich tun konnte. Ich hatte zwar kein rohes Steak zur Hand, das ich ihm hätte auflegen können, aber ich bot ihm an, das Auge zu spülen und ihm ein zweites Taschentuch zu leihen. Anfangs lehnte er ab, aber dann kam er doch mit. Wir haben nicht das Bett geteilt – falls es das ist, was Sie jetzt denken. Es war alles recht banal und äußerst sittsam. Wir saßen da und plauderten, und ich machte Tee und hatte den Eindruck, daß er sehr einsam war."

„Einsam?" wiederholte Della ein wenig indigniert.

„Oh, ich weiß, er hatte Sie, aber Sie sind seine Tochter, und das ist nicht das gleiche. Ein Mann wie Ihr Vater braucht eine Gefährtin und Geliebte. Ich hatte hart gearbeitet, um mich bis dorthin durchzukämpfen, wo ich jetzt bin. Meine Eltern waren Wanderschauspieler, die ihr Leben lang in Scheunen und Gasthöfen auftraten. Ich wollte immer etwas Besseres, und das mußte ich mir sauer verdienen."

„Dafür bewundere ich Sie", sagte Della herzlich.

„Paul und ich stellten fest, daß wir die gleiche realistische Einstellung zum Leben haben und die Gabe zu lachen, wenn die Dinge schwierig werden. Zuerst war es nur gegenseitige Zuneigung, doch dann wurde Liebe daraus. Aber da fällt mir etwas ein", fuhr Lucinda nachdenklich fort. „Was Sie über Larksghyll gesagt haben, hat mich daran erinnert. Paul sprach ganz offen über sich, über Ihre Mutter und über Sie, aber mir fiel immer wieder auf, daß er da irgend etwas verschwieg, etwas, das ihn quälte, fast so, als schämte er sich dafür."

„Er schämte sich?" Della runzelte die Stirn.

„Vielleicht ist es das falsche Wort, aber dieser Schatten war immer da, trotz seiner Fröhlichkeit und scheinbaren Sorglosigkeit." Plötzlich lächelte sie. „Wahrscheinlich aber ist das alles Unsinn, was ich Ihnen da erzähle."

„Nein, das ist kein Unsinn", sagte Della. „Manchmal spürte ich es auch. Das ist einer der Gründe, warum ich hierbleiben muß. Ich will die Wahrheit herausfinden."

„Die könnte aber recht unerfreulich sein."

„Vielleicht, aber es ist immer noch besser, die Wahrheit zu erfahren – und sei sie noch so schlimm –, als so ahnungslos weiterzuleben."

Erst als sie sich endlich entschlossen, zu Bett zu gehen, erwähnte Della das Paar, das sie in der Loge gesehen hatte, und fragte Lucinda, ob sie die beiden bemerkt hätte.

„Nein, habe ich nicht", erwiderte sie, während sie ihr Nachthemd überstreifte. „Gelegentlich sieht man das Publikum von der Bühne aus, aber ich vermeide es, wenn ich kann. Es ist furchtbar irritierend, wenn man gerade sein ganzes Herz in eine leidenschaftliche Szene legt und plötzlich jemanden sieht, der verächtlich grinst oder gelangweilt gähnt oder gar tief schläft. Manchmal frage ich mich, warum ich überhaupt Schauspielerin geworden bin", fügte sie gähnend hinzu.

Am nächsten Morgen sah Della Sylvia wieder. Sie war mit Lucinda zur Trinkhalle gegangen, wo sich die Kurgäste nach dem Kirchgang versammelten, um einige Gläser von dem widerlichen, aber gesunden Wasser zu trinken, das nach faulen Eiern schmeckte, und den Geschmack danach mit Kaffee oder heißer Schokolade hinunterzuspülen. Sie saßen an einem Tisch in einer Ecke, als Sylvia die Trinkhalle betrat. Sie trug ein auffallendes, grün-weiß gestreiftes Taftkleid, und alle Gäste sahen ihr nach, als sie mit starrem Blick an ihnen vorbeirauschte.

„Lieber Himmel, ist die schön – und sie weiß es auch! Und dieses Kleid! Das muß ihren Mann eine hübsche Stange Geld gekostet haben. Für so ein Kleid würde ich mein Augenlicht geben", sagte Lucinda neidisch.

Am anderen Ende des Raumes erhob sich ein Mann von seinem Platz, als Sylvia näher kam. Es war derselbe Mann, der sie ins Theater begleitet hatte.

„Kennen Sie dieses Wunderwesen?" fragte Lucinda, als sie Della beobachtete.

„Sie kenne ich, den Mann nicht. Es ist Tom Cliffords Frau."

„Tatsächlich. Donnerwetter!" Lucinda stieß einen sehr undamenhaften Pfiff des Erstaunens aus. „Nicht gerade das, was man sich unter der Frau eines Fabrikbesitzers vorstellt."

„Sie ist die Tochter des Earl of Sterndale. Und dieser Mann hat sie gestern ins Theater begleitet. Lucinda, wissen Sie vielleicht, wer das ist?"

„Bin ihm noch nie zuvor begegnet, aber er sieht gut aus, nicht wahr? Glauben Sie, daß die beiden ein Verhältnis miteinander haben?"

„Hoffentlich nicht."

„Würde mich sehr wundern, wenn nichts wäre zwischen den beiden. Sie haben so eine Aura, merken Sie das nicht? Die Art, wie sie einander ansehen, diese eigenartige Unbekümmertheit, diese absolute Sorglosigkeit. Als ob die Welt um sie herum nicht existierte."

„Aber das ist doch Unsinn."

„Finden Sie? Da bin ich anderer Meinung. Sie vergessen, mein Kind, daß ich in diesen Dingen viel mehr Erfahrung habe als Sie", fuhr Lucinda schmunzelnd fort.

Sie plauderten über dies und jenes und tranken ihre Schokolade, aber Della fiel es schwer, das hübsche Paar nicht ständig anzustarren. Schließlich verließen Sylvia und der Unbekannte die Trinkhalle. Als er an Dellas Tisch vorbeikam, schaute er zufällig in ihre Richtung, und sein Blick fiel auf sie. Er verzog die schmalen Lippen zu einem fast unmerklichen Lächeln, das sofort wieder verschwand.

„Sie sagten doch, daß Sie ihn nicht kennen", flüsterte Lucinda.

„Ich kenne ihn auch nicht. Aber ich habe ihn bei Papas Gerichtsverhandlung gesehen – zwar nur für einen Augenblick, aber er hat ein Gesicht, das man nicht so leicht vergißt."

„Das stimmt, und Ihres vergißt man auch nicht so leicht, meine Liebe. Er hat Sie wiedererkannt. Weiß er, wer Sie sind?"

„Ich habe keine Ahnung. Ich weiß nur, daß er mir nicht ganz geheuer ist – auch jetzt nicht."

„Schauen Sie nicht so ängstlich drein. Was könnte er denn schon tun? Sylvia Clifford sagen, wer Sie sind, und die würde es dann vielleicht ihrem Mann weitererzählen. Nun, es ist doch kein Verbrechen, die Tochter eines Sträflings zu sein", sagte Lucinda mit Festigkeit. „Das einzige, was Sie sich haben zuschulden kommen lassen, ist, daß sie es Mr. Clifford verschwiegen haben – und das ist gewiß verzeihlich."

„Ja, wahrscheinlich haben Sie recht. Es ist auch nur so ein Gefühl."

Sylvia war mit ihrem Vater nach Harrogate gekommen, ohne zu wissen, wen sie dort treffen würde. Sie waren im Royal Crescent Hotel abgestiegen, und Lord Sterndale begab sich unverzüglich in ärztliche Behandlung, um den Folgen seines ungesunden Lebenswandels entgegenzuwirken. Er überließ es seiner Tochter, nach eigenem Gutdünken für ihre Unterhaltung zu sorgen.

„Amüsiere dich, meine Liebe", sagte er nachsichtig, „aber diskret, wenn ich bitten darf. Ich möchte mir später keine Vorwürfe von diesem deinem pedantischen, fleißigen Mann anhören müssen."

„Also wirklich, Papa, diese Bemerkung war unnötig!"

„Na, wenn du nach fünf Jahren Ehe noch immer nicht vernünftig geworden bist, dann wirst du es vermutlich nie werden", stellte er trocken fest und tätschelte ihre Wange. „Du strahlst ja förmlich, Kleines, gibt es vielleicht schon jemanden, an dem du Gefallen gefunden hast?"

„Nein, natürlich nicht, wie kommst du darauf?" erwiderte sie ein wenig zu hastig und wechselte rasch das Thema. „Wird es nicht Zeit für deine Trinkkur?"

Sylvia begab sich in ihr Zimmer, und ihre Hände zitterten ein wenig, als sie sich für den Abend umzog. Sie preßte die Hände an die heißen Wangen. Nach der Langeweile und Lethargie der letzten Wochen bebte sie vor Erregung.

Sie war am Morgen dieses Tages mit einer kleinen Gesellschaft ausgeritten, als sie den Mann erblickte, der ihr zum Verhängnis geworden war – den Mann, dem sie mit sechzehn verfallen war und der seither ihre Gedanken und Träume beherrschte. Sie war nicht darauf gefaßt gewesen, ihm hier zu begegnen; im ersten panischen Schrecken gab sie ihrem Pferd die Sporen. Ein paar Minuten später bemerkte sie, daß er ihr folgte. Er holte sie ein und griff in den Zügel ihres Pferdes.

„Du läufst doch nicht etwa vor mir davon, Sylvia?" fragte er mit seidenweicher Stimme.

„Doch, genau das tue ich." Sie blickte auf seine schmale Hand hinunter und hob ihre Reitgerte.

„Alle Welt sieht uns zu. Wenn du mich jetzt schlägst, gibt es einen höchst unerfreulichen Skandal, und das möchtest du doch nicht, oder? Tom wäre gewiß nicht sehr erfreut darüber."

„Sprich nicht von Tom, bitte."

„Warum denn nicht? Ich mochte Tom Clifford immer gern, und daran hat sich nichts geändert. Er ist solch ein ehrenhafter Bursche. Viel ehrenhafter, als ich es jemals war."

„Tom ist ein guter Mensch. Viel besser, als du jemals sein könntest."

„Oh ja, da hast du völlig recht." Er hielt inne und warf ihr einen amüsierten Blick zu. „Wenn er auch vermutlich nicht sehr unterhaltsam ist, und ein bißchen schwerfällig und vielleicht ein wenig zu ernst. Habe ich recht?"

„Bitte laß mich in Ruhe", sagte sie wütend.

„Die Ehe scheint dir gut zu bekommen", fuhr er fort, während er sie unter halbgeschlossenen Lidern hervor beobachtete. „Du bist noch viel schöner als damals, als wir uns auf diese dumme kleine Eskapade eingelassen hatten. Ich erinnere mich, daß du ziemlich mager warst. Jetzt bist du eine Frau, und *tout à fait ravissante*."

„Wie kannst du nur so etwas sagen?" fauchte sie ihn an. „Ich habe dich geliebt. Ich wäre dir überallhin gefolgt, ich hätte freudig alles mit dir geteilt, und hätte sogar mit dir gehungert, wenn es nötig gewesen wäre, aber das kümmert dich alles nicht – hat dich nie gekümmert –, du hast mich zurückgebracht, zurückerstattet wie – wie –", ihre Stimme überschlug sich, und sie wandte sich ab.

„Aber, aber, Liebste, siehst du das nicht ein wenig zu melodramatisch? Wie hätte ich dir so etwas antun können? Dein Vater hätte uns ohne einen Pfennig vor die Tür gesetzt, und ich..." Er zuckte die Schultern. „Ich hätte kaum genug Geld gehabt, um dir Haarbänder zu kaufen. Es war nur zu deinem Besten, daß ich dich ziehen ließ, aber jetzt..."

„Ja, und jetzt..."

„Jetzt ist alles anders. Jetzt sind wir beide erwachsen, jetzt können wir beide tun und lassen, was wir wollen."

„Du hast aber lange gebraucht, um das herauszufinden", stieß sie wütend hervor. „Du hast es ja leicht. Du kannst durch die Welt zigeunern, mit wem du willst, und tun, was dir gefällt, während ich an diese Fabrik gebunden bin."

„Bist du das denn? Ich habe da so meine Zweifel", sagte er mit seinem aufreizenden Lächeln. „Ach komm schon, laß uns doch die Zeit nicht mit gegenseitigen Vorwürfen vergeuden! Dazu ist das Leben viel zu kurz."

„Du scheinst zu vergessen, daß ich verheiratet bin", sagte sie mit erstickter Stimme.

„Aber, meine liebste Sylvia, das ist wieder typisch für dich. Du glaubst doch nicht im Ernst, ich ließe mich durch die läppische Tatsache, daß du verheiratet bist, davon abhalten, dich bei der erstbesten Gelegenheit zu verführen?"

Seine Unverschämtheit verschlug ihr den Atem.

„Unmöglich!"

„Unsinn, mein Schatz, dieses Wort existiert für mich überhaupt nicht."

In ihrer Herzensangst trieb Sylvia das Pferd an und versuchte, ihm zu entrinnen, aber da sie vom Weg abgekommen waren, befand sie sich plötzlich auf einem Pfad, der in ein kleines Wäldchen führte. Die tief hängenden Zweige zwangen sie, ihr Pferd zu zügeln, und schon war er neben ihr, schwang sich vom Pferd und hob sie aus dem Sattel.

Dann preßte er sie gegen einen Baumstamm, nahm ihr den Hut ab und küßte sie, zuerst zärtlich, dann immer leidenschaftlicher, und sie spürte, wie sie vor Verlangen und Erregung dahinschmolz. All die Jahre hatte sie davon geträumt, in seinen Armen zu liegen, und nun, als es endlich so weit war, brachte sie nicht die Kraft auf, sich zu wehren. Sie schlang die Arme um seinen Hals, und ihre Hände gruben sich in sein dichtes braunes Haar. Er riß sie zu Boden, und seine Küsse wurden noch heftiger und verlangender. Es erschien ihr wie eine Ewigkeit, bis sie sich atemlos von ihm lösen konnte und ihr schweres blondes Haar zurückstrich.

„Was tun wir nur? Oh Gott, was sollen wir bloß tun?"

„Du weißt genau, was wir tun sollen, und zwar bald, sehr bald."

„Aber wie? Papa ist doch mit mir hier", murmelte sie verzweifelt.

„Überlaß das nur mir. Ich werde schon einen Weg finden."

Er küßte sie abermals lange, und er legte all seine Erfahrung und Leidenschaft in den Kuß, bis sie ihn heftig von sich stieß.

„Wir müssen zurück – die anderen –"

„Ja, du hast recht. Wir müssen zurückreiten, ganz kühl und gelassen, damit kein Gerede entsteht. Wir erzählen, daß dein Pferd durchgegangen ist und ich dir zu Hilfe kam. Hast du heute abend schon etwas vor?"

„Nein", sagte sie zerstreut, während sie sich aufrichtete und mit zitternden Fingern ihr Haar und ihre Kleidung zu ordnen versuchte. „Ja, doch, ich gehe ins Theater."

„Dann treffen wir uns dort."

Er half ihr auf und suchte ihren Hut, während sie den Staub von ihrem Kleid klopfte und es glattstrich. Dann holte er die Pferde und hob Sylvia in den Sattel.

Seite an Seite ritten sie zurück.

„Ich sollte es nicht tun", flüsterte sie mit starrem Blick. „Es ist Sünde."

„Natürlich ist es Sünde, aber darum ist es ja auch so reizvoll!"

„Du bist ein Teufel. Und was ist mit Tom?“

„Ach, Tom, der ist alt genug, der weiß sich bestimmt zu helfen.“

Hatte er recht? Waren wirklich alle Männer gleich? Würde Tom sich vielleicht mit dieser Lehrerin amüsieren, für die er bereits eine so ungewöhnliche Vorliebe gezeigt hatte?

Als sie abgestiegen waren und die Stallknechte die Pferde wegführten, blieb er vor ihr stehen und blickte auf sie hinab.

„Gewissensbisse?“

Sie wandte sich ab. „Ich weiß nicht...“

„Denk nicht nach. Quäl dich nicht, mein Liebling, das ist pure Zeitverschwendung.“

Er nahm ihre Hand, schob die Stulpe ihres Handschuhs zurück und bedeckte die Innenseite des schmalen Gelenks mit Küssen, so daß ihr Puls zu rasen begann.

„Dann also bis heute abend.“

„Bis heute abend.“

9

Das Spätsommerfest in Farley Grange fand schon seit so vielen Jahren statt, daß sich kein Mensch mehr erinnern konnte, wann es zum erstenmal veranstaltet worden war.

„Es ist einfach eine Tradition", sagte Martha eines Septembermorgens, als sie Della auf ihrem Weg ins Dorf einen Besuch abstattete. „Mein Vater hat mir einmal erzählt, daß sein Großvater, der sehr alt wurde, das Fest schon miterlebt hätte. Manchmal denke ich, wir hätten es längst abschaffen sollen. Die Zeiten haben sich geändert. Letztes Jahr schlichen sich ein paar Unruhestifter aus Bradford ein, und es endete mit einer schrecklichen Schlägerei, bei der es ein paar Schwerverletzte gab. Aber Bret will nichts davon hören, und er kann ganz schön eigensinnig sein. Sie kommen doch, ja? Es ist ein zwangloses Gartenfest, und am Abend wird getanzt. Sie können dann die Nacht bei uns bleiben."

„Das ist alles so neu für mich. Wenn ich nicht im Weg bin, komme ich gern."

„Im Gegenteil. Tante Lavvy wird langsam alt, und ich könnte eine zusätzliche Hilfe gut gebrauchen."

Zu ihrer Bestürzung stellte Della fest, daß die Lehrerin der Tradition gemäß das Wettrennen der Kinder organisieren mußte; dieses Wettrennen war ebenfalls eine uralte Tradition. Della wäre verloren gewesen, hätte ihr Tim Withers nicht seine Hilfe angeboten. Der Zufall wollte es, daß er sich in den stinkenden Elendsvierteln von Bradford eine fiebrige Erkältung geholt hatte und zur Genesung ein paar Wochen nach Castlebridge gekommen war.

Der Tag, der in vieler Hinsicht so bedeutungsvoll werden sollte, begann ganz harmlos und vergnüglich. Es war strahlend schön und angenehm warm für die Jahreszeit. Della begab sich schon sehr früh zusammen mit Tim und Abigail nach Farley Grange. Gemeinsam stellten sie die Markierungszeichen für das Wettrennen auf der Wiese auf.

Auf einer anderen Wiese hatten sich die Schausteller niedergelassen, die eigens zu dem Fest gekommen waren. Das Wettrennen sollte erst am Nachmittag stattfinden, daher beschlossen die drei, nachdem sie alles vorbereitet hatten, den Jahrmarkt zu besuchen. Della hatte so etwas noch nie gesehen und war ganz begeistert, als sie von Bude zu Bude wanderten und sich über die grellen Plakate amüsierten, die die verschiedenen Attraktionen anpriesen: die dickste Frau der Grafschaft, die noch dazu mit einem Bart aufwarten konnte, die Wassernixe in der Flasche, die Katze mit den zwei Köpfen, Punch und sein gelehriger Schimpanse, und noch vieles mehr.

Mary Ann hatte sich ihnen angeschlossen. Es fiel Della auf, wie hübsch das Mädchen an diesem Morgen aussah. Sie trug ein sauberes Baumwollkleid, und ihr Haar war frisch gewaschen und mit dem rosa Band, das sie ihr geschenkt hatte, zusammengefaßt.

„Meine Ma hat gesagt, ich soll früher herkommen. Letztes Jahr hab ich Miss Hutton mit den Kleinen geholfen“, und sie blickte Tim, den sie offensichtlich zu ihren alten Freunden zählte, strahlend an.

„Was macht denn dein gräßlicher Hautausschlag?“ fragte er.

„Alles fort“, sagte sie und hob das Gesicht, damit er sich davon überzeugen konnte, „aber ich hab noch immer meine Sommersprossen“, setzte sie traurig hinzu.

„Gegen die kann ich nichts machen – da müßte ich schon mein Messer nehmen und sie herausschneiden“, neckte er sie und kniff sie in die Nase. „Aber mach dir keine Sorgen. Sie sehen sehr hübsch aus und stehen dir ausgezeichnet.“

„Das sagen Sie. Die anderen Mädchen sagen, ich bin *fleckig*!“

„Laß sie doch. Die sind nicht annähernd so hübsch wie du.“

Mary Ann warf mit gespieltem Schmollen die Lippen auf und kicherte, als Tim brüderlich seinen Arm um ihre Taille legte.

Sie begegneten Männern mit mageren, hochbeinigen Hunden, die Tim Whippets nannte. Auch mit ihnen würde man später Rennen veranstalten. Etwas abseits stand ein Zelt; gerade wurden Körbe hineingetragen, aus denen wütendes Scharren und gedämpftes Kreischen zu vernehmen war.

„Das sind die Hähne für den Hahnenkampf", sagte Tim. „Hier hat letztes Jahr die Schlägerei begonnen. Von nah und fern kommen die Männer mit ihren Tieren, und es geht hoch her bei den Wetten. Sie sind leicht reizbar, wenn sich ihre Hähne im Wettkampf beweisen müssen."

Della hatte zwar noch nie einen Hahnenkampf gesehen, aber schon viel davon gehört. „Mein Vater nannte Hahnenkämpfe einen grausamen Sport. Warum verbietet Bret das nicht?"

„Er genießt das genauso wie diese anderen Männer hier. Wußten Sie das denn nicht? Bret würde Farley Grange und alles, was er besitzt, verwetten und verspielen, hätte Martha den Geldbeutel nicht so fest im Griff, doch hie und da gelingt es ihm doch, ihr etwas herauszulocken." In Tims Stimme schwang Verachtung mit.

„Mein Pa hat auch einen Hahn", sagte Mary Ann ärgerlich. „An ihm hängt er mehr als an uns, sagt meine Ma. Ob wir Hunger haben, ist ihm egal, solange er seinen Hahn mit Sherry und Eiern füttern kann."

„Kommt er heute auch her?" fragte Della.

„Ja, natürlich. Und sicher verdirbt er meiner Mutter und mir den ganzen Spaß."

Sie sagte das mit solchem Haß in der Stimme, daß Della erschrak, aber im nächsten Augenblick schrie Mary Ann in kindlicher Begeisterung auf, als sie den Mann mit den jungen Hunden entdeckte. Etwa ein Dutzend Welpen verschiedener Rassen, Größen und Farben purzelten zu seinen Füßen tolpatschig und winselnd durcheinander, und hingerissen sank Mary Ann neben ihnen auf die Knie. Sie hob einen hoch, der sich sofort zutraulich an ihren Hals schmiegte. Überschwenglich drückte sie ihn an sich, als er ihre Wange leckte.

„Möchtest du ihn behalten?" fragte Tim plötzlich.

„Oh ja, Dr. Tim", hauchte sie, doch dann verdüsterte sich ihr hübsches Gesicht. „Aber ich weiß nicht, ob mein Pa mir das erlaubt."

Tim murmelte etwas, das nicht sehr höflich klang, und gab dem Händler das Geld. Dieser spendierte großzügig einen kurzen Strick als Leine, und Mary Ann bedankte sich überglücklich und lief mit dem kleinen Hund voraus.

„War das klug?“ murmelte Della.

„Dan Carter ist ein Rohling. Soll das arme Mädchen doch auch einmal eine Freude haben! Sie war immer diejenige, die leer ausging.“

„Warum? Was hat ihr Vater gegen sie?“

Tim zuckte die Schultern und gab keine Antwort. Während Mary Ann davonlief, um den anderen Kindern voll Stolz ihren neuen Besitz vorzuführen, entdeckten sie Bret, der eilig auf sie zukam.

„Oh, da seid ihr ja. Ich habe euch überall gesucht. Martha hat mich gebeten, euch zu holen. Der Imbiß ist schon serviert.“

„Ich weiß nicht, ob ich für einen solchen Anlaß richtig angezogen bin“, sagte Della und blickte unschlüssig an ihrem geblümten Baumwollkleid hinunter. „Ich glaube, ich sollte besser bei den Kindern bleiben.“

„Unsinn. Die brauchen Sie nicht annähernd so dringend wie ich. Sie können sich nicht vorstellen, wie viele alte Vogelscheuchen und sauertöpfische Matronen Martha eingeladen hat. Ich bin richtig erschrocken; haben Sie also Mitleid mit mir!“ Er nahm ihren Arm und bedachte Tim mit einem breiten Grinsen. „Was hast du mit deinen Patienten gemacht, lieber Freund, sie einfach ihrem Schicksal überlassen?“

„Die sind in guten Händen“, erwiderte Tim schroff.

Tim blieb ebenfalls dicht an Dellas Seite, so daß sie eskortiert von zwei jungen Männern vor dem Herrenhaus eintraf, wo sie Tom Clifford, der gerade angekommen war, direkt in die Arme lief.

„Du kommst spät, Tom. Und wo, zum Teufel, hast du Sylvia gelassen?“ rief Bret aus. „Ist sie nicht mitgekommen? Sie wird uns doch nicht im Stich lassen, hoffe ich!“

„Sie kommt später nach“, erwiderte Tom kurz und wandte sich ab, um die Gastgeberin zu begrüßen.

Bret zog die Augenbrauen hoch, und sein Achselzucken sprach Bände, aber er gab keinen Kommentar ab, und Della fragte sich, was zwischen den Eheleuten wohl vorgefallen sein mochte, daß Tom so wütend dreinsah.

Seit sie von Harrogate zurück war, befand sie sich in einem inneren Aufruhr. Sie versuchte sich einzureden, daß es bloß eine ganz natürliche Reaktion war, Mitgefühl, das jeder für einen Mann empfinden würde, der von seiner Frau hintergangen wird; aber im Grunde ihres Herzens wußte Della, daß es nichts dergleichen war. Sie durfte sich nicht in ihn verlieben, sagte sie sich immer und immer wieder. Es durfte nicht sein, es war unrecht, es war sündhaft und ein völliger Unsinn.

Ihre dreimonatige Probezeit war um, und sie wußte, daß sie nicht sehr erfolgreich war als Lehrerin, es nie sein würde, so sehr sie sich auch bemühte. Sie hätte schon längst aufgeben sollen, aber sie schob es immer wieder hinaus. Sie fürchtete den Tag, an dem Tom ihr – überaus höflich und zartfühlend selbstverständlich – mitteilen würde, daß sie seinen Erwartungen nicht entspreche und er bedauerlicherweise gezwungen sei, eine andere, geeignetere Lehrerin einzustellen.

Tom hatte sich unter die Gäste gemischt, und Della war entschlossen, ihre Enttäuschung darüber, daß er sie nicht einmal begrüßt hatte, zu verbergen. Sie ließ sich von Bret ins Haus führen und zeigte ihm und Tim stets ein lachendes Gesicht, so als hätte sie nicht eine einzige Sorge auf der Welt.

Das Buffet war in der großen Halle aufgebaut worden. Die langen Eichentische bogen sich unter den Köstlichkeiten: Es gab frischen Lachs, gebratene Hühnchen, geräucherten Schinken, Lammbraten, Ente mit grünen Erbsen, Obsttorten und Vanillepudding – und einen großen Vorrat an Burgunder, Bordeaux und Champagner, damit die Gäste gebührend auf das Wohl ihrer Gastgeber anstoßen konnten.

„All das für diese paar Leute hier, und in den Elendsvierteln, in die ich täglich komme, leben die Menschen von Magermilch und verschimmelten Brotrinden", flüsterte Tim und betrachtete angewidert seinen vollen Teller.

„Wenn Sie es einpacken und verteilen, bekäme jeder gerade nur einen Bissen", erwiderte Della nüchtern.

„Sie haben eine unangenehme Art, mich auf den Erdboden zurückzuholen", erwiderte er mit einem schiefen Lächeln.

„Oh, Dr. Tim, Sie sind doch sonst ein so guter Mensch. Und jetzt bringen Sie es fertig, daß ich Gewissensbisse bekomme, und das ist nicht nett, wenn ich so hungrig bin", sagte sie und legte die Hand auf seinen Arm.

Er besaß die Gabe, über sich selbst lachen zu können, und durch diese Eigenschaft vor allem hatte er ihre Zuneigung gewonnen.

Die Gesellschaft war gemischt; es waren einige Angehörige des niedrigen Adels erschienen, ein paar reiche Pächter mit ihren Frauen, aber auch einige arrivierte Geschäftsleute, deren Frauen und Töchter in ihren teuren Seidenroben, mit ihren modernen Hüten und blitzenden Ringen ihren Reichtum eindrucksvoll zur Schau stellten. Della sah, wie sie miteinander flüsterten, und bemerkte ihre neugierigen Blicke. Zweifellos fragten sie sich, wer sie war und was sie in ihrem einfachen Baumwollkleid hier zu suchen hätte. Della ahnte, daß Miss Hutton nie zu dieser exklusiven Gesellschaft eingeladen worden war; ob wohl Bret hinter dieser Einladung steckte?

Sie hielt es für das klügste, diskret zu verschwinden, sobald sie gegessen hätte, und Tim beschloß sofort, sie zu begleiten.

„Sie brauchen wirklich nicht mitzukommen", protestierte sie. „Ich schaffe es ganz gut allein."

„Wenn ich auch nur einen Augenblick länger hierbleiben und mir das alberne Geschwätz anhören und mir diese dicken, blasierten Gesichter ansehen muß, dann passiert etwas Schreckliches."

„Ja, was denn?"

„Oh, ich weiß nicht – vielleicht sage ich, wie ich über sie und ihre widerliche Art, sich selbst vollzustopfen und ihre Arbeiter hungern zu lassen, wirklich denke."

„Seien Sie nicht ungerecht. Es gibt doch auch Ausnahmen. Tom zum Beispiel ist nicht so."

„Ja, das stimmt, aber Tom ist überhaupt anders." Er warf ihr einen forschenden Blick zu. „Sie mögen ihn, nicht wahr?"

„Ist dagegen etwas einzuwenden?"

„Nein, überhaupt nichts, nur..."

„Nur was?"

„Ach, nichts. Kommen Sie, sehen wir nach den Kindern. Wir müssen die Gruppen für den Wettlauf zusammenstellen. Wo, zum Kuckuck, steckt Abigail? Sie sollte sich doch um die Kleinen kümmern!"

Am späten Nachmittag waren die Ausscheidungsrennen vorbei, und die Finalkämpfe begannen. Mittlerweile hatte sich eine ziemlich große Menschenmenge angesammelt. Unter viel Lärm und Geschrei wurden Wetten abgeschlossen, und die stolzen Eltern feuerten ihre Sprößlinge stürmisch an.

Bret war in Begleitung von Martha und Tante Lavinia vom Gutshaus heruntergekommen, um die Preise zu überreichen. Andere Gäste schlenderten ebenfalls heran, um sich mit vornehm-gelangweilter Miene diesen Spaß zu gönnen. Den Endlauf der Jüngsten gewann ein magerer, blasser kleiner Junge, den Della neulich in der Fabrik gesehen hatte, wo er zwischen den Webstühlen auf dem Boden herumgekrochen war.

Das allerletzte Rennen versprach ein Wettkampf zwischen Mary Ann und ihrem schrecklichen Bruder Jem zu werden. Groß und beweglich wie sie war, hatte Mary Ann alle Ausscheidungskämpfe mühelos gewonnen. Nun sollte sich entscheiden, wer Endsieger wurde; doch irgendwie war das hier mehr als nur ein Wettlauf. Della entdeckte Dan Carter am Rand der Rennstrecke, gerade, als die beiden Kinder Aufstellung nahmen. Er hatte sich durch die Menschenmenge gedrängt; seine Frau stand mit den beiden Jüngsten hinter ihm. Della sah Jane Carter zum erstenmal, und sie erkannte, von wem Mary Ann ihr hübsches Gesicht geerbt hatte. Janes verhärmte Gesichtszüge ließen noch immer ahnen, wie hübsch, ja, wie schön sie einmal gewesen war.

Der Junge und das Mädchen warteten hinter der Startlinie, und plötzlich wurde es still. Dann gab Tim das Startsignal, und die beiden rannten los. Es war eine lange Strecke bis zum Ende der Wiese und zurück. Della verfolgte das Rennen so aufgeregt und gespannt, als ginge es um Leben und Tod. Wie unsinnig, dachte sie, es war doch schließlich bloß ein Wettrennen zwischen Kindern.

Knapp nach der Wendemarke liefen die Kinder noch Seite an Seite, dann gewann Mary Ann allmählich einen Vorsprung. Die Mädchen, von denen keines Jem besonders mochte, feuerten sie an, als sie mit fliegenden Röcken auf das Ziel zurannte. Sie lief über die Ziellinie, Tim hob mit einem lauten „Bravo!" die Flagge, und sie fiel ihm jubelnd um den Hals. Er lachte, schwang sie übermütig herum und küßte sie stürmisch auf die Wangen. Im nächsten Augenblick traf ihn Dan Carters Faust, und der Schlag war so heftig, daß er und Mary Ann hinfielen. Das ging alles so schnell, daß alle für einen Augenblick wie erstarrt waren. Mary Ann blieb benommen liegen, während Tim sich aufrappelte und ungeschickt im Gras nach seiner Brille tastete. Dan Carter stürzte auf das Mädchen zu, riß es brutal hoch und schlug es ins Gesicht.

„Pack dich fort, du Schlampe, hörst du? Mach, daß du nach Hause kommst, und rühr dich nicht von dort weg!"

Er hätte sie noch einmal geschlagen, wäre Della nicht herbeigelaufen. Sie versuchte, ihn am Arm festzuhalten, doch er schüttelte ihre Hand so grob ab, daß sie zurücktaumelte.

Mary Ann starrte ihren Vater an, das hübsche Gesicht verzerrt vor Wut. „Ich hasse dich, ich hasse dich!" schrie sie.

Zornentbrannt schlug Dan Carter sie neuerlich ins Gesicht, aber dann war Tom plötzlich da und stieß ihn von ihr fort.

„Lassen Sie sie in Ruhe, verdammt nochmal. Was hat sie denn getan?"

„Ja, Sie sind natürlich auf ihrer Seite, was, Master? Glauben Sie, ich weiß nicht, was für 'n Flittchen sie is'? Läuft den Männern nach, wie ihre Mutter. Un' Sie, Sie sin' auch nich' besser", brüllte er mit haßerfüllter Stimme. „Genauso wie Ihr Vater – glauben Sie, wir wissen's nicht – Sie un' Ihre kleine Hure da unten in der Schule!"

Die derben Schimpfwörter sprudelten nur so aus ihm heraus, und dann schlug Tom zu. Carter ging zu Boden. Ein mörderischer Ausdruck verzerrte sein blutverschmiertes Gesicht, während er wieder aufstand. Tom wartete gelassen. All das geschah in Sekundenschnelle, aber Della schien es Ewigkeiten zu dauern. Mary Ann packte schluchzend das winselnde Hündchen und rannte über die Wiesen davon. Mitten in dem allgemeinen Aufruhr erschien plötzlich Sylvia in ihrem cremefarbenen Seidenkleid. Wie eine Königin schritt sie durch die Menschenmenge, die sich vor ihr teilte.

„Man sagte mir, daß ihr alle hier seid." Mit großen Augen blickte sie sich um. „Störe ich etwa?"

„Nein, meine Liebe, du störst keineswegs." Tom verbarg seine verletzte Hand hinter dem Rücken. „Tut mir leid", fuhr er dann an Martha gewandt fort, „wenn ich Schwierigkeiten verursacht habe."

Dan Carters Kollegen hatten den Rasenden an den Armen gepackt und zerrten ihn fort. Die Zuschauer zerstreuten sich zögernd.

„Hast du dich etwa geprügelt, Tom? Das hast du doch sicher nicht getan", sagte eine kühle, amüsierte Stimme. „Haben wir etwas Aufregendes versäumt? Wie schade."

Und dann trat, ein zynisches Lächeln auf den Lippen, jener Mann in den Kreis, den Della das letztemal in Harrogate gesehen hatte; er wirkte genauso elegant und selbstsicher wie damals.

„Oliver!" rief Tom aus. „Ich hatte keine Ahnung, daß du hier bist."

„Ich auch nicht." Bret war ebenfalls vorgetreten und streckte ihm zur Begrüßung die Hand hin. „Ich dachte, du wolltest den ganzen Sommer über im Ausland bleiben, alter Junge. Warum hast du uns denn von deiner Rückkehr nicht benachrichtigt?"

„Dazu war keine Zeit mehr. Martha, meine Liebe ... Miss Lavinia ..." Er begrüßte die beiden mit einem galanten Handkuß. „Es ist lange her, seit wir uns das letztemal gesehen haben, aber ich bin froh, wieder hier zu sein. Ja, und wen haben wir denn da?"

Er musterte Della mit dem für ihn so charakteristischen Blick durch die halbgeschlossenen Lider, und um seine Lippen spielte ein leises Lächeln.

Oliver Craven, ihr Cousin – sie hätte es wissen müssen. Sonderbarerweise war sie nie auf diesen Gedanken gekommen, obwohl es doch naheliegend gewesen wäre. Und er wußte genau, wer sie war, das stand fest.

All das ging ihr blitzschnell durch den Kopf, während Sylvia mit ihrer süßen, klaren Stimme herablassend sagte: „Oh, das ist nur Miss Lismore, die neue Lehrerin an Toms Schule."

„Sehr erfreut, Miss Lismore." Er nahm Dellas Hand, die sie ihm widerwillig hinhielt, und hob sie an die Lippen. „Wir haben uns ganz bestimmt schon einmal gesehen – war es in London, oder war es in Harrogate?"

„Es tut mir leid, aber ich kann mich nicht erinnern."

„Nein? Vielleicht fällt es Ihnen später noch ein. Wir werden uns bestimmt bald einmal wiedersehen, sehr bald sogar."

„Vielleicht."

Sylvia legte die Hand auf seinen Arm. „Komm jetzt, Oliver, Martha will mit uns Tee trinken, und Tom wartet."

Oliver Craven verbeugte sich leicht und folgte Sylvia.

Bret sagte hastig: „Würden Sie sich wohl darum kümmern, daß das arme Kind, diese Mary Ann, ihren Preis bekommt, Della?"

Er drückte ihr die Münzen in die Hand und eilte hinter Oliver und Sylvia her.

Della war ein wenig ratlos stehengeblieben und blickte ihnen gedankenverloren nach, als Miss Lavinia sie mit dem Sonnenschirm antippte.

„Was Sie jetzt brauchen, ist eine Tasse guten, starken Tee", sagte sie brüsk, „genauso wie ich. Sie kommen jetzt mit mir."

„Ich glaube, ich sollte eher Mary Ann suchen", antwortete Della zögernd, „sie war ganz verstört."

„Dr. Tim wird schon dafür sorgen, daß ihr nichts zustößt. Dieser junge Mann hat eine Vorliebe für lahme Enten, ist Ihnen das noch nicht aufgefallen? Nun seien Sie ein gutes Mädchen, und reichen Sie mir ihren Arm. Ich merke, daß ich langsam alt werde."

Della hatte das bestimmte Gefühl, daß die alte Dame nicht annähernd so hilflos war, wie sie zu sein vorgab, aber sie gehorchte, und gemeinsam wanderten sie langsam auf das Haus zu.

Eine Weile schwiegen beide, doch als sie die Wiese überquert hatten, warf Miss Lavinia ihrer Begleiterin einen verstohlenen Blick zu.

„Na los, meine Liebe, heraus damit. Ich sehe doch, daß Sie fast platzen vor Neugierde."

„Oh nein, das ist nicht wahr – aber ich habe mich gerade gefragt –"

„Warum sich dieser widerliche Kerl, dieser Dan Carter, so abscheulich benommen hat."

„Es war alles so harmlos. Tim schenkte Mary Ann heute morgen das Hündchen. Er war den ganzen Tag nett zu ihr, und sie bedankte sich bei ihm, das war alles. Es war abscheulich von Carter, diese kindliche Zuneigung als etwas anderes hinzustellen – als etwas ganz anderes", schloß sie lahm.

„Nun ja, Sie haben wahrscheinlich recht, aber ganz so einfach ist das alles nicht. Die Ursache liegt etwas weiter zurück."

„Was wollen Sie damit sagen? Hat es etwas mit Tom zu tun?"

„Mary Ann ist nicht Toms Tochter, falls Sie das meinen. Sie ist eher seine Halbschwester, wenn Sie so wollen".

„Seine Halbschwester? Wie denn das?"

„Es war nur ein Gerücht damals, aber vielleicht hatte es trotz allem einen wahren Kern, und Dan Carter muß davon gewußt haben; obwohl er gern so tut, als wäre er mit voller Absicht betrogen worden."

Miss Lavinia blieb stehen und ließ sich auf einen der Gartenstühle sinken, die man entlang der Hecke aufgestellt hatte.

„Es macht Ihnen doch nichts aus, meine Liebe? Ich muß einen Augenblick rasten, um wieder zu Atem zu kommen."

Della nahm auf dem Stuhl neben ihr Platz. „Sie können sich jetzt nicht einfach drücken, Miss Lavinia. Sie haben davon angefangen, jetzt müssen Sie mir auch den Rest erzählen."

„Ach ja, muß ich das wirklich? Und was hat das Ganze mit Ihnen zu tun, Miss?"

Die alte Dame lächelte vielsagend und lehnte sich bequem zurück. „Nun gut. Es ist meine Version der Geschichte, aber ich wage zu behaupten, daß sie der Wahrheit sehr nahe kommt. Wußten Sie, daß Jane Carter Rob Hunts Tochter ist?"

„Ist das der Rob, der sich um Toms Pferde kümmert?"

„Genau der. Jane war erst zwölf Jahre alt, als sie kurz vor Toms Geburt als Kindermädchen ins Herrenhaus kam. Sie war schon immer ein sehr hübsches kleines Ding und hatte gute Manieren und ein nettes Wesen. Nachdem Toms Mutter an Cholera gestorben war, fühlte John Clifford sich recht einsam. Außerdem sah er auf seine Art sehr gut aus. Muß ich noch mehr sagen? Es kam, wie es kommen mußte."

„Sie meinen, er hat sich in Jane verliebt?"

„Liebe würde ich es nicht gerade nennen", sagte die alte Dame trocken, „jedenfalls nicht die romantische Art von Liebe, die Sie meinen, aber Jane gab ihm, was er brauchte, und sie ließ sich wohl von den Aufmerksamkeiten ihres Herrn blenden. Schockiert Sie das?"

„Nein, nein, natürlich nicht."

„Das habe ich auch nicht angenommen. Sie sind sicher nicht in einem Kloster aufgewachsen. Nun, wo war ich stehengeblieben?"

„Sie wollten mir erzählen, wie Dan Carter in diese Sache verwickelt wurde."

„Ach ja. Was jetzt kommt, gründet sich zum Teil auf Vermutungen, aber wie es scheint, hatte er das Mädchen immer schon haben wollen. Er war deshalb sogar schon bei ihrem Vater vorstellig geworden. Dan Carter hatte eine gute Stellung in der Fabrik und machte Jane mehrere Heiratsanträge, die sie zurückwies. Dann kam es zur allgemeinen Überraschung doch zu einer Einigung, und der Hochzeitstermin wurde festgesetzt. Das Brautpaar erhielt ein hübsches Hochzeitsgeschenk von John Clifford und ein Haus in der neuen Siedlung, die er für seine Arbeiter baute."

„Heißt das, daß er sie ... daß er sie verkauft hat, als er von ihrer Schwangerschaft erfuhr?"

„Möglicherweise. Mit Sicherheit kann das niemand sagen, außer Jane selbst und vielleicht Dan Carter."

„Wie schrecklich gefühllos!"

„Mag sein, aber Männer sind nun einmal so, selbst die besten. Zweifellos dachte er, daß es für seine kleine Mätresse und ihr uneheliches Kind das beste wäre, wenn sie einen guten Ehemann bekäme. Nie wäre er auf den Gedanken verfallen, daß er sie auf diese Weise zu vielen Jahren der Not und Erniedrigung verdammte. Ich habe mich manchmal gefragt, ob der Meuchelmord an John Clifford nicht ein Akt persönlicher Rache war – viel eher als ein Dienst an der guten Sache der Fabrikarbeiter."

„Sie meinen, Dan Carter könnte den tödlichen Schuß abgefeuert haben?"

„Ich beschuldige niemanden, aber das heißt natürlich nicht, daß ich mir nicht meine Gedanken darüber gemacht habe."

„Weiß Tom davon?"

„Von dem Mädchen? Zunächst hat er es vielleicht nicht gewußt, aber inzwischen muß er es längst erraten haben."

„Warum tut er dann nichts für Mary Ann?"

„Mein liebes Kind, Tom hat schon genug Probleme, nicht nur in der Fabrik, sondern auch daheim." Miss Lavinia erhob sich mühsam. „Wenn wir uns jetzt nicht beeilen, bekomme ich keinen Tee mehr." Dann hielt sie einen Augenblick inne. „Nur eins noch, meine Liebe. Ermutigen Sie ihn nicht, Sie so oft zu besuchen."

„Ich ermutige ihn keineswegs", erwiderte Della empört. „Er kommt nur deshalb, weil ich ein paar Entwürfe – Kleiderskizzen – mache, um die er mich gebeten hat."

„Ist das wirklich der einzige Grund? Ich habe da etwas ganz anderes gehört."

„Dann haben Sie nichts als gemeine Lügen gehört", brauste Della auf.

„Na, na, nun werden Sie doch nicht gleich wütend. In London mag das Leben freizügig und ungezwungen sein, aber hier oben bei uns ist es eben anders. Sie haben ja gehört, was Dan Carter gesagt hat. Tom ist zwar nicht wie sein Vater – aber sollte irgend etwas passieren, dann wird man nicht ihm die Schuld daran geben, sondern Ihnen."

„Aber warum denn? Ich habe doch nichts Unrechtes getan!"

Della war wütend. Wie war es möglich, daß man solche Beschuldigungen gegen sie erhob? Warum durfte sie Tom nicht sehen, wann immer sie wollte? Was war daran auszusetzen? Warum sollte sie nicht seine Gesellschaft genießen, während sich seine Frau mit einem anderen Mann amüsierte? Dann aber hielt sie plötzlich inne. Sie hatte ganz vergessen, daß dieser Mann Oliver Craven war, ihr eigener Cousin. Oh Gott, wie verwirrend das alles doch war!

„Nun kommen Sie schon, meine Liebe", sagte Miss Lavinia verdrießlich, „es wird langsam kühl, und ich muß ins Haus."

„Ja, natürlich, verzeihen Sie." Della nahm den Arm der alten Dame. „Danke, daß Sie mir das alles erzählt haben. Ich werde daran denken und Ihren Rat beherzigen."

Martha hatte Della eingeladen, die Nacht in Farley Grange zu verbringen. Doch nun überlegte Della, ob es nicht vielleicht besser wäre, wenn sie sich entschuldigte und zurück ins Schulhaus ging. Mehrere Gäste hatten die Verleumdungen, die Dan Carter ihr entgegengeschleudert hatte, gehört – und ob sie es glaubten oder nicht, ihr graute jedenfalls davor, ihnen gegenüberzutreten und die unausgesprochene Frage in ihren Augen zu lesen. Ein kleiner Vorfall führte jedoch dazu, daß sie sich anders besann.

Sie hatte Miss Lavinia zu ihrem Lieblingssessel geführt und mit Tee und Kuchen versorgt, und dann war sie für einen Augenblick unentschlossen zwischen den laut schwatzenden Gästen in der Halle stehengeblieben. Im Kamin brannte ein helles Feuer und warf seinen Schein auf eine Gruppe junger Männer, die Sylvia umringten. Sylvia lachte, und ihre Augen strahlten, als sie plötzlich beide Arme hoch über ihren blonden Kopf streckte. Della sah, daß sie das Rosensträußchen in den Händen hielt, das sie am Gürtel getragen hatte. Sylvia warf den Strauß in die Luft. Alle schnappten danach, aber es war Oliver, der das Sträußchen geschickt auffing. Dabei fiel sein Blick auf Della; das leichte, zweideutige Lächeln, das so typisch für ihn war, erschien auf seinem Gesicht, und er sah sie kühl und herausfordernd an. Plötzlich wußte sie: Was immer er auch im Schilde führte – sie würde nicht vor ihm davonlaufen, selbst wenn er nur auf den richtigen Augenblick wartete, um sie bloßzustellen und vor allen Leuten zu demütigen; auch die Gefahr, daß sie dann vielleicht auf der Stelle entlassen und Tom Clifford nie wiedersehen würde, schreckte sie nicht.

Oliver wandte sich wieder Sylvia zu, und Della fröstelte plötzlich. Ein Dienstmädchen mit einem Teebrett blieb neben ihr stehen, aber sie schüttelte den Kopf, schritt durch die Halle und ging über die Treppe hinauf in das kleine Zimmer, das ihr zugewiesen worden war. Sie wollte sich sammeln und auf all das vorbereiten, was dieser Abend möglicherweise noch für sie bereithielt.

Marthas Mädchen hatte ihr Nachthemd herausgelegt und ihr Abendkleid über einen Bügel gehängt. Della betrachtete es kritisch. Sie hatte es nach einem eigenen Entwurf selbst genäht. Der blaßgrüne Organza hatte Madame Ginette nicht gefallen, und Della hatte den Stoff zu einem sehr günstigen Preis kaufen können. Er fiel in mehreren Lagen über einen steifen Seidenunterrock, und die Puffärmel waren an den Ellbogen mit feiner Spitze verziert. Della schlüpfte in das Kleid und betrachtete sich im Spiegel. Wenn sie sich bewegte, blitzten in den Falten des weiten, duftigen Rockes da und dort goldene Sternchen auf. War der Rückenausschnitt zu tief für diese steife, ehrenwerte Gesellschaft? Sie nahm einen dünnen Schal, den ihr Lucinda in Harrogate geschenkt hatte, und legte ihn sich um die bloßen Schultern. Dann aber warf sie ihn entschlossen beiseite. Wenn man sie schon für ein Londoner Flittchen hielt, dann wollte sie diese Rolle auch spielen, und damit basta, wie Papa gesagt hätte! Sie öffnete ihre kleine Schmuckkassette, um eine passende Halskette herauszunehmen, als der goldene Totenkopf aus dem Seidenpapier glitt, in das er eingewickelt war. Einer Eingebung folgend suchte Della nach der Kette, an der das einfache Medaillon ihrer Mutter hing, ersetzte es durch den Totenkopf und legte sich die Kette um den Hals. Der Anhänger ruhte direkt über dem Ansatz ihrer Brüste. Sie kämmte das schwarze Haar zurück und steckte es zu einem schlichten Knoten auf. Auf dem Toilettentisch stand eine Vase mit ein paar Heckenrosen. Della wählte eine weiße Rose und befestigte sie in ihrem Haar. Diese ehrbaren Frauen und Töchter da unten sollten ruhig glauben, sie wäre eine Schlampe! Heute würde sie endlich wieder sie selbst sein – Delphine Craven, Paul Cravens Tochter –, und sie würde ihr Haupt hoch tragen.

Die Wirkung, die sie bei ihrem Wiedererscheinen in der Halle erzielte, war verblüffend. Die Gäste stellten sich gerade zum ersten Tanz auf, als sie die Treppe herunterkam, und das Licht der vielarmigen Kandelaber fiel direkt auf sie.

Die Frauen erstarrten; insgeheim neidisch, rümpften sie mißbilligend die Nasen. Die jungen Männer dachten: „Die graue Schulmaus hat sich in eine Prinzessin verwandelt. Der gute alte Tom mag zwar eine Schlafmütze sein, aber alle Wetter, er hat Geschmack!" Sylvia, die neben Oliver stand, sah, wie sich seine Augen weiteten, hörte ihn scharf Luft holen und beschloß auf der Stelle, daß sie ihren Mann überreden würde, dieses lästige kleine Luder loszuwerden, bevor es noch mehr Unheil anrichten konnte.

Bret und Tom stürzten gleichzeitig auf Della zu, aber Bret war schneller und nahm ihre Hand.

„Sie kommen rechtzeitig zum ersten Tanz – es ist zwar leider nur ein Ländler, aber ich hoffe, Sie geben mir die Ehre." Und mit diesen Worten führte er sie auf die Tanzfläche.

Della war entschlossen, sich zu amüsieren, und sie blieb ihrem Entschluß treu. Sie tanzte unentwegt. Einmal fand sie sich Hand in Hand mit Tom. Er drückte ihre Finger und lächelte ihr zu, und sie erwiderte glückstrahlend sein Lächeln. Dann wurde sie wieder von Bret herumgewirbelt, und als sie schließlich, ein wenig außer Atem, für kurze Zeit verschnaufen wollte, suchte er einen Stuhl für sie und schaute auf sie hinunter. Sein Blick fiel auf ihre Halskette.

„Ein ungewöhnliches Schmuckstück", sagte er. „Darf ich fragen, woher es stammt?"

„Ehrlich gestanden, ich weiß es nicht – ich habe es bekommen."

„Einen solchen Anhänger habe ich schon einmal irgendwo gesehen."

„Tatsächlich?" Ihr Interesse war erwacht. „Wo denn?"

„Wenn ich das nur wüßte! Keine Ahnung. Sie kennen das doch – man erinnert sich an etwas, und dann weiß man einfach nicht, wo man diese Erinnerung hintun soll."

Della hatte das merkwürdige Gefühl, daß Bret sich genau erinnerte und nur Ausflüchte gebrauchte. Als der nächste Tanz begann, wurde sie von einem anderen jungen Mann aufs Parkett geführt.

Etwas später, nach einem besonders schwungvollen Walzer, ging sie an den Rand der Tanzfläche, lehnte sich erhitzt und atemlos an eine Säule und suchte in ihrem Pompadour nach dem Taschentuch.

„Nehmen Sie doch dieses hier", sagte eine kühle Stimme.

Sie blickte auf. Vor ihr stand Oliver Craven, ein makelloses weißes Leinentüchlein in der Hand, und musterte sie spöttisch.

„Vielen Dank, aber ich habe mein eigenes."

Sie betupfte ihr Gesicht mit dem winzigen Batisttüchlein, das sie soeben aus dem Pompadour gefischt hatte.

„Finden Sie unsere Art der Belustigung nicht ein wenig zu vulgär, Miss Lismore?"

„Nein, überhaupt nicht. Ich amüsiere mich großartig."

„Na, das ist ja wunderbar." Er schob einen Vorhang zurück. Dahinter lag eine Flügeltür verborgen, die auf die Terrasse hinaus führte. „Die Nachtluft ist herrlich", sagte er. „Verschwinden wir für ein paar Minuten, um sie zu genießen?"

Sie zögerte. „Ich weiß nicht recht."

„Haben Sie Angst, sich mir anzuvertrauen?"

„Gibt es einen Grund, warum ich Angst haben sollte?"

„Nicht, daß ich wüßte, aber es steht Ihnen natürlich frei." Er lächelte und streckte die Hand aus. „Na, kommen Sie schon. Seien Sie tapfer."

Sie berührte seine Hand mit den Fingerspitzen und ließ sich von ihm auf die Terrasse führen. Die kühle Luft war erfrischend. Ein Lichtstrahl, der durch das Fenster fiel, beleuchtete Oliver Cravens markante, sardonische Gesichtszüge. Er lehnte sich gegen die Mauer und schaute sie an.

„Sie sind mir ein Rätsel, Miss Lismore. Wie kommt eine junge Dame wie Sie dazu, den Arbeitergören das Abc beizubringen?"

„Es ist eine Art, sich seinen Lebensunterhalt zu verdienen, Mr. Craven."

„Und das haben Sie nötig?"

„Allerdings."

Er streckte den Arm aus und nahm den goldenen Totenkopf in die Hand. Seine Finger fühlten sich eiskalt an auf ihrer bloßen Haut.

„Ein ungewöhnlicher Schmuck für einen so schönen Hals, wie?"

„So etwas Ähnliches hat Bret auch gesagt."

„Tatsächlich?"

„Er sagte außerdem, daß er den Anhänger schon einmal irgendwo gesehen habe, konnte sich dann aber nicht erinnern, wo. Wissen Sie es vielleicht?"

„Ich? Warum sollte ich das wissen?" Er ließ den Anhänger los. „Haben Sie ihn geschenkt bekommen?"

„Eigentlich nicht. Jemand, den ich sehr gern habe, hat ihn gefunden und mir gegeben."

„Ein makabres Zeichen der Zuneigung, wenn ich so sagen darf." Und plötzlich deklamierte er:

> „Das Grab ist ein stiller und schöner Ort,
> aber niemand, glaub ich, umarmt sich dort."

Ein leichter Schauder überlief sie. Natürlich spielte er sein eigenes Spiel mit ihr – ein Spiel, das sie nicht verstand –, aber wenn es das war, was er wollte – nun, Spielverderberin würde sie keine sein.

„Ich ziehe allerdings die folgenden Verse des Dichters vor:

Aber immer hinter mir und nicht mehr weit
hör ich den geflügelten Wagen der Zeit,
und vor uns auf der anderen Seite
liegt der Ewigkeit unendliche Weite."

Er sah sie überrascht an. „Sie kennen Andrew Marvells Werke?"

Er hatte geglaubt, ihr eins auswischen zu können, und es war ihm mißlungen. Della kostete diesen kleinen Triumph aus.

„In dem belgischen Kloster, in dem ich zur Schule ging, war der Unterricht sehr gründlich und vielseitig."

„Eine gebildete junge Dame, wie ich sehe."

„Setzt man das bei einer Lehrerin nicht voraus?"

Er streckte die Hand aus, hob ihr Kinn und überraschte sie mit einem Kuß. Seine Lippen waren kühl, und wider Willen spürte sie eine seltsame Erregung. Nach einem Moment der Verblüffung riß Della sich los und floh in den Ballsaal. Sie hatte nicht bemerkt, daß Sylvia durch eine andere Tür auf die Terrasse getreten war und sie die ganze Zeit beobachtet hatte.

Nun lief Sylvia rasch auf Oliver zu. „Bist du etwa auch schon Toms kleiner Lehrerin verfallen?" zischte sie.

„Sie irritiert mich ein wenig", sagte er beiläufig, „und keineswegs ist sie das, was sie zu sein scheint."

„Ist das der Grund, warum du dich in sie vergafft hast?"

„Oh, ich bitte dich, Liebes", fuhr er lässig fort, „vergaffen ist wohl kaum das richtige Wort. Was bedeutet schon ein Kuß?"

„Dir mag ein Kuß wenig bedeuten, aber mir bedeutet er alles – das ganze Leben."

Er wandte sich ihr stirnrunzelnd zu. „Bitte keine Szene heute abend, Sylvia. Es ist weder die richtige Zeit dafür noch der richtige Ort."

„Wie kannst du nur so herzlos sein?“ erwiderte sie leidenschaftlich. „Ich habe dich den ganzen Abend kaum einen Moment allein gesehen.“

„Einer von uns muß eben vernünftig sein, Teuerste. Tom hat eine höchst altmodische Auffassung von Ehre. Willst du, daß er mich fordert? Ein Pistolenduell in der Morgendämmerung wäre nicht unbedingt nach meinem Geschmack.“

„Mach dich nicht lustig über mich. Kannst du nicht wenigstens einmal ernst sein?“ Sie pflanzte sich direkt vor ihm auf und legte eine Hand auf seinen Arm. „Oliver, was sollen wir bloß tun?“

„Ganz einfach – genau das gleiche wie bisher. Es ist ein sehr angenehmes Arrangement.“

„Wie *kannst* du nur so etwas sagen! Du bist frei – du kannst hingehen, wohin du willst, und tun, was dir beliebt, aber ich muß mit Tom leben, ihm zuhören, mit ihm schlafen...“

„So?“ sagte er scharf, „du schläfst mit Tom?“

Sie wandte sich ab. „Nicht, seit ich von Harrogate zurück bin. Ich könnte es nicht – ich könnte es nicht ertragen, daß er mich anrührt, nachdem... Aber einmal wird es dazu kommen – muß es dazu kommen – was soll ich dann tun?“

„Darüber wollen wir uns jetzt nicht den Kopf zerbrechen. Mit Tom wirst du schon fertig. Der arme Teufel! Das war doch immer so, oder?“

„Es ist nicht mehr so leicht wie früher“, sagte sie dumpf. „Tom hat sich verändert.“ Sie schlang ihm die Arme um den Hals. „Bring mich fort von hier, Oliver. Wir könnten ins Ausland gehen – Paris, Florenz, Rom –, das wäre wundervoll. Ich wollte immer schon reisen.“

„Das würde bedeuten, daß du auf die gute Gesellschaft verzichten müßtest.“

„Was macht das schon aus? Wir hätten ja uns.“

Allmählich wurde er nervös. „Eines Tages werden wir den Sprung vielleicht wagen, aber nicht jetzt.“

„Warum, warum, warum nicht?“ fragte sie, störrisch und ungeduldig wie ein verzogenes Kind.

„Aus mehreren Gründen", antwortete er ausweichend. „Da ist einmal mein Vater – er wird langsam alt und schwierig. Dann – was wird aus Larksghyll? Außerdem bin ich im Augenblick vollkommen pleite. Und von Luft und Liebe kann man nicht leben."

„Ich hab doch meinen Schmuck, und das ist nicht wenig. Tom war immer sehr großzügig."

Oliver machte eine abwehrende Geste. „Ich bin vielleicht in mancher Hinsicht ein Halunke, aber ich lehne es ab, von den Liebesgaben deines Mannes zu leben."

„Du willst nicht, das ist es", rief sie heftig aus. „Es ist dir ganz egal, was aus mir wird. Du denkst nur an dein eigenes Vergnügen."

„Sprich um Gottes willen leiser. Willst du, daß dich alle hören?"

„Sollen sie es doch hören! Es kümmert mich nicht mehr – es ist mir gleichgültig, hörst du."

„Mir aber nicht." Rasch schaute er sich um, dann legte er den Arm um ihre Taille und zog sie an sich.

„Liebste Sylvia, wir haben doch wundervolle Stunden miteinander verlebt, nicht wahr? Verdirb jetzt nicht alles. Wir finden einen Weg, wie wir uns treffen können. Überlaß das mir. Larksghyll ist nicht weit von hier, und du reitest doch jeden Morgen aus, nicht wahr?"

Er erstickte ihre Einwände mit seinem Kuß, und nach einem Augenblick des Widerstrebens gab sie seinen fordernden Lippen nach. Dann löste er sich von ihr.

„Ich gehe zuerst hinein, und du kommst in ein oder zwei Minuten nach. Es ist besser, wenn man uns nicht zusammen sieht."

Sylvia starrte ihm nach. Seit sie aus Harrogate zurückgekehrt war, befand sie sich in einem zermürbenden Zwiespalt der Gefühle. Die wenigen Stunden, die sie mit Oliver verbracht hatte, waren berauschend gewesen – aber auch niederschmetternd. Der gute Tom, der immer so besorgt war, ihr ja nicht weh zu tun, hatte sie meist so behandelt, als wäre sie aus Glas. Oliver kannte keine solchen Bedenken. Sie dachte sehnsuchtsvoll an jene erste Nacht, in der sie einander geliebt hatten. Nach Castlebridge zurückzukehren und wieder Ehefrau und Mutter spielen zu müssen, war eine ungeheure Qual für sie gewesen. Schon als Kind hatte sie immer alles darangesetzt, zu bekommen, was sie wollte. Einmal war es ihr verweigert worden – aber ein zweites Mal sollte das nicht geschehen. Diesmal würde sie Oliver nicht ziehen lassen.

Mit zitternden Fingern ordnete sie ihr Haar, preßte kurz ihr Taschentuch an die Lippen und kehrte dann in den Ballsaal zurück, wo sie Tom direkt in die Arme lief.

„Wo bist du denn gewesen?" fragte er. „Ich habe dich überall gesucht."

„Nur draußen, um frische Luft zu schnappen. Es ist so heiß hier drinnen."

„Zusammen mit Oliver?"

„Was soll diese Frage?" brauste sie auf. „Wenn du es genau wissen willst: Er flirtet mit deiner Miss Lismore."

Tom runzelte die Stirn. „Ich weiß, wie Oliver sein kann. Ich hoffe, er belästigt sie nicht."

„Ganz im Gegenteil. Ich hatte eher den Eindruck, daß sie seine Aufmerksamkeiten genießt", erwiderte sie herausfordernd.

Er sah verärgert drein, sagte aber nur: „Es ist schon spät. Gehen wir?"

„Noch nicht. Du weißt doch, Bret erwartet von uns, daß wir bis zum Schluß bleiben."

Er seufzte. „Wie du willst, meine Liebe."

Della war ein wenig verstört. Die merkwürdige Unterhaltung mit Oliver hatte sie in Unruhe versetzt. Wußte er etwas von jenem verhängnisvollen Abend, oder war alles nur Theater? Sie war versucht gewesen, ihn zu provozieren, ihm zu sagen, wer sie war, nur um seine Reaktion zu sehen, doch seine kühle, lässige Art hatte sie eingeschüchtert.

Noch war der Abend nicht vorbei. Später, sehr viel später, tanzte sie mit Tom. Sie hatte einige Male bemerkt, wie sein

Blick auf ihr ruhte, aber es war das erstemal an diesem Abend, daß er rechtzeitig zur Stelle war, ehe ein anderer Tänzer sie entführte.

„Der letzte Tanz“, verkündete Martha. Die schwitzenden, erschöpften Musiker seufzten erleichtert auf. Ein Tusch ertönte, und der langsame Walzer verwandelte sich in einen rasenden Galopp. Die Männer wirbelten ihre Partnerinnen herum und beschlossen den Tanz mit einem schmatzenden Kuß. Tom war ausgelassen und übermütig; ganz anders als sonst, dachte Della. Er hob sie hoch, so daß ihre weiten Röcke flogen. Seine Lippen berührten kurz ihren Mund, doch dann zog er sie plötzlich heftig an sich und küßte sie leidenschaftlich und verlangend. Sie spürte, wie sie ihm entgegenstrebte – mit Leib und Seele. Es dauerte nur Sekunden, dann rissen sie sich los und starrten einander bestürzt und atemlos an, erschrocken über die Entdekkung, die sie eben gemacht hatten. Tom faßte sich als erster wieder, strich sich die Haare aus der Stirn und sagt, ohne Della anzusehen:

„Es ist schon spät. Ich muß meine Frau suchen. Wie steht's mit Ihnen? Können wir Sie nach Castlebridge mitnehmen?“

„Ich bleibe hier. Martha hat mich eingeladen, in einem der Gästezimmer zu übernachten.“ Ihre Stimme klang kühl und abweisend; sie erkannte sich selbst nicht wieder.

„Dann also gute Nacht.“ Er wandte sich ab und hielt Martha auf, die gerade an ihnen vorbeikam. „Hast du Sylvia gesehen?“

„Sie ist mit Oliver in der Bibliothek. Sie spielen Karten.“

Tom murmelte ein paar unverständliche Worte und eilte durch die Halle davon.

„Bret und ein paar von seinen Freunden sitzen am Spieltisch“, sagte Martha besorgt. „Ich wünschte, er wäre nicht auf diese Idee gekommen. Wenn ihn das Fieber einmal gepackt hat, weiß er nie, wann es Zeit ist aufzuhören. Wenn Sie wollen, Della, gehen Sie ruhig schon zu Bett. Ich muß mich noch um die letzten Gäste kümmern.“

Sie ging weiter, um sich von den Freunden zu verabschieden, die im Begriff waren aufzubrechen.

Della überlegte einen Augenblick und schlenderte dann hinter Tom her. Die jungen Männer saßen, in ihr Spiel vertieft, an einem Tisch. Della ahnte, daß sie die ganze Nacht durch spielen würden, und begriff Marthas Sorge um ihren jüngeren Bruder.

Sylvia hatte es sich auf einem Stuhl hinter Oliver bequem gemacht und schaute ihm über die Schulter in das Blatt.

Tom blieb an der Tür stehen. „Es ist zwei Uhr vorbei, Sylvia. Zeit, nach Hause zu fahren."

Sie blickte trotzig auf. „Ja, gleich, wenn das Spiel zu Ende ist."

„Nein, jetzt. Rob wartet mit der Kutsche vor dem Tor." In seiner Stimme lag ein gereizter Unterton.

„Dann soll er eben warten. Ich bin Olivers Talisman, stimmt's? Solange ich hier bin, kann er nicht verlieren."

Oliver legte plötzlich seine Karten auf den Tisch, und Bret richtete sich protestierend auf.

„Himmel, das ist verdammt unfair. Er hat die Glücksfee an seiner Seite."

Tom machte einen Schritt vorwärts. „Kommst du jetzt, Sylvia?"

„Das ist nicht Glück, mein lieber Junge, sondern Können." Oliver nahm die Karten wieder auf und begann sie zu mischen. „Du solltest jetzt lieber gehen, Sylvia. Dein Mann wartet auf dich."

„Hol dich der Teufel!" flüsterte sie fast unhörbar. Dann nahm sie ihren Seidenschal und legte ihn sich um die Schultern. „Jetzt kannst du dich revanchieren, Bret. Die Glücksfee verläßt ihn."

Della beobachtete Sylvia, wie sie durch den Raum schwebte und Toms Arm nahm. „Du hast recht, Liebster, wie immer. Es ist höchste Zeit, daß wir nach Hause fahren."

10

„Es tut mir leid, Tom, aber in dieses Haus kommt mir keins von diesen Bälgern", erklärte Sylvia, „nicht einmal als Küchenmagd, und das ist mein letztes Wort."

„Mrs. Fenton meinte, daß sie in der Kinderstube eine Hilfe gebrauchen könnte. Nanny Roberts ist ja nicht mehr so jung", erwiderte Tom zögernd.

„Davon hat sie mir nichts gesagt, und außerdem habe ich das zu entscheiden, nicht sie."

Es war der Morgen nach dem Fest. Tom hatte bereits gefrühstückt und war, bevor er sich auf den Weg in die Fabrik machte, kurz in das Zimmer seiner Frau gekommen.

Ungeduldig winkte er ab. „Mary Ann ist besser als die anderen. Sie ist gut erzogen und intelligent. Della hält viel von ihr."

„Oh, jetzt heißt sie schon Della, wie? Und was sie sagt, ist vermutlich sakrosankt."

„Um Himmels willen, Sylvia! Miss Lismore ist nun seit fünf Monaten hier, und wir haben sie häufig gesehen, es ist also wirklich nicht nötig, so förmlich zu bleiben. Übrigens ist da noch etwas, das ich erwähnen sollte", fuhr er verlegen fort. „Mary Ann ist aus der Art geschlagen – sie ist ganz anders als ihre übrige Familie –, und das macht sie sehr unglücklich."

„Den Grund dafür kennen wir ja", erwiderte Sylvia ätzend. „Nach dem Auftritt von gestern weiß es jetzt auch die ganze Nachbarschaft."

„Das ist eine alte Klatschgeschichte, die jeder Grundlage entbehrt."

„Oh Tom, sei doch nicht so naiv, und glaub ja nicht, daß ich nichts davon weiß. Dein Vater gab seine schwangere Mätresse an einen seiner Fabrikarbeiter weiter, und ob Dan Carter es nun durch Zufall herausgefunden oder einfach erraten hat: er hat sie und ihre Tochter seit jeher dafür büßen lassen. Nicht, daß ich deinem Vater einen Vorwurf daraus mache. Ich habe ihn gern gemocht. Er war ein harter Mann, aber er wußte genau, was er wollte, und erreichte es auch. Das verdient Respekt. Aber du begreifst offenbar nicht, daß der ganze Klatsch wieder neu aufflammen würde, wenn du Mary Ann hierherbringst. Tom Cliffords Halbschwester als Küchenmagd in Rokeby Hall – das hört sich nicht besonders nett an, oder?"

Er mußte zugeben, daß Sylvia diesmal wahrscheinlich recht hatte, und irgendwie ärgerte ihn diese Tatsache. „Nun, wenn du nicht willst, dann eben nicht", sagte er schroff. „Dann muß ich mir etwas anderes einfallen lassen."

„Warum entläßt du Dan Carter eigentlich nicht? Wie ich höre, macht er immer Schwierigkeiten."

„Weil er dann wahrscheinlich einen Streik anzettelt. Er ist bei einigen meiner Leute sehr beliebt, besonders seit den Krawallen in anderen Industriestädten."

„Bist du nicht der Herr deiner Fabrik?" fragte sie sarkastisch.

„Oh, ich bin durchaus der Herr, aber ganz allein auf mich gestellt könnte ich auch nichts ausrichten. Wenn wir sechs Monate schließen müßten, würden wir alle in arge Bedrängnis geraten. Und das würdest du doch gewiß nicht begrüßen, oder?"

Er ging zur Tür, besann sich aber anders und kam noch einmal zurück.

„Übrigens, warum hast du mir nicht erzählt, daß Oliver dir in Harrogate Gesellschaft geleistet hat?"

Sie sah überrascht auf. „Woher hast du denn das nun wieder? Etwa von deiner Lehrerin? Ich habe sie dort gesehen, weißt du, mit dieser rothaarigen Schauspielerin, mit der sie befreundet ist."

„Nein, Della hat mir nichts erzählt. Es war einer von Brets Freunden, gestern abend."

„Wie du weißt, war Vater zur Kur in Harrogate. Wenn er seine Bäder nahm, wußte ich oft nicht, was ich allein unternehmen sollte, und war froh über Olivers Gesellschaft. Es war alles ganz harmlos. Wir waren zusammen im Theater, und ein oder zweimal haben wir einen Ausflug gemacht – ich wäre nie auf den Gedanken gekommen, daß du etwas dagegen hättest."

„Ich habe auch nichts dagegen. Oliver ist ein alter Freund.

Nur fand ich es merkwürdig, daß du mir so gar nichts davon erzählt hast."

Sie zuckte die Achseln. „Als ich nach Hause kam, war so viel zu tun und zu besorgen, daß ich es ganz vergessen hatte."

Aufmerksam musterte er ihr hübsches Gesicht; er spürte ihre Unsicherheit und wußte, daß sie sich herauszureden suchte. Rasch sagte er: „Na, ich muß jetzt gehen. Ich bin schon spät dran." Er beugte sich vor, um sie auf die Wange zu küssen, ging aus dem Zimmer und schloß die Tür so heftig, daß Sylvia erriet, wie zornig er war.

Er war zwar überzeugt, daß seine Frau sich nicht mehr zuschulden hatte kommen lassen als eine Taktlosigkeit, aber die beiläufigen Bemerkungen, die ihm zu Ohren gekommen waren, hatten so widerlich anzüglich geklungen, und es ärgerte ihn, daß Sylvia es nicht für nötig gehalten hatte, sich ihm anzuvertrauen. So war er völlig unvorbereitet gewesen.

Aber dann, während er am Fuß der Freitreppe stand und darauf wartete, daß der Stallbursche sein Pferd vorführte, fiel ihm etwas ein, das er entschlossen aus seinen Gedanken verbannt hatte – dieses heftige, elementare Verlangen, das er empfunden hatte, als er Della im Arm hielt; die Erkenntnis, daß sie das gleiche fühlte, und daß seit ihrer ersten Begegnung etwas zwischen ihnen gewachsen war, das er nicht zulassen durfte. Verflucht, er war doch kein liebeskranker Schuljunge, sondern ein verheirateter Mann mit einem Sohn! Und er leitete eine Fabrik und mußte gerade jetzt all seine Kräfte und all sein Geschick einsetzen, damit der Betrieb ungestört weitergehen konnte...

„Ihr Pferd, Sir."

Der Stallbursche starrte ihn an – um Gottes willen, wie lange stand er wohl schon so da!

„Danke." Tom nahm die Zügel, schwang sich in den Sattel und trieb das Pferd zu einem so scharfen Galopp an, daß der Kies in der Auffahrt spritzte. Verwundert fragte sich der Stallknecht, was dem Master an diesem Morgen wohl über den Weg gelaufen war, daß er so verwegen davonstob.

Della dachte ungefähr das gleiche, als sie Tom während einer Pause vorbeireiten sah. Die ersten zwei Schulstunden waren sehr ermüdend gewesen. Mary Ann war nicht zum Unterricht erschienen, und Della machte sich Sorgen um sie. Das Gebrüll der Jungen und das Geschnatter der Mädchen draußen auf dem Schulhof verursachten ihr Kopfschmerzen, so daß sie die Kinder am liebsten angeschrien hätte. Sie war die halbe Nacht wach gelegen und hatte versucht, sich auf das merkwürdige Gespräch mit Oliver zu konzentrieren, nur um nicht an Tom zu denken, aber trotz aller Anstrengungen kehrten ihre Gedanken immer wieder zu ihm zurück. Warum eigentlich? Warum dachte sie so gern an diesen Kuß? Alle hatten sich in diesem Augenblick geküßt, es war ein Spaß gewesen, ohne jede tiefere Bedeutung – nur sie konnte diesen Kuß unsinnigerweise nicht vergessen. Er hatte sie aufgerüttelt, hatte ihr in erschreckender Klarheit vor Augen geführt, wieviel ihr dieser Mann bereits bedeutete. Und das durfte nicht sein. Ruhelos und angespannt war sie kurz nach sechs, als alle noch schliefen, aufgestanden, hatte mit Marthas Köchin in der Küche eine Tasse Tee getrunken und war dann die acht Kilometer nach Castlebridge zurückmarschiert.

Zu Mittag bekam sie einen Besuch, mit dem sie nicht gerechnet hatte. Tim stand vor der Tür, den kleinen Hund im Arm, den er Mary Ann tags zuvor geschenkt hatte.

Besorgt lief sie auf ihn zu. „Was ist geschehen? Geht es ihr gut?“

Er nickte. „Ich hab sie doch noch gefunden, Gott sei Dank. Sie hatte sich in einem Wäldchen am Bach versteckt, dort, wo die Kinder im Sommer manchmal baden. Ich überredete sie, nach Hause zu gehen.“

„Ob das richtig war?“

„Ich glaube nicht, daß Dan sie noch einmal schlägt. Ihre Mutter wird sie beschützen. Aber Mary Ann hat Angst um das Hündchen. Sie läßt Sie fragen, ob Sie es nicht vielleicht vorläufig bei sich behalten könnten? Wenn nicht, dann muß ich wohl meine Mutter oder Abbie bitten, für den kleinen Kerl zu sorgen.“

„Natürlich kümmere ich mich um ihn. Das tue ich doch gern. Mary Ann kann herkommen und ihn besuchen, wann immer sie will, und mit ihm spazierengehen."

„Das würde sie sicher sehr gern tun – wenn nur Dan sie nicht in die Fabrik schickt!"

„Hat er das vor, Tim?"

„Ich glaube schon, und zwar einzig und allein deswegen, weil ihre Mutter immer dagegen war. Sie möchte, daß es das Mädchen einmal besser hat."

Eigentlich müßte Tom etwas unternehmen, dachte Della, aber sie konnte sich nicht dazu entschließen, mit Tim über die Geschichte zu reden, die Miss Lavinia ihr erzählt hatte.

„Können wir nicht irgend etwas für Mary Ann tun?" fragte sie statt dessen.

„Ich weiß nicht. In Bradford ließe sich vielleicht ein Posten für sie finden. Dort gibt es ein, zwei Familien mit Kindern, die sie möglicherweise als Kindermädchen anstellen würden, aber sie ist noch so jung", sagte er zweifelnd. „Auf jeden Fall muß ich jetzt gehen, Della. Ich kann meinem Chef nicht zumuten, all die Arbeit allein zu machen."

Er streckte Della die Hand hin, und sie drückte sie.

„Sie sind ein Schatz, Tim, Sie und Ihr Vater und Abbie waren so nett zu mir. Ich weiß nicht, was ich ohne Sie getan hätte." Sie zögerte einen Augenblick, dann stellte sie sich auf die Zehenspitzen und küßte ihn auf die Wange. „Auf Wiedersehen, und alles Gute."

Er wurde rot und grinste ihr zu. „Übrigens, Mary Ann hat das Hündchen ‚Scamp' getauft. Also dann, auf Wiedersehen."

Manchmal kann eine kleine Nebensächlichkeit – ein halbherziges Versprechen oder eine beiläufige Bemerkung – eine Kette von Ereignissen auslösen, die den Lauf der Dinge nachhaltig beeinflussen und Schicksale in neue Bahnen lenken. Vielleicht wäre alles ganz anders gekommen, hätte Tim nicht unklugerweise erwähnt, daß Mary Ann eventuell in Bradford Arbeit finden könnte. Aber er hatte es gesagt, wahrscheinlich nur, um sie zu beruhigen, und nun schrie sie es ihrem Vater trotzig ins Gesicht, als dieser am Wochenende von der Arbeit nach Hause kam und verkündete, daß Mary Ann ab Montag als Kremplerin in der Fabrik arbeiten würde.

„Nein, Dan, nein“, sagte ihre Mutter. „Das ist nicht recht. Diese Arbeit ist nichts für sie, und du hast mir versprochen ...“

„Halt den Mund, Frau. Sie wird tun, was ich ihr sage, und damit basta. Was is' so besonders an ihr, hä? Höchste Zeit, daß sie arbeiten geht wie Jem und die anderen.“

Mary Ann deckte den Tisch für das Abendessen. Ihr hübsches Gesicht war plötzlich blaß und spitz.

„Ich geh nicht in die Fabrik.“

„Du wirst tun, was ich dir sage, Mädchen, sonst ergeht es dir schlecht.“

„Ich geh nicht, und du kannst mich nicht dazu zwingen. Ich hasse die Fabrik. Schau dir nur an, was aus unserer Ma geworden ist. Sie hört gar nich' mehr auf zu husten. Un' bald is' es dann soweit, daß sie Blut spuckt. Das mach' ich nich' mit. Nie, nie!“

„Nun hör mir mal zu, mein Kind.“ Er ging drohend auf sie zu, und sie wich ängstlich vor ihm zurück.

„Ich kann was Besseres finden, das weiß ich“, fuhr sie mit schriller Stimme fort. „Miss Lismore hat es gesagt. Sie sagt, daß ich Verstand habe, und daß sie mich weiter unterrichten kann, wenn ich will...“

„Aha, es war also dieses verdammte Weibsstück, die Lehrerin, die dir diese Rosinen in den Kopf gesetzt hat. Das laß ich mir nicht bieten, hörst du? Bringt sie dir vielleicht auch bei, daß du deinem Vater nicht gehorchen mußt?“ Und dann hob er die Hand und schlug sie so heftig, daß sie taumelte und sich am Tisch festhalten mußte, um nicht hinzufallen.

„Nicht, Dan! Du tust ihr weh!“

Jane packte ihn am Arm, aber er stieß sie brutal zurück. „Überlaß das mir. Das ist meine Sache“.

Jane wankte und streckte die Hand aus, um einen Halt zu finden. Dabei stieß sie einen Topf auf der heißen Herdplatte um, und die kochende Flüssigkeit ergoß sich über ihr Handgelenk.

Mary Ann hörte ihren erstickten Aufschrei. Sie packte das Brotmesser und stürzte auf Dan zu. Mühelos wehrte er sie ab und verdrehte ihr brutal das Handgelenk, so daß das Messer zu Boden fiel.

„Umbringen willst du mich, du kleiner Teufel! Nun hör mir einmal zu, ein für allemal..."

„Ich geh nich' in die Fabrik, nie, nie!" schrie sie ihm ins Gesicht. „Ich lauf davon. Ich geh nach Bradford. Da finde ich Arbeit. Dr. Tim hat es gesagt. Er wird sich schon um mich kümmern."

„Das ist es also, was? Mit einem Mann durchgehen willst du? Der steckt also dahinter, und sowas nennt sich Doktor, dieser dreckige Hund!"

Die aufgestaute Wut, die seit dem Fest in ihm geschwelt hatte, die Demütigung, die Tom ihm zugefügt hatte, als er ihn niederschlug, die Sticheleien seiner Kollegen, die ihn schließlich fortgezerrt hatten – all das hatte sich in glühenden Haß verwandelt, der nun mit Gewalt hervorbrach. Er nahm den schweren Ledergürtel, den er auf den Tisch gelegt hatte, und schlug das Mädchen erbarmungslos auf Kopf und Schultern. Mary Ann schrie, als die Schläge auf sie niederprasselten, und hob die Hände, um ihr Gesicht zu schützen. Die beiden jüngsten Kinder brachen in lautes Schluchzen aus, als ihr Vater wie von Sinnen auf das hilflose Mädchen einschlug. Es war ihre Mutter, die sie schließlich rettete. Sie öffnete die Tür, gegen die Mary Ann sich preßte, so daß das Mädchen hinausschlüpfen konnte, und schlug sie ihrem Mann vor der Nase wieder zu; tapfer fing sie die letzten, wütenden Schläge ab. Dann lehnte sie sich zitternd und leichenblaß gegen den Türrahmen und hob die gerötete, verbrannte Hand an die Brust.

„Willst du sie umbringen?" flüsterte sie. „Wenn du das willst, dann muß du erst mich umbringen."

Dan Carter hielt keuchend inne, seine Wut ließ langsam nach, und die Farbe wich aus seinem Gesicht. Er schnallte den Gürtel um, schob seine Frau zur Seite, stieß die Tür auf und stürmte hinaus. Erschöpft sank Jane in die Knie, betete, daß er

Mary Ann nicht finden möge und hoffte, daß das Kind so klug gewesen war, fortzulaufen und bei einem der Nachbarn Zuflucht zu suchen.

Es war kurz nach neun, als Della das stürmische Klopfen hörte und zur Tür lief. Auf der Schwelle stand zusammengekrümmt Mary Ann.

„Darf ich reinkommen?“ flüsterte sie. „Bitte, Miss Della.“

„Ja, natürlich! Komm herein.“

Das Mädchen schaute sich ängstlich um, bevor es ins Haus schlüpfte. Della schloß die Tür und verriegelte sie. Es hatte geregnet, und sie rang erschrocken nach Luft, als das Licht auf das nasse Haar und das Gesicht des Mädchens fiel. Ein Auge war dick verschwollen, feuerrote Striemen bedeckten Hals und Schultern, und dort, wo die schwere Gürtelschnalle die dünne Baumwollbluse zerrissen hatte, lief Blut aus zahlreichen Wunden.

„Um Gottes willen, Kind, was ist denn passiert? Du bist ja völlig durchnäßt.“

„Ich hab mich versteckt.“

„Wer hat das getan?“

„Mein Vater. Er will, daß ich in die Fabrik gehe, aber das tu ich nicht, und dann hat er mich geschlagen.“

Mary Ann zitterte so heftig, daß sie die Worte nur abgehackt hervorstoßen konnte, und Della legte den Arm um sie.

„Komm, setz dich. Beruhige dich erst einmal, und dann erzähl mir alles von Anfang an.“

An diesem Abend war es ziemlich kühl geworden, und Della hatte Feuer gemacht. Nun legte sie etwas Holz nach und setzte das Mädchen auf einen Stuhl vor dem Kamin, und schluchzend begann Mary Ann zu erzählen, was in den letzten Stunden vorgefallen war.

„Eine Menge Mädchen arbeiten in der Fabrik“, sagte Della schließlich sanft. „Warum willst du denn um keinen Preis hin?“

„Das würden Sie nich’ verstehen, Miss. Die Wollkämmerinnen zum Beispiel. Sie kämmen die Wolle, und dann is’ die Luft voll kleiner Fusseln. Das is’, wie wenn man erstickt, sagt meine

Ma. Er läßt sie da arbeiten, obwohl ihre Lungen krank sind, und Dr. Withers sagt, sie wird sterben, wenn sie weitermacht. Ich hab zugeschaut, wie sie schwächer und schwächer wird, und wie sie hustet, bis sie keine Luft mehr kriegt. Ich hab Angst – ich will nicht so sterben wie sie, Miss", fuhr Mary Ann leidenschaftlich fort. „Ich will nicht Blut spucken und langsam sterben wie sie."

„Schsch, reg dich nicht auf", sagte Della beruhigend. „Wir werden schon einen Ausweg finden. Weiß dein Vater, daß du hier bist?"

„Nein, ich glaub nicht. Ich hab mich versteckt, bis ich ihn herauskommen sah. Sie werden mich doch nich' fortschicken, oder?" Sie umklammerte Dellas Hände, fiel auf die Knie, und ihre Stimme überschlug sich beinahe, als sie sie so anflehte. „Er bringt mich um, wenn ich zurückgehe, das weiß ich. Sie haben keine Ahnung, wie er is', wenn er getrunken hat."

„Hab keine Angst, ich schicke dich nicht fort. Aber deine Mutter muß wissen, wo du bist. Sie wird sich Sorgen um dich machen."

„Ja, das stimmt. Daran hab ich nich' gedacht. Arme Ma."

„Ich werde sie irgendwie benachrichtigen, und dann müssen wir überlegen, was weiter geschehen soll. Zieh erst einmal die nassen Sachen aus, damit ich deine Wunden behandeln kann, Ich reibe dein Gesicht und dein Auge mit einer Salbe ein, und danach gehst du zu Bett. Morgen werde ich dann mit Mr. Clifford reden."

„Was kann denn der Master schon tun?" fragte Mary Ann mutlos.

„Es wird ihm sicher etwas einfallen, davon bin ich überzeugt."

Das Mädchen wandte den Kopf ab. Nervös zupfte sie an ihrem Baumwollrock. „Haben Sie gehört, was die Leute über ihn – und über mich sagen?"

„Ja, das habe ich gehört."

„Meine Mutter hat gesagt, daß das Ganze 'ne erfundene Geschichte is' und daß ich mich nich' darum kümmern soll. Dan is' mein Vater, und ich soll nie dran denken, nie..."

„Und du denkst doch daran?"

„Ja, manchmal." Sie starrte vor sich hin. „Es is' wie ein Märchen – wie etwas, das man in 'nem Buch liest, etwas, von dem man weiß, daß es nie wirklich wird, aber es is' so schön, davon zu träumen."

Della begriff, daß sich das Kind in seiner Phantasie an die Geschichte klammerte, um die schreckliche Leere auszufüllen, in der es lebte. „Wir träumen alle gern", sagte sie sanft, „und manchmal werden unsere Träume auch wahr, auf eine Art, wie wir es nicht erwarten. Nun aber marsch ins Bett mit dir."

Mary Ann stand gehorsam auf, und als Della in die Küche ging, um warmes Wasser zu holen, klopfte es abermals an die Tür. Die beiden erstarrten und schauten einander entsetzt an.

„Lauf in die Küche, Mary Ann, und bleib dort, bis ich nachgesehen habe, wer es ist."

Sie wartete, bis das Mädchen verschwunden war, dann öffnete sie die Tür einen Spaltbreit und spähte hinaus in die Dunkelheit. Ein kleiner Junge, nicht älter als sechs oder sieben Jahre, stand auf der Schwelle.

„Meine Ma sagt ich soll fragen ob unsere Mary Ann hier is' un' wenn sie hier is' ob sie bleiben darf weil das besser is' un' daß sie später zu unserer Tante gehen kann die auf der anderen Seite von Castlebridge wohnt", sagte er in einem Atemzug, als hätte er es auswendig gelernt. Della verstand nur das Wesentlichste.

„Sag deiner Mutter, daß Mary Ann hier ist, und daß sie für eine Weile auch bestimmt in Sicherheit ist. Ist dein Vater schon nach Hause gekommen?"

„Nee, un' er kommt auch nich', nich' bevor er voll is', hat Jem gesagt", plapperte der Junge weiter. „Es war furchtbar, Miss, Mary Ann is' mit 'm Brotmesser auf Pa losgegangen, und Dolly – das is' meine Schwester – un' ich, wir ha'm gedacht, er bringt sie um."

„Ja, aber jetzt ist ja alles gut. Geh wieder nach Hause und sag deiner Mutter, daß ich morgen versuchen werde, mit ihr zusammenzukommen und die ganze Sache zu besprechen."

Della schloß die Tür und verriegelte sie wieder. Sollte Dan Carter den Versuch machen, das Schulhaus zu stürmen, wollte sie gewappnet sein.

„War das unser Jimmy?“ fragte Mary Ann, als sie aus der Küche kam.

„Ich glaube, ja. Er wird deiner Mutter sagen, daß du hier bist. Jetzt gehen wir aber nach oben in mein Schlafzimmer, damit ich dich verarzten kann.“

Della behandelte Mary Anns Wunden, so gut es ging. Dann holte sie eines ihrer Nachthemden aus der Schublade, gab es dem Mädchen und nahm ein paar Decken aus dem Alkoven, um sich damit unten auf dem Sofa ein Bett zu machen.

„Ich kann nich' Ihr Bett nehmen“, protestierte Mary Ann. „Das wär nich' recht, das wär nich' anständig.“

„Du wirst dich jetzt schön brav ins Bett legen“, erwiderte Della fest. „Ich bringe dir eine Tasse heiße Milch, damit du besser einschlafen kannst.“

„Darf Scamp heraufkommen?“ flüsterte das Mädchen zaghaft, als Della die Milch brachte. „Dann wär ich nich' so allein.“

Sie hat wohl in ihrem ganzen Leben noch nie allein in einem Zimmer geschlafen, dachte Della.

„Ich bring ihn herauf“, sagte sie. „Er kann hierbleiben, aber er darf nicht mit ins Bett, bitte.“

Später machte sie es sich auf dem Sofa vor dem Kamin gemütlich. Sie war nicht im geringsten besorgt wegen der neuen Last, die sie sich da aufgehalst hatte, aber zutiefst empört und fest entschlossen, am nächsten Tag als erstes mit Tom Clifford zu sprechen.

Della wachte sehr früh auf, und während sie den Morgentee zubereitete, hörte sie die Fabriksirenen, die die Arbeiter zu den Maschinen riefen. Sie ging hinauf, um nach Mary Ann zu sehen. Das Mädchen schlief noch. Ihr Gesicht war ganz verschwollen, und die Blutergüsse färbten sich langsam blau. Mary Ann warf sich unruhig hin und her, als Della ihre Stirn befühlte – sie war heiß und fiebrig. Das bestärkte Della in ihrem Entschluß: Sie mußte mit Tom sprechen.

Sie war gerade dabei, ein paar Zeilen für Abbie auf einen Zettel zu kritzeln, als Lil das Haus betrat. Bald darauf hörte sie, wie das Mädchen geschäftig in der Küche hantierte. Dann kam Lil ins Wohnzimmer und kniete mit Kehrichtschaufel und Besen vor dem Kamin nieder.

„Was hat diese Mary Ann in voller Lebensgröße in Ihrem Bett zu suchen?“ fragte sie höchst mißbilligend.

„Ihr Vater hat sie hinausgeworfen, daher bleibt sie eine Weile hier.“

„Schöne Geschichte, das muß ich schon sagen!“ Lil verzog den Mund. „Und was mache ich, wenn dieser Dan Carter hierherkommt und seine Tochter zurückholen will?“

„Dann schlägst du ihm die Tür vor der Nase zu.“

„Ja, genau das werd' ich tun, darauf können Sie sich verlassen, aber angenommen, er tritt die Tür ein?“

„Das wird er nicht wagen“, sagte Della und wünschte, ihre Stimme klänge zuversichtlicher. Dan Carter schien zu jeder Gewalttat fähig zu sein. „Ich gehe zu Mr. Clifford in die Fabrik. Gib diesen Zettel bitte Miss Withers, Lil, und sag Mary Ann, daß sie im Bett bleiben soll, bis ich zurückkomme.“

„Ganz wie 'ne feine Dame, was?“ Dann grinste Lil. „Machen Sie sich bloß keine Sorgen, Miss Della, ihr Pa kommt hier nicht herein, nur über meine Leiche! Hab ihn nie leiden können, den Schinder. Ich werd 'nen Topf heißes Wasser bereithalten.“

„Wir werden doch nicht belagert“, sagte Della lächelnd.

„Noch nicht, aber man kann ja nie wissen“, murmelte Lil finster. „Besser, man is' auf alles gefaßt. Der is' 'n verdammter Schläger, sagt mein Pa, auch in der Fabrik.“

Jetzt, am hellen Tag, wirkte das ganze Drama ein wenig lächerlich, doch Della wußte, daß es alles andere als lächerlich war. Die ganze Sache zog sich schon viel zu lange hin. Wenn nicht bald etwas geschah, würde es zu einer Tragödie kommen, und nun war es ihre Sache, die Katastrophe zu verhindern. Sie zog ihren Mantel an und marschierte entschlossen hinüber zur Fabrik.

Für Tom Clifford hatte der Tag nicht gut begonnen. Ein neuer, teurer Webstuhl, der erst kürzlich in Betrieb genommen worden war, um den feinen Stoff zu weben, den er Della vor Wochen gezeigt hatte, war auf unerklärliche Weise defekt geworden, und große Mengen des wertvollen Materials waren nicht mehr zu gebrauchen.

„Was war die Ursache?“ fragte Tom mit berechtigtem Zorn. „War es die Maschine, oder haben die Arbeiter einen Fehler gemacht?“

„Da ich kein Fachmann bin, kann ich das nicht beurteilen, Sir“, erwiderte der Bürovorsteher hölzern. „Aber ich weiß, daß die Leute mit der Maschine von Anfang an nicht glücklich waren.“

„Weil ein paar von ihnen Angst haben, ihren Job zu verlieren, ist es das?“ gab Tom gereizt zurück. „Ich habe ihnen doch erklärt, daß ich alles tun werde, um ihnen eine andere Arbeit zu verschaffen.“

„Sie glauben Ihnen nicht, Mr. Clifford. In Bradford sind viele Arbeiter entlassen worden und müssen jetzt hungern. Dan Carter hat es ihnen erzählt.“

„Dieser verdammte Unruhestifter mißbraucht also schon wieder seine Stellung! Wo ist er? Schicken Sie ihn zu mir, ich habe ein Wörtchen mit ihm zu reden.“

„Er ist noch nicht da.“

„Mein Gott!“ brauste Tom auf. „Wie soll man da noch eine Fabrik führen! Glaubt er vielleicht, er kann tun, was er will, nur weil ich meinen Leuten bisher erlaubt habe, ohne Scheu ihre Meinung zu sagen? Damit ist jetzt Schluß. Ich lasse mir weder von ihm noch von sonst jemandem etwas vorschreiben, Barker, und das ist mein letztes Wort. Sobald er kommt, werde ich ihm das sagen.“

„Natürlich, Sir, ganz wie Sie wünschen, aber vielleicht wird es Ihnen noch einmal leid tun.“

„Stehen Sie auch auf seiner Seite?“ rief Tom aus und schlug wütend mit der Faust auf den Schreibtisch. „Ein für allemal, bin ich hier der Herr oder nicht?“

„Verzeihen Sie, Sir, aber ich habe nur gesagt, wie ich darüber denke."

„Dann wäre ich Ihnen sehr verbunden, wenn sie das in Zukunft unterlassen."

„Ich bin Ihr Privatsekretär, Sir", sagte Barker steif.

Barker war ein alter Mann, der schon seinem Vater treu gedient hatte, und Tom versuchte, seine Beherrschung wiederzuerlangen.

„Ja, das weiß ich. Ist sonst noch etwas?"

„Da ist eine junge Dame, die Sie zu sprechen wünscht."

„Eine junge Dame? Wer denn, um Himmels willen, um diese Zeit?"

„Miss Lismore – die Lehrerin, Sir."

„Della? Was, zum Teufel, will sie denn?"

„Das hat sie nicht gesagt, Sir. Soll ich ihr bestellen, daß Sie beschäftigt sind?"

„Nein, nein. Ist schon in Ordnung. Führen Sie sie herein, Barker."

Der Bürovorsteher ging hinaus, und Tom stand auf und trat nervös ans Fenster. Er hatte gerade einen Streit mit Sylvia hinter sich und litt noch immer unter der Stichelei, die ihre letzte Bemerkung enthalten hatte. Sie war im Reitdreß im Eßzimmer erschienen, während er beim Frühstück saß.

„Wo willst du denn so früh schon hin?" hatte er freundlich gefragt. „Das wird ja in letzter Zeit direkt zur Gewohnheit."

„Ist es vielleicht ein Verbrechen, wenn ich ausreite?" hatte sie ihn angefaucht.

„Keineswegs, meine Liebe", erwiderte er, entschlossen, sich nicht auf einen sinnlosen Streit einzulassen. Er begleitete sie hinaus; der Stallbursche hielt schon ihr Pferd bereit. Als sie im Sattel saß, legte er die Hand auf die Zügel.

„Ich wünschte, du würdest nicht allein ausreiten, Sylvia. Ich mache mir Sorgen um dich. Draußen im Moor könnte dir alles mögliche zustoßen. Du solltest Rob oder einen der Stallknechte mitnehmen."

„Warum? Traust du mir nicht? Möchtest du mir einen Spion

mitschicken, um sicherzugehen, daß ich mich nicht mit einem Liebhaber treffe?"

„Wenn das ein Scherz sein soll, dann ist er geschmacklos", hatte er kühl erwidert.

Dieser kleine Vorfall und die Probleme in der Fabrik hatten an seinen Nerven gezerrt, aber er war nicht gefaßt auf den inneren Aufruhr, den Della nun bei ihrem Eintritt in ihm auslöste.

In der Eile hatte sie vergessen, einen Hut aufzusetzen. Das dunkle Haar umrahmte ihr Gesicht, und der kühle Wind hatte einen rosigen Hauch auf ihre Wangen gezaubert. Sie war so frisch wie der Morgen, und die plötzliche, tiefe Freude bei ihrem Anblick verschärfte den Gewissenskonflikt, in dem er sich befand, und er wurde nur noch wütender auf sich selbst.

Schroffer als beabsichtigt sagte er: „Nun, Miss Lismore, was kann ich für Sie tun?"

Eingeschüchtert von dem eisigen Ton zögerte Della unwillkürlich und warf einen Blick auf den Bürovorsteher, der sie hereinbegleitet hatte.

„Kann ich Sie allein sprechen?"

Tom runzelte die Stirn. „Wenn es unbedingt sein muß." Er nickte Barker zu, der daraufhin mit beleidigter Miene hinausging und die Tür hinter sich schloß. „Ich wäre Ihnen dankbar, wenn Sie sich kurz fassen könnten", sagte er. „Ich bin sehr beschäftigt heute morgen."

„Es geht um etwas, das gestern abend geschehen ist. Es geht um Mary Ann."

„Was ist mit Mary Ann?"

So kurz wie möglich berichtete Della von den Ereignissen des Vorabends, und Tom unterbrach sie nicht. Als sie schließlich fertig war, sah er sie direkt an.

„Und was erwarten Sie jetzt von mir?"

„Ich weiß nicht... Ich dachte... Sie kann doch nicht nach Hause zurück, das ist klar. Es ist nicht das erstemal, daß ihr Vater sie brutal geschlagen hat. Ich mußte es mitansehen, seit ich hier bin."

„Das haben Sie schon einmal erwähnt." Er trat an seinen

Schreibtisch. „Ich weiß aber noch immer nicht, was ich dagegen tun soll. Dan Carter ist ihr Vater."

„Wirklich?"

Tom blickte sie durchdringend an. „Sie haben also diese alten Klatschgeschichten gehört. Nach dem Gesetz *ist* er der Vater."

„Das Gesetz!" wiederholte Della verächtlich. „Was hat das Gesetz damit zu tun? Angenommen, er bringt sie um, wenn er sie das nächstemal prügelt, was könnte Ihr schönes Gesetz dann noch ausrichten?"

„Ihn an den Galgen bringen, vielleicht."

„Wie können Sie nur so gleichgültig sein? So gefühllos? Dieser Mann arbeitet doch für Sie, oder?"

„Ja, und er ist ein guter Mann, soweit es die Arbeit betrifft. Ich habe nicht das Recht, ihn zu entlassen, weil er sein ungehorsames Kind mißhandelt!"

„Oh!" rief Della empört und enttäuscht aus. „Ich dachte, Sie wären anders. Ich habe geglaubt, Ihnen läge etwas an Ihren Leuten, aber Sie sind wie alle anderen! Sie denken nur an sich selbst. Haben Sie so große Angst vor einem Skandal? Oder hat Ihre Frau etwas dagegen, wenn Sie sich für Ihre Leute einsetzen?"

Jetzt hatte sie einen wunden Punkt berührt. „Bitte lassen Sie meine Frau aus dem Spiel", sagte Tom steif.

„Schön und gut, aber ich weiß, was ich weiß, und das wenigstens können Sie nicht ungeschehen machen."

„Und was, zum Teufel, wissen Sie?"

Seine plötzliche Wut überraschte sie. Sie hatte sich an die Szene in Harrogate erinnert und gedankenlos weitergeplappert. Und jetzt stand sie da und wußte, daß sie ihm nicht erklären, nicht aussprechen konnte, was ihr auf der Zunge lag.

„Was sollte ich wissen?"

„Das möchte ich ja von Ihnen erfahren." Er ging um den Schreibtisch herum und packte sie grob an den Schultern. „Was wollten Sie damit sagen?"

Sie schüttelte seine Hände ab. „Nichts. Und wenn Sie mir nicht helfen wollen, Mary Ann zu schützen, dann muß ich eben selbst etwas unternehmen."

„Und was werden Sie tun?"

„Ich weiß es noch nicht, aber ich werde auch nicht zulassen, daß das Kind brutal mißhandelt wird."

Sie wandte sich zur Tür, aber Tom hielt sie zurück. „Tun Sie nichts Unüberlegtes. Dan Carter kann gefährlich werden."

„Genau das versuche ich Ihnen die ganze Zeit zu erklären. Aber seien Sie unbesorgt, Mr. Clifford, Ihnen wird man keinen Vorwurf machen. Ich versichere Ihnen, daß ich selbst auf mich aufpassen kann."

Della fegte hinaus, und Tom wollte ihr nacheilen, als er mit Barker zusammenstieß, der ihm auf dem Korridor entgegenkam.

„Dan Carter ist jetzt da, Sir."

Tom hielt inne und kehrte in sein Büro zurück. „Führen Sie ihn herein."

Der Mann blieb an der Tür stehen, und Barker schloß sie hinter ihm. Dan Carter sah schrecklich aus. Sein Gesicht war verschwollen und aufgedunsen, das Kinn mit Bartstoppeln bedeckt, ein Auge blau geschlagen.

Einen Augenblick lang starrten die beiden Männer einander an, dann sagte Tom scharf: „Sie kommen viel zu spät. In dieser Fabrik ist um sieben Uhr Arbeitsbeginn, nicht um zehn."

„Das weiß ich", murmelte Dan Carter mürrisch.

„Was haben Sie gestern abend getrieben? Sich geprügelt oder getrunken?"

„Das geht Sie nichts an", erwiderte Dan trotzig.

Die dreiste Antwort traf Tom an einer empfindlichen Stelle, aber er beherrschte sich.

„Ich habe Sie vor einiger Zeit mit einem verantwortungsvollen Posten betraut; aber Sie haben mein Vertrauen auf ungeheuerliche Weise mißbraucht. Was, zum Teufel, haben sie sich eigentlich dabei gedacht, als Sie die Männer dazu anstachelten, eine wertvolle Maschine zu zerstören?"

„Das ist eine verdammte Lüge", stieß Dan hervor. Er ging auf den Schreibtisch zu und stierte Tom an. „Ich hab ihnen nur erklärt, was sie von Ihnen und Ihresgleichen zu erwarten haben. Wenn es Ihnen nämlich in den Kram paßt, dann fliegen die Leute raus und können in der Gosse verrecken, mitsamt ihren Frauen und Kindern."

„Ohne stichhaltigen Grund habe ich bisher noch niemanden entlassen, aber ich werde es tun, und ich schwöre Ihnen, Sie sind der erste, Dan Carter, wenn Sie noch einmal irgendwelche Schwierigkeiten machen und Ihren Mund nicht halten. Ich dulde keine Geheimversammlungen mehr – und kein Wort mehr von diesem Chartistenquatsch in diesem Gebäude, haben Sie verstanden?"

„Ein Mann hat das Recht, seine Meinung zu sagen."

„Nicht in meiner Fabrik. Jetzt nicht mehr."

Mit wutverzerrtem Gesicht beugte sich Dan Carter über den Schreibtisch. „Sie glauben wohl, Sie können alles mit uns machen, wie schon Ihr Vater, aber der hat seine Lektion gelernt, und das werden Sie auch noch, Tom Clifford, genauso wie viele andere in Yorkshire."

„Soll das eine Drohung sein?" fragte Tom gefährlich leise.

„Nehmen Sie's, wie Sie wollen, Master. Wenn ich gehe, gehen die andern mit mir. Und woher nehmen Sie dann die Seidenkleider und Spitzenschals für Ihre Ladyschaft?" fuhr er hämisch fort. „Und das Geld für Ihre verrückte Schule und das kleine affektierte Weibsstück, das Sie da angeschleppt haben und das nichts weiter kann, als unsere Kinder gegen uns aufzuhetzen und mit ihren Verehrern herumzutändeln! Sie sind nicht der einzige, der bei ihr aus und eingeht, bei Gott nicht der einzige."

Diesmal war Carter zu weit gegangen. Das Maß war voll. Tom hatte sich von ihm vieles gefallen lassen, weil er irgendwo stets das Gefühl gehabt hatte, ihm – als Sohn seines Vaters – etwas zu schulden. Das war nun vorbei. Am liebsten hätte er ihm mit der Faust ins Gesicht geschlagen, aber er wollte keine Prügelei, nicht hier in seinem Büro. Mit ungeheuerer Anstrengung beherrschte er sich und sagte mit fester Stimme:

„Das genügt. Sie können gehen, Carter."

„Gehen?" stammelte der Mann tonlos. „Gehen?"

„Ja, Sie haben mich richtig verstanden. Sie sind entlassen. Sie können jetzt gehen, wohin Sie wollen, und lassen Sie sich hier ja nicht wieder blicken. Wenn ich Sie noch einmal hier sehe, setze ich Sie persönlich vor die Tür. Verstanden?"

„Das können Sie doch nicht machen!"

„Oh doch, ich kann. Das Gesetz ist auf meiner Seite. Für das, was Sie getan haben, kann ich Sie fristlos entlassen, ohne Ihnen einen Penny auszuzahlen. Ich könnte Sie sogar vor Gericht bringen, aber Sie haben eine Frau und Kinder, Gott stehe ihnen bei, daher soll Ihnen mein Bürovorsteher noch einen Wochenlohn geben. Und jetzt raus!"

„Zum Teufel mit Ihnen! Das is nich' fair, das is' ungerecht."

„Sie können sich jedes weitere Wort sparen. Gehen Sie!"

Dan Carter starrte Tom einen Augenblick haßerfüllt an, dann warf er den Kopf zurück, machte auf dem Absatz kehrt und stelzte zur Tür. Er riß sie auf, aber bevor er hinausging, drehte er sich noch einmal um.

„Und was ist mit dem Mädchen?"

„Mit was für einem Mädchen?"

„Sie wissen verdammt gut, wen ich meine. Meine Tochter Mary Ann."

„Ist sie denn Ihre Tochter? Das höre ich zum erstenmal. Sie waren doch ganz versessen darauf, überall auszuposaunen, daß eigentlich ich für sie verantwortlich wäre, also nehme ich Ihnen die Verantwortung ab. Ich werde mich um Mary Ann kümmern."

„Sie – Sie werden was?"

„Sie haben richtig gehört. Sie werden nie wieder das Vergnügen haben, sie halbtot zu prügeln, das werde ich verhindern."

Dan wurde knallrot und schien vor Wut förmlich anzuschwellen. Tom hatte das Gefühl, daß der Mann ihn liebend gern umgebracht hätte. Doch Carter ging wortlos hinaus und knallte die Tür hinter sich zu.

Zum erstenmal an diesem Morgen fühlte Tom sich wohl. Schon zu lange war ihm Dan Carter ein Dorn im Auge gewesen. Nun mußte er nur noch die Sache mit dem Mädchen in

Ordnung bringen. Er bedauerte seine Grobheit Della gegenüber; tatsächlich, sie hatte allen Grund, ihn zu verachten. Gleich nach Feierabend wollte er einen Plan in die Tat umsetzen, der ihm eingefallen war und der möglicherweise eine Lösung bot. Dann, so hoffte er, würde Della vielleicht wieder anders über ihn denken.

Della erfuhr erst am nächsten Nachmittag von diesem Plan. Mary Ann hatte hohes Fieber und starke Schmerzen, so daß sie den ganzen Tag über im Bett bleiben mußte.

Die Neuigkeit von Dan Carters Entlassung hörte Della auf Umwegen durch die Kinder. Wie ein Lauffeuer hatte sich die Nachricht im Dorf verbreitet. Es gab ein paar Leute, die nicht froh darüber waren, weil sie sich hinter Dan Carter zu verstekken pflegten und er die Beleidigungen aussprach, die sie selbst nicht zu äußern wagten; aber es gab auch viele, die sich insgeheim über seine Entlassung freuten. Dan selbst jedoch raste vor Wut, verfluchte seine unglückliche Frau, ohrfeigte seine Kinder und sann auf Rache.

Der Unterricht war vorbei, und Della saß eben bei einer Tasse Tee, als eine Kutsche vor dem Schulhaus hielt. Abbie, die sich gerade verabschieden wollte, schaute aus dem Fenster.

„Meine Güte“, rief sie aus, „es ist Miss Lavinia!“

Sie lief zur Tür, um zu öffnen, als die alte Dame, in raschelnde graue Seide gekleidet, aus der Kutsche stieg und den Gartenweg hinaufschritt. Mit einem huldvollen Nicken nahm Miss Lavinia Abbies Knicks zur Kenntnis.

„Wie geht's, meine Liebe, alles in Ordnung, hoffe ich? Grüß deine Mutter von mir. Ich habe etwas mit Miss Lismore zu besprechen.“

„Guten Tag, Miss Lavinia.“ Freudig trat Della auf sie zu. „Das ist aber eine nette Überraschung.“

„Na, das will ich auch hoffen“, sagte die alte Dame, als sie ins Haus trat. Während sie sich umsah, wechselte Della einen schnellen Blick mit Abbie, die daraufhin diskret hinausschlüpfte und die Tür hinter sich schloß.

„Möchten Sie sich nicht setzen? Darf ich Ihnen eine Tasse Tee anbieten?“

„Ja, danke. Sehr wenig Milch und keinen Zucker.“ Miss Lavinia ließ sich im besten Sessel vor dem Feuer nieder und blickte sich abschätzend um. „Da haben Sie ja ein wahres Wunder vollbracht, meine Liebe, das muß ich schon sagen, dieses Haus sieht nun gar nicht mehr wie ein Gefängnis aus.“ Sie nahm die Teetasse, nippte daran und stellte sie neben sich auf den Tisch. „Ich nehme an, Sie wissen, warum ich hier bin.“

„Nein, leider, ich habe keine Ahnung.“

„Hat Ihnen Tom Clifford nichts gesagt?“

„Nein.“

„Dieses Mädchen – diese Mary Ann – sie ist doch bei Ihnen?“

„Ja, sie ist oben. Es ging ihr gar nicht gut, und obwohl sie sich heute schon ein wenig erholt hat, hielt ich es für klüger, sie noch für eine Weile ins Bett zu stecken.“

„Sehr vernünftig.“

„Soll ich sie holen?“

„Nein, noch nicht. Ich glaube, Sie waren gestern bei Tom und haben ihn gebeten, Ihnen zu helfen, das Mädchen vor diesem widerlichen Grobian, diesem Dan Carter, zu beschützen.“

„Ja, das stimmt“, sagte Della kleinlaut, „aber ich habe nicht sehr viel ausgerichtet, fürchte ich.“

„Im Gegenteil, meine Liebe, Sie haben viel zuviel ausgerichtet, fürchte *ich*“, erwiderte die alte Dame trocken.

„Verzeihen Sie, aber ich verstehe nicht.“

„Wirklich nicht? Dan Carter ist entlassen worden, und was das für Folgen haben wird, läßt sich leicht denken. Tom hat einen Mordsskandal gemacht, und ich glaube, er wird unangenehme Konsequenzen gewärtigen müssen. Indessen nehme ich nicht an, daß jemand daran Anstoß nehmen kann, wenn Bret Strattons hochachtbare Großtante Mitleid mit einem Mädchen aus der Siedlung hat und sie zu einer anständigen Kammerzofe erzieht.“

„Sie meinen, Mary Ann könnte nach Farley Grange kommen?“

„Genau das. Tom besuchte mich gestern abend. Es sieht so aus, als wäre seine Frau nicht gewillt, ihm in dieser Sache zu helfen; offenbar zeigt Sylvia zum erstenmal ein wenig Verstand."

„Und Martha hat nichts dagegen?"

„Warum sollte sie? Ich werde langsam alt. Ich bin nicht mehr so beweglich wie früher. Ich könnte gut jemanden gebrauchen, der für mich herumläuft. Ist das Mädel ordentlich und sauber? Kann sie schreiben und lesen?"

„Oh ja, sehr gut sogar, und sie ist begierig zu lernen. Ach, liebe Miss Lavinia, das ist wirklich sehr gütig von Ihnen!"

„Bedanken Sie sich nicht bei mir, sondern bei Tom Clifford. Es war seine Idee. Und nun holen Sie das junge Ding einmal herunter."

Mary Ann, noch immer mit blauen Flecken im Gesicht und Striemen am Hals, aber mit frisch gewaschenem Haar und angetan mit einer von Dellas alten Blusen, knickste schüchtern vor Miss Lavinia.

„Nun, mein Kind", sagte die alte Dame und musterte das Mädchen von oben bis unten, „Mr. Clifford sagt, daß dir der Gedanke, in der Fabrik zu arbeiten, nicht behagt. Stimmt das?"

„Ja, Ma'am, das hat meinen Vater so wütend gemacht, aber ich kann es nicht ändern, wirklich, ich kann nicht", antwortete sie zaghaft.

„Eine junge Dame, die weiß, was sie will, und für ihre Meinung eintritt, wie ich sehe", bemerkte Miss Lavinia ein wenig schroff. „Wie würde es dir gefallen, mitzukommen und für mich zu arbeiten?"

„Für Sie Ma'am?" hauchte Mary Ann und blickte zu Della, die ihr ermutigend zulächelte.

„Jawohl. Ich erwarte allerdings, daß du hart arbeitest. Ich kann ausgesprochen tyrannisch sein, wie du bald merken wirst. Sollte mich nicht wundern, wenn du dir dann die Füße wund läufst; na, wie würde dir das gefallen?"

„Oh, sehr gut, Ma'am. Harte Arbeit macht mir nichts aus. Ich hab meiner Ma immer mit den Kleinen geholfen."

„Gut. Dann sind wir uns also einig. Also los. Du kannst gleich anfangen, indem du mir deinen Arm reichst. Wir dürfen die Kutsche nicht zu lange warten lassen."

Nur gegen das Hündchen erhob Miss Lavinia Einspruch.

„Einen jungen Hund kann ich wirklich nicht gebrauchen", sagte sie entschlossen. „Marthas Ungeheuer würden ihn zerfleischen."

„Ich werde für ihn sorgen", sagte Della rasch, als sie sah, wie Mary Anns Augen feucht wurden. „Er kann ja mitkommen, wenn ich Miss Lavinia und dich in Farley Grange besuche."

Ihre Erleichterung war grenzenlos, als sie so dastand und der Kutsche nachblickte. Nun war es also doch Tom gewesen, der das Problem gelöst hatte. Zu wissen, daß sie sich nicht in ihm getäuscht hatte, machte sie sehr glücklich, und sie beschloß, ihm bei der nächsten Gelegenheit zu danken.

11

Am nächsten Tag kam Lil ins Schulhaus gestürzt und platzte mit der jüngsten Neuigkeit heraus.

„Sie werden's nich' glauben, Miss, aber sie streiken, die ganze Meute, außer den Mädchen an den Webstühlen. Die haben mehr Verstand."

Della starrte sie an. „Warum, Lil? Was ist geschehen?"

„Der Master hat doch Dan Carter gehörig den Kopf gewaschen", erzählte das Mädchen fröhlich, „un' da sind sie alle mitgegangen un' werden nich' eher in die Fabrik zurückgeh'n, bis er wieder eingestellt ist."

„Ich glaube nicht, daß Mr. Clifford die Entlassung zurücknehmen wird", meinte Della zweifelnd.

„Das sagt mein Pa auch. Das is' 'ne Ehrensache, wissen Sie. Mein Pa sagt, so was hat's seit fünf Jahren nich' mehr gegeben, seit damals, als der alte Mr. Clifford erschossen worden is'."

„So weit wird es doch hoffentlich nicht wieder kommen!"

„Mein Pa sagt, man kann nie wissen, was sie tun werden, jetzt, wo's im ganzen Land Krawall und Aufruhr gibt", fuhr Lil fort.

Lil hatte ein wenig übertrieben. Nur etwa ein Drittel der Arbeiter hatte sich Dan Carter angeschlossen, aber für die Fabrik konnte die Situation dennoch kritisch werden. Tim hatte also recht gehabt, dachte Della, und es war nur ein Funken nötig, um das Feuer anzufachen. Und vielleicht war sogar sie es, die diesen Funken unabsichtlich gezündet hatte.

Della beschloß, nach dem Unterricht hinüber zur Fabrik zu gehen, um sich selbst ein Bild von den Vorgängen zu machen. Sie hatte zwar keine Ahnung, was sie dort tun konnte, oder ob sie Tom überhaupt zu Gesicht bekommen würde, aber sie fühlte sich irgendwie mitverantwortlich und war zu unruhig, als daß sie einfach untätig daheim hätte bleiben können. Sie legte sich ein Tuch um die Schultern, verließ das Haus und wanderte hinüber zu den rußgeschwärzten Gebäuden.

Noch nie hatte Della sich so vielen feindseligen Menschen gegenübergesehen, und sie bekam es mit der Angst zu tun. Die Fabriktore waren geschlossen. Mehr als hundert Männer drängten sich davor und warteten darauf, daß die Sirene den Feierabend verkündete. Sie beabsichtigten, die Streikbrecher mit Steinen und Schimpfworten zu empfangen. Della erkannte, wie töricht ihr Vorhaben war. Selbst wenn es ihr gelang, bis zu Tom vorzudringen – was sollte sie ihm dann sagen? Sie wandte sich wieder zum Gehen. Aber plötzlich war sie von ein paar Frauen umringt, die sie schweigend anstarrten.

Della sah den Haß in ihren Gesichtern. Eine Weile geschah nichts, dann trat eine hochgewachsene Frau – offenbar die Wortführerin – einen Schritt vor und glotzte ihr ins Gesicht.

„Ja, wen haben wir denn da, das is' ja Ihre Gnaden, die Lehrerin", spottete sie, „und was glaubt ihr wohl, was sie hier tut?"

Die anderen kamen langsam und drohend näher.

„Sie rennt hinter dem Master her!"

„Kann einfach nich' die Finger von ihm lassen!"

„Und er nich' von ihr!"

Das ordinäre Gelächter, das dieser Bemerkung folgte, jagte Della einen kalten Schauder über den Rücken.

„Würden Sie mich bitte vorbeilassen?" bat sie.

„Würden Sie mich bitte vorbeilassen?" äffte die Wortführerin mit hoher, gezierter Stimme nach. „Habt ihr das gehört?"

„Wir warten wohl auf ihn, was?"

„Im Augenblick hat er andere Sorgen, als mit seiner kleinen Hure ins Bett zu hüpfen!"

„Was meint ihr, seh'n wir sie uns mal näher an?"

„Mal sehen, woraus sie gemacht is'."

„Aus Zimt und Zucker vielleicht", rief einer der Männer, die weiter hinten standen und die Szene beifällig beobachteten.

Die Frauen hatten Della eingekreist und rissen an ihren Kleidern. Voll Entsetzen wich sie weiter und weiter zurück.

„Lassen Sie mich los", schrie sie und versuchte, die Frauen wegzustoßen. „Was habe ich Ihnen denn getan?"

„'ne ganze Menge. Wir können Sie hier nich' brauchen. Hau'n Sie ab, und zwar dahin, wo Sie hergekommen sind."

Es war wie ein Signal. Eines der Weiber zog an ihrem Haar, so daß sich die Nadeln lösten und die schwarzen Strähnen lose auf ihre Schultern fielen.

„Schwarz wie 'ne Zigeunerin", rief die große Frau frohlokkend.

„Schwarz wie der Teufel selbst!"

„Schau'n wir uns doch auch das übrige an. Mal sehen, was er an ihr findet!"

Dann stürzte sich die ganze Meute auf sie. Eine der Frauen zerrte an ihrem Kragen, eine andere griff nach der Brosche an ihrer Kehle, und eine dritte zog heftig an dem kleinen goldenen Knopf in ihrem Ohr, so daß sie vor Schmerz unwillkürlich aufschrie. Die Männer lachten und feuerten die Frauen an, während Della bis zum Tor der Fabrik zurückwich und sich voll Verzweiflung an einen der Pfosten klammerte. Voll Entsetzen erkannte sie, daß die Frauen wie wilde Bestien über sie herfallen und ihr die Kleider vom Leib reißen würden, wenn sie jetzt zu Boden fiel.

Dann aber endete der wüste Spuk so plötzlich, daß Della zu träumen meinte. Schon begann sich vor ihren Augen alles zu drehen, als mit einemmal das Tor hinter ihr aufflog und eine kräftige Stimme brüllte: „Was, zum Teufel, geht hier vor?" Schlagartig wurde es still, die Frauen ließen von Della ab, und sie sah Tom auf seinem schwarzen Pferd auf sie zukommen.

Er verschwendete weder Zeit mit unnützen Fragen noch riskierte er es abzusteigen. Er beugte sich einfach zu ihr hinunter, flüsterte: „Halten Sie sich an mir fest", und hob sie mit einem kräftigen Schwung in den Sattel. Dann gab er dem Tier die Sporen. Trotz ihrer Wut und Enttäuschung machten die Leute murrend Platz und ließen ihn durch; Tom hatte seine Autorität noch nicht eingebüßt.

Er sagte kein Wort, bis sie das Schulhaus erreicht hatten und vom Pferd gestiegen waren.

„Was, um Himmels willen, hatten Sie dort zu suchen?" fragte er. „Gott allein weiß, was die Ihnen angetan hätten, wenn ich nicht rechtzeitig zur Stelle gewesen wäre!"

„Es war schrecklich!" Zitternd schlug Della die Hände vors Gesicht. „Ich wußte doch nicht... Ich hatte keine Ahnung..."

Tom blickte auf sie hinunter. Sie war leichenblaß und völlig verstört, ihr Haar war aufgelöst und zerzaust. Hut und Schal hatte sie verloren, ihre Bluse war zerrissen, und von ihrem Ohr tropfte Blut.

„Gott sei Dank ist nicht mehr passiert", sagte er, und seine Stimme klang ein wenig freundlicher. „Sind Sie verletzt? Soll ich Ihnen Dr. Withers schicken?"

„Nein, danke, mir fehlt nichts. Ich... Ich wollte zu Ihnen, um Ihnen wegen Mary Ann zu danken. Ich konnte doch nicht ahnen..."

„... daß ich im Augenblick nicht sehr beliebt bin", fuhr er sarkastisch fort, „und Sie auch nicht, wie es scheint. Jedenfalls war Ihr Einfall gutgemeint, denn als wir uns das letzte Mal sahen, trennten wir uns nicht gerade als Freunde, stimmt's?"

„Deshalb wollte ich ja zu Ihnen. Ich hatte ein schlechtes Gewissen."

„Das war völlig unbegründet. Mit Dan Carter wäre es ohnehin irgendwann einmal so weit gekommen."

Sie schauderte. „Warum hassen die Leute mich so sehr?"

„Sie müssen versuchen, sie zu verstehen. Sie hassen Sie, weil Sie fremd hier sind und einen von ihnen angegriffen haben, indem sie Mary Ann verteidigten. Dan Carter ist zwar nicht besonders beliebt, aber er stammt aus Castlebridge. Ich habe Sie gewarnt, erinnern Sie sich?"

„Ja, das haben Sie", gab Della etwas hilflos zu.

„Es wird vorübergehen, und bald ist alles vergessen. Gehen Sie jetzt ins Haus und verriegeln Sie die Tür. Möglicherweise braut sich etwas zusammen, aber seien Sie unbesorgt. Es ist nichts, womit wir nicht fertig werden könnten."

Della dachte an Toms Vater, der im Moor hinterrücks niedergeschossen worden war, und es lief ihr eiskalt über den Rücken. Sie legte die Hand auf seinen Arm.

„Man wird Sie doch nicht direkt angreifen, oder?" fragte sie ängstlich.

Tom lächelte grimmig. „Das sollen sie nur versuchen!"

Und dann konnte sie es nicht länger ertragen. Sie klammerte sich an ihn.

„Seien Sie vorsichtig. Bitte, Tom, bitte seien Sie vorsichtig."

Er schlang die Arme um sie, zog sie an sich und murmelte beruhigende Worte in ihr Haar. Sie brauchte eine Minute, bis sie sich wieder in der Gewalt hatte. Verwirrt und beschämt machte sie sich los.

„Verzeihen Sie – Sie werden mich jetzt bestimmt für sehr albern halten –, aber ich weiß nicht, was über mich gekommen ist."

„Sind Sie sicher, daß Sie sich von dem Schock erholt haben? Möchten Sie nicht lieber mit mir ins Herrenhaus kommen?"

„Nein, nein. Ich hab keine Angst, jedenfalls nicht um mich. Was da geschehen ist, war nur eine Riesendummheit, und irgendwie habe ich das alles ja selbst herausgefordert."

Tom runzelte die Stirn. „Es war unerhört. Ich werde dafür sorgen, daß die Schuldigen bestraft werden."

„Nein, bitte tun Sie das nicht. Sie haben jetzt wirklich genug andere Sorgen."

Er zögerte und strich ihr dann zärtlich über die Wange. „Sie sind das, was mein Vater ein ‚Klasse-Mädel' genannt hätte. Gehen Sie jetzt ins Haus und passen Sie gut auf sich auf. Denken Sie an das, was ich gesagt habe. Und glauben Sie nicht immer, Sie müßten die Schlachten anderer Leute schlagen."

„Ich werde es versuchen", flüsterte sie mit bebender Stimme.

„Sie werden gut daran tun, Della."

Er wartete, bis sie im Haus verschwunden war und die Tür verriegelt hatte, dann schwang er sich wieder auf sein Pferd und ritt heimwärts. Der Streik beunruhigte ihn weit mehr, als er Della gegenüber zugegeben hatte, dennoch war er entschlossen, nicht nachzugeben. Der törichte, unbedachte und widerwärtige Angriff auf Della bestärkte ihn noch in seinem Entschluß. Morgen würde er den Streikenden ein Ultimatum stellen. Entweder sie erschienen am folgenden Montag wieder zur Arbeit, oder er würde sie unverzüglich entlassen. Sie hatten die Wahl.

Als er vor dem Herrenhaus ankam, übergab er das Pferd dem Stallburschen und ging sofort nach oben, um sich zu waschen und für das Abendessen umzuziehen. Aus dem Wohnzimmer im ersten Stock, an dem er vorübereilte, drangen Stimmen und Gelächter, und er machte kehrt und öffnete die Tür. Sylvia räkelte sich auf dem Sofa, und Oliver saß in lässiger Haltung neben ihr. Zum erstenmal bemerkte Tom, wie ähnlich die beiden einander waren – beide schlank, feingliedrig und elegant wie überzüchtete Windhunde. Während er sie beobachtete, kam er sich unwillkürlich plump und tölpelhaft vor. Unwillig schüttelte er diesen Gedanken ab; doch nur mit Mühe konnte er seinen Ärger unterdrücken, als er das Zimmer betrat.

Oliver richtete sich auf und sagte gleichmütig: „Da bist du ja, alter Junge, und erfreulicherweise heil und unversehrt. Mir ist zu Ohren gekommen, daß du mit ein paar Problemen zu kämpfen hast, und da dachte ich, ich sollte vielleicht mal vorbeischauen und mich erkundigen, was eigentlich los ist."

„Sehr freundlich von dir", erwiderte Tom kühl, „aber das war nicht nötig. Es ist nichts, womit ich nicht allein fertig werden könnte."

„Du wirst es nicht glauben, aber Tom hat endlich doch den Mut aufgebracht, diesen Unruhestifter Dan Carter loszuwerden", sagte Sylvia gleichgültig, „und der hat dann natürlich die Hälfte der Arbeiter mitgezogen."

„Ist das nicht gefährlich?"

„Es könnte gefährlich werden, wenn sie weiterstreiken und ich meine Lieferverträge nicht erfüllen kann, aber das ist meine Sache." Tom hatte sich an den Kaminsims gelehnt und blickte auf die beiden hinunter. „Bleibst du zum Abendessen, Oliver?"

„Nein, ich habe leider keine Zeit mehr." Oliver stand auf. „Ich war auf dem Heimweg und wollte euch nur einen kurzen Besuch abstatten, um mich zu verabschieden. Ich fahre sehr bald nach London."

„Nach London?" Sylvia richtete sich kerzengerade auf. „Das hast du mir noch gar nicht gesagt?"

„Nicht?" erwiderte er leichthin. „Ja, ich muß aus geschäftlichen Gründen nach London. Schrecklich langweilig, aber wie üblich ist das Geld knapp, und Vater will ein Stück Land verkaufen. Ihr wißt ja, wie er ist. Er zieht es vor, diese Dinge mir zu überlassen."

„Wie lange wirst du fortbleiben?" fragte Sylvia.

Oliver zuckte die Schultern. „Ein oder zwei Monate vielleicht. Zu Weihnachten bin ich wieder zurück. Dann veranstalten wir ein Fest, ja? Es wird Zeit, daß auf Larksghyll wieder einmal etwas los ist. Wie ist es, Tom, würdest du mir Sylvia leihen? Ich habe ja, wie du weißt, niemanden, der auf Larksghyll die Gastgeberin spielen könnte."

„Das soll sie selbst entscheiden", sagte Tom kühl.

„Dann ist es also abgemacht. Ich hoffe, daß in deiner Fabrik alles wieder in Ordnung kommt, alter Junge. Paß auf und laß dich nicht unterkriegen. Erst schießen, und dann denken, das ist mein Motto, wenn ich es mit solchen Lumpen zu tun habe."

„Ich glaube kaum, daß es so weit kommen wird."

„Na denn, ich muß mich jetzt auf den Weg machen."

„Ich begleite dich hinaus", sagte Sylvia hastig und verließ mit Oliver das Zimmer.

Als sich die Tür hinter ihnen geschlossen hatte, trat Tom näher an den Kamin und starrte ins Feuer. Die beiden hatten sich keine Blöße gegeben; es war da nichts Greifbares, und doch spürte er, daß zwischen ihnen eine Übereinstimmung herrschte, eine Vertrautheit, von der er ausgeschlossen war.

„Sag mal", fragte er Sylvia, nachdem sie zurückgekehrt war, „hat Oliver es sich etwa zur Gewohnheit gemacht, dich zu besuchen, wenn ich nicht zu Hause bin?"

„Du lieber Himmel, was für eine seltsame Frage! Er ist ein oder zweimal hiergewesen. Gibt es einen Grund, warum er nicht kommen sollte? Ich dachte, du wärst mit ihm befreundet."

„Ich mit ihm, ja. Aber ich dachte immer, du machst dir nicht viel aus ihm.“ Er drehte sich zu ihr um. „Diese Ausritte am frühen Morgen – triffst du dich da mit ihm?“

„Warum plötzlich all diese Fragen? Was habe ich falsch gemacht? Vertraust du mir nicht?“

„Bisher habe ich dir vertraut, bedingungslos. Aber jetzt bin ich mir nicht mehr so sicher...“

„Ja, was soll denn das nun wieder heißen?“

„Ach, nichts.“

Er war hin und hergerissen zwischen dem starken Verlangen, die Wahrheit aus ihr herauszuschütteln, und dem unbehaglichen Gefühl, gar nichts wissen zu wollen; denn wenn er die Wahrheit erführe, wenn Oliver tatsächlich ihr Liebhaber war – dann würde in ihm und um ihn das Chaos ausbrechen. Er wäre außerstande, es einfach zu akzeptieren, er sähe sich gezwungen, etwas zu unternehmen.

Sylvia warf ihm einen sonderbaren Blick zu, der ihre Unruhe verriet. „Was ist los, Tom? Ist heute in der Fabrik noch etwas anderes vorgefallen?“

„Nein, nichts sonst“, murmelte er und ging zur Tür. „Ich muß mich umziehen.“

„Peter hat nach dir gefragt. Willst du ihm nicht noch gute Nacht sagen, ehe wir zu Abend essen?“

„Ja, ja, natürlich“, antwortete er, bevor er die Tür hinter sich schloß.

Stirnrunzelnd starrte ihm Sylvia nach. Ahnte er etwas? Sie war sich ihrer Sache immer so sicher gewesen, hatte geglaubt, Tom in jeder Situation beeinflussen zu können, aber in letzter Zeit hatte er sich verändert. Er war jetzt verschlossener, nicht mehr so leicht zu beruhigen und zu beschwatzen. Doch dann verbannte sie Tom aus ihren Gedanken und dachte wieder an Oliver, und kalte Wut packte sie. Wie konnte er es wagen, so beiläufig zu erwähnen, daß er verreisen würde? Die heimlichen Rendezvous im Moor und die Stunden, die sie mit ihm in Larksghyll verbracht hatte, waren wie eine Droge, die sie nun immer öfter brauchte. Sie war so aufgewühlt und empört über

Olivers Arroganz, daß sie nicht einen Gedanken an das Unheil verschwendete, das ihrem Mann drohte.

Tom aber hielt an seinem Entschluß fest, ungeachtet der Tatsache, daß der reibungslose Betrieb der Fabrik gefährdet war, wenn die Arbeiter nicht zurückkehrten. Er hatte ihnen ein Ultimatum gestellt, und nun krochen die Tage dahin. Am Montag kehrten fünfzehn oder zwanzig Streikende an ihren Arbeitsplatz zurück, bedrängt von ihren Frauen, die einen Haushalt zu führen und Kinder zu ernähren hatten. Ein paar Hartnäckige blieben jedoch weg, und Barker, der sich unter den Leuten umhörte, berichtete seinem Arbeitgeber, daß Versammlungen abgehalten würden, und daß ein paar Agitatoren, die auch in anderen Städten mit ihren Brandreden den Pöbel aufgehetzt hatten, zu ihnen gestoßen wären. Tom traf alle erdenklichen Vorsichtsmaßnahmen, ließ die Fabrik während der Nacht bewachen und machte es sich zur Gewohnheit, durch die Werkshallen zu gehen, so als wäre nichts geschehen. Er sagte sich, daß der Mob nicht lange durchhalten würde. Doch bald zeigte es sich, daß er sich getäuscht hatte.

Die Tage vergingen, und alles schien friedlich zu bleiben. Die Streikenden schlenderten durch die Straßen oder standen etwas verlegen in kleinen Gruppen an den Straßenecken. Della begann, ein paar ihrer Schüler, deren Eßkörbe bedrückend leer waren, mit Brot und Käse zu versorgen. Als dann der Angriff erfolgte, kam er völlig unerwartet und nahm einen ganz anderen Verlauf, als die Aufrührer beabsichtigt hatten.

Es war im Oktober. Die Tage wurden kürzer, und schon kündigte sich der Winter mit kalten Stürmen und Regen an.

„Wir werden bald Schnee haben", prophezeite Lil eines Tages. „Es liegt in der Luft, Miss, riechen Sie es denn nicht?"

Della hatte Tom seit vierzehn Tagen nicht mehr gesehen, und eines Abends, als sie vor dem Kamin saß und dem Wind lauschte, der heulend und pfeifend über die Hügel oberhalb von Castlebridge strich, kam sie zu der Erkenntnis, daß sie schleunigst abreisen mußte.

Es war nicht ihre Absicht gewesen, sich in Tom zu verlieben, keineswegs, dachte sie. Aber sie hatte nicht gewußt, wie unberechenbar Liebe sein kann – sie hatte sie nicht blitzartig überwältigt, sondern verzehrte sie nun wie ein langsames, verheerendes Feuer. Welch eine magische Kraft besaß denn dieser Tom Clifford, daß sie sich so schmerzlich danach sehnte, ihn zu sehen, die Berührung seiner Hand zu spüren und seine Stimme zu hören? Damals, nach jenem brutalen Überfall der Frauen vor der Fabrik, als er sie in den Armen gehalten hatte, war ihr klargeworden, daß er unter dem gleichen Bann stand. Della war kein behütetes Kind gewesen, das von weltfremden alten Damen aufgezogen wurde. Sie hatte eine Menge über Mann und Frau gelernt und die vielfältigen Beziehungen zwischen ihnen. Sie wußte, daß es in ihrer Macht lag, Tom an sich zu binden, aber voll Entsetzen war sie davor zurückgeschreckt. Eine innere Stimme sagte ihr, daß das bei Tom nicht funktionieren würde. Er war nicht aus dem gleichen Holz geschnitzt wie Oliver. Den hatte sie sofort durchschaut – er hatte heute diese Geliebte, morgen jene –, aber Tom war anders. Er würde eine Frau, die er einmal geliebt hatte, nicht einfach vergessen oder beiseite schieben. Daher war es besser, wenn sie sobald wie möglich abreiste. Sie hatte ein wenig Geld gespart; sie würde nach London zurückkehren und Madame Ginette aufsuchen, und wenn Madame sie nicht in ihrem Salon beschäftigen konnte, würde sie eben anderswo Arbeit finden.

Bevor Della an diesem Abend zu Bett ging, blickte sie aus dem Fenster. Der Wind war stärker geworden. Er pfiff und heulte um die Dächer wie eine Banshee, eine Todesfee aus den alten irischen Balladen, die ihre Mutter vor langer, langer Zeit gesungen hatte und an die sie sich noch undeutlich erinnerte. Sie fröstelte plötzlich. Etwas Schweres, ein Holzpfosten oder ein Blechdeckel, kam krachend und klappernd die Straße heruntergerollt, und rasch zog sie die Vorhänge zu.

Della schlief schnell ein an diesem Abend. Sie hatte oft von ihrem Vater geträumt – glückliche Träume, in denen er ihr so lebhaft, so wirklich erschienen war, daß sie sogar den Duft seiner teuren Zigarren zu riechen vermeinte; Träume, aus denen sie unglücklich erwacht war und die sie den Verlust doppelt schmerzlich spüren ließen. Der Traum, den sie diese Nacht träumte, war jedoch anders.

Sie befand sich mit ihrem Vater auf einem Schiff, das von hohen Wellen hin und hergeschleudert wurde, und sie starrte über die graue, sturmgepeitschte See. Dann veränderte sich die Szene plötzlich. Es war heiß und dunkel und die Luft so drückend, daß sie kaum atmen konnte. Ein Teil ihres Bewußtseins erfaßte, daß sie auf dem Sträflingsschiff war. Um sie herum drängten sich Menschen – Männer, Frauen und Kinder –, sie hörte Rufe, Schreie und gequältes, wildes Weinen. Angstvoll klammerte sie sich an den Arm ihres Vaters; es war, als hätte sie ein heftiges Fieber befallen. Sie versuchten beide, sich aus diesem qualvollen Zustand zu befreien, und dann wurde der Vater plötzlich von ihr getrennt, und sie lief durch endlose, dunkle Gänge und rief immer wieder seinen Namen, während es heißer und heißer wurde. Plötzlich war überall Qualm, dichter, schwarzer Qualm, und ihr Mund wurde so trocken, daß sie nicht mehr schreien konnte. Sie war dem Ersticken nahe und versuchte, dieser drückenden, stickigen Dunkelheit zu entfliehen.

Es war Scamp, der sie schließlich weckte. Seit Mary Ann fort war, hatte er jede Nacht in seinem Körbchen neben ihrem Bett geschlafen. Nun lief er aufgeregt hin und her, bellte wie besessen und kratzte und zerrte an der Bettdecke.

Plötzlich schreckte Della hoch. Schwitzend und hustend richtete sie sich auf: Der Alptraum war Wirklichkeit geworden. Dichter Rauch erfüllte das Zimmer. Sie keuchte und rang nach Luft; endlich raffte sie sich auf, sprang aus dem Bett, rannte zur Tür und riß sie auf. Flammen loderten ihr entgegen, und voll Entsetzen schlug sie die Tür wieder zu. Sie nahm den verängstigten kleinen Hund auf den Arm und lief zum Fenster: Sie sah, wie Gestalten mit Fackeln näher kamen; in ihrer Panik hämmerte sie mit der Faust gegen die Fensterscheibe, aber niemand hörte sie. Halb wahnsinnig vor Angst zerrte sie an dem Eisenriegel, aber er war eingerostet und ließ sich nicht bewegen. Seit sie in dem Haus wohnte, war das Fenster nie geöffnet worden. Der Qualm, der ins Zimmer drang, wurde immer dichter. Ein unheimliches Krachen dröhnte durch das Haus, als ein Teil der Treppe zusammenstürzte, und Flammen leckten durch den Türspalt. Della bekam keine Luft mehr, vor ihren Augen begann sich alles zu drehen. Noch einmal nahm sie alle Kraft zusammen und versuchte, den Riegel aufzuschieben, aber er rührte sich nicht von der Stelle. Wieder trommelte sie verzweifelt mit den Fäusten gegen das Fenster. Eine der Scheiben zerbarst, und die Scherben zerschnitten ihr die Hand. Sie hörte noch, daß ihr jemand etwas zubrüllte, aber ihre Kräfte schwanden, Angst und Schmerz überwältigten sie. Nichts konnte sie jetzt noch retten – nichts – nichts. Sie brach zusammen, und ihre Hand glitt haltlos die Wand hinunter, eine breite Blutspur hinterlassend.

Rob Hunt hatte das Feuer entdeckt und Alarm geschlagen. Eines der Pferde war krank gewesen, und er hatte bis vier Uhr morgens bei ihm gewacht. Zu diesem Zeitpunkt brannte die Schule schon lichterloh, und die Flammen griffen bereits auf das Nachbargebäude über. Als Rob aus dem Stall kam und den roten Schein sah, dachte er zuerst an die Fabrik. Er rannte zum Herrenhaus hinauf und hämmerte an die Tür, bis endlich Mrs. Fenton im Morgenrock erschien, um zu fragen, was denn geschehen sei. Bis dann Tom geweckt und angezogen war und in rasendem Galopp zur Schule ritt, hatten sich an dem Unglücksort eine Menge Leute zusammengerottet. Sie rannten ziellos umher wie aufgescheuchte Hühner oder starrten ratlos ins Feuer. Vielleicht hätte es sich nicht so schnell ausgebreitet, wenn die Nacht nicht so stürmisch gewesen wäre. Später schworen die Männer heilige Eide, daß sie nichts weiter vorgehabt hätten, als gegen die ungerechte Behandlung durch den Master zu protestieren. Aber das erklärte weder, wieso die Bücher und alles Brennbare aufgestapelt und mit Kerosin übergossen worden waren, noch warum das Küchenfenster eingeschlagen war und ein dickes Bündel brennendes Stroh direkt am Fuß der Treppe lag.

Toms erste Sorge galt Della. „Wo ist Miss Lismore?" fragte er und drängte sich durch die gaffende Menge.

„Sie is' nich' hier, Master", sagte jemand rasch – allzu rasch – neben ihm. „Hab sie mit dem jungen Mr. Stratton wegfahren sehen. Das war ungefähr um sechs. Sie wird in Farley Grange sein."

„Sind Sie sicher, Mann?"

„Ja, Sir, so sicher wie ich hier stehe."

„Gott sei Dank."

Tom spornte die Leute an und stellte einen Löschtrupp zusammen. Plötzlich aber stieß Lil, die mit ein paar Frauen im Hintergrund stand, einen gellenden Schrei aus und deutete hinauf zum Fenster von Dellas Schlafzimmer, und Tom sah das verzweifelte, leichenblasse Gesicht hinter der Scheibe.

„Mein Gott, sie ist da oben! Sie ist eingeschlossen!"

Er warf sich gegen die Tür, wurde aber von den züngelnden Flammen zurückgetrieben. Auf diesem Wege konnte er nicht zu ihr gelangen.

„Eine Leiter!" brüllte er. „Bringt mir eine Leiter – schnell!"

Rob und ein zweiter Mann rannten los. Tom verfluchte sich dafür, daß er dem Lügner vorhin geglaubt hatte, Della wäre nicht zu Hause. Er fand eine Eisenstange, brüllte: „Zurück!" und stieß sie mit aller Kraft in das Fenster; das hölzerne Gitter und die Scheiben zerbrachen. Dann war Rob mit der Leiter da, und jemand drückte Tom einen nassen Lappen in die Hand. Er band sich den Lappen über Mund und Nase und kletterte die Leiter hinauf.

Er war groß, und die Fensteröffnung sehr klein, aber er zwängte sich durch, ohne darauf zu achten, daß er sich an den Glasscherben die Kleider zerriß und die Hände zerschnitt. Die Flammen hatten bereits das Bett erreicht und leckten an den Vorhängen hoch. Der Qualm war so dicht, daß Tom einen Augenblick nichts erkennen konnte. Dann stolperte er über den kleinen Hund, der auf ihn zukroch, und erblickte Della: sie lag inmitten von Glassplittern auf dem Boden. Er hob sie hoch und taumelte zum Fenster. Rob war hinter ihm zu dem Fenster hinaufgeklettert. Tom übergab ihm Della, und Rob machte sich daran, die zarte, schlaffe Gestalt die Leiter hinunterzutragen.

„Der Hund!“ murmelte sie. „Ich kann den Hund nicht zurücklassen!“

Tom sah, wie Rob vorsichtig Sprosse für Sprosse hinunterstieg, und drehte sich wieder um. Das Tier hatte sich nun in seiner Todesangst unter dem Bett verkrochen. Gerade, als Tom ihn am Genick packte, fiel zischend ein brennendes Stück Vorhang herunter. Tom konnte es nicht mehr von sich schleudern, und der glosende Stoff versengte ihm die Hände und eine Hälfte des Gesichtes. Keuchend vor Anstrengung erreichte er mit letzter Kraft das Fenster. Er zwängte sich durch die schmale Öffnung und kletterte, den winselnden Hund im Arm, die Leiter hinunter. Es war höchste Zeit – denn in diesem Augenblick stürzte donnernd ein Teil des Dachstuhls ein, und eine Wolke von Rauch und Funken wälzte sich aus dem Fenster.

Rob hatte Della in eine Decke gehüllt und auf den Boden gelegt, und Dr. Withers kniete neben ihr. Tom drückte Lil den kleinen Hund in den Arm und lief hinüber zu Della.

„Wie geht es ihr?“

„Sie hat einen Schock, und sie ist halb erstickt von dem Rauch. Außerdem hat sie ein paar Schnittwunden an den Händen – von den Glasscherben“, sagte der Arzt, „aber ich glaube nicht, daß sie schwer verletzt ist. Sieht so aus, als hättest du sie gerade noch rechtzeitig da herausgeholt.“

Tom konnte nicht sprechen. Einen qualvollen Augenblick lang hatte er befürchtet, sie sei tot, und er war noch immer zu aufgewühlt, um einen klaren Gedanken zu fassen.

Dellas Lider zuckten; dann schlug sie die Augen auf. Sie schien aus einem entsetzlichen Alptraum zu erwachen und war noch ganz benommen vor Angst.

„Tom!“ murmelte sie, „Tom!“, und wollte sich aufrichten.

Er drückte sie sanft zurück. „Sie sind in Sicherheit, Della, und der kleine Hund auch.“

Sie blickte ihn dankbar an, und dann sah sie sein versengtes Gesicht und das Blut an seinen Händen.

„Sind Sie... verletzt?“

„Machen Sie sich deshalb keine Sorgen. Jetzt ist alles gut. Ich lasse Sie ins Herrenhaus bringen.“

„Laß mich mal sehen“, sagte der Doktor energisch, während er Tom schärfer ins Auge faßte. „Das sind böse Verbrennungen.“

„Später. Rob soll die Kutsche holen und euch beide zum Haus fahren. Ich komme nach, sobald ich hier alles Nötige veranlaßt habe.“

„Wie ist das Feuer denn entstanden? Unfall oder Brandstiftung?“

„Das weiß ich noch nicht“, erwiderte Tom grimmig, „aber ich schwöre bei Gott, ich werde es herausfinden.“

Als er dann später im Herrenhaus eintraf, war der gesamte Haushalt in Aufruhr, einschließlich der jüngsten Küchenmagd und des Stiefelknechts. Mrs. Fenton berichtete Tom, daß Della in einem der Gästezimmer untergebracht worden sei und daß der Arzt gerade nach ihr sehe.

„Und wo ist meine Frau?“ fragte er.

„Madam ist in ihrem Zimmer, Sir. Sie befahl mir, mich um die junge Person zu kümmern.“

„Danke, Mrs. Fenton.“

Er lief die Stiegen hinauf; auf dem Treppenabsatz traf er mit Dr. Withers zusammen.

„Sie hat eine gesunde, kräftige Natur“, sagte der Arzt beruhigend. „Der Schock wird natürlich nachwirken, aber ein paar Tage Bettruhe, und sie ist wieder frisch und munter wie eh und je. Ich habe ihr ein Beruhigungsmittel gegeben, damit sie schlafen kann, sie sollte daher nicht gestört werden. Und du, Tom, was ist mit dir? Deine Hände gefallen mir gar nicht.“

„Ich möchte erst nach meiner Frau sehen.“

Er eilte an dem Arzt vorbei, begab sich aber nicht sofort zu Sylvia. Statt dessen öffnete er die Tür zu dem Gästezimmer, in dem Della untergebracht war. Der Docht der Lampe war tief heruntergedreht, und warmes, weiches Licht erfüllte den kleinen Raum. Tom trat an das Bett. Della war schon sehr schläfrig und öffnete die Augen nur halb, als sie seine Gegenwart spürte.

„Sie haben mich gerettet“, murmelte sie. „Das Meer, das schreckliche Meer – und das Feuer! Ich wäre fast ertrunken.“

„Sie haben geträumt“, sagte er leise und strich ihr über das Haar. „Jetzt ist alles wieder gut. Versuchen Sie zu schlafen.“ Auf Zehenspitzen ging er wieder hinaus und schloß leise die Tür.

Sylvia stand am Fenster ihres Schlafzimmers und drehte sich hastig um, als Tom eintrat.

„Tom!“ Sie schlug die Hände vor den Mund. „Ich hab geglaubt – es ging das Gerücht...“

„Daß ich in den Flammen umgekommen bin, nehme ich an. Nun, das ist nicht der Fall. So leicht wirst du mich nicht los.“

„Hör auf! Über so etwas scherzt man nicht. Es ist zu schrecklich.“

„Verzeih mir. Es war wirklich nicht so einfach. Gott sei Dank ist niemand ernsthaft verletzt worden.“

„Oh, Tom!“ Sie wollte auf ihn zulaufen, aber er wehrte sie ab.

„Faß mich lieber nicht an. Ich bin schmutzig.“

Das Taschentuch, das er um seine Hand gewickelt hatte, war mit Blut durchtränkt. Die eine Gesichtshälfte war schwarz vom Ruß und voller Brandwunden, und Sylvia schauderte.

„Du bist verletzt.“

„Nicht der Rede wert. Wir mußten das Fenster einschlagen, um in das brennende Haus zu gelangen.“

„Du hättest dabei umkommen können. Du hast dein Leben für dieses Mädchen aufs Spiel gesetzt!“

„Das hätte ich für jeden getan.“

„An mich hast du dabei wohl nicht gedacht.“

„Ich hatte keine Zeit, an irgend etwas anderes zu denken als daran, Miss Lismore so schnell wie möglich dort herauszuholen. Quäl dich nicht länger. Es ist vorbei – und alles, was wir verloren haben, ist die Schule.“

„Ich kann nicht behaupten, daß mir das leid täte.“

„Du hast immer etwas gegen die Schule gehabt, stimmt's?" sagte er kühl. „Nun, so wie die Dinge liegen, werde ich sie wohl nicht so schnell wieder aufbauen. Wie du weißt, habe ich Della hierher ins Haus bringen lassen. Sie muß bleiben, bis diese Sache aufgeklärt ist."

„Es ist dein Haus, Tom."

„Ist es nicht auch das deine?"

„Verzeih mir – ich bin so – so durcheinander, ich weiß nicht mehr, was ich sage."

Er spürte die Befangenheit, die zwischen ihnen entstanden war, und wußte nicht, wie er sie durchbrechen konnte.

„Ich werde Mrs. Fenton sagen, daß sie dir etwas Heißes zu trinken bringen soll. Das können wir jetzt alle gut gebrauchen. Jetzt aber soll Alec Withers endlich seine Arbeit tun – ich kann nicht länger hier herumstehen und zusehen, wie mein Blut auf deinen Teppich tropft."

„Paß auf dich auf, Tom."

Sie streckte die Hand aus, und er beugte sich vor und hauchte einen Kuß darauf, ohne sie zu berühren.

„Mach dir keine Sorgen um mich. Ich bin bald wieder in Ordnung."

Sowie er das Zimmer verlassen hatte, sank Sylvia auf das Bett und vergrub das Gesicht in den Händen. Als der verängstigte Stallbursche von der Schule heraufgerannt war und atemlos hervorgestammelt hatte, daß der Master sich mit Todesverachtung in die Flammen gestürzt hätte, war ihr tatsächlich für einen Augenblick dieser entsetzliche Gedanke durch den Kopf geschossen: Wenn ihm etwas zustieße, hatte sie gedacht, dann wäre ihr Problem gelöst, dann wäre sie frei, um zu Oliver zu gehen, frei, um fern von diesem verhaßten Ort ihr eigenes Leben zu leben. Doch schon im nächsten Augenblick war ihr fast übel geworden vor Abscheu über ihre Roheit und Skrupellosigkeit.

12

Della litt an den Folgen der Brandkatastrophe, und was sie erdulden mußte, war weit schlimmer, als sie erwartet hatte. Sie war am späten Nachmittag des folgenden Tages erwacht. Ihr Mund war wie ausgetrocknet, sie hatte Fieber, Kopfschmerzen und das schreckliche Gefühl zu ersticken; Dr. Withers erklärte, es käme von den Giftgasen, die sie eingeatmet hatte.

„Sie bleiben, wo Sie sind, meine Liebe, nämlich hier im Bett", setzte er in seiner forschen Art hinzu. „Ein Schock kann ernsthafte Folgen haben, ganz zu schweigen von den bösen Schnittwunden und Verbrennungen. Die verschwinden nicht einfach über Nacht, wissen Sie."

„Aber in diesem Haus kann ich nicht bleiben, das wäre nicht gut. Ich will Mrs. Clifford nicht zur Last fallen", sagte Della schwach. Und ich weiß sehr wohl, daß sie mich nicht mag, hätte sie beinahe hinzugefügt.

„Was das betrifft, so ist noch immer Tom Clifford der Herr im Haus", meinte der Doktor gelassen, „ aber wie dem auch sei – wohin sonst könnten Sie denn jetzt gehen? Die Schule und ein Großteil Ihrer Besitztümer haben sich – es tut mir leid, das sagen zu müssen – in Rauch aufgelöst."

Della blieb beharrlich: „Wenn die Schule niedergebrannt ist, dann werde ich hier nicht länger gebraucht. Dann ist es erst recht an der Zeit, daß ich gehe."

„Das wird Tom Clifford zu entscheiden haben. Er ist schließlich Ihr Arbeitgeber. Vorläufig bleiben Sie aber hier, junge Dame, das ist ein Befehl. Ich lasse keinen meiner Patienten von der Leine, bevor ich es für richtig halte." Er lächelte, tätschelte ihre Hand und ging zur Tür. „Nun muß ich noch nach meinem anderen Patienten sehen."

„Ist Mr. Clifford schwer verletzt?"

„Er wird es überleben, falls ich ihn daran hindern kann, nach Castlebridge zu reiten und sich persönlich an den Leuten zu rächen, die diese Greueltat verübt haben."

„War es denn kein Unfall?“

„Das müssen wir erst herausfinden – aber ich bezweifle es, ich bezweifle es sehr.“

Die Vorstellung, daß das Feuer, in dem sie fast umgekommen wäre, vielleicht absichtlich gelegt worden war, erfüllte sie mit Entsetzen. Daher blieb sie, nachdem der Arzt gegangen war, ganz still liegen und war dankbar, daß ihr die Entscheidung über ihr weiteres Schicksal vorläufig abgenommen worden war. Es war ein merkwürdiges Gefühl, in einem fremden Bett zu liegen und nicht einmal ein Nachthemd sein eigen zu nennen.

Sie blieb zwei volle Tage in dem Gästezimmer und sah niemanden außer dem Arzt, Mrs. Fenton, die jeden Morgen verdrossen auftauchte, um Della nach ihren Wünschen zu fragen, und Rose, das Dienstmädchen, das Feuer machte, und sie mit Essen und heißem Wasser versorgte. Am Morgen des zweiten Tages erschien Rose und brachte einen Morgenmantel aus feinem, hellblauem Wollstoff mit einer breiten Seidenschärpe.

„Die Herrin dachte, Sie könnten ihn brauchen, Miss“, sagte sie und legte den Morgenmantel sorgfältig über einen Stuhl.

„Das ist sehr gütig von ihr.“

„Machen Sie sich bloß keine Gedanken darüber, Miss. Ihr bedeutet ein Morgenmantel nichts. Sie hat einen ganzen Schrank voll von solchen Sachen.“

Am dritten Tag war Della fest entschlossen, gleich nach dem Frühstück aufzustehen. Abbie hatte ihr Grüße bestellen lassen, und Martha hatte ihr einen Korb voll Blumen geschickt. An diesem Tag bekam sie aber auch zwei Besuche.

Als erstes kam Lil, überschwenglich wie immer, aber sehr nett und sehr ordentlich aussehend in ihrem Sonntagsmantel. Sie brachte Scamp mit, der an seiner Leine zerrte und aufgeregt an Della hochsprang, obwohl sein wolliges Fell an mehreren Stellen arg versengt war.

„Ich hab ihn mit Gänsefett eingerieben“, erklärte Lil. „Meine Ma sagt, Sie sollen sich keine Sorgen machen, es wird bald wieder nachwachsen.“

Hinter Lil betraten Rob und einer der Stallburschen das Zimmer. Sie schleppten Dellas großen Blechkoffer an. Der Koffer war ganz schwarz von Ruß, aber wie durch ein Wunder unversehrt. Della stieß einen Freudenschrei aus.

„Ich dachte, ich hätte alles verloren."

„Es war nich' mehr viel zu retten", erklärte Lil bedauernd, „aber einer der Männer hat den Koffer noch im letzten Moment aus der Glut gefischt, und mein Pa hat ihn mitgenommen."

„Vielen, vielen Dank!"

Wie gut, daß es in ihrem Schlafzimmer im Schulhaus keinen ordentlichen Schrank gegeben hatte, so daß sie gezwungen gewesen war, die meisten ihrer Kleider in dem Koffer aufzubewahren. Es wäre ihr höchst unangenehm gewesen, Sylvia um eines ihrer abgelegten Kleider bitten zu müssen, damit sie das Zimmer verlassen konnte.

„Ich bin noch nie hier gewesen", sagte Lil und sah sich bewundernd um. „Is' der Morgenmantel von Ihrer Ladyschaft?" fragte sie, während sie sich vorbeugte und staunend den feinen Wollstoff befühlte.

„Rose behauptet es jedenfalls, aber seit ich hier im Herrenhaus bin, habe ich Mrs. Clifford noch kein einziges Mal gesehen. Lil, was geht in Castlebridge vor? Niemand erzählt mir etwas."

„Es hat 'nen schrecklichen Krach gegeben. Alle streikenden Arbeiter sind verhört worden. Sie sagen jetzt, daß Dan Carter das Feuer gelegt hat, aber man kann ihn nirgends finden. Seine Frau schwört, daß er schon vor dieser Nacht fortgegangen ist, um in einer anderen Fabrik Arbeit zu suchen, aber es gibt auch Leute, die ganz was anderes sagen. Ich war es, die Sie da oben am Fenster gesehen hat, Miss Della, den Schreck werde ich nie im Leben vergessen. Und dann, als der Master die Leiter hinaufgeklettert ist... Ich dachte, mir bleibt das Herz stehen!" Erschüttert von der Erinnerung hielt Lil inne.

„Ich weiß, was er getan hat, Lil. Wenn er nicht gewesen wäre, wäre ich jetzt nicht mehr am Leben."

„Und Scamp auch nicht. Gott, das war 'ne Nacht. Als er

noch einmal zurückging, dachten wir, jetz is' es aus mit ihm, und als er dann mit dem Hund im Arm wieder auftauchte, haben alle Hurra geschrien." Sie stand auf. „Ich darf nich' lange bleiben. Diese Mrs. Fenton hat mich so komisch angeschaut, weil ich an der Vordertür geklopft habe. Ich dachte schon, sie würde mich rauswerfen, aber der Master is' zufällig dazugekommen, und sie hat sich nicht getraut, ihm zu widersprechen. Soll ich Scamp hierlassen?"

Und Della wünschte sich nichts sehnlicher, als das Hündchen bei sich zu haben, das warm, lebendig und ihr bedingungslos ergeben war.

„Ja, laß ihn hier. Ich brauche jetzt nicht mehr im Bett zu bleiben. Ich kümmere mich um ihn."

Es war eine große Erleichterung, als sie sah, daß die meisten ihrer Habseligkeiten, die sie in dem verbeulten Koffer aufbewahrt hatte, unversehrt waren. Obenauf lag ein dickes Bilderbuch, das durch die Hitze ein wenig gelitten hatte. Sie hatte es Abbie für die Kleinen geben wollen und dann immer wieder vergessen. Ihre wenigen Ersparnisse, die sie in einer kleinen Börse im Seitenfach des Koffers aufbewahrt hatte, waren noch da, aber die kleine Schatulle mit dem goldenen Totenkopf war verschwunden. Verzweifelt durchwühlte sie den Koffer, bis ihr einfiel, daß sie die Kassette in eine Schublade ihres Toilettentisches gelegt hatte, und dieser war, wie so vieles andere, in Flammen aufgegangen. Also hatte sie den einzigen Anhaltspunkt verloren, der sie auf die Spur des Mannes hätte führen können, für den ihr Vater büßte; sie empfand einen heftigen Schmerz über diesen Verlust. Unwillkürlich fiel ihr wieder der Alptraun ein – sie dachte an das Schiff, die stürmische graue See und an ihren Vater. Verzweifelt preßte sie die Fäuste auf ihre brennenden Augen.

Scamps dumpfes Knurren holte sie in die Wirklichkeit zurück. Sie blickte auf und sah den kleinen Jungen mit dem großen braunen Hund auf der Schwelle stehen.

„Was machst du da?" fragte er und starrte sie neugierig an. „Weinst du?"

„Nein, nein, natürlich nicht. Ich habe nur etwas gesucht“, erklärte sie und beugte sich hinunter, um Scamp, der offenbar vorhatte, sie gegen jeden Eindringling – Feind wie Freund – zu verteidigen, auf den Schoß zu nehmen.

„Du brauchst doch keine Angst zu haben“, sagte Peter ein wenig von oben herab. „Rusty wird ihn nicht fressen.“

„Es könnte ja auch umgekehrt sein“, erwiderte Della lächelnd.

„Das ist dumm, das glaub ich nicht.“

Der Junge trat ins Zimmer, und Rusty blieb an seiner Seite. Ein wenig besorgt setzte Della das Hündchen wieder auf den Boden. Die beiden Tiere beäugten einander, sträubten einen Augenblick das Rückenfell, dann stupste Rusty das Hundebaby mit der Nase an, Scamp jaulte kurz auf und stupste zurück. Nachdem die Formalitäten erledigt waren, ließ sich Rusty mit einem tiefen Seufzer zu Boden fallen und nahm die spielerischen Annäherungsversuche des Hündchens mit gelangweilter Ergebenheit hin.

Peter war näher gekommen und musterte den Koffer. „Der ist ja ganz schwarz.“

„Ja, faß ihn nicht an, sonst wirst du schmutzig.“

„War er im Feuer?“

„Ja.“

„Nanny sagt, daß du verbrannt wärst, wenn mein Papa dich nicht gerettet hätte.“

„Ja, das ist richtig.“

„Bleibst du jetzt hier?“

„Nicht für lange. Du weißt ja, es gibt keine Schule mehr.“

Peter hatte das Buch in die Hand genommen und betrachtete die Bilder. „Gehört das dir?“

„Gefällt es dir? Kannst du lesen, was da steht?“ Er schüttelte den Kopf. „Das solltest du aber, so ein großer Junge wie du. Möchtest du bei mir lesen lernen?“

„Jetzt?“

Della lachte. „Warum nicht?“

Sie setzte sich auf den Teppich vor dem Kamin und streckte

die Hand aus. Der Junge zögerte einen Augenblick, dann lief er zu ihr hin und ließ sich neben ihr nieder. Aufmerksam sah er zu, als sie Wort für Wort buchstabierte.

Della hatte einen Arm um ihn gelegt, und sie lachten gerade gemeinsam über die Streiche einer rotbraunen Katze namens Penny, als die Tür sich öffnete und Sylvia auf der Schwelle stand. Beim Anblick ihres Sohnes, der sich in Dellas Gesellschaft offenbar sehr wohl fühlte, wurde Sylvia von rasender, unsinniger Eifersucht gepackt.

„Peter, was hast du hier zu suchen?“ fragte sie scharf. „Geh sofort zu Nanny.“

„Ich mag nicht“, erwiderte er trotzig.

„Hast du nicht gehört, was ich gesagt habe? Tu, was man dir sagt.“

„Nein. Ich will bei Della bleiben.“

„Miss Lismore will dich nicht hierhaben.“

„Doch, sie will schon, oder?“

Die Augen, die nun fragend zu Della aufblickten, waren ganz die Augen seines Vaters.

„Ja, natürlich“, flüsterte sie. „Aber jetzt solltest du besser tun, was deine Mama sagt.“

„Gut, aber ich komm wieder.“

Peter blickte von ihr zu seiner Mutter und grinste, dann faßte er Rusty am Halsband und marschierte gelassen hinaus.

„Er ist leider sehr eigenwillig“, sagte Sylvia. „Jetzt, da Sie sich besser fühlen, bin ich gekommen, um zu fragen, ob Sie etwas brauchen.“

„Vielen Dank, aber wie Sie sehen, konnte mein Koffer gerettet werden, so daß ich jetzt wenigstens etwas zum Anziehen habe.“

„Gut. Zweifellos werden Sie uns jetzt bald verlassen. Mein Mann wird alles für Sie arrangieren.“

Scamp, der einem Sonnenstrahl nachjagte, rodelte ungeschickt über den Boden, und Sylvia blickte auf ihn hinunter.

„Ist das der kleine Köter, den Tom aus dem Feuer geholt hat?“

„Ja. Das war sehr mutig von ihm."

„Es war das Unvernünftigste, was er tun konnte. Es hätte ihn das Leben kosten können", sagte Sylvia ätzend. „Wenn Sie sich einigermaßen wohl fühlen, hätten Sie vielleicht Lust, uns heute beim Abendessen Gesellschaft zu leisten?"

Sie sprach die Einladung so widerwillig aus, daß Della die eisige Feindseligkeit nicht überhören konnte.

„Nein, danke. Ich würde lieber hierbleiben, wenn Ihnen das keine Ungelegenheiten bereitet."

„Wie Sie wollen." Sie musterte Della von oben bis unten und sagte dann abschätzig: „Dieses Blau steht Ihnen. Behalten Sie den Morgenmantel. Ich habe keine Verwendung mehr dafür."

Ob Sylvia das beabsichtigt hatte oder nicht – Della kam sich jedenfalls wie ein Dienstmädchen vor, dem die Herrin gnädig ihre abgelegten Kleider schenkte. Am liebsten hätte sie den Morgenmantel ausgezogen und ihr vor die Füße geschleudert, doch Sylvia war schon gegangen. Allerdings bestärkte sie dieser Tonfall in ihrem Entschluß, so schnell wie möglich abzureisen.

Mit diesem Vorsatz stand sie am nächsten Morgen auf, und um acht Uhr war sie bereits gewaschen und angekleidet.

„Ist Mr. Clifford noch im Haus?" fragte sie, als Rose kam, um das Frühstückstablett zu holen.

„Er frühstückt gerade, Miss."

„Danke."

Als das Mädchen fort war, ging sie langsam die Treppe hinunter in die Halle und betrat das Eßzimmer. Es war groß und düster; die schweren, dunklen Möbel hoben sich von den roten Seidentapeten ab. Tom saß am Ende des langen Tisches und sprang auf, als Della eintrat.

„Della! Sollten Sie nicht im Bett bleiben? Der Doktor hat gesagt, daß Sie sich nicht anstrengen dürfen."

„Ich bin bereits völlig wiederhergestellt. Kann ich Sie kurz sprechen?"

„Natürlich, kommen Sie, setzen Sie sich." Er rückte einen Stuhl für sie zurecht. „Haben Sie schon gefrühstückt?"

„Ja, danke."

„Dann trinken Sie wenigstens eine Tasse Kaffee mit mir."

Er holte eine Tasse von der Anrichte, schenkte ihr aus der silbernen Kanne ein und reichte ihr Sahne und Zucker, bevor er sich wieder setzte.

Eine Seite seines Gesichts war noch immer von Brandwunden entstellt, seine linke Hand bandagiert. Fast ohne es zu merken verschlangen sie einander mit den Blicken, und das Wissen, daß er sie vor einem schrecklichen Tod bewahrt hatte, hatte die Bande zwischen ihnen noch verstärkt.

Della nippte an dem Kaffee und flüsterte: „Ich habe mir so sehnlich gewünscht, Ihnen zu danken..."

„Das ist doch nicht nötig!"

Unwillkürlich streckte er den Arm aus und ergriff ihre Hand.

Wie warm und tröstlich seine Hand doch ist, dachte Della. Doch dann nahm sie sich zusammen. Sie durfte ihren Gefühlen nicht nachgeben. Sanft entzog sie ihm die Hand.

„Ich habe gehört, daß die Schule völlig zerstört ist."

„Ja, leider, und im Augenblick sehe ich auch keine Möglichkeit, sie wieder aufzubauen."

„In diesem Fall werden Sie auch keine Lehrerin mehr benötigen."

„Darüber brauchen wir uns im Augenblick noch nicht den Kopf zu zerbrechen."

„Aber wir müssen darüber reden", fuhr sie entschlossen fort. „Ich weiß sehr gut, daß ich Ihren Erwartungen nicht entsprochen habe, aber ich habe mein möglichstes getan und glaube, daß einige der Kinder vielleicht sogar etwas gelernt haben."

„Stellen Sie Ihr Licht nicht unter den Scheffel. Sie haben Ihre Sache sehr gut gemacht."

Sie begegnete seinem Blick und lächelte. „Das ist sehr freundlich von Ihnen, aber wir wollen doch ehrlich sein. Ich habe einfach nicht das Zeug zu einer Lehrerin! Ich hätte nie herkommen sollen."

„Das ist nicht wahr. Ich werde Ihnen jetzt etwas sagen, und ich meine es ernst. Bei einigen der Kinder, und Mary Ann gehört dazu, haben Sie das Verständnis für Güte, Feingefühl und Schönheit geweckt, und das ist etwas, das ihre Vorgängerin, Miss Hutton, ganz gewiß nie geschafft hat."

„Oh, Sie sind wirklich zu liebenswürdig. Ich wünschte nur, es wäre wahr."

„Es ist wahr. Ich bin ein ungehobelter Kerl, schöne Worte liegen mir nicht, aber das ist die Wahrheit."

„Das wäre zu schön. Es würde manches aufwiegen. Aber jetzt wird es Zeit, daß ich abreise."

„Nein!" Alles in ihm sträubte sich dagegen. Er wollte sie nicht gehen lassen. Der Gedanke, daß er sie für immer verlieren könnte, war so unerträglich, daß er rasch fortfuhr: „Nein, Sie können nicht gehen, noch nicht, jedenfalls nicht in den nächsten Tagen. Es ist noch eine Untersuchung über die Ursachen des Brandes im Gange – man wird Ihre Aussage hören wollen."

„Aber ich weiß doch nichts!"

„Sie wissen über Dan Carter und Mary Ann Bescheid – ich wäre Ihnen sehr dankbar, wenn Sie blieben! Und dann ist da noch etwas. Ich schulde Ihnen eine Entschädigung für das, was Sie durch das Feuer verloren haben."

„Lil hat mir meinen Koffer gebracht, der aus dem Feuer gerettet wurde. Da sind die meisten meiner Kleider drinnen."

„Das ist so gut wie nichts. Ich kann nicht zulassen, daß Sie all Ihrer Besitztümer beraubt und mittellos von hier fortgehen."

„Das ist sehr freundlich von Ihnen. Ein paar Tage kann ich noch bleiben, denke ich. Ich könnte mir im Dorf eine Unterkunft suchen."

„Das werden Sie nicht tun", unterbrach er sie heftig. „Sie bleiben hier. Das Haus ist, weiß Gott, groß genug."

„Ich glaube nicht, daß Ihre Frau damit einverstanden ist."

„Sylvia wird die Notwendigkeit einsehen."

Della hatte das merkwürdige Gefühl, daß alles, was sie da miteinander sprachen, all die höflichen, steifen Phrasen, im Grund bedeutungslos waren. Hinter diesen Sätzen verbarg sich eine drängende, brennende Sehnsucht, der sie hilflos ausgeliefert waren.

Schließlich sagte sie widerstrebend: „Also gut. Noch ein paar Tage."

Er atmete erleichtert auf. „Danke. Ich bin Ihnen sehr verbunden."

Mit gemischten Gefühlen begab sich Della wieder in ihr Zimmer. Sie wollte gerne bleiben, das mußte sie sich eingestehen, aber war es auch klug, war es auch vernünftig? Doch dann verscheuchte sie ihre Zweifel. Was machten ein paar Tage schon aus? In der Zwischenzeit gab es viel zu erledigen. Für die Reise nach London – es waren immerhin dreihundert Kilometer – brauchte sie einen warmen Mantel, neue Stiefel und einen Hut; sie mußte sich diese Dinge unbedingt beschaffen.

Doch schließlich dauerte alles viel länger, als sie erwartet hatte. Hier oben im Norden gab es keine großen Geschäfte für Damenkleider, und die Schneiderinnen, die Sylvia ihr empfohlen hatte, ließen sich Zeit. Aus ein paar Tagen wurde eine Woche, und Della gewöhnte sich daran, morgens mit Tom zu frühstükken. Sylvia erschien nie zu dieser frühen Stunde. Er hielt Della über die Ereignisse in Castlebridge auf dem laufenden. Die Untersuchung war im Sande verlaufen, und die meisten Streikenden waren bereits wieder an ihre Arbeitsplätze zurückgekehrt.

„Ich hätte auf eine strenge Bestrafung dringen können", erklärte Tom. „Wir sind nicht die ersten, die Opfer eines solchen Anschlags wurden, und die Behörden haben mir dringend empfohlen, ein Exempel zu statuieren. Hätte man Dan Carter etwas nachweisen können, dann hätte ich mich vielleicht dazu aufgerafft. Aber die meisten dieser Leute sind doch bloß dumme Hammel, die auf jeden hören, der ein flinkes Mundwerk hat. Sie sehen nicht weiter als bis zu ihrer Nasenspitze. Ich würde sie zwar liebend gerne mit den Köpfen zusammenstoßen, aber ich kann sie nicht verhungern lassen. Außerdem muß ich die Fabrik in Gang halten und Lieferverträge erfüllen."

Ohne sich dessen bewußt zu sein, erzählte er Della immer öfter von seiner Arbeit in der Fabrik – Sylvia hatte davon nie etwas wissen wollen –, und Della hörte aufmerksam zu und ging auf ihn ein.

Sie unternahm ausgedehnte Spaziergänge im Park oder wanderte zum Moor. Eines Tages erschien Bret und fuhr sie nach Farley Grange. Martha machte viel Aufhebens um sie, und Mary Ann, die offenbar so etwas wie ein Heldin in ihr sah, betrachtete sie stumm und mit glänzenden Augen.

„Bist du glücklich hier?" fragte sie das Mädchen.

„Ja, das bin ich, außer daß ich meine Geschwister manchmal vermisse. Miss Lavinia sagt, daß ich sie alle vierzehn Tage besuchen darf, solange mein Vater nicht da ist."

„Wie kommt deine Mutter ohne ihn zurecht?" fragte Della weiter.

Aber Mary Ann schüttelte den Kopf.

„Das hat sie nicht gesagt, Miss."

Miss Lavinia mischte sich ein: „Können Sie sich das nicht denken, Della? Tom zahlt ihr natürlich weiterhin jede Woche den Lohn dieses unseligen Mannes aus. Tom war nie einer von denen, die sich ihren Verpflichtungen entziehen, und damit brockt er sich nur weitere Schwierigkeiten ein. Sie werden es nur zu bald sehen – denken Sie an meine Worte."

In der Zwischenzeit freundete sich Della immer mehr mit Peter an. Er war ein einsames Kind; er hatte keine Geschwister, und es gab keinen gleichaltrigen Jungen, mit dem er spielen durfte. Daher war er, wenn er Nanny Roberts entwischen konnte, meist in der Küche oder bei Rob und Tod in den Ställen zu finden. Tod war der Stallknecht, der sich um sein Pony kümmerte, das Della bei der erstbesten Gelegenheit bewundern mußte.

„Papa hat es mir zum Geburtstag geschenkt", verkündete er stolz, „es heißt Muskat, wegen seiner Farbe."

„Wer bringt dir das Reiten bei?"

„Am Anfang hat Mama es versucht, aber sie ist böse geworden, weil ich es nicht richtig gemacht habe, und Nanny sagt, ich darf sie nicht aufregen, weil sie sich im Augenblick nicht wohl fühlt. Würdest du mit Rob und mir ausreiten?"

„Ich weiß nicht. Da mußt du wohl erst deinen Papa fragen", erwiderte Della.

Wenn das Wetter es nicht zuließ, daß sie einen Spaziergang unternahm, und sie sich in ihrem Zimmer aufhielt, kam der Junge immer öfter zu ihr, um ihr seine Spielsachen zu zeigen oder sie zu bitten, ihm vorzulesen. Nanny Roberts, die diese Entwicklung anfangs argwöhnisch verfolgt hatte, gab sich nach ein paar Tagen geschlagen; im Grunde war sie froh, auf eine Tasse Tee und ein Plauderstündchen mit Mrs. Fenton in die Küche entschlüpfen zu können.

Della wohnte nun schon vierzehn Tage im Herrenhaus, als das Wetter plötzlich ganz umschlug. Es wurde kalt, und über dem Moor lag tagelang dichter Nebel. Eines Morgens kam sie früher als gewöhnlich ins Eßzimmer und fand es verlassen vor.

Neben Toms Teller lag, ordentlich gefaltet, die *Times*. Es war ein ungeschriebenes Gesetz, daß niemand die Zeitung anrührte, bevor der Hausherr sie gelesen hatte. Della wußte nicht, was sie veranlaßte, das Blatt an diesem Morgen in die Hand zu nehmen. Gleichgültig schlug sie die Zeitung auf, und ihr Blick fiel auf eine fettgedruckte Schlagzeile über einem kurzen Artikel.

Tom, der in diesem Augenblick eintrat, sah, wie Della in die Zeitung starrte und aschfahl wurde.

„Das ist nicht wahr, das kann nicht wahr sein!" stieß sie hervor.

„Was ist los? Was kann nicht wahr sein?"

„Da, sehen Sie nur!"

Sie ließ die Zeitung auf den Tisch fallen und deutete mit zitternder Hand auf die Schlagzeile.

Er beugte sich vor, um den Artikel zu lesen. Die HMS *Panther*, hieß es darin, die sich mit einer Ladung Sträflinge – Männer, Frauen und Kinder – auf dem Weg nach Botany Bay befunden hatte, war irgendwo vor der südamerikanischen Küste in einen Sturm geraten und gesunken. Soweit bisher bekannt, habe keine der Personen an Bord überlebt. Unbestätigten Meldungen zufolge habe allerdings die Besatzung eines kleinen

Handelsschiffs in der Nähe einer Inselgruppe im Pazifik ein Floß gesichtet. Ob sich auf dem Floß jedoch Überlebende befunden hätten, sei höchst zweifelhaft. Tom schaute auf und begegnete Dellas Blick.

„Mein Vater war auf diesem Schiff", sagte sie verstört, „verstehen Sie? Mein Vater! Ach, jetzt können Sie es ruhig erfahren. Was macht das jetzt noch aus? Lismore war der Mädchenname meiner Mutter. Mein Vater war Paul Craven, wegen Mordes zu sieben Jahren Verbannung verurteilt, sieben langen, höllischen Jahren in Australien, für ein Verbrechen, das er nicht begangen hat." Sie begann zu schluchzen. „Ich habe Sie angelogen, als ich hierherkam. Ich habe gelogen, weil ich Angst hatte, daß Sie mich nicht nehmen würden, wenn Sie die Wahrheit wüßten, und ich brauchte so dringend Arbeit." Sie sank auf den Stuhl und vergrub ihr Gesicht in den Händen.

„Das soll Sie nicht bekümmern", sagte er sanft. „Ich weiß, wer Ihr Vater war, ich weiß es schon längst."

„Sie wissen es?" Die Verblüffung verscheuchte für einen Augenblick ihren Kummer. „Sie wissen es? Ja, woher denn?"

„Bret hat es mir erzählt."

„Bret!"

„Ja. Er hat Sie anscheinend bei dem Prozeß in London gesehen und sich erkundigt, wer Sie sind. Er meinte, ich sollte es wissen."

„Aber er hat nichts gesagt."

„Als er es mir erzählte, habe ich ihn gebeten, Stillschweigen zu bewahren. Wenn Sie es vorzogen, uns Ihre wahre Identität zu verbergen, so war das Ihre Entscheidung."

„Und es hat Ihnen nichts ausgemacht?"

„Nein. Warum auch? Sie sind nicht verantwortlich für die Handlungen ihres Vaters."

„Ich habe Ihnen nicht deshalb nichts gesagt, weil ich mich seiner schämte", rief sie voller Unmut aus. „Das dürfen Sie nicht glauben. Ich weiß, er war nie das, was Leute wie Sie ehrbar nennen. Er mag alle möglichen Torheiten begangen haben, aber nie in seinem Leben hat er jemandem absichtlich Schaden zugefügt. Er war der liebste, gütigste Mensch auf der Welt, und ich habe ihn geliebt. Und jetzt soll ich ihn niemals wiedersehen, nie wieder, ich weiß nicht, wie ich das ertragen soll!“ Sie stand hastig auf. „Ich muß schreiben – ich muß herausfinden, was wirklich geschehen ist.“

„Wenn ich Ihnen irgendwie helfen kann...“

„Wie könnten Sie mir helfen? Was ich mir mehr als alles andere wünsche, ist herauszufinden, wer tatsächlich der Mörder war, und den Namen meines Vaters reinzuwaschen.“

„Das würde ihn auch nicht wieder lebendig machen.“

Sie starrte ihn an. „Wie können Sie so etwas sagen? Es besteht doch noch eine Chance, eine winzige Chance, daß er überlebt hat. Das stimmt doch, oder?“

„Vielleicht.“

„Ich bin eine Närrin, nicht? Ich bin verrückt, darauf zu hoffen, aber ich fühle mich so einsam.“

„Nein, das dürfen Sie nicht.“ Er nahm ihre Hand und hielt sie mit beiden Händen fest, als wollte er ihr Kraft geben. „Verzeihen Sie, wenn ich das sage, aber aus Brets Andeutungen schloß ich, daß Oliver irgendwie mit Ihnen verwandt ist. Könnte er Ihnen jetzt nicht bei Ihren Nachforschungen behilflich sein?“

„Oliver!“ stieß sie hervor und wandte sich von Tom ab. „Oliver ist mein Cousin, aber er hat nie auch nur ein Wort verloren über diese Verwandtschaft.“

„Vielleicht respektierte er ganz einfach Ihren Wunsch, anonym zu bleiben“, erwiderte Tom sanft.

„Nein, nein, das ist nicht der Grund! Da ist noch etwas anderes. Ich habe ihn damals im Gerichtssaal gesehen, aber nicht gewußt, wer er ist. Er hat nichts getan, um Vater zu helfen, und als ich in Larksghyll war, jagte mich mein Onkel aus dem Park, so als hasse er mich abgrundtief.“

„Warum? Aus welchem Grund sollte er Sie hassen?“

„Das weiß ich nicht. Ich weiß nur, daß es mich manchmal erschreckt.“ Plötzlich richtete sie den Blick voll auf ihn: „Tom, ich weiß, daß Oliver zu Ihren Freunden zählt, aber trauen Sie ihm nicht – trauen Sie ihm niemals." Sie hätte noch mehr gesagt – die Worten lagen ihr auf der Zunge: Haben Sie denn noch nicht gemerkt, daß er der Liebhaber Ihrer Frau ist? –, aber da öffnete sich die Tür, und Rose trat ein, ein vollbeladenes Tablett in den Händen, und im selben Augenblick wußte Della, daß sie es nicht sagen konnte, daß sie es niemals würde sagen können. Verstört stammelte sie: „Entschuldigen Sie mich bitte" und lief hinaus.

Allein in ihrem Zimmer wanderte sie dann ruhelos auf und ab. Das Unglück hatte sie so plötzlich und unerwartet getroffen, daß sie es noch nicht fassen konnte. Sie hatte die Hoffnung gehegt, daß ihr Vater irgendwie davonkommen würde, daß sie ihn wiedersehen und eines Tages wieder mit ihm zusammen sein könnte, doch nun war auch diese Hoffnung geschwunden. Der Traum fiel ihr ein, der sie damals in der schrecklichen Brandnacht gequält hatte. War das Schiff etwa in diesem Augenblick gesunken? Hatte sie auf rätselhafte Weise in dieser furchtbaren Stunde mit ihm gelitten? Der Gedanke, daß er allein, in der unbarmherzigen schwarzen Tiefe des Meeres, den Tod gefunden hatte, war ihr unerträglich.

Vielleicht aber hatte Tom recht. Sie hatte schließlich ihren Onkel und ihren Cousin Oliver. Vielleicht konnten die beiden mehr herausfinden als sie allein. Sie waren einander fremd; aber was ihr Vater in der Vergangenheit auch getan haben mochte – hatte er inzwischen nicht genug gebüßt? Konnten die beiden jetzt noch Groll gegen ihn hegen? Sie beschloß, sie so bald wie möglich in Larksghyll aufzusuchen. Jetzt gleich, auf der Stelle; es war noch früh. Doch dann warf sie einen Blick aus dem Fenster und erkannte, daß sie diesen Vorsatz fallenlassen mußte. Der Nebel war so dicht wie nie zuvor. Es wäre verrückt gewesen, bei diesem Wetter durch das Moor zu reiten. Della lehnte die Stirn gegen das kalte Glas und überlegte, wie merkwürdig es doch war, daß Bret, der ihr so offen und ehrlich erschienen war, die ganze Zeit über ihre wahre Identität Bescheid gewußt und trotzdem keine Andeutung gemacht hatte. Außerdem hatte Bret den goldenen Totenkopf wiedererkannt, ebenso wie Oliver – unwillkürlich zitterte sie, als sie sich erinnerte, wie kalt seine Finger sich auf ihrer Haut angefühlt hatten. Waren das bloße Zufälle? Wenn sie jetzt von Castlebridge fortging, wie sie es beabsichtigt hatte, würde sie die Wahrheit vielleicht nie herausfinden; und dennoch, wie konnte sie noch länger hierbleiben?

Oh Tom, Tom, dachte sie verzweifelt, warum mußte ich mich in dich verlieben und dadurch mein Leben noch komplizierter machen? Immerhin war es tröstlich zu wissen, daß sie nun nichts mehr vor ihm zu verbergen brauchte. Beim Gedanken daran, daß er alles gewußt hatte und sie dennoch vorbehaltlos akzeptierte, wurde ihr warm ums Herz.

Sie blieb den ganzen Tag in ihrem Zimmer und weigerte sich, etwas zu sich zu nehmen; am späten Nachmittag aber erschien Rose und brachte Tee, Toast und Butter.

„Sie müssen etwas essen, Miss, Sie werden ja noch ganz krank. Die Köchin läßt fragen, ob Sie vielleicht ein weiches Ei oder ein Stück Huhn möchten?"

„Nein, danke, Rose. Das ist sehr lieb, aber ich möchte nichts."

Peter steckte den Kopf zur Tür herein und fragte – im Flüsterton, aber mit so durchdringender Stimme, daß man es bis in die Halle hören konnte: „Hast du die gleichen Kopfschmerzen wie Mama, wenn Nanny sagt, daß ich sehr, sehr still sein muß?"

„Ja, das habe ich. Tut mir leid."

„Arme Della. Soll ich etwas dagegen machen?"

Er stürzte auf sie zu, landete einen feuchten kalten Kuß auf ihrer Wange und schlich auf Zehenspitzen wieder hinaus.

An diesem Abend saßen Tom und Sylvia nach dem Abendessen, das sie gemeinsam eingenommen hatte, noch im Wohnzimmer, als Tom plötzlich von seiner Zeitung aufblickte und sagte: „Ich habe nachgedacht. Peter kommt allmählich in ein Alter, in dem er keine Nurse mehr braucht. Es wird höchste Zeit, daß wir eine Gouvernante einstellen."

„Er ist doch erst fünf", wandte Sylvia ein.

„Alt genug, um lesen und schreiben zu lernen. Mir kam eben der Gedanke, daß Miss Lismore die geeignete Person dafür wäre – falls sie sich dazu bereit erklärt."

Sylvia richtete sich auf. „Warum ausgerechnet sie?"

„Erstens weil sie gerade hier ist, und zweitens weil sie aus guter Familie stammt, gebildet ist und Erfahrung im Unterrichten hat."

„In der Schule hat sie sich jedenfalls nicht bewährt, oder?"

„Unseren Sohn zu unterrichten ist doch etwas ganz anderes, denke ich. Außerdem scheint er sie zu mögen, und das wäre doch schon einmal ein guter Anfang, nein?"

Sylvia schaute ihn forschend an. „Warum fällt dir das ausgerechnet heute ein?"

„Oh, aus verschiedenen Gründen." Er stand auf, ging zum Kamin hinüber und bückte sich, um Kohlen nachzulegen. „Zum einen schulde ich Miss Lismore eine Entschädigung. Außerdem hat sie gerade erst ihren Vater verloren. Er befand sich an Bord eines Schiffes, das nach Australien unterwegs war und gesunken ist."

„Woher weißt du das denn so genau?"

„Die Meldung stand heute morgen in der *Times*."

„Und wieso bist du so überzeugt, daß sie das nicht nur erfunden hat, um dein Mitleid zu erwecken?"

Er winkte ungeduldig ab. „Was hast du bloß ständig gegen sie? Ich weiß zufällig, daß ihre Bestürzung echt war, als sie den Artikel las."

„Und jetzt bedauerst du sie natürlich." Sylvia erhob sich von dem Sofa und trat auf ihn zu. „Sag mal, Tom, du hast dich doch nicht zufällig in dieses Mädchen verliebt?"

„Weil ich gelegentlich ihre Gesellschaft suche und Freude daran habe? Ebensogut könnte ich dich fragen, ob du Oliver liebst, weil du ihn offensichtlich amüsanter findest als deinen langweiligen Ehemann."

Wenn Sylvia bestürzt war, so ließ sie sich jedenfalls nichts anmerken. Sie sagte nur leichthin: „Was meinst du damit?"

„Genau das, was ich gesagt habe. Stimmt es denn nicht?"

„Natürlich nicht. Du redest blanken Unsinn."

„Wirklich?" Er lachte. „Mag sein. – Um jedoch auf Peter zurückzukommen: Ich will nicht, daß er zu sehr verwöhnt wird. Immerhin ist er unser einziges Kind."

Sie stand mit dem Rücken zu ihm und rückte nervös eine Blumenvase zurecht, die auf dem Sideboard stand. „Er muß ja nicht unser einziges Kind bleiben."

Tom schwieg eine Weile. „Meine Liebe", sagte er dann, „du scheinst zu vergessen, daß mir deine Tür in den letzten Monaten verschlossen blieb."

„Sie könnte sich ja wieder öffnen", erwiderte sie tonlos. „Du bist immerhin mein Mann. Du hast ja das Recht dazu."

Er streckte den Arm aus, drehte sie zu sich herum und ließ seine Hand über ihre bloßen Schultern gleiten. Er spürte, daß sie unter seiner Berührung unwillkürlich schauderte. Abrupt ließ er die Hand sinken.

„Ich habe kein Verlangen danach, mein Recht, wie du es nennst, geltend zu machen, wenn es dich offensichtlich solche Überwindung kostet."

„Ich nehme an, die Lehrerin wäre dir lieber", brach es aus ihr hervor.

„Das ist eine infame Unterstellung", sagte er kalt. „Wann habe ich dir je Grund dazu gegeben, so etwas zu sagen?"

Sie stieß einen gequälten Seufzer aus und legte eine Hand an die Stirn. „Es tut mir leid. Ich habe solche Kopfschmerzen, daß ich kaum weiß, was ich sage."

„Du fühlst dich schon seit Wochen nicht wohl", sagte Tom ehrlich besorgt. „Ich wünschte, du würdest dich von Dr. Withers untersuchen lassen."

„Dieser alte Narr. Ich weiß jetzt schon, was er sagen würde." Plötzlich drehte sie sich zu ihm um. „Hättest du etwas dagegen, wenn ich für ein paar Tage nach London fahre? Papa hält sich im Augenblick dort auf. Ich könnte bei ihm wohnen und vielleicht seinen Arzt konsultieren."

„Das Wetter ist zur Zeit wohl kaum geeignet für eine so weite Reise", wandte er ein.

„Dann fahre ich eben, wenn der Nebel sich verzogen hat. Bitte, Tom."

„Mir wäre es lieber, du würdest noch ein wenig warten. Ich will dir, weiß Gott, nichts in den Weg legen, aber wir haben gerade eine schwierige Zeit hinter uns, und du weißt ja, wie die Leute reden. Ich will nicht, daß es heißt, meine Frau hätte mich im Stich gelassen."

„Oh, die Fabrik, die Fabrik, immer die Fabrik!" stieß sie hervor. „Immer bist du so rechtschaffen, so erhaben über jeden Zweifel – dein Vater war da ganz anders. Er ging seinen eigenen Weg und hat sich den Teufel um das Gerede geschert."

„Und er hat mir ein Vermächtnis hinterlassen – ein Vermächtnis, um dessentwillen er umgebracht wurde –, mit dem ich jetzt fertigwerden muß. Willst du, daß es mir genauso ergeht wie ihm, Sylvia?"

„Ach, egal was ich sage, du drehst mir immer das Wort im Mund um."

„Das ist nicht wahr", erwiderte er scharf, „aber ich erwarte von meiner Frau eine gewisse Loyalität und Anteilnahme!"

„Habe ich dir dies je verweigert?"

„Bis jetzt nicht." Einen Augenblick sahen sie einander direkt an. Dann fuhr er etwas milder fort: „In ein paar Monaten ist Weihnachten. Warte bis nach Neujahr, dann kann ich vielleicht mitfahren."

„Wie du wünschst." Sie seufzte und wandte sich ab. „Ich bin müde. Ich glaube, ich gehe zu Bett. Gute Nacht."

„Gute Nacht, meine Liebe."

13

Der Nebel wollte und wollte sich nicht lichten, und Della kam sich eingesperrt vor in dem großen Haus, erdrückt von seiner Atmosphäre. Tom ritt wie gewöhnlich hinüber zur Fabrik, und die Mitglieder des Haushalts gingen ihren täglichen Pflichten nach, aber von außerhalb kam niemand. Es gab keine Gäste, keine Zeitungen, keine Briefe; Della hatte das Gefühl, als säßen sie alle, abgeschlossen von der Außenwelt, in einem kalten, feuchten, dumpfen Kerker. Dementsprechend war auch die Stimmung im Haus. Erst nach einer Woche verschwand der Nebel ebenso plötzlich, wie er sich zusammengebraut hatte.

Als Della an diesem Morgen erwachte, fiel ihr sofort die Helligkeit auf. Sie blickte aus dem Fenster: die Landschaft war völlig verändert. Die Luft war nun glasklar, und auf dem Gras und den Bäumen lag Rauhreif, den das fahle Sonnenlicht silbern färbte. Rasch zog sie sich an; sie sehnte sich danach, endlich wieder aus dem Haus zu kommen und frische Luft zu atmen. Die Post, die sich in dieser Woche angesammelt hatte, wurde in einem großen Sack gebracht. Als Della das Eßzimmer betrat, war Tom in einen Brief vertieft. Er begrüßte sie mit einem zerstreuten Lächeln und reichte ihr zwei Briefe. Der Absender des einen, den Mrs. Frant, ihre ehemalige Hauswirtin, weitergeleitet hatte, war die Justizbehörde, die Della knapp und in kaltem, amtlichem Ton Mitteilung vom Tod ihres Vaters machte. Der andere stammte von Lucinda; sie schrieb, daß man sie eingeladen habe, sich einer ausgezeichneten Truppe anzuschließen, die in naher Zukunft in Paris einen Shakespeare-Zyklus aufführen würde. Es war der letzte Absatz, offenbar kurz vor dem Versiegeln des Briefes als Postskriptum hinzugefügt, der Della einen überraschten Ausruf entlockte. Tom schaute auf.

„Nicht schon wieder schlechte Nachrichten, hoffe ich?“

„Nein, im Gegenteil. Es sieht so aus, als sollte der Prozeß gegen meinen Vater neu aufgerollt werden.“

„Ja, wieso denn das?“

„Lucinda schreibt, sie habe einen Mann kennengelernt, der über enge Verbindungen zu der neuen Londoner Polizei verfüge. Und dieser Mann habe ihr erzählt, daß neues Beweismaterial aufgetaucht sei – mehr konnte er aber auch nicht sagen."

„Nun, sind Sie denn nicht froh darüber?"

„Ich wäre es", sagte Della mit einer Spur von Bitterkeit in der Stimme, „wenn nicht mit derselben Post auch die offizielle Mitteilung vom Tod meines Vaters eingetroffen wäre." Sie stand auf. „Würden Sie mich bitte entschuldigen? Ich möchte sofort an die Justizbehörde schreiben und um weitere Informationen bitten."

Die Nachricht erfüllte Della mit schrecklicher Unruhe. Konnte es denn wahr sein? Sie nahm den Brief noch einmal zur Hand und versuchte, mehr aus den wenigen kurzen Zeilen herauszulesen, als sie offenkundig enthielten. Sie hatte das Gefühl, zu ersticken, wenn sie im Haus blieb. Sie brauchte frische Luft, um nachdenken zu können. Also zog sie einen warmen Mantel an, legte sich einen breiten Schal um Kopf und Schultern und trat aus dem Haus. Ihr erster Weg führte sie zu den Ställen; sie brachte Tansy und Muskat ein paar Zuckerstücke.

Della hatte nicht erwartet, Tom dort anzutreffen. Er unterhielt sich gerade mit Rob, während sein Pferd gesattelt wurde. Sie verfütterte die Zuckerstücke und streichelte Muskat, der mehr wollte und sie bittend mit der Nase anstupste.

„Es gibt nichts mehr, Herr Nimmersatt", sagte sie und wollte weitergehen, aber Tom holte sie ein.

„Es tut gut, endlich wieder frische Luft zu schnappen, wie?"

„Ja, ich habe richtig Lust auf einen langen Spaziergang durch das Moor."

„Ich wünschte, ich könnte mitkommen." Er warf ihr einen forschenden Blick zu. „Wird Sie die Nachricht, die Sie heute morgen erhalten haben, von uns forttreiben?"

„Ich weiß es nicht. Ich hab noch nicht darüber nachgedacht, aber ich kann sowieso nicht mehr länger bleiben. Sie waren sehr gütig, sehr großzügig – doch jetzt wird es Zeit, daß ich abreise. Ich muß einen anderen Posten finden – und zwar rasch."

Der mutige Trotz, mit dem sie ihrer düsteren Zukunft entgegenblickte, rührte ihn, und auf der Stelle faßte er seinen Entschluß.

„Bevor sie eine Entscheidung treffen", sagte er, „möchte ich Ihnen einen Vorschlag machen, der mir schon seit Tagen im Kopf herumgeht. Da die Schule niedergebrannt ist und ich keine Möglichkeit sehe, sie in naher Zukunft wieder aufzubauen – könnten Sie vielleicht trotzdem hierbleiben und meinen Sohn unterrichten?"

Auf dieses Anerbieten war sie völlig unvorbereitet gewesen. Sie blieb stehen und holte tief Atem, bevor sie langsam sagte: „Was sagt Peters Mutter dazu?"

„Sylvia und ich haben schon darüber gesprochen. Sie stimmt mit mir darin überein, daß der Junge der Nurse allmählich über den Kopf wächst. Er braucht dringend ein gewisses Maß an Disziplin." Tom lächelte. „Er sollte langsam lernen, daß das Leben nicht nur Spiel ist. Würden Sie diese Aufgabe übernehmen?"

Della schaute ihn an. Der Wind, der den Nebel aufgelöst hatte, fuhr durch sein dichtes braunes Haar und zerzauste es. Die Narben der Brandwunden wurden allmählich blasser, waren aber noch immer sichtbar. Oh ja, sie wollte bleiben, kein Zweifel, aber noch zögerte sie.

Er umschloß ihre Hand mit seinen beiden Händen. „Was sagen Sie zu diesem Vorschlag?"

„Ich weiß nicht. Er kommt so unerwartet. Ich würde gern eine Weile darüber nachdenken."

„Natürlich. Lassen Sie sich ruhig Zeit." Der Stallbursche hatte sein Pferd herangeführt und blieb nun wartend stehen. Tom drückte ihr die Hand. „Können Sie mir vielleicht heute abend sagen, wie Sie darüber denken? Und genießen Sie den Spaziergang."

Della blickte ihm nach, als er davonritt, dann ging sie ins Haus zurück, um Scamp zu holen.

Der Spaziergang sollte diesmal ins offene Moorland führen. Della schlug ein flottes Tempo an und hing ihren Gedanken nach, während der kleine Hund vor ihr hersprang. Bis zu diesem Zeitpunkt hatte sie sich nicht klargemacht, wie sehr sie sich darauf verlassen hatte, daß Lucinda in London sein würde, wenn sie zurückkehrte. Ohne Lucinda würde die Stadt leer und öde für sie sein. Della schauderte bei dem Gedanken an die Wohnungs- und Arbeitssuche, die harten, ablehnenden Gesichter der Dienstgeber, an die Trostlosigkeit der von Menschen wimmelnden Straßen, wo jeder viel zu sehr mit sich und seinen eigenen Problemen beschäftigt war, um Zeit oder Mitgefühl für einen anderen aufzubringen. Sie hätte das alles auf sich genommen, aber jetzt bot sich ihr plötzlich eine Alternative. Della versuchte, vernünftig und sachlich darüber nachzudenken. Sie mochte den Jungen, und Peter mochte sie. Darin sah sie keine Schwierigkeit.

Oberflächlich betrachtet, war dieses Angebot ausgezeichnet; und wem würde es schon einfallen, unter der Oberfläche nachforschen zu wollen? Wer sah schon, wie qualvoll es war, einen geliebten Mann täglich zu sehen, mit ihm gemeinsam die Mahlzeiten einzunehmen, mit ihm zu reden und gleichzeitig zu wissen, daß er so unerreichbar war wie der Mond? Warum hatte Tom sie gebeten zu bleiben? Sie konnte nicht glauben, daß Sylvia bereitwillig zugestimmt hatte. Die Gedanken wirbelten ihr im Kopf herum wie Tanzmäuse in einem Käfig, und sie konnte sich einfach nicht entscheiden. Sie ging immer schneller, ohne darauf zu achten, wohin sie trat, bis sie plötzlich mit einem Fuß in ein tiefes Loch geriet und stürzte. Einen Augenblick lang war sie benommen, dann aber hörte sie Scamp wütend bellen, und ein Schatten schob sich zwischen sie und die Sonne. Als sie aufblickte, sah sie Bret, der vom Pferd auf sie herunterblickte. Er lächelte ihr zu, dann glitt er aus dem Sattel und kniete neben ihr nieder.

„Ich sah Sie über die Wiese kommen und stürzen. Sind Sie verletzt?“

„Nein, nein, mir fehlt gar nichts.“ Mühselig richtete sie sich auf.

„Haben Sie sich den Knöchel verstaucht?“

„Nein, ich glaube nicht.“ Er half ihr, ganz aufzustehen, und sie versuchte aufzutreten. „Der Knöchel ist ein wenig geprellt, das ist alles.“

„Haben Sie noch weit zu laufen?“

„Ich habe kein bestimmtes Ziel. Ich wollte nur einen Spaziergang machen.“

„Sie waren wohl auch froh, nach diesem verdammten Nebel wieder einmal an die frische Luft zu kommen. Also dann, Sie steigen auf Brutus, und ich führe ihn.“

„Nein, ich möchte lieber gehen, wirklich. Das ist besser.“

„Also gut, wenn Sie meinen. Ich komme aber mit und begleite Sie nach Hause.“

Er faßte die Zügel und hakte sich bei Della unter. „So ist es besser. Vorwärts marsch. Nun sagen Sie mir aber erst, ob Sie sich auch wirklich von den Folgen dieses scheußlichen Feuers erholt haben?“

„Ja, natürlich.“ Ihr Knöchel schmerzte doch mehr, als sie erwartet hatte, aber sie hinkte tapfer weiter. Nach einer Weile sagte sie: „Bret, darf ich Sie etwas fragen?“

„Natürlich“, antwortete er unbekümmert. „Schießen Sie los.“

„Warum haben Sie Tom gesagt, daß Sie wüßten, wer ich bin, und haben mir gegenüber kein Wort davon erwähnt?“

„Er hat es Ihnen also gesagt? Ich war ebenso wie er der Meinung, daß man Ihren Wunsch nach Anonymität respektieren sollte.“

„Und wieso haben Sie dem Prozeß beigewohnt?“

Er zuckte die Schultern. „Warum tut man manche Dinge? Ich weiß nicht. Ich hatte keinen besonderen Grund.“

Sie musterte ihn flüchtig von der Seite und wußte nicht so recht, ob sie ihm glauben sollte. „Sie sind nicht zufällig deshalb dort gewesen, weil Sie die Männer kennen, die in jener Nacht mit meinem Vater am Spieltisch gesessen hatten?“

Seine Antwort kam fast ein wenig zu hastig. „Die Männer kennen? Natürlich nicht. Warum, zum Teufel, sollte ich sie kennen?“

„Seien Sie mir nicht böse. Ich frage nur deshalb, weil Martha einmal erwähnt hat, daß Sie manchmal in solchen Kreisen verkehren, und der kleine goldene Totenkopf, den ich damals am Abend auf Ihrem Fest trug, gehörte einem dieser Männer, und Sie haben den Anhänger sofort wiedererkannt."

„Wenn man Martha zuhört, könnte man glauben, daß ich mein Leben in Spielhöllen verbringe", sagte er ein wenig ärgerlich. „Und was den Totenkopf betrifft, so war das Zufall, reiner Zufall. Schmuckstücke dieser Art sind nicht so selten. Ich muß einmal irgendwo einen ähnlichen gesehen haben." Plötzlich sah er sie direkt an. „Warum stellen Sie mir all diese Fragen?"

„Weil ich gerade jetzt sehr viel daran denken muß. Ich habe heute erfahren, daß der Fall neu aufgerollt werden soll."

„Aber das ist doch nicht möglich!" Er stieß es mit solchem Nachdruck hervor, daß sie ihn erstaunt ansah, doch Bret hatte sich schnell wieder gefaßt. „Das ist doch sehr ungewöhnlich. Warum? Aus welchem Grund?"

„Ich weiß auch nur so viel, daß offenbar neue Beweise aufgetaucht sind."

„Was kann man denn nach all den Monaten noch für Beweise finden?"

„Ja, ich weiß auch nicht. Die Ironie an der ganzen Sache ist jedoch, daß das alles zu spät kommt. Das Schiff, das meinen Vater nach Australien bringen sollte, ist gesunken, und es gibt keine Überlebenden", sagte sie tonlos.

„Oh Gott, nein! Ist das sicher? Gibt es keine Hoffnung?"

„Soviel ich weiß, nein." Della blieb stehen, um ihren Fuß zu entlasten. „Eigentlich sollte ich mich damit trösten, daß dieses Schicksal wahrscheinlich gnädiger ist als sieben Jahre Hölle in einem Sträflingslager, aber ich kann es nicht, Bret, ich kann einfach nicht! Dazu habe ich ihn zu sehr geliebt." Sie schaute ihm in die Augen. „Alles, wonach ich mich sehne, alles, worauf ich hoffe, ist, den Mann zu finden, der ihn für seine Tat büßen ließ."

„Ich wünschte, ich könnte irgend etwas für Sie tun."

„Sie können nichts für mich tun, außer mir zu helfen, den Mörder zu finden."

„Das würde ich gern, glauben Sie mir, aber dazu ist es bestimmt schon zu spät."

Er ergriff ihre Hand und drückte sie, und ihr fiel auf, wie eigenartig es war, daß Schweiß auf seiner Stirn stand, obwohl es doch so kalt war. Dann ließ er ihre Hand los.

„Jetzt aber weiter! Wozu stehen wir noch hier herum? Es ist kalt, und Sie zittern. Hinauf auf Brutus mit Ihnen!"

Er hob sie auf das Pferd und führte sie bis zum Park von Rokeby Hall, wo sie absteigen wollte.

„Kommen Sie mit ins Haus?"

„Nein", sagte er. „Ich muß nach Hause. Passen Sie auf sich auf."

Dann schwang er sich in den Sattel, winkte ihr zu und galoppierte davon.

Dieses Zusammentreffen mit Bret gab den Ausschlag. Della beschloß, Toms Angebot anzunehmen; sie würde in Yorkshire bleiben. Bret war nicht so unbekümmert gewesen wie gewöhnlich, und das beunruhigte sie. Sie fragte sich, ob er nicht doch mehr wußte als er zugab. Das Geheimnis um Larksghyll war noch immer nicht gelüftet, und dringender denn je wollte sie herausfinden, was damals geschehen war. Sie wollte wissen, was ihren Vater aus seiner Heimat vertrieben und ihn sein Leben lang verfolgt hatte. Nun würde es einfacher sein. Nun wußte Tom ja, wer sie war, und es kam ihr vor, als hätte sich eine dunkle Wolke verzogen. Wenn Oliver von London zurückkehrte, würde sie ihn und ihren Onkel besuchen, um beiden klarzumachen, daß sie nichts von ihnen wollte, nichts, außer der Wahrheit.

Als Tom am Abend fragte, ob sie eine Entscheidung gefällt hätte, konnte sie aufrichtig antworten: „Ich habe noch nie einen kleinen Jungen unterrichtet, aber wenn Sie es wirklich wollen, würde ich es gern versuchen. Mit dem Lesen haben wir schon begonnen, und er ist sehr lernbegierig."

„Sie bleiben also bei uns?"

„Wenn Mrs. Clifford einverstanden ist."

Sylvia schaute von ihrem Roman auf. „Mich dürfen Sie nicht fragen. In diesen Dingen entscheidet mein Mann, nicht ich."

Tom sagte rasch: „Aber meine Liebe, du warst doch mit mir einer Meinung, daß das Kind eine Gouvernante braucht."

„Und du glaubst, daß Miss Lismore die geeignete Person dafür ist. Ich kann nur hoffen, daß du recht hast."

Della begegnete dem Blick dieser großen veilchenblauen Augen mit den dunklen, langen und seidigen Wimpern und konnte ihren Ausdruck beim besten Willen nicht deuten. War ihr der eigene Sohn gleichgültig? Oder gab es etwas, das sie so sehr beschäftigte, daß daneben alles andere bedeutungslos wurde? Sie war ein wenig beunruhigt, als sie darüber nachdachte, und plötzlich beschlich sie das merkwürdige Gefühl, daß sie alle drei am Rande eines Abgrundes standen, daß ihnen etwas Ungewisses und Schreckliches bevorstand, dem sie nicht entrinnen konnten. Einen winzigen Augenblick lang verspürte sie ein eiskaltes Gefühl im Rücken – dann war es wieder vorbei.

Am nächsten Morgen suchte sie Abbie Withers auf, die zwei Jahre lang die Kleinen unterrichtet hatte, um ihre neue Aufgabe mit ihr zu besprechen.

„Ich möchte Peter zu nichts zwingen", erklärte Della ernst. „Ich möchte, daß er lesen, schreiben und zeichnen lernt, weil es ihm Spaß macht."

„Es gibt nichts Eigenwilligeres als einen fünfjährigen Jungen, der es sich in den Kopf gesetzt hat, nicht zu arbeiten, sondern zu spielen", sagte Abbie aus eigener Erfahrung.

„Dann wird er eben spielend lernen", gab Della entschlossen zurück, und sie setzten sich hin und überlegten gemeinsam, welche Bücher, lehrreichen Spiele, Zeichenstifte, wieviel Buntpapier, Anschauungsmaterial und Landkarten anzuschaffen waren. Dann verbrachten sie einen Tag in Bradford, um mit Tims Hilfe alles einzukaufen. Tim lachte über Dellas Entschlossenheit, ihre Ideen zu verwirklichen.

„Ist das die Methode, mit der sie auch die Kinder in der Schule unterrichten wollten?" fragte er, verstohlen grinsend. „Wenn ja, dann wundert's mich nicht, daß sich der junge Carter in einen Rebellen verwandelt hat."

„Wie können Sie nur so etwas Gemeines sagen! Aber um

ehrlich zu sein – ich hab's versucht", gab sie kleinlaut zu. „Ich habe es wirklich versucht, doch am Ende mußte ich auf die altbewährten Methoden zurückgreifen und mit dem Rohrstock nachhelfen. Aber Peter ist anders."

„Das wollen wir lieber abwarten", meinte Tim zynisch. „Alle kleinen Kinder sind Teufel, bis sie lernen, Engel zu sein."

Peter war ein sehr verwöhntes Kind und hatte einen starken Willen. Am Anfang kam es manchmal zu hitzigen Gefechten, wenn sich sein Kinderzimmer um halb zehn in ein Klassenzimmer verwandelte, und er zwei Stunden lang still sitzen sollte, während er es sich in den Kopf gesetzt hatte, sein Pony zu reiten oder mit Rusty im Park herumzutollen. Meistens gelang es Della, mit seinen Wutanfällen fertig zu werden, aber eines Morgens am Ende der ersten Woche ging alles schief. Peter war außer Rand und Band, er zerriß sein neues Buch, trampelte auf seiner Schiefertafel herum, trat nach Nanny Roberts, als sie ihn auszankte, und weil Scamp etwas dagegen hatte, daß Peter ihm die Ohren oben am Knopf zusammenpreßte, schleuderte der Junge den kleinen Hund quer durch den Raum, und Scamp klatschte laut aufjaulend gegen die Wand. Da verlor Della die Beherrschung und verabreichte Peter eine schallende Ohrfeige. Er starrte sie an, sein Gesicht verfärbte sich scharlachrot, und schließlich rannte er heulend zu seiner Mutter.

Sylvia eilte zu Della, das heftig schluchzende Kind an sich gedrückt, und sagte ätzend:

„Sie mögen den Rohrstock für die Gören in der Schule gebraucht haben, aber meinen Sohn werden Sie nicht züchtigen."

„Er hat es verdient", sagte Della verstört, aber standhaft. „Kein Kind darf eine hilflose Kreatur mißhandeln, so wie er es getan hat, und nur, weil er seinen Willen nicht durchsetzen konnte. Diese scharfe Lektion war nötig."

„Er ist noch viel zu klein, um das zu verstehen."

„Er ist kein Baby mehr. Er wußte sehr gut, was er tat."

Sylvias Augen blitzten. „Was erlauben Sie sich eigentlich, wollen Sie mich über mein eigenes Kind belehren? Wer weiß, was Sie da angerichtet haben. Mein Mann hat Sie gegen meinen

Willen engagiert, und Sie können sicher sein, daß er sofort von mir erfährt, was heute geschehen ist. Sie werden Peter für den Rest des Tages gefälligst mir und Nanny überlassen."

Einen Augenblick starrten sie einander schweigend an, dann biß sich Della auf die Lippen und ging in ihr Zimmer. Sie machte sich Vorwürfe, im Grunde aber wußte sie, daß es früher oder später auf jeden Fall zu einer solchen Auseinandersetzung gekommen wäre.

Als Tom am Abend zurückkehrte, sprudelte Sylvia die ganze Geschichte hervor, und er begab sich sofort ins Kinderzimmer; Peter lag bereits im Bett und machte einen jämmerlich niedergeschlagenen Eindruck.

„Was muß ich da hören?" fragte Tom und setzte sich auf die Bettkante.

„Ich wollte ihm nicht weh tun", kam eine zaghafte Stimme aus der Tiefe des Kissens.

„Mag sein, aber stell dir vor, du hättest ihn getötet. Wie wäre dir dann zumute?"

„Mama hat gesagt, er wäre nur ein kleiner Bastard."

„Das hat nicht das geringste damit zu tun", sagte Tom streng. „Nun dreh dich um und sieh mich an."

Ein kleiner zerzauster Kopf kam zum Vorschein, und zwei vom Weinen verschwollene Augen schauten Tom an. Der Blick rührte ihn. Vielleicht war der Junge tatsächlich noch zu klein, um zu verstehen, was er ihm jetzt sagen würde, aber versuchen mußte er es.

„Nun hör mir mal zu, Peter. Schlage und verletze niemals einen Schwächeren oder Hilflosen nur deshalb, weil du schlecht gelaunt bist. Weißt du, was ich meine? Ich glaube, du hast es verstanden und wirst es nicht wieder tun." Dann lächelte er und zauste den hellblonden Haarschopf. „Du hast Glück, mein Junge. Als ich so alt war wie du, hätte mir mein Vater eine gehörige Tracht Prügel verpaßt."

„Wirst du mich hauen?" Die Stimme zitterte leicht.

„Diesmal vielleicht noch nicht – wenn du dich bei Della und Nanny entschuldigst."

„Und bei Scamp auch?“

„Bei dem armen Scamp ganz besonders.“

Der Junge schluckte , setzte sich auf und schlang die Arme um den Hals seines Vaters. Tom drückte Peter an sich, bevor er sich sanft aus seiner Umklammerung befreite.

„Ist ja alles wieder gut, mein Sohn. Schlaf jetzt.“

Er deckte ihn zu und gab ihm einen Kuß auf die Stirn. Als er aus dem Zimmer trat, wartete Della bereits auf ihn.

„Möchten Sie, daß ich gehe?“ fragte sie schlicht.

„Lieber Himmel, nein. Wie kommen Sie denn darauf?“

„Ihre Frau war sehr wütend auf mich.“

„Nehmen Sie sich das nicht so zu Herzen. Sie hat sich in der letzten Zeit nicht sehr wohl gefühlt und war niedergeschlagen.“

„Da ihr die Sache so nahe geht, wäre es vielleicht doch besser, wenn Sie sich nach jemand anderen für Peter umsehen.“

„Sachte, sachte! Ich dachte, Sie wären bereit, jede Herausforderung anzunehmen? Haben Sie mir das nicht einmal erklärt? Und das war kein sehr heftiger Sturm, oder?“

„Wenn Peter nicht zu seiner Mutter gelaufen wäre, hätte ich Ihnen überhaupt nichts davon erzählt.“

„Das dachte ich mir. Also wollen wir's vergessen, ja? Ich bin überzeugt, daß es nicht wieder vorkommen wird.“

Sie lächelte ein wenig nervös. „Ich werde jedenfalls mein möglichstes tun.“

„Gut. Dann gehen Sie jetzt mit mir hinunter ins Wohnzimmer und vergessen die ganze Sache.“

„Nein...danke. Es war ein langer Tag. Ich möchte lieber noch einmal nachsehen, ob Peter schläft, und dann werde ich zu Bett gehen. Gute Nacht.“

Dieser Vorfall hatte Tom jäh vor Augen geführt, wieviel es ihm bedeutete, Della hier in seinem Haus zu haben. Dieser Gedanke beschäftigte ihn so, daß er nicht auf den Sturm gefaßt war, der ihn unten im Salon erwartete.

„Ich hoffe, du hast diesem niederträchtigen jungen Weibsstück gesagt, daß sie ihre Koffer packen kann“, begann Sylvia, als er das Wohnzimmer betrat.

„Nein, das habe ich nicht, und ich werde es auch nicht tun. In gewisser Hinsicht habe ich etwas Ähnliches sogar erwartet. Es ist genau das, was der Junge braucht."

„Wie kannst du nur so etwas sagen? Du warst nicht dabei. Du hast nicht gesehen, in welch schrecklichem Zustand Peter war. Er hat sich fast krank geweint. Ich war nahe dran, Dr. Withers holen zu lassen."

„Ich bin froh, daß du das nicht getan hast. Du hättest dich ordentlich blamiert, wenn du den Doktor gerufen hättest, damit er eine Anwandlung von schlechter Laune heilt." Er setzte sich neben sie auf das Sofa. „Dem Jungen fehlt überhaupt nichts – er hat bloß die schmerzliche Erfahrung machen müssen, daß er seinen Willen nicht immer durchsetzen kann."

„Du bist so streng mit ihm!"

„So, bin ich das? Jedenfalls nicht annähernd so streng wie mein Vater mit mir war." Er nahm ihre Hand. „Reg dich nicht darüber auf, meine Liebe. Vermutlich sehe ich die ganze Sache viel weniger voreingenommen als du."

„Wenn du so redest, weiß ich, daß es nichts gibt, was dich veranlassen könnte, deine Meinung zu ändern. Ich muß es also wohl oder übel hinnehmen." Sie schob seine Hand fort, stand auf und begann nervös auf und abzulaufen. „Tom, ich muß fort von hier."

„Ich dachte, das hätten wir abgesprochen. Wenn alles so planmäßig weitergeht wie jetzt, dann können wir nach Neujahr eine Reise unternehmen, nach London vielleicht, oder sogar noch weiter, wenn du möchtest."

„Aber bis dahin sind es noch viele Wochen!" Sie drehte sich zu ihm um. „Du weißt nicht, wie es ist, den ganzen Tag hier eingesperrt zu sein. Es ist wie in einem Gefängnis. Ich habe manchmal das Gefühl, ich werde wahnsinnig."

„Übertreibst du nicht ein wenig?"

„Du verstehst mich nicht, du hast mich nie verstanden", fuhr sie aufgeregt fort. „Ich kann doch bei Papa wohnen. Ich kann mit ihm Ausfahrten machen, andere Leute treffen, ein paar neue Kleider kaufen und Weihnachtsgeschenke besorgen.

Wenn du nicht mitkommen kannst, dann fahre ich eben allein."
Er schwieg, während er sie eine Weile beobachtete. „All das könntest du auch in Leeds oder Manchester tun. Warum willst du unbedingt nach London fahren? Ist es, weil Oliver dort ist?"

Jetzte hatte er sie aus der Fassung gebracht. Sie leckte sich nervös die Lippen. „Das ist doch lächerlich."

„Wirklich?"

„Das stimmt nicht! Und wenn du es genau wissen willst: Allmählich beginne ich Oliver zu verabscheuen!"

„Dieser Sinneswandel kommt aber sehr plötzlich, oder?"

„Er hat sich mir gegenüber sehr schlecht benommen, bevor er abreiste."

Tom runzelte die Stirn. „Schlecht benommen? Was willst du damit sagen? Davon hast du mir nichts erzählt."

„Oh, ich möchte jetzt nicht darüber sprechen. Inzwischen ist so viel geschehen – die Unruhen in der Fabrik, der Brand – und ich dachte, die Sache würde dir noch zusätzlichen Ärger bereiten, aber wenn er nicht einer deiner Freunde wäre, würde mir nicht im geringsten daran liegen, ihn je wiederzusehen."

Er sah die roten Flecken in ihrem Gesicht, hörte die Heftigkeit in ihrer Stimme und war verwirrt. Wie sie so dastand in ihrem pfauenblauen Kleid, erinnerte sie ihn an einen schönen, exotischen Vogel, der in einem Netz gefangen war und wild um sich schlug, um sich zu befreien, und er empfand Mitleid mit ihr. Er seufzte.

„Ich möchte weiß Gott nicht, daß du dich eingesperrt fühlst. Wenn du also unbedingt fahren mußt, lasse ich die nötigen Vorbereitungen treffen. Ich fürchte, es wird eine lange, kalte Reise, und du tätest gut daran, Rose mitzunehmen."

„Danke, Tom, danke. Es ist ja nicht für lange. Zu Weihnachten bin ich wieder zurück." Impulsiv lief sie auf ihn zu, schlang ihm die Arme um den Hals und küßte ihn wie ein dankbares Kind. Ihre Lippen waren trocken und heiß. Tom legte die Arme um sie, aber sie wich rasch zurück. „Es ist schon spät. Ich möchte Rose noch sagen, daß sie packen soll."

Langsam schlüpfte Sylvia aus den Kleidern. Dann stellte sie sich nackt vor den Spiegel und ließ die Hände über ihre vollen Brüste, die schlanke Taille und die runden Hüften gleiten. Sie war nun ganz sicher, daß sie schwanger war – schwanger von Oliver. Es bestand kein Zweifel mehr, nicht der geringste, und Tom würde es merken, er würde es ganz sicher erraten. Sie hatte seit ihrer Rückkehr aus Harrogate nicht mehr mit ihm geschlafen. Sie war ihm ausgewichen und hatte Hunderte Ausflüchte gebraucht, bis er sie schließlich in Ruhe ließ, und als sie in ihrem ersten Schrecken über die Schwangerschaft versucht hatte, ihn zu verführen, war sie kläglich gescheitert.

Sie schauderte, schlüpfte rasch in ihr Nachthemd und warf ihren Morgenmantel über. Was sie Tom an diesem Abend erzählt hatte, stimmte sogar in gewisser Weise. Es gab Augenblicke, in denen sie Oliver tatsächlich haßte, ihn dafür haßte, daß er so viel Macht über sie besaß, und dennoch – oh Gott, wie zutreffend war doch die Redensart, daß Haß und Liebe so nahe beieinander liegen! Obwohl das Zimmer eiskalt war, fieberte sie vor Sehnsucht nach ihm. Er war gegangen und hatte sie einfach zurückgelassen, und dennoch bebte sie vor Verlangen bei dem bloßen Gedanken, ihn bald wiederzusehen. Diese Fahrt nach London war eine Reise ins Ungewisse, aber diesmal mußte er sie anhören, er mußte sie fortbringen, er mußte die Notwendigkeit einsehen. Was kümmerte sie der Skandal, was kümmerte sie die Gesellschaft? Sie wollte doch nichts anderes, als bei ihm sein – für immer.

Und wenn er sich weigerte? Sie preßte die Hände gegen ihre heißen Wangen. Aber das konnte er nicht, jetzt nicht mehr, ein solch entsetzliches Ende ihres Traumes wollte sie nicht in Betracht ziehen. Sie wagte sich nicht auszudenken, was Tom tun würde, wenn er es erfuhr. Früher hatte sie geglaubt, Tom ganz in ihrer Gewalt zu haben, aber jetzt war dieses Gefühl verflogen. Er konnte erstaunlich hart sein und würde gewiß sehr heftig auf ihre Untreue reagieren – und auf den ungeheuren Verrat eines Mannes, den er zu seinen Freunden gezählt hatte.

All das ging ihr durch den Sinn, als sie ins Bett schlüpfte. Bald darauf hörte sie Tom die Treppe heraufkommen und auf dem Weg in sein Zimmer an ihrer Tür vorbeigehen. Sie verspürte ein leises Bedauern, daß sie seine Liebe so leichtfertig zurückgewiesen hatte. Das war auch einer der Gründe, warum sie nicht schärfer gegen Dellas Anwesenheit im Haus protestiert hatte. Wenn er etwas wie Zuneigung für das Mädchen empfand, würde er seine Frau vielleicht eher ziehen lassen. Außerdem konnte ihr das möglicherweise als Waffe dienen – sie hätte dann etwas, womit sie, wenn nötig, zurückschlagen konnte.

Völlig ahnungslos, wie bitter die Realität war, die sie erwartete, schlief Sylvia schließlich ein und sank in einen wunderbaren Traum, der nie Wirklichkeit werden sollte.

Dritter Teil

Oktober – Januar
1840–1841

14

Als Sylvia abgereist war, kehrten wieder Ruhe und Frieden im Haus ein. Mrs. Fenton war eine äußerst tüchtige Haushälterin, und nun sprach sie bei Tom vor, als dieser beim Frühstück saß, um seine Wünsche und Anweisungen entgegenzunehmen.

„Ich überlasse alles Ihrem Gutdünken, Mrs. Fenton", sagte er. „Sollte Miss Lismore irgendwelche Änderungen wünschen, dann wird sie es Sie wahrscheinlich wissen lassen."

Mrs. Fenton erstarrte. „Ich versichere Ihnen, daß ich immer mein Bestes tun werde, Sir."

Sie bedachte Della mit einem so eisigen Blick, daß diese erschrak. Della beeilte sich zu sagen: „Oh nein, ich wünsche keine Änderungen, gar keine. Ich möchte, daß alles so bleibt wie bisher."

„Sehr wohl, Miss. Ist das alles, Sir?"

„Ja, danke, Mrs. Fenton."

Die Haushälterin verließ das Zimmer mit einer Miene, die so unverhohlene Empörung ausdrückte, daß Tom sich mit einem belustigten Grinsen zurücklehnte.

„Diese Frau gibt mir immer das Gefühl, ein kleiner Lausejunge zu sein, der etwas angestellt hat. Sie kam mit Sylvia von Sterndale hierher und hat mir nie verziehen, daß wir nicht in einem Schloß wohnen, keine Lakaien mit gepuderten Perücken haben, die bei Tisch servieren, und ohne die unzähligen Speichellecker auskommen, die meinen Schwiegervater früher oder später in den Bankrott treiben werden."

In diesen Wochen schien es Della, als wäre sogar das Wetter verzaubert. Es war kalt, aber sehr klar. Fast jeden Nachmittag ritt sie auf Tansy ins Moor, und Muskat mit Peter im Sattel trabte neben ihr her. Sie brachten jedesmal irgendeinen kleinen Schatz mit – einen Stechpalmenzweig mit roten Beeren, oder einen bunten Stein, der eigenartig gewundene Linien aufwies, und einmal fanden sie sogar den ausgebleichten Schädel eines Schafes.

Manchmal kam Tom, bevor er in die Fabrik ging, kurz ins Schulzimmer und setzte sich neben seinen Sohn an den Tisch, las stockend aus einem Buch vor oder malte mit den Buntstiften ganz unsinnige Bilder, die den Jungen zum Lachen brachten, und Della mußte ihn schließlich aus dem Zimmer weisen, sonst hätte er ihren sorgfältig vorbereiteten Unterricht völlig durcheinandergebracht.

Nach dem Abendessen saßen Tom und sie immer eine Weile im Wohnzimmer, und er erzählte ihr von den Vorgängen in der Fabrik oder sprach über seine Zukunftspläne. Ein anderes Mal berichtete Della von den Abenteuern, die sie mit ihrem Vater erlebt hatte, und sie lachten gemeinsam über die Winkelzüge, die sie und Pa gelegentlich hatten anwenden müssen, um zu überleben.

„Eines meiner schlimmsten Erlebnisse hatte ich in Rom. Wir bewohnten eine Zimmerflucht, deren Fenster sich auf eine schmale Gasse öffneten. Eines Abends wollte ich gerade zu Bett gehen, als ich unter meinem Fenster Lärm hörte. Ich schaute hinaus und sah, daß Vater von zwei Schurken überfallen worden war und sich ihrer kaum mehr erwehren konnte. Die einzige Waffe, die ich in der Eile zu fassen bekam, war der Feuerhaken, und ich packte ihn und rannte die Treppe hinunter. Ganz zufällig traf ich einen der Banditen so genau auf den Kopf, daß er in den Straßengraben fiel. Ich hatte ganz vergessen, daß ich nur meinen roten Morgenmantel trug; der andere Räuber muß mich wohl für eine Art Racheengel gehalten haben, denn er ergriff schleunigst die Flucht. Irgendwie schaffte ich es, Papa die Treppe hinaufzuschleppen, und erst als ich das Blut abgewaschen und seine Wunden versorgt hatte, kam mir zu Bewußtsein, was ich getan hatte. Es konnte ja sein, daß ich den Mann getötet hatte, und das war ein ganz entsetzliches Gefühl. Es ließ mir keine Ruhe, so daß ich wieder hinunterschlich und aus dem Haustor spähte. Überall auf dem Bürgersteig war Blut, aber keine Leiche, also dürfte er doch am Leben geblieben sein."

„Ich hatte ja keine Ahnung, daß ich es mit einem so wehrhaften Frauenzimmer zu tun habe", sagte Tom neckend. „War es ein Raubüberfall?"

„Die Burschen hatten nicht genug Zeit, um meinem Vater die Geldbörse zu stehlen, aber ich glaube auch nicht, daß das ihre Absicht war. Zu jener Zeit wurde Italien von politischen Wirren heimgesucht, und mein Vater pflegte mit seiner Meinung nie hinterm Berg zu halten, wenn er eine Ungerechtigkeit witterte. Ich lebte in der ständigen Angst davor, was er wohl als nächstes sagen würde, und war daher nicht sonderlich traurig, als wir packten und nach England zurückkehrten."

Und Tom, dem Della in ihrem schlichten Kleid mit dem Spitzenkragen, mit ihrem sittsam zurückgekämmten, seidigschwarzen Haar und den großen, klaren blauen Augen so vornehm erschien, staunte im stillen, daß eine junge Frau, die ein so bewegtes Leben geführt hatte, solch eine reine und unschuldige Würde hatte bewahren können.

Während sie miteinander lachten und immer neue gemeinsame Interessen fanden, wuchs die Vertrautheit zwischen ihnen, obwohl nicht einmal ihre Hände einander streiften. Und in dieser friedlichen, glücklichen Zeit kam es Della auch nie in den Sinn, daß Außenstehende diese Situation mißdeuten würden und nur darauf lauerten, über sie herfallen zu können.

Sie hatte nichts mehr von der möglichen Wiederaufnahme des Verfahrens gegen ihren Vater gehört, wurde aber wieder daran erinnert, als sie eines Nachmittags zur Teezeit nach Farley Grange hinüberritt, um Martha und Miss Lavinia zu besuchen.

„Bret ist nach London gefahren", erklärte Martha, als Della sich nach ihrem Bruder erkundigte. „Er erhielt einen Brief von Oliver und ist noch am selben Tag abgereist."

„Hat er gesagt, warum?"

„Nein, aber ich glaube, es hat etwas mit dieser schmutzigen Angelegenheit von Olivers Onkel zu tun."

War das der richtige Zeitpunkt, um Martha über ihre enge Beziehung zu Oliver und Larksghyll aufzuklären? Sie zögerte, die Worte lagen ihr schon auf der Zunge, aber dann konnte sie sich doch nicht dazu entschließen. Sie hielt es für besser, noch zuzuwarten, bis die ganze Sache ein für allemal geklärt wäre und sie die ganze Wahrheit herausgefunden hätte.

Als Martha für einen Augenblick das Zimmer verließ, sagte Miss Lavinia in ihrer forschen Art: „Wie ich höre, ist Ihre Ladyschaft wieder einmal abwesend und hat Sie und ihren Mann allein gelassen. Ob das klug war?“

„Ich weiß nicht, was Sie meinen. Die Schule ist ja geschlossen, und Mr. Clifford hat mich gebeten, als Gouvernante seines Sohnes hierzubleiben. Ist daran irgend etwas auszusetzen?“

„Ach, jetzt ist es wieder *Mr. Clifford*?“ warf die alte Dame sarkastisch ein. „Oh, meine Liebe, ich bitte Sie – Sie sind eine sehr attraktive junge Frau, und Tom ist auch nur ein Mann.“

„Wenn Sie damit andeuten wollen, daß zwischen uns etwas Unrechtes vorgefallen ist, dann irren Sie sich aber gewaltig.“

„Na, ja, steigen Sie nicht schon wieder aufs hohe Roß! Ich habe nicht gesagt, daß ich etwas dergleichen annehme, aber es gibt Leute genug, die es sehr wohl tun; Leute, die sich ein Vergnügen daraus machen, Klatschgeschichten zu verbreiten und Unschuldige zu verleumden. Ich möchte Sie warnen, das ist alles. Seien Sie vorsichtig.“

Auf dem Heimweg über das Moor kochte Della noch vor Empörung. An diesem Abend aber setzte sie sich nach dem Abendessen nicht wie gewöhnlich ins Wohnzimmer, um auf Tom zu warten, sondern begab sich zurück in den Raum, der als Schulzimmer eingerichtet worden war, und legte die Sachen für den nächsten Tag bereit. Plötzlich klopfte es an der Tür.

„Was ist los, Della?“ fragte Tom. „Stimmt etwas nicht? Habe ich Sie in irgendeiner Weise verärgert?“

„Nein, das ist es nicht.“ Es fiel ihr schwer, es zu erklären. „Aber – es war etwas, das Miss Lavinia gesagt hat – na ja, ich möchte niemandem Gelegenheit geben, über uns zu reden.“

„Ist das alles? Glauben Sie, ich kümmere mich darum, was ein paar alberne Klatschbasen schwatzen könnten? Es ist doch immer das gleiche. Wenn ich einem der Mädchen in der Weberei auch nur einmal zulächle, bin ich schon ihr Liebhaber. Als die arme kleine Peg ihr Baby bekam und ich ihr ein paar Guineen extra gab, um ihr über die schwerste Zeit hinwegzuhelfen, fanden sich prompt ein paar, die bereit waren zu schwören, daß ich der Vater sei."

Und da Della unter ganz anderen Umständen aufgewachsen war und keine Ahnung von der engstirnigen Borniertheit einer kleinen Gemeinde hatte, ließ sie sich von ihm überzeugen. Die Tage verrannen, und das Leben in Rokeby Hall ging weiter wie bisher – bis der Brief kam.

Es war an einem Dezembermorgen kurz vor Weihnachten. Eine Woche zuvor hätte Sylvia zurückkehren sollen, war aber bis jetzt nicht angekommen, und Della war insgeheim froh darüber. Als hätten sie eine stillschweigende Übereinkunft getroffen, sprachen sie kaum von ihr – Tom, weil er über die Frau, die er geliebt und geheiratet hatte, nichts Abfälliges sagen wollte, und Della, weil sie sich nicht dazu entschließen konnte, ihre Vermutung zu äußern, daß Sylvia eine Liebschaft mit Oliver hatte.

Tom warf einen flüchtigen Blick auf einen der Briefe und reichte ihn lächelnd an Della weiter. „Was glauben Sie, von wem er diesmal ist?"

Die Adresse war in ungelenken Großbuchstaben auf das Kuvert gemalt; und der Brief war persönlich abgegeben worden. Nach dem Brand hatten einige von Dellas Schülern ihre mühselig erworbenen Schreibkünste unter Beweis gestellt, indem sie kurze, schwer zu entziffernde Briefe schrieben. Zweifellos war dies hier auch ein solches Briefchen, wenn es auch ein wenig verspätet eintraf. Wahrscheinlich war der Schreiber durch die Antworten, die Della den anderen geschickt hatte, dazu veranlaßt worden. Sie faltete das dünne Blatt Papier auseinander; während sie es las, wuchs ihr Entsetzen. Der Brief beschrieb in bäuerlichen Kraftausdrücken, was sie und Tom vermutlich miteinander trieben.

Es war wie die Schmiererei an der Schulmauer vor vielen Monaten – nur noch schlimmer, viel schlimmer. Ihr wurde ganz übel vor Abscheu.

„Oh, wie widerlich! Wie kann man nur so gemein sein!" Unwillkürlich hatte sie die Worte hervorgestoßen, und nun knüllte sie das Papier wütend zusammen.

Tom blickte besorgt von seinen Briefen auf. „Sie sind ja leichenblaß. Was ist los? Lassen Sie mich sehen."

„Nein!"

Della wollte den Brief zerreißen, wegwerfen, vergessen, aber er hatte ihr das Papier bereits aus der Hand genommen und strich es sorgfältig glatt. Er überflog den Brief, stand auf, trat an den Kamin, warf das Blatt hinein und sah zu, wie es verbrannte.

„Das ist das einzige, was man mit solchem Schmutz machen sollte."

„Aber der Schreiber dieses Schandbriefs droht, all diese Lügen Ihrer Frau zu erzählen, damit es so aussieht, als ob – als ob wir –" Sie brach ab und sprang auf. „Miss Lavinia hatte recht. Ich hätte nie hierbleiben dürfen. Ich kann es nicht zulassen, daß man so von Ihnen denkt. Ich werde abreisen – sofort!"

„Das werden Sie nicht tun. Das ist genau das, was diese Schurken beabsichtigen – sie wollen Sie forttreiben. Begreifen Sie denn nicht, daß es einem Schuldbekenntnis gleichkäme, wenn Sie jetzt abreisen? Damit würden Sie den Verleumdern nur einen Gefallen erweisen. Wir werden unser Leben weiterführen wie bisher, so als hätten wir diesen Brief nie erhalten."

„Aber wer war das, Tom? Wer könnte auf einen solchen Gedanken kommen?"

„Ich bin nicht ganz sicher", antwortete er nachdenklich, „aber ich habe gehört, daß Dan Carter wieder aufgetaucht ist. Freunde haben mich gewarnt, daß wir weitere Schwierigkeiten mit den Chartisten zu erwarten hätten, daß es vielleicht noch mehr Aufruhr und Brandanschläge geben könnte."

„Davon haben Sie mir gar nichts erzählt."

„Bisher sind es auch nur Gerüchte. In den Wintermonaten, wenn die Lebensmittel knapp und teuer sind, ist es schwierig, die Leute zum Streiken zu überreden. Falls nicht irgendein besonderes Ereignis eintritt und sich die Lage zuspitzt, wird es erst im Frühjahr dazu kommen."

„Würde sich Dan Carter denn zu so einer – so einer Gemeinheit hergeben?“

„Könnte schon sein. Sein Durst nach Rache für das, was mein Vater ihm angetan hat, ist offenbar noch nicht gestillt. Es sieht so aus, als hätte ihm das Feuer im Schulhaus nicht genügt.“

Della starrte ihn an. „Beunruhigt Sie das denn nicht?“

„Nein. Wenn es soweit ist, werde ich mich damit auseinandersetzen, und in der Zwischenzeit muß das Leben weitergehen. Ich lasse mir deshalb keine grauen Haare wachsen.“ Er schenkte ihr ein schiefes, amüsiertes Lächeln. „Hätte ihr gestrenger Vater nicht auch so gehandelt?“

„Ja, ja, das hätte er, und wagen Sie es ja nicht, sich über mich lustig zu machen! Sonst erzähle ich Ihnen nie wieder etwas von ihm. Aber trotzdem, Tom, ich bin in Sorge, in großer Sorge.“

„Nun hören Sie mir mal zu, Delphine Craven, Sie sind hier und Sie bleiben hier, bis *wir* eine andere Entscheidung treffen – und niemand sonst.“ Er sah sie durchdringend an. „Haben Sie mich verstanden?“

„Ja, ja, ich glaube schon.“

„Gut. Nun aber zu einem anderen Punkt, den ich heute morgen mit Ihnen besprechen wollte: den Ausflug, den wir für nächsten Sonntag geplant haben. Dieses ungewöhnlich schöne Wetter wird, fürchte ich, nicht mehr lange anhalten. Der Schnee kommt dieses Jahr sehr spät, aber wenn er kommt, dann könnte es sein, daß wir hier oben wochenlang eingeschlossen sind. Und in unserem Moorland gibt es einen Ort, den ich Ihnen schon lange zeigen wollte. Sie treffen doch die Vorbereitungen für den Ausflug, ja?“

Also faßte sie sich ein Herz und bat Mrs. Fenton, einen kleinen Picknickkorb zu packen, und lächelte ein wenig über die stumme Mißbilligung der Haushälterin. Sie war überzeugt, daß Mrs. Fenton sie für ein Flittchen hielt, das den Master dazu verleitete, sich wie ein Heide aufzuführen und einen Vergnügungsritt zu unternehmen, anstatt in die Kirche zu gehen, aber das machte ihr nichts aus. Die Tage verrannen so schnell. Bald würde Sylvia zurückkehren, und dann mußte alles ein Ende haben. Allein bei dem Gedanken daran krampfte sich ihr das Herz zusammen, aber sie versuchte, diese Vorstellung von sich wegzuschieben. Die unbeschwerten Stunden, die noch vor ihr lagen, wollte sie genießen.

Im allerletzten Augenblick erschien Peter und bettelte, mitreiten zu dürfen.

„Nein, mein Sohn, dieser Ritt wäre zu lange für dich", sagte Tom.

„Aber mit Della bin ich doch auch schon so weit geritten. Stimmt doch, oder? Oh bitte, bitte, Papa."

Er klammerte sich an die Hand seines Vaters, hopste auf und ab und warf Della beschwörende Blicke zu.

„Also gut", sagte Tom, „aber nur, wenn du tust, was dir gesagt wird. Nanny soll dich warm anziehen, und Rob soll die Pferde satteln. Wenn er müde wird", sagte er zu Della, als der Junge jubelnd davonrannte, „setze ich ihn vor mich in den Sattel, und das Pony führen wir am Zügel."

Es war einer dieser Morgen, wie es sie im Winter nur selten gibt – die Sonne schien hell, aber es war so kalt, daß der Atem der Pferde wie Dampf aus ihren Nüstern strömte; silbrig schimmernder Rauhreif bedeckte das Gras und die Sträucher. Es duftete nach Farn und welkem Laub, und jedesmal, wenn sie an einem der abgelegenen Bauernhöfe vorbeikamen, sogen sie den kräftigen, vollen Geruch von Holzfeuer ein.

Unter Toms Führung ritten sie durch ein Gebiet, das Della noch nicht kannte. Lange Zeit trabten sie schweigend hinter dem Hund Rusty her, der übermütig vor ihnen hertollte, bis sie auf einen kleinen Hügel kamen. Tom zügelte sein Pferd.

„Das ist es, was ich Ihnen zeigen wollte", sagte er.

Vor ihnen lag ein riesiger Bergsee, aus dem ein hoher, schroffer Kalksteinfelsen aufragte wie eine gewaltige Mauer. Das Gestein – ausgezackt, zerrissen und von Streifen durchzogen – erinnerte an einen erstarrten Wasserfall. Die Erhabenheit dieses Steingebildes, das sich im stillen Wasser spiegelte, verschlug Della den Atem.

„Es sieht aus wie ein Schloß, das in der Urzeit von Riesen gebaut wurde", sagte sie staunend.

„Vielleicht wurde es von Riesen gebaut. Ich bin schon ein paarmal hierhergekommen, wenn mir eine Situation aus irgendeinem Grund unerträglich schien. Man ist hier völlig allein und erkennt viel eher, wie klein und unbedeutend die eigenen Sorgen sind angesichts der Unermeßlichkeit von Natur und Zeit. Das erinnert mich an einen Vers, den ich einmal gelesen habe." Er hielt inne und dachte, die Augen halb geschlossen, nach. „Wenn ich mich recht erinnere, lautete er ungefähr so –

Siehst du die Welt in einem Körnchen Sand
Und den Himmel in einer wilden Blüte,
Dann hältst du das Unendliche in der Hand
Und die Ewigkeit in einer Minute."

„Ich dachte, Sie lesen keine Gedichte", sagte Della lächelnd.

„Das tue ich auch nicht, aber diese Zeilen sind mir irgendwie im Gedächtnis haften geblieben. Ich kann mich nicht einmal erinnern, wer sie geschrieben hat."

„Es war ein Mann namens William Blake, ein Visionär, um nicht zu sagen ein Schwärmer."

Tom sah beinahe ein wenig verschämt drein. „Ich habe darüber noch nie zu jemandem gesprochen. Es paßt auch nicht so recht zu einem nüchternen Textilfabrikanten, wie?"

„Ja, warum denn nicht?" sagte Della mit fester Stimme. „Poesie ist überall, wenn man sie nur erkennt. Das ist wirklich ein wunderschöner Ort. Danke, daß Sie ihn mir gezeigt haben."

Impulsiv streckte sie die Hand aus, und er ergriff sie. Für einen Augenblick waren sie einander sehr nahe, ohne daß ein Wort gesprochen wurde.

Dann aber jammerte Peter klagend: „Es ist kalt hier oben, Papa, und ich habe schrecklichen Hunger", und der Bann war gebrochen.

Tom lachte. „Der Wind hier regt tatsächlich den Appetit an.

Suchen wir uns doch ein nettes geschütztes Plätzchen, und sehen wir nach, was Mrs. Fenton für uns eingepackt hat."

Es wurde ein fröhliches Picknick; es gab knuspriges, frischgebackenes Brot, kaltes Huhn, hartgekochte Eier und einen Apfelkuchen, der so flaumig war, daß er auf der Zunge zerging. Dazu trank Peter Milch, und Della und Tom gönnten sich einen Schluck Brandy aus Toms silberner Hüftflasche. Als sie sich satt gegessen hatten und Della die Reste des Mahls in dem Korb verstaute, dacht sie: Das war mein Tag – ein Tag, den ich nie vergessen werde. Nichts kann mir die Erinnerung an diesen Tag rauben.

Fröhlich stiegen sie wieder auf ihre Pferde und machten sich zufrieden auf den Heimweg, nicht ahnend, was auf sie zukam.

Es geschah, als sie nur noch wenige Kilometer von Rokeby Hall entfernt waren. Rusty war auf dem Land aufgewachsen und viel zu gut erzogen, um Schafe zu jagen; aber eines dieser dummen Tiere hatte sich verirrt und lief ihnen plötzlich über den Weg. Der Hund bellte warnend, und das Schaf sprang verstört vor ihnen her. Der Instinkt sagte Rusty, daß es zu seiner Herde getrieben werden mußte, und er sauste hinter ihm her und überholte es. Peters Pony Muskat, das schon den Stall und sein Abendessen witterte, machte einen Satz vorwärts, um sich an der Jagd zu beteiligen. Der Weg führte über eine Holzbrükke, die einen kleinen Bach überspannte. Das Schaf rannte hinüber, dicht gefolgt von Rusty, der übermütig bellte. Muskat aber verschmähte die Brücke und setzte zum Sprung an. Peter war schon müde und hatte nicht mehr die Kraft, das Pony zurückzuhalten. Beim Aufsprung wurde er vom Rücken des Pferdes geschleudert und schlug mit dem Kopf gegen einen großen, gezackten Felsen am Ufer des Baches.

Tom, der an Dellas Seite ritt, hatte einen Sekundenbruchteil zu spät erkannt, was sich da anbahnte. Er gab seinem Pferd die Sporen, das wie ein Pfeil über den Bach flog, schwang sich aus dem Sattel und fiel neben dem Jungen auf die Knie. Ein paar Augenblicke später war Della ebenfalls da, sprang vom Pferd und beugte sich über Peter.

„Ist er schwer verletzt?“ fragte sie keuchend.

„Ich weiß es nicht.“ Tom hob Peter vorsichtig hoch. Der Kopf des Kindes sank schlaff gegen Toms Schulter, sein Gesicht war leichenblaß. „Er ist bewußtlos. Wir müssen ihn so schnell wie möglich nach Hause bringen. Könnten Sie ihn einen Augenblick halten?“

Della nahm den Jungen auf den Arm, während Tom sein Pferd holte und aufsaß. Dann stemmte sie Peter mühsam hoch, und Tom setzte ihn vorsichtig vor sich in den Sattel und legte ihm sein Reitjackett um. Die Sonne ging bereits unter und färbte den Himmel blutrot, und mit dem Tageslicht schwand auch die Wärme. Sie wagten es nicht, schnell zu reiten, weil sie fürchteten, das Schütteln und Stoßen bei einem scharfen Trab oder Galopp könnte noch mehr Schaden anrichten; daher war es fast dunkel, als sie das Herrenhaus erreichten.

Tom trug Peter in sein Zimmer und überließ es Della und Nanny, ihn auszuziehen und in warme Decken zu hüllen, während er nach unten ging, um Rob eiligst zu Dr. Withers zu schicken.

Als er wieder nach oben kam, lag das Kind scheinbar leblos in seinen Kissen; das Gesicht war blaß, und die Lippen hatten sich bläulich verfärbt. Außer einer kleinen Schramme an der Schläfe war keine äußerliche Verletzung zu sehen. Sie deckten Peter wieder warm zu, schoben einen heißen, in Flanell gewikkelten Ziegel unter seine Füße, und dann konnten sie nichts weiter tun, als zu warten.

Der Arzt, der mit Frau und Tochter zur Abendandacht in der Kirche gewesen war, kam eine halbe Stunde später. Gutgelaunt wie immer betrat er eilig das Zimmer. „Na, was ist denn passiert? Rob sagte, Peter hätte einen Unfall gehabt. Was hat der kleine Racker denn diesmal angestellt, hä?“

Aber sein Benehmen änderte sich schlagartig, als er Toms Gesichtsausdruck sah und einen Blick auf das Kind warf. Er untersuchte den Jungen sehr gründlich, fühlte den Puls, prüfte die Reflexe und ließ sich viel Zeit, bevor er sich mit sehr ernster Miene langsam aufrichtete.

„Nun“, sagte Tom, „wie schlimm ist es?“

„Erzähl mir genau, was passiert ist.“

„Da gibt's nicht viel zu erzählen. Das verdammte Pony hat ihn abgeworfen, und er ist mit dem Kopf auf einem Felsen aufgeschlagen. Das ist alles, was wir wissen.“

„Soweit ich es feststellen kann, hat Peter eine schwere Gehirnerschütterung und eine schlimme Prellung davongetragen und liegt in einer tiefen Ohnmacht. Wie sich das auswirken und wie lange es dauern wird, kann im Moment weder ich noch sonst jemand sagen. Möglich, daß es nur ein paar Stunden dauert, vielleicht aber zieht es sich auch über Tage hin.“

„Aber kann man denn nichts tun, um ihm zu helfen?“ fragte Tom. „Es muß doch irgendwelche Mittel geben.“

„Nein, man kann nichts weiter tun, als ihn warm und ruhig zu halten und ihn ständig zu beobachten. Es besteht die Gefahr, daß er sich umdreht und erstickt. Alles liegt in Gottes Hand, mein Freund.“

„Verdammt bequem, das zu sagen“, sagte Tom grob. „Soll das heißen, daß er sterben könnte?“

„Mit einer solchen Möglichkeit müssen wir in diesem Stadium noch nicht rechnen.“

„Aber er könnte sterben, nicht wahr?“ fragte Tom hartnäkkig und schloß für einen Augenblick die Augen, als ihm das Entsetzliche einer solchen Aussicht bewußt wurde. „Oh, mein Gott, und es ist alles meine Schuld. Ich hätte wissen müssen, was passieren würde, ich hätte darauf bestehen müssen, ihn zu mir aufs Pferd zu nehmen. Der Junge hätte nicht so weit reiten dürfen. Er war müde, und deshalb wurde er abgeworfen. Ich hätte es doch erkennen müssen!“

„Es hat keinen Sinn, sich jetzt Vorwürfe zu machen“, sagte der Arzt geradeheraus. „Es ist nun mal geschehen. Es war ein bedauerlicher Unfall, und jetzt müssen wir tun, was wir können, um ihm zu helfen.“

Della hatte die ganze Zeit über schweigend dagestanden und Tom beobachtet. Sie wußte, welch bittere Vorwürfe er sich und vielleicht auch ihr machte. Sie waren beide schuldig.

„Doktor, kann ich irgend etwas tun?“ fragte sie ruhig.

„Sehr wenig, leider, außer, wie ich schon sagte, bei ihm zu bleiben und ihn ständig zu beobachten.“ Er hielt einen Augenblick inne und fuhr dann nachdenklich fort: „Sie könnten versuchen, mit ihm zu sprechen, auch wenn er nicht reagiert. Nicht dauernd, aber in kurzen Abständen. Und rufen Sie mich sofort, wenn irgendeine Veränderung eintritt; sonst komme ich erst morgen früh wieder, um nach dem Patienten zu sehen.“ Er legte seine Hand auf Toms Arm. „Sorge dich nicht zu sehr. Manchmal sieht es schlimmer aus, als es ist.“

„Ich bete zu Gott, daß du recht hast.“

Gemeinsam verließen sie das Zimmer, und Nanny Roberts wandte sich mit tränennassem Gesicht an Della.

„Oh, wie schrecklich das ist, Miss, und Ihre Ladyschaft ist so weit weg in London. Sie wird fast den Verstand verlieren, wenn sie davon erfährt.“

„Mr. Clifford wird sie benachrichtigen, und wer weiß, vielleicht geht es Peter schon viel besser, wenn sie zurückkommt“, sagte Della und versuchte, Ruhe und Optimismus zu verbreiten. „Würden Sie bitte bei Peter bleiben, bis ich mich umgezogen habe? Ich bin in ein paar Minuten wieder zurück. Wir müssen abwechselnd bei ihm wachen, Nanny.“

Die ganze Nacht über lag der Junge in dieser totenähnlichen Starre. Tom nahm an der einsamen Nachtwache teil, er blieb regungslos neben dem Bett sitzen. Della wußte, wie sehr er litt – und seine Qual wurde noch dadurch verschärft, daß er sich selbst die Schuld gab an dem Unfall. Am nächsten Morgen schickte er Rob mit einer Nachricht für seine Frau nach Bradford, die Schreckensbotschaft sollte per Eilpost übermittelt werden; dennoch aber würde es ein paar Tage dauern, bis Sylvia zurück in Yorkshire sein konnte.

Am Morgen ging Della hinunter ins Eßzimmer, um Tom zu überreden, wie gewöhnlich zur Fabrik hinüberzureiten.

„Wie könnte ich?“ sagte er und schob den Teller zurück; er hatte kaum etwas angerührt. „Wie könnte ich an etwas anderes denken, solange das Kind da oben liegt und vielleicht mit dem Tod ringt."

„Es wäre aber besser", sagte sie. „Sie quälen sich nur unnütz, wenn Sie hierbleiben, und können doch nichts tun. Nanny und ich sind ständig bei ihm, und wenn irgendeine Veränderung eintreten sollte, würde ich Sie sofort benachrichtigen." Er blickte sie unsicher an, und sie legte die Hand auf seinen Arm. „Ich verspreche es Ihnen, Tom. Ich liebe ihn doch auch! Und, wer weiß? Vielleicht sitzt er heute abend, wenn Sie nach Hause kommen, schon munter im Bett und lacht über die ganze Sache."

Diese Hoffnung ging jedoch nicht in Erfüllung. Peter lag den ganzen Tag reglos im Bett. Dr. Withers kam, untersuchte ihn noch einmal und sagte wenig, aber Della konnte an seinem Gesichtsausdruck ablesen, daß er nichts Tröstliches zu vermelden hatte. Er schlug vor, ein Mädchen aus dem Dorf heraufzuschikken, um sie zu entlasten, aber Della und Nanny lehnten das Angebot einstimmig ab. Niemand außer ihnen sollte den Jungen pflegen.

Den ganzen Tag bemühte sich Della, die Ratschläge des Arztes zu befolgen. Sie nahm die schlaffe Hand des Kindes in die ihre und versuchte, ihre Wärme und Kraft auf Peter zu übertragen, während sie mit klarer Stimme zu ihm sprach. Rusty hatte sich standhaft geweigert, das Zimmer zu verlassen, und sie rief ihn zu sich; er kam dicht an das Bett und leckte mit seiner rauhen Zunge Peters Hand. Sie holte auch Scamp, in der Hoffnung, daß vielleicht das durchdringende Gekläff des Hündchens den Jungen aufwecken würde, aber ohne Erfolg. Als Tom am Abend nach Hause kam, sagte ihm schon ihr hilfloser Blick, was ihn erwartete.

Es war wie ein schrecklicher Alptraum, aus dem es kein Erwachen zu geben schien: Wieder vergingen eine Nacht und ein Tag, und Della rührte sich kaum aus Peters Zimmer, außer um hastig ein paar Bissen hinunterzuschlingen oder eine Stunde zu schlafen. Gedämpfte Stille herrschte im Haus, so als machten sich die Bewohner auf das Schlimmste gefaßt. In der Küche stand die Köchin über den Herd gebeugt und bemühte sich, nach den Anweisungen des Arztes eine dünne, nahrhafte Brühe zuzubereiten. Immer wieder mußte sie sich die Tränen von ihrem roten, schwitzenden Gesicht wischen.

„Und wenn ich dran denk, daß ich dem Kleinen erst vor 'n paar Tagen 'ne Ohrfeige gegeben hab, weil er meine heißen Kuchen geklaut und die Finger in die Sahne getaucht hat", schluchzte sie.

Am dritten Morgen begann es zu schneien. Della war in ihr Zimmer gegangen, um sich ein wenig frisch zu machen und die Kleider zu wechseln. Sie trat ans Fenster, zog den Vorhang zurück und hielt erstaunt den Atem an: Vor ihr lag eine weiße Welt. Überall Schnee – auf den Bäumen und Sträuchern, auf den Wegen und Rasenflächen, und es schneite noch immer, große federleichte Flocken, die der Wind vor sich hertrieb.

Als sie ins Krankenzimmer zurückkam, war Tom allein dort.

„Ich hab Nanny hinuntergeschickt, damit sie ein Frühstück zu sich nimmt", sagte er. „Sie sieht erschöpft aus. Ich werde heute nicht in die Fabrik gehen."

„Weil es schneit?"

„Nein, nicht deshalb. Sehen Sie sich Peter nur an. Ich kann ihn nicht allein lassen, ich wage es einfach nicht."

Er stand neben dem Bett, und Della trat zu ihm. Gemeinsam betrachteten sie das Kind. Peter schien kleiner geworden zu sein, zerbrechlicher, verwundbarer. Die blassen Wangen waren eingefallen, das blonde Haar hatte seinen Glanz verloren und war feucht. Die Kraft und Entschlossenheit, die Della bisher aufrecht erhalten hatten, drohten zu schwinden. Sie faßte zaghaft nach Toms Hand, und seine Finger umklammerten die ihren so stark, daß es schmerzte.

„Wenn ich nur irgend etwas tun könnte, Della", murmelte er verzweifelt. „Ich komme mir so verdammt hilflos vor."

Sie holte tief Atem. Irgendwie mußte sie Kraft für sie beide finden. Sie raffte sich auf und versuchte, ihm Mut zuzusprechen.

„Wir müssen weiterhin tun, was Dr. Withers gesagt hat. Wir werden zusammenarbeiten. Wir werden mit Peter reden. Wir werden die Hunde holen und alles tun, um ihn aufzuwecken. Wir müssen es schaffen. Wir können ihn nicht einfach so von uns weggleiten lassen, ohne zu kämpfen. Wir *lassen* ihn nicht sterben."

Später erschien ihr dieser Tag als der schlimmste, den sie je erlebt hatte. Sie redeten, bis sie heiser waren und nicht mehr wußten, was sie sagen sollten. Della las Peter seine Lieblingsgeschichten vor, sagte Kinderreime auf, sang Lieder, holte die Hunde, brachte Spielzeug und rief schließlich sogar Rob aus dem Stall herbei. Er schlich auf Zehenspitzen herein und strich dem Jungen zärtlich über die Wange.

„He, Master Peter, du mußt jetzt aufwachen. Muskat macht sich schreckliche Sorgen um dich. Du willst doch nicht, daß er auch noch krank wird, oder?" Dann wandte Rob sich ab und fuhr sich mit dem Handrücken über die Augen, weil er nicht zeigen wollte, wie erschüttert er war.

Am späten Nachmittag gaben sie es auf; sie waren zu erschöpft, und alle Bemühungen waren vergeblich. Plötzlich sprang Tom auf.

„Ich kann nicht mehr, Della, ich kann nicht mehr. Warum weiterreden, warum, wenn es doch völlig sinnlos ist? Mag kommen, was kommen muß, aber dies hier ist unerträglich – es ist ja doch aussichtslos!"

Er wankte durch das Zimmer zum Fenster, riß die Vorhänge auf, lehnte die Stirn an die kalte Scheibe und starrte hinaus. Der Schnee lag an einigen Stellen bereits zwei Meter hoch.

„Sylvia wird nicht durchkommen. Bei diesem Wetter wagt sich kein Kutscher auf die Straße. Es wäre Wahnsinn", sagte er leise.

„Bedrückt Sie das?"

„Ich weiß es nicht. Ich bin mir nicht mehr sicher." In stummer Verzweiflung hämmerte er mit der Faust gegen die Fensterscheibe. „Ich hab mich schon oft gefragt, wieviel ihr der Junge überhaupt bedeutet."

Die Stunden vergingen quälend langsam. Erst am späten Abend konnte Della Tom dazu überreden, etwas zu essen und eine Weile zu schlafen. Dann ging sie in ihr Zimmer, um sich umzuziehen. Die Nachtwache war leichter zu ertragen, wenn sie das dicke Winterkleid, die Unterröcke und das Mieder ablegte und nur einen gefütterten Morgenmantel überstreifte. Schließlich lief sie wieder ins Krankenzimmer und schickte Nanny Roberts zu Bett.

„Sie müssen ein paar Stunden schlafen, Nanny, Sie sind nicht mehr die jüngste, und es ist zu anstrengend für Sie. Ich rufe Sie, wenn ich Sie brauche."

Die alte Frau räumte nur widerwillig das Feld, und als sie das Zimmer endlich verlassen hatte, setzte Della sich in den großen Armsessel vor den Kamin. Sie döste vor sich hin und stand jede halbe Stunde auf, um nach dem Jungen zu sehen.

Nachdem sie sich um zwei Uhr morgens wieder einmal aus dem Sessel erhoben hatte, um das Feuer zu schüren, trat sie ans Fenster und schob den Vorhang zurück. Der Park sah aus wie verzaubert. Es hatte aufgehört zu schneien, und das Mondlicht ergoß sich über eine Märchenlandschaft von unglaublicher Reinheit.

Della öffnete das Fenster einen Spaltbreit und spürte die eisige, belebende Luft auf ihrer Haut. Eine Schneeflocke fiel auf ihre Hand, und sie betrachtete sie verträumt.

„Dann hältst du das Unendliche in der Hand –"

Die Worte fielen ihr wieder ein, und gleichzeitig damit wurde sie von einer solchen Woge der Liebe zu Tom überwältigt, daß sie unwillkürlich den Atem anhielt und einen Augenblick nicht wagte, sich zu bewegen. Dann aber rüttelte der Wind am Fenster, und sie fröstelte, so daß sie die Flügel rasch wieder schloß und verriegelte. Gerade wollte sie den Vorhang zuziehen, als sich hinter ihr im Zimmer etwas regte. Sie fuhr herum und getraute sich kaum zu atmen – und da war es wieder.

„Mama", murmelte ein dünnes Stimmchen, „wo ist Mama."

Sie stürzte an Peters Bett und drehte den Docht der Lampe ein wenig höher, so daß das Licht auf das Gesicht des Jungen fiel. Die Augen standen weit offen.

„Mama", sagte er abermals, wie im Traum.

„Mama wird bald hier sein, mein Schätzchen. Ich bin's, Della. Du kennst doch Della?"

„Della", wiederholte er, und dann trat langsam ein Ausdruck des Erkennens in Peters Augen. Mühsam hob er eine Hand an die Schläfe. „Mein Kopf tut weh."

„Das wird bald besser werden." Della nahm ein kühles, feuchtes Handtuch, das neben dem Bett bereit lag, und drückte es gegen seine Stirn.

„Bin ich krank?" murmelte er.

„Du bist schlimm gestürzt, aber jetzt wirst du bald wieder gesund sein."

„War Papa hier?"

Also mußte doch etwas zu ihm durchgedrungen sein. „Ja, mein Schatz, er war hier."

Sie hätte weinen können vor Erleichterung, aber erst mußte sie Tom holen. Er sollte an dem Wunder teilhaben. Sie lief den Korridor entlang und klopfte an seine Tür. Als sich drinnen nichts rührte, trat sie ein und sah, daß das Bett leer war. Eilig rannte sie die Treppe hinunter und fand ihn im Eßzimmer; er saß, den Morgenrock übergeworfen, ein Glas in der Hand, vor dem verlöschenden Feuer.

„Ich konnte nicht schlafen", sagte er, als er sie bemerkte, und dann sprang er auf. „Was ist geschehen? Ist er...?"

„Er hat die Augen geöffnet, Tom, er ist aufgewacht. Er hat nach Ihnen gefragt."

Tom stellte das Glas nieder, stürmte an Della vorbei und raste, zwei Stufen auf einmal nehmend, die Treppe hinauf. Sie folgte ihm und wollte noch sagen: „Seien Sie vorsichtig. Heben Sie ihn nicht hoch, er ist noch sehr schwach", aber sie hätte sich keine Sorgen zu machen brauchen. Als sie oben ankam, beugte er sich gerade über seinen Sohn, und sein Gesicht drückte so viel Zärtlichkeit aus, daß sie tief gerührt war.

„Hallo, mein Sohn."

„Hallo, Papa."

„Wie fühlst du dich?"

Der Junge rümpfte die Nase. „Ganz komisch. Mein Kopf brummt."

„Du hast einen schweren Schlag abgekriegt."

„Wirklich?" Eine kleine Hand schlüpfte unter der Decke hervor und berührte die Wange seines Vaters. „Warum weinst du, Papa?"

„Unsinn, ich weine doch nicht." Tom griff nach der Hand des Jungen; er konnte kaum sprechen.

Peter wurde unruhig. „Ich hab Hunger."

Tom warf Della einen fragenden Blick zu, und sie sagte rasch: „Er kann ein paar Löffel Brühe haben. Wir haben die Suppe für alle Fälle warm gehalten."

Sie brachte eine Tasse, und Tom setzte das Kind vorsichtig auf. Gehorsam schluckte Peter Löffel um Löffel der Suppe, die die Köchin so liebevoll zubereitet hatte.

Tom und Della blieben beiden bei dem Jungen und sprachen leise mit ihm, bis er schließlich in einen tiefen, gesunden Schlummer fiel. Erschöpft, aber überglücklich wachten sie über seinem Schlaf. Della lehnte sich müde an Toms Schulter, und er legte ihr den Arm um die Taille und zog sie an sich.

So wurden sie von Nanny überrascht, die kurz darauf ins Zimmer stürzte.

„Sie hätten mich wecken sollen, Miss. Es ist nach vier und so bitterkalt", sprudelte sie hervor, bevor sie ihr noch die freudige Nachricht mitteilen konnten.

„Der gütige Gott sei bedankt", sagte sie inbrünstig und trat näher, um sich den Jungen genau anzusehen. Sie konnte kaum glauben, daß nun das Schlimmste überstanden war. „Und ich hab schon gedacht, daß ich Ihrer Ladyschaft nie wieder in die Augen würde schauen können. Es ist wie ein Geschenk des Himmels! Nun gehen Sie aber und legen Sie sich hin, Sir, und Sie, Miss Della, auch. Sie sehen müde aus. Ich bleibe bei ihm. Sie brauchen sich keine Sorgen mehr zu machen."

„Das weiß ich, Nanny, und ich bin Ihnen sehr dankbar“, sagte Tom. „Und ich bin überzeugt, daß Mrs. Clifford ebenso empfinden wird, wenn sie nach Hause kommt.“

„Es war nicht allein mein Verdienst, Sir“, sagte Nanny ehrlich, „Miss Della hat auch ihr Teil dazu beigetragen. Jetzt gehen Sie aber, Sie beide, sonst ist es Morgen, bevor Sie ins Bett kommen.“

„Jetzt sag ich Ihnen was“, meinte Tom, als sie die Tür von Peters Zimmer hinter sich geschlossen hatten, und blieb plötzlich stehen. „Ich bin halb verhungert. Ich hab seit Tagen kaum etwas gegessen. Ich könnte jetzt ein Pferd verschlingen.“

„Ich weiß nicht, ob ich Ihnen ein Pferd beschaffen kann“, erwiderte Della in derselben übermütigen Stimmung, „aber ich könnte ja versuchen, die Küche zu plündern.“

„Eine wunderbare Idee! Ich komme mit und helfe Ihnen.“

Wie schuldbewußte Kinder schlichen sie ins Reich der Köchin und durchstöberten den Vorratsschrank. Während Della Brot schnitt, säbelte Tom verschwenderisch dicke Scheiben von dem mächtigen Yorkshire-Schinken ab, dann grinste er jungenhaft und meinte: „Dafür wird die Köchin wahrscheinlich meinen Kopf fordern.“

Della schürte das Feuer unter dem Kessel und bereitete heiße Schokolade. Sie luden alles auf ein Tablett und trugen es ins Eßzimmer, wo Tom vor dem Kamin niederkniete, mit dem Blasebalg das Feuer anfachte und dann fachmännisch kleine Kohlenstücke auf der Glut verteilte.

„Das erinnert mich an den Tag, an dem ich hier ankam“, sagte Della und stellte das Tablett zwischen ihnen auf den Boden. „Ich hielt Sie für den arrogantesten Burschen, den ich je kennengelernt hatte, und fand sie abscheulich, weil Sie das Feuer zum Brennen brachten, während ich kläglich gescheitert war.“

„Und ich war entsetzt, als ich feststellen mußte, daß ich keine achtbare Lehrerin mittleren Alters engagiert hatte; statt dessen hatte ich mir ein verwahrlostes kleines Mädchen aufgehalst, das wie ein Schornsteinfeger aussah und sich dann noch als äußerst eigensinniges, halsstarriges junges Ding entpuppte.“

Das schien schon sehr lange her zu sein, und doch waren seither kaum acht Monate vergangen. Sie lachten und verschlangen heißhungrig das Essen. Dann stand Tom auf und holte die Karaffe mit dem Brandy. Er schaute Della fragend an, aber sie schüttelte den Kopf, also goß er einen großzügigen Schluck in seine Tasse und setzte sich wieder auf den Teppich neben sie. In dem großen Raum war es kalt geworden, aber unmittelbar vor dem Kamin war es warm und gemütlich. Della zog die Beine an, lehnte sich mit dem Rücken gegen einen Armsessel, und hielt ihre Tasse mit beiden Händen; sie war sogar zum Sprechen zu müde.

Nach einer Weile stand Tom auf und gähnte. „Es hat keinen Zweck. Als brave Kinder müssen wir tun, was Nanny sagt, und zu Bett gehen." Er nahm Della die leere Tasse ab und stellte sie zusammen mit seiner eigenen auf das Tablett.

„Hören Sie, Della, ich glaube nicht, daß ich es ohne Sie geschafft hätte."

„Ich hab nur getan, was jeder andere auch getan hätte."

„Nein, nicht jeder. Wir stehen tief in Ihrer Schuld, mein Sohn und ich."

Er neigte sich vor und küßte sie auf die Wange. Zu jeder anderen Zeit wäre sie gewappnet gewesen – gegen ihn und ihre eigenen Gefühle –, aber es war zuviel geschehen. Wochenlang hatten sie Seite an Seite gelebt und waren einander sehr nahe gekommen, ohne sich je zu berühren. Sie hatten gemeinsam um das Leben des Jungen gekämpft, und sie hatten schließlich gesiegt.

„Oh Tom", hauchte sie, „lieber Tom." Sie beugte sich vor und streckte die Hand aus, um seine Wange zu streicheln.

Er zögerte nur einen Augenblick, dann packte er ihre Hand und riß Della an sich. Er küßte sie leidenschaftlich, und sie hatte nicht mehr die Kraft, sich dagegen zu wehren. Ein paar Minuten lang versanken sie in einem schmerzlichen, süßen Taumel, klammerten sich aneinander. Willig lieferte sie sich ihm aus, seinem Mund, seinen Händen, die sie überall fühlte – in ihrem Haar, an ihrem Hals, auf ihren Schultern und an ihren Brüsten.

Es dauerte ein paar Minuten, bis Della wieder zur Besinnung kam. Wie mit feurigen Buchstaben an die Wand geschrieben, sah sie die schmutzigen Beschuldigungen jenes anonymen Briefes wieder vor sich und wußte, daß sie die Stärkere sein mußte. Wenn sie jetzt zuließ, wonach sie sich so leidenschaftlich sehnte, wären sie verloren. Wie sie Tom kannte, würde er es bis an sein Lebensende bereuen, und das hätte sie nie ertragen können. Sie mußte all ihre Kraft zusammennehmen, um sich von ihm zu lösen, und er starrte sie verstört an.

„Warum, Della, warum?"

„Weil", hauchte sie, „weil wir nicht das sind, was die Lügner dort draußen allen anderen einreden wollen."

„Zum Teufel mit ihnen!"

„Aber wir selbst dürfen doch nicht zum Teufel gehen!"

Sie zitterte. Wenn er sie jetzt noch einmal an sich zog, war sie verloren, dann würde sie ihm nichts verweigern. Sie fühlte sich hin und hergerissen zwischen Sehnsucht und Angst.

Für einen Augenblick rührte er sich nicht, dann stand er unsicher auf und lehnte sich, das Gesicht von ihr abgewandt, gegen den Kaminsims.

„Ich liebe dich, Della", murmelte er und hob plötzlich den Kopf, um es laut hinauszuschreien. „Ich liebe dich!"

„Ich liebe dich auch." Es war eine Erleichterung, es endlich zugeben zu dürfen, aber gleichzeitig zerriß es ihr das Herz. „Aber du bist verheiratet."

„Ja", sagte er gequält, „ich bin verheiratet. Warum mußt du mich ausgerechnet jetzt daran erinnern?"

„Besser jetzt als nachher."

„Meinst du?"

„Tom, liebst du sie noch?"

„Ich weiß nicht. Himmel, warum fragst du das jetzt?" Er begann auf und ab zu laufen wie ein gefangenes Tier, und versuchte verzweifelt, einen Ausweg zu finden, indem er seine Gefühle in Worte kleidete. „Ich hab sie einmal geliebt, wahnsinnig geliebt. Sie war siebzehn, und sie erschien mir so schön, so ungewöhnlich, daß ich mich für den glücklichsten Mann der Welt hielt, als ihr Vater überraschend in die Heirat einwilligte. Ich begriff erst hinterher, daß sie zu einer Ehe mit einem Mann gezwungen worden war, den sie verachtete, und selbst dann bildete ich mir noch ein, daß ich sie gewinnen könnte, daß sie mich lieben müßte, wenn ich ihr jeden Wunsch von den Augen ablas. Was für ein Narr war ich doch, was für ein gottverdammter Narr! Dankbarkeit bringt keine Liebe hervor, nur Haß und Verachtung."

„Hat es in ihrem Leben einen anderen gegeben?"

Er blieb stehen und starrte Della an. „Wie kommst du darauf?"

„Junge Mädchen neigen zu starken Bindungen."

„Du auch?"

Sie lächelte matt. Das war typisch Mann – er mußte sich seine Liebe zu einer anderen Frau von der Seele reden, hätte es aber nicht ertragen können zu hören, daß sie vielleicht einmal einen anderen Mann geliebt hatte.

„Nein, da war nichts von Bedeutung." Sie stand auf. „Dir ist doch klar, Tom, daß ich jetzt nicht mehr hierbleiben kann. Diesmal muß ich wirklich fort."

„Nein. Das lasse ich nicht zu."

„Du mußt", fuhr sie standhaft fort. „Wenn deine Frau zurückkehrt und Peter wieder gesund ist, dann reise ich ab."

„Begreifst du denn nicht? Hast du nicht gehört, was ich gesagt habe?" erwiderte er hitzig. „Meine Ehe war von Anfang an eine Farce. Heute weiß ich das. Sie war schon vor Jahren zu Ende, kurz nach Peters Geburt, als Sylvia mir eiskalt erklärte: ‚Du und ich, wir haben einen Vertrag miteinander geschlossen, und ich habe meinen Teil erfüllt. Du hast deinen Sohn, und nun ist Schluß.' Aber ich wollte es nicht wahrhaben. Ich versuchte, am Leben zu erhalten, was nie lebendig war, und gab mich einer Selbsttäuschung hin... Und dann kamst du."

Er trat zu ihr, umklammerte mit hartem Griff ihre Schultern und sah sie aus brennenden Augen an.

„Es ist alles meine Schuld. Ich hätte dich gleich fortschicken sollen – in den ersten paar Wochen –, aber ich brachte es nicht über mich. Ich war nicht dazu imstande, weil ich zum erstenmal spürte, was Liebe sein kann – nicht kindische Schwärmerei, nicht das wilde Verlangen zu erobern und zu besitzen, sondern etwas Wahres und Beständiges, eine dauerhafte Liebe. Ich konnte es nicht ertragen, diese Liebe wieder zu verlieren..."

„Nicht, Tom, bitte nicht!"

Die Zärtlichkeit, die Sehnsucht in seiner Stimme hätten sie beinahe überwältigt. Sie wußte, daß sie ihm nicht einen Augenblick länger zuhören durfte – sonst konnte sie sich nicht länger gegen ihn wehren. Ein Schluchzen schnürte ihr die Kehle zu, und sie riß sich los und rannte hinaus, die Treppe hinauf in ihr Zimmer.

Schluchzend warf sie sich auf das Bett. Hatte sie richtig oder falsch gehandelt? Ach, wenn es doch nie so weit gekommen wäre! Wenn sie beide nur imstande gewesen wären, es bei den liebevollen, freundschaftlichen Gefühlen zu belassen, die sie in den letzten paar Wochen füreinander empfunden hatten. Della wußte, daß sie Unmögliches verlangte. Eine Beziehung wie die ihre konnte nicht ewig gleich bleiben; sie mußte sich weiterentwickeln, und das hätte sie wissen müssen. Es gab keine Lösung. Eine Scheidung war hier in dieser gottverlassenen Gegend mit ihrer engherzigen Gesellschaft auf jeden Fall undenkbar, und welche Alternative gab es sonst? Seine Geliebte zu werden? Das kam nicht in Frage. Tom war nicht der Mann, der sich mit einer solchen Situation abfinden konnte. Nein, dachte sie traurig, nein, es war besser, gleich einen klaren Schlußstrich zu ziehen, wie schmerzhaft und hart eine solche Entscheidung auch sein mochte.

Endlich fiel Della in einen unruhigen Schlummer, der ihr keine Erholung brachte. Als sie erwachte, sah sie, daß es zu tauen begonnen hatte. Der Himmel weinte, und der Schnee verwandelte sich in grauen Morast.

Als sie angezogen war, blieb sie einen Augenblick vor dem Spiegel stehen. Weihnachten stand vor der Tür. Während der letzten paar Tage hatte sie jedes Zeitgefühl verloren. Nun, da der Schnee schmolz, gab es nichts mehr, was Sylvias Rückkehr verhindern konnte. Gewiß würde sie am Abend oder morgen schon hier sein. Als Della in den Spiegel blickte, starrte ihr ein blasses Gesicht entgegen, mit dunklen Ringen unter den Augen und strähnigem, glanzlosem Haar. Was hatte sie denn dieser strahlenden blonden Schönheit entgegenzusetzen?

Dieser Gedanke ließ sie nicht mehr los – es war, als sei sie in ein Spinnennetz geraten. Zornig versuchte Della, sich daraus zu befreien, diese Vorstellung abzuschütteln, als jemand an die Tür klopfte. Das jüngste Dienstmädchen steckte schüchtern den Kopf herein.

„Der Master läßt Ihnen sagen, daß Dr. Withers da ist, und ob Sie bitte kommen würden, Miss."

„Gewiß."

Sie folgte dem Mädchen aus dem Zimmer. Ungeachtet der nächtlichen Qualen mußte sie die Last des Tages wieder auf sich nehmen.

15

Dr. Withers war hocherfreut über die Besserung im Zustand des Jungen, blieb aber weiterhin sehr vorsichtig.

„Es ist ein gutes Zeichen, daß er erwacht ist, aber jetzt braucht er absolute Ruhe. Die schwere Gehirnerschütterung ist noch nicht ausgeheilt, auch wenn der Druck auf das Gehirn offenbar nachgelassen hat", sagte er warnend. „Strenge Bettruhe, keine Aufregung, keine lauten Spiele, kein Umhertollen und sehr leichte Kost. Verstanden?" Er blickte mit seinem warmen Lächeln von Tom zu Della. „Es war eine schwere Prüfung, ich weiß, aber er ist noch nicht ganz über den Berg."

„Ich werde mein Bestes tun, Doktor."

„Das weiß ich, meine Liebe. Du hast wirklich Glück, Tom, daß du dieses Mädchen an deiner Seite hattest."

„Ich weiß."

„Wann erwartest du Sylvia zurück?"

„Das hängt davon ab, wie weit sie gekommen ist, bevor es zu schneien begonnen hat", sagte Tom gequält. „Vielleicht morgen abend, wenn sie Glück hat."

„Irgendwo gibt es immer einen Wermutstropfen, da kann man nichts machen", fuhr der Doktor fröhlich fort. Dann beugte er sich wieder über das Bett. „Und du sei jetzt ein braver Junge, und tu', was deine Krankenpfleger sagen, dann wirst du bald wieder auf den Beinen sein."

Er kniff den Jungen in die Wange und eilte hinaus. Tom warf Della einen kurzen Blick zu und folgte dem Arzt.

Der Tag schien kein Ende zu nehmen. Peter befand sich zwar auf dem Weg der Besserung, war aber leicht reizbar, und es erforderte Dellas ganze Geduld, ihn behutsam, aber bestimmt dazuzubringen, den Anweisungen Dr. Withers zu folgen. Nanny, die vor Erleichterung darüber, daß ihr Schützling nun doch nicht sterben würde, sehr geneigt war, jeden seiner Wünsche zu erfüllen, war keine große Hilfe. Es brauchte Feingefühl und Überzeugungskraft, ihr klarzumachen, daß süße Kekse und Schokolade nicht das Beste für den kleinen Patienten waren, und daß seine Bitte, aufstehen und auf seinem Schaukelpferd reiten zu dürfen, sanft abgeschlagen werden mußte.

Della hatte geglaubt, sie würde Zeit finden, um sich in ihr Zimmer zurückzuziehen und ernsthaft über ihre eigene Zukunft nachdenken zu können, aber es bot sich keine Gelegenheit dazu; und als Tom aus der Fabrik zurückkehrte, waren ihre Nerven zum Zerreißen gespannt.

Er kam erst nach oben, nachdem er allein zu Abend gegessen hatte. Auch er hatte einen schweren Tag hinter sich. Eine der neuen Maschinen hatte nicht ordentlich funktioniert, was gelegentlich vorkam, aber der Mann, der diese Kinderkrankheiten sonst behob, war auf der eisglatten Straße mit seinem Pferd gestürzt und hatte sich einen Beinbruch zugezogen. Die Warenauslieferung war hoffnungslos im Rückstand, und es trafen bereits Beschwerdebriefe ein – alles Kleinigkeiten, mit denen Tom normalerweise spielend fertiggeworden wäre; aber nach den langen schlaflosen Nächten und all der Aufregung ärgerten ihn diese Dinge über alle Maßen. Als er nach Hause kam, war das Eßzimmer verlassen, keine mitfühlende Zuhörerin erwartete ihn, und auf dem riesigen Tisch lag nur ein Gedeck.

Tom schenkte sich einen großzügig bemessenen Schluck Brandy ein – was er sehr selten tat – und fragte den Diener, der voller Beflissenheit hereinkam, wo Miss Lismore denn wäre.

„Sie ist bei Master Peter, Sir, und nimmt alle Mahlzeiten oben ein. Darf ich jetzt Ihr Abendessen servieren?“

Tom machte eine ungeduldige Handbewegung und stürzte seinen Brandy hinunter. „Meinetwegen.“

Nach dem Essen ging er, noch immer gereizt, nach oben und stieß die Tür zum Zimmer seines Sohnes etwas zu heftig auf, so daß sie mit einem lauten Krachen gegen die Wand schlug.

„Um Himmels willen, mußt du so hereinstürmen?“ rief Della aus. „Es hat über eine Stunde gedauert, bis Peter endlich eingeschlafen ist, und jetzt sieh dir an, was du angerichtet hast.“

Tom hatte eine scharfe Erwiderung auf der Zunge, als ihm eine dünne, schläfrige Stimme zuvorkam.

„Bist du es, Papa?"

„Ja, ich bin's." Schuldbewußt trat er ans Bett seines Sohnes. „Hab ich dich aufgeweckt, mein Junge? Tut mir leid."

„Ich hab noch nicht wirklich geschlafen. Erzählst du mir eine Geschichte wie Della?"

„Ja, wenn du das möchtest?"

Tom zog sich einen Stuhl ans Bett und begann gehorsam mit der üblichen Einleitung: „Es war einmal ein kleiner Junge –"

„So wie ich?"

„Genau wie du, und er lebte bei seiner Mutter, die sehr, sehr arm war. Eines Tages schickte sie ihn zum Markt, wo er ihre Kuh verkaufen sollte, und..."

Der Junge war nur halb wach gewesen. Als er sich auf das Kissen zurücksinken ließ, fielen ihm sofort die Augen zu.

Tom zog vorsichtig seine Hand zurück und trat leise zu Della, die sich an den Kamin zurückgezogen hatte.

„Tut mir leid", begann er zaghaft, „ich wußte nicht..."

„Schon gut", erwiderte sie brüsk. „Es war nur ein sehr langer Tag."

„Es war auch für mich ein langer Tag", sagte er steif. „Hast du etwas gegessen?"

„Ich habe keinen Hunger. Vielleicht hole ich mir später etwas auf einem Tablett."

Sie sprachen im Flüsterton, und Tom sagte nervös: „Hier können wir nicht reden. Gehen wir ins andere Zimmer."

Er nahm ihren Arm und zwang sie, ihn in das angrenzende Kinderzimmer zu begleiten. Dann zog er die Tür hinter sich zu.

„Was soll das – warum weichst du mir aus?" fragte er grob.

„Das tue ich doch gar nicht."

„Oh doch. Es ist nicht notwendig, daß du hier oben bleibst. Nanny ist auch noch da. Ein oder zwei Stunden kann sie ruhig auf den Jungen aufpassen."

„Wenn du wüßtest, welche Scharmützel ich den ganzen Tag mit Nanny auszufechten hatte, würdest du mich verstehen", gab sie zurück.

„Mach keine Ausflüchte. Es war mir ernst mit dem, was ich

letzte Nacht gesagt habe. Ich hab den ganzen Tag darüber nachgedacht. Ich laß dich nicht gehen, Della. Ich kann nicht so weiterleben. Ich kann diese Leere, diese völlige Sinnlosigkeit nicht ertragen – nicht mehr."

Sein gebieterischer Ton und die Art, wie selbstverständlich er ihr Einverständnis vorauszusetzen schien, war zuviel für ihre angegriffenen Nerven. Sie erwiderte scharf: „Wenn du damit sagen willst, daß ich deine Mätresse werden soll, dann ist die Antwort nein. Nein, nein, nein!"

Tom fuhr fort, als hätte sie überhaupt nichts gesagt, als hätte er nichts gehört. Er wischte ihren Einwand einfach weg und sprudelte all das hervor, was er sich während des Tages in der Fabrik zurechtgelegt hatte.

„Ich bin mir jetzt ganz sicher. Ich werde eine Trennung herbeiführen. Das läßt sich machen. Sylvia kann in London leben; das hat sie sich immer gewünscht. Sie haßt die Fabrik, sie verabscheut alles hier, dieses Haus, meine Arbeit und das Leben, das wir hier führen. Sie wird einwilligen, da bin ich ganz sicher..."

„Und Peter? Was wird aus deinem Sohn? Willst du ihn auch gehen lassen?"

Das bremste seine Begeisterung. „Peter bleibt bei mir."

„Oh nein, da irrst du dich. Ich kenne mich mit Gesetzen nicht sehr gut aus, aber eines weiß ich, nämlich daß das Kind im Falle einer legalen Trennung bei seiner Mutter bleibt, und nicht bei einem Vater, der mit einer anderen Frau zusammenlebt. Am Ende würdest du mich hassen deswegen. Tom, nein, einem solchen Vorschlag könnte ich niemals zustimmen, nie, nie!"

Verwirrt und verzweifelt hatte sie sich von ihm abgewandt und ihr Gesicht in den Händen vergraben, und er trat auf sie zu, drehte sie zu sich herum, faßte ihre Hände und hielt sie fest.

„Ich dachte, du hättest mich gern."

„Ich hab dich gern, ich hab dich viel zu gern, als daß ich zulassen könnte, daß du dein Leben ruinierst", erwiderte sie verzweifelt. „Glaubst du, ich weiß nicht, wie es sein würde? Was ein Leben voller Lügen und Täuschungen und Elend aus uns machen würde? Ich habe gesehen, wozu die Leute hier oben fähig sind. Glaubst du etwa, Sie würden einfach darüber hinwegsehen? Sie würden dich verspotten und verachten, und deine Arbeit, deine Zukunftspläne wären zunichte. Das lasse ich nicht zu! Es würde dich, es würde uns beide umbringen."

„Wenn du fortgehst und mich verläßt, so bringt mich das auf alle Fälle um."

„Und dann deine Frau", fuhr Della erschöpft fort, „sie würde immer zwischen uns stehen. Ich weiß, daß du noch etwas für sie empfindest. Wenn sie dich riefe, würdest du zu ihr gehen."

„Nein, nein, da irrst du dich. Es ist alles aus zwischen uns."

„Tatsächlich? Da bin ich anderer Meinung. Vielleicht wird es nie vorbei sein. Was sie betrifft, bist du blind. Weißt du denn überhaupt, was sie dir antut?"

„Wir wollen Sylvia jetzt einmal aus dem Spiel lassen."

„Das können wir nicht – das werden wir nie tun können", rief sie heftig aus, und plötzlich war das Faß übergelaufen, und sie schrien einander an und sagten harte, verletzende Dinge, die sie nicht sagen wollten und nicht ernst meinten, bis Della es schließlich nicht mehr aushalten konnte.

„Geh, Tom, geh, bitte, bitte geh!"

Bestürzt und verwirrt hielt er inne, er wußte, daß sie recht hatte, wollte es aber nicht zugeben. Er hätte sich ohrfeigen können für das, was er gesagt hatte. Wortlos drehte er sich um, verließ das Zimmer und schlug mit einem Knall, der in Dellas Ohren etwas Endgültiges hatte, die Tür hinter sich zu.

Am ganzen Leib zitternd ließ sie sich in einen Sessel sinken und fühlte sich noch einsamer und verlassener als an jenem Tag, an dem ihr Vater fortgegangen war. Sie blieb eine Weile regungslos sitzen, schwindlig vor Erregung und Kummer; hungrig war sie auch. Plötzlich klopfte es laut an der Tür, und Della schreckte auf.

Das Dienstmädchen kam herein und stellte ein vollbeladenes Tablett auf den Tisch.

„Der Master hat gesagt, daß ich Ihnen das bringen soll, Miss." Sie sah sich um. „Wollen Sie hier essen oder am Feuer im anderen Zimmer?"

„Sie können es hier lassen", sagte Della. Als das Mädchen gegangen war, hob sie die Leinenserviette hoch, die das Tablett bedeckte: Tee und Toast und ein flaumiges Omelett – sie mußte lachen, und gleichzeitig kamen ihr die Tränen, weil Tom selbst in seiner Wut an sie gedacht hatte, und weil das so typisch war für den Mann, den sie vom ersten Augenblick an geliebt hatte.

Am nächsten Abend – es mußte etwa acht Uhr gewesen sein –, traf Sylvia ein. Della, die bei Peter gesessen und gewartet hatte, daß er endlich einschlief, hörte den Hufschlag der Pferde und den Klang von Stimmen. Leise öffnete sie die Tür und ging hinüber zur Treppe. Sie sah, wie Sylvia in ihrem langen Pelzmantel hereinkam, gefolgt von Rose und den mit Koffern und Paketen beladenen Dienern. Tom kam ihr in der Halle entgegen. Sie trat mit ausgestreckten Armen auf ihn zu, und er nahm ihre Hände und küßte erst die eine und dann die andere Hand. Sylvias muntere, aufgeregte Stimme war selbst hier oben deutlich zu hören.

„Was für eine entsetzliche Reise! Ich dachte schon, ich würde nie mehr ankommen. Mein Kleiner – wie geht es ihm? Ich hatte in all diesen Tagen keine Minute Ruhe vor Angst und Sorge."

Und Tom legte den Arm um sie und sprach beruhigend auf sie ein. „Reg dich nicht auf, meine Liebe. Es geht ihm schon besser, viel besser, noch nicht ganz gut, aber er ist auf dem Wege der Besserung."

„Ich muß zu ihm."

„Es ist schon spät. Wäre es nicht besser, wenn du noch bis morgen wartest? Er wird gerade eingeschlafen sein."

„Nein, wie könnte ich warten?"

Sie legte Hut und Mantel ab und lief die Treppe hinauf, während Della ins Kinderzimmer zurückging. Und schon rauschte sie herein.

„Er schläft, Mrs. Clifford", sagte Della zögernd, aber Sylvia nahm keine Notiz von ihr.

Sie riß das erschrockene Kind aus dem Bett, drückte es an sich und bedeckte es mit Küssen.

„Mein Liebling, mein kleiner Liebling, ich dachte schon, ich hätte dich verloren!"

Noch halb schlafend, wand sich der Junge in ihren Armen. „Bist du es wirklich, Mama?"

„Ja, deine Mama ist wieder da. Jetzt bleibe ich hier und kümmere mich um dich."

Dann betrat Tom den Raum. „Reg ihn nicht zu sehr auf, meine Liebe", sagte er leise. „Der Doktor hat ausdrücklich angeordnet, jede Aufregung zu vermeiden."

„Aber er ist so blaß und mager", stieß sie hervor. „Bist du sicher...?"

„Glaub mir, er hatte die beste Pflege." Er legte die Hand auf ihre Schulter. „Komm und zieh diese feuchten Kleider aus, sonst wirst du auch noch krank."

„Später, später", sagte sie ungeduldig.

„Nein, jetzt, du mußt ja völlig erschöpft sein."

Widerstrebend überließ sie ihm das Kind. „Na gut, wenn es unbedingt sein muß.'

„Ja, es muß sein."

Nachdem Tom den Jungen wieder ins Bett gelegt hatte, beugte sich Sylvia noch einmal über die magere kleine Gestalt. „Hab keine Angst, Liebling. Mama kommt gleich wieder."

Dann richtete sie sich auf und ließ sich von Tom aus dem Zimmer führen.

Es blieb Della überlassen, das aufgeregte Kind zu beruhigen. Als Peter schließlich eingeschlafen war, blieb sie vor dem Kamin sitzen und versuchte, nicht daran zu denken, daß Tom und seine Frau jetzt wieder vereint waren. Sehr viel später kam Sylvia wieder, diesmal aber trat sie leise ein. Sie trug einen saphirblauen Morgenrock aus weichem Wollstoff; das blonde Haar hatte sie mit einem Band zusammengefaßt. Sie schien dünner geworden zu sein. Das blasse Gesicht wirkte ein klein wenig abgezehrt, und dunkle Ringe lagen unter den Augen. Doch all das schien ihre Schönheit nur noch zu unterstreichen.

Sylvia beugte sich über das schlafende Kind und strich ihm sanft mit einem Finger über die Wange, bevor sie sich Della zuwandte.

„Mein Mann sagt, daß wir tief in Ihrer Schuld stehen, für alles, was Sie getan haben."

„Ich habe nur meine Pflicht getan."

„Ja, nun, wir werden dafür sorgen, daß Sie eine angemessene Entschädigung erhalten."

„Das ist nicht nötig, Mrs. Clifford. Was ich getan habe, geschah aus Liebe."

Aus Liebe zu meinem Jungen oder aus Liebe zu meinem Mann? Die Frage brannte Sylvia auf der Zunge, blieb aber unausgesprochen, und einen Herzschlag lang maßen die beiden Frauen einander mit den Blicken, dann zuckte Sylvia die Achseln.

„Na, wir werden sehen. Gute Nacht, Miss Lismore", und schon war sie draußen und schloß leise die Tür hinter sich.

Als Sylvia ihr Schlafzimmer betrat, war Rose noch immer mit dem Auspacken der Koffer beschäftigt. Ein paar Minuten lang sah sie ihr zu, bevor sie nervös sagte: „Lassen Sie das jetzt, Rose. Den Rest können Sie morgen früh auspacken."

„Wie Sie meinen, Madam. Wünschen Sie sonst noch etwas? Soll ich Ihnen das Haar bürsten?"

„Nein, heute nicht. Gehen Sie zu Bett. Sie müssen doch auch müde sein. Gute Nacht, Rose."

„Gute Nacht, Madam."

Obwohl in aller Eile Feuer gemacht worden war, herrschte Eiseskälte in dem Zimmer, aber Sylvia fror auch vor Müdigkeit und Nervosität. Sie zog sich einen Sessel vor den Kamin und starrte in die Flammen, während sie die letzten Wochen in Gedanken noch einmal an sich vorüberziehen ließ.

Nichts von dem, was sie sich von dieser überstürzten Reise nach London erhofft hatte, war in Erfüllung gegangen. Anfangs hatte die Vorfreude sie beinahe überwältigt. Ihr Vater war zwar überrascht gewesen, sie zu sehen, hatte sie aber in seiner unbekümmerten Art herzlich willkommen geheißen. Sie stürzte sich sofort in die Vergnügen der Wintersaison. Der früheren Lady Sylvia Farringford standen natürlich alle Türen offen. Tom hatte sie sehr großzügig mit Geld ausgestattet, und sie gab es verschwenderisch aus. Eines Morgens überwand sie dann ihren Stolz, nahm eine Droschke und fuhr nach Albany, wo Oliver seine Junggesellenwohnung hatte.

Er öffnete persönlich die Tür – und starrte sie entgeistert an. Dann aber lachte er und zog sie rasch in den engen Vorraum.

„Mein Gott, mein Liebstes, das darf doch nicht wahr sein! Weißt du denn nicht, daß dies die Behausung eines Mönchs ist? Frauen sind hier unerwünscht. Oh, gewisse weibliche Wesen werden natürlich empfangen, aber keine ehrbare verheiratete Frau würde ihren guten Ruf aufs Spiel setzen. Meine Nachbarn werden sich wundern!"

„Was macht das schon aus?" erwiderte Sylvia trotzig und warf ihren Schleier zurück. „Oliver, wie konntest du mich nur so im Stich lassen? Ich mußte dich einfach sehen?"

„Du hast dich also nur deshalb von Tom losgerissen? Ich fühle mich ungeheuer geschmeichelt und bin entzückt."

Er beugte sich vor, um sie zu küssen, und ihre Wut, ihre Vorwürfe, alles schwand dahin, und zurück blieben nur Erleichterung und Verlangen.

„Freust du dich, daß ich gekommen bin?"

„Natürlich freue ich mich. Wie könnte es auch anders sein? Wo wohnst du denn?"

„Bei meinem Vater." Sie wandte sich ab und errötete leicht. „Es ist so schwierig – ich weiß nicht, wo wir uns treffen können."

„Du fragst tatsächlich wo, du schamloses Ding?" Er schüttelte den Kopf, und ein spöttisches Lächeln erschien auf seinem Gesicht. „Ich schlage vor, das überläßt du mir."

Trotz ihrer Keckheit war Sylvia in mancher Hinsicht noch sehr naiv und nicht annähernd so weltklug, wie sie zu sein vorgab. Sie wußte nichts von den Stundenhotels, wo Liebespaare sich heimlich treffen konnten und vor eifersüchtigen Ehemännern oder empörten Vätern sicher waren, bis Oliver an einem eisigen Winternachmittag mit ihr in einer geschlossenen Kutsche zu einer dieser Absteigen fuhr.

Sie konnten einander nicht oft treffen, aber es machte ihr Spaß, Oliver auf Bällen oder Empfängen zuzulächeln und das Wissen über diese heimlichen Stunden mit ihm zu teilen. Sie hörte merkwürdige Gerüchte über ihn. Einmal ließ jemand in ihrer Gegenwart eine Bemerkung fallen, die sie sehr beunruhigte: „Oliver war immer extravagant, aber diesmal scheint er sich übernommen zu haben, und man fällt verdammt tief, wenn man sich so hoch hinauf gewagt hat."

Eines Morgens, als Sylvia mir ihrem Vater das Frühstück einnahm, sagte Lord Sterndale: „Gib dich nicht zuviel mit diesem Craven ab, Sylvia, da macht eine verteufelt häßliche Geschichte die Runde."

„Was für eine Geschichte?"

„Das spielt keine Rolle, mir gefällt der Mann einfach nicht. Und das weißt du sehr gut."

Er sah sie mißbilligend an. Diese schändliche, beinahe schon vergessene Episode lag weit zurück, aber der Earl traute seiner unberechenbaren Tochter auch heute noch nicht ganz. Ihr Ehemann war einfach zu nachsichtig. Warum, zum Teufel, nahm er sie nicht an die Kandare?

Aber Sylvia hatte all diese warnenden Vorzeichen ignoriert, weil sie nur mit ihrem eigenen Problem beschäftigt war. In Gedanken versunken beugte sie sich vor und starrte ins Feuer, während sie sich ihre letzte Zusammenkunft mit Oliver in Erinnerung rief; unwillkürlich preßte sie die Hände zusammen.

Oliver hatte sie an diesem Nachmittag so behutsam, mit so viel Einfühlung geliebt, daß sie einen atemberaubenden Höhepunkt erlebte. Danach hatte sie im Unterrock auf dem Bett gelegen und ihm zugesehen, wie er, vor dem Spiegel stehend, sorgfältig sein gestärktes Halstuch arrangierte.

„Oliver, was machen wir nur?" fragte sie zaghaft.

„Machen?" erwiderte er, ohne sich umzudrehen. „Warum sollten wir etwas machen?"

„In ein paar Tagen ist Weihnachten. Ich werde bald nach Castlebridge zurückfahren müssen." Sie setzte sich auf, und das Herz klopfte ihr bis zum Hals. Jetzt oder nie! Sie holte tief Atem. „Oliver, ich bekomme ein Kind."

Seine Hände erstarrten mitten in der Bewegung. „Tom wird sich freuen."

„Es ist nicht von Tom. Es ist von dir."

„Bist du sicher?"

„Absolut sicher."

„Seit wann weißt du es schon?"

„Definitiv erst seit einem Monat."

„Hast du es Tom gesagt?"

„Nein, nein, wie könnte ich? Er würde sofort wissen..."

„Daß das Kind nicht von ihm ist."

„Ja. Wir haben nicht mehr miteinander geschlafen, seit – seit dem Sommer."

„Oh Gott", stieß Oliver plötzlich hervor, „das ist eine verdammt unangenehme Sache!"

„Warum, Oliver, warum denn?" Sylvia sprang aus dem Bett, lief zu ihm hin und lehnte den Kopf an seine Schulter. „Wir könnten doch fortgehen und für immer zusammenbleiben."

„Rede keinen Unsinn. Das ist unmöglich."

„Warum? Warum ist es unmöglich?"

„Es spielt keine Rolle, warum – glaub mir. Es ist ausgeschlossen." Er drehte sich zu ihr um, sein Gesicht war sehr blaß. Er schaute sie einen Augenblick forschend an, bevor er leise sagte: „Du könntest es loswerden."

Sie errötete. „Oh nein, nein, das ist schrecklich, das ist widerlich!"

„Viele Frauen tun es. Es läßt sich leicht einrichten. Man braucht dazu nur Geld, soviel ich weiß."

Ihre Augen weiteten sich vor Entsetzen, und sie wich vor ihm zurück. „Ich kann nicht, ich kann das einfach nicht! Wie kannst du mir nur so etwas vorschlagen?"

„Weil, mein kleiner Unschuldsengel, dir sonst nichts anderes übrigbliebe, als zu Tom zurückzukehren, ihn in dein Bett zu locken und es ihm später zu sagen. Frühgeburten kommen häufig vor, und er ist so verdammt vertrauensselig, er würde keinen Verdacht schöpfen."

Sie starrte ihn an, erschüttert über den gleichmütigen Tonfall, mit dem er über so intime Dinge sprach. Sie war wie betäubt, sie vermochte nicht länger mit ihm zu streiten und ließ es zu, daß er sich bei der Eigentümerin des Hauses, in dem sie sich zu treffen pflegten, nach der Adresse eines geeigneten Arztes erkundigte. Ein paar Tage später, nachdem sie in schlaflosen Nächten stundenlang über die beiden Möglichkeiten nachgedacht hatte, steckte sie das Geld, das Oliver ihr gegeben hatte, in die Tasche, mietete eine Droschke und ließ sich zu der angegebenen Adresse – eine schmutzige Straße in Soho – fahren.

Sie stand auf der Türschwelle des schäbigen, hohen und schmalen Hauses und hob den Türklopfer. Eine unscheinbare Frau mittleren Alters öffnete die Tür, und ihre Augen schienen Samt und Seide, die Tarnung von Reichtum und gesellschaftlicher Stellung, zu durchdringen; es war, als sähen sie nur den bebenden, nackten Körper darunter.

„Kommen Sie herein. Worauf warten Sie noch?" sagte sie lächelnd, und in diesem Augenblick wurde Sylvia klar, daß sie es nicht tun konnte. Alles in ihr sträubte sich dagegen.

Sie rannte die Stufen hinunter und die Straße entlang, und dann weiter und immer weiter, bis sie sich endlich so weit beruhigt hatte, daß sie in die Wohnung ihres Vaters zurückkehren konnte. Am nächsten Tag traf Toms Brief ein, und fast erleichtert machte sie sich auf die Heimreise.

Vielleicht, dachte Sylvia jetzt und stand mühsam auf, wäre es besser gewesen, wenn sie in den Fluten ertrunken wäre, die die Kutsche fast mitgerissen hätten. Sie streifte den Morgenmantel ab und schlüpfte unter die Bettdecke. Sie fühlte sich sehr einsam. Selbst Duchess war ihr untreu geworden. Die weiße Katze hatte während Sylvias Abwesenheit entdeckt, daß im Kinderzimmer Tag und Nacht eingeheizt war, und hatte sich dort den Stuhl vor dem Kamin zum Lieblingsplatz erkoren.

Tom hatte seine Frau zwar freundlich begrüßt, sich besorgt

nach ihrem Befinden erkundigt und gefragt, was sie alles unternommen hatte, wem sie begegnet war und ob sie sich gut amüsiert hatte, aber von der Glut, der Leidenschaft früherer Zeit war absolut nichts zu spüren gewesen. Natürlich steckte da dieses Mädchen dahinter. Irgend etwas mußte zwischen den beiden vorgefallen sein, davon war sie überzeugt.

Es war fast Mitternacht, als sie Tom die Treppe heraufkommen hörte. Dann blieb er, wie so oft, vor ihrer Tür stehen. „Locke ihn in dein Bett", hatte Oliver geraten. Schon der Gedanke daran erfüllte sie mit Abscheu, aber sie mußte es versuchen. Daher rief sie mit belegter Stimme: „Tom!" und wartete. Leise öffnete er die Tür ihres Zimmers.

„Hast du mich gerufen? Ich wollte nicht hereinkommen, weil ich dachte, daß du schon schläfst." Er trat ans Bett und schaute auf sie hinunter. „Kann ich etwas für dich tun? Willst du ein Glas Milch?"

„Nein, danke. Freust du dich, daß ich wieder zu Hause bin?"

„Natürlich. Der Junge hat jeden Tag nach dir gefragt."

„Ich habe Weihnachtsgeschenke für ihn mitgebracht", sprudelte sie hervor. „Ich zeige sie dir morgen."

„Das war sehr aufmerksam von dir. Du siehst noch ein wenig blaß aus. Fühlst du dich auch wirklich wohl?"

„Ja, bestens."

„Dann also gute Nacht, meine Liebe." Er beugte sich hinunter, um sie auf die Wange zu küssen, und sie griff nach seiner Hand.

„Bleib bei mir, Tom."

Einen Augenblick blieb er regungslos stehen, dann zog er vorsichtig die Hand zurück. „Besser nicht, Sylvia. Ich habe in letzter Zeit nicht gut geschlafen – der Junge, Probleme in der Fabrik und noch einiges mehr. Ich würde dich nur stören."

„Vielleicht will ich gestört werden."

„Das ist doch Unsinn. Du brauchst Schlaf – nach allem, was du durchgemacht hast. Du mußt schlafen, dann fühlst du dich morgen viel besser."

Er lächelte, drückte ihr die Hand und ging. Sie wußte nicht, ob sie lachen oder weinen sollte. Soviel also zu Olivers optimistischem Alternativplan, stellte sie sarkastisch fest.

Sie wußte, daß sie ihn verloren hatte, daß sie keine Macht mehr über ihn besaß, und in ihrem Selbstmitleid begriff sie nicht, daß in erster Linie sie selbst daran schuld war. Erst viel später in dieser Nacht kam ihr eine Idee – eine gefährliche und kühne Idee –, die ihr schon wegen ihrer Verwegenheit gefiel. Hellwach lag sie in ihrem Bett und dachte darüber nach. Wenn alles andere schiefging – was hatte sie dann noch zu verlieren? Sie grübelte, bis sie schließlich einschlief.

16

Die Weihnachtsfeiertage verliefen sehr friedlich. Am Christtag fuhren die Cliffords zur Frühmesse in die Kirche. Tom und Sylvia nahmen in der vordersten Bankreihe Platz, während sich Della mit Bedacht zu den anderen höherrangigen Dienstboten in der zweiten Reihe gesellte.

Nach dem Gottesdienst standen Freunde und Bekannte in kleinen Gruppen vor der Kirche beisammen und plauderten. Della entdeckte Martha und Bret, die sie fröhlich begrüßten.

„Tante Lavvy sagt, daß diese feuchte Kälte Gift ist für ihre von der Gicht geplagten alten Knochen, also ist sie zu Hause geblieben und hofft, daß ihr das Christkind vergeben wird", sagte Martha lachend.

Die Dienstboten machten sich zu Fuß auf den Heimweg, und Della wollte sich ihnen gerade anschließen, als Tom sie mit einer ungeduldigen Geste aufhielt.

„Aber, Miss Lismore, Sie können doch mit uns in der Kutsche fahren!"

Es hätte vermutlich zuviel Aufsehen erregt, wenn sie ihm widersprochen hätte, also blieb sie abwartend stehen, während Martha die Cliffords zu überreden versuchte, den Neujahrstag in Farley Grange zu verbringen.

„Seid uns nicht böse, wenn wir die Einladung ausschlagen", sagte Tom, „aber wir haben eine sehr anstrengende Zeit hinter uns, und der Junge ist noch immer nicht ganz gesund. Sylvia ist bestimmt meiner Meinung."

Bret, der sehr niedergeschlagen wirkte, stand schweigend daneben.

Um das peinliche Schweigen zu beenden, sagte Della: „Martha hat mir erzählt, daß Sie in London waren. Seit wann sind Sie denn wieder zurück?"

„Seit vorgestern."

„Haben Sie etwas über die Neuaufnahme des Verfahrens gegen meinen Vater gehört?" fragte sie leise.

Er blickte rasch auf und wandte sich dann ab. „Ich glaube, es wird bald Neuigkeiten geben.“

„Was für Neuigkeiten? Gute oder schlechte?“

„Ich weiß es nicht. Es geht mich nichts an. Da müssen Sie schon Oliver fragen“, sagte er gereizt. Wieder fiel Della auf, wie blaß und abgespannt er aussah.

Sie verstand nicht, warum er so nervös war. Sylvia hatte den letzten Satz ihres Gesprächs mitangehört.

„Ist Oliver wieder zurück?“

„Ich glaube schon. Um Himmels willen, Martha, nun komm schon. Um hier herumzustehen und zu plaudern ist es wirklich zu kalt.“

„Du ungeduldiger Junge.“ Martha nahm seinen Arm und lächelte ihnen zu. „Also dann, fröhliche Weihnachten.“ Und dann gingen sie.

„Für uns wird's auch Zeit“, sagte Tom.

Della war etwas verlegen, als sie neben Sylvia in der Kutsche Platz nahm, während Tom sich ihnen gegenüber niederließ.

Am Nachmittag durfte Peter für eine knappe Stunde aufstehen, um seine Geschenke auszupacken: neue Spiele, Bücher mit hübschen Bildern, ein Pferd auf Rädern, das Muskat erstaunlich ähnlich sah, einen bunt bemalten Kreisel und eine Arche Noah aus Holz mit unzähligen Tieren, die Peter sofort paarweise aufstellte – Sylvia hatte großzügig eingekauft. Aber der Junge wurde sehr schnell müde, und Della begleitete ihn, als Nanny ihn zu Bett brachte.

Als Sylvia heraufkam, um Peter einen Gute-Nacht-Kuß zu geben, begegnete sie Della vor dem Kinderzimmer.

„Hätten Sie vielleicht Lust, uns heute abend Gesellschaft zu leisten, Miss Lismore?“ fragte sie. Alles war besser, als den Abend allein mit Tom zu verbringen; zwischen ihnen hatte sich eine Kluft aufgetan, die immer tiefer und tiefer wurde.

„Danke, gern. Das ist sehr freundlich von Ihnen.“

Della konnte die Einladung nicht gut ablehnen. Auch sie hatte Geschenke erhalten. Bevor sie hinunterging, packte sie sie in ihrem Zimmer aus: selbstgestrickte Fäustlinge von Nanny, ein

Dutzend feine Spitzentaschentücher von Sylvia und einen herrlichen Kaschmirschal von Tom. Für einen Augenblick vergrub sie das Gesicht in den weichen Falten, dann legte sie sich den Schal mit einer trotzigen Geste um die Schultern. Die dunklen, kräftigen Farben brachten ihr schwarzes Haar wunderbar zur Geltung, und sie sah Toms Augen aufleuchten, als sie das Wohnzimmer betrat. Er erhob sich, um einen Stuhl für sie an den Kamin zu rücken. Della bedankte sich artig und dachte sehnsüchtig und verzweifelt daran, daß sie sich erst vor ein paar Tagen hier in diesem Zimmer leidenschaftlich umarmt hatten – und daß dies nie wieder geschehen durfte. Die Atmosphäre war gespannt an diesem Abend, und niemand wußte so recht, wie er dagegen ankämpfen sollte. Sylvia, deren schönes Gesicht noch immer Spuren von Erschöpfung zeigte, räkelte sich auf dem Sofa, blickte von ihrem Mann zu Della und fragte sich, wieviel Wahrheit wohl hinter den verstohlenen Andeutungen stecken mochte, die Mrs. Fenton am Morgen gemacht hatte.

Nachdem alle Dienstboten ihre Geschenke erhalten hatten, war die Haushälterin wie gewöhnlich hereingekommen, um Sylvias Befehle entgegenzunehmen.

„Infolge des schlechten Wetters, der langen Abwesenheit Eurer Ladyschaft und Master Peters Unfall gab es gewisse Schwierigkeiten, aber ich hoffe, Sie werden mit den Vorbereitungen für die Feiertage zufrieden sein."

„Da wir diesmal während der Feiertage keine Gäste empfangen", erwiderte Sylvia gleichgültig, „habe ich keine besonderen Aufträge für Sie. Ich bin sicher, daß Sie und die Köchin bereits alle nötigen Vorbereitungen getroffen haben."

„Wir haben uns alle Mühe gegeben."

„Das weiß ich." Als die Haushälterin noch zögerte, blickte Sylvia auf. „Ist noch etwas, Mrs. Fenton?"

„Nur eines noch, Eure Ladyschaft. Ich sage es nicht gern, aber da ich mein ganzes Leben lang in Ihren und Lord Sterndales Diensten stand, fühle ich mich dazu verpflichtet."

„Um Himmels willen, worum geht es denn? Wozu fühlen Sie sich verpflichtet, wenn ich fragen darf?"

„Ich meine, ich muß die ungehörige Vertraulichkeit erwähnen, die seit Ihrer Abreise zwischen Mr. Clifford und Miss Lismore entstanden ist."

Sylvia hegte, was immer sie insgeheim auch denken mochte, eine aristokratische Abneigung gegen gehässigen Dienstbotenklatsch. Daher erwiderte sie eisig: „Und was meinen Sie mit Vertraulichkeiten, Mrs. Fenton? Wollen Sie etwa andeuten, daß mein Mann, sobald ich ihm den Rücken zukehre, mit der Gouvernante schläft?"

Schockiert von diesen empörend direkten Worten trat Mrs. Fenton hastig den Rückzug an. „Ich würde nie so weit gehen, das zu behaupten", stammelte sie.

Sylvia bedachte sie mit einem eisigen Blick. „Das will ich auch hoffen. Mein Mann und Miss Lismore haben gemeinsam um das Leben meines Sohnes gekämpft; dafür bin ich ihnen äußerst dankbar, und nun Schluß damit! Ich wäre ihnen sehr verbunden, wenn Sie sich das merken. Ihre Aufgabe wäre es, albernes Geschwätz dieser Art zu unterbinden, anstatt es noch zu fördern. Ist das klar?"

„Ja, selbstverständlich, Eure Ladyschaft, natürlich. Ich hätte es auch nie erwähnt, aber ich dachte, Sie sollten wissen..."

„Was Sie dachten, interessiert mich nicht", fuhr Sylvia mit schneidender Stimme dazwischen. „Das ist alles, Mrs. Fenton, Sie können gehen", und die Wirtschafterin zog sich beschämt zurück.

Nun beobachtete Sylvia also Tom, der, bequem in seinen Sessel zurückgelehnt, den neuesten Roman von Dickens durchblätterte, den sie ihm geschenkt hatte. Sie bezweifelte, daß etwas Wahres an Mrs. Fentons Andeutungen war. Tom war zu ehrlich, er hätte es ihr gegenüber nicht verbergen können, wenn er tatsächlich mit Della geschlafen hätte. Er konnte seine Gefühle nicht so beherrschen wie etwa Oliver, und bei diesem Gedanken wurde sie von Reue und Verzweiflung gepackt. Wie war es möglich, daß sie sechs Jahre lang mit Tom zusammengelebt, ihm ein Kind geschenkt hatte und doch absolut nichts für ihn empfand, während ein Blick von Oliver, eine leichte Berührung seiner Hand, genügten, um sie in einen so heftigen Aufruhr der Gefühle – Gefühle, die zwischen Liebe, Verlangen und Wut schwankten – zu versetzen, daß sie keinen Frieden mehr finden konnte?

Die Tage zwischen Weihnachten und Neujahr verbrachte Della ruhig und friedvoll, und sie hatte endlich Zeit und Gelegenheit, sich über einiges klarzuwerden. Gegen Ende der Woche besserte sich das Wetter; eines Morgens bat sie Rob, Tansy für sie zu satteln, und dann ritt sie den Weg hinunter, der nach Bolton Abbey führte.

Sie wußte nun, was sie zu tun hatte. Sie würde nach Larksghyll reiten, um Oliver und ihrem Onkel gegenüberzutreten. Es waren schließlich die einzigen Verwandten, die sie auf der Welt noch hatte, und sie mußte endlich herausfinden, was die Ursache des Streits zwischen ihnen und ihrem Vater gewesen war, und wie dieser Streit begraben werden könnte. Danach würde sie Castlebridge verlassen und nach London zurückkehren, um Arbeit zu suchen. Sicher gab es irgendeine passende Stellung für sie. Mrs. Barnet hatte einmal davon gesprochen, daß sie junge Frauen als Gouvernanten ins Ausland vermittelt hätte, sogar nach Rußland. Die Erfahrungen, die sie auf den Reisen mit ihrem Vater gesammelt hatte, würden ihr in einem solchen Fall vielleicht zugute kommen. Ein Herz ist zäher, als man denkt, sagte sie sich. Es bricht nicht so leicht, dachte sie, obwohl der Schmerz während der letzten Tage – wann immer sie Tom begegnet war oder mit ihm gesprochen hatte – so qualvoll gewesen war wie eine offene Wunde, die nicht und nicht verheilen wollte.

Sie setzte ihren Weg fort bis zum Strid, wo der Fluß, vom Schmelzwasser angeschwollen, mit ohrenbetäubendem Getöse durch die enge Schlucht brauste und Fontänen eiskalten Wassers emporschleuderte. Es war ein furchterregender und doch atemberaubender Anblick, und Della hielt ihr Pferd nahe am Rand der Schlucht an und ließ sich den Sprühregen ins Gesicht wehen. Das sah sie einen Reiter – oder war es eine Reiterin? –

vom oberen Pfad herunterkommen, und dann erkannte sie das Pferd, und gleich darauf Sylvia.

Sylvia zügelte ihre Stute, die nervös den Kopf hochwarf, als sich plötzlich ein Gischtschwall über sie ergoß. Sylvia tätschelte beruhigend den Hals des Tieres, und Della mußte anerkennen, daß sie sehr geschickt war im Umgang mit Pferden.

„Das ist einer meiner Lieblingsplätze", sagte Sylvia. „Wie wild es heute hier ist, wie aufregend, wenn der Fluß so reißend ist."

„Ein bißchen zu wild vielleicht. Sollten wir nicht lieber wieder ein Stück hinaufreiten?"

„Haben Sie Angst?" fragte Sylvia. „Es ist nicht gefährlich. Ich glaube sogar, daß ich den Sprung über die Schlucht schaffen würde."

„Der letzte, der das versucht hat, ist in den Fluten ertrunken."

„Das ist eine Legende. Mit Sheba könnte ich es schaffen. Oliver hat mich einmal dazu herausgefordert. Es war im Sommer, aber Tom hat es mir verboten." Aus ihrer Stimme klang Bedauern.

„Kein Wunder. Es wäre Wahnsinn", stieß Della schaudernd hervor.

„Ja, aber Wahnsinn kann manchmal recht verlockend sein, meinen Sie nicht auch?" Sylvia warf ihr von der Seite her einen raschen Blick zu. „Nein, wahrscheinlich sind Sie nicht meiner Meinung. Sicher hatten Sie noch nie den Wunsch, alles über Bord zu werfen, sich von Ihrem langweiligen Leben loszulösen und etwas Neues anzufangen, etwas Unerhörtes – oder doch?"

„Vielleicht wünschen wir uns das alle gelegentlich, aber zusammen mit dem Schlechten könnte doch auch das Gute über Bord gehen, und außerdem – wo bringt uns das hin?"

„Spielt das eine Rolle? Das ist doch das Aufregendste daran – wenn man nicht sicher weiß, wohin es geht, und trotzdem den Sprung ins Ungewisse wagt!"

Es war seltsam, aber Della hatte das Gefühl, daß Sylvia und sie zum erstenmal offen miteinander redeten.

Sylvia schaute sie scharf an. „Ich glaube nicht, daß ich Sie je verstehen werde. Sie waren mir von Anfang an nicht geheuer. Sie hatten etwas an sich, das mich irritierte, etwas, das uns allen gefährlich werden kann. Ich habe Tom auch gesagt, daß er Sie fortschicken sollte."

Della hob stolz den Kopf. „Aber er hat es nicht getan."

„Nein, und ich bin immer noch der Meinung, daß es ein Fehler war." Sie hielt inne und fragte dann ganz beiläufig: „Lieben Sie meinen Mann?"

Die Frage kam so unerwartet, daß Della einen Augenblick aus der Fassung geriet. „Sie können doch nicht im Ernst erwarten, daß ich diese Frage beantworte."

„Das bedeutet, daß Sie ihn tatsächlich lieben. Liebt er Sie auch?"

„Warum fragen Sie ihn nicht selbst?"

„Vielleicht, weil ich die Antwort nicht wissen will." Sylvia starrte niedergeschlagen in die reißenden Fluten. „Ich erwarte ein Kind."

Diese leise gesprochenen Worte trafen Della wie ein Keulenschlag. „Weiß Tom es schon?"

„Noch nicht. Ich war ja noch nicht sicher, bis ich einen Arzt in London konsultiert hatte."

War es die Wahrheit, oder log Sylvia? War es Toms Kind, oder war Oliver der Vater? Wenn es stimmte, dann hatten sie und Tom... Della verscheuchte diesen Gedanken sofort wieder.

„Das wird ihn sehr glücklich machen", sagte sie mit erstickter Stimme.

„Meinen Sie? Na, ich weiß nicht so recht."

Sylvia riß den Kopf ihrer Stute so plötzlich herum, daß Shebas Hufe über den nassen Felsen schlitterten und das Pferd auszugleiten drohte. Einen gefährlichen Augenblick lang schwebten Roß und Reiterin über dem Abgrund, und Della hielt entsetzt den Atem an. Dann fand das Pferd sein Gleichgewicht wieder; Sylvia trieb es an, und es galoppierte den steilen Pfad hinauf. Kurz darauf waren beide verschwunden.

Sylvias Gedanken schwirrten wild durcheinander, während

sie dahinritt. Warum, warum hatte sie das nur gesagt? Vielleicht, weil es eine Erleichterung bedeutete, es auszusprechen? Gewiß – aber vor allem auch deshalb, weil sie Della eins auswischen wollte. Wenn dieses Mädchen nämlich glaubte, sie hätte Tom bereits mit Haut und Haaren in ihrem Besitz, dann würde diese ihre Überzeugung jetzt wohl ein wenig ins Wanken geraten.

Sylvia hatte recht. Della, die über den etwas ungefährlicheren unteren Pfad Richtung Larksghyll ritt, zweifelte nun nicht mehr daran, daß sie Rokeby Hall so schnell wie möglich verlassen mußte. Wenn Sylvia ein Kind zur Welt brachte, das Tom für das seine hielt, dann würde er es niemals übers Herz bringen, sie zu verlassen.

Es war ein kalter Tag, und Della begegnete nur wenigen Leuten auf dem breiten Weg, der durch das Moorland führte. Hin und wieder sah sie einen Schafhirten mit seinem Hund, und gelegentlich kam ihr ein Fuhrwerk entgegen. Dieser Weg nach Larksghyll war keine Fahrstraße, daher war Della überrascht, als sie vor sich eine geschlossene schwarze Kutsche erblickte; während sie daran vorbeiritt, entdeckte sie das königliche Wappen am Wagenschlag. Die Kutsche erinnerte sie an das Fahrzeug des Polizeibeamten, der sie vor dem Prozeß gegen ihren Vater zum Verhör abgeholt hatte, und sie fragte sich, was diese Kutsche hier zu suchen hatte, und ob vielleicht irgendein Unglücklicher verhaftet werden sollte.

Im Dorf Larksghyll herrschte eine beinahe feiertägliche Stille, als sie durchritt; bald darauf kam das Parktor in Sicht, und dann die ungepflegte Auffahrt, die Della in so unguter Erinnerung hatte. Sie fühlte sich unbehaglich und unsicher. Noch konnte sie umkehren; sie mußte ja nicht unbedingt weiterreiten. Warum nicht einfach alles hinter sich lassen und vergessen? Dann aber gewann wieder ihr Stolz die Oberhand; nur ein Feigling würde so handeln, und Della wußte, daß sie es ihr Leben lang bereuen würde, wenn sie jetzt aufgab. Wenn sie nur nicht so allein wäre! dachte sie. Wenn doch bloß ihr Vater hier wäre! Er hätte sie bestimmt ausgelacht und gesagt: „Es ist doch mein Elternhaus. Ich bin hier aufgewachsen. Komm und sieh es dir an."

Aber ihr Vater war tot, und seine Gebeine moderten irgendwo auf dem Grund eines fernen Ozeans. Ihr allein fiel es zu, das dunkle Geheimnis, das er ihr als einziges Erbe hinterlassen hatte, endlich aufzuklären. Sie holte tief Atem, dann stieß sie entschlossen die Fersen in die Seiten ihres Pferdes, und Tansy trabte den moosbedeckten Weg hinauf.

Das Herrenhaus wirkte so düster und geheimnisvoll wie bei ihrem ersten Besuch, aber diesmal sah es wenigstens nicht unbewohnt aus. Ein Fenster stand offen, und gerade als Della an dem von Schilf umwucherten Teich mit dem verfallenen Springbrunnen vorbeikam, beugte sich ein Dienstmädchen heraus, um ein Staubtuch auszuschütteln. Aus einem Gebäude – offenbar befanden sich darin die Stallungen – trat ein Junge. Er pfiff leise vor sich hin und blieb dann überrascht stehen, als er Della gewahr wurde, die schon ihr Pferd zügelte und sich aus dem Sattel schwang. Verblüfft starrte er sie an. Sie winkte ihm, und er kam langsam auf sie zu.

„Ich weiß nicht, wie lange ich bleiben werde", sagte sie. „Würdest du dich um mein Pferd kümmern?"

„Ja, Miss, wird gemacht." Er nahm die Zügel, ließ Della aber nicht aus den Augen und starrte sie weiterhin an, als wäre sie ein Gespenst.

„Weißt du, ob Mr. Craven zu Hause ist?"

„Ja, der Master ist da, und Mr. Oliver auch."

„Danke."

Während Della die Stufen zum Eingang des Herrenhauses hinaufschritt und den schweren Messingklopfer hob, führte der Junge das Pferd fort.

Der alte Butler, der die Tür öffnete, stieß einen unartikulierten Laut aus und schaute sie dermaßen verwirrt an, daß sie dachte: Was ist bloß los mit mir? Warum glotzen mich alle an, als wäre ich ein Geist?

Doch der Schreck – wenn es einer war – hielt nicht lange an.

Der Butler sagte höflich: „Verzeihen Sie, Miss, aber einen Augenblick lang dachte ich...was kann ich für Sie tun?"

„Ich möchte Mr. Craven sprechen, Mr. George Craven, wenn das möglich ist."

Er sah etwas unsicher drein. „Der Master empfängt kaum je Besucher."

„Ich glaube, mich wird er empfangen", fuhr sie beharrlich fort. „Ich heiße Delphine Craven. Er ist mein Onkel."

Wenn der alte Diener überrascht war, dann zeigte er es jedenfalls nicht. Er trat zur Seite. „Wenn das so ist, dann treten Sie bitte ein, Miss Craven. Ich werde den Herrn fragen, ob er Sie empfangen will."

Er ließ Della in der Halle stehen, und sie blickte sich um. Sie hatte das unangenehme Gefühl, daß sie nun in der Höhle des Löwen gefangen war, aus der es kein Entrinnen mehr gab. Die große, mit dunklem Holz getäfelte Halle war altmodisch, aber stilvoll eingerichtet; doch im Kamin brannte kein Feuer, und der ganze, riesenhafte Raum mit seinen abgenützten Teppichen, dem Marmorboden und dem nachgedunkelten Porträt eines längst verstorbenen Vorfahren über dem Kamin wirkte düster und ein wenig vernachlässigt.

Sie mußte lange warten und begann allmählich wieder unsicher zu werden, als der Butler endlich zurückkehrte.

„Würden Sie bitte mitkommen, Miss?" sagte er steif, und Della folgte ihm über die Treppe nach oben.

Der Raum, in den er sie führte, war langgestreckt und schmal. Die Fenster befanden sich alle auf einer Seite und gingen auf den Park hinaus. Die andere Längswand wurde von einem riesigen Kamin beherrscht, in dem ein paar mächtige Holzscheite glosten. Hohe Bücherregale standen an den Wänden, und dazwischen hingen Porträts.

„Mr. Craven wird sofort hier sein", sagte der Butler. „Darf ich Ihnen etwas anbieten?"

„Danke, nein."

„Sehr wohl, Miss."

Er verbeugte sich, verließ das Zimmer und zog leise die Tür

hinter sich zu. Dellas Unbehagen wuchs. Nun, da es endlich soweit war, hatte sie keine Ahnung, was sie sagen sollte, wenn ihr Onkel erschien.

Voller Unruhe begann sie, auf und ab zu wandern und die Porträts zu betrachten. Keines der Bilder erregte ihr besonderes Interesse, bis sie zu dem Gemälde an der Stirnwand kam. Verblüfft blieb sie stehen. Das Bild zeigte einen jungen Mann im Reitanzug, der vielleicht vor hundert Jahren gelebt haben mochte und, abgesehen von dem langen lockigen Haar, genauso aussah wie ihr Vater – besser gesagt so, wie ihr Vater mit zwanzig wahrscheinlich ausgesehen hatte – hübsch, elegant und nicht ganz vertrauenswürdig. Er stand aufrecht da, eine Hand in die Hüfte gestemmt, und blickte, wie es schien, mit unverschämtem Charme auf sie herunter. Als Della die Augen von seinem Gesicht abwandte, fiel ihr Blick auf ein Schmuckstück, das unter dem etwas stutzerhaften Spitzenkragen hervorlugte – ein goldener Totenkopf, den der Maler peinlich genau festgehalten hatte, so daß selbst die mit Diamanten ausgelegten Augenhöhlen zu funkeln schienen. War der Anhänger ein Familienerbstück? Hatte der goldene Totenkopf vielleicht doch ihrem Vater gehört? Aber wenn dem so war, warum hatte er ihn dann in all den Jahren nie getragen? Oder war er doch in Olivers Besitz gewesen, und hatte Oliver ihn verloren? War er in jener verhängnisvollen Nacht dabeigewesen? All die vielen kleinen Anhaltspunkte schienen plötzlich einen Sinn zu ergeben. Della machte einen Schritt auf das Porträt zu, um das Schmuckstück genauer zu betrachten, als hinter ihr eine Stimme ertönte.

„Ein hübscher Teufel, nicht wahr? Ein Halunke natürlich, aber ein faszinierender, findest du nicht auch? Genau so einer wie dein verstorbener Papa, meine liebe Cousine."

Sie fuhr herum und sah sich Oliver gegenüber, der unmittelbar hinter ihr stand und sie aus halbgeschlossenen Augen lächelnd ansah. In ihren Schläfen begann es zu pochen, und sie hatte Mühe, ihre Stimme zu beherrschen.

„Ich wollte nicht dich sprechen, sondern meinen Onkel."

„Mein Vater ist nicht bei bester Gesundheit. Er hat mich gebeten, ihn zu vertreten.“ Das ihr bereits wohlbekannte, ein wenig satanische Lächeln spielte um seinen Mund, als er sie, den Kopf leicht zur Seite geneigt, forschend betrachtete. „Du hast dich also endlich entschlossen, dein Inkognito zu lüften, du schämst dich deines Namens nicht mehr. Ich frage mich, warum. Könnte es sein, daß auch du ein Stück vom Kuchen haben willst? Oder glaubst du, du hättest ein Anrecht auf den Familienbesitz? In diesem Fall müßte ich dich leider enttäuschen, liebe Cousine.“

Sein verächtlicher Ton machte sie wütend. „Nein, das ist nicht der Grund, warum ich herkam. Ich will nichts von dir oder von meinem Onkel – ich will nur endlich die Wahrheit.“

„Nicht gerade ein bescheidener Wunsch“, erwiderte er spöttisch. „Was für eine Wahrheit denn?“

„Erstens die Wahrheit über dies hier“, sie wies mit zitternder Hand auf das Porträt, „dieses Schmuckstück, diesen goldenen Totenkopf. Du hast ihn damals in Farley Grange sofort erkannt, aber er hat niemals meinem Vater gehört. Er gehört dir, nicht wahr, und du hast ihn verloren? Du warst in der bewußten Nacht dabei.“

Oliver zögerte einen Augenblick und zuckte dann die Achseln. „Ja, ich war dabei. Sonst noch was?“ Er wandte sich von Della ab und stellte sich mit ausgestreckten Händen vor den Kamin, so als wollte er sie am Feuer wärmen.

Sie trat dich neben ihn. „Wenn du dort warst, dann weißt du doch auch, was geschehen ist. Warum hast du geschwiegen? Warum hast du nicht versucht, ihn zu retten?“

„Es war unmöglich.“

„Warum? Warum war es unmöglich?“ Plötzlich wurde ihr klar, warum, und diese Erkenntnis traf sie wie ein Keulenschlag. „Jetzt weiß ich es. Du warst es, nicht wahr? Du, du selbst hast diesen Schuß abgefeuert!“

Oliver stand regungslos da, die Hände noch immer ausgestreckt, und sagte langsam, fast gleichmütig: „Ja, ich habe ihn erschossen. Es war ein abscheulicher Kerl, der nur bekam, was er verdient hatte. Er hat uns alle schamlos betrogen.“

„Und du hast meinen Vater mit Vorbedacht im Stich gelassen. Du hast ihn für etwas büßen lassen, was du getan hast. Du warst beim Prozeß dabei. Ich habe dich dort gesehen, und du hast nichts unternommen. Wie konntest du nur so herzlos sein, so absolut gleichgültig?"

Als er ihr nun das Gesicht zuwandte, war von Charme, von amüsierter Gleichgültigkeit nichts mehr zu spüren. Die Linien um Augen und Mund waren plötzlich scharf und tief, und seine Augen flackerten.

„War es nicht höchste Zeit", sagte er grimmig, „daß er einen Teil von dem zurückzahlte, was er uns schuldete?"

Della starrte ihn bestürzt an. „Was er euch schuldete? Ich verstehe nicht!"

„Hast du ihn denn nie gefragt, warum er den Märtyrer spielte? Warum er es so großmütig zuließ, daß er für die Tat eines anderen an den Pranger gestellt wurde?" antwortete Oliver mit bitterem Sarkasmus in der Stimme. „Spiel bloß nicht den Unschuldsengel."

„Ich habe ihn danach gefragt, aber er wollte mir nichts sagen."

„Nein, das wäre auch so gar nicht sein Stil gewesen, wie? Er hätte es nicht übers Herz gebracht, die Illusion seiner kleinen Tochter zu zerstören. Er hätte es nicht ertragen, wenn sie herausgefunden hätte, daß ihr Abgott, ihr Idol nichts als ein aufgeblasener Tropf, ein Trugbild war." Er kam plötzlich auf sie zu und packte sie grob an den Schultern. „Hat er dir nie erzählt, wie rücksichtslos er meinem Vater das Herz gebrochen, wie er ihn zu einem Schattendasein verurteilt und meine Kindheit in eine einzige Hölle verwandelt hat?"

„Ich habe keine Ahnung, wovon du sprichst", stammelte sie.

„Dann wird es höchste Zeit, daß du es erfährst. Du wolltest die Wahrheit hören und nichts als die Wahrheit. Komm mit. Ich muß dir etwas zeigen."

Er faßte sie an der Hand und zog sie aus dem Zimmer, über die Treppe hinauf und einen dunklen Korridor entlang. Dann stieß er die Tür zu einem Zimmer auf – es war offenbar einmal ein Schlafzimmer gewesen, jetzt aber diente es als Abstellkammer für ausrangierte Möbelstücke. Er öffnete die Fensterläden, so daß das dämmrige Licht des Wintertages auf ein Bild an der gegenüberliegenden Wand fiel.

„Schau dir das an", befahl er. „Schau es dir genau an, und dann sag mir, was du davon hältst."

Della traute ihren Augen nicht. Es war unheimlich – es war, als blickte sie in einen Spiegel: langes, schwarzes Haar, zarte Schultern und große blaue Augen, ein unschuldiges, schüchternes Lächeln auf den Lippen; nur daß dieses Mädchen sehr jung war, noch kaum zur Frau erblüht, und daß der Schnitt des langen, cremefarbenen Musselinkleids, das sie trug, seit zwanzig Jahren aus der Mode war.

„Das ist meine Mutter", hauchte Della.

„Ja, das ist Olivia O'Dowd Lismore, deine Mutter...und meine."

„Deine?" Sie drehte sich verblüfft zu ihm um.

„Ja, meine. Du bist nicht meine Cousine, sondern meine Halbschwester." Er lachte kurz auf, und es war ein bitteres Lachen. „Ich habe mich schon gefragt, wie lange es wohl dauern würde, bis du es errätst."

Eine Flut von Fragen drängte sich auf ihre Lippen, so daß sie meinte, ersticken zu müssen. „Aber wie ist das möglich? Warum?" stotterte sie.

Er sah sie einen Augenblick durchdringend an. „Hat er dir wirklich nichts erzählt?" Della schüttelte stumm den Kopf, fassungslos und zitternd vor Kälte. „Na schön, dann sollst du es besser von mir erfahren, aber nicht hier. Es ist zwar keine schöne Geschichte, aber deshalb müssen wir nicht unbedingt frieren, während ich sie dir erzähle."

Als sie wieder in der langen Galerie angekommen waren, sagte Oliver plötzlich: „Du siehst blaß aus. Möchtest du vielleicht einen Kaffee oder einen Brandy?"

„Nein, danke, nichts."

„Wie du willst." Er ging zum Kamin und schürte das Feuer, so daß es aufloderte und mehr Wärme verbreitete. Dann richtete er sich auf und starrte in die Flammen, während Della angstvoll wartete, daß er anfing; endlich würde sie hören, was sie pötzlich gar nicht mehr hören wollte.

„Stell dir zwei Brüder vor", begann er schließlich müde, „Zwillinge, um genau zu sein. Einer von ihnen, ein paar Stunden älter als der andere, war sehr schwach, von zarter Gesundheit, kaum lebensfähig."

„Mein Onkel George?"

„Dein Onkel und mein Vater. Als er älter wurde, bemühte er sich immer, mit seinem innig geliebten Bruder Schritt zu halten, der zwar nur einige wenige Stunden jünger, aber hübsch, kräftig, jedermanns Liebling und der Augapfel seines Vaters war; unser Großvater konnte seinem Erstgeborenen und Erben nie verzeihen, daß er – in seinen Augen – ein Versager war und so gänzlich unfähig, an den lärmenden Jagden und Trinkgelagen teilzunehmen, die damals hier oben im Norden üblich waren."

Oliver hielt inne und bückte sich, um Holz nachzulegen. Dann richtete er sich wieder auf und fuhr rasch fort, so als wollte er es so schnell wie möglich hinter sich bringen.

„Die beiden wurden erwachsen, und dein Vater zog fort, ging auf die Universität, während George, dessen schwache Gesundheit dem wilden und rauhen Studentenleben nicht gewachsen war, in irgeneiner geschäftlichen Angelegenheit, die mit den Familiengütern zusammenhing, nach Irland geschickt wurde und sich dort Hals über Kopf verliebte. Sie war die Tochter eines kleinen irischen Adeligen, der fast sein ganzes Vermögen bei Pferderennen verloren hatte und ebenso froh darüber war, seine sechzehnjährige Tochter vorteilhaft an den Mann zu bringen, wie sie darüber, daß sie dem verfallenden Schloß in Wicklow County entrinnen konnte. Sie heirateten, und er brachte sie nach Larksghyll, und vielleicht war sie glücklich, als ein Jahr später ihr Sohn zur Welt kam."

„Und dieser Sohn warst du?"

„Ja. Ich war sechs Jahre alt, als mein Onkel Paul zurückkehrte. Er war nach den Studienjahren in Cambridge auf Reisen gegangen, und nun kam er wieder in die Heimat, mit all seinem Charme, seinem faszinierenden Gesicht und dem Flair eines Mannes von Welt. Über seine Ausstrahlung, sein Auftreten, brauche ich dir doch wohl nichts zu erzählen, oder?"

Della schüttelte den Kopf. Sie konnte sich lebhaft vorstellen, wie ihr Vater in dieses friedliche, langweilige Haus hereingeplatzt war, jeden mit seinen Talenten bezaubert und die naive, einsame junge Frau aus Wicklow County in seinen Bann geschlagen hatte.

„Vermutlich ahnst du bereits, was dann geschah. Ohne jeden Skrupel machte er sich daran, die Frau seines Bruders zu erobern, obwohl er genau wußte, wieviel sie ihm bedeutet haben mußte."

„Das ist eine gemeine Unterstellung", stieß Della empört hervor.

„Vielleicht, wer weiß? Auf alle Fälle aber hatte er Erfolg. Sie verliebte sich hoffnungslos in ihn, und mein Vater, der wie alle anderen dem Zauber seines Bruders verfallen war, verschloß sich lange Zeit den Tatsachen."

Della spürte die tiefe Verbitterung, die ihm in all den Jahren das Leben zur Hölle gemacht haben mußte; aber, dachte sie, ich sehe die Sache doch etwas nüchterner als er. Wie soll man dem Blitzstrahl der Liebe ausweichen, der einen trifft, ohne daß man sich dagegen wehren kann? Sie hatte sich doch auch nie in Tom verlieben wollen, und nun saß sie hilflos in der Falle.

„Vielleicht konnten sie es nicht verhindern", sagte sie matt.

„Das sagt sich so leicht. Er hätte doch gehen können, bevor es zu spät war, oder? Aber er blieb. Vielleicht war es Neid. Er war der jüngere Sohn, und er wußte, daß sein kränklicher Bruder alles erben würde. Wie auch immer, Paul blieb, bis die Wahrheit schließlich unter Blitz und Donner ans Licht kam. Er wurde aus dem Haus gewiesen und ging – zusammen mit ihr. Mein Vater folgte ihnen." Oliver drehte sich mit einem gequälten Lächeln zu Della. „Klingt wie der erste Akt eines billigen Rührstücks, was? Er kutschierte selbst, aber er war kein Pferdekenner wie sein Bruder, und es war Winter, überall lagen Eis und Schnee. Sein Wagen landete im Straßengraben, aber das Liebespaar kümmerte sich nicht darum; die beiden flohen aus England, hinüber auf den Kontinent, und suchten in Italien Zuflucht. Mein Vater blieb schwerverletzt liegen, und wurde später von einem zufällig vorbeikommenden Fuhrmann entdeckt."

„Wäre es nicht möglich, daß sie den Unfall gar nicht bemerkt hatten?"

„Möglich – vermutlich waren sie eben nur mit sich selbst beschäftigt. Mein Vater war von da an jedenfalls nicht nur körperlich, sondern auch seelisch ein gebrochener Mann. Er ließ sich von Olivia scheiden – ein langwieriges, qualvolles und peinliches Verfahren, das ihm keinerlei Sympathie, nur Mißbilligung einbrachte. Ein Gentleman soll die Schuld auf sich nehmen, nicht Schande über sein irrendes Weib bringen", fuhr Oliver mit grimmigem Sarkasmus fort. „Und dann zog er sich in seine eigene Welt zurück und schirmte sich gegen jede persönliche Beziehung und die Qualen ab, die diese unweigerlich mit sich bringt."

„Du warst damals doch noch ein Kind, woher weißt du denn das alles?"

„Ich bin damit aufgewachsen. Man erzählte mir, meine Mutter wäre tot, aber ich wußte, daß das eine Lüge war. Ein Kind sieht und begreift viel mehr, als man gemeinhin glaubt, und auch ich war dem Charme meines Onkels verfallen gewesen. Die Dienstboten überschütteten mich mit ihrem Mitleid, und ich haßte sie deswegen. Ich mußte zusehen, wie sich mein Vater voll Widerwillen von mir abwandte, weil ich, obwohl ich Olivias Sohn war, niemals ihren Platz einnehmen konnte. So wurde ich ein für allemal davon geheilt, einer Frau mein Vertrauen zu schenken."

Della schwieg. Ihr Innerstes war in Aufruhr; das Bild, das sie von ihrem Vater bewahrte, war getrübt, aber nicht zerbrochen. Sie wußte jetzt, daß er das alles sein Leben lang bereut, aber auch verdrängt hatte – wie er alles Schmerzliche zu verdrängen pflegte und unbekümmert in den Tag hinein lebte; bis zu jenem

Augenblick, in dem ihm klargeworden war, daß er seinem Bruder nicht auch noch diese letzte, grausame Wunde zufügen durfte. Er konnte nicht zulassen, daß Olivias Sohn als Mörder gebrandmarkt würde.

„Angenommen, Vater wäre nicht deportiert, sondern zum Tode verurteilt worden, was hättest du dann getan?"

„Ich weiß es nicht. So aber dachte ich, daß sieben Jahre in einer Sträflingskolonie eine gerechte Strafe sei für die endlosen Qualen, die mein Vater hat erdulden müssen. Ich konnte doch nicht vorhersehen, daß das Schiff untergehen würde."

„Hätte es dir denn etwas ausgemacht?"

Ein paar Sekunden lang ruhte sein Blick auf ihr. „Du stellst zu viele Fragen."

„Ich habe gehört, daß der Fall neu aufgerollt wird."

Er wurde plötzlich sehr blaß. „Das habe ich auch gehört."

„Berührt dich das?"

„Hoffst du, daß mich die gerechte Strafe doch noch ereilt?"

„Nein", sagte sie ernst. „Ich glaube nicht. Mein Vater ist tot. Nichts wird ihn wieder lebendig machen."

„Das stimmt." Oliver hielt einen Augenblick inne und fuhr dann in einem weichen Ton fort, mit einer Wärme, wie sie sie nie zuvor bei ihm gespürt hatte. „Ich bin im Begriff zu verreisen, sehr weit fort, vielleicht nach Indien, oder sogar noch weiter, und es könnte sein, daß ich sehr lange fortbleibe. Wenn ich dich bitte, manchmal herzukommen und meinen Vater zu besuchen, mit ihm zu plaudern – würdest du das tun?"

„Bei unserer letzten Begegnung hat er mich aus dem Park gejagt."

„Das hat er mir erzählt. Es war der Schock des Erkennens, aber ich glaube, daß er jetzt anders empfindet. Es würde seinem Seelenfrieden guttun, Olivias Tochter in Freundschaft gegenüberzutreten."

„Ich habe nicht vor, in Yorkshire zu bleiben, aber bevor ich abreise, komme ich noch einmal her."

„Danke. Du bist eine ungewöhnliche junge Frau, Delphine Craven. Du hast die Unbekümmertheit deiner irischen Mutter geerbt und auch eine gute Portion von dem Charme, mit dem dein Vater alle bezauberte. Als ich dich damals in Farley Grange sah, dachte ich, daß es amüsant sein müßte, mit dir, meiner Halbschwester, zu schlafen. Das wäre einmal etwas anderes, so etwas habe ich noch nie ausprobiert."

Della wußte nicht so recht, ob er das ernst meinte oder nur gesagt hatte, um sie zu schockieren. Sie stand auf.

„Es wäre dir nicht gelungen."

„Wirklich nicht? Da wir uns heute zum letztenmal sehen, hätte ich große Lust, die Probe aufs Exempel zu machen."

Mit einer raschen Bewegung, riß er sie in die Arme und küßte sie hart auf den Mund. Es war erschreckend, wieviel Verzweiflung in diesem Kuß lag – fast so, als suche er Trost. Mit Mühe gelang es Della, sich aus seiner Umarmung zu befreien.

„Oliver! Nein!"

„Doch", sagte er und lachte. „Ein brüderlicher Kuß diesmal." Gerade als seine Lippen ihre Wange berührten, wurden sie unterbrochen.

Eine scharfe Stimme rief: „Oliver!"

Die Tür war aufgeflogen, und auf der Schwelle stand Sylvia. Überraschung und Wut malten sich auf ihren schönen Zügen.

Oliver rührte sich nicht, er stand da, den Arm lässig um Della gelegt.

„Was, zum Teufel, willst du denn hier, Sylvia?" sagte er kühl.

„Störe ich etwa? Gibst du dich neuerdings mit Dienstboten ab?" fragte sie voll Verachtung.

„Della ist kein Dienstbote, meine Liebe, ganz im Gegenteil. Sie ist meine Cousine, wir sind sehr nahe verwandt. Wußtest du das nicht? Hat Tom es dir nie erzählt?"

Sylvia war näher gekommen und sah Della vorwurfsvoll an. „Ist das wahr?"

„Ja, allerdings. Oliver, es ist besser, wenn ich jetzt gehe. Ich werde nichts vergessen – nichts, nie."

„Nie ist eine lange Zeit, Cousinchen, aber es sieht so aus, als müßten wir uns leider tatsächlich Lebewohl sagen."

Demonstrativ und so, daß Sylvia es sehen konnte, nahm er

Dellas Hand und küßte sie. Sie schaute ihm für einen Augenblick tief in die Augen und verließ dann rasch das Zimmer.

„Was hatte dieses Theater zu bedeuten?" fragte Sylvia.

„Es war kein Theater", erwiderte er müde. „Ich bin im Begriff zu verreisen, und wir haben uns voneinander verabschiedet."

„Verreisen? Wann?"

„Sehr bald. Warum bist du hergekommen?"

„Ich muß mit dir reden. Was hatte dieses Mädchen in diesem Haus zu suchen?"

„Auf jeden Fall nicht das, was du offenbar vermutest", erwiderte er spöttisch. „Es gab gewisse familiäre Angelegenheiten zu besprechen."

„Was hat sie uns verheimlicht?"

„Nichts von Bedeutung."

„Ich wollte, ich könnte dir glauben."

„Du kannst mir glauben. Ich weiß, daß manche Leute es nicht glauben würden – aber gewöhnlich sage ich die Wahrheit." Er ließ sich in einen Sessel fallen, der nahe am Kamin stand. „Jetzt sei bitte um Himmels willen vernünftig. Ich bin nicht in der Stimmung für hysterische Szenen."

„Wie kannst du nur so gefühllos sein?"

Sylvia sank auf die Fußbank nieder, legte die Hände auf seine Knie und schaute zu ihm auf. „Oh, Oliver, ich liebe dich so sehr. Ich kann ohne dich nicht leben."

Er machte eine fahrige Handbewegung. „Das hast du schon einmal gesagt. Wir haben dieses Thema doch bereits in London erörtert, meine Liebe, hast du das vergessen? Hast du dieses – dieses kleine Problem bereinigt, das dich so sehr bedrückte?"

„Wie kannst du nur so darüber sprechen? Immerhin ist es auch dein Kind." Sie krümmte sich zusammen und schlang die Arme um ihre Knie. „Es war so ein schmutziges, verkommenes Haus. Ich konnte nicht zulassen, daß mich solche Leute berühren." Sie schauderte. „Ich hätte mich so erniedrigt gefühlt – ich hätte es nicht ertragen."

„Und Tom?"

„Tom hat sich von mir abgewandt. Ich glaube, dieses Mädchen ist entschlossen, ihn mir wegzunehmen."

„Das bezweifle ich", sagte er kühl. Er stieß sie plötzlich von sich und stand auf. „Und was soll jetzt werden?"

„Du sagtest doch, daß du verreist. Könntest du mich nicht mitnehmen?"

„Nein. Das habe ich ich dir schon einmal erklärt. Es ist nicht möglich."

„Warum nicht? Oliver, warum?"

Sein Gesicht spiegelte all seinen Unmut wider, als er sich zu ihr umdrehte. „Wenn du es unbedingt wissen willst – weil ich ein Gejagter bin. Die Meute wird mir auf den Fersen bleiben, wo immer ich auch hingehe, und mit einer Frau und einem Kind im Schlepptau habe ich nicht die geringste Chance zu entkommen."

Sylvia sprang auf und starrte ihn entgeistert an. „Gejagt? Weshalb? Was hast du getan?"

„Das spielt doch keine Rolle. Es ist jedenfalls so. Ich kann dich nicht mitnehmen, und damit Schluß."

„Ich glaube dir nicht", sagte sie langsam. „Das ist nur ein Trick, du sagst das nur, um mich loszuwerden. Du bist meiner überdrüssig, du machst dir nichts mehr aus mir! Es ist wie damals, und ich wollte es nicht glauben. Ich dachte, diesmal..." Ihre Worte gingen in einem Schluchzen unter.

Er trat zu ihr und legte ihr sanft die Hände auf die Schultern. „Nun hör mir einmal zu, Sylvia. Wir haben ein paar wundervolle Monate miteinander verbracht, aber im Grunde deines Herzens wußtest du genausogut wie ich, daß es einmal enden würde."

„Nein, nein, nein!" schluchzte sie hilflos.

„Sei vernünftig. Natürlich hast du es gewußt. Ich hab dich gern, und ich werde dich nie vergessen. Geh zu Tom zurück, verführe ihn, beichte ihm alles, wenn du willst. Er ist ein guter Mensch. Er wird dich nie verlassen, dazu ist er viel zu gütig."

Sie riß sich von ihm los, und ein wildes Funkeln stand in ihren Augen. „Du machst dir überhaupt nichts mehr aus mir, was? Du hast kein Herz. Ich war nie mehr als ein Spielzeug für dich, das du nehmen und wegwerfen konntest, wie es dir beliebte. Ich hasse dich, ich verabscheue dich..." Ihre Stimme überschlug sich, und sie rannte aus dem Zimmer.

Sie sah so verstört aus, daß er schnell hinter ihr herlief und ihren Namen rief, aber sie achtete nicht darauf. Draußen auf dem Hof wartete der Bursche mit ihrem Pferd. Sie ergriff die Zügel und schwang sich in den Sattel. In dem Augenblick, in dem Oliver aus dem Haus trat, versetzte sie der Stute einen kurzen Hieb mit der Reitgerte, und das Pferd galoppierte in halsbrecherischem Tempo die Auffahrt hinunter. Sylvia hatte nur einen Gedanken – jetzt war der richtige Zeitpunkt gekommen, den wilden, verwegenen Entschluß, den sie vor ein paar Tagen gefaßt hatte, in die Tat umzusetzen. Oliver durfte sich nicht anmaßen, sie so zu behandeln wie andere Frauen, wie eine verstoßene Geliebte, wie eine billige Hure, die er satt bekommen hatte. Lord Sterndales Tochter war etwas anderes, und, bei Gott, das würde sie ihm beweisen.

17

Nachdem Della von Larksghyll fortgeritten war, kehrte sie nicht gleich nach Rokeby Hall zurück. Sie wußte, daß sie dort nicht allein und ungestört sein würde. Sie war jetzt zu aufgewühlt und brauchte Zeit, um die furchtbaren Dinge, die sie eben gehört hatte, mit ihren eigenen Erinnerungen in Einklang zu bringen. Die wilde Erbitterung, die aus Oliver hervorgebrochen war, als er die ganze Geschichte erzählte, hatte sie überrascht. Er war ihr immer so selbstzufrieden, so selbstsicher erschienen. Diese bitteren Erfahrungen in so jungen Jahren, der Verlust seiner Mutter, die Abneigung seines Vaters – all das mußte das sensible Kind tief getroffen, mußte eine unheilbare Wunde hinterlassen haben. Bis vor kurzem hatte Della geglaubt, daß nichts auf der Welt ihr größere Genugtuung verschaffen würde, als den Mann, der am Tod ihres Vaters schuld war, leiden zu sehen. Nun aber mußte sie widerwillig zugeben, daß sie Olivers Motiv verstand. Ihre eigenen Erinnerungen an ihre Mutter waren die köstlichen, kostbaren Erinnerungen eines Kindes – sie sah eine Wolke weichen schwarzen Haars vor sich und hörte eine sanfte, fröhliche Stimme, die sie mit lieblichen irischen Melodien in den Schlaf sang.

Hatte ihre Mutter jemals Mitleid empfunden für den kleinen Jungen, den sie im Stich gelassen hatte? Oder für den sanften, schüchternen Mann, den sie krank und mit gebrochenem Herzen zurückgelassen hatte? Oder hatte sie zum erstenmal die wahre Liebe kennengelernt und war davon so überwältigt gewesen, daß außer dem Geliebten nichts und niemand mehr zählte? Das waren Fragen, die nur ihr Vater hätte beantworten können – aber Vater war nun tot.

Ganz unbewußt und gegen ihre Absicht hatte Della den Weg eingeschlagen, der zur Schlucht hinaufführte, und schaudernd zügelte sie ihr Pferd. Sie dachte an Sylvia. Was hatte sie nach Larksghyll geführt? War sie so verliebt in Oliver, daß sie alles riskieren würde? Und wenn Oliver, wie er gesagt hatte, wirklich verreiste, würde sie dann in ihrer Verzweiflung zu Tom zurückkehren, da sie seiner treuen Ergebenheit, wenn nicht sogar seiner Liebe gewiß sein konnte?

Della besaß nicht die Rücksichtslosigkeit ihres Vaters – dessen war sie sich sicher. Und nach all dem, was sie an diesem Tag gehört hatte, konnte sie es nicht über sich bringen, sich zwischen Mann und Frau zu drängen. Das Glück eines Kindes stand auf dem Spiel. Sie hatte kein Recht, die sichere Welt eines kleinen Jungen zu zerstören, ihn einem ähnlichen Schicksal auszuliefern, wie Oliver es erlitten hatte.

Es war erst vier Uhr, aber schon ziemlich dunkel, als sie die Auffahrt von Rokeby Hall hinaufritt und vor den Ställen vom Pferd stieg. Sie führte Tansy in den Stall und übergab sie Rob.

Als sie sich zum Gehen wandte, sah sie, daß Sylvias Stute schon in ihrer Box stand, und sagte gedankenlos: „Wie ich sehe, ist Mrs. Clifford schon zurückgekehrt."

„Ja, und sie hat das arme Tier ganz schön gehetzt, es war über und über mit Schweiß bedeckt", sagte Rob mißbilligend. „Das sieht ihrer Ladyschaft gar nicht ähnlich. Gewöhnlich geht sie schonend mit der Stute um."

Della hatte das unbehagliche Gefühl, daß sich an diesem Tag die Ereignisse zu einem dramatischen Höhepunkt zuspitzten; doch als sie sich umgezogen hatte und ins Kinderzimmer trat, war alles so wie immer, und sie kam zu dem Schluß, daß ihre Befürchtungen wohl nur Einbildung waren. Sie trank mit Nanny und Peter Tee und spielte mit dem Jungen, bis es Zeit zum Abendessen war.

Als sie nach unten ging, um für Peter Schokolade und Kekse zu holen, kam sie an Toms Arbeitszimmer vorbei. Sie sah, daß die Tür nur angelehnt war, und trat zögernd ein. Tom stand vor seinem Schreibtisch und hatte eine Pistole in der Hand, die er vorsichtig nachlud.

Er blickte auf, sah sie und lächelte. „Sieh mich nicht so erschrocken an. Ich habe nicht die Absicht, jemanden zu erschießen."

„Das hätte mich auch gewundert.“ Sie trat näher. „Eine sehr schöne Waffe.“

„Ja, das neueste Modell aus London. Sie wurde für meinen Vater angefertigt – sieh nur, hier hat er seinen Namen eingravieren lassen. Seit dem Aufruhr im Sommer habe ich sie vorsichtshalber immer wieder geölt und neu geladen. Hast du je eine Pistole abgefeuert?“

„Nein, ich habe es noch nie versucht.“

„Sylvia ist merkwürdigerweise recht geübt im Schießen. Lord Sterndale genoß es offenbar, mit einem Schrotgewehr aus dem Fenster auf Krähen und Eichhörnchen zu schießen, und daher versuchte sie es auch. Sie hat diese Pistole einmal ausgerechnet aus dem Wohnzimmerfenster abgefeuert, aber glücklicherweise nichts getroffen.“

„Ich glaube nicht, daß ich das wagen würde. Ich muß gehen. Ich wollte gerade eine Tasse Schokolade für Peter holen.“

Tom legte die Pistole in eine Schublade und schob sie zu. „Nanny sagte mir, daß du den ganzen Tag fort warst. Hast du einen Besuch in Farley Grange gemacht?“

„Nein. Ich war in Larksghyll.“

„War Oliver zu Hause?“

„Ja. Entschuldige, Tom, aber ich muß jetzt gehen.“

Er kam auf sie zu. „Nein, noch nicht. Erzähl mir von dem Besuch. Della, seit Sylvia aus London zurück ist, gehst du mir aus dem Weg.“

„Ja – aber nur, weil ich muß.“

„Ich glaube nicht, daß ich das noch lange aushalte“, sagte er und faßte ihre Hand.

„Bitte, Tom, bitte, bitte. Du mußt mich gehen lassen.“

„Ich liebe dich.“

„Nicht, bitte nicht. Ich kann es nicht ertragen, nicht jetzt, nicht heute.“

„Warum nicht heute?“

„Ich werde es dir einmal erzählen, aber nicht jetzt.“

Sie zog ihre Hand zurück und ging rasch hinaus. Während sie die Treppe hinunter in die Küche eilte, stürmten all die

Ereignisse des Tages wieder auf sie ein. Sie blieb vor der Küchentür stehen, um ihre Fassung wiederzugewinnen; erst als sie wieder ruhig atmete, trat sie ein.

Als Della dann mit der Schokolade ins Kinderzimmer kam, war Sylvia da. Sie hatte den großen Armsessel dicht an das Feuer gerückt, und Peter in seinem langen Nachthemd saß auf ihrem Schoß. Sie liebkoste und streichelte ihn wie ein Baby. Die Szene erinnerte Della eindringlich an ihre erste Begegnung mit Sylvia – heute allerdings war in ihren Augen so etwas wie Verzweiflung zu lesen.

„Stellen Sie die Schokolade auf den Kamin. Ich bringe Peter heute selbst zu Bett."

„Bitte." Della stellte das Tablett nieder und bückte sich, um dem Jungen übers Haar zu streichen.

„Gute Nacht, Peter. Gute Nacht, Mrs. Clifford."

„Gute Nacht."

Nicht ein Wort über das Zusammentreffen auf Larksghyll, keine der Fragen, die sie erwartet hatte. Es schien fast so, als wäre es nie geschehen, als hätte etwas viel Wichtigeres Sylvias Erinnerung daran ausgelöscht.

Della schloß die Tür hinter sich und ging noch einmal in die Küche, um zu bitten, daß man ihr das Abendessen in ihr Zimmer bringe; um keinen Preis wollte sie Tom an diesem Abend noch einmal begegnen.

Nachdem Sylvia Peter zu Bett gebracht hatte, blieb sie noch eine Weile bei dem schlafenden Jungen sitzen. Damals, in der glücklichen Zeit in London, hatte sie sich mit der Tatsache abgefunden, daß sie ihren kleinen Sohn würde zurücklassen müssen, wenn sie mit Oliver ins Ausland flüchtete. Aber das Kind unter ihrem Herzen ließ ihr keine Wahl mehr. Noch immer klangen ihr Olivers grausame Worte im Ohr: „Mit einer Frau und einem Kind im Schlepptau habe ich keine Chance zu entkommen." Nicht einen Augenblick hatte sie ihm geglaubt, daß er in Gefahr war! Das war nur ein Vorwand, um sie loszuwerden, und bei dem Gedanken daran stieg abermals die Wut in ihr hoch. Sie ging ins Wohnzimmer hinunter, wo Tom, ein Buch in der Hand, neben dem Kamin saß – ein anständiger, zuverlässiger, vernünftiger Mann, ehrbar und angesehen. In ihrer Verzweiflung hatte sie plötzlich den Wunsch, ihn zu schlagen, ihn zu verletzen, ihn zu treffen, damit er ebenso leide wie sie.

Mit wohldosiertem Zorn in der Stimme sagte sie: „Warum hast du mir nie mitgeteilt, daß die wundervolle Miss Lismore, die du so sehr anbetest, Olivers Cousine ist, die Tochter seines Onkels, der einen so schlechten Ruf hat?"

Tom blickte auf. „Woher weißt du das?"

„Spielt das eine Rolle? Es stimmt, nicht wahr?"

„Ja, es stimmt."

„Und du hast es gewußt?"

„Ja, fast von Anfang an."

„Und hast es nicht für notwendig gehalten, mir oder sonst irgend jemandem davon zu erzählen."

„Ich sehe nicht ein, warum Della für etwas büßen soll, was ihr Vater getan hat."

„Solange sie nur Lehrerin in deiner erbärmlichen Schule war, mochte das vielleicht noch angehen – aber wie konntest du sie bloß hierherbringen und als Gouvernante unseres Kindes einstellen, ohne mir etwas von ihrer tatsächlichen Herkunft zu sagen!"

„Ich glaube nicht, daß sie die Absicht hat, Peter beizubringen, wie man Hasard spielt oder einen Menschen erschießt", sagte er spöttisch.

„Laß die dummen Witze." Mitgerissen von ihrer eigenen gereizten Stimmung holte sie ohne nachzudenken zum nächsten Schlag aus. „Du wolltest sie hier im Haus haben, weil du in sie verliebt bist!"

„Sylvia, bitte", sagte Tom müde. „Das haben wir schon einmal besprochen. Du redest Unsinn, und ich möchte nichts mehr davon hören."

„Natürlich, weil es stimmt, nicht wahr, es stimmt?" Sie beugte sich vor und fauchte ihn an: „Wenn du sie nicht fortschickst, werde ich dich verlassen, Tom. Ich werde von hier fortgehen und Peter mitnehmen."

„Jetzt ist es genug." Er stand auf und knallte das Buch auf den Tisch. „Das werde ich nicht zulassen. Geh, wenn du unbedingt willst. Vielleicht wäre es für uns beide wirklich das beste, wenn wir uns trennen, aber meinen Sohn wirst du mir nicht wegnehmen!"

Es war ein Schuß ins Blaue gewesen, aber nun war Sylvia überrascht von seiner Reaktion. „Du hast also schon darüber nachgedacht", sagte sie langsam. „Du hast mit dem Mädchen darüber gesprochen!"

Er wandte sich von ihr ab, so daß sie sein Gesicht nicht sehen konnte. „Was ich getan oder nicht getan habe, ist unwichtig. Tatsache ist, daß unsere Ehe schon vor langer Zeit aufgehört hat zu bestehen, wenn sie überhaupt je wirklich bestanden hat", sagte er, und tiefe Bitterkeit klang aus seiner Stimme. „Weiß Gott, ich habe mein Bestes getan, aber ich glaube, seit einem Jahr wissen wir es beide."

Doch Sylvia hörte ihm gar nicht zu. „Es stimmt also. Du bist ihr Liebhaber, warst es die ganze Zeit während meiner Abwesenheit, vielleicht sogar schon vorher. Mrs. Fenton hat es mir erzählt, aber ich wollte ihr nicht glauben." Ihre Stimme wurde immer lauter. „Ich hab gewußt, daß dieses Mädchen ein Luder ist, hab es von Anfang gewußt, aber ich hatte keine Ahnung, daß sie auch eine Lügnerin und Betrügerin ist."

Tom fuhr herum. „Wage es ja nicht, so über Della zu sprechen!"

„Ich sage, was mir paßt."

„Oh nein, das wirst du nicht tun, ebensowenig wie Mrs. Fenton. Sie ist eine verdammte Lügnerin. Hast du sie gebeten, mir nachzuspionieren, während du in London warst?"

„Und was, wenn es so wäre?" gab Sylvia höhnisch zurück.

„Bei Gott, wenn du das wirklich getan hast..."

Er machte einen Schritt auf sie zu, und sie schaute trotzig zu ihm auf. Sie hatte noch immer die Szene vor Augen, deren Zeugin sie heute nachmittag in Larksghyll geworden war. „Und glaub bloß nicht, du wärst der einzige. Deine geliebte Della hat den Tag in Olivers Armen verbracht."

Er stutzte, allerdings nicht aus dem Grund, den Sylvia vermutete. „Und was, zum Teufel, hattest du in Larksghyll zu suchen, wenn ich fragen darf?“

Er sah sie so merkwürdig an, daß sie plötzlich Angst bekam und erkannte, daß sie zu weit gegangen war. In diesem Augenblick klopfte das Dienstmädchen an die Tür, trat ein und wurde gebieterisch aus dem Zimmer gewiesen. Die kurze Unterbrechung gab Tom Gelegenheit, seine Selbstbeherrschung wiederzufinden.

„Tut mir leid“, stieß er hervor, als das Mädchen gegangen war. „Ich hätte das alles nicht sagen sollen. Wir sind beide aufgebracht und sagen Dinge, die wir eigentlich gar nicht sagen wollen. Reden wir morgen weiter. Wenn wir schon weiterhin zusammenleben müssen, dann laß uns wenigstens versuchen, uns mit Antand aus der Affäre zu ziehen.“

Tom war nicht annähernd so ruhig, wie es den Anschein hatte. Seit Sylvias Rückkehr aus London war er innerlich zerrissen. Wenn er sie um die Scheidung bat, dann würde Della unweigerlich mit in die Sache hineingezogen. In dieser kleinen, geschlossenen Gesellschaft, in der sie verkehrten, blieb nichts verborgen. Er war kein reicher Adeliger. Er konnte nicht mit Della ins Ausland gehen, um so dem Skandal zu entfliehen. Sein Lebensinhalt, sein Lebenswerk lagen hier in dieser kleinen Stadt, die sie beide ohne Zögern verdammen würde. Und könnte er es überhaupt über sich bringen, sich von Sylvia scheiden zu lassen? Er schrak davor zurück, sie einer solchen Schmach auszusetzen, selbst wenn es ihm gelingen sollte, ihr das Verhältnis mit Oliver nachzuweisen.

Sylvia, die ihn beobachtete, verspürte plötzlich den überwältigenden, dringenden Wunsch, alles zu gestehen, alles zu erzählen, sich ihm auf Gnade und Ungnade auszuliefern. Als Tom sich zur Tür wandte, hielt sie ihn zurück:

„Tom!“

„Ja.“ Er blieb zögernd stehen. „Was ist? Ich habe noch zu arbeiten. In letzter Zeit ist vieles schiefgegangen, und in der Fabrik läuft nichts von selbst.“

„Die Fabrik, die Fabrik, immer die Fabrik!" stieß sie ärgerlich hervor. „Was ist jetzt wieder los?"

„Was los ist, betrifft nicht nur uns, sondern das ganze Land. Hast du in London nichts davon gehört? Hat dir dein Vater nichts erzählt?"

„Papa beschäftigt sich nicht mit solchen Dingen."

„Das sollte er aber. Die Unruhen haben sich im Herbst und im Winter weiter ausgebreitet. Bisher sind wir verschont geblieben, aber ich weiß nicht, für wie lange noch."

Die plötzliche Regung, sich ihm anzuvertrauen, war verflogen. Sylvia fühlte, wie eine ungeheure Hoffnungslosigkeit sich in ihr breitmachte.

„Ich verstehe", sagte sie dumpf. „Das habe ich nicht gewußt..."

„Du hast doch nie etwas gewußt, meine Liebe, und es war dir auch völlig gleichgültig. Daran bin ich vielleicht genauso schuld wie du. Du siehst müde aus", fuhr er etwas milder fort. „Warum gehst du nicht zu Bett und schläfst dich richtig aus?"

„Ja, das täte mir vielleicht gut. Gute Nacht, Tom."

„Gute Nacht, meine Liebe."

Nachdem er gegangen war, wartete sie noch eine Weile und klingelte dann nach Rose. Sie gab ihr ein paar Anweisungen und begab sich in ihr Schlafzimmer.

Es war schon nach Mitternacht, als Della aufstand und in ihren Morgenrock schlüpfte. Sie war früh zu Bett gegangen, hatte aber keinen Schlaf finden können. Nachdem sie stundenlang wach im Bett gelegen und über die schicksalhaften Ereignisse dieses Tages nachgedacht hatte, überlegte sie, ob vielleicht ein Glas warme Milch ihre überreizten Nerven beruhigen würde. Lautlos schlich sie die Treppe hinunter in die Küche. Sie war schon auf dem Rückweg, als sie das Quietschen einer Tür hörte und abrupt stehenblieb. In der Halle brannte nur eine Lampe, aber Della erkannte das weiße Gespenst, das da durch den Raum schwebte, kurz innehielt und dann die Haupttreppe hinaufstieg. Vielleicht konnte Sylvia auch keinen Schlaf finden und war heruntergekommen, um sich irgendein Schlafmittel zu verschaffen. Della wartete, bis sie verschwunden war, dann erst lief sie rasch in ihr Zimmer zurück. Nachdem sie die warme Milch getrunken hatte, schlief sie endlich ein.

Am Morgen wurde Della von einem ungewöhnlichen Geräusch geweckt. Erschrocken fuhr sie hoch. Sie fröstelte und schaute auf die Uhr. Es war kurz nach sieben, und unten im Haus regte sich bereits die Dienerschaft. Della hörte das Klappern von Milchkannen und das fröhliche Pfeifen eines Burschen, der offenbar auf dem Weg zum Stall war. Sie wusch sich rasch mit eiskaltem Wasser und kleidete sich an.

Als sie die Treppe hinunterging, sah sie Tom aus seinem Arbeitszimmer treten und Mrs. Fenton, die eilig aus dem Dienstbotentrakt kam, einen ungeduldigen Blick zuwerfen.

„Haben Sie nach mir geläutet, Sir?"

„Ja, allerdings. War eines der Dienstmädchen heute morgen in meinem Arbeitszimmer?"

„Soviel ich weiß nicht, Sir. Dieses Zimmer wird gewöhnlich erst geputzt, nachdem Sie das Haus verlassen haben, und vor dem Nachmittag wird auch nicht eingeheizt."

„Stellen Sie fest, ob seit gestern abend irgend jemand das Zimmer betreten hat, ja? Es ist wichtig."

„Sehr wohl, Sir."

Mrs. Fenton eilte verblüfft davon, während Della die letzten paar Stufen herunterkam.

„Was ist los? Was ist geschehen?"

Tom drehte sich zu ihr um. „Als ich mein Arbeitszimmer betrat, sah ich, daß die Schreibtischschublade halb offen stand. Meine Pistole ist verschwunden. Normalerweise schließe ich die Schublade ab. Gestern muß ich es vergessen haben."

Della stutzte. Dann fiel ihr das weiße Gespenst ein, das sie in der Nacht gesehen hatte. „Sylvia!" sagte sie unwillkürlich.

„Sylvia?" wiederholte er. „Sylvia! Wie kommst du ausgerechnet auf sie?"

„Ich bin nicht sicher", stotterte Della, „ich dachte nur, ich hätte sie letzte Nacht hier unten gesehen."

„Du hast Sylvia gesehen? Das werden wir gleich feststellen."

Er schob sie von sich weg und rannte, zwei Stufen auf einmal nehmend, die Treppe hinauf. Della folgte ihm.

Tom stieß die Tür zu Sylvias Schlafzimmer auf. Außer Rose, die damit beschäftigt war, verstreut herumliegende Kleidungsstücke wegzuräumen, befand sich niemand im Zimmer.

„Wo ist meine Frau?" fragte Tom.

„Sie ist schon sehr früh aus dem Haus gegangen, Sir, noch bevor es hell wurde. Sie bat mich, sie zu wecken und Rob zu sagen, daß er Sheba für sie satteln sollte."

„Sie ist ausgeritten? So früh, und bei diesem Wetter! Wohin, um Gottes willen?"

„Ich weiß nicht, Sir, sie hat nichts gesagt." Rose wirkte verstört. „Ich hab nur getan, was mir befohlen wurde, Sir."

„Ja, ja, natürlich. Ist schon gut, Rose. Sie können gehen. Räumen Sie das Zimmer später auf."

„Sehr wohl, Sir."

Im Vorbeigehen warf sie Della und Tom einen flüchtigen Blick zu; Della wartete, bis Rose verschwunden war, und schloß die Tür. Dann erst sprach sie.

„Ich glaube, Sylvia ist nach Larksghyll geritten."

„Warum? Was hätte sie so früh am Morgen dort zu suchen?"

„Sie kam gestern hin, als ich noch dort war, und ich ließ sie mit Oliver allein. Er hatte mir erzählt, daß er England heute verlassen würde."

Tom stand da wie erstarrt. Die ganze Zeit hatte er die Augen davor verschlossen, aber nun mußte er den Tatsachen ins Gesicht sehen.

„Willst du damit sagen, daß sie ein Verhältnis miteinander haben?"

„Schon seit letztem Sommer. Du hast es doch gewußt, nicht wahr, Tom?"

„Ja, ich hab es gewußt, aber ich wollte es nicht glauben. Oh mein Gott, wie konnte sie nur so töricht sein und ihm vertrauen – ausgerechnet Oliver!" Er drehte sich um und starrte Della an. „Wie lange weißt du das schon?"

„Ich habe sie zusammen in Harrogate gesehen."

„Und mir nie etwas gesagt."

„Wie hätte ich es dir sagen können?"

Plötzlich ballte er die Fäuste und schlug sie heftig gegeneinander. „Was bin ich doch für ein verdammter Narr! Warum habe ich es gestern abend nicht begriffen? Sie hat die Pistole genommen, aber warum? Sie muß verrückt sein. Ich muß sie unbedingt aufhalten. Ich muß ihr die Pistole wegnehmen."

Er stürmte die Treppe hinunter, und noch auf dem Weg durch die Halle rief er nach Rob. Della zögerte nicht einen Augenblick. Sie eilte in ihr Zimmer, knöpfte noch im Laufen ihr Kleid auf, zog es hastig aus und streifte ihr Reitkleid über. Dann band sie sich einen Schal um den Kopf und lief die Treppe hinunter. Oliver war ihr Cousin, und sein Vater war ihr Onkel. Was immer auf Larksghyll geschehen würde, es betraf sie genauso wie Tom.

Rob murrte, als er Tansy sattelte. „Erst reitet Ihre Ladyschaft wie eine Wahnsinnige davon, dann der Master wie der Sturmwind hinterher, und jetzt auch noch Sie, Miss. Was geht hier vor, hä? Können Sie mir das sagen?"

Sie achtete nicht auf seine Worte, trieb ihn nur zur Eile an. Rob half ihr in den Sattel. Als sie schon die Auffahrt hinuntergaloppierte, hörte sie, wie er ihr nachrief:

„Nicht so schnell, Miss, die Wege da draußen sind beinhart gefroren. Sie werden Tansy zuschanden reiten, wenn sie nicht aufpassen!" Doch Della drückte die Fersen in die Flanken der Stute, und Tansy stob davon. Sie wagte nicht daran zu denken, was sie am Ende dieses Rittes erwarten würde.

Es war noch sehr früh, als Sylvia in Larksghyll ankam. Sie war so scharf geritten, daß Sheba zitterte und schwitzte. Die Dienerschaft war bereits auf den Beinen; vor dem weit geöffneten Tor stand eine Kutsche, und die Pferde wurden gerade angespannt.

Sylvia winkte einem der Stallburschen. „Nehmen Sie meine Stute", befahl sie, „und kümmern Sie sich um sie. Sie ist ganz erhitzt."

„Aber der Master hat gesagt..."

„Schon gut. Tun Sie, was ich gesagt habe, und halten Sie das Pferd bereit. Kann sein, daß ich es bald brauche."

Ihre herrischen Worte brachten ihn zum Verstummen, und er gaffte ihr nach, als sie die Stufen hinaufeilte. In der Halle standen ein paar Koffer. Sylvia blieb für einen Augenblick unschlüssig stehen. Dann kam Oliver, elegant gekleidet wie immer, die Treppe herunter. Als er Sylvia sah, stutzte er und ging dann entschlossen auf sie zu.

„Was, zum Teufel, fällt dir eigentlich ein, um diese Zeit hierherzukommen?" fauchte er sie mit leiser Stimme wütend an.

Sie leckte sich die ausgetrockneten Lippen. „Oliver, ich – ich konnte dich nicht gehen lassen –"

„Warte", befahl er, faßte sie unsanft am Arm und schob sie durch die Tür in das kleine getäfelte Eßzimmer, das direkt an die Halle anschloß. Er ließ sie los, warf seinen Mantel über einen Stuhl und drehte sich zu ihr um.

„Habe ich mich gestern nicht klar genug ausgedrückt?" fragte er mit eisiger Stimme. „Ich habe nicht die Absicht, dich mitzunehmen, und mein Entschluß ist endgültig."

„Du kannst mich nicht aufhalten", erwiderte sie. „Ich werde nicht zulassen, daß du ohne mich gehst. Ich werde dir folgen."

„Oh nein, das wirst du nicht – ich werde es verhindern. Ich befehle meinem Diener, dich in einem Zimmer einzuschließen, bis dein Mann benachrichtigt ist und dich von hier abholt."

„Das wirst du nicht wagen!"

„Oh doch. So weit solltest du mich eigentlich kennen, aber es wird nicht nötig sein, oder?" Er spürte, wie angespannt sie war – wie eine Harfensaite, die man zu stark angezogen hatte. Ein wenig milder fuhr er fort: „Führst du dich nicht ein wenig albern auf, meine Liebe? Geh zu Tom zurück, warte eine Weile, und wenn mein Leben in geordneten Bahnen verläuft, lasse ich dich nachkommen."

„Nein. Das hast du mir schon einmal gesagt, und es hat nichts zu bedeuten, absolut nichts. Du hast zugelassen, daß mich mein Vater an den Meistbietenden verkaufte, aber ich bin kein Kind mehr, und ich falle dir nicht noch einmal darauf herein. Vielleicht ändert *das* hier deine Meinung."

Mit einem raschen, geschickten Griff zog sie die Pistole aus der Satteltasche, die sie sich über die Schulter gehängt hatte.

„Um Gottes willen, Sylvia, bist du verrückt? Mit solchen Dingen spielt man nicht. Es ist gefährlich."

„Ich spiele nicht, Oliver, und du brauchst keine Angst zu haben. Ich kann damit umgehen. Papa hat es mir beigebracht."

„Nun hör mir doch einmal gut zu", sagte er beschwörend, „das ist doch lächerlich, das kannst du mit mir nicht machen! Steck die Pistole weg und laß uns vernünftig miteinander reden. Ich habe nicht mehr viel Zeit, aber ich werde versuchen, dir alles zu erklären."

„Wir haben in letzter Zeit zuviel geredet, und es hat zu nichts geführt. Und jetzt rede zur Abwechslung einmal ich. Entweder du nimmst mich mit, oder ich erschieß mich mit dieser Pistole."

„Sylvia, um Himmels willen!"

„Ich meine es ernst, Oliver. Ich habe keine Angst. Ohne dich kann ich sowieso nicht mehr leben."

Er mußte ihr die Pistole wegnehmen. Behutsam machte er einen Schritt auf sie zu, dann hechtete er plötzlich vorwärts, um ihr die Waffe zu entreißen. Sie rangen ein paar Minuten miteinander, und er bemühte sich, ihr nicht weh zu tun. Und dann gelang es Sylvia, sich loszureißen – und sie drückte ab. Die Kugel traf ihn genau in die Brust. Seine Arme sanken herab, und sie sah, wie er wankte, einen fast komischen, überraschten Ausdruck im Gesicht, sah, wie er das Gleichgewicht verlor, nach einem Stuhl tastete, um sich zu stützen, und dann zu Boden stürzte. Verzweifelt versuchte er, sich aufzurichten, und stöhnend sank er wieder zurück. Erst jetzt begriff Sylvia, was sie getan hatte; sie ließ die Pistole fallen, als hätte sie sich die Finger verbrannt. Sie wußte, daß sie Hilfe holen sollte, aber sie stand da wie gelähmt vor Schreck, und kein Laut drang aus ihrer Kehle.

Noch einmal versuchte Oliver aufzustehen. „Du Närrin", murmelte er, „du hast mich hereingelegt – und dich selbst auch. Ich – ich – wollte..."

Ein Blutschwall erstickte seine letzten Worte, quoll aus seinem Mund und besudelte sein weißes Hemd. Sylvia schauderte. Sie stieß einen entsetzten Schrei aus und rannte aus dem Zimmer, quer durch die Halle und hinaus ins Freie. Der Stallbursche führte noch immer ihr Pferd auf und ab. Sie riß ihm die Zügel aus der Hand, sprang in den Sattel und galoppierte die Auffahrt hinunter.

Die dicken Mauern des alten Hauses hatten den Knall des Schusses gedämpft, und es vergingen einige Minuten, bis einer der Diener in die Halle kam, um das Gepäck zu holen. Er sah, daß die Tür zum Eßzimmer halb offen stand.

Zögernd fragte er: „Sind Sie da, Mr. Oliver? Die Pferde sind angespannt, es ist alles bereit für Ihre Abreise."

Da er keine Antwort erhielt, stieß er die Tür auf und trat ein. Im nächsten Augenblick kam er, zitternd vor Schreck, wieder in die Halle gerannt. Seine Hilferufe gellten durch das Haus.

Als Tom eine Stunde später eintraf, war der gesamte Haushalt in Aufruhr. Alle wußten bereits, daß der junge Master in seinem Blut lag, niedergeschossen von Sylvia Clifford.

In der Halle wurde Tom von dem alten Butler Crosby empfangen.

„Ich habe Grund anzunehmen, daß meine Frau hier ist", sagte er hastig.

„Nein, Sir, sie ist nicht mehr hier. Sie hat das Haus vor geraumer Zeit verlassen."

„Und Mr. Oliver?"

Der alte Mann zögerte, bevor er leise sagte: „Kommen Sie besser hier herein, Mr. Clifford."

Man hatte Oliver auf ein Sofa gebettet. Der Butler schlug den Mantel zurück, mit dem er ihn zugedeckt hatte. Della, die unmittelbar hinter den beiden eingetreten war, hielt unwillkürlich den Atem an. Sie taumelte, als sie Oliver sah. Entschlossen, nicht ohnmächtig zu werden, klammerte sie sich an einen Stuhl. Selbst im Tod lag noch dieses leichte sardonische Lächeln auf Olivers Zügen.

„Wir haben nach dem Arzt geschickt", sagte der alte Butler, „obwohl es offensichtlich ist, daß er hier nichts mehr tun kann."

„Was ist geschehen, Crosby?"

„Ich weiß es nicht genau, Sir. Mr. Oliver war im Begriff, eine längere Reise ins Ausland anzutreten, als Mrs. Clifford ankam und nach ihm fragte. Ich war zu diesem Zeitpunkt oben, aber es scheint einen Unfall gegeben zu haben. Sie verließ das Haus in großer Hast, und erst ein paar Minuten später fanden wir Mr. Oliver dort auf dem Boden." Er deutete mit zitternder Hand auf den blutdurchtränkten Teppich.

„Und die Pistole?"

„Sie lag in der Nähe der Tür. Ich habe sie auf den Tisch dort gelegt. Sie gehört Ihnen, soviel ich weiß, Sir", fuhr er sachlich fort.

„Ja, sie gehört mir. Haben Sie den Friedensrichter benachrichtigt?"

„Sir Anthony Hunter verbrachte den Neujahrstag in London, glaube ich, und wird vor morgen nicht zurück sein. Da dies hier offensichtlich ein Unfall war..."

Sie tauschten einen Blick. Die nächste Polizeidienststelle befand sich in Bradford. Beide waren sich einig, daß ein Skandal um jeden Preis vermieden werden sollte.

„Ja, natürlich, war es ein Unfall", sagte Tom schwerfällig. „Meine Frau fühlt sich leider schon seit längerer Zeit nicht wohl. Wissen Sie, welche Richtung sie einschlug, als sie das Haus verließ? Ich muß ihr nach, muß sie finden. Unter den gegenwärtigen Umständen könnte es sein, daß sie nicht mehr zurechnungsfähig ist."

„Ich verstehe, Sir. Der Stallbursche hat sie fortreiten gesehen. Er wird Ihnen sagen können, in welche Richtung."

„Wo ist Olivers Vater? Sollte ich nicht erst ihn aufsuchen?"

„Mr. George ist sehr erschüttert, Sir. Ich glaube nicht, daß er im Augenblick jemanden empfangen möchte."

„Nun gut. Ich werde zurückkommen, sobald ich meine Frau gefunden habe und in sicheren Händen weiß."

Erst in der Halle schien er zu bemerken, daß Della bei ihm war.

„Tom", sagte sie, „ich bleibe hier. Vielleicht kann ich etwas tun."

„Danke." Er faßte sie hart an der Schulter, und sie erschrak, als sie sein Gesicht sah. Sie ahnte, was ihn ihm vorging: Er wußte, daß seine Frau ihren Liebhaber ermordet hatte, auch wenn er es zu verschleiern suchte; einen Mann, den er zu seinen Freunden gezählt hatte. Und er fühlte sich verantwortlich – sagte sich, daß er es hätte wissen, daß er es hätte verhindern müssen.

Der alte Butler blickte ihm mitfühlend nach, als er fortritt. „Er ist nicht der erste und auch nicht der letzte, der von einer Frau betrogen wurde", sagte er schwermütig, und Della kam plötzlich zu Bewußtsein, daß Crosby ihre Mutter gut gekannt haben mußte, daß er die Flucht ihrer Eltern und die Folgen dieser Tragödie miterlebt hatte.

„Verzeihen Sie, Miss. In solchen Augenblicken vergißt man manchmal seine Pflichten. Darf ich Sie in ein Zimmer führen, wo Sie sich ausruhen können? Haben Sie schon gefrühstückt? Soll ich Ihnen etwas bringen?"

„Nichts zu essen, bitte, aber für eine Tasse Kaffee wäre ich sehr dankbar."

„Selbstverständlich. Wenn Sie mir bitte folgen."

Das Zimmer, in das der Butler sie führte, war einfach möbliert; es war ein Gästezimmer, das offensichtlich seit Jahren nicht mehr benützt worden war, und es herrschte Eiseskälte hier herinnen – aber wenigstens war sie für ein paar Minuten allein und konnte sich ein wenig sammeln. Der Schock über Olivers plötzlichen Tod war so groß gewesen, daß sie erst jetzt merkte, wie tief sie dieses Unglück getroffen hatte.

Sie bebte vor Grauen und Kälte. Sie nahm den Schal ab und begann mit zitternden Fingern ihr zerzaustes Haar zu ordnen. Einer plötzlichen Eingebung folgend, hatte sie Tom gesagt, daß sie hierbleiben würde, und nun hatte sie keine Ahnung, wie sie sich ihrem Onkel, der sie damals so schroff zurückgewiesen hatte, nähern sollte. Es klopfte an der Tür, und Della schrak zusammen – aber es war bloß eine Dienstmagd, deren Augen vom Weinen gerötet waren. Sie brachte ein Tablett, auf dem eine silberne Kaffeekanne und ein Teller mit frischem Toast standen.

Das Mädchen machte einen Knicks, stellte das Tablett auf den Tisch und wäre sofort wieder verschwunden, wenn Della sie nicht zurückgehalten hätte.

„Können Sie mir sagen, wo das Zimmer von Mr. Craven ist, Mr. George Craven?"

„Der Master bewohnt das Zimmer am Ende des Korridors. Der arme Herr, er war so fassungslos..." schluchzte sie, machte abermals einen Knicks und rannte aus dem Zimmer.

Der Kaffee war heiß und stark, und Della trank ihn dankbar. Sie hatte an diesem Morgen noch nichts gegessen, und sie wußte, daß sie Kraft brauchen würde, um diesen Tag zu überstehen. Widerwillig versuchte sie, etwas von dem Toast zu essen, aber die Bissen blieben ihr im Hals stecken, und sie schob den Teller von sich fort. Es war wohl besser, die Sache endlich hinter sich zu bringen, dachte sie; also nahm sie all ihren Mut zusammen und ging zu der Tür am Ende des Korridors. Sie klopfte, erhielt aber keine Antwort; sie klopfte noch einmal – diesmal lauter. Als wieder nichts geschah, stieß sie beherzt die Tür auf und trat ein. Die Vorhänge waren geschlossen, und in dem Zimmer herrschte düsteres Zwielicht. Es dauerte fast eine Minute, bis sich ihre Augen an die Dunkelheit gewöhnt hatten und sie ihren Onkel sah: Er saß in einem Sessel neben dem Kamin.

Heiser flüsternd stammelte er: „Ich habe Ihnen doch gesagt, daß ich nichts weiter will, als in Ruhe gelassen zu werden, Crosby."

Wie er so dasaß – zusammengesunken, den Kopf gebeugt, das graue Haar zerzaust –, wirkte er so schrecklich einsam, daß Della ohne zu überlegen zu ihm hinlief und vor ihm auf die Knie fiel.

„Nicht Crosby, Onkel Goerge, ich bin's, Della, deine Nichte Della."

Einen bangen Augenblick lang starrte er sie ungläubig an.

Dann stieß er beinahe unhörbar hervor: „Du bist Olivias Kind."

„Ja, und auch Pauls Tochter."

„Du warst schon einmal hier."

„Ja."

„Oliver hat mir gesagt, wer du bist – Oliver –"

Und dann war es, als breche eine tiefe Wunde auf. Ein schmerzliches, gequältes, trockenes Schluchzen entrang sich seiner Kehle. Della zögerte nur kurz, dann schlang sie die Arme um ihn und hielt ihn fest. Es dauerte nicht lange. Nach ein paar Minuten hörte das krampfartige Zittern wieder auf. Er richtete sich auf, und sie kauerte sich, ohne seine Hände loszulassen, vor ihn hin.

„Verzeih mir", murmelte er. „So wollte ich Olivias Kind nicht in Larksghyll begrüßen."

Sie hatte Wut, Anklagen und Bitterkeit erwartet – aber dieser Empfang, diese leisen, sanften Worte machten sie sprachlos.

„Das macht doch nichts. Ich bin ja hier", flüsterte sie schließlich, „alles andere ist unwichtig."

Seine Augen ruhten lange auf ihrem Gesicht. „Du siehst ihr so ähnlich."

„Hast du sie sehr gehaßt für das, was sie dir angetan hat?"

„Ich habe sie nie gehaßt, konnte es nicht. Es wäre viel leichter gewesen, wenn ich sie hätte hassen können."

Dieser Moment der Schwäche, dieser kurze Ausbruch hatte Onkel und Nichte einander näher gebracht. Della ließ ihm Zeit, sich zu fassen, während sie das Feuer schürte und die Vorhänge zurückschob, so daß das dämmrige Winterlicht hereinfluten konnte. Der Raum war halb Schlafzimmer, halb Wohnzimmer: in einer Ecke stand ein großes Bett mit Vorhängen, an der anderen Wand ein Schreibtisch, auf dem Papiere und Bücher lagen.

Della holte einen Stuhl und setzte sich dicht neben ihren Onkel, und dann begannen sie zu reden; doch sprachen sie nicht von der Vergangenheit, sondern nur darüber, wie sie mit der bedrückenden Gegenwart fertigwerden wollten. Verwundert stellte Della fest, daß sich ihr Onkel zwar von der Gesellschaft zurückgezogen hatte und das Leben eines Einsiedlers führte, gleichzeitig aber sein Gut verwaltete und sehr genau wußte, was um ihn herum vorging.

„Oliver und ich hatten nie ein sehr gutes Verhältnis zueinander", gestand er nach einer Weile, „und das war vielleicht auch meine Schuld. Er war so unbeherrscht, so zügellos, und dafür konnte ich kein Verständnis aufbringen. Er war deinem Vater ähnlicher als mir", fuhr er sarkastisch fort. „Ich wußte, daß er ein leichtfertiges Leben führte, aber ich fühlte, daß ich kein Recht hatte, mich einzumischen. Aber daß er so sterben mußte – so sinnlos..."

Es fiel Della schwer, Worte des Trostes zu finden, während die Zeit verrann und ihre Gedanken immer öfter zu Tom wanderten. Wo war er jetzt? Hatte er Sylvia schon gefunden? Was würde er tun, wenn sie wegen Mordes angeklagt wurde?

Die Hoffnung, eine polizeiliche Untersuchung vermeiden zu können, wurde bald zunichte.

Es war ungefähr elf Uhr, als der Arzt eintraf. Er war kein gutmütiger, jovialer Freund wie Dr. Withers, sondern ein barscher, ungehobelter Fremder.

Della empfing ihn in Vertretung ihres Onkels, und er musterte sie von oben bis unten.

„Wer, zum Teufel, sind Sie?"

„Ich bin Delphine Craven, Mr. Cravens Nichte."

„Wußte gar nicht, daß er noch Verwandte hat. Wohl auf Besuch hier? Eine schöne Bescherung, das muß ich schon sagen. Ich kann jedenfalls nichts mehr für den armen Kerl tun, der ist mausetot. Wer hat ihn erschossen?"

„Es war ein Unfall."

„Mag sein", schnaubte der Arzt, „aber Sie müssen mir schon gestatten, daß ich da einige Zweifel anmelde. Ich kann, wie sie wissen, keinen Totenschein ausstellen, ohne die Polizei zu informieren. Der junge Craven hat nie zu meinen Patienten gehört; er hat es immer vorgezogen, einen dieser eleganten Quacksalber in London aufzusuchen. Wie verkraftet es denn der alte Herr? Ich bin ein oder zweimal zu ihm gerufen worden."

„Er ist erschüttert, trägt es aber dennoch mit bemerkenswerter Fassung", antwortete Della widerwillig; der Mann wurde ihr von Minute zu Minute unsympathischer.

„Na, dann kann ich ja beruhigt wieder gehen. Ich habe eine Menge zu tun, wissen Sie. Die Polizei wird jedenfalls nicht lange auf sich warten lassen."

Es stellte sich bald heraus, daß der Arzt mit seiner Ankündigung recht behalten sollte. Della versuchte gerade, ein paar Bissen von einem hastig zubereiteten Imbiß zu sich zu nehmen, als Crosby mit besorgter Miene in das Eßzimmer trat.

„Da ist jemand, der Mr. Oliver zu sprechen wünscht, Miss. Ich möchte den gnädigen Herrn nicht stören."

„Haben Sie eine Ahnung, wer es ist?"

Der Butler kam einen Schritt näher. „Nicht gerade ein Gentleman, Miss, wenn ich so sagen darf. Ich fürchte, er könnte etwas mit der Justiz zu tun haben."

„Mit der Justiz? Sie meinen mit der Polizei?" Crosby nickte. Nun, darauf waren sie ja vorbereitet. Della schob ihren Teller zurück. „Also gut, Crosby, ich werde ihn empfangen. Führen Sie ihn bitte herein."

Der in nüchternes Schwarz gekleidete Mann, der kurz darauf eintrat, hätte – oberflächlich besehen – ebensogut ein Schreiber in einer Anwaltskanzlei sein können; doch der schmallippige Mund, das autoritäre Auftreten und die hellen, wachsamen Augen paßten so gar nicht zu diesem Bild.

„Ich wollte mit Mr. Oliver Craven sprechen", sagte er ohne Einleitung.

„Ich weiß. Ich bin seine Cousine. Darf ich fragen, warum Sie ihn zu sprechen wünschen?"

„Ich bin Kriminalinspektor Becket von der Londoner Stadtpolizei, und ich habe einen Haftbefehl gegen ihn."

Della war verblüfft – und sie sagte das erste, was ihr durch den Kopf schoß.

„Wegen Schulden?"

„Wegen Mordes."

Es stimmte also. Sie waren ihm auf die Spur gekommen –

deshalb hatte Oliver so überstürzt das Land verlassen wollen! Der Inspektor schaute Della scharf an; offenbar, dachte sie, wußte er ganz genau, wer sie war, und wartete nun auf ihre Reaktion.

„Das ist eine schreckliche Anschuldigung, Inspektor", sagte sie mit belegter Stimme.

„Die schlimmste, die es gibt. Das sollten Sie am besten wissen, Miss Craven, wenn ich das sagen darf. Falls Sie ihn versteckt halten oder seinen gegenwärtigen Aufenthaltsort verschweigen, machen Sie sich mitschuldig, und man wird wegen Behinderung einer polizeilichen Ermittlung Anklage gegen Sie erheben."

Ein fast unmerkliches Lächeln spielte um seine Lippen, und bei diesem Anblick stieg Haß in ihr hoch.

„Ich tue nichts dergleichen. Ich fürchte, Sie sind zu spät gekommen. Mein Cousin ist tot."

„Tot!" Das Lächeln verschwand. „Wann ist er gestorben?"

„Vor ein paar Stunden."

„Selbstmord?"

Della wünschte, sie hätte die Frage bejahen können – dann wäre die ganze schreckliche Angelegenheit erledigt gewesen; aber im selben Augenblick erkannte sie, daß sie das nicht tun konnte, nicht tun durfte: zu viele Leute kannten die Wahrheit. Sie versuchte der Frage auszuweichen, indem sie eine Gegenfrage stellte.

„Wie kommen Sie darauf?"

„Ich kenne diese Sorte Herren und könnte mir daher vorstellen, daß er sich vielleicht auf diese Weise der Justiz entzogen hat", erwiderte der Beamte gleichmütig. „Beantworten Sie meine Frage. Wie ist er gestorben?"

„Es war ein Unfall."

„Hat dieser Unfall sich hier im Haus ereignet?"

„Ja."

„Wenn Sie nichts dagegen haben, dann möchte ich die Leiche sehen."

„Wenn es sein muß."

„Allerdings, und außerdem muß ich jeden in diesem Haus befragen und verhören. Ist das klar?"

Es half alles nichts. Der Polizist begab sich zu seiner Kutsche, die draußen wartete, und holte seinen Kollegen herbei; dann ließ er sich in das Zimmer führen, in dem Oliver lag. Della ging hinaus, um Crosby mitzuteilen, was geschehen war. Sie blickten einander ratlos an.

Der Nachmittag wollte kein Ende nehmen. Die Befragungen dauerten stundenlang. Alle Aussagen wurden sorgfältig zu Protokoll genommen; manches davon war ganz eindeutig verstümmelt und entstellt, aber einen klugen Menschen konnte man nicht hinters Licht führen, und es war offensichtlich, daß Inspektor Becket kein Dummkopf war. Er behandelte ihren Onkel mit größter Liebenswürdigkeit und Einfühlung, wofür ihm Della sehr dankbar war.

Sie kam als letzte an die Reihe. Als sie das Zimmer betrat, stand der Inspektor gerade am Fenster und reckte sich, so als wäre er müde vom langen Sitzen. Draußen dämmerte es bereits, und die Lampen waren angezündet worden. Der Beamte drehte sich um und sah Della nachdenklich an.

„Und was für eine Rolle haben Sie in diesem scheußlichen kleinen Drama gespielt?" fragte er sarkastisch.

„Was wollen Sie damit andeuten, Inspektor?"

Er trat an den Tisch und warf einen Blick auf seine Notizen. „Wenn ich recht verstanden habe, sind Sie als Gouvernante des Sohnes von Mr. Thomas Clifford auf Rokeby Hall beschäftigt."

„Ja."

„Und wie es scheint, unter einem falschen Namen. Warum, wenn ich fragen darf?"

„Man sollte meinen, daß dies für einen Mann von Ihrer Intelligenz nicht schwer zu erraten wäre", erwiderte Della kühl. „Man hat mich behutsam darauf aufmerksam gemacht, daß die Tochter eines verurteilten Verbrechers unter ihrem richtigen Namen wohl keine Arbeit finden würde, und ich brauchte ganz dringend Arbeit."

„Und Ihr Cousin hat Ihre wahre Identität nicht verraten?"

„Nein, aber mein Arbeitgeber, Mr. Clifford, kannte sie."

„Und schwieg ebenfalls? Höchst ungewöhnlich, wenn ich so sagen darf." Ganz plötzlich beugte sich der Inspektor über den Tisch. „Haben Sie ein Verhältnis mit Thomas Clifford?"

Die Frage traf sie so unvorbereitet, daß sie einen Augenblick brauchte, um sich zu fassen.

„Selbst wenn ich eines hätte – was nicht der Fall ist –, was hat das mit Ihrer Untersuchung gegen Oliver Craven zu tun?"

„Nicht viel, außer daß es erklären könnte, warum Mrs. Clifford diese Verzweiflungstat begangen hat. Ihr Vater und Sie, Miss Craven, scheinen die Gewohnheit zu haben, in sehr unangenehme Geschichten verwickelt zu werden."

In diesem Augenblick wurde Della klar, daß jede Einzelheit der Tragödie breitgetreten, interpretiert und kommentiert werden würde, und diese Erkenntnis verursachte ihr Übelkeit. Die hellen Augen des Inspektors musterten sie scharf.

„Hatten Sie nie den Wunsch, selbst abzudrücken, Miss Craven?" fragte er.

„Auch diesmal kann ich nur sagen", erwiderte sie heftig, „wenn dem so wäre – was hat das mit Ihnen oder mit diesem Fall zu tun?"

„Gar nichts, es handelt sich um reine Neugierde meinerseits. Es ist offenkundig, wie Ihr Cousin gestorben ist, aber ob es ein Unfall war oder vorsätzlicher Mord, wird das Gericht zu entscheiden haben."

Dann nahm er sie ins Verhör, und sie erzählte, wie Tom festgestellt hatte, daß seine Pistole verschwunden war; daß sie mitgekommen sei, weil der Zustand Sylvias, seiner Frau, sie beunruhigt habe, und daß Thomas Clifford sich sofort auf die Suche nach ihr begeben habe.

„Und man hat sie noch nicht gefunden?"

„Nein, soviel ich weiß, aber Larksghyll liegt sehr abgeschieden."

Inspektor Becket erhob sich. „Ich werde die Leiche bis nach der gerichtlichen Untersuchung in Gewahrsam nehmen müssen.

Sie wird morgen früh abgeholt. Danach wird Mr. Craven gewiß die Vorbereitungen für die Beerdigung treffen wollen." Er nahm die Protokolle vom Tisch und steckte sie in seine Ledertasche, dann nickte er seinem Kollegen zu. „Lassen Sie bitte die Kutsche vorfahren."

„Sehr wohl, Sir."

Nachdem der Mann gegangen war, wandte der Inspektor sich wieder an Della, und seine Stimme klang nun viel freundlicher.

„Sie werden bald die Nachricht erhalten, daß Ihr Vater begnadigt wurde. Ich bedauere aufrichtig, daß die Begnadigung zu spät gekommen ist."

„Ich auch", hauchte sie, „ich auch. Gibt es absolut keine Hoffnung mehr?"

„Soviel uns bekannt ist, hat niemand überlebt, und es ist nun schon einige Monate her, seit das Schiff gesunken ist. Ich würde mir keine Hoffnungen mehr machen, obwohl die See natürlich unberechenbar ist. Es sind da schon die merkwürdigsten Dinge vorgekommen."

„Aber die Wahrscheinlichkeit, daß solche Wunder geschehen, ist wohl sehr gering, nicht wahr?"

„Äußerst gering, leider."

Della begleitete den Beamten zur Tür und atmete erleichtert auf, als sie ihn abfahren sah – in jener geschlossenen schwarzen Kutsche, die sie am Vortag überholt und die sie kaum beachtet hatte.

Dann ging sie hinauf, um ihren Onkel über die Abfahrt des Inspektors zu unterrichten. Dankbar stellte sie fest, daß er ruhiger und gefaßter war, als sie erwartet hatte.

Als sie wieder herunterkam, wartete Crosby schon auf sie, um ihr das Abendessen zu servieren.

„Ich habe mir erlaubt, im kleinen Salon Feuer zu machen. Ich dachte, daß Sie gewiß nicht im Eßzimmer speisen wollen."

„Oh ja, danke." Nichts hätte sie dazu bewegen können, dieses Zimmer, in dem Oliver gestorben war, noch einmal zu betreten.

Sie zwang sich, ein paar Bissen zu schlucken. Crosby war so aufmerksam gewesen, ihr auch ein Glas Wein zu bringen, und sie trank es dankbar. Dann ließ sie sich in einen tiefen Sessel vor dem Kamin fallen und ließ ihren Gedanken freien Lauf. Erst durch ein lautes Pochen am Haustor wurde sie aufgeschreckt. Tom, dachte sie, das mußte Tom sein, der zurückkehrte, wie er es ihr versprochen hatte. Sie bangte vor dem, was er ihr erzählen würde, rannte aber trotzdem die Treppe hinunter.

Dann sah sie die dick vermummte Gestalt vor dem Tor, und die freudigen Begrüßungsworte erstarben auf ihren Lippen.

Es war nicht Tom, sondern Bret. Er schien um zehn Jahre gealtert. Sie trat zur Seite, um ihn einzulassen, und schloß die Tür hinter ihm.

„Um Gottes willen, was ist los? Sie sehen ja aus...was ist passiert?"

„Tom bat mich hierherzureiten. Er meinte, Sie sollten es wissen."

„Was wissen?"

„Er hat Sylvia gefunden."

„Gefunden?"

„Er hat sie unterhalb des Strid aus dem Wasser gefischt. Sie war zwischen den Felsen hängengeblieben, sonst wäre die Leiche wohl nie gefunden worden. Irgendwer hat auch schon die Polizei benachrichtigt, denn als wir nach Rokeby Hall kamen, wurden wir von Beamten erwartet, die Sylvia über Oliver verhören wollten."

Bret hielt inne, und Della wandte die Augen nicht von seinem Gesicht.

„Weiter", flüsterte sie. „Das ist doch nicht alles, nicht wahr?"

„Nein. Sie hatte eine tiefe Wunde am Hinterkopf. Blut war natürlich keines mehr zu sehen, aber Dr. Withers fand die Wunde, als er die Leiche untersuchte."

Della starrte ihn an. „Und nun glaubt die Polizei – daß Tom seine Frau – nein, nein, nein! Das ist unmöglich."

„Ich glaube es doch auch nicht! Aber alles, was Tom aussagen konnte, war, daß er bis zum Abend nach Sylvia gesucht habe; erst als Sheba lahmend, naß und blutverschmiert in den Stall zurückgekommen war, sei er noch einmal zum Fluß geritten und habe sie dann gefunden."

„Oh, mein Gott, die arme Sylvia!" Für einen Augenblick war Della so erschüttert, daß sie kaum ein Wort hervorbrachte. War es möglich, daß Sylvia in ihrer Verzweiflung davongeritten war und diesen verrückten Sprung über den Strid gewagt hatte? „Diese Schlucht hat sie schon immer fasziniert", sagte sie langsam. „Sie hat es mir erzählt. Sie könnte ausgerutscht und abgestürzt sein. Sicher ist dort jetzt alles gefroren und mit Eis bedeckt. Es könnte ein Unfall gewesen sein."

„Das dachten wir auch, aber die anderen...sogar Dr. Withers..."

„Die glauben doch nicht etwa, Tom wäre ihr nachgeritten und hätte sie getötet, nachdem er sie schließlich eingeholt hatte, und ihre Leiche in den Fluß geworfen?"

„Sie haben es nicht direkt gesagt, aber ich sah den Zweifel in ihren Mienen, und Tom sah es auch."

„Ich muß zu ihm."

„Nein, Della. Das wäre nicht gut für ihn, im Augenblick jedenfalls nicht, noch nicht. Außerdem ist es schon sehr spät, und es schneit. Wir würden nie durchkommen."

„Dann eben morgen früh, morgen reite ich zu ihm, was immer auch geschieht. Ich denke auch an das Kind, Bret, das müssen Sie verstehen, der Tod seiner Mutter muß ein Schock für Peter sein, und Nanny Roberts ist sicher halb verrückt vor Kummer."

„Gut, dann reiten wir morgen. Wenn ich über Nacht hierbleiben kann, begleite ich Sie. Ich brauche kein Bett, ich möchte mich nur irgendwo aufwärmen und ein paar Stunden ausruhen."

„Ja, natürlich. Sie müssen ja halb erfroren sein."

Sie nahm ihm den schweren Mantel ab, den sie Crosby reichte. „Besorgen Sie bitte etwas zu essen und heißen Kaffee und Brandy. Wir gehen hinüber in den kleinen Salon."

„Ja, Miss. Es ist ein trauriger Tag für uns alle, Mr. Bret."

„Ja, Crosby, ein schrecklicher Tag."

Als der alte Butler gegangen war, sagte Della zögernd: „Oliver ist noch hier. Die Polizei hat den Leichnam noch nicht weggebracht. Möchten Sie ihn sehen?"

Ein Zucken lief über sein Gesicht, und er schauderte. „Nein, nein, ich kann nicht. Mir hat seit jeher vor dem Tod gegraut – selbst wenn es nur um einen meiner Hunde ging." Er sah sie an wie ein kleiner Junge, der Trost sucht. „Das verstehen Sie doch, Della?"

„Ja, das verstehe ich."

Dann führte sie Bret in den kleinen Salon; sie sprach nur sehr wenig, während er den Kaffee trank und sich reichlich von dem Brandy einschenkte.

„Ich kann es noch kaum fassen, daß Oliver tot ist!" murmelte er. Er beugte sich vor, das Glas mit beiden Händen umklammernd, und starrte ins Feuer. „Ich kannte ihn seit meiner Schulzeit. Er war ein paar Jahre älter als ich, ein Altersgenosse von Tom. Einmal hat er einen großen Lümmel verprügelt, der mich dauernd tyrannisierte – dadurch wurde er so etwas wie ein Held für mich."

„Und ist es auch nach der Schulzeit geblieben", sagte Della.

„Ja, wahrscheinlich. Deshalb konnte ich Ihnen auch niemals sagen... Oh Gott, Della, wenn Sie wüßten, wie schwer mir das alles auf der Seele lag, seit Sie hier angekommen sind." Er stellte das Glas nieder, stand auf, machte ein paar Schritte durch das Zimmer und drehte sich dann zu ihr um. „Ich kann nicht länger schweigen. Es geht um jene Nacht..."

Sie ahnte plötzlich, was er ihr erzählen wollte. „Schon gut, Bret. Ich weiß bereits, was damals geschehen ist. Oliver selbst hat es mir gesagt, und ich weiß auch, daß der Fall neu aufgerollt wurde und daß ihm die Polizei auf den Fersen war. Deshalb wollte er das Land verlassen. Aber selbst wenn die Dinge heute einen anderen Lauf genommen hätten – er wäre wohl nicht weit gekommen. Am Nachmittag war der Polizeiinspektor hier, mit dem Haftbefehl."

Bret wurde blaß. „Er war also schon hier. Hat er gesagt, was die Behörden vorhaben? Wird jetzt alles an den Tag kommen?"

„Ich weiß nicht. Ich hoffe nicht – um meines Onkels willen. Da Oliver nun tot ist, kann er nicht mehr vor Gericht gestellt werden."

„Nein, das stimmt." Bret hielt unsicher inne und stieß dann gepreßt hervor: „Hat Ihnen Oliver alles erzählt? Hat er auch mich erwähnt?"

„Sie? Warum sollte er Sie erwähnen?"

„Ich war dabei. Es war meine Schuld, daß es damals überhaupt so weit gekommen ist."

Della starrte ihn verblüfft an, und plötzlich wurde ihr einiges klar. Sie erinnerte sich daran, wie Bret den goldenen Totenkopf wiedererkannt hatte, an seine Ausflüchte, und an Marthas Sorge über die Spielleidenschaft ihres unberechenbaren, labilen Bruders.

„Vielleicht ist es doch besser, wenn Sie mir alles erzählen", sagte sie ruhig, „alles, was Oliver nicht erwähnt hat. Was ist wirklich geschehen?"

Er setzte sich wieder, und der Feuerschein erhellte die müden, angespannten Züge seines jungenhaften Gesichtes. Die Worte sprudelten aus ihm hervor, als verschaffte es ihm Erleichterung, endlich alles loszuwerden. Während Della ihm lauschte, sah sie die Szene deutlich vor sich.

„Jack Hughes hat alles ins Rollen gebracht. Keiner von uns konnte ihn besonders gut leiden. Er hatte in dieser Woche Nacht für Nacht verloren und war erpicht auf die Chance, endlich wieder etwas zurückzugewinnen. Oliver sagte: ‚Warum nicht?' und organisierte das Spiel. Es war zunächst gar nicht vorgesehen, daß Ihr Vater teilnahm. Ich kannte ihn überhaupt nicht. Dann fiel einer von den anderen aus, und Oliver sagte: ‚Ich kenne den richtigen Mann für uns. Er ist ein Verwandter von mir, und er spielt jedes Spiel', und so wurde es arrangiert."

Bret hielt einen Augenblick inne, und Della fragte sich, ob Oliver dieses Zusammentreffen absichtlich herbeigeführt hatte.

„Es war die schlimmste Nacht, die ich je erlebt habe", flüsterte Bret. „Ich hatte einfach kein Glück, doch ich gab die Hoffnung nicht auf. Können Sie das verstehen, Della? Man ist so sicher, daß sich das Blatt einmal wendet, wenden muß, und manchmal kommt das ja auch vor, aber damals, in dieser Nacht, war alles wie verhext, und trotzdem konnte ich nicht aufhören. Es ist wie ein Fieber, wenn es einen einmal gepackt hat. Man kann an nichts anderes mehr denken. Ich verlor alles, ich stürzte mich hoffnungslos in Schulden, und am Ende nannte ich in meiner Verzweiflung Farley Grange als Einsatz. Als ich auch das noch verlor, brach dieser Teufel Jack Hughes in Gelächter aus. Und da wurde mir klar, was ich getan hatte. Ich hatte nicht nur mich ruiniert, sondern auch Martha und das Gut, das sie über alles liebte. Ich hatte Tante Lavinia an den Bettelstab gebracht und alle unsere Bedienten dazu. Ich glaube, ich war für einen Augenblick wie von Sinnen. Ich sah nur diese schadenfroh grinsende Fratze. Die Pistole hatte ich bei mir, und sie war geladen, weil Oliver und ich den Nachmittag am Schießstand verbracht hatten. Ich spannte den Hahn. Oliver brüllte: ‚Halt, du verdammter Narr!' und griff nach der Pistole, um sie mir wegzunehmen, und dabei muß sein Finger abgerutscht sein. Als ich wieder zur Besinnung kam, lag Jack Hughes auf dem Boden, überall war Blut, und Ihr Vater kniete neben ihm. Er sagte: ‚Wir müssen einen Arzt holen.' Ich war wie gelähmt, und dann brachte Oliver Ihren Vater zum Schweigen. Er arrangierte alles, und ich ließ es zu. Als ich protestieren wollte, sagte er: ‚Mach dir um meinen Onkel keine Sorgen. Er ist ein verdammt gerissener Kerl. Er kann sich da viel leichter herauswinden, als wir es könnten.' Später, als es zum Prozeß kam, hätte ich reden sollen – aber ich brachte es nicht über mich. Ich schrieb einen Brief an die Polizei und zerriß ihn wieder. Ich hatte Angst – nicht nur meinetwegen, sondern wegen Oliver, und auch wegen Martha. Ich stellte mir vor, was sie über mich denken, wie sie mich verurteilen würde, und ich wußte nicht, wie ich das ertragen sollte. Können Sie das verstehen?"

Della antwortete nicht. Dieses Geständnis war zu plötzlich

und zu unerwartet gekommen, und Bret vergrub schluchzend sein Gesicht in den Händen.

Sie blieb eine Zeitlang regungslos sitzen und starrte vor sich hin. Wie klar sah sie das alles vor sich, nun, da sie die ganze Geschichte kannte.

Bret hob den Kopf. „Werden Sie mir je verzeihen können?"

„Verzeihen? Ich weiß nicht. Am Anfang hätte ich mir für die Männer, die das Elend meines Vaters verschuldet hatten, keine Strafe ausdenken können, die schlimm genug gewesen wäre; aber man darf den Haß und den Rachegefühlen nicht ewig nachhängen, sonst wird man von ihnen vergiftet."

„Als Sie herkamen, schien es mir, als hätte das Schicksal die Hand im Spiel", sagte Bret mit rührendem Eifer. „Ich dachte, nun kann ich den Schaden vielleicht wieder gutmachen. Es gab nur eines, das mich davon abhielt, Sie um Ihre Hand zu bitten, und das war die Gewißheit, daß ich Ihnen erst die Wahrheit sagen müßte. Bis jetzt konnte ich mich nicht dazu durchringen, aber nun habe ich es getan." Er hielt inne und sah sie an. „Was würden Sie sagen, wenn ich Sie bitte, meine Frau zu werden?"

„Ich glaube, das wissen Sie doch, oder? Ich mag Martha und Tante Lavinia sehr, und Farley Grange ist das schönste Haus, das ich je gesehen habe, aber all das genügt nicht."

„Ich habe immer wieder darüber nachgedacht", erwiderte Bret ernst. „Ich könnte das Fehlende schaffen, Della, ich weiß, daß ich es könnte."

„Nein, Bret, nein. Nicht für mich."

Er wandte sich ab. „Es ist Tom, nicht wahr?"

„Darauf kann ich Ihnen nicht antworten, Bret." Sie stand auf und legte ihm die Hand auf die Schulter. „Es muß qualvoll für Sie gewesen sein, aber ich bin froh, daß Sie mir alles erzählt haben. Ich lasse Sie jetzt allein. Wir müssen ein paar Stunden schlafen, bevor wir nach Castlebridge reiten."

Er nahm ihre Hand und führte sie an die Lippen. „Ich wünschte, Sie würden bei mir bleiben. Ich fühle mich so – so einsam."

Er war wie ein Kind – er brach in Tränen aus, weil er getröstet werden wollte. Aber dieser Tag war zu lang gewesen. Della konnte nicht mehr. Sie schüttelte den Kopf und verließ rasch das Zimmer.

Der gute Crosby hatte dafür gesorgt, daß in ihrem Schlafzimmer eingeheizt worden war, und auf dem Toilettentisch stand eine Lampe, die warmes Licht verbreitete. Zum erstenmal spürte Della, daß Larksghyll sie in seine Mauern aufgenommen hatte, daß sie keine unwillkommene Fremde mehr war – und zum erstenmal an diesem Tag fühlte sie sich auf seltsame Weise getröstet.

18

Es war Mittag, als sie in Rokeby Hall eintrafen. Vor dem Herrenhaus stand eine Kutsche – dieselbe schwarze Kutsche mit dem Wappen am Wagenschlag, die auch nach Larksghyll gekommen war. Als Della aus dem Sattel stieg, eilte Rob herbei, um ihr Pferd zu übernehmen.

„Ich kann nicht bleiben", sagte Bret. „Martha macht sich bestimmt schon Sorgen. Sagen Sie Tom, daß er jederzeit auf uns zählen kann, wenn er uns braucht."

Della nickte und lief die Stufen hinauf. Mrs. Fenton hatte sie offenbar von der Halle aus beobachtet, denn sie öffnete die Tür, sowie Della davorstand. Ihr Gesicht war kreideweiß, ihr Blick unverhohlen feindselig. Della eilte an ihr vorbei. Tom trat eben aus seinem Arbeitszimmer. Sie konnte sich nicht zurückhalten. Mit ausgestreckten Händen rannte sie auf ihn zu.

„Es tut mir so furchtbar leid..." Als sie merkte, wie kühl seine Miene blieb, hielt sie inne. Zu spät sah sie, daß Inspektor Becket und noch ein anderer Mann hinter ihm standen.

„Ich bin froh, daß Sie wieder hier sind, Miss Lismore", sagte Tom förmlich. „Und Nanny wird sich gewiß freuen, wenn Sie ihr behilflich sind und sich wieder um Peter kümmern."

„Ja, natürlich." Sie paßte sich seinem Ton an. „Ich hatte gehofft, schon früher zurückkehren zu können, aber der viele Schnee machte den Weg beschwerlich."

Die beiden Polizisten betrachteten sie ernst.

„Miss Lismore ist die Gouvernante meines Sohnes, Gentlemen", fuhr Tom im gleichen sachlichen Ton fort.

Inspektor Becket nickte. „Wir haben uns gestern unter recht – recht schwierigen Umständen kennengelernt. Guten Morgen, Miss Lismore."

„Guten Morgen, Inspektor."

Della fragte sich, ob er vorhatte, Katz und Maus mit ihr zu spielen; er wußte doch genau, wer sie war. Aber sie sagte nichts mehr, drehte sich um und ging ruhig die Treppe hinauf.

Sie war froh, ihre nassen Kleider ausziehen zu können. Sie wusch sich mit kaltem Wasser, zog ihr dunkelstes Kleid an, kämmte ihr Haar und begab sich, jeder Zoll die bescheidene Gouvernante, ins Kinderzimmer. Nanny saß mit rotgeweinten Augen neben dem Kamin, während Peter auf dem Teppich kauerte und teilnahmslos bunte Holzklötze aufeinanderstapelte.

Er blickte auf, als Della die Tür öffnete, dann rappelte er sich wortlos hoch, lief durch das Zimmer auf sie zu und vergrub den Kopf in den Falten ihres Kleides. Sie schlang die Arme um ihn und drückte ihn an sich.

„Es ist nichts mit ihm anzufangen“, flüsterte Nanny verzweifelt, „seit man Ihre Ladyschaft zurückgebracht hat. Er will nicht sprechen. Er hat heute noch kein einziges Wort gesagt.“

„Der Schock, vermutlich. Hat er sie gesehen?

„Ja. Wir gingen zufällig gerade die Treppe hinauf, und er rannte sofort wieder hinunter, als er sah, daß sie hereingebracht wurde.“

„Mama ist ertrunken“, sagte ein dünnes Stimmchen, „sie war ganz naß...“ Die kleinen Hände klammerten sich an Della.

„Ich weiß, Liebling, ich weiß.“ Sie strich ihm zärtlich übers Haar. „Wir müssen versuchen, nicht daran zu denken.“

„Wie schrecklich das alles ist“, fuhr Nanny fort, „es will mir noch immer nicht in den Kopf. Sie war so schön, so lebenslustig. Warum sollte sie so etwas tun, warum, warum? Ich versteh es einfach nicht.“ Nanny senkte die Stimme: „Und manche Leute, Miss, sagen so gemeine Dinge über Ihre Ladyschaft – und über den gnädigen Herrn...“

„Ich habe die Gerüchte gehört, und nichts davon ist wahr“, erwiderte Della scharf. „Nanny, meine Liebe, warum ruhen Sie sich nicht ein wenig aus? Sie sehen müde aus. Wir werden später darüber reden. Gehen Sie doch hinauf und legen Sie sich eine Weile hin. Ich kümmere mich um den Jungen.“ Sie nickte Nanny zu.

Den ganzen Tag herrschte ein ständiges Kommen und Gehen im Herrenhaus, aber Della blieb allein und ungestört mit

Peter im Kinderzimmer, sie mußte niemandem Rede und Antwort stehen. An diesem Abend dauerte es sehr lange, bis Peter endlich eingeschlafen war. Der Junge, der gewöhnlich so lebhaft und gesprächig war, hatte den ganzen Tag kaum ein Wort hervorgebracht und sich nur immer an sie geklammert. Er hatte auch kaum einen Bissen gegessen, nicht einmal ein Stückchen von seinem Lieblingsschokoladenkuchen hatte ihm geschmeckt.

Im Haus war es schon ganz still, als Della schließlich mit einem Seufzer der Erleichterung aus dem Kinderzimmer schlüpfte. Die Anspannung der letzten zwei Tage machte sich allmählich bemerkbar, und sie zitterte vor Kälte und Erschöpfung. Oben in ihrem Zimmer nahm sie noch rasch ein leichtes Abendessen zu sich, ging zu Bett und schlief augenblicklich ein.

Etwas später – es mußte nach Mitternacht gewesen sein – wurde sie von einem ungewohnten Geräusch aus dem Schlaf geschreckt. Im Zimmer war es fast völlig dunkel, und sie richtete sich schlaftrunken auf, als sich die Tür langsam öffnete. Dann erkannte sie die kleine Gestalt in dem langen weißen Nachthemd, kletterte rasch aus dem Bett und beugte sich zu dem Kind. Peter schlang die Arme um ihren Hals und schluchzte herzzerreißend. Sie hüllte ihn in eine Decke und wiegte ihn in den Armen, bis das Schluchzen schließlich verstummte und das Zittern aufhörte. Dann trug sie ihn zurück ins Kinderzimmer und legte ihn wieder in sein Bett. Sie hielt Peters Hand und redete ihm beruhigend zu, bis er eingeschlafen war. So leise wie möglich schürte sie das Feuer im Kamin und warf noch einen letzten Blick auf den schlafenden Jungen, als jemand ihren Namen flüsterte.

Es war Toms Stimme; in dem dunklen Morgenrock hob sich seine Gestalt nur wie ein Schatten von der Türe ab.

„Was ist los?" flüsterte er. „Ich dachte, ich hätte Schritte auf der Treppe gehört."

Della legte einen Finger auf die Lippen, zog Tom hinter sich aus dem Zimmer und schloß leise die Tür.

„Peter hat schlecht geträumt. Er hat mitangesehen, wie seine Mutter ins Haus gebracht wurde, und er hat gehört, was die Dienstboten redeten."

„Oh Gott, ich hab doch versucht, es von ihm fernzuhalten! Ich wußte nicht, wie ich es ihm beibringen sollte. Wie kann ein Kind denn so etwas verstehen?"

„Ich glaube, daß er jetzt schläft, aber es wird wohl eine Weile dauern, bis er das alles überwunden und verarbeitet hat, und wir werden sehr viel Geduld mit ihm haben müssen."

Sie wollte Tom nicht gleich wieder gehen lassen. Es war die erste Gelegenheit, allein mit ihm zu sprechen, seit die Welt um sie herum in Trümmer gesunken war. „Tom, was wird jetzt geschehen?"

„Ich weiß es nicht. Ich weiß nicht mehr als du. Ich kann es noch immer nicht fassen." Er fuhr sich mit der Hand über das Gesicht. „Was ist zwischen ihr und Oliver vorgefallen? Sie muß wie von Sinnen gewesen sein, als sie sah, was sie getan hatte."

„Ist sie in den Fluß gestürzt, Tom, oder hat sie Selbstmord begangen?"

„Das werden wir wohl nie erfahren. Was mich quält, ist die Frage, ob ich sie dazu getrieben habe. An den Fluß hatte ich überhaupt nicht gedacht – bis Rob mir meldete, daß Sheba reiterlos in ihren Stall zurückgekehrt war. Die Stute hat sich offenbar ans Ufer zurückgekämpft, nachdem Sylvia in den Fluten verschwunden war." Er hielt inne. „Ich muß immer wieder daran denken. Du weißt, was die Polizei annimmt, oder?"

„Bret hat es mir gesagt."

„Es ist auch so verflucht plausibel! Ich kann mir gut vorstellen, was in ihren Köpfen vorgeht. Ehemann tötet in rasender Eifersucht seine Frau – diese Schlagzeile liest man immer wieder. Und am Abend zuvor hatten wir einen dummen Streit – nichts Besonderes, aber die Dienstboten könnten es gehört haben."

„Es liegen keinerlei Beweise gegen dich vor, Tom"

„Mag sein, aber etwas bleibt immer hängen. Du mußt fort von hier, Della, geh, bevor auch du noch in die Sache verwickelt wirst."

„Ich habe keine Angst, und von Lästermäulern werde ich mich nicht vertreiben lassen“, erwiderte sie tapfer.

Als er so auf sie hinunterblickte, während das gedämpfte Licht der abgeschirmten Lampe seltsame Schatten auf sein Gesicht zeichnete, wurde sie plötzlich von Angst gepackt.

„Ich liebe dich, Tom“, flüsterte sie fiebrig. „Das weißt du doch, oder?“

„Ja, das weiß ich, aber ich wünschte...“

„Und ich halte zu dir, was auch geschieht.“

Sie stellte sich auf die Zehenspitzen und küßte ihn, nicht leidenschaftlich, sondern nur liebevoll, in der Absicht, ihn zu trösten. Er zog sie an sich und hielt sie fest. Beide hatten Trost so bitter nötig, daß sie wohl nicht so schnell voneinander gelassen hätten, wenn nicht Peters klagende Stimme aus dem Kinderzimmer zu ihnen gedrungen wäre.

Della machte sich los. „Ich gehe zu ihm.“

„Nein, du brauchst deinen Schlaf. Ich werde jetzt eine Weile bei ihm Wache halten.“

Tom nahm ihr Gesicht in beide Hände und küßte sie sanft, dann huschte sie davon, und er sah ihr nach, bis sie in ihrem Zimmer verschwunden war. Er wandte sich um und ging in Peters Zimmer.

Mrs. Fenton aber, die ebenfalls wach geworden war, hatte die beiden die ganze Zeit vom oberen Stockwerk aus beobachtet. Sie hatte es ja immer gewußt, und sie hatte die Lady noch gewarnt! Nur zu gut konnte sie sich vorstellen, wie ihrer unseligen jungen Herrin zumute gewesen sein mußte, und stellvertretend spürte sie die Eifersucht in sich aufsteigen wie bittere Galle.

Della war schon früh aufgestanden, und nach dem Frühstück sah sie, daß die schwarze Kutsche wieder vor dem Haus vorgefahren war. Tom war zu den Beamten hinausgegangen, und sie entschloß sich, Sylvias Schlafzimmer aufzusuchen. Es erschien ihr irgendwie herzlos, daß Sylvia ohne die Begleitung einer anderen Frau aus dem Haus getragen werden sollte. Man hatte die

Vorhänge zugezogen, und es war sehr dunkel in dem Zimmer. Zu beiden Seiten des Bettes brannten hohe Kerzen. Das bestickte Laken war so zurückgeschlagen, daß nur das Gesicht der Toten zu sehen war – marmorweiß und unglaublich makellos und schön. Della betrachtete sie wehmütig. Sylvia war aus Toms Leben verschwunden, aber ihr Schatten war noch da.

Eben wollte Della das Laken über das stille Antlitz ziehen, als jemand sie derb am Handgelenk packte. Erschrocken fuhr sie zurück.

„Wagen Sie ja nicht, sie anzufassen!" Mrs. Fenton stand neben ihr. „Was haben Sie hier zu suchen?" fuhr sie in heiserem Flüsterton fort. „Sind Sie hergekommen, um ihren Triumph auszukosten?"

„Ich bin hergekommen, weil die Polizei bereits da ist", erwiderte Della kühl.

„Wie grausam, daß meine arme junge Herrin kalt und tot hier liegt, und alles nur Ihretwegen!" Ein Anflug von Irrsinn flackerte in ihren Augen, die im unruhigen Licht der Kerzen glitzerten. Noch hielt die Frau Dellas Handgelenk umklammert. „Sie glauben, er gehört jetzt Ihnen, nicht wahr? Sie glauben, Sie haben gewonnen, aber das werden Sie büßen, das schwöre ich Ihnen! Ich werde dafür sorgen, daß alle erfahren, was in diesem Hause vorgegangen ist, und wie gerne der Master seine unglückliche Frau loswerden wollte!"

„Sie sind verrückt. Nichts ist vorgegangen, gar nichts", sagte Della scharf und befreite sich aus Mrs. Fentons Griff. „Sie sollten lieber Ihre Zunge hüten und achtgeben, was Sie sagen."

„Oh, ich werde achtgeben, keine Sorge!" Sie schob ihr verzerrtes Gesicht dicht an Dellas Gesicht heran. „Ich bin keine sentimentale Närrin wie diese Nanny Roberts, diese Speichelleckerin. Er war ihrer niemals würdig, niemals! Ich hab es kommen sehen, von Anfang an, und hab es ihr auch gesagt. Und ihm dämmert es jetzt allmählich. Er wird erkennen, wie er reingelegt worden ist, wie er sich selber getäuscht hat, und er wird dafür büßen, er wird dafür *büßen*!"

Ihre Stimme wurde immer lauter und schriller, aber das Gekreisch brach plötzlich ab, als sich die Tür öffnete und Tom eintrat.

„Was tun Sie hier, Mrs. Fenton?" fragte er barsch.

„Ich bin hergekommen, um nachzusehen, ob alles bereit ist, Sir."

„Nun gut. Sie können jetzt gehen."

Mrs. Fenton hob den Kopf. „Ich möchte kündigen, Sir."

„Meinetwegen, Mrs. Fenton, aber das ist jetzt wohl kaum der geeignete Zeitpunkt dafür. Kommen Sie später zu mir."

„Ich möchte aber jetzt gehen, heute noch."

„Gehen Sie, wann immer Sie wollen, aber bitte lassen Sie mich jetzt allein."

Einen Augenblick schien es, als wollte sie ihm widersprechen, aber sein eisiger Blick schüchterte sie ein, und widerwillig verließ sie das Zimmer. Della folgte ihr nach ein paar Sekunden.

Sie hatte Mrs. Fentons Abneigung immer gespürt, jedoch nie erkannt, wie tief ergeben sie Sylvia war, aber auch wie voreingenommen, und das beunruhigte sie. Sie fragte sich, ob die Haushälterin nicht vielleicht aus einer Laune des Augenblicks, einer plötzlichen Aufwallung heraus gekündigt hatte, aber sie irrte sich. Mrs. Fenton hielt an ihrem Entschluß fest. Della erfuhr es von Rose, als diese den Tee brachte.

„Diese Mrs. Fenton hat ihre Sachen gepackt und ist gegangen, Miss, und ich kann nicht behaupten, daß mir das leid tut. Wenn Sie mich fragen, war der gnädige Herr auch froh, als sie ging. Er hat sie ausgezahlt und nicht einmal verlangt, daß sie die Kündigungsfrist einhält."

„Werdet ihr ohne sie zurechtkommen?"

„Wir sind ganz gut zurechtgekommen, als der alte Mr. Clifford noch lebte, und das wird sich auch jetzt nicht ändern", sagte Rose mit Überzeugung. „Die Köchin war schon hier, als der Master geboren wurde, und dann kommt diese Mrs. Fenton mit Ihrer Ladyschaft und versucht alles zu ändern. Immer hat sie damit angegeben, um wieviel besser alles in Sterndale Castle gemacht würde, bis wir ihr Gerede nicht mehr ertragen konnten. Es ist ein wahrer Hochgenuß, sie endlich los zu sein."

Für die Dienstboten mochte das zutreffen, anderen aber würde die plötzliche Kündigung der Haushälterin, die Sylvia so nahe gestanden hatte, Anlaß zu ungutem Geschwätz bieten. Tom war kurz angebunden, als ihn Della am Abend darauf ansprach.

„Die Frau war anmaßend", sagte er knapp. „Ich hätte sie auf jeden Fall entlassen, und da sie darauf bestand, sofort zu gehen, hielt ich sie nicht zurück – im Gegenteil, ich war froh darüber."

Es war Martha, die das Thema erneut anschnitt, als sie am nächsten Tag zu Besuch kam. Tom war in der Fabrik, und Nanny blieb bei Peter, daher empfing Della sie allein. Rose brachte Tee und Kuchen, und Martha wartete, bis sie gegangen war, bevor sie aussprach, was ihr auf dem Herzen lag.

„Ich muß Ihnen etwas sagen." Martha, die immer so ruhig und sachlich war, hakte nervös die Finger ineinander und senkte den Blick, bevor sie zögernd fortfuhr: „Es fällt mir schwer, darüber zu sprechen, aber Bret hat mir alles gestanden. Ich brauche Ihnen wohl nicht zu sagen, wie sehr mir die Sache leid tut. Daß ausgerechnet mein Bruder in solch eine – solch eine furchtbare Geschichte verwickelt ist, und daß es Ihr Vater sein mußte – es hat mich schrecklich aufgeregt. Ich war mir seiner Schwäche immer bewußt; ich habe ihn immer wieder gewarnt. Ich habe stets geahnt, daß Olivers Einfluß viel zu stark war – ich sollte das wohl nicht sagen, da er Ihr Cousin war –, aber er selbst war ja imstande, auf sich aufzupassen, während Bret..." Sie blickte auf. „Es war so zermürbend, ihm dauernd Predigten zu halten, und ich weiß nur zu gut, wie Bret sich darüber geärgert hat."

Della hatte Martha noch nie so aufgewühlt gesehen. Es war ja nur allzu verständlich, daß sich der junge Mann gegen die ältere Schwester aufgelehnt hatte, die so hart sein konnte und es doch nur gut mit ihm meinte.

„Quälen Sie sich nicht", sagte Della sanft. „Es ist vorbei. Oliver ist tot, und mit ihm die ganze entsetzliche Geschichte. Meinen Vater kann nichts mehr lebendig machen."

„Aber Sie müssen doch verbittert sein, sie müssen Bret doch verachten und verabscheuen, ihn und Oliver!"

„Nein, das war einmal, aber nun ist es vorbei, und was Oliver betrifft, da gab es Familienangelegenheiten –" Sie verstummte, unfähig, über eine Vergangenheit zu sprechen, die sie selbst noch nicht verarbeitet hatte. „Ich kann Ihnen das jetzt nicht erklären, Martha, vielleicht werde ich eines Tages imstande sein, Ihnen alles zu erzählen. Ich hoffe nur, daß nie bekannt wird, welche Rolle Bret in der ganzen Sache gespielt hat."

„Sie hätten dem Polizeiinspektor alles erzählen können."

„Sicher, aber wozu hätte das gut sein sollen?"

Es war eigenartig, dachte sie, wie etwas, das so lange Zeit von so großer Bedeutung für sie gewesen war, plötzlich so unwichtig erschien im Vergleich zu dem, was zwischen ihr und Tom geschah.

„Ich bin Ihnen so dankbar", hauchte Martha, „aufrichtig dankbar." Sie brachte ein schwaches Lächeln zustande. „Ich habe nicht gewagt, Tante Lavinia von der ganzen Sache zu erzählen. Sie hat einen so strengen Begriff von Wahrhaftigkeit und Ehre, daß sie möglicherweise auf einem öffentlichen Geständnis bestanden hätte."

„Unter den gegenwärtigen Umständen wäre das etwas übertrieben, meinen Sie nicht auch?"

Martha nippte nachdenklich an Ihrem Tee, bevor sie sagte: „Ich habe gehört, daß Mrs. Fenton ganz plötzlich gekündigt und das Haus verlassen hat."

„Ja. Sie war Mrs. Clifford treu ergeben und ist natürlich sehr unglücklich."

„Wußten Sie, daß sie sich noch in Castlebridge aufhält? Sie hat sich in der Stadt einquartiert und setzt absurde Gerüchte über Sylvias Tod in Umlauf."

„Woher wissen Sie das?"

„Mary Ann war auf Besuch bei ihrer Mutter, und sie hat es uns erzählt." Martha stellte die Tasse nieder. „Wußten Sie, daß Sylvia schwanger war? Dr. Withers hat es vom Polizeiarzt erfahren."

„Ja, ich wußte es. Sie hat es mir gesagt."

„Es wird bei der gerichtlichen Untersuchung zur Sprache

kommen." Martha senkte die Stimme – das folgende sagte sie nur noch flüsternd: „Wenn es nicht Toms Kind war, dann könnte dies gegen ihn verwendet werden."

„Ja."

„War es sein Kind?"

„Ich weiß es nicht."

„Della", fuhr Martha fort, und es klang wie eine dringende Bitte. „Sie sollten nicht hierbleiben, nun, da Mrs. Fenton gegangen ist. Es wird viel geklatscht, es werden empörende Lügengeschichten herumerzählt, die Ihnen und Tom schaden könnten. Sie wissen nicht, wie das ist in so einer kleinen Gemeinde."

„Oh doch, Martha, ich habe es bereits am eigenen Leib erfahren, und ich werde mich nicht einschüchtern lassen. Gerade jetzt darf ich Tom und Peter nicht im Stich lassen. Der Junge hat einen Schock, nachdem er mitansehen mußte, wie seine tote Mutter ins Haus gebracht wurde. Er begreift nicht, was geschehen ist, aber es quält und verfolgt ihn, und aus irgendeinem Grund hat er mehr Vertrauen zu mir als zu Nanny Roberts."

„Ich wollte Ihnen vorschlagen, daß Sie zu uns nach Farley Grange kommen. Bret verehrt sie so sehr, und Tante Lavinia hat Sie ins Herz geschlossen."

„Es ist wirklich sehr freundlich von Ihnen, aber mein Entschluß steht fest. Ich werde mich nicht mit eingezogenem Schwanz aus dem Staub machen, denn ich bin mir keiner Schuld bewußt. Solange ich Tom von Nutzen sein kann, werde ich bleiben. Wenn er will, daß ich gehe, gehe ich."

Della ließ sich nicht überreden, aber nachdem Martha sich verabschiedet hatte, fragte sie sich, ob ihre Entscheidung tatsächlich richtig war. Stimmte es denn, daß sie Peter zuliebe bleiben wollte, oder war Tom der eigentliche Grund? Eine tiefe Kluft schien sich zwischen ihnen aufgetan zu haben, ein Abgrund, über den sie nicht hinwegkam.

In den folgenden Tagen aber überstürzten sich die Ereignisse. Einen Tag nach Marthas Besuch machte sich Della auf den Weg nach Castlebridge, um bei Dr. Withers ein Medikament für Peter zu holen. Der Arzt hatte es empfohlen, es sollte die nervösen Weinkrämpfe und ständigen Alpträume des Kleinen lindern. Della nahm die Arznei entgegen und plauderte dann noch eine Weile mit Abbie. Auf dem Heimweg lief sie einer Gruppe von Frauen in die Arme, die gerade von der Frühschicht kamen. Sie versperrten ihr den Weg und starrten sie mit unverhohlener Feindseligkeit an. Zögernd blieb Della stehen; die Erinnerung an ihre letzte unerfreuliche Begegnung vor einigen Monaten war noch frisch. Erst nach geraumer Zeit, die Della endlos schien, gaben sie schweigend den Weg frei, und es kostete Della große Überwindung, nicht loszurennen, sondern ruhig und mit hocherhobenem Haupt weiterzugehen.

Nachdem sie sich weit genug entfernt hatte, beschleunigte sie ihre Schritte und bog in eine Seitenstraße ein. Jetzt erst merkte sie, daß ihr eine der Frauen gefolgt war und sie am Ärmel zupfte. Nervös versuchte sie, die Frau abzuschütteln, doch dann erkannte sie, daß es Jane Carter war.

„Miss Lismore, kann ich Sie eine Minute sprechen?“ flüsterte sie ihr zu. „Aber nicht hier“, fuhr sie fort, während sie sich verstohlen umsah, „in meinem Haus. Es ist ganz in der Nähe.“

Sie zog Della hinter sich her zu einem der kleinen Häuser, die zu beiden Seiten der schmalen Straße standen, und führte sie hinein. Es gab nur wenige Möbelstücke in dem ärmlichen, aber ordentlichen und sauberen Zimmer. Jane Carter schloß hastig die Tür.

„Ich wollte nicht zum Herrenhaus hinaufkommen“, sagte sie, noch ganz außer Atem, „aber ich dachte, ich muß den Master warnen.“

„Mr. Clifford warnen? Wie meinen Sie das?“

„Es ist wegen Dan, Miss. Er war letzte Nacht hier.“

„Ihr Mann?“

„Ja, und er war sehr zufrieden mit sich. Er hat das alles angezettelt, was letzte Woche in der Fabrik passiert ist.“

„Was ist denn passiert?“

„Wußten Sie es denn nicht? Hat Ihnen der Master nichts erzählt? Vor zwei Nächten ist eine der großen Maschinen zertrümmert worden – und dabei sah es so aus, als ob niemand dort gewesen wäre, so daß keiner beschuldigt werden konnte. Und jetzt plant er wieder etwas gegen den Master. Er wird ihm nie verzeihen, daß er ihn entlassen und Mary Ann fortgebracht hat. Er ist so versessen auf Rache, daß ich manchmal glaube, er ist nicht ganz richtig im Kopf, aber er ist mein Mann, und ich kann es nicht so weit kommen lassen, daß er einen Mord begeht."

„Einen Mord?"

„Ja, er ist imstande dazu. In ein paar Tagen soll es draußen im Moorland eine große Versammlung geben, und dann wollen sie nach Castlebridge und zur Fabrik marschieren. Er würde mich umbringen, wenn er wüßte, daß ich was erzählt hab, aber der Master war gut zu mir und Mary Ann. Ich habe Mr. Clifford schon gekannt, als er noch ein kleiner Junge war, und seinen Vater hab ich gern gemocht – ich will nicht, daß ihm wegen Dan etwas passiert. Wenn Sie es ihm sagen, dachte ich, dann wäre er wenigstens gewarnt, verstehen Sie?"

„Ja, ich verstehe, Mrs. Carter, und ich danke Ihnen, daß Sie es mir gesagt haben. Aber jetzt werde ich wohl besser gehen. Ich werde dafür sorgen, daß Mr. Clifford von der Sache erfährt."

„Geben Sie acht, wenn Sie jetzt hinausgehen. Die anderen sollen nicht glauben, daß ich etwas ausgeplaudert habe."

Bevor Della aus dem Haus schlüpfte, vergewisserte Sie sich, daß niemand auf der Straße war. Die ganze Strecke nach Rokeby Hall dachte sie dann über das Gehörte nach, und nachdem Tom aus der Fabrik zurückgekehrt war, ging sie beherzt nach unten, um mit ihm zu sprechen. Sie fand ihn in seinem Arbeitszimmer, wo er in letzter Zeit die Abende verbrachte und sogar das Abendessen einnahm. Schweigend, ja fast gleichgültig hörte er sich an, was Della ihm berichtete.

„Du hast mir nichts von diesen neuen Schwierigkeiten in der Fabrik erzählt", schloß sie vorwurfsvoll.

„Ich sehe nicht ein, warum ich dich damit belasten sollte."

„Aber ich möchte dir doch helfen, diese Schwierigkeiten zu tragen. Geteilte Last ist halbe Last, Tom."

Er wandte sich um und sah sie an. „Della, du solltest fortgehen.“

„Möchtest du, daß ich gehe?“

„Das wollte ich doch damit nicht sagen. Ich bin besorgt um deine Sicherheit.“

„Meine Sicherheit?“

„In Castlebridge herrscht helle Aufregung“, sagte er mit einem schiefen Lächeln. „Es scheint, als hätte ich mich in ein Ungeheuer verwandelt und mit meiner Geliebten ein Komplott geschmiedet, um meine Frau zu ermorden.“

„Aber das ist doch blanker Unsinn. Kein Mensch würde je ernsthaft glauben, daß du so etwas tun könntest.“

„Kein vernünftiger Mensch, aber leider ist der Mob nicht sehr vernünftig.“

„Ein Grund mehr, warum ich nicht einfach fortlaufen sollte. Das hast du damals, als wir diesen gemeinen Brief erhielten, selbst gesagt, erinnerst du dich nicht mehr?“

„Das war etwas anderes. Damals hat meine Frau noch gelebt.“

Im Tode stand Sylvia anscheinend mächtiger zwischen ihnen als zu Lebzeiten.

„Ich kann aber auf keinen Fall von hier fort, bevor die Angelegenheit mit Oliver nicht abgeschlossen ist“, ereiferte sich Della.

„Das hätte ich fast vergessen“, sagte er müde. „Inspektor Becket hat mir davon erzählt. Es muß sehr schmerzlich für dich gewesen sein zu entdecken, daß dein eigener Cousin die Schuld trägt an der Verurteilung deines Vaters.“

„Es gab gewisse Gründe.“

Eines Tages würde sie ihm genau erzählen, was geschehen war – aber nicht jetzt. Im Augenblick hatte er genug eigene Probleme.

Tom wandte sich von ihr ab, eine Hand auf den Kaminsims gestützt. „Allmählich beginne ich zu glauben, daß ich Oliver und meine Frau nie wirklich gekannt habe. Ich habe in einer Art Narrenparadies gelebt.“

„Tom, bitte. Denk jetzt vor allem an das, was Jane Carter gesagt hat. Paß auf dich auf."

„Ich kann nicht viel dagegen tun", sagte er tonlos. „Schon seit Monaten weiß ich, daß sich so etwas Ähnliches anbahnt. In Leeds und Bradford war die Polizei, wie sich leider herausstellte, nicht imstande, die Aufrührer im Zaum zu halten, und mußte Militär zu Hilfe rufen. Ich war überzeugt, daß diese Unruhen erst im Frühjahr ausbrechen würden, aber ich habe mich geirrt. Der harte Winter hat die Dinge eher noch beschleunigt, und Castlebridge wird nicht ungeschoren davonkommen."

Er sah so entsetzlich müde und abgespannt aus, daß es sie danach verlangte, ihn in die Arme zu nehmen und zu trösten, wie sie Peter tröstete, aber sie spürte, daß dies nicht der richtige Augenblick dafür war. Wenn das alles erst einmal vorüber war... Sie wagte nicht weiterzudenken. Am besten, sagte sie sich resigniert, man nimmt die Dinge, wie sie kommen.

Der Prozeß gegen einen Mann, der nicht mehr am Leben war, und die Begnadigung eines zu Unrecht verurteilten Sträflings, der unglücklicherweise auf hoher See umgekommen war – Ereignisse, die im fernen London stattfanden –, machten auf die Bevölkerung von Castlebridge, für die jeder, der nur ein paar Kilometer weit weg wohnte, bereits ein Fremder war, keinen Eindruck. Selbst die gerichtliche Untersuchung von Olivers Tod, die in Bradford stattfand und die schließlich ergab, daß es sich um einen Unfall gehandelt hatte, erweckte wenig Interesse. Mit äußerster Spannung dagegen wartete man auf die Ergebnisse der Erhebungen über den Tod von Mrs. Clifford, der schönen Lady Sylvia. Wie so oft hatte die öffentliche Meinung einen merkwüdigen Umschwung erfahren, und Sylvias Arroganz, ihr hochtrabendes Wesen und ihre Abneigung gegen die Fabrikarbeiter waren mit einem Schlag vergessen. Sie war zum tragischen Opfer geworden. Was mochte der Master getan haben, daß sie hilfesuchend zu einem Freund geflüchtet war, daß diese zarte Schönheit einen so grauenhaften Tod in den reißenden Fluten des Flusses gefunden hatte?

Eine Woche, bevor das Gericht über die Ursache von Sylvias Tod befinden sollte, wurde Oliver zu Grabe getragen. Della wußte, daß sie ihren Onkel bei diesem traurigen Anlaß nicht allein lassen konnte.

„Ich werde nicht zu dem Begräbnis kommen", sagte Tom, „aber fahre du mit der Kutsche nach Larksghyll hinüber. Ich stehe nicht auf sehr vertrautem Fuß mit deinem Onkel, möchte ihm jedoch meine Anteilnahme bezeugen."

Also fuhr Rob sie zu der kleinen Kirche in der Nähe von Larksghyll. Dort stand sie neben ihrem Onkel und hatte das Gefühl, als ginge sie die ganze Sache gar nichts an, als läge nicht ihr geheimnisumwitterter Cousin in diesem Sarg, der eben in die Erde gesenkt wurde. Es waren nicht viele Trauergäste anwesend, und die meisten waren aus Achtung für George Craven gekommen. Oliver hatte, seitdem er erwachsen war, nur wenig Zeit in seinem Elternhaus zugebracht.

Martha war da und Bret, der blaß und niedergeschlagen aussah. Er warf Della einen flehenden Blick zu, aber als sie nur stumm den Kopf schüttelte, folgte er seiner Schwester zu ihrem Wagen.

Während die beiden den kleinen Friedhof verließen, warf Della noch einen letzten Blick auf das verlassene Grab und sah einen großen, bärtigen Mann, der, den Hut in der Hand, vor dem Grabhübel stand; sie fragte sich, wer das wohl sein mochte. Später, als sie in Larksghyll aus der Kutsche stieg, dachte sie einen Augenblick, was für eine Wohltat es doch wäre, in dem alten Haus zu bleiben und der drückenden Atmosphäre von Rokeby Hall für ein paar Tage entfliehen zu können. Doch sofort wies sie diesen feigen Gedanken weit von sich. Sie küßte ihren Onkel, versprach, bald wiederzukommen, und ließ sich von Rob zurückfahren.

19

Die gerichtliche Untersuchung über Sylvia Cliffords Tod fand im Gasthaus von Castlebridge statt, und der große Saal war hoffnungslos überfüllt. Lord Sterndale war nicht anwesend. Er hatte sich in Paris aufgehalten, als ihn die Nachricht vom Tod seiner Tochter erreichte, und Schock und Kummer hatten eine fieberhafte Erkrankung ausgelöst, die seine sofortige Rückkehr nach England verhinderte. Als Coroner fungierte Sir Anthony Hunter, der Friedensrichter; er gehörte zu jenen Landadeligen, die Geschäftsleute zutiefst verachteten. Zudem war er mit Sylvias Vater persönlich bekannt; diese ganze unangenehme Angelegenheit erfüllte ihn mit tiefem Widerwillen. Immerhin war Lady Sylvia Farringford eine Angehörige seiner eigenen Gesellschaftsschicht gewesen, wenn sie auch unter ihrem Stand geheiratet hatte – zweifellos hatte dieser Fabriksbesitzer das arme Mädchen zur Verzweiflung getrieben –, und ihm lag sehr daran, ein Urteil zu vermeiden, das auf Selbstmord erkannte. Schonungslos verhörte er die Zeugen, und die unbeholfenen, verwirrten Dienstboten vermittelten unfreiwillig den Eindruck, als sei diese schöne junge Frau höchst unglücklich mit einem Mann verheiratet gewesen, der sie vernachlässigte und eine deutliche Vorliebe für eine junge Angestellte zeigte.

Die Aussagen der einzelnen Zeugen blieben Della nur bruchstückhaft in Erinnerung. Nur Mrs. Fentons verleumderische, vernichtende Aussage blieb ihr deutlich im Gedächtnis haften. Die ehemalige Haushälterin sprach ruhig, in gesetzten Worten, sie war jeder Zoll die treue Dienerin ihrer Herrin.

„Ich habe Ihre Ladyschaft auf all das hingewiesen, was im Hause vorging, während sie in London weilte, aber sie wollte mir nicht glauben. Sie vertraute ihrem Mann blind."

„Und doch scheint es, als wäre sie fortgelaufen, um Zuflucht bei einem Nachbarn und Freund zu suchen, der dann Opfer eines unglücklichen Unfalls wurde."

„Ich weiß bestimmt, Sir", fuhr Mrs. Fenton fort, und niemand hätte aufrichtiger wirken können, „daß sie am Abend zuvor einen heftigen Streit mit ihrem Mann hatte. In ihrer Verzweiflung nahm sie seine Pistole an sich, um ihrem Leben ein Ende zu setzen. Mr. Craven versuchte wohl, sie daran zu hindern, und dabei löste sich der Schuß. Mr. Clifford ist ihr gefolgt, warum, weiß ich nicht, und dieses Mädchen da hat ihn begleitet."

„Sie meinen, die junge Frau, die er als Gouvernante seines Sohnes beschäftigt?"

„Eine junge Person, die genau weiß, was sie will, und skrupellos ihr Ziel verfolgt", sagte Mrs. Fenton rachsüchtig.

„Wollen Sie damit andeuten, daß Mr. Clifford und diese – diese junge Person die Absicht gehabt haben könnten, sich Lady Sylvias ein für allemal zu entledigen? Leider gibt es keine Beweise für ein solches Motiv, aber der Verdacht bleibt bestehen. Danke, Mrs. Fenton. Sie haben uns sehr geholfen. Sie können gehen."

Sie warf Della einen triumphierenden Blick zu, während sie aus dem Saal rauschte. Ihre Aussage, eine gelungene Kombination von Halbwahrheiten, hatte einen vernichtenden Effekt erzielt.

Sir Anthony behandelte Tom mit einer Herablassung, wie er sie seinem Lebensmittellieferanten gegenüber an den Tag legen mochte. Della entging es nicht, wie wütend Tom darüber war. Er beantwortete die Fragen so kurz angebunden wie nur irgend möglich.

„Es hat den Anschein, als hätte sich Ihre Frau vernachlässigt gefühlt. Wie ich höre, haben Sie sie nie auf ihren Reisen begleitet."

„Eine Fabrik bedarf der Führung, da läuft nichts von selbst; und die Fabrik sichert unsere Existenz. Ich konnte es mir nicht leisten, wochenlang fortzubleiben, aber ich ließ meiner Frau stets die Freiheit, ganz nach Belieben zu verreisen."

„Was Ihnen vielleicht auch zu der Gelegenheit verhalf, Ihrer Neigung für die hübsche Gouvernante ihres Sohnes zu frönen."

„Das bestreite ich – das bestreite ich ganz entschieden."

Ein Raunen lief durch das Publikum, und Sir Anthony blätterte angelegentlich in den Papieren, die vor ihm lagen.

„Nun gut. Einige der Zeugen haben angedeutet, daß es zwischen Ihrer Frau und einem gewissen Oliver Craven, der zu Ihren persönlichen Freunden zählte, Vertraulichkeiten gegeben haben könnte. Wußten Sie davon?"

„Ich wußte, daß sie Oliver mochte, aber auch ich hatte Oliver gern. Ich kannte ihn von Kindheit an."

„Aus dem Bericht des Arztes geht hervor, daß Ihre Frau zum Zeitpunkt ihres Todes schwanger war. Wußten Sie davon?"

„Nein."

„War dieses Kind von Ihnen?"

Tom zögerte. Er stand unter Eid, aber er brachte es nicht über sich, Sylvia vor all diesen skandallüsternen Zuhörern in den Schmutz zu zerren. Er konnte es nicht. Er konnte ihr Andenken nicht besudeln. Er fand einen Kompromiß.

„Ich habe keinen Grund, etwas anderes anzunehmen."

„Es ist nicht Aufgabe dieses Gerichts, Anklage zu erheben, aber ich fühle mich verpflichtet, Ihnen diese Frage zu stellen. Haben Sie Ihre Frau an jenem verhängnisvollen Tag vorsätzlich oder im Affekt geschlagen, so daß sie in den Fluß stürzte?"

Tom hob den Kopf und ließ seinen Blick herausfordernd über den Richter und die aufmerksam lauschenden Zuhörer schweifen.

„Nein, das habe ich nicht."

Die Einvernahme zog sich noch eine weitere Stunde hin, dann aber kam das Gericht – in Ermangelung von Beweisen – zu dem Schluß, daß Sylvia durch einen Unfall ums Leben gekommen war.

Della kämpfte sich durch die Menschenmenge nach draußen. Sie war froh, als Dr. Withers plötzlich an ihrer Seite auftauchte. Sie sah, daß Tom sich weiter vorne einen Weg durch die Menge bahnte, ohne nach rechts oder links zu schauen. Vor dem Gasthaus hatte sich eine Gruppe von Männern versammelt, die „Mörder!" schrien. Er nahm keinerlei Notiz von ihnen und stieg gelassen in die wartende Kutsche. Als diese sich in Bewegung setzte, schleuderte jemand einen großen Stein gegen das Gefährt. Der Stein durchschlug das Fenster, und eines der Pferde wieherte und bäumte sich auf. Rob stieß einen Fluch aus, brachte das Gespann aber sofort wieder unter Kontrolle. Dann gab er die Zügel so plötzlich frei, daß der aufgebrachte Pöbel den davonstiebenden Pferden Platz machen mußte.

„Wie können diese Kerle so gemein sein!" stieß Della hervor. „Es ist so rücksichtslos, so ungerecht!"

„Tom wird es durchstehen. Er ist viel zäher als die meisten von diesen Leuten", sagte Dr. Withers. „Wie sind Sie hergekommen, meine Liebe? Sie sollten nicht allein nach Hause zurückkehren."

Bret hatte sich zu ihnen gesellt. „Ich bin mit dem Einspänner da. Ich werde Della nach Rokeby Hall bringen."

„Paß gut auf sie auf", sagte Dt. Withers. „Diese elenden Tagediebe sind im Augenblick in einer mörderischen Stimmung."

Es war ein mühseliges Unterfangen, sich durch die aufgeputschte Menschenmenge im Hof bis zu dem Einspänner durchzukämpfen, aber Bret war trotz seiner Jugend Herr von Farley Grange, und seine Schwester genoß großes Ansehen. Die Leute murrten zwar und starrten Bret und Della an, traten aber zur Seite, um sie durchzulassen. Bret warf dem Jungen, der das Pferd hielt, einen Shilling zu, und half Della in den Wagen. Dann nahm er die Zügel und fuhr los.

„Ich bin so froh, daß Sie und Dr. Withers da waren", sagte sie, um das Schweigen zu brechen, während er den Einspänner durch die Menge lenkte.

„Ich nehme an, Sie haben keine besonders hohe Meinung mehr von mir", erwiderte er und blickte geradeaus.

„Oh Bret", sagte sie mit Nachdruck, „hören Sie um Himmels willen auf, sich selbst zu bemitleiden! Seien Sie doch froh, daß alles so gut für Sie ausgegangen ist." Aber plötzlich tat er ihr leid. „Nehmen Sie es sich nicht so zu Herzen. Ich glaube, jeder von uns hat etwas, wofür er sich schämen müßte, wenn es ans Licht käme."

„Damit wollen Sie mich wohl trösten, aber leider tröstet es mich nicht." Er versetzte dem Pferd einen ungeduldigen Hieb mit der Peitsche. „Vermutlich werden Sie Castlebridge jetzt sehr bald verlassen."

Würde sie das? Diese Aussicht stimmte Della plötzlich sehr traurig. Da sie nicht antwortete, fuhr Bret eifrig fort: „Ich würde mir so sehr wünschen, daß Sie eine Weile nach Farley Grange kämen, bevor Sie abreisen. Martha würde sich sehr freuen – von mir ganz zu schweigen."

Della wußte, daß er einen Halt suchte, jemanden, der ihm half, sein Selbstbewußtsein zu stärken, das durch Olivers Tod schwer angeschlagen war. Aber Bret mußte lernen, auf eigenen Füßen zu stehen.

„Nein, Bret. Vielen Dank für die Einladung, aber es ist nicht möglich."

Wenn sie sich entschloß, im Yorkshire zu bleiben, dann würde sie am ehesten zu ihrem Onkel nach Larksghyll gehen – aber besser war es wohl, einen Schlußstrich zu ziehen. Sie wollte sich nicht an etwas klammern, das es für sie nicht mehr gab: Was immer zwischen ihr und Tom gewesen war, schien nun erloschen zu sein.

Bret setzte sie vor dem Herrenhaus von Rokeby Hall ab.

„Martha wird schon gespannt sein, was die Untersuchung ergeben hat. Sie wäre gern mitgekommen, aber Tante Lavvy fühlt sich nicht wohl."

„Grüßen Sie bitte die beiden von mir."

„Gern."

Als sie die Halle betrat, kam Tom soeben die Treppe herunter.

„Oh, da bist du ja", sagte er, „ich habe mir schon Sorgen um dich gemacht. Du hättest mit mir fahren sollen."

„Ich glaube, es war besser so. Dr. Withers war ja auch dort, also war ich nicht allein, und Bret hat mich nach Hause gebracht, wollte aber nicht bleiben." Sie machte Anstalten, an ihm vorbeizugehen. „Entschuldige mich. Ich muß zu Peter." Doch Tom hielt sie zurück.

„Nein, bitte geh nicht, noch nicht." Er nahm ihren Arm. „Ich möchte mit dir reden."

„Jetzt gleich?"

„Wenn es dir nichts ausmacht?"

Della folgte ihm in sein Arbeitszimmer und löste die Bänder ihres Hutes.

„Komm zum Feuer. Du siehst ja ganz erfroren aus. Ich glaube, es wird bald wieder schneien."

Sie ließ den schweren Mantel von ihren Schultern gleiten; in dem einfachen schwarzen Kleid, das sie sich letzte Woche genäht hatte, sah sie sehr jung und zerbrechlich aus. Sie trat an den Kamin und wärmte sich die Hände.

„Ich bin so froh, daß das Gericht zu diesem Urteil gekommen ist."

„Ja, es war eine Erleichterung. Ich war mir nicht so sicher, wie das alles ausgehen würde; das Gericht hätte auch auf Selbstmord erkennen können, oder auf Mord."

„Das wäre schrecklich gewesen!"

„Fast jeder der Anwesenden schien aber ein solches Urteil zu erwarten", sagte Tom verbittert.

„Das siehst du nur heute so, glaube mir, aber es wird vorübergehen, Tom, da bin ich ganz sicher. Kein ernsthafter Mensch würde dir so etwas je zutrauen. Das alles wird sehr bald vergessen sein."

„Vielleicht, aber ich werde es nicht vergessen."

Er seufzte und bückte sich, um noch ein Holzscheit auf die Glut zu legen.

„Della, warum hast du mir nicht gesagt, daß Sylvia schwanger war?"

Die Frage überraschte sie. „Woher weißt du, das ich es wußte?"

„Das spielt jetzt keine Rolle. Warum hast du es mir nicht gesagt?"

Sie versuchte, die richtigen Worte zu finden. „Es stand mir nicht zu, es dir zu sagen. Das war doch ganz ohne Zweifel etwas, das nur dich und sie etwas anging."

„Selbst wenn es nicht mein Kind war?"

„Woher hätte ich das wissen sollen? Ich glaubte – ich nahm an, daß du und sie..."

„Wie konntest du so etwas denken, nachdem wir beide – nachdem wir uns so nahe gekommen waren? Du mußt doch bemerkt haben, wie Sylvia und ich miteinander standen."

„Und was hätte es geändert, wenn ich es dir gesagt hätte?"

„Alles! Alles hätte es geändert. Begreifst du das denn nicht? Ich weiß jetzt, was sie in den Wahnsinn getrieben hat. Sie hat Oliver blind vertraut, und er hat sie im Stich gelassen. Verstehst du denn nicht, daß es eine Art Hilfeschrei war, eine verzweifelte Bitte, als sie es dir anvertraute?"

„Es war nichts dergleichen. Sylvia wollte nichts von mir."

Della dachte daran, wie Sylvia damals hoch zu Roß an der Schlucht aufgetaucht war. Sie war ganz sicher, daß Sylvia ihr nur weh tun, daß sie Zweifel in ihr hatte wecken wollen, aber sie brachte es nicht übers Herz, ihm das zu sagen.

„Was hättest du getan, wenn du es gewußt hättest?" fragte sie statt dessen. „Hättest du sie beschützt, für Olivers Kind den Vater gespielt?"

„Ich weiß nicht, aber irgend etwas hätte ich tun können. Der Gedanke, daß meine eigene Frau es nicht wagte, mich um Hilfe zu bitten, daß ich sie der Gnade eines Mannes auslieferte, der sie wie ein Spielzeug benutzt und dann fallengelassen hat, quält mich unsagbar. Mein Gott, wenn du wüßtest, wie mir zumute war, als ich sie aus dem Wasser zog, als ich sah, wie all diese Schönheit an diesem verdammten Felsen zerschmettert worden war... Allein der Gedanke, daß sie sich mit der Stute in diesen Abgrund gestürzt hatte... Und wie sie in diesen letzten Augenblicken gelitten haben muß..." Die Stimme versagte ihm. Er wandte sich ab, damit sie sein Gesicht nicht sehen konnte.

Aber Della wußte es, sah es mit schmerzlicher Klarheit. Er weinte um Sylvia, und all die Liebe, die er einmal für sie empfunden hatte, war neu erwacht. Ein Schauer kroch ihr über den Rücken, als sie erkannte, daß die Toten über einen sensiblen, erschütterten Menschen mehr Macht haben als die Lebenden.

Als er sich wieder zu ihr umdrehte, war er ruhiger.

„Ich weiß jetzt, wie es gewesen sein muß. Dieses verdammte Weib, diese Mrs. Fenton, muß ihr die Ohren vollgejammert haben, sie hat Sylvia all die Lügen über uns erzählt, so daß die Unglückliche schließlich glaubte, daß es niemanden mehr gab, bei dem sie Hilfe und Mitgefühl finden würde. Und zuletzt hat sie die Hoffnung aufgegeben. Kannst du dir vorstellen, wie mich das quält? Kannst du das verstehen?"

Das war viel verlangt – und plötzlich konnte Della die Ungewißheit und die Seelenangst, all die nagenden Zweifel, die in den letzten Wochen immer stärker geworden waren, nicht mehr zurückhalten.

„Oh ja, das verstehe ich sehr gut!" rief sie. „Ich habe es von Anfang an gewußt. Du hast zwar von Liebe gesprochen, aber sowie Sylvia dich brauchte, wärst du zu ihr gelaufen und hättest mich vergessen. Wie recht ich hatte, dir nicht zu glauben, deinen Worten nicht zu trauen!"

„Das ist nicht wahr! Ich habe versucht, einen Ausweg zu finden, einen Ausweg für uns beide. Aber ich wollte es vermeiden, jemanden zu verletzen."

Doch nun war es zu spät, Della konnte die Flut nicht mehr eindämmen. Es sprudelte aus ihr heraus, der ganze Schmerz und das verlorene Glück der letzten Monate.

„Es ist unmöglich, etwas zu erreichen, ohne dabei jemand anderen zu verletzen. Sylvia war keine Heilige, keine Märtyrerin. Um Himmels willen, sieh das doch ein! Nimm sie doch endlich so, wie sie wirklich war. Sie hat immer nur an sich gedacht. Es war ihr völlig gleichgültig, was sie dir antat. Sie war Olivers Geliebte – sie traf sich mit ihm in Harrogate, in Larksghyll und vielleicht sogar in diesem Haus, in deinem eigenen Bett. Sie hätte bereitwillig ihr Kind im Stich gelassen und wäre mit ihm gegangen, ohne auch nur einen einzigen Gedanken an dich oder an Peter zu verschwenden."

„Was du sagst, ist grausam!"

„Es ist die Wahrheit, und du solltest sie endlich akzeptieren, anstatt dich hinter sentimentalen Lügen zu verstecken." Und dann fielen plötzlich sehr harte, verletzende Worte zwischen ihnen. Die Belastung und Anspannung der letzten Tage forderten ihren Zoll. Della war es, die mit einemmal wieder innehielt. Sie sah den starren, eisigen Ausdruck in seinem Gesicht, und sie wurde von Entsetzen gepackt über das, was sie angerichtet hatte. Nun hatte sie ihn endgültig verloren.

Sie schwiegen einen Augenblick. Vielleicht wären sie einander in die Arme gesunken, wenn einer von ihnen ein wenig nachgegeben hätte, aber ihr Stolz ließ das nicht zu.

Della unterdrückte ein Schluchzen. „Wenn es das ist, was du für mich empfindest, dann ist es wohl besser, wenn ich so schnell wie möglich abreise." Hastig griff sie nach Mantel und Hut, rannte in die Halle hinaus, stolperte die Treppe hinauf in ihr Zimmer und warf sich voller Verzweiflung aufs Bett, viel zu elend, um weinen zu können.

Erschüttert stellte sie fest, daß alles um sie herum, alle Hoffnungen und Pläne, zusammengestürzt waren wie ein Kartenhaus, und daran war sie selbst schuld. Wenn sie nur geduldiger und verständnisvoller gewesen wäre, wenn sie nur zugehört und Mitgefühl gezeigt hätte – aber nun war es zu spät, hoffnungslos zu spät.

Es war sehr leicht zu sagen: „Dann ist es wohl besser, wenn ich so schnell wie möglich abreise", und mit hocherhobenem Haupt aus dem Haus zu schreiten. Aber leider kam es nur in Liebesromanen vor, daß die Heldin verwegen in den Sturm hinausritt, das wirkliche Leben war anders – es hatte eine bedrückend praktische Seite.

Von Castlebridge fortzukommen war ein schwieriges Unterfangen. Man mußte Plätze in der Postkutsche reservieren lassen, und das konnte man erst von Skipton aus tun. Aber wie sollte sie die fünfzehn Kilometer zu Fuß zurücklegen, noch dazu mit einem schweren Koffer? Und auch nach Larksghyll zu fliehen wäre nicht so leicht ohne Pferd; zu Fuß war die Strecke zu dieser Jahreszeit kaum in einem Tag zu bewältigen. Aber das war noch nicht alles. Della seufzte. Im Kinderzimmer wartete ein kleiner Junge, der ihr vertraute und sie fragen würde, wo sie den ganzen Tag gewesen wäre; und dann war da ja auch noch Scamp, der mittlerweile zu einem dicken kleinen Hund von zweifelhafter Abstammung herangewachsen war, für den sie zu sorgen hatte. Obendrein würden morgen Sylvias sterbliche Überreste wieder nach Rokeby Hall gebracht werden, und die Beerdigung war für den Tag darauf angesetzt. Danach erst würde sie abreisen können. Um sich das Herz ein wenig zu erleichtern und einen ersten Schritt zu tun, holte sie am Abend ihren Koffer hervor und begann die Kleider einzupacken, die sie im Augenblick nicht brauchte.

Es schneite, als die Wagen der Trauergäste vor dem Haus vorfuhren und der Sarg hinuntergetragen wurde. Große Schneeflocken hingen in den schwarzen Federbuschen, die die Pferde auf den Köpfen trugen, und sanken langsam zu Boden. Nanny hatte Peter warm angezogen, es herrschte eisige Kälte. Della war entsetzt, daß ein so kleines Kind mit seinem Vater hinter dem Sarg hergehen sollte; aber hier im Norden war dies offenbar selbstverständlich; man war der Meinung, daß ein Junge der bitteren Wirklichkeit so früh wie möglich ins Auge sehen sollte. Nanny fand an dieser Auffassung sichtlich ebenso wenig auszusetzen wie Tom und die anderen Dienstboten.

Della führte den kleinen Jungen durch die Halle und vor das Tor. Tom hob ihn in die Kutsche und drehte sich zu ihr um.

„Steigen Sie ein“, sagte er knapp.

„Nein.“

„Widersprechen Sie mir bitte nicht.“

Es wäre undenkbar gewesen, in einem solchen Augenblick einen Streit zu beginnen, und gegen ihren Willen stieg Della ein. Tom folgte ihr und nahm den Jungen auf den Schoß.

Nachdem die Einsegnung vorüber und der Sarg in die Gruft gesenkt worden war, zog sich Della unauffällig zurück und mischte sich unter die Dienstboten. Peter sah sich zwar ängstlich um, blieb aber neben seinem Vater stehen – ein kleiner Junge, der sich verzweifelt bemühte, tapfer zu sein.

Es waren sehr viele Leute auf den Friedhof gekommen, Männer und Frauen, von denen Della die meisten nicht kannte. Nach der Trauerfeier blieben sie kurz stehen, um Tom ihr Beileid auszudrücken, bevor sie zu ihren Kutschen zurückkehrten. Martha hatte sich zu Peter gebeugt, um ihm ein paar Worte zuzuflüstern, und Tante Lavinia stützte sich schwer auf Brets Arm. Della zog sich hinter eine der riesigen Eiben zurück und sah zu, wie die Trauergäste langsam auf das Friedhofstor zuschritten. Tom würde sicher annehmen, daß sie mit den anderen gegangen war. Vielleicht war es nichts weiter als törichter Stolz, aber sie wollte nicht mit ihm zurückfahren, sie wollte nicht verlegen im Salon herumstehen und von neugierigen Blicken verfolgt werden. Wenn sie im Herrenhaus ankam, würden sich die Gäste zweifellos bereits verabschiedet haben.

Aber Della hatte nicht vorausgesehen, daß vor dem Friedhof auf der Straße so viele Neugierige herumlungerten. Die Fabrik war an diesem Tag geschlossen geblieben, und es schien, als habe sich die gesamte Bevölkerung von Castlebridge auf die Straße begeben, um den Leichenzug vorbeifahren zu sehen. Die Leute starrten Della an, als sie aus dem Friedhof trat. Es war ungewöhnlich, so viele Männer müßig herumstehen zu sehen. An den Straßenecken hatten sich kleine Gruppen gebildet, und es herrschte eine eigenartige Atmosphäre; Della hatte das Gefühl, daß sich da etwas sehr Bedrohliches zusammenbraute; ein winziger Funken würde genügen, dachte sie, um die Explosion auszulösen. Zwar versuchte sie, sich gleichzeitig einzureden, daß sie sich das alles nur einbildete; aber sie hatte vor vielen Jahren, als sie mit ihrem Vater in Italien gewesen war, den Ausbruch einer Revolution miterlebt, und damals hatte auch diese sonderbare, bedrückende Spannung in der Luft gelegen. Voller Unruhe bahnte sie sich ihren Weg durch die Menge. Zu diesem Zeitpunkt wußte sie noch nicht, daß sie selbst den Stein ins Rollen bringen würde.

Auf den Straßen lag der Schnee mittlerweile so hoch, daß sie nur mühsam vorwärtskam. Nach einer Weile bereute sie ihren Stolz, der sie zu dieser Tollkühnheit verleitet hatte. Mit einemmal hatte sie das Gefühl, verfolgt zu werden. Sie hatte bis jetzt nur auf den Weg geachtet, aber als sie nun zufällig aufblickte, sah sie, daß sie von einer Horde schlampiger Weiber umringt war. Diesmal, dachte sie schaudernd, würde sie ihnen nicht entkommen.

Der Leichenzug hatte die sonderbarsten Emotionen hervorgerufen: Die Leute suchten nach einem Sündenbock und fanden ihn in Della. Sie gaben ihr die Schuld an allem, was geschehen war. Als die Frauen immer näher an sie herankamen, begann sie zu laufen, und das war ein Fehler. Sie sahen ihre Angst und verfolgten sie wie Raubtiere, holten sie ein und rissen an ihren Kleidern. Eine schlug ihr den Hut vom Kopf, eine andere zerrte an dem Schal, der ihre Schultern umhüllte. Sie drängten sie gegen eine Mauer und schleuderten ihr obszöne, vulgäre Worte ins Gesicht. Als Della sich zu befreien versuchte, machte sie es nur noch schlimmer. Sie stolperte ein paar Schritte vorwärts, glitt auf dem eisigen Boden aus und fiel auf die Knie. Eines der Weiber packte sie am Haar und zerrte so brutal daran, daß sie vor Schmerz aufschrie. Sie riß sich los und versuchte sich aufzurappeln; da traf sie ein Stoß von hinten, sie fiel aufs Gesicht und ihr Kopf schlug hart auf dem Boden auf.

Sie hörte die Schreie wie aus weiter Ferne. Und dann vernahm sie das erschreckte Wiehern eines Pferdes und eine Männerstimme, die ausrief: „Großer Gott, es ist eine Frau, über die sie da herfallen! Aus dem Weg, verdammt nochmal!“ Plötzlich wichen die tobenden Frauen zurück und ließen Della, ein Häuflein Elend, mitten auf der schmutzigen Straße liegen. Sie versuchte sich aufzurichten, sank aber sofort wieder zurück. Die starken Arme eines Mannes hoben sie hoch, und eine andere Stimme sagte: „Sie ist verletzt, Sir. Bringen Sie sie hier herein.“

Della spürte einen groben Wollstoff an ihrem Gesicht, dann wurde sie sehr vorsichtig in einen Sessel gesetzt; jemand stopfte ein Kissen hinter ihren Kopf.

„Sie kommt zu sich“, sagte dieselbe Stimme, als sie die Augen öffnete.

Das erste, was sie sah, war Lils besorgtes kleines Gesicht;

dann drehte sie langsam ihren schmerzenden Kopf zur Seite und erblickte einen Mann mit einem kurzgeschnittenen Bart, dichtem, braunem, leicht angegrautem Haar und einem Gesicht, das sie kannte, sehr gut kannte. Aber es mußte eine Täuschung sein. Denn der Mann, dem dieses Antlitz gehörte, war tot, ertrunken, und lag auf dem Grund eines fernen Ozeans. Bedeutete das, daß sie auch tot war?

„Vater!“ hauchte sie matt. Sie schloß die Augen und öffnete sie wieder, aber er war noch da. Es war kein Traum. „Papa, bist du es wirklich?“

„Sprich jetzt nicht. Trink erst mal dies hier. Dann fühlst du dich gleich besser.“

Er hielt eine Tasse an ihre Lippen. Sie trank einen Schluck. Die Flüssigkeit brannte auf der Zunge und lief ihr wie Feuer die Kehle hinunter, aber sie wirkte sehr rasch. Nach wenigen Minuten begann die Benommenheit zu weichen. Della war wieder imstande, klar zu denken.

„Was ist geschehen? Wo bin ich?“

„Diese Wahnsinnigen da draußen sind wie ein Rudel Wölfe über Sie hergefallen“, sagte Lil wütend. „Bin gerade vom Begräbnis gekommen, als ich sah, was die trieben. Hab versucht, sie aufzuhalten, aber sie haben mich überhaupt nicht beachtet, bis dieser Gentleman dazukam und sie verjagte. Fehlt Ihnen auch wirklich nichts, Miss?“

„Nein, ich glaube nicht, ich habe nur eine kleine Beule.“ Della brachte ein schwaches Lächeln zustande.

„Unser Benjy kümmert sich um Ihr Pferd, Sir. Er ist ein guter Junge. Er wird schon aufpassen, daß ihm nichts geschieht. Ich kenne Miss Della, wissen Sie. Ich hab im Schulhaus für sie gearbeitet. Sehen Sie nur, was die mit ihr gemacht haben“, und sie begann den Schnee und den Schmutz von Dellas Rock zu bürsten.“

„Das macht nichts“, murmelte Della matt.

„Wissen Sie was, Miss, ich gehe jetzt in die Küche und mache Ihnen eine schöne Tasse Tee. Das wird Sie bald wieder auf die Beine bringen.“

„Danke, Lil, das ist lieb von dir.“

Das Mädchen eilte geschäftig hinaus. Della blickte zu dem Mann an ihrer Seite auf, und noch immer konnte sie nicht glauben, was sie sah.

Abermals sagte sie staunend: „Bist du es wirklich?“

Er lächelte. „Fühl doch, ich bin kein Geist.“ Seine Hand, die die ihre hielt, war stark und warm. „Ich wollte dich gerade besuchen. Lucinda hat mir erzählt, daß du in Rokeby Hall wärst, und als ich hinkam, sagte mir der Stallbursche, daß alle zum Begräbnis der gnädigen Frau gegangen wären. Also ritt ich zur Kirche, wollte aber nicht stören. Ich hielt es für besser, eine Weile zu warten und später wiederzukommen. Ich sah dann, daß dort draußen auf der Straße irgend etwas im Gange war, hatte aber keine Ahnung, daß du da hineinverwickelt warst. Ich habe meinen Augen nicht getraut! Was, um alles in der Welt, hast du getan, mein Liebes, daß diese Weiber derartig wütend auf dich losgegangen sind?“

„Das ist eine lange Geschichte. Ich kann es noch immer nicht glauben, daß du tatsächlich neben mir stehst. Wie ist das möglich? Was ist geschehen?“

„Auch das ist eine lange Geschichte. Verschieben wir das Erzählen auf später und freuen wir uns einfach, daß wir einander wiedergefunden haben. Wir scheinen beide ein ausgesprochenes Talent zu haben, in mißliche Situationen zu geraten“, fuhr er mit einem schiefen Lächeln fort.

Da kam Lil herein und brachte Tee, eine Schüssel mit warmem Wasser und ein Handtuch. Sie begann den Schmutz von Dellas Gesicht und Händen zu wischen und versuchte auch, ihren Rock zu reinigen.

„Sie haben Ihr schönes Kleid ruiniert, Miss.“

„Das ist jetzt nicht wichtig, Lil, ich möchte dich mit dem Herrn hier bekannt machen“, sagte sie ein wenig unbeholfen. „Dieser Gentleman ist mein Vater.“

Die Augen des Mädchens wurden so groß wie Untertassen. „Nein! Ihr eigener Pa kommt Ihnen zu Hilfe! Wenn das kein Wunder ist!“ Dann – ein wenig verspätet – erinnerte sie sich an ihre guten Manieren.

„Erfreut, Sie kennenzulernen, Sir", sagte sie und machte einen Knicks.

„Und ich bin meinerseits hoch erfreut, eine Freundin meiner Tochter kennenzulernen", sagte er mit seinem bezauberndsten Lächeln, und Della stellte amüsiert fest, daß er trotz Gefängnis, Schiffbruch und Wiederauferstehung nichts von seinem Charme eingebüßt hatte.

„Wenn Sie einander lange nicht gesehen haben", sagte Lil nach einer kurzen Pause, „werden Sie sich sicher eine Menge zu erzählen haben. Da laß ich Sie besser allein."

Sie knickste noch einmal, dann verließ sie das Zimmer und schloß die Tür hinter sich.

Mit Genuß tranken Della und ihr Vater den heißen Tee, und dann begann Paul Craven zu erzählen. Während Della ihm lauschte, vergaß sie eine Weile, was draußen vorgefallen war und was vielleicht noch vorfallen würde.

Er schilderte die Schrecken des Sträflingsschiffes, erzählte von dem Schmutz, den Krankheiten, der Brutalität und der entsetzlichen Panik, als das Schiff unterging, mit Männern, Frauen und Kindern, die ohne Hoffnung auf Rettung unter Deck eingesperrt waren. Dellas Vater hatte sich mit zehn weiteren Männern auf ein Floß retten können; von den elf waren nach vierzehn Tagen nur noch drei am Leben gewesen, die, zu Skeletten abgemagert, von einem Handelsschiff aufgelesen wurden. Der Kapitän interessierte sich nicht im geringsten dafür, wer sie waren. Er gab ihnen zu essen, verarztete sie und setzte sie bei der erstbesten Gelegenheit auf einer der größeren Pazifikinseln an Land.

„Zu diesem Zeitpunkt hatte ich bereits eine neue Identität angenommen", fuhr Paul Craven fort.

„Eine neue Identität? Wie meinst du das?"

„Auf dem Schiff gab es einen Mann, der kein Sträfling war; dieser Mann hatte sein ganzes Leben der Gefängnisreform gewidmet und war nur deshalb mitgereist."

„Ein Geistlicher?"

„Nein, er war kein Geistlicher. Gott und Religion als solche interessierten ihn nicht. Er hatte die Sträflinge nur deshalb begleitet, weil er die entsetzlichen Bedingungen mildern, für ihre Rechte kämpfen und ihnen Hoffnung geben wollte. Er plante, dieses Werk auch in den Strafkolonien fortzusetzen, sobald wir Australien erreicht hätten. Ein guter Mann, Della – wenn auch nicht ganz mein Stil, wie du vielleicht sagen würdest", fuhr er mit einem etwas gequälten Lächeln fort, „doch während dieser höllischen Monate unterhielten wir uns oft, und er öffnete mir in mancher Hinsicht die Augen. Als das Schiff sank, gelang es mir, ihn aus dem Wasser zu fischen und auf das Floß zu ziehen. Ich bezweifle, ob wir ohne ihn und seinen unbeugsamen Mut so lange überlebt hätten. Er war der letzte, der starb."

Er hielt inne, und sie sah, daß die Erinnerung noch ganz frisch war und ihn tief bewegte. Sie beugte sich vor, um seine Hand zu nehmen, und er drückte sie.

„Ich glaube, an diesem Tag gab ich zum erstenmal die Hoffnung auf. Er wußte, daß er nicht mehr lange durchhalten würde, und da nahm er seine Papiere und das Geld, das er noch schnell zu sich gesteckt hatte, bevor das Schiff sank. Er reichte mir ein kleines, schmutziges Paket. ‚Du wirst es besser gebrauchen können als ich', war alles, war er sagte, aber ich wußte, was er meinte: Er gab mir gewissermaßen die Freiheit zurück. Er starb noch in derselben Nacht, und als seine Leiche im tiefen Wasser versank, wäre ich am liebsten nachgesprungen. Aber der Selbsterhaltungstrieb ist stärker, als man glaubt, er überwindet jede Not und hielt uns drei, die wir übriggeblieben waren, noch zwei weitere Tage am Leben, wie – das kann ich nicht sagen. Schließlich wurden wir aufgefischt, und nachdem wir an Land gegangen waren, buchte ich als der Ehrenwerte John Westcot of Bermondsey eine Schiffspassage nach England."

„Und da hast du erfahren, daß die Wahrheit herausgekommen ist und du begnadigt wurdest."

„Ja, aber nicht gleich. Ich erfuhr es von Lucinda und wollte es nicht glauben. Es ist eigenartig", fügte er nachdenklich hinzu. „Ich hatte mein Schicksal akzeptiert, um meinem Bruder diesen letzten, schrecklichen Schlag zu ersparen. Ich war der Meinung, daß ich ihm genug angetan hatte – und plötzlich hatte ich keinerlei Einfluß mehr auf den Lauf der Dinge."

„Warst du es, den ich bei Olivers Beerdigung auf dem Friedhof in Larksghyll gesehen habe?"

„Ja." Er schaute sie an. „Wieviel weißt du, Della?"

„Fast alles, glaube ich. Oliver erzählte es mir, einen Tag, bevor er starb."

„Weißt du auch über mich und deine Mutter Bescheid?"

„Ja. Warum hast du es mir nie erzählt?"

„Vielleicht, weil ich mich schämte."

„Wußtest du, wie sehr dein Bruder sie geliebt hat?"

„Ich kann mir vorstellen, wie schwer es für dich sein muß, das zu verstehen." Er stand auf, und begann rastlos auf und ab zu laufen. „Sie mochte George, aber geheiratet hat sie ihn, glaube ich, nur, um von ihrem Vater fortzukommen. Und dann mußte sie feststellen, daß sie lediglich ein Gefängnis gegen ein anderes vertauscht hatte. Ich sah, daß sie unglücklich war, und hatte Mitleid mit ihr. Ich schwöre bei Gott, daß ich nie mehr im Sinn hatte als einen Sommerflirt. Und plötzlich, bevor es uns auch nur bewußt wurde, liebten wir einander so sehr, daß die ganze Welt zum Teufel gehen konnte, wenn es uns nur gelang, zusammenzubleiben. Ich nahm sie mit nach Italien, aber es blieben uns nur fünf Jahre, fünf kurze, selige Jahre. Ich habe seither oft überlegt, ob sie vielleicht nicht noch am Leben wäre und eine große Familie hätte, wenn ich sie bei George gelassen hätte. Du siehst, ich habe meine Strafe erhalten. Man muß mit dem leben, was man getan hat. Es gibt kein Entrinnen."

„Papa, erinnerst du dich an den goldenen Totenkopf?"

„Oh ja, natürlich. Oliver trug ihn in jener Nacht; wahrscheinlich hat er ihn verloren, als er mit Bret kämpfte. Der Anhänger ist seit hundert Jahren oder noch länger im Besitz der Familie. Erst trug ihn mein Vater, und dann George. Darum habe ich ihn mitgenommen."

„Lucinda hat ihn mir damals gegeben, und er führte mich auf Olivers Spur. Als dann hier in der Schule das Feuer ausbrach, ist er leider verbrannt."

„Vielleicht ist das gut so. Der erste Craven, der ihn trug, war ein richtiger Teufelskerl; er duellierte sich wegen irgendeiner angebeteten Frau und kam dabei ums Leben. Vielleicht hat der Totenkopf nur Unglück gebracht."

„Bist du nach dem Begräbnis nach Larksghyll gegangen?"

„Ja, noch am selben Tag. Es war ein eigenartiges Gefühl, nach so vielen Jahren, und das alte Haus sieht schrecklich vernachlässigt aus. Armer George. Ich glaube, irgendwie freute er sich sogar, mich zu sehen. Wir unterhielten uns lange, und er erzählte mir alles, was er wußte. Ich wollte schon damals zu dir kommen, aber ich bin noch kein freier Mann. Es müssen noch einige Formalitäten erledigt werden; ich bin, so wie die Dinge liegen, nur bedingt entlassen, bis alles unterschrieben und besiegelt ist." Er wandte sich um und sah Della an. „Nun aber Schluß damit. Jetzt möchte ich hören, wie es dir ergangen ist."

„Da gibt es nicht viel zu erzählen. Du wirst das meiste wohl schon von Lucinda erfahren haben. Kitty kehrte zurück, und Madame Ginette konnte mich nicht mehr brauchen. Ich mußte eine andere Arbeit finden und kam hierher, um in der kleinen Schule zu unterrichten."

„Unter dem Namen deiner Mutter?"

„Ich wollte das eigentlich nicht, Papa. Aber Mrs. Barnet bestand darauf."

„In Anbetracht der Umstände war das sehr klug gehandelt von dem alten Drachen", sagte er trocken.

„Dann ist die Schule niedergebrannt, und Tom bat mich, als Gouvernante seines kleinen Sohnes in Rokeby Hall zu bleiben."

„Tom?" fragte ihr Vater stirnrunzelnd.

„Tom Clifford. Ihm gehört die Fabrik."

„Dann ist er es, der gerade seine Frau verloren hat?"

„Ja."

„Liebt er dich?"

„Also wirklich, Papa, das ist nicht der richtige Zeitpunkt, um über so etwas zu reden."

„Oder, was vielleicht noch wichtiger wäre – liebst du ihn?"

Als er sah, daß sie errötete, fügte er rasch hinzu: „Das ist doch eine geradezu klassische Liebesgeschichte, wie? Gouvernante verliebt sich in den Dienstherrn? Ich hab nur Spaß gemacht."

„Eigentlich ist es kein Spaß."

„Du willst doch nicht etwa sagen...?"

„Offenbar machen wir beide auch die gleichen schrecklichen Fehler wenn wir uns verlieben, stimmt's?" sagte sie wehmütig.

„Guter Gott, ist das etwa der Grund, warum dich diese Furien da draußen angegriffen haben?"

„Zum Teil. Weißt du..."

Aber weiter kam sie nicht. Draußen auf der Straße brach plötzlich ein Tumult los. Schreie gellten, sie hörten schwere Schritte und Getrampel vor dem Haus, und ein Junge, dessen Gesicht und Hände rauchgeschwärzt waren, kam durch die Tür gestürmt, dicht gefolgt von Lil.

„Sie zünden die Fabrik an, Miss", rief sie mit schriller Stimme. „Dick kommt gerade von dort, und meine Ma ist mit all den anderen Frauen noch in der Weberei..."

„Sie zünden die Fabrik an?" Paul Craven war aufgesprungen. „Bist du sicher, Junge? Wer sind diese Leute?"

„Es sind Hunderte, Sir. Sie sind nicht alle aus Castlebridge, die meisten kommen von auswärts."

Das mußten die Männer von der Versammlung sein, von der Jane Carter gesprochen hatte, dachte Della.

„Ist Mr. Clifford dort?" fragte sie.

„Ja, Miss, er is' grade gekommen. Jemand hat ihn benachrichtigt, er is' sofort gekommen. Sie schlagen die Fenster ein und versuchen, das Haupttor zu stürmen, da is' er durch den Hintereingang hinein. Er wollte zu ihnen sprechen, aber sie haben ihn niedergebrüllt."

„Hast du die Polizei verständigt?" warf Dellas Vater ein.

„Ja, der Master hat mich durch das hintere Fenster rausgelassen, und ich bin als erstes zur Polizei gerannt, aber da waren nur Sergeant Jones und ein paar seiner Leute. Die können nicht viel machen. Sie haben die Miliz angefordert, aber die werden noch nicht da sein."

„Ich lauf mal da hinüber. Ich hab zwar keine Ahnung, was ich tun kann, aber vielleicht ergibt sich etwas. Zeigst du mir den Weg?"

„Ja, Sir, es is' nich' weit, aber wir werden durch die Seitengassen gehen müssen, sonst kommen wir nie durch."

Della hatte ihre Schmerzen vergessen. Die Angst um Tom beherrschte all ihre Gedanken.

„Ich komme mit."

„Nein, mein Liebes, du bleibst hier, du hast dich noch nicht erholt von dem Überfall, und es gibt nichts, was du tun könntest."

„Vielleicht gibt es Verletzte!"

„Ich komme auch mit, Miss", mischte Lil sich ein. „Ich werde nicht hierbleiben, während diese Kerle da draußen versuchen, meine Ma zu verbrennen. Aber so können Sie nicht gehen, so holen Sie sich den Tod, besser, Sie ziehen sich noch etwas an."

Lil brachte zwei dicke schwarze Schals, die sie sich um Kopf und Schultern wickelten, während sie dem Jungen auf die Straße folgten.

Selbst in den Seitengassen drängten sich die Leute. Mühsam bahnten sich die vier ihren Weg durch die Menge. Als sie die Fabrik erreichten, mußten sie einsehen, daß sie sich unmöglich bis zum Hintereingang durchkämpfen konnten. Eine ungeheure Menschenmenge staute sich vor dem Tor, das bereits beängstigend bebte und krachte, aber immer noch standhielt. Der brüllende, kreischende, trampelnde Mob schien von einer Art Raserei erfaßt worden zu sein, angestachelt von Aufwieglern, die zu noch mehr Gewalt aufriefen.

Paul Craven war ein großer, kräftiger Mann. Rücksichtslos setzte er die Ellbogen ein, pflügte sich durch das Gedränge, und die anderen blieben dicht hinter ihm. Dann sahen sie, aufgestapelt an der Mauer, die Heugarben und mit Benzin durchtränkten Strohballen, die offenbar in Brand gesteckt und durch die zertrümmerten Fenster in die unteren Stockwerke der Fabrik geschleudert werden sollten. Della und ihre Begleiter hielten einen Augenblick inne; es war klar, was geschehen würde, wenn die brennenden Ballen das leicht entflammbare Material in der Fabrik entzündeten. Was, um Gottes willen, sollten sie bloß tun? Und dann sah Della Dan Carter. Er stand auf der untersten Stufe vor dem Haupttor. Der Wind verwehte seine Worte, aber sie wußte, daß er zur Gewalt aufrief, daß er die Leute drängte, die Strohballen anzuzünden und den Besitzer samt den Schuften von Arbeitern, die die Fabrik verteidigten, auszuräuchern.

„Wir müssen zu ihm. Er ist der Anführer", stieß Della hervor. „Wenn wir ihn nur zum Schweigen bringen könnten!"

„Das wird nicht so einfach sein", erwiderte ihr Vater.

Er sah sich nach irgendeiner Möglichkeit um, in das Gebäude zu gelangen. Je mehr Leute die Fabrik verteidigten, desto besser.

Plötzlich öffnete sich das Tor, eine Gestalt trat heraus und blieb auf der obersten Stufe stehen. Es war ein hochgewachsener Mann in schwarzer Trauerkleidung. Ein ungeheures Gebrüll begrüßte sein Erscheinen, und als er die Hand hob, trat unerwartet Stille ein.

„Das ist Tom", hauchte Della.

Er sprach zu der gespannt lauschenden Menge – in einer Sprache, die sie alle kannten und verstanden.

„Ihr könnt mich fertigmachen, wenn ihr wollt, aber wenn ich gehe, dann gibt's auch keine Fabrik mehr. Und wer wird euch dann Arbeit verschaffen? Wer wird eure Frauen und Kinder vor dem Verhungern bewahren? Hört nicht auf die, die von auswärts kommen – die denken nicht an die Leute aus Castlebridge, sondern nur an sich selber, und bei der kleinsten Schwierigkeit, die auftaucht, machen sie sich schneller aus dem Staub, als ihr schauen könnt. Die Soldaten sind schon auf dem Weg hierher, und was glaubt ihr, was euch dann blüht? Ihr werdet dafür hängen oder im Gefängnis verschimmeln oder nach Australien deportiert, und eure Familien landen im Armenhaus. Wenn ihr das wollt, dann viel Glück. Ich werde euch sogar helfen, das Feuer anzuzünden. Denn eines kann ich euch sagen: Ich hab endgültig die Nase voll von euch, und mir ist egal, was jetzt geschieht!"

Die tiefe Verachtung, die aus seiner Stimme klang, hatte sie überrascht. Ein paar Vernünftige begannen bereits unbehaglich mit den Füßen zu scharren. Die erste Wut war verraucht. Wenn die Soldaten kamen, würde es ein Blutbad geben. Manche von ihnen hatten das bereits erlebt, und nur ein paar Hitzköpfe waren bereit, so etwas noch einmal mitzumachen.

Sie hatten allerdings nicht mit Dan Carter gerechnet. Della beobachtete ihn. Er stand etwas abseits, halb verdeckt, und plötzlich sah sie die Pistole in seiner Hand. Nicht ganz richtig im Kopf, hatte seine Frau gesagt, besessen von dem Wunsch nach Rache, verrückt genug, um einen Mord zu begehen.

Sie stieß einen warnenden Schrei aus und stolperte und taumelte auf Tom zu. Was dann geschah, ging so schnell, daß niemand mehr eingreifen konnte.

Dan feuerte, aber wie durch ein Wunder verfehlte die Kugel ihr Ziel und streifte Tom nur; einen Moment lang schwankte er und faßte sich dann an die Schulter.

Della, noch etwas benommen und blind gegen jede Gefahr, dachte nur daran, daß sie sich mit Tom gestritten hatte und daß sie es nicht ertragen könnte, wenn er niedergeschossen würde, ohne daß sie sich mit ihm versöhnt hatte. Sie lief und lief, der Schal fiel von ihren Schultern, ihr langes schwarzes Haar flatterte wie eine Fahne, und die Menge öffnete sich fast ehrfürchtig vor dieser wilden Gestalt. Sie erreichte die Treppe und erklomm die ersten Stufen.

Ihr Vater, der ihr gefolgt war, erfaßte blitzschnell, was vorging. Gerade als Dan Carter die Pistole abermals hob, warf er sich gegen ihn. Aber er war um den Bruchteil einer Sekunde zu spät gekommen. Der Schuß krachte, Della warf die Arme hoch und taumelte. Paul Craven sah noch, daß Tom sie auffing, als sie zusammenbrach, dann hatte er Dan die Pistole aus der Hand gerissen und schlug ihn damit nieder. Der kleine Dick war ihm gefolgt.

„Hol irgend etwas, womit du ihn fesseln kannst!" rief er ihm zu, „und laß ihn ja nicht entwischen, was immer auch geschieht!“ Dann lief er hinüber zu seiner Tochter.

Als Paul Craven die Treppe erreichte, war Tom gerade dabei, Della durch das Tor zu tragen. Blut tropfte aus seinem Ärmel, aber er achtete nicht darauf. Hilfreiche Hände bereiteten ein Lager aus weicher Wolle, und er bettete sie sanft darauf.

Ihr Vater, der Tom gefolgt war, drängte ihn zur Seite und kniete neben Della nieder. Er begann, das engsitzende, blutdurchtränkte Kleid aufzuknöpfen.

„Wer zum Teufel, sind Sie?“ stieß Tom hervor.

„Das spielt jetzt keine Rolle. Holen Sie doch einen Arzt, um Himmels willen! Sehen Sie nicht, daß sie blutet?“

Er zog ein Taschentuch heraus, knüllte es zusammen, schob es unter das Mieder und preßte es gegen ihre Brust.

„Los, einer von euch muß schnell den Doktor holen“, sagte Tom zu einem der Umstehenden. Dann starrte er den Fremden wütend an. „Wer sind Sie? Was haben Sie hier zu suchen?“

„Wenn Sie es unbedingt wissen müssen, ich bin ihr Vater.“

„Was? Der ist doch tot?“

„Ganz im Gegenteil. Hören Sie endlich auf, dumme Fragen zu stellen, und geben Sie mir Ihr Taschentuch. Heben Sie sie ein wenig hoch. Vorsichtig, Mann, vorsichtig!“

Della öffnete die Augen, sie war nur halb bei Bewußtsein. Sie murmelte: „Tom! Wo ist Tom?“

„Hier bin ich.“

„Bist du verletzt?“

„Nicht der Rede wert.“

„Ich wollte – ich wollte dir sagen – es tut mir leid –“

„Scht, nicht sprechen.“ Mit beiden Händen nahm er ihre Hand und drückte sie an seine Lippen. Voller Verzweiflung sah er ihren Vater an. „Sie glauben nicht…?“

„Sie stirbt nicht“, erwiderte Paul Craven, „noch nicht. Wo, zum Teufel, bleibt dieser verdammte Quacksalber?“

Einige Männer hatten sich um sie versammelt und starrten nun besorgt auf die bleiche junge Frau; einer brachte eine Dekke. Vorsichtig hüllte Tom Della darin ein.

„Können wir denn gar nichts tun?“ fragte er hilflos.

„Besser, wir lassen sie in Ruhe. Jede Erschütterung kann die Blutung verschlimmern.“

Obwohl nur ein paar Minuten vergangen waren, erschien es ihnen wie Stunden, bis Dr. Withers zur Stelle war.

„Ich war schon auf dem Weg hierher“, sagte er atemlos. „Ich ahnte, daß es Schwierigkeiten geben würde, als du das Haus so eilig verlassen hast. Die beruhigen sich allmählich da draußen. Nun, wo fehlt's? Laß mich deine Schulter mal sehen, Tom.“

„Das ist bloß ein Kratzer.“

„Aber schlimmer als das letzte Mal, wie?“ Dann erblickte er Della, und seine Stimme veränderte sich. „Fort mit euch“, sagte er, während er Tom und Paul zur Seite schob.

Er kniete nieder, und sie sahen schweigend zu, als er Della untersuchte. Als er wieder aufblickte, war sein Gesicht sehr ernst.

„Kann nicht viel tun hier“, sagte er heiser. „Wir sollten sie besser ins Herrenhaus schaffen.“

„Ich habe nach einem Wagen geschickt“, flüsterte Tom heiser.

Rasch wurde aus ein paar Latten eine behelfsmäßige Tragbahre gezimmert, und als Rob kam, legten sie Della darauf und trugen sie vorsichtig die Stufen hinunter.

Die Schießerei hatte nicht den Effekt gehabt, den Dan Carter in seiner Wut auf Tom hatte erzielen wollen, im Gegenteil. Die Männer, von denen die meisten bloß gekommen waren, um zu brüllen und geräuschvoll ihr vermeintliches Recht zu fordern, waren geschockt; daß beinahe ein Mord geschehen war, damit hatten sie nicht gerechnet. Das konnte sie Kopf und Kragen kosten. Zwei oder drei halfen nun sogar bereitwillig mit, den halbbetäubten Dan zu fesseln. Er hatte ihnen das eingebrockt – und er sollte es nun ausbaden. Als die berittene Miliz mit Sergeant Jones und seinen zwei Gehilfen an der Spitze herangeprescht kam, hatten sich einige der Aufrührer bereits aus dem Staub gemacht. Mit gezogenen Säbeln ritten die Soldaten auf die übrigen zu, die in panischem Schrecken auseinanderstoben. Die

Revolte war vorüber, und beklommen fragten sich die Leute von Castlebridge, wer von ihnen nun die Rechnung würde bezahlen müssen.

In den folgenden Tagen dämmerte Della in einem unruhigen, fiebrigen Schlaf dahin. Einmal glaubte sie zu hören, wie der Arzt sagte: „Einen Zentimeter näher am Herzen, und wir hätten sie verloren", und begriff vage, daß er von ihr sprach; und das, obwohl sie keineswegs die Absicht hatte zu sterben. Fieberträume gaukelten ihr vor, daß der Vater, den sie für tot gehalten hatte, wieder am Leben war, ihre Hand hielt und ihren Namen rief. Dann wieder sagte eine ängstliche dünne Stimme: „Della ist nicht ertrunken wie Mama, oder?" Und Toms tiefe Stimme antwortete inbrünstig: „Nein, Gott sei dank!"

Dann begann sich der Nebel allmählich zu lichten; und obgleich sie arge Schmerzen hatte, wenn sie sich bewegte, und trotz der hinderlichen Verbände, strömte neues Leben durch ihren Körper.

Eines Morgens öffnete sie die Augen und sah Lil neben dem Bett stehen. Das Mädchen strahlte übers ganze Gesicht; sie trug ein dunkelblaues Baumwollkleid und eine weiße, gestärkte Schürze – die Dienstkleidung der Hausmädchen von Rokeby Hall.

„Lil, was tust du denn hier?"

„Der Master hat meine Ma gefragt, ob ich als Kindermädchen bei Nanny Roberts und der neuen Gouvernante, die kommen soll, anfangen könnte."

„Eine neue Gouvernante?"

Lil hielt sich die Hand vor den Mund. „Ach du lieber Gott – das hätte ich wohl nicht sagen sollen. Natürlich is' noch nichts ausgemacht, aber weil Ihr Pa jetzt zurückgekommen ist, hat der Master gemeint, Sie würden fortgehen."

Es blieb also dabei. Tom hatte seine Meinung nicht geändert. Er hatte ihr noch immer nicht verziehen. Della sank in die Kissen und fühlte sich plötzlich wieder sehr elend.

„Miss Della, geht es Ihnen nicht gut?" fragte Lil besorgt.

„Nein, nein, mir ist schon viel, viel besser, Lil, und sag bitte der Köchin, daß ich gern etwas Milchbrot zum Tee hätte."

„Jawohl, Miss, mach ich, und im Handumdrehen bin ich wieder da", sprudelte Lil eifrig hervor und lief, ihre neue Würde vergessend, freudig aus dem Zimmer.

Della schloß die Augen. Es gab so vieles, was sie wissen wollte, und niemand erzählte ihr etwas. Selbst Dr. Withers war eher wortkarg.

„Tom und Ihr Vater mußten nach Bradford", antwortete er auf ihre Fragen. „Dort findet eine Untersuchung gegen Dan Carter statt. Offenbar war das nicht der erste Aufruhr, für den er verantwortlich ist. Die Polizei war schon eine Weile hinter ihm her."

„Was wird mit ihm geschehen?" fragte Della. Voll Mitleid dachte sie an Jane Carter.

„Das weiß allein der liebe Gott. Fangen Sie jetzt bloß nicht an, sich den Kopf über diesen Halunken zu zerbrechen. Seien Sie ein braves Mädchen, und legen Sie sich wieder zurück! Und bitte, reden Sie nicht so viel!"

„Darf ich aufstehen?" fragte sie, als der Arzt die Untersuchung beendet hatte.

„Nein, das dürfen Sie nicht, junge Dame. Es war schon schwierig genug, die Kugel herauszuholen, und ich lasse mir meine schöne Näherei nicht ruinieren. Sie werden noch ein paar Tage bleiben, wo Sie sind." Dr. Withers richtete sich auf und deckte sie wieder zu. „Übrigens haben Sie uns mit ihrem Versteckspiel, falscher Namen und so, ganz schön an der Nase herumgeführt."

„Es tut mir leid. Sie müssen mich wohl für sehr verschlagen halten, aber es war nie meine Absicht, irgend jemanden zu täuschen. Tom wußte Bescheid, und Bret auch."

„Das habe ich gehört. Hätten Sie nicht wenigstens mir und Abbie Ihr haarsträubendes Geheimnis anvertrauen können?"

Das Blitzen in seinen Augen strafte den strengen Tonfall Lügen.

„Jetzt könnte ich es, aber damals habe ich Sie doch noch nicht gekannt."

„Schon gut. Ende gut, alles gut, wie man so schön sagt, aber jetzt muß ich gehen. Schließlich sind Sie nicht meine einzige Patientin!" Noch einmal blinzelte er ihr zu, dann eilte er aus dem Zimmer.

Der Tag schleppte sich hin. Nanny kam einmal kurz herein, aber nur, um sich nach Dellas Befinden zu erkundigen und um ihr mitzuteilen, daß sie Peter und die Hunde nicht hereinlassen dürfe – der Arzt habe jede Aufregung streng verboten. Am späten Nachmittag hielt Della es fast nicht mehr aus vor Langeweile und tiefer Enttäuschung, und als endlich am Abend ihr Vater hereingeschlendert kam, machte sie ihren Gefühlen Luft.

„Wo warst du nur den ganzen Tag?" fauchte sie ihn an, sowie er die Schwelle überschritten hatte.

„Mußte der Polizei verdammt dumme Fragen über Dan Carter beantworten. Was, zum Teufel, weiß ich denn schon von ihm?"

„Und Tom?"

„Er war auch dort und sicher viel mitteilsamer als ich."

„Was wird mit Dan Carter geschehen?"

„Er hat sich einiges zuschulden kommen lassen. Er kann von Glück reden, wenn sie ihn nicht hängen."

Arme Jane Carter. Sie war diejenige, die es büßen mußte. „Was ist mit der Fabrik?" fragte sie weiter.

„Ich habe gehört, daß die Leute wieder zurückgekrochen kommen, die Mütze in der Hand, jedenfalls die meisten von ihnen; und dein Tom ist wieder der Herr im Haus. Er greift jetzt hart durch, und das kann ich ihm nicht verdenken. Ich glaube wirklich, er hätte die ganze Bande aufknüpfen lassen, wenn du dich nicht so gut erholt hättest, mein Kleines."

Als gute Christin hätte sie sich darüber vermutlich nicht freuen sollen, aber sie konnte nicht anders. Ihr Vater schaute sie ganz merkwürdig an.

„Wie würde es dir gefallen, mit mir nach Australien zu gehen?"

„Australien!" Ihre Stimme überschlug sich vor Überraschung. „Du willst doch nicht etwa dorthin zurück?"

„Ich denke schon", sagte er munter. „Ich habe mit deinem Tom darüber gesprochen."

„Nenne ihn nicht dauernd meinen Tom."

Paul Craven zog die Augenbrauen hoch. „Ich dachte, das wäre er? Nachdem man mit einem Mann durch dick und dünn gegangen ist, sind solche Förmlichkeiten doch lächerlich. Wie dem auch sei, er hat Schwierigkeiten bei der Beschaffung der Schafwolle. Ich dachte, ich könnte ihm dabei ein wenig unter die Arme greifen und gleichzeitig einen Blick auf die Sträflingslager werfen."

„Ja, aber warum denn das?"

Della sah ihn verblüfft an, und er wandte sich, die Hände in den Taschen, fast verschämt ab.

„Keine Ahnung, aber Tatsache ist, daß ich jemandes Hilfe in Anspruch genommen habe. Daß er starb, ändert nichts daran, daß ich ihm etwas dafür schulde. Natürlich bin ich nicht imstande, sein Werk auf ewige Zeiten fortzusetzen, aber ich könnte es mir ja einmal ansehen, ich könnte vielleicht das eine oder andere Mal gegen Mißstände protestieren, könnte wenigstens bestätigen, wie schrecklich die Bedingungen dort unten sind. Wahrscheinlich kommt dabei nicht viel heraus, aber ich möchte es zumindest versuchen. Was denkst du? Hältst du mich für verrückt?"

„Nein, verrückt bist du nicht", sagte Della leise. „Was meint Lucinda dazu?"

„Sie würde mitkommen. Sie spricht schon davon, da unten in Australien eines Tages eine Theatertruppe zusammenzustellen."

„Papa, wirst du Lucinda heiraten?"

Er drehte sich zu ihr um. „Nun, versuch nur ja nicht, aus mir einen ehrbaren Mann zu machen! Lucinda ist wie ich, sie liebt ihre Unabhängigkeit über alles. Frei und ungebunden – das sind wir beide. Nur eine einzige Frau hätte mich je dazu bringen können, ein braver Familienvater zu werden – und das hat eben nicht sein sollen."

„Ich mag dich so, wie du bist."

„Gut, denn ich habe nicht die Absicht, mich zu ändern. Aber eines werde ich bestimmt tun: Ich werde dich so schnell wie möglich von hier fortbringen.“

„Und was, wenn ich gar nicht fort will?“

„Dann werde ich erstmals den gestrengen Vater spielen und dich eigenhändig von hier fortschleppen. Ich bin, weiß Gott, kein konventioneller Mensch, aber diese schiefe Situation, in der du steckst – Master Tom und du auf der einen Seite, seine tote Frau und ein ganzes Dorf voller aufdringlicher Lästermäuler auf der anderen –, mit der wirst du ja doch nicht fertig. Ich werde meine Tochter da herausholen, und ich kann dir nur versichern, daß mir dein Tom von ganzem Herzen zustimmt!“

„Hat er das gesagt?“

„Jawohl – und zwar sehr deutlich.“

„Ich werde nicht gehen“, erwiderte Della störrisch.

„Das werden wir erst sehen. Jedenfalls hat es keinen Sinn, mit mir zu streiten – mein Entschluß steht fest. Und du ruhst dich jetzt aus, bist ein braves Mädchen und schläfst. Ich muß jetzt hinunter zum Abendessen.“

Er beugte sich über sie und küßte sie auf die Stirn. „Gute Nacht, mein Liebes.“

„Papa, hör doch...“

„Kein Wort mehr.“

Er lächelte aufreizend, schüttelte den Kopf und verließ das Zimmer.

Auch den nächsten, langen Tag lag sie im Bett und wartete auf Tom. Sie wußte, daß er sie besucht hatte, als sie noch vom Fieber geschüttelt worden war; seit sie jedoch das Schlimmste überstanden hatte, begnügte er sich damit, ihr durch ihren Vater irgendwelche Botschaften übermitteln zu lassen. Damit aber würde sie sich nicht abspeisen lassen. Wenn er wollte, daß sie ging, mußte er ihr das schon selbst sagen.

Am späten Nachmittg kam Abbie auf Besuch und brachte ihr einen dicken weißen Schal mit, den ihre Mutter für sie gehäkelt hatte. Sie berichtete, daß die Kinder allmählich anfingen, in Della so etwas wie eine Heldin zu sehen.

Später erschien Nanny mit Peter an der Hand. Feierlich überreichte er ihr ein Porträt von Scamp, das er eigenhändig mit rotem Buntstift gezeichnet hatte.

„Das ist für dich", sagte er, legte es auf Dellas Bett und schaute angstvoll zu ihr auf. „Nanny sagt, daß du fortgehst."

„Nur für eine Weile."

„Nicht in den Himmel wie Mama?"

„Nein, Peter, nicht in den Himmel, noch nicht."

Der einzige, der nicht kam, war Tom, und am Abend konnte sie es nicht mehr länger aushalten. Nachdem sie zu Abend gegessen hatte und Lil wieder mit dem Tablett verschwunden war, stand sie auf. Sie mußte sich für eine Minute auf den Bettrand setzen, um das schreckliche Schwindelgefühl zu überwinden, und als sie schließlich auf den Beinen stand, zitterten ihr derartig die Knie, daß sie sich verstört an den Bettpfosten klammerte. Dennoch blieb sie bei ihrem Entschluß. Die Treppe stellte ein beinahe unüberwindliches Hindernis dar, und Della mußte all ihre schwachen Kräfte zusammennehmen, aber sie schaffte es, indem sie sich Stufe für Stufe hinuntertastete. Als sie am Fuß der Treppe stehenblieb, um Atem zu schöpfen, hörte sie schallendes Gelächter aus dem Dienstbotentrakt. Langsam durchquerte sie die Halle, faßte sich ein Herz und öffnete die Tür zu Toms Arbeitszimmer.

„Sie können abservieren, Rose, ich bin fertig", sagte Tom, ohne vom Schreibtisch aufzublicken.

Das erste, was ihr auffiel, war, daß er schmäler geworden war. Die hohen Backenknochen traten stärker hervor, dunkle Ringe lagen unter den Augen, und den Arm trug er in einer Schlinge.

„Ich bin nicht Rose", hauchte sie.

Er schaute auf, und ihre Blicke trafen sich. Die letzte Begegnung, die so schmerzlich für sie beide gewesen war, schien plötzlich sehr weit zurückzuliegen; die Tage der Krankheit hatten alle Differenzen, alle Kämpfe weggewischt, und sie starrten einander sehnsüchtig an. Della wünschte plötzlich, sie hätte sich ein wenig zurechtgemacht; sie ahnte nicht, wie rührend zerbrechlich sie aussah mit ihrem dunklen Haar, das in wirren Löckchen ihr blasses Gesicht umrahmte, in dem einfachen Nachthemd mit dem hohen Rüschenkragen und dem weichen weißen Schal, dessen Enden sie krampfhaft festhielt.

Tom sprang auf und stürzte auf sie zu. Seine Stimme klang unnatürlich scharf vor lauter Angst und Sorge um sie.

„Della, du sollst doch nicht aufstehen. Warum bist du nicht in deinem Bett?"

Er legte den freien Arm um sie, als sie schwankte, weil die Kräfte sie allmählich verließen, und zog sie zu dem großen Armsessel, der vor dem Kamin stand. Dankbar ließ sich Della hineinsinken.

„Du wolltest nicht zu mir kommen, also mußte ich zu dir kommen", sagte sie matt zwischen Lachen und Weinen.

Er blickte auf sie hinunter. „Sobald ich wußte, daß du außer Gefahr bist, hielt ich es für besser, dich nicht zu besuchen, und dein Vater stimmte mir zu. Er beabsichtigt, dich von hier fortzubringen, sobald du reisefähig bist."

„Ich weiß. Er hat es mir gesagt, aber ich gehe nicht weg."

„Er hat recht, Della, völlig recht. Du mußt gehen."

Della war gefaßt gewesen auf dieses Gespräch, und doch hatte sie nun das Gefühl, als würde ihr der Boden unter den Füßen weggezogen.

„Soll das heißen, daß du mich nicht mehr länger hier haben willst?"

„Es handelt sich nicht darum, was ich will, sondern darum, was das beste für uns beide ist."

Della hob das Kinn. Sie würde nicht kampflos aufgeben. „Wie kannst du beurteilen, was das beste für mich ist?"

Nervös machte er einen Schritt weg von ihr, wandte sich um und kam dann wieder näher. „Nun hör mir einmal zu. Wenn ich alles einfach liegen und stehenlassen könnte, dann würde ich dich eiligst von hier wegbringen, irgendwohin weit weg, und morgen schon wären wir verheiratet – aber ich kann nicht. Ich bin nicht wie dein Vater, mir fehlt die Unbekümmertheit, mit der er das Leben meistert. Und ich hänge an der einzigen

Sache, die ich kann und verstehe, dem einzigen, das mir außer dir und Peter etwas bedeutet – an dieser verdammten Fabrik."

„Aber das macht mir doch nichts aus!" rief Della ungeduldig. „Ich werde bleiben und mit dir zusammenarbeiten. Während ich da oben im Bett lag, habe ich lange darüber nachgedacht. Wir könnten die Schule wieder aufbauen, wir könnten eine Art Tagesheim für junge Frauen und ihre Kinder einrichten. Natürlich braucht das alles seine Zeit, und man müßte sie anfangs zum Kommen überreden, aber genau das ist es, was sie brauchen."

Tom starrte sie verblüfft an. „Das würdest du tun wollen, nachdem sie dich so behandelt haben?"

„Sie haben es getan, weil sie nicht wissen konnten, wie ich wirklich bin. Und das würde sich doch ändern!"

Gerührt von ihrer Beharrlichkeit wurde er einen Augenblick schwankend, doch dann sagte er entschlossen:

„Nein, nein, es ist zwecklos. Ich weiß doch, was geschehen würde; ich muß für uns beide denken. Im Handumdrehen würde es heißen, daß du meine Geliebte bist, jeder würde mit dem Finger auf dich zeigen, dich quälen und deinen Namen in den Schmutz ziehen. Glaubst du, ich würde es zulassen, daß du noch einmal solchen Kränkungen ausgesetzt wirst, oder daß unser gemeinsames Leben so verunglimpft wird? Niemals!"

Ein schrecklicher Gedanke durchzuckte sie, und sie wußte, daß sie ihn aussprechen, aus der Welt räumen mußte, bevor es zu einer Entscheidung kommen konnte.

„Tom, meinst du das alles wirklich ernst, oder versteckst du dich nur dahinter? Ist es Sylvia, die zwischen uns steht?"

Er stutzte. „Vielleicht hast du recht. Ich kann sie noch nicht ganz aus meinen Gedanken verdrängen. Ich kann sie nicht einfach beiseite schieben, als hätte sie nie existiert. Was sie im Leben tat und wie sie starb, verfolgt mich noch immer. Ich fühle mich dafür verantwortlich. Kannst du das verstehen, Della, kannst du das?" Und als sie nicht sofort antwortete, fuhr er fort: „Denn wenn du es nicht kannst – und es ist wirklich sehr viel verlangt –, dann wird mein Leben tatsächlich leer sein."

Sie schaute zu ihm auf, sah die Qual in seinen Augen und sagte ruhig: „Heute nachmittag ist mir noch etwas eingefallen. Ich wollte es eigentlich erst mit meinem Vater besprechen, aber vielleicht ist doch jetzt der richtige Zeitpunkt dafür. Es ist mir gleichgültig, was ihr beide dazu sagt, aber ich werde mit Papa weder nach Australien gehen noch sonstwohin. Ich liebe ihn wie eh und je, vielleicht sogar noch mehr, weil ich ihn für tot gehalten hatte und er mir wiedergegeben wurde, aber nun bin ich eben erwachsen. Ich brauche ihn nicht mehr, nicht so wie früher. Und daher werde ich nach Larksghyll gehen. Ich werde bei meinem Onkel bleiben und versuchen, ihm ein wenig von dem zu ersetzen, was er verloren hat. Ich glaube, mein Vater wird damit einverstanden sein. Und dann, wenn es soweit ist, kommst du zu mir."

Sie stemmte sich aus dem Sessel und streckte ihm die Hand hin. „Wirst du kommen?"

„Oh, mein Liebstes!"

Er nahm den Arm aus der Schlinge, um sie umarmen zu können. Sie schmiegte sich an ihn und lachte und weinte vor Erleichterung,.

„Halt!" sagte er warnend. „Keine Aufregung, hat der Doktor gesagt. Ich werde dich jetzt sofort wieder ins Bett stecken."

„Noch nicht, und außerdem – zu wissen, daß du mir verziehen hast, ist mir eine Beruhigung, keine Aufregung."

„Was soll ich dir verziehen haben?" fragte er lächelnd. „Daß du mir das Leben gerettet hast?"

„Nein, all die häßlichen Dinge, die ich einmal – hier in diesem Zimmer – zu dir gesagt habe."

„Oh, das. Vielleicht müssen wir einander gegenseitig verzeihen."

„Du weißt doch", sagte sie zufrieden, als er den Arm noch fester um sie legte, „ alle schönen Märchen enden damit, daß die Liebenden für immer glücklich vereint sind."

„Und unser Märchen endet mit einem Abschied."

„Aber nicht für lange."

„Nein, so Gott will, nicht für lange."

Die Feuer von Glenlochy

Aus dem Englischen von
Alice Dietert

Für CARL und KAY,
die ebenfalls das Hochland lieben

VORWORT

Schloß Glenlochy und das Hochtal an der Westküste Schottlands hat es in Wirklichkeit nie gegeben. Soviel ich weiß, auch nie einen Clan namens Gilmour, obwohl das ein alter Hochlandname ist. Die Sagen und den Aberglauben der Leute habe ich Memoiren, Reisetagebüchern und volkskundlichen Sammlungen entnommen oder habe sie selbst während meiner Wanderungen im Hochland zusammengetragen. Sie sind nicht mit einer bestimmten Person, einem bestimmten Ort oder Landstrich verbunden.

I

Schloß Glenlochy ist heute nur noch eine verfallene, ausgebrannte Ruine. Außer den Steinmauern der großen Halle und einem rauchgeschwärzten Turm, der einsam in den Himmel ragt, ist nichts übriggeblieben. Mein Mann hat ein neues Haus für uns erbaut, weiter oben im Hochtal. Von einem breiten Vorsprung des Berges geschützt, ist es nicht den heftigen Stürmen des Atlantiks und dem unaufhörlichen Tosen der Brandung ausgesetzt.

Manchmal träume ich noch immer von dem Brand, den alles verzehrenden Flammen, der entsetzlichen Hitze, dem erstickenden Rauch, von der Angst und Qual in jener grauenhaften Nacht. Doch wenn ich an Sommerabenden mit den Kindern dorthin gehe, die Hunde uns vorauslaufen und die Sonne in überirdischem Glanz hinter den grauen verschwommenen Konturen der Inseln untergeht, muß ich jedesmal an den Tag denken, an dem ich das Schloß zum erstenmal sah und so töricht war, mich hoffnungslos in ein Traumgebilde und in einen Mann zu verlieben.

Ich hatte immer gedacht, daß die abscheulichen Aufdringlichkeiten meines Stiefvaters mich fort von Paris und nach Schottland getrieben hätten. Aber ich weiß, daß das im Grunde nicht wahr ist. Der Tag, an dem meine Mutter mich dabei überraschte, als ich mich gerade aus der Umarmung meines Stiefvaters zu befreien versuchte, und uns beiden ins Gesicht schlug, hatte auch seine komische Seite. Vielleicht suchte ich jeden Vorwand, um das

Haus für immer verlassen zu können, weil ich meine Mutter so abgrundtief haßte. Aber auch das stimmt nicht ganz, denn ich wußte schon lange über sie Bescheid. Als ich zwölf Jahre alt war, betrog sie bereits meinen Vater, und Henri war nur der letzte von vielen Liebhabern. Doch sie heiratete ihn dann, kaum sechs Wochen nach dem Tod meines Vaters. Er war reich und stammte aus einer vornehmen Familie. Deshalb hatte sie es wohl so eilig gehabt, ihn festzunageln. Der hauptsächliche Grund für mein Verlangen, fortzugehen, war sicherlich der heftige Abscheu, den ich über die Art empfand, wie sie meinen Vater hintergangen hatte. Außerdem hatte sie ihn ständig erniedrigt und verspottet. Sie hatte versucht, ihn auf ihr Niveau herabzuziehen, so daß ich den brennenden Wunsch verspürte, ihn zu rechtfertigen. Ich wollte seinen Traum von Schottland, das er in all den Jahren der Verbannung nie vergessen hatte, für ihn und für mich verwirklichen.

Es war ein bitterkalter Tag Ende März 1770, als das Schiff endlich in den Hafen von Leith einfuhr. Trotz meines dicken Pelzmantels fror ich jämmerlich in dem eisigen Wind und dem Graupelschauer, der gerade niederging. Der Kapitän sagte mir, daß die Täler im Hochland noch tief verschneit seien. Kein einziger Sonnenstrahl durchdrang als Willkommensgruß den trostlos grauen Himmel, und dennoch hatte ich aus irgendeinem unerklärlichen Grund das Gefühl, nach Hause zu kommen.

Mir war immer noch ziemlich elend von den Mißhelligkeiten der stürmischen Überfahrt. Jeannie, mein Mädchen, war fast die ganze Zeit seekrank gewesen. Ich hatte mich also um sie kümmern müssen und war gezwungen gewesen, meine eigene Übelkeit niederzukämpfen. Während Jeannie nun in unserer winzigen, engen Kabine unsere Sachen packte, stand ich auf dem Deck und schaute dem geschäftigen Treiben um mich her zu. Große und kleine

Schiffe lagen im Hafen vor Anker und wurden beladen, oder die Fracht wurde gelöscht. Jenseits des Wassers des Firth of Forth sah ich in der Ferne die mattblaue Silhouette einer Bergkette. Es waren zu dieser Jahreszeit nur sehr wenige Passagiere an Bord. Außer einem Mann, der einige Meter von mir entfernt stand, war ich allein auf dem Deck. Ich hatte ihn während der Reise ein paarmal kurz gesehen, wenn ich hinaufgegangen war, um frische Luft zu schöpfen, froh, der säuerlich riechenden Kabine entrinnen zu können. Er war immer allein gewesen und hatte mit niemandem ein Wort gesprochen. Selbst an diesem so bitterkalten Tag trug er keinen Hut. Sein dunkles Haar wehte um seine Stirn, und sein langer Umhang flatterte im Wind.

Der Koch kippte einen Eimer mit Abfällen aus einem der Bullaugen unter mir, und die Seevögel schossen in steilem Bogen herab und fielen darüber her. Ich vergaß meine müßige Neugier hinsichtlich des Fremden und befaßte mich wieder mit meinen eigenen Problemen. Ich fragte mich nicht zum erstenmal, ob ich vielleicht doch eine vertrauensselige Närrin sei, wie meine Mutter mich an jenem letzten Tag genannt hatte, an dem ich das hübsche kleine Haus in der Rue Chantelle verließ, das einzige Heim, das ich je gekannt hatte.

„Geh, wenn du unbedingt willst", hatte sie gesagt und mich dabei von der Seite mit ihren katzenartigen grünen Augen angesehen. „Ich werde bestimmt nicht so tun, als würde ich es bedauern. Warum sollte ich auch? Welche Frau in meinem Alter möchte schließlich ständig eine zweiundzwanzigjährige Tochter um sich haben? Du und ich, wir haben uns sowieso nie recht verstanden, nicht wahr, Marietta?"

„Ist das etwa meine Schuld gewesen?"

„Ich glaube schon . . . zumindest teilweise."

Sie stand am Fenster, eine immer noch schöne Frau, und mir schien, als spräche sie zum erstenmal in ihrem Leben aufrichtig mit mir.

„Du warst immer so vernarrt in deinen Vater, daß du nie versucht hast, meinen Standpunkt zu verstehen."

Ich war auf die Tür zugegangen, weil ich mich so kurz vor meiner Abreise nicht mehr mit ihr streiten wollte. „Warum bringst du das jetzt zur Sprache?" fragte ich und drehte mich wieder zu ihr um.

„Ja, du hast recht, es ist zu spät dazu. Fünfzehn Jahre zu spät. Seit du alt genug warst, um es zu verstehen, hat dein Vater dir den Kopf vollgestopft mit großartigen Geschichten von den Gilmours, von dem Schloß und dem Land, das deinen Vorfahren von Robert Bruce geschenkt worden war. Mir hatte er das auch erzählt, und ich Närrin habe ihm genauso andächtig zugehört wie du, nur daß ich ihn sehr schnell durchschaut habe. Herr von Glenlochy nannte er sich und behauptete, die Besitzungen seines Vaters würden eines Tages alle an ihn übergehen. Dann würde ich das Leben einer großen Dame führen können. Ich, die Tochter einer Wirtin von einem schäbigen Wirtshaus und eines Artillerie-Sergeanten, der sich aus dem Staub machte, noch bevor ich geboren wurde!" Sie lachte bitter auf. „Worte, nichts als leere Worte! Darin ist dein Vater immer ein Meister gewesen. Er war ein Verbannter, lebte von einem Hungerlohn, und das ist bis an sein Lebensende so geblieben. Wäre ich nicht gewesen, hätte er in der Gosse Hungers sterben müssen."

„Das ist nicht wahr!" entgegnete ich heftig. „Er hat gearbeitet, er verdiente Geld, wenn er konnte . . ."

„Sofern die Stellung nicht gegen seinen verdammten schottischen Stolz war", unterbrach sie mich grimmig. „Was haben seine feinen Manieren, sein stattliches Aussehen und seine Gelehrtheit ihm schon eingebracht? Ein armseliger Hauslehrer ist er gewesen, und die Bälger haben sich doch bloß hinter seinem Rücken über ihn lustig gemacht. Er wäre besser zusammen mit seinen Brüdern in dieser unsinnigen Schlacht gestorben, von der er und seine halbverhungerten Freunde unentwegt gesprochen haben."

„Wie kannst du nur so etwas sagen!" schrie ich sie wütend an. „War es etwa seine Schuld, daß die Engländer den Prinzen in der Schlacht von Culloden besiegten? Vater hat für das Schottland gekämpft, an das er glaubte. Er ist seinen Idealen treu geblieben ..."

„Seinem heißgeliebten Charles Stuart ist er treu geblieben", sagte meine Mutter verächtlich. „Mein Gott, wie hatte ich es satt, diesen verdammten Namen immer wieder zu hören! Du hättest den Prinzen sehen sollen, wie ich ihn erlebt habe, als er das letztemal durch Paris kam ... ein betrunkener Jämmerling, der an seiner Mätresse herumfummelte, während alle diese Narren — dein Vater eingeschlossen — ihm die Hand küßten und ihn Majestät nannten. Ihm waren die Männer, die für ihn gestorben waren, genauso gleichgültig wie der deutsche König, der auf Englands Thron saß und sie zur Strecke gebracht hat."

In jenem Moment haßte ich meine Mutter zutiefst, weil sie den Traum zerstörte, den mein Vater so lange gehegt hatte, die große, hoffnungslose Illusion, die in Blutvergießen und in einer Tragödie ihr Ende gefunden hatte. Ich haßte sie genauso abgrundtief, wie ich die Engländer haßte. Ich wollte aus dem Zimmer laufen, aber sie packte mich an der Schulter und hielt mich zurück.

„Und jetzt hast du die romantische Vorstellung, daß Glenlochy auch dein Zuhause ist statt dem, was ich dir gegeben habe. Du bist genau wie dein Vater, Marietta, den Kopf voller Träume und keinen Funken Vernunft.

Hat dein Vater denn jemals eine Antwort auf seine vielen Briefe erhalten? Was, glaubst du wohl, wird in all den Jahren geschehen sein? Vielleicht hat dein Großvater wieder geheiratet und weitere Söhne gezeugt. Vielleicht ist er inzwischen gestorben, und das Schloß ist dem Erdboden gleichgemacht . . . wer weiß? Und wenn du feststellst, daß du dort gar nicht erwünscht bist, kommst du wohl wie ein geschlagenes Hündchen reumütig zu mir zurückgekrochen. Flehst mich an wie dein Vater."

„Nein, das werde ich nicht! Das brauchst du nicht zu befürchten. Ich werde nie zu dir zurückkommen, nie! Ich werde schon eine Stelle finden, als Gouvernante oder sonst etwas. Lieber will ich Fußböden schrubben, als dich um etwas bitten!"

„Große Worte!" sagte meine Mutter mit ihrem mokanten Lächeln. „Nun, wir werden sehen, nicht wahr? Du bist ein seltsames Mädchen, Marietta. Jedes andere junge Mädchen in deiner Lage wäre längst verheiratet. Es hat weiß Gott genug Männer gegeben, die dich begehrt haben. Du bist schön, hast meine Schönheit geerbt, aber du nutzt sie nicht."

Sie hatte recht. Seit meinem sechzehnten Lebensjahr hatte es mir nicht an Verehrern gefehlt. Aber ich empfand Abscheu vor ihren begehrlichen Blicken, der Berührung ihrer Hände. Wenn es nach meiner Mutter gegangen wäre, hätte sie mich längst mit einem von ihnen verheiratet, aber mein Vater hatte ihr darin nicht nachgegeben.

„Marietta soll nicht zu einer Ehe mit einem Mann gezwungen werden, den sie nicht liebt", hatte er immer gesagt.

„Liebe!" hatte meine Mutter höhnisch entgegnet. „Wird Liebe ihr etwa schöne Kleider geben und ihre Kinder ernähren?"

Ich hatte gezittert und war froh gewesen, daß mein

Vater schützend den Arm um mich legte. Sie wußte nichts von dem Tag, an dem ich früher als gewöhnlich aus der Klosterschule nach Hause gekommen war. Mein Vater war nicht da, und ich war arglos ins Schlafzimmer meiner Mutter gegangen, um sie zu fragen, wo er sei.

Sie lagen nackt auf dem Bett — meine Mutter und ein braunhaariger Fremder. Sie waren so in sich versunken, daß sie nicht einmal bemerkten, wie ich die Tür öffnete. Ich hatte sie angestarrt, entsetzt und doch wie gebannt. Dann war ich in mein Zimmer gelaufen, hatte mich eingeschlossen, zitternd, krank vor Ekel und Abscheu.

Es gab noch etwas, das meine Mutter nicht wußte, weil ich mehr als alles andere ihr Lachen fürchtete. Drei Wochen nach dem Tod meines Vaters schrieb ich an meinen Großvater, adressierte den Brief an Sir Alasdair Gilmour von Glenlochy. Vier Monate später erhielt ich eine Antwort, wenn man es so nennen will. Ein Blatt Papier, auf dem in Druckschrift geschrieben stand: „Komm nicht nach Glenlochy. Du würdest es bereuen."

Diese Warnung hatte mich erschreckt, nur war ich zu stolz, das zuzugeben. Außerdem fürchtete ich mich inzwischen sehr vor Henri und wollte auf keinen Fall mehr in der Rue Chantelle bleiben. Ich versteckte also den Brief und erzählte niemandem davon.

Jetzt dachte ich wieder daran und zitterte, während der Wind mir Graupelkörner ins Gesicht blies. Der Brief hatte mich nicht davon zurückgehalten, nach Schottland zu fahren, und um meiner Mutter Gerechtigkeit widerfahren zu lassen: Sie hatte mich gut versorgt, bevor ich Paris verließ.

„Meine Tochter soll nicht wie eine Arme zu diesen hochgestellten, vornehmen Verwandten fahren", hatte sie kategorisch erklärt. So waren nun in meinen Koffern Kleider aus Samt und Seide und auch aus warmem Wollstoff.

Mein Mantel war mit Fehpelz besetzt, und ein paar Goldstücke aus dem Vermögen meines Stiefvaters waren sicher in einer Eisenkassette verschlossen.

Jeannie war zu mir herauf aufs Deck gekommen. Sie schwankte von dem Schaukeln des Schiffes und klammerte sich an die Reling. Voll Widerwillen blickte sie auf die braunen, armseligen Häuser am Kai, auf den grauen Matsch und die Haufen schmutzigen Schnees.

„Wenn das Schottland ist, Miss Marietta, wünscht' ich, wir könnten wieder in die Rue Chantelle zurückkehren."

„Das meinst du nur, weil du noch unter den Folgen der Seekrankheit leidest", sagte ich aufmunternd. „Mein Vater hat mir immer erzählt, daß Edinburgh eine wunderschöne Stadt sei. Du wirst dich bestimmt besser fühlen, wenn du erst einmal etwas Gutes gegessen hast."

„Ich eß nie wieder was!" rief sie schaudernd.

„Das werden wir bald sehen", meinte ich lachend.

Die Beiboote waren bereits ins Wasser gelassen worden, um die Passagiere an Land zu bringen. Sie stiegen nach und nach das schwankende Fallreep hinunter. Einer der Seeleute stand oben und half ihnen auf die erste Sprosse, während ein anderer unten stand und das Fallreep straff hielt.

„Großer Gott!" stammelte Jeannie. „Müssen wir etwa auch dieses Ding runterklettern?"

„Natürlich! Aber es ist gar nicht so schwer, wie es aussieht. Komm nur!"

Jeannie kletterte als erste hinunter und gelangte ohne Schwierigkeiten in das Boot. Dann trat ich ein wenig zaghaft auf die erste Sprosse. Als ich es glücklich bis zur Mitte des Fallreeps geschafft hatte, blähte plötzlich ein starker Windstoß meinen weiten Mantel wie ein Segel auf. Ich verfehlte eine Sprosse und hing mit den Füßen haltlos in der Luft. Es war ein schreckliches Gefühl, denn ich glaubte, ich würde gleich ins Wasser fallen, und hätte am liebsten laut aufgeschrien. Doch dann fühlte ich, wie sich zwei starke Arme um meine Taille schlangen und mich vom Fallreep hoben. Sekundenlang lehnte mein Gesicht an einer hageren Wange, dann war ich im Boot. Jeannie umklammerte meine Hand, und noch völlig außer Atem von dem Schreck versuchte ich, dem großen dunkelhaarigen Fremden zu danken, der mich gerettet hatte. Aber er nickte nur wortlos und setzte sich in den Bug des Bootes, während wir an Land gerudert wurden.

Auf dem Kai standen nur wenige Droschken, so daß die Reisenden darauf zueilten, um eine für sich zu ergattern. Ich war durch Jeannie behindert, die noch etwas schwach auf den Beinen war, und mußte mich außerdem um das Gepäck kümmern. Als ich unsere Koffer endlich beisammenhatte, waren alle Droschken weggefahren bis auf eine, neben der mein Retter stand und ungeduldig um sich blickte.

Er machte einen finsteren, unzugänglichen Eindruck. Aber die eisige Nässe des Schneematsches durchdrang bereits die dünnen Sohlen meiner Lederstiefel, und es konnte Stunden dauern, bevor eine der Droschken zurückkam. Wir konnten einfach nicht hier stehenbleiben und uns zu Tode frieren. Also raffte ich all meinen Mut zusammen, um den Fremden zu fragen, ob er uns mitnehmen könne, als plötzlich eine elegant gekleidete junge Frau über den Kai auf ihn zugelaufen kam. Ihr Schleier und ihr pelzbesetzter Mantel wehten, als sie achtlos durch den Matsch lief, der ihren feinen Samtrock bespritzte.

„Richard!“ rief sie atemlos. „Liebster Richard! Ich wäre schon längst hier, aber die Kutsche blieb im Schlamm stecken, und James konnte sie nicht herausbekommen. Wie schön, dich wiederzusehen! Bist du wieder ganz gesund? War die Reise sehr unangenehm?“ Sie schlang die Arme um seinen Hals und küßte ihn zärtlich. Jetzt legte auch er die Arme um sie, und als ich die beiden so eng umschlungen sah, empfand ich einen kurzen Augenblick Neid. Wie schön wäre es doch gewesen, wenn auch mich jemand so empfangen hätte, jemand, der einst meinen Vater gekannt und mich aus alter Freundschaft zu ihm begrüßt hätte. Aber dann verscheuchte ich den Gedanken und riß mich zusammen. Ich gab dem Kutscher schnell ein Zeichen, und im Nu hatte er Jeannie und mich auf der Sitzbank im Innern der Droschke untergebracht, mit dem Gepäck zu unseren Füßen.

„Nach Edinburgh, bitte", sagte ich atemlos, als er sich daranmachte, die Tür zu schließen.

„Und wo woll'n Sie da genau hin, mein Fräulein?" fragte er verschmitzt. Er war ein kleiner Mann, sein Gesicht war dick eingemummt, und er sprach einen so starken Dialekt, daß ich ihn kaum verstehen konnte.

Ich kannte nur eine Adresse. Mein Vater hatte sie mir kurz vor seinem Tod aufgeschrieben.

„Wir waren Spielkameraden, Marietta. Aber er war viel gewitzter als ich", hatte er mit etwas schmerzlichem Lächeln gesagt. „Er hat es immer verstanden, aus allem das Beste für sich zu machen. Jetzt ist er Notar und hat es weit gebracht, soviel ich gehört habe. Solltest du jemals nach Schottland fahren, dann geh zu ihm. Er wird sich bestimmt noch an mich erinnern."

„Zu Mr. Duncan Cameron", antwortete ich dem Kutscher jetzt zögernd. „Er hat eine Kanzlei in der High Street. Kennen Sie ihn?"

„Ha, und ob! Gibt kaum einen hier, der Mr. Duncan nicht kennen tut. Also nix wie hin mit Ihnen, Fräuleinchen!"

Erregung packte mich, als die Droschke über das Kopfsteinpflaster holperte, die schmutzigen Gassen längs des

Kais hinter sich ließ und gepflegte Felder sich vor uns ausbreiteten. Es war bitter kalt. Jeannie zitterte, und meine Füße fühlten sich trotz des übelriechenden Strohs, mit dem der Boden der Droschke bedeckt war, wie Eisklumpen an. Der Weg führte am Ufer eines Sees entlang und dann einen Hügel hinunter, an dessen Ende er in eine Straße mit hohen Häusern einmündete. Die kleinen Türmchen, Balkone und Außentreppen erinnerten mich auf seltsame, unerwartete Weise an Frankreich, das ich hinter mir gelassen hatte.

Jeannie klapperte mit den Zähnen, und meine Sorge um sie wuchs. Sie brauchte dringender als ich Wärme und etwas zu essen. Vor uns, auf der rechten Straßenseite, entdeckte ich ein großes Gasthaus. Ich sah den Torbogen, durch den man in den Hof gelangte, und das im Winde hin und her schaukelnde Gasthausschild, das einen weißen Hirsch darstellte. Ich klopfte gegen das Droschkenfenster, und der Kutscher brachte murrend die Pferde auf dem vereisten Pflaster zum Stehen.

„Wir werden hierbleiben“, erklärte ich.

„Das ist kein Ort nich' für junge Damen ...“, begann er, aber ich unterbrach ihn.

„Das macht nichts. Hauptsache, wir haben eine Unterkunft. Bitte tragen Sie unsere Koffer hinein.“

Drinnen herrschte ziemliches Gedränge. Eine Postkutsche war soeben angekommen, und etliche Reisende fragten nach Zimmern. Es entstand eine heftige Debatte, in die unser Kutscher sich lautstark einmischte. Schließlich wurde uns ein Zimmer im zweiten Stock zugewiesen, und wir schleppten uns mit letzter Kraft die Treppe hinauf.

„Sie gehn mir aber nicht allein zu diesem Mr. Cameron“, sagte Jeannie besorgt. „Das würde sich wirklich nicht schicken, Miss Marietta!“

„Sei nicht albern! Er ist ein älterer Herr, älter als mein

Vater, und ein angesehener Notar. Du bleibst hier, Jeannie. Bestell dir Kaffee oder Tee, wenn dir dieser lieber ist, und pack ein paar Sachen aus. Ich bleibe nicht lange fort."

Ich strich mein Kleid glatt und warf einen flüchtigen Blick in den Spiegel, bevor ich zu der wartenden Droschke hinunterging. Die jungen Männer in Paris, die versucht hatten, mich zu küssen, hatten mir Komplimente gemacht und mich schön genannt. Vielleicht war ich das, aber ganz im klaren war ich mir nicht. Ich ähnelte sehr meiner Mutter, was mir gar nicht lieb war. Doch meine Mutter hatte rabenschwarzes Haar, während meines kupferrot war. Es war von dem gleichen Rot, das alle Gilmours kennzeichnete, seit ihr ältester Ahnherr in der Schlacht von Bannockburn für Robert Bruce sein Schwert mit Blut befleckt hatte. Ich hatte auch die schrägstehenden grünen Augen meiner Mutter mit dunklen geschwungenen Wimpern. „Katzenaugen" hatte mein Vater sie immer genannt und dabei gelacht, weil eine sprungbereite Katze das Wappen der Gilmours schmückte — eine Wildkatze mit einer Krone auf dem Kopf, in die das Wort „Mut" eingraviert war.

Ich hatte eine kleine Tasche mit, die ich während der ganzen Reise immer bei mir getragen hatte. Mit größter Sorgfalt hatte ich darin den einzigen Beweis für mein Geburtsrecht und meinen rechtmäßigen Anspruch auf den Namen Gilmour verwahrt. Zumindest hoffte ich, daß Mr. Cameron ihn anerkennen würde, selbst wenn er die Echtheit meines roten Haars und der schriftlichen Herkunftsnachweise bezweifeln sollte.

Es war nur eine kurze Fahrt bis zur High Street. Der Kutscher hielt vor einem der hohen schmalen Häuser und wies mit der Peitsche zum ersten Stock hinauf.

„Mr. Duncan Camerons Schild hängt da oben vor der Tür", sagte er.

„Würden Sie auf mich warten?“ fragte ich und drückte ihm eine Münze in die Hand, ohne recht zu wissen, wieviel sie wert war.

„Für ’nen Silbertaler wie den tu ich bis zum Jüngsten Tag warten“, erwiderte er mit breitem Grinsen, so daß ich wußte, daß ich ihm viel zuviel gegeben hatte. Nun, das würde ich noch lernen.

Ich stieg zum ersten Stock hinauf und klopfte an die schwere, mit Ziernägeln beschlagene Holztür. Gleich darauf ging sie knarrend einen Spaltbreit auf, und ein schmächtiger Mann in einem schmuddeligen dunkelbraunen Gehrock spähte zu mir heraus.

„Mr. Duncan Cameron?“ fragte ich.

„Sind Sie angemeldet?“

„Nein, aber ich glaube, daß er mich trotzdem empfangen wird“, antwortete ich so bestimmt, wie ich konnte. „Sagen Sie ihm, Mistress Gilmour von Glenlochy möchte ihn sprechen.“

Er starrte mich eine Weile wortlos an, ehe er die Tür ganz öffnete. „Ich werd’s ihm sagen“, erklärte er. „Kommen Sie herein, Mistress.“

Es war ein kleiner, mit dunklem Eichenholz getäfelter Raum. Der Fußboden war mit einem roten Perserteppich ausgelegt, die Möbel waren geschmackvoll, und überall lagen dicke Bücher aufgestapelt.

Der Mann verschwand und erschien nach wenigen Minuten wieder.

„Mr. Cameron hat gerade einen Klienten. Er bittet Sie aber zu warten. Nehmen Sie Platz, bitte.“ Er zog einen Stuhl heran, wischte den staubigen Lederbezug mit seinem Ärmel ab und ging dann zu seinem hohen Stehpult vor dem Fenster.

Die Besprechung, die Mr. Cameron mit seinem Klienten hatte, schien eine Ewigkeit zu dauern. Einmal drangen erregte Stimmen zu mir heraus, und der Schreiber schaute von seinem Pult auf und blickte verwirrt zur Tür hin. Dann war wieder alles still, nur das Kratzen des Federkiels auf dem Pergament war noch zu hören. Unruhe erfaßte mich, so daß ich schließlich nicht mehr still sitzen konnte. Ich stand auf und begann in den Büchern zu blättern, die auf dem Tisch lagen. Es waren abgegriffene Gesetzesbücher, von deren Inhalt ich kein Wort verstand. Plötzlich wurde die Kanzleitür aufgerissen, und ein Herr stürzte in solcher Eile heraus, daß er fast mit einem Satz das halbe Zimmer durchquerte. Er hielt einen Hut in der Hand und stieß damit in seiner Hast an die Bücher neben mir, so daß sie mit lautem Krach auf den Boden fielen. Wir bückten uns beide, um sie aufzuheben, und stießen dabei mit den Köpfen zusammen. Etwas benommen schaute ich auf und sah mich zu meiner größten Verwunderung meinem Retter vom Fallreep gegenüber.

„Verzeihung", murmelte er und nahm mir die aufgesammelten Bücher ab. Unsere Hände berührten sich, und ich sah in ein Paar ungewöhnlich glänzende graue Augen unter geraden Brauen. „Miss Gilmour, nicht wahr?" fragte er abrupt.

„Ja", antwortete ich erstaunt.

„Sie haben mir die Droschke sozusagen vor der Nase weggeschnappt", sagte er vorwurfsvoll.

„Das tut mir leid, aber ich dachte . . ."

„Daß Sie sie dringender brauchten als ich. Nun, das mag sein. Entschuldigen Sie mich jetzt, ich bin in Eile." Er legte die Bücher auf den Tisch zurück, verbeugte sich knapp, setzte achtlos den Hut auf und verließ mit schnellen Schritten das Zimmer.

„Oberst Richard Wynter hat anscheinend die Angewohnheit, meine Räume in Blitzeseile zu betreten und genauso schnell wieder zu verlassen", bemerkte jemand hinter mir. Ich drehte mich um und sah Mr. Cameron auf der Schwelle zu seiner Kanzlei stehen. Er war ein Mann mit rosigen Wangen und freundlichem Gesicht. Sein schwarzer Gehrock war fleckenlos, und er trug eine gepflegte graue Perücke. Er streckte mir die Hand entgegen.

„Treten Sie näher, meine liebe Miss Gilmour. Es tut mir leid, daß Sie so lange warten mußten."

Er ließ mir den Vortritt, schloß dann die Tür und bot mir einen Stuhl an. Nachdem ich darauf Platz genommen hatte, setzte er sich hinter seinen Schreibtisch, schob seine Brille hinauf, die ihm offensichtlich immer etwas von der Nase rutschte, und blickte mich scharf an.

„Mein Schreiber hat mir gesagt, daß Sie behaupten, mit den Gilmours von Glenlochy verwandt zu sein."

„Ja, ich bin die Tochter von Ian Gilmour."

„Soso. Ich hatte keine Ahnung, daß Ian jemals verheiratet war."

„Meine Mutter ist Französin."

„Ich verstehe." Sein Ton war jetzt äußerst kühl. „Können Sie Ihre Behauptung beweisen?"

„Ja, ich habe Dokumente und Briefe, die ich Ihnen gern alle zeigen will, Mr. Cameron. Aber ich habe auch noch das hier." Ich faßte in meine Tasche und zog den Gegenstand heraus, den mein Vater mir gegeben hatte, als er seinen Tod nahen fühlte. Vor meiner Mutter hatte er diesen kostbaren Besitz immer verheimlicht, weil er genau wußte, daß sie dann niemals ihre gierigen Hände davon gelassen hätte.

Ich faltete das Taschentuch mit den rostbraunen Flekken auseinander, in dem ein blutroter Stein von der Größe eines Taubeneis eingeschlagen war. Zwei Schlangen, kunstvoll in purem Gold eingefaßt, wanden sich darum.

Mr. Cameron starrte fassungslos darauf nieder. „Mein Gott", stammelte er schließlich, „der Sithen-Stein!"

„Ja, es ist die Elfen-Brosche von Glenlochy, Mr. Cameron“, sagte ich mit leisem Lächeln. „Sie sehen, ich kenne die Legende von Donald Ruadh, der eine Tochter des Elfenkönigs heiratete. Ich bin sogar nach ihr genannt worden. Ich heiße auch Marietta. Sie hat diese Brosche als Mitgift mitgebracht.“

„Mit dem Versprechen, daß es den Gilmours niemals an Ruhm noch Mut mangeln würde, solange die Brosche im Schloß bliebe“, fuhr Mr. Cameron an meiner Stelle fort und lächelte nun auch. „Es scheint doch etwas Wahres an diesen alten Geschichten zu sein. Ich erinnere mich, daß Sir Alasdair zu meines Vaters Lebzeiten die Brosche von einem englischen Experten in London prüfen ließ. Sie ist offenbar orientalischen Ursprungs, höchstwahrscheinlich sarazenisch, und wurde von irgendeinem Gilmour von einem Kreuzzug mit nach Hause gebracht.“ Sein Ton wurde wieder schroffer. „Woher haben Sie die Brosche? Ich bin nie von ihrem Verschwinden unterrichtet worden.“

„Mein Großvater, Sir Alasdair, hatte drei Söhne: Andrew, Donald und Ian, meinen Vater. Er gab die Brosche Andrew, als dieser Glenlochy verließ, um für den Prinzen zu kämpfen. Als Andrew in der Schlacht bei Culloden ums Leben kam, nahm mein Vater die Brosche an sich. Sie war in dieses Taschentuch eingewickelt, das mit Andrews Blut befleckt war. Kurz vor seinem Tod hat mein Vater sie mir dann gegeben, denn es war sein sehnlichster Wunsch, daß ich sie eines Tages dorthin zurückbrächte, wohin sie gehört.“

Mr. Cameron blickte mich unverwandt an, und seine Augen hinter der Stahlbrille waren kalt.

„Ich würde Ihrer pathetischen Geschichte gern Glauben schenken, Miss Gilmour, aber wir erhielten den Bescheid, daß Ian Gilmour nach der Schlacht gefangengenommen, in den Kerker von Fort William geschafft wurde und dort an seiner Verwundung starb."

„Aber das stimmt nicht! Er ist geflohen. Seine Flucht hat wochenlang gedauert, und er wäre fast verhungert und erfroren, aber irgendwie ist es ihm doch noch gelungen, bis nach Paris zu kommen. Er ist dort erst vor sechs Monaten gestorben."

Plötzlich wurde ich von Erschöpfung und Schmerz überwältigt. Ich fühlte, wie mir Tränen in die Augen stiegen, und wandte mein Gesicht ab, um sie zu verbergen.

„Meine liebe junge Dame", sagte Mr. Cameron nun sanfter, „Sie werden verstehen, daß ich Ihnen ein paar Fragen stellen muß."

Ich nickte und griff nach meinem Taschentuch.

„Wenn das stimmt, was Sie mir erzählt haben, warum hat Ihr Vater dann nie an Sir Alasdair geschrieben? Er konnte zwar nicht nach Hause zurückkehren, weil das Todesurteil gegen ihn immer noch nicht aufgehoben war, aber Briefe sind doch trotz der Engländer hierher durchgekommen."

„Er hat geschrieben, mehr als einmal", sagte ich schnell. „Aber er hat nie eine Antwort erhalten und hat gedacht ..."

„Was?"

„Wissen Sie, sein Bruder Donald war zusammen mit ihm gefangengenommen worden. Er war schwer verwundet und sehr schwach. Mein Vater konnte ihn nicht mit sich auf die Flucht nehmen, und die Erinnerung daran hat ihn immer gequält. Er schämte sich zutiefst, daß er seinen Bruder dem Tod preisgegeben hat. Sein ganzes Leben lang hat er geglaubt, daß sein Vater ihn deshalb für einen Feigling halten würde."

„Er hätte mir schreiben können. Ich war schließlich sein Freund."

„Mein Vater war ein stolzer Mann. Er hätte nie jemanden um Hilfe gebeten."

Mr. Cameron sah mich einen Augenblick an. Dann stand er auf und ging zu dem offenen Kamin. Gedankenverloren hielt er eine Weile seine Hände über die wärmenden Flammen, dann drehte er sich wieder zu mir um.

„Was wollen Sie eigentlich von mir, Miss Gilmour?"

„Ich möchte nach Glenlochy fahren. Ich möchte meinen Großvater kennenlernen. Ist das so verwunderlich?"

„Nein, nicht im geringsten. Nur . . ." Er unterbrach sich und blickte mich forschend an. „Wissen Sie eigentlich, was im Hochland geschehen ist, nachdem der Aufstand niedergeschlagen wurde?"

„Ich weiß, welche Grausamkeiten die Engländer begangen haben!" rief ich empört. „Viele Männer haben in Frankreich vor diesen Bestien Zuflucht suchen müssen, die ihnen ihre Frauen und Kinder genommen, ihre Häuser in Brand gesteckt, geraubt und gemordet haben."

„Ja, und das ist noch lange nicht alles", erwiderte Mr. Cameron grimmig. „Doch etwas betrifft Sie ganz persönlich, wenn Ihre Behauptung über Ihre Herkunft wirklich stimmt. Viele Clan-Oberhäupter haben ihre Besitzungen und Ländereien verloren, weil sie gegen England und König George die Waffen erhoben."

„Es war eine gute Sache, eine ehrenvolle Sache . . ."

„Alle verlorenen Sachen sind ehrenvoll", meinte Mister Cameron zynisch. „Aber politische Ideale sind mir im Moment gleichgültig. Tatsache ist, daß Sir Alasdair seine Söhne in den Kampf schickte, aber selbst nicht daran teilnahm, sondern zu Hause blieb. Glenlochy wurde also nicht zerstört."

Ich starrte ihn verständnislos an. „Ist das ein Grund, daß ich nicht dorthin gehen soll?"

„Im Gegenteil! Genau das ist der Grund, weshalb Sie

dorthin gehen müssen. Die Besitzungen sind nicht mehr so umfangreich, wie sie einst waren. Der Clan ist nie sehr groß gewesen, und viele der Angehörigen sind während des Aufstands ums Leben gekommen. Aber es müssen noch mehr als hundert Familien am Loch und im Hochtal wohnen, die sich alle zur Sippe der Gilmours zählen. Sir Alasdair ist ein alter, gebrechlicher Mann. Wenn er stirbt, wird der ganze Besitz Ihnen gehören, Miss Gilmour."

„Mir? Sie meinen, daß ich . . ."

„Ja, Sie werden der Mac'Ghille Mhoire, das siebzehnte Oberhaupt von Glenlochy sein."

Der gälische Titel verwirrte mich. Ich starrte Mr. Cameron fassungslos an und dachte, daß entweder er oder ich den Verstand verloren haben müsse.

„Aber das kann doch nicht sein!" stammelte ich schließlich. „Da sind doch bestimmt noch andere Kinder, Söhne. Mein Vater hatte zwei Brüder und eine Schwester."

Mr. Cameron schüttelte den Kopf. „Andrew und Donald waren nicht verheiratet, als sie starben. Und was Ihre Tante Kathryn betrifft . . . es gibt tatsächlich keine legitimen Erben. Das ist immer Sir Alasdairs größter Kummer gewesen, denn der Besitz ist nach wie vor ein prächtiges Erbe."

Seine Gedanken waren ihm so deutlich vom Gesicht abzulesen, als hätte er sie laut ausgesprochen: Fünfhundert Jahre lang ist dieses prächtige Erbe im Besitz von tapferen Männern gewesen, und nun geht es an ein Mädchen über, das eine halbe Ausländerin ist und eine französische Dirne zur Mutter hat. Nie hätte ich mir so etwas träumen lassen!

Das Blatt Papier in meiner Tasche, das ich ihm eigentlich hatte zeigen wollen, nahm plötzlich eine andere Bedeutung für mich an. „Komm nicht nach Glenlochy. Du würdest es bereuen."

Mit einem leichten Schauder wurde mir klar, daß irgend jemand hier von meiner Existenz wußte. Jemand, der hoffte, mir solche Angst einzujagen, daß ich von meinem Vorhaben ablassen würde. Mut war die Eigenschaft, die der Sithen-Stein seinem Besitzer verlieh. Er gehörte jetzt mir. Ich hatte das Recht, ihn zu tragen, wann immer ich wollte.

Entschlossen hob ich den Kopf. „Wann kann ich die Reise nach Glenlochy antreten, Mr. Cameron? Ich möchte so schnell wie möglich dorthin."

„Aber ich bitte Sie, Miss Marietta! Es muß noch eine Menge geregelt werden. Ich muß mich doch erst einmal vergewissern, daß alles in Ordnung ist. Außerdem herrscht droben im Hochland noch tiefster Winter, und es ist eine lange, anstrengende Reise. Wenn ich Ihnen einen guten Rat geben darf, dann warten Sie, bis das nächste Postschiff kommt, das bald die Westküste hinaufsegeln wird."

„Nein, bloß kein Schiff mehr!" rief ich schaudernd. „Ich habe wirklich genug von Seereisen."

Er lächelte, und sein Verhalten änderte sich, als hätte er mich nun auch ohne weitere Befragung anerkannt.

„Überlassen Sie das alles mir, mein liebes Kind. Mir wird schon etwas einfallen. Wo wohnen Sie?"

„Im ‚Weißen Hirsch'. Mein Mädchen ist bereits dort."

„Sie können dort unmöglich bleiben!" rief er entsetzt. „Der ‚Weiße Hirsch' ist ein sehr primitives, wenn auch bequem gelegenes Gasthaus und keineswegs der richtige Aufenthaltsort für eine junge Dame. Ich werde Sie bei uns unterbringen. Unser Haus ist allerdings ziemlich klein, und meine Söhne sind noch nicht wieder zur Universität zurückgekehrt. Aber ich bin überzeugt, daß meine Frau eine Möglichkeit finden . . ."

„Sie sind sehr freundlich, Mr. Cameron", unterbrach ich ihn fest. „Aber ich möchte lieber unabhängig sein und nicht Mrs. Camerons Güte in Anspruch nehmen. Jeannie und ich werden bestimmt zurechtkommen. Schließlich haben wir schon die lange Reise von Paris hierher hinter uns, ohne daß uns etwas zugestoßen ist."

„Wie ich sehe, sind Sie eine mutige junge Dame. Schade, daß das Stadthaus der Gilmours momentan unbewohnbar ist. Es steht leer, und Ihr Großvater hat außerdem die Absicht, es zu verkaufen, sobald er einen Interessenten findet."

„In welcher Gegend der Stadt liegt es?" fragte ich neugierig.

„Ein Stück weiter den Hügel hinunter, im Canongate, Ecke Ramsay's Wynd." Er seufzte. „Früher war das Haus von Fröhlichkeit erfüllt. Ich kann mich noch gut an die Zeit erinnern."

„Waren Sie mit meinem Vater dort?"

„Ja. Wir waren damals noch sehr jung, ausgelassene Studenten, die nichts anderes im Kopf hatten, als sich zu amüsieren. Nun, das ist alles längst vorbei." Er schwieg einen Moment und fuhr dann fort: „Meine Frau und ich geben übermorgen eine kleine Gesellschaft mit Musik und vielleicht auch ein wenig Tanz. Es würde mich freuen, wenn Sie daran teilnähmen. Ich werde Ihnen meine Kutsche schicken. Bis dahin werde ich auch sicherlich einiges für Sie in Erfahrung gebracht haben."

Ich übergab ihm die Papiere, die ich mitgebracht hatte, und dann begleitete er mich die Treppe hinunter. Die Droschke stand noch vor dem Haus. Der Kutscher kauerte auf dem Bock, eine alte braune Decke bis zum Kinn hinaufgezogen. Er blinzelte mit einem Auge, nickte Mr. Cameron vertraulich zu, als dieser mir beim Einsteigen half, und wendete dann vorsichtig die Pferde in dem verharschten Schnee. Vor dem „Weißen Hirsch" angelangt, stieg er vom Kutschbock und öffnete mir die Droschkentür.

„Da hat ’n Herr sich nach Ihnen erkundigt, Miss“, flüsterte er mir vertraulich zu. „Wollte wissen, wo Sie wohnen tun.“

„Ein Herr?“

„Ja, so ’n Schwarzhaariger. Kam Mr. Camerons Treppe runtergerast, als wär’ der Deibel hinter ihm her. Hab’ ihm aber nix gesagt.“

„Danke. Das war sehr nett von Ihnen.“

Ich drückte ihm eine kleine Münze in die ausgestreckte Hand. Dann betrat ich nachdenklich und ein bißchen verwirrt den Gasthof, weil ich mir absolut nicht vorstellen konnte, warum Oberst Richard Wynter Erkundigungen über mich einziehen wollte.

2

Als ich in unser Zimmer im zweiten Stock kam, hatte Jeannie bereits all unsere Koffer ausgepackt und lag jetzt ausgestreckt auf dem Bett. Sie schlief so fest, daß sie mich nicht einmal hörte. Ich war recht froh darüber, denn ich war immer noch ganz benommen von dem, was Mr. Duncan Cameron mir erzählt hatte, und konnte es einfach nicht recht glauben. Ich hatte Paris mit keinem festen Vorsatz verlassen, mit keinem Plan, wie ich vorgehen würde. Es war ja noch völlig fraglich für mich gewesen, ob ich in Glenlochy überhaupt willkommen geheißen würde. Mein einziger Wunsch war nur gewesen, von meiner Mutter fortzukommen und die Heimat meines Vaters kennenzulernen. Die langen, schönen, weißen Sandstrände, vor denen sich die Robben auf den Felsen sonnen. Die Eichen-, Eschen- und Kiefernwälder, in denen Rehe, Füchse und Dachse umherstreifen. Die einfachen freundlichen Menschen, deren Katen zerstreut im Hochtal liegen. Die grünen Hügel, wo Elfen mit leisen, spurlosen Schritten hin und her huschen. Das eiskalte Wasser des Loch, in dem das *each uisge*, das Wasserpferd mit goldenem Zaumzeug, sich tummelt und jedem Unheil bringt, der das Unglück hat, es zu sehen.

Das waren die Geschichten, die mein Vater von seiner gälischen Kinderfrau gehört hatte, und sie waren die Märchen meiner Kindheit gewesen. Jetzt sollten sie mein Erbe werden, würden eines Tages ein Teil der Träume meiner Kindheit sein. Es war alles zu wunderbar, um es in achtlosen Worten auszuplaudern, weil es dann leicht — wie das zauberhafte Gold am Fuße des Regenbogens — verblassen, sich in Nichts auflösen konnte. Ich fürchtete Jeannies nüchternen Verstand. Sie war eine praktisch denkende, vernünftige kleine Person, die Tochter eines Schotten, der seinem Anführer ins Exil gefolgt und dort gestorben war. Frau und Kind hatte er völlig mittellos zurückgelassen. Mein Vater hatte sich für sie eingesetzt, bis meine Mutter schließlich erbittert nachgab und die damals zwölfjährige Jeannie in unseren Haushalt aufnahm. Vier Jahre lang war sie Mädchen für alles in der Rue Chantelle gewesen und hatte sich nicht gescheut, hin und wieder offen ihre Meinung zu sagen. Ich glaube, meiner Mutter hat es nicht im geringsten leid getan, sie loszuwerden, genauso wie sie froh war, mich aus dem Haus zu haben.

Als Jeannie sich mit verschlafenen Augen aufsetzte und gleich wissen wollte, was sich inzwischen zugetragen habe, erzählte ich ihr nur wenig. Ich sagte lediglich, daß Mr. Cameron freundlich zu mir gewesen sei und uns die beste Möglichkeit nennen würde, nach Glenlochy zu kommen.

Den nächsten Tag verbrachten wir sehr ruhig. Die Reise hatte mich doch mehr erschöpft, als ich dachte, und ich war froh, mich etwas ausruhen zu können. Jeannie murrte währenddessen über meine zerknitterten Kleider und lieh sich von dem Zimmermädchen ein Bügeleisen. Sie erklärte streng, wenn ich auf Mr. Camerons Gesellschaft mit Honoratioren von Edinburgh zusammenkäme, müßte ich ihr Ehre machen.

Am späten Nachmittag wurde es mir zu langweilig und zu stickig im Zimmer. Außerdem war ich von Natur aus neugierig, und so beschloß ich, einen kurzen Spaziergang zu machen. Jeannie griff nach ihrem Hut, aber ich schüttelte den Kopf.

„Du brauchst nicht mitzukommen. Ich will nur etwas frische Luft schöpfen und bin bald wieder zurück."

Draußen stellte ich fest, daß das Wetter sich gebessert hatte. Es war zwar immer noch kalt, aber ein paar dünne Sonnenstrahlen waren während des Tages durch den bedeckten Himmel gedrungen, und ich empfand ein unsagbares Glücksgefühl, als ich auf die Burg hoch oben auf dem Felsen blickte, die sich wie ein vollgetakeltes Schiff von den rosagetönten Wolken abhob. Auf dem Markt packten die Standbesitzer ihre Butter und ihren Käse ein. In Lumpen gehüllte barfüßige Kinder starrten mich an und rannten dann weg, sich laut etwas zuschreiend. Hühner gackerten, Schafe, Rinder und Ziegen mit schwarzen Blessen stießen an mich. Schließlich hatte ich mich aus dem Gedränge befreit und ging schnell den Hügel hinunter, vorbei an der St.-Giles-Kathedrale mit ihrem hohen Glockenturm und acht Strebebogen, bis ich zum Canongate kam. Ein Stück weiter — umgeben von niedrigen Hügeln — sah ich den imposanten Holyrood-Palast liegen. Schnee und Matsch häuften sich vor den vergoldeten Toren. In diesem Palast hatte mein Vater auf einem großen Ball getanzt, als sich die Clan-Oberhäupter aus dem Hochland um ihren schönen Prinzen versammelt hatten und alle Herzen voll glühender Hoffnung gewesen waren. Jetzt stolzierten englische Soldaten in roten Mänteln im Schloßhof herum, und Schutt häufte sich um den einstigen Palast der schottischen Könige.

Die Sonne war untergegangen und die Dämmerung angebrochen, als ich schließlich umkehrte und neugierig um mich blickte. Hier hatten die Gilmours gewohnt, wenn sie von Glenlochy nach Edinburgh kamen. Viele Häuser standen leer oder waren von Obdachlosen in Besitz genommen worden. Leinen waren quer über die Höfe gespannt, zerlumpte Wäsche hing daran, und freudlose Gesichter starrten aus zerbrochenen Fenstern. Eines der Häuser hatte seine Schönheit bewahrt. Es stand an der Ecke zur Ramsay's Wynd. Über dem Türsturz war ein Wappen in den Stein gemeißelt: eine sprungbereite Katze mit einer Krone auf dem Kopf. Ich starrte hinauf und fragte mich, was sich hinter den dicht verschlossenen Fensterläden befände. Verlockende Vorstellungen überfielen mich. Vielleicht würde ich eines Tages diejenige sein, die das Haus wieder bewohnte. Es würde wieder von Kinderlachen erfüllt sein, voller Geschäftigkeit und fröhlichem Leben.

Doch dann kehrte ich in die Wirklichkeit zurück, denn ich fror erbärmlich in dem kalten Wind, der durch die Straßen fegte. Ich wandte mich eben zum Gehen, als die Tür des Hauses aufging und ein Mann heraustrat. Ich konnte nicht viel von ihm sehen, denn er hatte den Hut tief ins Gesicht gezogen, und ein langer Mantel verbarg seine Gestalt. Aber die Frau, die auf der Türschwelle stand, hielt eine Kerze in der Hand, und ich sah das blasse Gesicht, das lange, bis zur Taille reichende schwarze Haar über einem Kleid aus dunkelroter Wolle. Sie war von einer wilden Schönheit, wie die Heldin aus einer alten Ballade. Der Mann drehte sich um, zog sie an sich und küßte sie mit ungezähmter Leidenschaft. Dann schloß sie die Tür, und er lief schnell die Stufen herunter, hastete an mir vorbei zur Ramsay's Wynd.

Ich konnte dies alles gar nicht fassen, denn Mr. Cameron war doch vollkommen überzeugt gewesen, daß das Haus unbewohnt sei. Schon wollte ich an die Tür klopfen, aber dann dachte ich, wie peinlich es wäre zu erklären, wer ich sei, und sei es nur einem Dienstboten gegenüber. Die Hand, die mich im selben Augenblick berührte, erschreckte mich so sehr, daß ich fast laut aufgeschrien hätte. Ich wich gegen den Eisenpfosten am Fuße der Treppe zurück.

„Ist es nicht schon reichlich spät, um sich die Stadt anzusehen, Miss Gilmour?“ Es war Richard Wynter, der mir diese Frage stellte. Er schien die Angewohnheit zu haben, immer in unerwarteten Momenten aufzutauchen, und ich entgegnete ärgerlich: „Sind Sie mir etwa nachgegangen, Mr. Wynter?“

„Aber nein! Ich habe genau wie Sie einen Bummel durch die Stadt gemacht und die Sehenswürdigkeiten von Edinburgh bewundert. Dies hier ist ein sehr schönes altes Haus, nicht wahr? Aber es müßte dringend renoviert werden. Sehen Sie mal, wie schadhaft das Dach ist. Der Boden des Speichers ist bestimmt voller Wasserlachen.“

Sein unpersönlicher, sachlicher Ton irritierte mich, und ich sagte scharf: „Was kümmert Sie das? Es geht Sie doch gar nichts an!“

„Vielleicht doch“, erwiderte er zu meinem Erstaunen. „Wenn ich nämlich beschließe, das Haus zu kaufen.“

„Zu kaufen?“

„Warum nicht? Mir gehört bereits ein großer Teil des Landes von Glenlochy.“

Ich starrte ihn ungläubig an. „Davon hat Mr. Cameron überhaupt nichts gesagt!“

„Ein seriöser Notar plaudert nie Geschäfte seiner Klienten aus.“

„Aber ich habe ein Recht, es zu wissen!“

„Ich denke, dieses Recht gebührt Sir Alasdair.“

„Er ist mein Großvater.“

„Tatsächlich? Ich habe es mir fast schon gedacht.“

„Haben Sie sich deshalb bei dem Kutscher nach mir erkundigt?“

„Das geschah aus reiner Neugier, Miss Gilmour. Meinen Sie nicht, daß ich Sie jetzt besser zu Ihrem Gasthof zurückbringen sollte?“

Mir lag nichts an seiner Begleitung, aber mir fiel kein

Grund ein, sie abzulehnen. Also gingen wir gemeinsam schweigend weiter, bis ich sagte: „Wieso kaufen Sie als Engländer eigentlich Land im Hochland?"

„Ja, warum eigentlich?"

„Man macht sicher ein gutes Geschäft, wenn ein Landeigentümer in Not gerät und gezwungen ist, seinen Besitz zu verkaufen", fuhr ich zornig fort, da ich an meinen Großvater dachte.

„Das ist ein Gesichtspunkt, der gewiß einer Überlegung wert wäre", antwortete er ruhig. „Aber Sie tun mir unrecht, Miss Gilmour. Ich kaufe nicht ... zumindest jetzt noch nicht. Ich habe das Land vielmehr geerbt, und es ist ein verdammt unerfreuliches Erbe. Entschuldigen Sie den harten Ausdruck."

Ich blickte ihn verstohlen von der Seite an, als wir an einer der Laternen vorbeigingen, die hier und da längs der Straße standen. Er sah starr geradeaus und hatte einen grimmigen Zug um die Lippen. Impulsiv sagte ich: „Wenn Ihnen so wenig daran liegt, dürfte es ein leichtes sein, es loszuwerden."

„Ganz so einfach ist das nicht, glauben Sie mir. Eine Erbschaft bringt Verpflichtungen mit sich, finden Sie nicht auch?"

Die letzten Worte überraschten mich, und ich fragte mich, wieviel er über mich wisse. Plötzlich packte er mich ohne jede Vorwarnung am Arm und zog mich schnell in die Mitte der Straße, gerade noch rechtzeitig, um einem Schwall schmutzigen Wassers zu entgehen, das aus einem der oberen Fenster geschüttet wurde.

„Da haben wir aber Glück gehabt, daß ich es noch in letzter Sekunde gesehen habe", sagte er. „Die schottischen Hausfrauen haben die unangenehme Angewohnheit, ihre Eimer auf die Straße zu entleeren, ohne Rücksicht auf etwaige Passanten."

„Oh, wie scheußlich!“ rief ich unterdrückt, suchte nach meinem Taschentuch und hielt es mir vor die Nase. „Woher wissen Sie das?“

„Ich bin schon einmal hier in Edinburgh gewesen und hatte da nicht soviel Glück wie eben.“ Er lächelte zum erstenmal, und dieses belustigte Lächeln bewirkte, daß seine grauen Augen sich erhellten und die strengen Linien um seinen Mund schwanden. Ich hätte mich vielleicht zu ihm hingezogen gefühlt, wenn er nicht ein Engländer gewesen wäre, ein Angehöriger des verhaßten Volkes, welches das Leben meines Vaters vernichtet hatte und das Land brutal zerstörte, das er so geliebt hatte. Ich eilte weiter, doch er hielt mit mir Schritt, bis wir vor dem „Weißen Hirsch“ standen.

„Jetzt sind Sie in Sicherheit“, sagte er und blickte noch immer mit diesem leicht belustigten Lächeln auf mich nieder. „Ich fürchte, wir werden uns morgen in Mr. Camerons Salon wiedersehen, auch wenn Sie mich noch so wenig leiden können.“

„Ich habe nie gesagt, daß ich Sie nicht leiden kann!“

„Nicht direkt, aber ich habe es gefühlt . . . eisig wie der Winterwind. Gute Nacht, Miss Gilmour.“ Er verbeugte sich knapp und ging dann schnell in Richtung des Schlosses weiter.

Ich zog mich für Mr. Camerons Abendgesellschaft mit besonderer Sorgfalt an. Jeannie hatte die Volants eines zartgrünen Brokatkleides gebügelt, zu dem ein rosafarbener, mit winzigen Blumen bestickter Unterrock gehörte. Meine Mutter war zwar nur die Tochter einer einfachen Wirtin, aber sie hatte einen ausgezeichneten Geschmack. Das Kleid betonte meine grünen Augen und bildete einen perfekten Kontrast zu meinem roten Haar. Im letzten

Moment holte ich den Sithen-Stein hervor und steckte die Brosche zwischen die Spitzen an meinem Dekolleté.

„Wo haben Sie die denn um Gottes willen gefunden?“ staunte Jeannie. „Sie werden sie doch nicht angesteckt lassen? Sie ist doch viel zu groß!“

Sie hatte recht. Das Schmuckstück war eher als Spange geeignet, wie sie Männer an der Schulter tragen, um ihr Plaid zu halten. Aber ich war freudig erregt und ausgelassen. Ich war Mistress Gilmour von Glenlochy und war stolz darauf. Warum sollte ich meinen Anspruch auf diesen Titel nicht aller Welt vor Augen führen?

Pünktlich um fünf fuhr die Kutsche vor. Jeannie legte mir meinen Pelzmantel um die Schultern, und ich winkte ihr zum Abschied zu, während der Kutscher die Tür hinter mir schloß.

Mr. Cameron wohnte in einem schönen, stattlichen Haus an einem der neuerbauten Plätze im Norden der Stadt. In dem Moment, da ich den weißgetäfelten Salon betrat, wußte ich, daß mein Kleid ein Fehlgriff war. Trotz der cremefarbenen Spitzen, die meine bloße Schultern umgaben, war es nach französischer Mode sehr tief ausgeschnitten. Es waren sicherlich an die dreißig Menschen anwesend, und als ich den Raum betrat, wandten sich aller Augen mir zu.

Mr. Cameron kam, um mich zu begrüßen. Er küßte mir die Hand mit weltmännischer Höflichkeit und stellte mich seiner Frau vor. Der Blick, mit dem sie mich musterte, drückte die gleiche starke Abneigung aus wie die kalten Blicke der anderen Damen in ihren hochgeschlossenen, biederen Kleidern. Nun, sollten sie doch denken, was sie wollten!

Ich plauderte unbefangen, als ich von einem Gast zum anderen geführt wurde. Ich beantwortete Fragen, erzählte von Paris und von meinem Großvater in vollem Bewußtsein der allgemeinen Neugier. Später nahmen wir alle Platz, um den musikalischen Darbietungen zu lauschen. Ein junger Mann spielte grauenhaft schlecht Clavicembalo, und eine ältere Dame hätte gut daran getan, sich nicht mit einem italienischen Lied abzuplagen. Wir spendeten höflichen Beifall. Dann trat Mr. Cameron auf mich zu.

„Sie singen doch sicher auch, Miss Gilmour? Würden Sie uns mit einer französischen Ballade erfreuen?“

„O nein, das möchte ich nicht!“

„Ach, kommen Sie! Machen Sie uns die Freude.“ Er zwinkerte mir zu. „Wo ist Ihr Glenlochy-Mut geblieben?“

Das war eine Herausforderung, die ich nicht unerwidert lassen konnte. Ich ließ mich zu dem Musikinstrument führen, denn ich beherrschte es gut. Meine Mutter hatte dafür gesorgt. „Die Männer mögen es, wenn ihre Frauen einige gesellschaftliche Fähigkeiten haben“, hatte sie immer gesagt, als wäre ich eine Ware, die man an den Höchstbietenden verkauft. Ich sang eine einfache französische Weise, ein gefälliges, aber ein wenig keckes Lied. Die jungen Herren applaudierten begeistert. Ich erhob mich und wollte wieder zu meinem Platz zurückgehen, als ich plötzlich Richard Wynter an der Tür stehen sah. Sein pflaumenblauer Gehrock war tadellos geschnitten; sein dunkles Haar in Locken gelegt. Ich mochte ihn nicht, konnte aber nicht umhin, mir einzugestehen, daß er sehr vornehm aussah. Er war der einzige von den Gästen, der nicht applaudierte und keine Zugabe verlangte. Mir lag nichts an den anderen, aber sein spöttisches Lächeln ärgerte mich. Ich setzte mich von neuem, ließ meine Finger über die Tasten gleiten und begann zu singen. Es war ein ergreifendes Lied. Ich hatte es oft den Freunden meines Vaters vorgesungen, und sie weinten um das, was sie verloren hatten.

„Es klingt der Lerche süßer Sang
im Hochtal auf und nieder.
Und immer wieder fragt sie bang:
Kommt er nicht mehr wieder?
Kommt er nicht mehr wieder?
Kommt er nicht mehr wieder?
Niemand wird ihn besser lieben.
Kommt er nicht mehr wieder?"

Ich spürte, wie die Stimmung sich mit einemmal änderte. Füße scharrten, unbehagliche Blicke wurden gewechselt und schließlich nur höflicher Beifall gespendet. Mich kümmerte das nicht. Es bereitete mir sogar Vergnügen, die Anwesenden aus ihrer blasierten Selbstzufriedenheit aufzuschrecken. Ich hatte ihnen gezeigt, was ich fühlte. Mein Vater hatte für eine gute Sache gekämpft, und ich schämte mich ihrer nicht.

Als ich auf dem Rückweg zu meinem Platz an Richard Wynter vorbeikam, legte er seine Hand auf meinen bloßen Arm und blieb neben mir.

„Sie sind sehr kühn gewesen, Miss Gilmour."

„Es ist eine schöne schottische Ballade", verteidigte ich mich.

„Das ist sicherlich richtig, und Sie haben sie sehr eindrucksvoll vorgetragen. Aber die Leute hier wurden dadurch an etwas erinnert, das sie lieber vergessen möchten."

„Macht das soviel aus?"

„Ich glaube schon. Ist es nicht ziemlich unklug, alten Haß neu zu schüren? Es ist nicht unser Krieg. Ich war sechs Jahre alt, als mein Vater in der Schlacht von Culloden für König George kämpfte, und Sie waren damals noch nicht einmal geboren."

„Mein Vater hat sein ganzes Leben lang unter dem gelitten, was die Engländer ihm angetan haben."

„Das mag schon sein. Trotzdem wäre es ihm bestimmt nicht recht gewesen, daß Sie seinen alten Freund in Schwierigkeiten bringen, der noch dazu Ihr Gastgeber ist."

Sein kühler Ton drückte deutlichen Tadel aus, und das machte mich zornig, weil ich wußte, daß er gerechtfertigt war. Ich wandte mich von Richard Wynter ab und fühlte sofort, daß mich jemand anstarrte. Über die vergoldeten Stühle hinweg begegnete ich dem Blick einer hochgewachsenen Frau in einem schlichten dunkelroten Gewand. Ihr schwarzes Haar war aus dem blassen Gesicht zurückgekämmt und zu einer eleganten Frisur hochgesteckt. Ich war ziemlich sicher, daß es dieselbe Frau war, die ich am Abend zuvor an der Tür des Hauses der Gilmours gesehen hatte. Sekundenlang blieb ihr Blick noch auf mir haften, und meine Hand tastete unwillkürlich nach dem Sithen-Stein. Dann drehte die Frau sich schnell um und mischte sich unter die anderen Gäste, so daß ich glaubte, mich getäuscht zu haben. Im nächsten Augenblick kam Mr. Cameron auf mich zu geeilt und nahm in seiner freundlichen Art meinen Arm.

„Sie haben wie ein Engel gesungen, Miss Marietta", sagte er warm.

„Ich wollte nicht ...", stammelte ich. „Ich hoffe, ich habe Sie nicht gekränkt."

„Aber nein, ich weiß, was Sie empfinden", antwortete er ruhig. „Ich fühle mit Ihnen. Aber Sie dürfen nicht länger der Vergangenheit nachhängen. Jetzt zählt nur noch die Zukunft. Kommen Sie bitte mit mir. Ich möchte Sie mit jemandem bekannt machen. Mit einer ebenso charmanten jungen Dame, wie Sie eine sind. Sie wird Sie auf Ihrer Reise nach Glenlochy begleiten."

„Mich begleiten? Wie meinen Sie das? Ich verstehe nicht ..."

„Sie werden es gleich verstehen." Er strahlte mich durch seine Brille hindurch an und war offensichtlich sehr zufrieden mit sich. Wir durchquerten den Raum und gesellten uns zu einer Gruppe von Gästen, die sich schwatzend und lachend von dem reichhaltigen kalten Büfett bediente.

„Meine liebe Lady Janet", sagte Mr. Cameron, „darf ich Ihnen Mistress Gilmour vorstellen?"

Eine der Damen drehte sich herum. Glänzende rosafarbene Bänder hielten wunderschönes braunes Haar zusammen und schmückten ein elegantes cremefarbenes Seidenkleid. Es war unzweifelhaft die junge Dame, die auf dem Kai in Leith ihre Arme um Richard Wynter geschlungen hatte. Ein Paar blaue Augen musterte mich unverhohlen von Kopf bis Fuß. Dann lächelte sie und streckte mir die Hand hin.

„Wie nett, Sie kennenzulernen, und wie schön, daß Sie zur selben Zeit nach Glenlochy fahren wollen wie wir! Ich hatte mich schon vor der Reise gefürchtet, aber nun brauche ich das ja nicht mehr. Wir werden bestimmt eine Menge Spaß zusammen haben."

Ich war so überrascht, daß ich keine Worte fand, und Mr. Cameron mir beisprang.

„Ich kam erst heute morgen auf den Gedanken", sagte er, „als Oberst Wynter mir erzählte, daß er Anfang nächster Woche Edinburgh verlassen wolle. Es ist einfach undenkbar, Miss Marietta, daß Sie allein durch Schottland reisen, besonders in dieser Jahreszeit. Aber nun haben Sie ja Gesellschaft und obendrein noch männlichen Schutz. Besser könnte es gar nicht sein!"

„Aber das geht doch nicht! Ich würde für Lady Janet und Oberst Wynter nur eine Belastung sein. Außerdem ist da noch Jeannie. Nein, es ist einfach unmöglich!"

„Das ist es absolut nicht", erwiderte Lady Janet. „Beachten Sie ihre Einwände gar nicht, Mr. Cameron. Ich werde mit ihr sprechen. Kommen Sie, Miss Gilmour, setzen wir uns. Erzählen Sie mir von sich, damit wir uns besser kennenlernen.“

Ich war ziemlich bestürzt über die Aussicht, etliche Tage in der Gesellschaft von Oberst Wynter verbringen zu müssen, aber ich ließ mich trotzdem zu einem Sofa führen. Das junge Mädchen — denn es konnte höchstens ein bis zwei Jahre älter sein als ich — zog mich neben sich auf den Sitz.

„Jetzt können wir in aller Ruhe miteinander plaudern“, sagte sie und setzte sich bequem hin. „Mir ist gleich bei unserem Eintritt Ihr zauberhaftes Kleid aufgefallen. Es ist sicher in Frankreich angefertigt worden, nicht wahr? Es ist so elegant und schick. Ich bitte John immer, daß er mich meine Kleider in Paris kaufen lassen soll, aber er ist ein solcher Dickkopf. Er erklärt, er liebe mich, so wie ich bin. Das ist natürlich sehr nett von ihm, aber ich möchte so gern mit der Mode gehen. John ist übrigens mein Mann, Sir John Thorpe. Er ist momentan mit der Armee im Ausland. Es ist wirklich schrecklich, daß er so oft von zu Hause weg ist. Aber es läßt sich nicht ändern. Männer wollen etwas zu tun haben. Richard und er waren Regimentskameraden. Durch ihn habe ich John kennengelernt. Richard hat ihn einmal nach Laverstoke mitgebracht, als sie Urlaub hatten. Laverstoke liegt in Sussex. Mein Vater ist Lord Wynter.“

Ich versuchte, Ordnung in das Durcheinander zu bringen. „Dann ist Mr. Wynter nicht Ihr . . .?“

„Haben Sie etwa geglaubt, daß Richard mein Mann wäre? Ach du lieber Himmel, nein!“ Sie lachte fröhlich. „Er ist mein älterer Bruder. Oh, er ist ein Schatz, und ich liebe ihn sehr, aber verheiratet möchte ich nicht mit ihm sein. Er kann sehr streng sein, wissen Sie, ganz anders als John.“

„Als ich Sie beide auf dem Kai in Leith sah, dachte ich ...“

„Ach ja, natürlich, Sie waren ja auch da! Sie haben uns die Droschke vor der Nase weggeschnappt, und Richard war so wütend darüber! Sie müssen mit demselben Schiff gekommen sein wie er. War die Überfahrt sehr unangenehm? Gott sei Dank fahren wir nicht mit dem Schiff zur Westküste hinauf. Darin habe ich meinen Willen durchgesetzt. Richard wird natürlich nie seekrank. Aber ich könnte mich bestimmt vor lauter Übelkeit nicht mehr rühren, und dann wäre er ärgerlich auf mich.“

„Wie ungerecht!“

„O nein, Sie dürfen nicht schlecht von ihm denken. Er ist sonst sehr rücksichtsvoll. Er setzt von anderen nur voraus, daß sie sich genauso gut zu beherrschen wissen wie er, und ich habe immer Angst, seinen Anforderungen nicht gewachsen zu sein.“

Wenn es möglich gewesen wäre, hätte sich meine Abneigung gegen Richard Wynter jetzt noch verstärkt, aber seine Schwester hatte ein ungemein einnehmendes Wesen. Ich hatte nie viele Freundinnen gehabt, und nun freute ich mich plötzlich, mit dieser reizenden jungen Frau zusammen reisen zu können, selbst wenn das hieß, daß ich mich mit der Begleitung ihres Bruders abfinden mußte.

Janet plauderte munter weiter: „Wir fahren mit der Kutsche, und Richard wird neben uns her reiten. Nichts könnte ihn dazu bringen, sich zu mir in die Kutsche zu setzen. Er sagt, mein Geschnatter würde ihn spätestens in einer Stunde wahnsinnig machen.“

Ich atmete erleichtert auf, da ich nun wußte, daß ich ihn nicht viel um mich haben würde, zumindest nicht am Tage.

„Wenn es nicht zu indiskret ist, darf ich fragen, warum Sie mit Ihrem Bruder nach Glenlochy fahren?“

„Ach, das ist eine lange Geschichte. Sie werden das meiste davon sicher noch vor unserer Ankunft dort erfahren. Es ist alles ziemlich abenteuerlich. Wissen Sie, es ist so . . ."

„Du redest zuviel, meine Liebe!" sagte eine kühle Stimme. Ich schaute auf und sah, daß Richard Wynter hinter uns stand und seine Hand auf die Schulter seiner Schwester gelegt hatte. „Janet ist eine unverbesserliche Romantikerin, Miss Gilmour."

„Nein, das bin ich nicht!" widersprach sie. „Ich bin vielmehr diejenige, die praktisch denkt. Wie würdest du denn in diesem finsteren alten Haus in Glenlochy zurechtkommen, wenn ich dich nicht begleitete und für deine Bequemlichkeit sorgte?"

„Oh, ich bin dir ja auch dankbar dafür, meine Liebe, sehr dankbar, das weißt du doch." Er streichelte ihre Wange, und sie sah lächelnd zu ihm auf.

„Du brauchst mir nicht dankbar dafür zu sein. Ich langweile mich zu Tode ohne John, wie du weißt. Übrigens habe ich mit Marietta Freundschaft geschlossen. Sie haben doch nichts dagegen, daß ich Sie beim Vornamen nenne? Und sagen Sie bitte Janet zu mir. Wir können uns eigentlich auch duzen, was meinen Sie?" Ich nickte lächelnd, und sie fuhr unbekümmert fort: „Ich finde es ungeheuer romantisch, daß du zum erstenmal in deinem Leben deinen Großvater siehst, der bis jetzt überhaupt nichts von deiner Existenz wußte. Du mußt doch wohl zugeben, Richard, daß das ungeheuer romantisch ist?"

„Gewiß, das tue ich. Ich hoffe nur, daß es auch wirklich so romantisch wird, wie es sich anhört", erwiderte er trocken und wandte sich dann mir zu. „Sie müssen sich leider auf eine etwas anstrengende Reise vorbereiten, Miss Gilmour. Wir können nur einen Teil des Weges mit der Kutsche zurücklegen. Für den Rest müssen wir Ponys benutzen."

„Sie brauchen sich keine Sorgen zu machen, Mr. Wynter. Ich kann reiten und werde bestimmt nicht vom Pony fallen.“

„Natürlich wirst du nicht herunterfallen! Was für eine absurde Idee! Sei nicht so ein Klotz, Richard!“ schaltete sich Janet ein. „Mach dir nichts draus, was mein Bruder sagt, Marietta. Er hält alle Frauen für dumme, leichtsinnige Geschöpfe, die ständig hysterische Anfälle bekommen. Nur weil du einmal eine schlechte Erfahrung gemacht hast, Richard, besagt das noch lange nicht, daß alle Frauen so sein müssen wie ...“

„Janet, bitte!“ Einen Augenblick war es so, als fiele eine Maske von seinem Gesicht, und ich war überrascht von dem schmerzlichen Ausdruck, der dann aber sogleich wieder schwand.

Janet war sofort zerknirscht. „Es tut mir leid, Lieber. Ich wollte dich nicht daran erinnern. Vergiß, was ich gesagt habe, Marietta. Ich schwatze immer gedankenlos drauflos. Oh, sieh mal, sie fangen schon an zu tanzen!“

Während wir uns unterhalten hatten, waren die Stühle weggeräumt worden, und ein Geiger stand nun neben dem Clavicembalo.

„Würde es dir das Herz brechen, Janet, wenn wir jetzt schon gingen?“ fragte Richard Wynter abrupt.

Ich dachte, daß sie protestieren würde, aber sie tat es nicht. Sie stand sogleich auf und hakte sich bei ihm unter.

„Nein, natürlich nicht, du Dummer. Ich weiß genau, wie dir zumute ist. Es macht mir gar nichts aus, schon zu gehen. Also gute Nacht, Marietta. Es war schön, mit dir zu plaudern, und wir sehen uns ja bald wieder.“

Richard verbeugte sich und murmelte ein paar höfliche Worte, dann verließen sie zusammen den Salon. Es bestand kein Zweifel für mich, daß Janet gern getanzt hätte. Ich fand es deshalb sehr egoistisch von ihrem Bruder, sie zum Mitgehen zu überreden, wenn sie auch so getan hatte, als mache ihr das nichts. Sie mochte ihn einen Klotz nennen, doch schien sie ihn trotz seines herrischen Wesens sehr zu lieben.

Ich blieb auch nicht viel länger. Mr. Cameron redete mir zu, mich zu den Tanzenden zu gesellen, aber ich schüttelte den Kopf. Ich schaute mich nach der Frau in dem dunkelroten Kleid um, weil ich Mr. Cameron fragen wollte, wer sie sei. Aber ich konnte sie nirgends entdecken, und das Ganze erschien mir plötzlich unwichtig.

Mr. Cameron begleitete mich auf die Straße hinaus zu der wartenden Kutsche. „Hoffentlich ist es Ihnen recht, daß ich Oberst Wynter und seine Schwester gebeten habe, Sie nach Glenlochy mitzunehmen", sagte er ein bißchen unsicher. „Ich hatte keine Zeit mehr, um mich mit Ihnen in Verbindung zu setzen, und ich hielt die Gelegenheit für zu günstig, als daß man sie sich entgehen ließe."

„Ich bin Ihnen sehr dankbar."

„Janet Thorpe ist eine reizende junge Dame, und ihr Bruder ist sehr zuverlässig. Ich habe den Vater der beiden einmal kennengelernt. Der Titel ist inzwischen auf ihn übergegangen."

Das muß der Vater gewesen sein, der für König George gekämpft hat, dachte ich und fragte Mr. Cameron dann: „Weshalb haben Sie mir nicht gesagt, daß den Wynters ein Teil des Landes von Glenlochy gehört?"

„Ich habe vergessen, das zur Sprache zu bringen. Der Verkauf fand schon vor einigen Jahren statt. Ihr Großvater brauchte dringend Geld und verkaufte das Jagdhaus und die umliegenden Wälder. Es hat dabei einige Unannehmlichkeiten gegeben."

„Was für Unannehmlichkeiten?"

Er sah mich einen Augenblick an und sagte dann schnell: „Ich glaube nicht, daß Sie sich darüber noch Gedanken machen müssen. Das Ganze ist inzwischen vergessen. Glenlochy ist ein zauberhafter Ort, aber sehr abgelegen. Sie werden sicher froh sein, nur wenige Meilen entfernt Nachbarn zu haben. Ich habe bereits an Sir Alasdair geschrieben. Der Brief wird mit dem nächsten Postschiff abgehen und müßte ihn vor Ihrer Ankunft erreichen. Ich werde morgen zu Ihnen kommen und alles Weitere mit Ihnen besprechen."

„Vielen Dank, Mr. Cameron."

Ich war versucht, ihm von der in Druckschrift geschriebenen Botschaft zu erzählen, die mich davor warnte, nach Glenlochy zu kommen. Aber irgend etwas hielt mich davon ab. Vielleicht war das töricht von mir, aber ich hatte Angst, daß Mr. Cameron mich dann womöglich nicht fahren lassen würde. Also sagte ich nichts, als er mir in die Kutsche half und den Schlag hinter mir schloß. Gleich darauf trieb der Kutscher die Pferde an, und die Räder rasselten über das vereiste Pflaster.

Später in der Nacht — lange nachdem ich Jeannies unzählige Fragen beantwortet hatte und ihr schließlich die Augen zugefallen waren — lag ich schlaflos im Bett, denn die Erlebnisse des Abends ließen mich keine Ruhe finden. Immer wieder dachte ich über alles nach. Diese schwarzhaarige Frau . . . wer war sie? Hatte ich mir vielleicht nur eingebildet, daß sie mich forschend betrachtet hatte? Ich ärgerte mich über mich selbst, weil ich auch das Gesicht von Richard Wynter seltsamerweise immer wieder vor mir sah und es mir den Schlaf raubte. Wenn jemand ihn einmal zutiefst verletzt hatte, dann hatte er es zweifellos nicht anders verdient. Ich vergrub meinen Kopf in das Kissen, dachte an meinen Vater und fragte mich, ob er auf dem todbringenden, blutigen Schlachtfeld von Culloden einmal Robert Wynter mit dem Schwert in der Hand gegenübergestanden hatte.

3

Nichts, das ich je erlebt hatte, ließ sich mit den Empfindungen vergleichen, die mich beim ersten Anblick der Hochlande ergriffen — diese Großartigkeit, dieses unsagbar Majestätische und das merkwürdige, unerklärliche Gefühl, hierher zu gehören.

Wir hatten Edinburgh eine Woche nach Mr. Camerons Abendgesellschaft beinahe wie eine Kavalkade verlassen. Janet und ich fuhren zusammen in der großen Kutsche, die für die holprigen Straßen besonders gefedert worden war. Jeannie und Rose, Janets mürrisch dreinsehende ältere Magd, folgten uns in einer zweiten Kutsche, in der noch das Gepäck verstaut war. Richard Wynter ritt uns voraus. In seinen Satteltaschen steckten Pistolen, damit wir gegen alle Gefahren während unserer Reise gewappnet waren. James, der Reitknecht, der Janet von Sussex her begleitet hatte, bildete schließlich die Nachhut. Wir fuhren zunächst am Ufer des Firth of Forth entlang, durch eine schöne flache Landschaft mit Bauernhöfen und Feldern. Der Frühling hält in Schottland nur langsam Einzug, aber der Schnee war geschmolzen. Die ersten Spitzen grünen Grases drangen durch den Boden, und die schmalen braunen Knospen an den Weißbirken brachen auf.

Bei Einbruch der Dämmerung kamen wir nach Stirling. Ein großer, zerklüfteter, grün-schwarzer Felsen ragte aus der Ebene empor, auf dessen Kuppe die zerfallenen Mauern eines Schlosses standen. Wir waren an den Straßenrand gefahren, um einen mit Holz beladenen Ochsenkarren vorbeizulassen, als Richard den Kopf durch das Kutschenfenster steckte.

„Dort sind die Hochlande", sagte er und wies mit seiner Reitgerte nach Norden. Weit in der Ferne hoben sich die grauen Gipfel des mächtigen Grampiangebirges wie riesige Wolken gegen den fahlen Himmel ab.

„Spüren Sie keine Ergriffenheit, Miss Gilmour? Eigentlich müßten Sie das, denn hier hat Robert Bruce das Banner mit dem Löwen erhoben und die Unabhängigkeit Schottlands errungen."

Die Unabhängigkeit, die Charles Stuart unter so verhängnisvollen Umständen bei Culloden wieder verloren hatte. Das hatte Richard Wynter zwar nicht laut ausgesprochen, aber für mich klang es aus seinem ironischen Ton heraus. Mußte er mich daran erinnern, daß der einstige Ruhm an jenem Tag der bitteren Niederlage zerstört worden war?

„Es wird neue Anführer geben!" fuhr ich ihn an.

Er zuckte die Achseln. „Ich fürchte, die Zeit der großen Helden ist endgültig vorbei."

Es war eine schreckliche Reise. Die Kutsche rumpelte über die groben Pflastersteine der Heerstraße, die General Wades Rotmäntel vor fünfzig Jahren angelegt hatten. Ich erinnerte mich, daß mein Vater mir erzählt hatte, wie sich die Clan-Oberhäupter des Hochlands gegen die Besetzung ihres einst uneinnehmbaren Berglands aufgelehnt hatten. Die Gasthöfe waren meist sehr armselig, und wir schliefen auf harten Matratzen oder auf Strohlagern. Manchmal war alles so schmutzig, daß wir nur Milch, Käse und Hafermehlkuchen aßen und uns im übrigen von den Lekkerbissen aus dem Reiseproviant ernährten, auf dessen Mitnahme Janet bestanden hatte.

Wir brauchten acht Tage bis nach Fort William. Als wir die Berge erreicht hatten, war es unmöglich, in den

Kutschen weiterzufahren, wir mußten die Ponys besteigen. Die kräftigen kleinen Tiere hatten einen sicheren Tritt und ermüdeten nie. Aber obgleich ich lieber gestorben wäre, als das zuzugeben, war ich am Abend immer so steif und zerschunden, daß ich weder Ruhe noch Schlaf finden konnte. Und welch eine Qual war es, bei Anbruch der Dämmerung aufzustehen in dem Wissen, wieder den ganzen Tag auf dem Rücken des Ponys verbringen zu müssen. Janet ertrug das besser als ich. Sie war von frühester Kindheit an geritten, statt auf den Straßen von Paris spazierenzugehen. Sie erhob daher niemals Einwände, wenn ihr Bruder uns unerbittlich vorwärts trieb.

Doch mit der Zeit gewöhnte ich mich an die Strapazen und fand trotz meiner zerschundenen Beine und meines schmerzenden Rückens Gefallen an den Ritten. Jedes Stück des Weges war wie eine Offenbarung. Der Traum meines Vaters wurde vor meinen Augen Wirklichkeit. Manchmal ritten wir durch grüne Täler, und zuweilen schienen wir die einzigen Menschen in einer von stahlgrauen Bergen umgebenen Wildnis zu sein. Die einzigen Laute, die wir hörten, waren das Rauschen der Wildbäche, die in glitzernden Wasserfällen die Bergwände herabstürzten, das Säuseln des Windes in den hohen grünen Gräsern oder der unheimliche Schrei eines großen Vogels, der über den Loch flog.

Wir ritten steile Abhänge hinauf, auf denen Kiefern dunkel und drohend in den Himmel ragten. Sie standen so dicht, daß man sich in Minutenschnelle in dem Dickicht hätte verirren können. Als der Pfad einmal besonders schmal war, so daß wir in einer Reihe hintereinander reiten mußten, hörte ich plötzlich ein Knacken im Geäst und ein langgezogenes Fauchen. Unwillkürlich hieb ich die Fersen in die Flanken meines Ponys. Es machte einen Satz nach vorn und prallte gegen Richards Pferd.

Er stieß einen lauten Fluch aus. „Verdammt noch mal, mußten Sie das unbedingt tun?“ Seine Hand packte den Zügel meines Ponys und brachte es zum Stehen.

„Es tut mir leid . . .“, begann ich in dem Versuch, mich zu rechtfertigen.

„Schon gut“, sagte er mit verzerrtem Gesicht. „Sie brauchen keine Angst zu haben. Es gibt hier keine Raubtiere. Das eben war wahrscheinlich eine wildernde Katze.“

Sein gereiztes, rüpelhaftes Benehmen ärgerte mich, und ich suchte nach einer passenden Antwort, aber er war schon wieder vorausgeritten.

An dem Tag, an dem wir den Glencoe-Paß überquerten, brach ein Gewitter aus. Laute Donnerschläge hallten von den schneebedeckten Gipfeln wider, grelle Blitze zerrissen den Himmel und erhellten das von Geistern heimgesuchte Tal mit unheimlichem Glanz. Ich glaube, es gibt kein Kind in Schottland, das die Geschichte jener blutigen Nacht nicht kennt, in der die Campbells die geheiligte Tradition der Gastfreundschaft des Hochlandes brachen. Sie hatten mit ihren Gastgebern, den Macdonalds, gegessen und getrunken, dann waren sie bei Einbruch der Morgendämmerung heimlich aufgestanden und hatten alle Macdonalds — Männer, Frauen und Kinder — mit ihren Schwertern erschlagen.

Janet war während des Ritts ungewöhnlich schweigsam gewesen. Als wir den Paß überquert hatten, brach die Sonne durch die Wolken, und ein Regenbogen spannte sich von einer Seite der Straße zur anderen, glänzte in Rosa, Gold und Grün. Wir ritten schweigend weiter, als Janet plötzlich sagte: „Meine Großmutter war eine Campbell. Ich schäme mich dessen, kannst du das verstehen?“

Das kam so unerwartet, daß ich nicht sogleich eine Antwort fand. Schließlich sagte ich: „Ich dachte, du wärst durch und durch englisch.“

Sie lächelte. „Soviel ich weiß, sind wir das mütterlicherseits. Aber Margaret Campbell war eine sehr starke Persönlichkeit. Sie starb, als ich zwölf Jahre alt war, doch ich habe sie nie vergessen. Sie war streng, aber sie konnte auch sehr witzig sein. Der ganze Haushalt fürchtete sie. Sie hatte einen starken Einfluß auf meinen Vater. Ihretwegen wurde er Oberst bei der Schwarzen Garde."

„Aber das ist doch ein Hochland-Regiment?"

„Ja, das stimmt. Meine Großmutter war eine entfernte Verwandte des Herzogs von Argyll, und sie bestand darauf, daß mein Vater der Schwarzen Garde beitreten müsse. Für meine beiden Brüder war es eine Selbstverständlichkeit, seinem Beispiel zu folgen."

„Z w e i Brüder hast du?"

„Ja. Graham war zwei Jahre älter als Richard und wurde sogar in Schottland geboren, als mein Vater dort stationiert war. Ich glaube, daß er sich deshalb immer so besonders nach Schottland hingezogen fühlte. Als er dann in die Garnison von Fort William abkommandiert wurde, kaufte er einen Teil des Landes von Glenlochy."

„Das hat er damals bestimmt sehr billig bekommen, da so viele Hochländer zum Verkauf gezwungen waren", sagte ich ein wenig bitter.

Janet drehte sich zu mir um und sah mich an. „Das mag wohl stimmen. Nach der Schlacht von Culloden war es leicht für die Engländer, Land zu kaufen. Aber ich glaube nicht, daß Graham es deshalb getan hat. Er liebte Schottland und schrieb begeisterte Briefe, was er tun würde, wenn er erst dort wohnte, und wie er das *Tige Dubh* ..."

„Das *Tige Dubh* ...", sagte ich langsam. „Das heißt das Schwarze Haus."

„Richtig. Kannst du Gälisch?"

„Ein bißchen. Mein Vater hat es mir beigebracht."

„Wie klug von dir, daß du es gelernt hast. Das Schwarze Haus ist nicht groß, soviel ich weiß. Es wurde von den Gilmours als Jagdhaus benutzt."

„Ist dein Bruder noch in Fort William?"

„Nein." Sie schwieg eine Weile und sagte dann: „Er ist vor zwei Jahren gestorben."

„Oh, entschuldige ... es tut mir leid ..."

„Es war ein harter Schlag für uns alle, besonders aber für Richard. Die beiden haben sich immer sehr nahegestanden. Ich glaube, daß Graham deshalb das Haus und die Ländereien Richard vermacht hat."

Das erklärte also die „verdammt unerfreuliche Erbschaft". Ich hätte gern noch mehr in Erfahrung gebracht, aber Janet trieb ihr Pony plötzlich an und gesellte sich zu ihrem Bruder, als fürchtete sie, schon zuviel gesagt zu haben. Ich hatte das Gefühl, daß mehr dahintersteckte, etwas, das sie für sich behalten wollte. Sie hatte mir während unserer Reise viel von ihrer Kindheit auf dem englischen Landsitz erzählt, über ihre Hunde, ihren Mann und ihre Enttäuschung, noch kein Kind zu haben. Aber sie konnte auch sehr zurückhaltend sein, über Richard sprach sie nur selten, und es lag mir nicht, Fragen zu stellen.

Am frühen Nachmittag des nächsten Tages erreichten wir Fort William. Es bestand nur aus wenigen unscheinbaren Häusern, die rund um die Garnison erbaut worden waren. Aber diesmal war der Gasthof wirklich ausgezeichnet. Zum erstenmal hatten wir bequeme Betten und erhielten ein köstliches Mahl, das aus frischem Lachs und gebratenem Huhn bestand. Dazu wurde uns knuspriges Brot, frisch aus dem Ofen, gereicht, und statt Whisky gab es Wein. Janet und ich waren hoch erfreut darüber, weil wir Whisky nicht ausstehen konnten. Selbst Richard genoß das Mahl und war ziemlich gesprächig.

„Das war herrlich!" sagte Janet und lehnte sich mit

einem zufriedenen Seufzer zurück, wobei sie sich völlig undamenhaft auf den Magen klopfte. „Ich habe natürlich viel zuviel gegessen und getrunken, aber das macht nichts. Ich gehe jetzt wohl am besten zu Bett. Am liebsten würde ich eine ganze Woche lang schlafen."

„Entsetzlich!" meinte ihr Bruder mit nachsichtigem Lächeln. „Du kommst mir vor wie ein Kätzchen, das ein Schüsselchen Sahne bekommen hat und sich jetzt glücklich die Pfoten abschleckt. Wie ist es mit Ihnen, Marietta?"

Diese vertrauliche Anrede schien ihm unbewußt entschlüpft zu sein.

„Oh, ich weiß nicht recht", erwiderte ich. „Ich werde wahrscheinlich Janets Beispiel folgen."

„Gut, und vergeßt nicht, daß wir morgen früh um fünf aufbrechen müssen, wenn wir vor Einbruch der Nacht in Glenlochy sein wollen."

„Wann läßt du uns jemals etwas vergessen, Bruderherz?" sagte Janet und drückte ihre Lippen sanft auf sein Haar. „Du solltest die Dinge leichter nehmen und dich vor allem nicht so überanstrengen."

Ich war erstaunt über ihren besorgten Ton, denn ich hatte bislang den Eindruck gehabt, daß Richard eine eiserne Konstitution habe. Erst jetzt fiel mir auf, wie angegriffen er aussah und wie schwerfällig er sich erhob, als bereitete es ihm größte Mühe aufzustehen.

Er legte seine Hand auf Janets Schulter. „Unsinn, meine Liebe! Geh du jetzt zu Bett. Ich schaue noch kurz zur Garnison hinauf."

„Bleib nicht zu lange. Komm, Marietta! Welch ein Glück, daß wir einmal nicht unser Strohlager mit den Ponys teilen müssen!"

Jeannie packte in unserem Zimmer gerade die Reisetasche aus, die wir als einziges Gepäckstück bei uns hatten, seit die großen Koffer von den Pack-Ponys befördert wurden und erst am Ziel unserer Reise wieder geöffnet werden würden.

„O Gott, o Gott!“ stöhnte Jeannie und richtete sich ächzend auf. „Wenn ich gewußt hätte, was ich jetzt weiß, Miss Marietta, wär' ich um nichts in der Welt von Paris weggegangen. Mir tun alle Knochen im Leib weh. Ich wünschte, ich wär' wieder in der Rue Chantelle, selbst wenn ich da nur Fußböden schrubben müßte.“

„Nun übertreibe aber nicht! Weißt du nicht mehr, wie du immer darüber geschimpft hast? Wenn wir erst einmal in Glenlochy sind, wird alles anders sein.“

„Meinen Sie? Da bin ich gar nicht so überzeugt davon. Ich hab' noch nie in meinem Leben soviel barbarische Leute und dreckige Hütten gesehen. Die gehen hier ja sogar alle barfuß“, redete sie empört weiter, als ob das der größte Skandal wäre. „Nicht ein einziger hat hier ein Paar Schuhe an den Füßen.“

„Sie sind arm“, entgegnete ich. „Sie müssen die Schuhe für den sonntägigen Kirchgang aufsparen.“

„Wenn sie überhaupt in die Kirche gehen“, brummelte Jeannie. „Ich glaub', die sind nichts als Heiden. Wissen Sie, was dieses Mädchen da unten zu mir gesagt hat, als sie Mr. Wynter sah? Daß sie schon mal so 'nen Engländer gesehen hätte, und der hätte den bösen Blick gehabt, womit man die junge Saat verkümmern lassen und das Baby im Mutterleib verfluchen kann.“

„Was für ein Unsinn!“ rief ich ärgerlich.

„Das hab' ich auch gesagt. Mr. Wynter ist sicher streng, aber er ist ein gerechter Herr und sehr um uns bedacht. Doch was kann man schon von so 'ner dummen Gans, wie die da unten ist, erwarten? Die bindet doch tatsächlich einen Ebereschenzweig an den Milcheimer, damit die bösen Geister die Milch nicht sauer werden lassen können!“

Ich lächelte. „Beruhige dich, Jeannie! Wir sind bald am

Ende unserer Reise angelangt. Morgen werden wir in Glenlochy sein.“

„Dem Himmel sei Dank! Ich hab’ schon geglaubt, wir müßten noch bis ans Ende der Welt.“

Ich lachte und breitete die Arme aus. „Ich finde es herrlich! Ich liebe die Berge und auch die Menschen hier.“

Plötzlich hatte ich kein Verlangen nach Schlaf mehr, sondern wurde von einer tiefen Erregung erfaßt. Ich nahm das Plaid meines Vaters, das ich mitgenommen hatte, und drückte es gegen mein Gesicht. Es hatte diesen angenehmen torfartigen Geruch, der allen handgewebten Wollstoffen anhaftet. Sanft strich ich darüber und dachte an den Tag, an dem mein Vater es für mich angelegt hatte. In dichten Falten hatte er es um die Taille gegürtet und wie einen Umhang über die Schulter geworfen. Es hatte ein blau-grünes Karomuster mit einem feinen roten Streifen. Die Farben waren jedoch inzwischen von der Sonne und von den vielen Nächten ausgeblichen, in denen ich es als Schutz gegen Wind und Regen sowie gegen das harte Heidekraut benutzt hatte.

Draußen würde es sicher kalt sein, denn es blies ein frischer Wind vom Loch her. Ich entfaltete das Plaid, schlang es über mein Reitkleid und befestigte es an der Schulter mit der Sithen-Brosche. Jeannie schaute mir neugierig zu, aber selbst ihr hätte ich meine Gefühle nicht erklären können. Endlich konnte ich den Schwur erfüllen, den ich mir selbst geleistet hatte, als ich in der Todesnacht meines Vaters neben seinem Bett kniete. Das Plaid war ein Teil von ihm, und ich fühlte mich wie geborgen, als ich die rauhen Falten an meiner Wange spürte.

Ich ging die Treppe hinunter und zur Tür hinaus. Es war noch nicht ganz dunkel. Mich wunderte das nicht, denn ich wußte inzwischen, daß das Licht hier oben im Norden nur zögernd schwindet und in eine lange Dämmerung übergeht. Vor mir konnte ich das Fort mit seinen vier eckigen Türmen sehen. Die englische Flagge wehte im Wind, und Soldaten schlenderten über den Hof. Aber ich hatte nicht vor, dorthin zu gehen, sondern überquerte den Pfad zum Ufer des Loch und blickte über das stahlgraue Wasser zu der dunklen Silhouette der fernen Berge hin. Morgen würden wir mit der Fähre übersetzen und dann die Straße zum Meer nehmen. Morgen würde ich in Schloß Glenlochy sein. Was würde mich dort erwarten? Was würde Sir Alasdair zu seiner Enkelin sagen, die er noch nie gesehen hatte? Würde ich alle, die dort waren, forschend ansehen und mich fragen, wer von ihnen mich von Glenlochy hatte fernhalten wollen? Meine Erregung mischte sich mit Furcht. Zum erstenmal war ich froh, daß ich nicht allein in dem Tal sein würde. Sowenig ich Richard Wynter und seine strenge, überhebliche Art auch mochte, er würde mit seiner Schwester da sein, ruhig und zuverlässig und nur ein paar Meilen entfernt.

Eine Hand auf meiner Schulter drehte mich plötzlich grob herum, ein vierschrötiges Gesicht kam dem meinen ganz nah. „Weißte nich', Mädchen, daß es verboten ist, mit 'nem Tartan an 'rumzulaufen?“ fragte eine Stimme in kaum verständlichem Dialekt.

Erschreckt versuchte ich mich loszureißen. „Ich weiß nicht, was Sie meinen. Bitte, lassen Sie mich gehen!“

Aber sein Griff wurde nur noch härter. „Könnt' dich vor den Major dafür bringen. Der tät dich an 'nem Karren festbinden und auspeitschen lassen. Das würd' dir nich gefallen, was, meine Schöne?“ fuhr er hämisch fort. „Aber vielleicht tu ich's nich. Vielleicht vergeß ich, was ich gesehen hab'. Was meinst du? Mußt mir nur was dafür geben. Na, wie ist's?“ Der Atem, der mir entgegendrang, roch nach Whisky. Eine Hand zerrte an der Brosche an meiner Schulter.

Jetzt hatte ich echte Angst. Ich schrie laut auf, und im nächsten Augenblick wurde der Soldat von mir weggerissen und zurückgestoßen.

„Was fällt dir ein, Mann, eine Dame zu belästigen?“ verlangte Richard Wynter zu wissen.

„Das soll ’ne Dame sein?“ knurrte mein Angreifer und befühlte seine aufgeplatzte Lippe. „Wenn sie ’ne Dame ist, warum trägt sie dann so ’n Barbaren-Plaid?“

„Das ist kein solches Plaid. Reiß dich zusammen, Kerl! Du bist ja betrunken.“

„Ich soll besoffen sein?“ entgegnete der Mann aufsässig. „Nich so besoffen, daß ich mich nich frag’, was für ’n Recht Sie haben, mir was zu befehlen.“

Schwankend trat er auf Richard zu und wollte sich mit ihm anlegen, als ein Windstoß vom Loch herüberkam und Richard den Hut vom Kopf wehte. Der Mann stieß einen erstickten Schrei aus und wich mit entsetztem Gesicht zurück. „Gott sei uns gnädig!“ stammelte er. „Er ist ... er ist aus dem Grab auferstanden!“

Er hätte sicher die Flucht ergriffen und wäre um sein Leben gerannt, wenn Richard ihn nicht an der Schulter festgehalten hätte.

„Was hast du da gesagt?“

„Nix, nix“, stammelte der Soldat. „Lassen Sie mich gehn!“

„O doch, du hast etwas gesagt! Was war es?“ Die Autorität in Richards Stimme verfehlte nicht ihre Wirkung. Der Mann nahm mühevoll Haltung an.

„Nix Besonderes. Ich hätt’ eben nur schwören können ... ich meine, ich hab’ gedacht ...“

„Was?“

Der Soldat trat von einem Fuß auf den anderen und blickte unbehaglich zu Boden. „Wie Sie da so stehn, Sir, sind Sie das lebende Abbild von unserm Herrn Hauptmann. Als der sich ertränkt hat, haben alle gesagt, der tät' im Grab keine Ruhe finden und ..."

Richard lachte kurz auf. „Nun, ich bin kein Geist. Die Wunde an deiner Lippe sollte dir ein Beweis dafür sein. Und jetzt scher dich fort, Mann, mach, daß du in dein Quartier zurückkommst. Tu nächstesmal etwas mehr Wasser in deinen Whisky, sonst erlebst du noch etwas Schlimmeres als Tote, die wieder zum Leben erwacht sind."

Der Soldat hob den Kopf, machte auf dem Absatz kehrt und rannte die Straße zum Fort hinunter, als wäre der Leibhaftige hinter ihm her, während Richard ihm mit gerunzelter Stirn nachblickte.

Ich hob seinen Hut auf und reichte ihn ihm. „Vielen Dank, daß Sie mir zu Hilfe geeilt sind. Oh, ich glaube, Sie haben sich verletzt. Ihre Knöchel bluten."

Er sah überrascht auf seine Hand. „Ach, das sind nur ein paar Kratzer. Der Mann war ein Narr, aber Sie sollten in Zukunft vorsichtiger sein. Er hatte recht, wissen Sie. Das Tragen von jeglicher Hochlandtracht ist streng untersagt und wird hart bestraft."

Ich starrte ihn ungläubig an. „Ich habe keine besonders hohe Meinung von den Engländern, aber ich hätte nie gedacht, daß sie derartig hart und fanatisch sind."

„Es ist nun einmal Gesetz", erwiderte er und blickte mich dann mit dem ihm eigenen Lächeln an. „Ich persönlich bin dagegen. Mir scheint es eine unehrenhafte Art zu sein, den Geist eines Volkes zu brechen."

„Ich verstehe. Ich wußte nicht ..."

„Das Plaid hat sicher Ihrem Vater gehört?"

„Ja."

„Verstecken Sie es irgendwo, bis wir in Glenlochy sind. Dort wird es wohl keinen Anstoß erregen."

„Selbst nicht bei einem Engländer, der noch dazu ein Campbell ist?"

„Nein, selbst nicht bei mir.“ Er lächelte, preßte die Hand gegen den Mund und saugte an seinen blutenden Knöcheln. Einen kurzen Augenblick sah er wie ein kleiner Junge aus, der bei einer Missetat ertappt worden ist. Das gab mir den Mut zu einer Frage.

„Mr. Wynter, hat dieser Soldat Sie für Ihren Bruder gehalten?“

Seine Miene änderte sich, das Lächeln schwand. „Es scheint so ... dieser abergläubische Idiot! Graham ist seit zwei Jahren tot. Woher wissen Sie überhaupt von ihm?“

„Janet hat mir erzählt, daß ...“

„Meine Schwester redet zuviel.“

„Aber sie hat mir nicht erzählt, daß er ... daß er ...“

„Hat er auch nicht. Graham hat sich niemals selbst das Leben genommen. Das ist für mich genauso unzweifelhaft, wie ich weiß, daß ich hier vor Ihnen stehe.“

„Wie ist es denn geschehen?“

Als hätten wir uns abgesprochen, kehrten wir um und gingen den Pfad längs des Loch entlang. Richard blickte starr vor sich hin. Er antwortete nicht sofort, und als er es tat, war seine Stimme ruhig, völlig unbewegt.

„Er hatte einen Tag Urlaub und ritt zum Tige Dubh, wie so oft. Später, in derselben Nacht, fand einer seiner Männer sein Pferd, das im Moor umherirrte, und brachte es in den Stall zurück. Eine Woche darauf wurde Grahams Leichnam schrecklich verstümmelt, aber noch deutlich erkennbar an den Strand gespült.“

„Wie entsetzlich! Vielleicht ist er schwimmen gegangen und in eine Strömung geraten.“

„In voller Uniform und mit Stiefeln? Graham war doch nicht schwachsinnig.“

„Was glauben Sie dann?“

„Der Fall ist eingehend untersucht worden, und man

kam zu dem Ergebnis, daß es eindeutig Selbstmord wäre. Der Schock hat meinen Vater fast umgebracht. Ich war mit dem Regiment im Ausland, als mich die Nachricht erreichte, und ..." Er beendete den Satz nicht, sondern blickte mich an, als sei ihm plötzlich meine Anwesenheit bewußt geworden. „Ich weiß gar nicht, weshalb ich Sie mit unseren Familienangelegenheiten belaste. Es ist schon spät, und wie ich bereits sagte, müssen wir früh aufstehen. Wir sollten jetzt besser umkehren."

Die Nacht war sehr still. Es war kalt, aber die Luft war rein, und am Himmel glitzerten Tausende von Sternen.

Vor der Tür des Gasthofs blieb Richard stehen. „Würden Sie einen Rat von mir annehmen?"

„Welchen?"

Er strich mit der Hand über das Plaid auf meiner Schulter. „Leben Sie nicht zu sehr in der Vergangenheit. Die Zukunft ist wichtiger für die Menschen und auch für die Länder."

„Was meinen Sie damit?"

„Nichts weiter. Sie würden nur gut daran tun, sich an meine Worte zu erinnern, wenn wir in Glenlochy sind. Wissen Sie, Marietta, Sie erinnern mich an eine andere junge Frau, die aus Frankreich kam, um ihr Erbe anzutreten, nur war sie eine Königin."

„Nun, eine Königin bin ich nicht."

„Nein, aber Maria Stuart hatte eine Französin zur Mutter und einen Schotten zum Vater."

Ich lächelte. „Wer ist jetzt der Romantiker? Sie sollten mich nicht mit Maria Stuart vergleichen. Sie war schön."

„Sie hatte rotes Haar und einen eigensinnigen Charakter. Sie liebte es, des Nachts durch die Straßen zu wandern, genau wie Sie, und sie war sehr mutig."

„Soll das etwa ein Kompliment sein, Mr. Wynter?" fragte ich ironisch.

„Ich sage immer nur das, was ich meine. Die letzte Woche war nicht leicht. Sie haben sie sehr tapfer ertragen."

„Wohl besser, als Sie gedacht hatten?" entgegnete ich ruhig. „Danke."

„Ich hoffe nur, daß Sie am Ende nicht die gleiche bittere Enttäuschung erleiden wie die arme Maria Stuart."

„Bestimmt nicht. Gute Nacht, Mr. Wynter."

„Gute Nacht."

Er ging in Richtung des Gastzimmers, während ich die Treppe hinaufstieg. Jeannie lag schon im Bett und schlief. Ich zog mich langsam aus, bürstete mein Haar und lächelte vor mich hin, weil ich noch immer an Richard Wynters Anspielung auf Maria Stuart denken mußte. Bislang hatte ich immer geglaubt, daß ich so gut wie gar nicht für ihn existiere, außer eben als Reisebegleiterin, für die er wohl oder übel die Verantwortung übernommen hatte.

Bald darauf hörte ich die Treppenstufen knarren. Richard ging nun wohl auch zu Bett. Ich hörte ihn an Janets Zimmertür klopfen, und sie antwortete verschlafen. Ich lauschte nicht absichtlich, aber das Zimmer mußte früher einmal sehr groß gewesen und dann in zwei Räume aufgeteilt worden sein, denn die Trennwand war dünn wie Pappe. Ich hörte Stimmengemurmel und dann Janet, die sagte: „Ich wünschte, du würdest dein Vorhaben aufgeben, Richard."

„Dieser Mann heute abend ... es muß etwas dahinterstecken, Janet." Richard stand offensichtlich dicht an der Wand, denn seine erregte Stimme drang ganz deutlich zu mir herüber. „Er hat allgemeinen Aberglauben wiederholt. Aber es sind nicht Selbstmörder, die im Grab keine Ruhe finden, sondern Ermordete. Es war seinem Gesicht deutlich anzusehen, aber er hatte Angst, es auszusprechen."

„Richard, Lieber, du kannst doch nicht einem solchen Mann Glauben schenken! Er war betrunken, das hast du selbst gesagt. Was immer du auch herausfindest, es wird Graham nicht mehr helfen."

„Aber mir! Wenn Graham sich nicht selbst ertränkt hat — und du weißt genausogut wie ich, daß er so etwas nie getan hätte —, dann hat er auf andere Weise den Tod gefunden, und ich bin entschlossen herauszufinden, wie und warum."

Sie redeten weiter, aber ich wollte nichts mehr von alledem hören und ging von der Wand weg. Kurze Zeit später wurde die Tür vom Nebenraum geöffnet und wieder geschlossen. Richard mußte in sein Zimmer gegangen sein.

Ich schien ungewollt in ein Geheimnis verwickelt worden zu sein, das nichts mit mir zu tun hatte. Hatte jemand Graham Wynter gehaßt, den siegreichen Engländer, der seinen Vorteil aus der Verarmung der Schotten gezogen und angestammtes Glenlochy-Land billig gekauft hatte? Wenn der Haß so groß gewesen war, um Graham zu ermorden und seinen Leichnam ins Meer zu werfen, dann lag letztlich die Verantwortung dafür zweifellos bei den Gilmours. Mein Großvater war noch immer Oberhaupt des Clans, trotz allem, was geschehen war. Sein Wort würde wie eh und je Gesetz in den abgelegenen Hochtälern sein, wo die Angehörigen seines Clans lebten.

Ich stieg ins Bett und blies die Kerze aus. Das Ganze konnte nicht wahr sein. Ich wollte es einfach nicht glauben. Es mußte eine simple Erklärung geben, die Richard Wynter in seiner Voreingenommenheit nicht akzeptieren wollte. Doch sosehr ich auch versuchte, dies alles aus meinen Gedanken zu verscheuchen, ließ es mich nicht los. Es verfolgte mich bis in den Schlaf.

4

Wir kamen am späten Nachmittag nach Glenlochy. Ich sollte erleben, wie die Sonne über dem Meer unterging und die fernen Konturen der Inseln in goldenes Licht tauchte. Ich sollte Glenlochy in Regen und Hagelschauern erleben, wenn der Wind tobte, Blitze den Himmel erhellten und die Wellen haushoch waren. Aber ich empfand dabei nie wieder die unbeschreibliche Erregung wie an diesem ersten Tag zu Frühlingsbeginn.

Der Morgen war kalt gewesen mit kurzen Regenschauern, aber gegen Mittag war die Sonne durchgebrochen und hatte die Regentropfen an den kahlen Ästen der Bäume in Diamanten verwandelt. Wir hatten uns in Fort William einen Führer genommen, einen dunkelhaarigen Jungen mit braunem Gesicht, der neben Richards Pony herlief und es am Steigriemen hielt. Ohne ihn hätten wir uns wohl verirrt, denn der Pfad war kaum erkennbar, der sich durch die Täler schlängelte. Wir ritten an kleinen versteckten Lochs vorbei, an grünen Wiesen, auf denen das Hochlandvieh graste: langsam dahinziehende zottige Ungeheuer, die ihre massigen Köpfe mit den gebogenen Hörnern nach uns umdrehten und uns mit großen braunen Augen hinter langen Haarfransen beobachteten.

Schließlich ging der letzte Loch in das offene Meer über. Er schimmerte wie graublaue Seide, die sich bald durch die untergehende Sonne rötlichgold verfärben sollte. Weiß und leer erstreckte sich der weite Strand, zerklüftet von spitzem Felsgestein. Hinter uns ragte der Berg auf.

Sein majestätischer Gipfel war noch mit Schnee bedeckt, und um ihn her standen die grünbraunen Hügel wie Höflinge um einen großen Käfig.

Der Führer zog an meinem Zügel und wies nach vorn. Auf einem Kliff hoch über dem Meer lag Schloß Glenlochy: eine graugrüne Masse von bizarren Mauern und Wällen mit einem großen, efeubewachsenen, viereckigen Turm, eingetaucht in dieses seltsam glänzende Licht, das manchmal vor Einbruch der Abenddämmerung erscheint.

Wir hatten unsere Ponys angehalten, saßen im Sattel und starrten auf das Schloß, bis Janet ausrief: „Oh, wie schön es ist! Wie beneide ich dich, Marietta! Es ist der romantischste Ort, den ich je gesehen habe."

„Es ist viel mehr als das", sagte ihr Bruder prosaisch. „Wer immer es erbaut hat, hatte einen ausgezeichneten Sinn für Verteidigung."

Unser Führer sagte etwas halb auf Gälisch, halb auf Englisch.

„Was hat er gesagt?" fragte Janet.

„Ich glaube, er hat erklärt, daß das Schloß einmal ganz von Wasser umgeben gewesen sei, aber jetzt ein Damm erbaut wurde", antwortete ich.

„Gott sei Dank, sonst hätten Sie hinüberschwimmen müssen", meinte Richard trocken. „Soll ich mit Ihnen zum Schloß reiten? Der Junge kann Janet inzwischen schon zum Tige Dubh bringen."

„Nein, vielen Dank, das möchte ich nicht. Es wird bald dunkel, und Sie haben noch einen ziemlich weiten Weg vor sich."

„So weit auch wieder nicht. Es sind nur zwei bis drei Meilen zum Hochtal hinauf. Aber James sollte Sie begleiten. Er kann beim Abladen des Gepäcks helfen und die Ponys zurückbringen."

„Danke."

Janet legte ihre Hand auf die meine mit warmem, freundschaftlichem Druck. „Alles Gute, Marietta. Vergiß nicht, daß wir in der Nähe sind, hörst du? Ich bin schon neugierig, was du uns alles zu erzählen haben wirst. Du kommst uns doch besuchen?"

„Aber natürlich! Und ihr müßt zu mir kommen." Ich lenkte mein Pony näher zu ihr heran, so daß ich mich vorbeugen und ihr einen Kuß auf die Wange geben konnte. „Ihr seid so nett gewesen, du und dein Bruder. Ich bin euch zutiefst dankbar."

„Wir haben es gern getan", sagte Richard Wynter höflich und zog den Hut. Jeannie und ich trieben unsere Ponys an, und James folgte uns mit dem Pack-Pony. Ich blickte noch einmal zurück. Janet winkte, dann wendeten sie und Richard die Ponys und ritten zum Hochtal hinauf. Ich fühlte mich plötzlich sehr verlassen. Mein Herz klopfte.

Wir ritten den Felsenpfad am Rande des Strands entlang. Der Wind blies mir Salz ins Gesicht, und die Seevögel breiteten ihre weißen Flügel über uns aus und stießen zu den großen Wasserlachen und dem Tang herab, welche die zurückweichende Flut zurückgelassen hatte. Das Meer schlug in sanften Wellen gegen den Steindamm. Die Ponys rutschten hin und wieder auf dem Felsgestein und dem Kies aus, als wir auf dem Damm hochritten. Und dann sah ich, daß sich ein zweites Feld zwischen zwei Hügeln hindurch landeinwärts in ein grünes Tal schlängelte. Viele Katen standen dort, niedrige schwarze Hütten. Als wir näher kamen, drang mir der durchdringende Geruch von Torffeuern entgegen. Ein barfüßiges Kind trieb mit schrillen Schreien eine Herde magerer Ziegen vor sich her. Gänse zischten uns mit vorgerecktem Hals an, und dürre Hühner pickten an dem dürftigen Gras. Ich lenkte mein Pony auf die eisenbeschlagene Tür unterhalb des steinernen Portals zu.

James sprang von seinem Pony, half Jeannie und mir beim Absteigen und zog dann an dem Glockenstrang. An der einen Seite der Tür stand ein hoher Holzpfahl, etwa sieben bis acht Fuß hoch, mit einem rostigen Eisenring an der Spitze.

„Was mag das sein?“ flüsterte Jeannie ängstlich.

„Es ist eine Art Galgen“, flüsterte ich zurück.

„Sie meinen doch nicht ...“

„Mein Vater hat mir davon erzählt. In früheren Zeiten wurden die Missetäter zur Bestrafung als warnendes Beispiel daran aufgehängt.“

„Mein Gott, wo sind wir bloß hingeraten!“ murmelte Jeannie schaudernd.

Im nächsten Augenblick wurde die Tür geöffnet. Der Diener, der auf die Schwelle trat und uns anstarrte, trug eine Kleidung, die wohl einmal eine Livree gewesen war. Aber die Jacke war verblichen, das schmutzige Hemd hatte keinen Kragen, und die Kniehosen endeten auf bloßen, behaarten Beinen, die in derben kurzen Stiefeln steckten. Er betrachtete mich eine Weile, und dann verzog sich sein Gesicht zu einem breiten Grinsen.

„Sie ist's! Es ist die junge Herrin!“ rief er und riß die Tür weit auf. „Kommen Sie herein. Mac'Ghille Mhoire wartet schon auf Sie, seit der Brief aus Edinburgh kam. Tam!“ schrie er dann. „Wo, zum Teufel, steckst du, du Racker?“

Ein Junge in zerlumpten Hosen und zerrissenem Hemd erschien von irgendwoher und zog mit kräftigem Ruck einen der Koffer vom Rücken des Pack-Ponys.

„Vorsicht, Vorsicht!“ rief James, und sein sonst so unbewegtes englisches Gesicht zeigte tiefste Empörung. „So geht man nicht mit dem Gepäck einer Dame um.“

Ich blieb noch einen Moment stehen, um ihm für seine Hilfe zu danken, und er zog höflich den Hut.

„Es war mir eine Ehre, Miss. Sorgen Sie sich nicht. Ich werde mich darum kümmern, daß alles ordentlich abgeladen und hineingebracht wird.“

„Vielen Dank, James. Nehmen Sie die Ponys dann bitte mit zu Mr. Wynter und richten Sie ihm meinen nochmaligen Dank aus.“

Ich fragte mich, welche Schauermärchen er Rose wohl im Tige Dubh erzählen würde. Dann wurde ich von dem alten Diener nach drinnen geführt.

„Wenn Sie bitte hier warten wollen, Mistress. Kirsty wird Sie gleich zum Herrn bringen.“

Er verschwand durch eine Tür, und ich schaute um mich. Dieses mußte der älteste Teil des Schlosses sein. Die große Halle war hoch und dunkel, mit Holzbalken überdacht wie das Schiff einer alten Kirche. Rüstungen und Waffen jeglicher Art schmückten die Wände, sowie Jagdtrophäen: mächtige Geweihe und ausgestopfte Köpfe großer Tiere. Die schweren alten Möbel waren aus dunklem Eichenholz, und der Fußboden bestand aus Steinplatten. Kein Feuer brannte in dem riesigen Kamin, und ich zitterte vor Kälte, aber auch vor Aufregung.

Kirsty war ein etwa sechzehnjähriges Mädchen mit roten Wangen. Sie trug eine Haube auf ihrem zerzausten Haar und über ihrem braunen Rock eine schmutzige gestreifte Schürze. Sie knickste und musterte mich neugierig mit ihren lebhaften schwarzen Augen. Dann bat sie mich, ihr zum anderen Ende der Halle zu folgen, wo eine holzgeschnitzte Empore war, auf der früher wohl einmal Musikanten gespielt hatten. Aber noch bevor wir dort waren, kam eine Frau aus einer versteckten Seitentür. Im Gegensatz zu den anderen war sie die Gepflegtheit in Person: sorgfältig gekämmtes mausgraues Haar, schlichtes schwarzes Kleid mit kleinem Leinenkragen, glänzende Spangenschuhe.

„Ich bin Mrs. Drummond, Sir Alasdairs Haushälterin", sagte sie ruhig. „Es ist gut, Kirsty, du kannst jetzt wieder in die Küche gehen, und nimm Miss Gilmours Magd mit."

Ich sah, daß Jeannies Augen rebellisch aufblitzten, und sagte hastig: „Sie ist mehr meine Gefährtin als meine Magd. Vielleicht sind Sie so freundlich und lassen ihr mein Zimmer zeigen, damit sie schon mit dem Auspacken beginnen kann."

„Ganz wie Sie wünschen. Hast du gehört, Kirsty?"

„Ja, Madam, hab' ich."

Jeannie folgte ihr nur widerwillig.

Mrs. Drummond verhielt sich völlig indifferent. Sie zeigte weder Freude noch Verdruß über mein Kommen, und doch wirkten ihr bleiches knochiges Gesicht und ein Funkeln in ihren braunen Augen irgendwie unheimlich auf mich. Mir wurde das allerdings nicht sofort bewußt, aber ich sollte mich später daran erinnern. Sie ging vor mir her eine Wendeltreppe hinauf, bis wir in einen Teil des Schlosses kamen, der offenbar neuer war. Dicke Matten bedeckten den Steinboden, Jagdstiche hingen an den Wänden, und ich sah, daß die Fenster in einen Innenhof führten. Am Ende eines Ganges öffnete Mrs. Drummond dann eine Tür.

„Miss Gilmour ist eingetroffen, Sir."

Es gibt Augenblicke im Leben eines jeden Menschen, die sich unauslöschlich ins Gedächtnis einprägen. Nicht, weil sie die wichtigsten sind, sondern weil verschiedene Umstände zusammenkommen, die ihnen eine besondere Bedeutung geben. Wenn ich jetzt die Augen schlösse, würde ich alles so deutlich vor mir sehen wie an jenem ersten Abend.

Es war ein großer Raum, der einmal luxuriös gewesen war, doch jetzt war sein Glanz verblichen. Der Teppich war an manchen Stellen abgetreten, die kostbare Tapete, die eine der Wände bedeckte, vom Alter vergilbt. Die Farbe des lebensgroßen Porträts eines früheren Clan-Oberhaupts, das den Raum beherrschte, war rissig geworden. Im Kamin brannten Holzscheite, und ein hoher Eisenkandelaber warf sein Licht auf die zwei Männer, die sich an einem kleinen Tisch gegenübersaßen und Schach spielten. Ich sah das grün-weiß gemusterte Brett und die kunstvoll geschnitzten Elfenbeinfiguren.

Ehe ich mich bewegen oder etwas sagen konnte, hoben zwei riesige Hunde, die vor dem Kamin lagen, ruckartig die Köpfe und stürzten im nächsten Augenblick auf mich zu. Ich wich erschreckt gegen den Türpfosten zurück, aber Sir Alasdairs Stimme gebot den Hunden sofort Einhalt.

„Bran, Wolf! Platz!“

Die Hunde schlichen zurück und beobachteten mich aus schiefergrauen Augen, während ihr Herr sich langsam von seinem Stuhl erhob. Wie soll ich meinen Großvater beschreiben, wie ich ihn da zum erstenmal sah? Er war ein großer Mann und noch sehr stattlich, obwohl er an die Achtzig war. Sein Gesicht hatte etwas Habichtartiges und schien wie aus braunem Holz geschnitzt zu sein. Die Nase sprang stark hervor. Unter buschigen Brauen blickten scharfe Augen mich durchdringend an, und weißes Haar fiel ihm bis auf die Schultern. Er trug einen offenstehenden pelzbesetzten Hausmantel aus Brokat über einer Kniehose und Weste. Der Mantel verlieh ihm die stolze Würde eines Königs aus alter Zeit.

„So ... du bist also Marietta“, sagte er gedehnt.

„Ja.“

„Komm her, mein Kind.“

Er streckte die Hand aus, und überwältigt von meinen Gefühlen, lief ich zu ihm hin. Ich glaube, ich wäre zu seinen Füßen niedergefallen, wenn er mich nicht in seinen

Armen aufgefangen hätte. Er drückte mich an sich. Sein Schnurrbart kratzte mich an der Wange. Ich roch den männlichen Geruch von Tabak, gemischt mit dem des Rauches vom Kaminfeuer und des Whiskys, der neben seinem Ellbogen auf dem Tisch in einem kleinen Silberbecher stand. Dann schob er mich ein wenig von sich und blickte mir ins Gesicht. Mein Hut war mir vom Kopf gefallen, und eine knotige blaugeäderte Hand strich über mein Haar.

„Du hast die gleiche Haarfarbe wie dein Vater. Ian war immer der Rotschopf von meinen Söhnen." Er sah zur Tür hin, wo Mrs. Drummond noch wartete. „Sie können gehen", sagte er kurz.

„Und was ist mit dem Abendessen?"

„Servieren Sie es in einer Stunde."

„Wie Sie wünschen." Mrs. Drummond verließ das Zimmer und schloß leise die Tür hinter sich.

„Coll", sagte mein Großvater, „schieb den Tisch beiseite. Wir werden das Spiel später beenden."

„Ja, natürlich, Sir. Nach dem Abendessen vielleicht."

„Coll ist mein Gutsverwalter", sagte Großvater mit einer lässigen Handbewegung.

„In England ist die Bezeichnung dafür, glaube ich, *steward,* aber das französische Wort dafür ist mir entfallen. Ich verwalte die Güter, führe die Bücher, kümmere mich um den ganzen Besitz und schlage Sir Alasdair im Schachspiel", sagte eine angenehme Stimme in dem melodischen Tonfall, der, wie ich inzwischen wußte, so charakteristisch für die Hochländer war.

Ich hatte ganz vergessen, daß sich außer meinem Großvater und mir noch jemand im Zimmer befand. Erst jetzt wurde mir das wieder bewußt. Ich drehte mich um, streckte die Hand aus, sagte höflich: „Ich freue mich, Sie kennenzulernen", und verliebte mich auf den ersten Blick.

Ich weiß, daß sich das unsinnig anhört und daß so etwas nur in Liebesromanen geschieht. Es wurde mir auch nicht gleich klar. Früher hatte ich mich oft gefragt, warum meine Mutter — diese nüchterne, immer auf ihren Vorteil bedachte Französin — sich in meinen Vater, den mittellosen, schwermütigen Hochländer, verliebt hatte. Jetzt verstand ich es vollkommen. Es war aber nicht so, daß Coll meinem Vater ähnelte. Sein Haar war zum Beispiel viel dunkler; es war mehr bronzefarben als rot; und seine Augen in dem wettergebräunten Gesicht waren tiefblau. Es lag auch nicht daran, daß er der bestaussehende junge Mann war, den ich je gesehen hatte, obwohl das vielleicht nicht ganz unwesentlich war. Es war all dies zusammen und mehr. Er war die Verkörperung von alledem, was ich mir immer unter dem Hochland vorgestellt hatte, und so verlor ich aberwitzigerweise mein Herz an ein Wunschbild.

Doch ich greife zu weit vor. All dies wurde mir erst viel später klar. In diesem Augenblick war ich völlig verwirrt, wußte nicht, was ich sagen sollte, während er meine Hand in seiner hielt, bevor er sie charmant an die Lippen zog. Dann blickte er zu meinem Großvater hin.

„Soll ich auch gehen, Sir?"

„Ja, tu das. Komm zum Abendessen wieder und bring Neil mit. Wo, zum Teufel, steckt der Junge überhaupt?"

Coll zuckte die Achseln. „Ich werde ihn schon finden."

Er lächelte mir zu. Ein freundliches, warmes Lächeln, als wollte er sagen: Ich bin froh, daß Sie gekommen sind. Es wird dem alten Herrn guttun. Dann wandte er sich um und ging zur Tür. Die beiden Hunde folgten ihm, und ich blieb allein mit meinem Großvater.

Sir Alasdair setzte sich wieder auf seinen Stuhl. Nachdenkliche Augen blickten mich eine Weile an, dann fragte er abrupt: „Warum hat mein Sohn mir nie geschrieben?

Weshalb hat er mich in dem Glauben gelassen, daß er tot sei wie seine Brüder?"

„Er hat geschrieben, mehr als einmal. Als er keine Antwort erhielt, dachte er . . ." Ich stockte, weil ich mich ein wenig vor Sir Alasdair fürchtete.

„Nun, was hat er gedacht?"

„Daß Sie zornig auf ihn seien, daß Sie nichts mehr von ihm wissen wollten, weil er aus dem Kerker in Fort William geflohen war und seinen Bruder Donald dort dem sicheren Tod preisgegeben hatte."

„Ach!" Er winkte ungeduldig ab. „Warum sollte ich so etwas denken? Da die englischen Mörder an jede Tür in Schottland klopften, mußte jeder an sich selbst denken. Ich habe nie einen Brief erhalten." Er drehte seinen Stuhl zu mir herum. „War es deine Mutter? War es das Franzosenweib, das er auflas und heiratete? Schämte er sich ihrer so sehr, daß er mich nichts von deiner Geburt wissen lassen konnte?"

„Nein, nein, so war es nicht! Sie war gut zu ihm. Er liebte sie." Es war merkwürdig, daß ich meine Mutter, die ich so haßte, jetzt leidenschaftlich gegenüber diesem strengen, stolzen, alten Mann verteidigte. „Wenn er sie nicht gehabt hätte, wäre er verhungert. Ich war damals noch ein Kind, aber ich erinnere mich noch sehr gut, wie schwer es für ihn zuerst in Paris war."

„Wir hatten es alle schwer. Und jetzt, wo er tot ist, hat sie dich zu mir geschickt."

„Nein, das stimmt nicht . . ."

„Wirklich nicht? Denn wenn es so wäre, würden ihre und deine Hoffnungen enttäuscht werden. Es gibt hier nichts mehr zu holen", sagte er mit tiefer Bitterkeit. „Die Engländer haben bestens dafür gesorgt."

„Nein, Sie irren sich. Sie verstehen das alles nicht."

„Willst du mich etwa einen Narren nennen?"

„Nein, nein!“ Ich ging zu ihm und kniete neben ihm nieder. „Vater hat so oft von Ihnen gesprochen. Er hat mir von Glenlochy erzählt, hat es mich lieben gelehrt, wie er es liebte. Das ist der Grund, warum ich nach seinem Tod hierherkommen wollte. Ich wünschte es mir mehr als alles andere auf der Welt. Meine Mutter wollte mich nicht gehen lassen, aber ich tat es trotzdem. Hat Mr. Cameron Ihnen nichts davon in seinem Brief geschrieben? Hat er Ihnen nicht mitgeteilt, daß ich Ihnen dieses hier mitbringen würde?“

Ich faßte unter meinen Umhang und löste die Sithen-Brosche von meinem Reitkleid, an dem ich sie festgesteckt hatte. Ich legte sie in die alte, runzlige Hand. Der Stein, gefaßt in der goldenen Schlange, schimmerte blutrot im Schein der Kerze. Sir Alasdair starrte darauf nieder.

„So ... sie ist also wieder da, und ich hatte gedacht, sie wäre von einem dieser englischen Halunken gestohlen worden. Kennst du ihre Geschichte?“

„Ja, Vater hat sie mir erzählt.“

„Und hat dich nach der Frau genannt, die sie nach Glenlochy gebracht haben soll. Ian war immer ein romantischer Narr. Es ist natürlich alles Unsinn.“ Er lächelte grimmig. „Es gibt in Schottland keine Feen mehr, und es wird sie auch niemals wieder geben. Aber selbst ich habe in den letzten Jahren manchmal geglaubt, daß Ehre und Mut Glenlochy verlassen haben an jenem Tag, da mein ältester Sohn bei Culloden ums Leben kam.“

„Und nun gibt es sie wieder.“

„Die Brosche ja, aber alles andere wohl kaum. Wenn ich bloß gewußt hätte ... ach, wärst du doch ein Junge, Marietta!“ Er seufzte. „Es begann mit einem Mädchen, und es wird mit einem Mädchen enden, hat unser König Jakob gesagt, als er erfuhr, daß seine französische Frau ihm eine Tochter geboren hatte.“

Eine Tochter, welche die unglückliche Königin von Schottland gewesen war. Ich mußte daran denken, was Richard Wynter zu mir gesagt hatte: „Ich hoffe nur, daß Sie am Ende nicht die gleiche bittere Enttäuschung erleiden wie die arme Maria Stuart." Einen kurzen Augenblick lang schien mich ein kalter Wind zu streifen, aber es war nur die Tür, die hinter uns geöffnet wurde. Mrs. Drummond stand auf der Schwelle.

Mein Großvater blickte verärgert auf und fragte barsch: „Was wollen Sie schon wieder? Ich habe Ihnen gesagt, daß Sie das Abendessen später servieren sollen."

„Ja, Sir, ich weiß. Aber Miss Gilmour hat eine lange Reise hinter sich. Ich dachte, sie würde sich gern ein bißchen frisch machen und ausruhen vor dem Essen."

Um die Wahrheit zu sagen, die letzte Stunde war so bedeutungsvoll gewesen, daß ich ganz vergessen hatte, wie erschöpft ich war und wie angenehm es sein würde, mein Gesicht in kaltes Wasser zu tauchen und den Staub und Schmutz der Reise fortzuwaschen.

„Nun gut. Geh mit ihr, Marietta", sagte mein Großvater unwirsch. „Aber komm schnell wieder."

„Ja, natürlich." Ich beugte mich zu ihm nieder und küßte ihn auf die Wange. „Es tut dir nicht leid, daß ich gekommen bin?" flüsterte ich, und der Druck seiner Hand beruhigte mich. Dann stieß er mich sanft von sich.

„Lauf, mein Kind!"

Frohen Herzens folgte ich Mrs. Drummond. Sie führte mich über viele Gänge und Treppen, bis ich dachte, ich würde nie wieder den Weg zurückfinden. Schließlich öffnete sie eine Tür.

„Das Zimmer ist für Sie hergerichtet worden. Ich werde jemand schicken, um Sie zu holen, wenn das Abendessen fertig ist."

„Vielen Dank."

Das Zimmer war groß und gut eingerichtet. Ein altmodisches Himmelbett stand darin, aber ich war zu müde, um mir alles näher anzusehen. Jeannie war da gewesen, denn einige meiner Kleider waren ausgepackt und meine Toilettensachen bereitgelegt. Jeannie mußte wieder nach unten gegangen sein, und ich war froh darüber, denn mir war nicht nach Reden zumute. Ich kniete mich vor das Kaminfeuer und hielt meine Hände über die Flammen. Dann zog ich die Stiefel aus, um meine kalten Füße zu wärmen.

Schließlich legte ich mein Reitkleid ab und wusch mir Gesicht und Hände. Dann wählte ich ein warmes, enganliegendes, dunkelgrünes Wollkleid, dessen halblange Ärmel und viereckiger Ausschnitt mit cremefarbenen Spitzen eingefaßt waren. Ich bürstete mein Haar, bis es glänzte. Mir schwirrte der Kopf von all den neuen Eindrücken, die ich noch nicht zu ordnen vermochte. Ich blickte in den Spiegel. Meine Mutter war immer ärgerlich gewesen, weil ich nicht mehr aus mir machte. „Auf diese Weise wirst du nie einen Mann kriegen“, war ihre ständige Redensart gewesen. Doch ich hatte mich dann nur noch mehr gegen sie aufgelehnt, weil ich die Art, wie sie ihre Liebhaber einfing, zutiefst verachtete. Jetzt war das plötzlich anders. Ich dachte an Coll, an den jungen Mann, von dem ich kaum etwas wußte und für den ich mich doch schön machen wollte. Röte stieg mir in die Wangen. Ich preßte meine Hände dagegen und kehrte dem Spiegel den Rücken zu, weil ich mich meiner Gedanken schämte. Ich suchte eben nach einem Taschentuch, als jemand an die Tür klopfte.

„Komm herein, Jeannie!“ rief ich. „Wo hast du bloß meine . . .“

„Es ist nicht Jeannie.“

Ich drehte mich um. Ein Junge stand an den Türpfosten gelehnt. Er mochte etwa siebzehn Jahre alt sein. Er hatte dunkles, zerzaustes Haar, eine lange schmale Nase und einen mürrischen Zug um den Mund. Sein Gesicht kam mir irgendwie vertraut vor, aber ich konnte nicht sagen, an wen es mich erinnerte.

„Ich soll Sie zum Essen holen", erklärte er mürrisch.

„Das ist nett. Ich bin gleich fertig." Ich blies die Kerzen aus und folgte ihm in den Korridor hinaus.

„Du bist sicher Neil", sagte ich, während wir nebeneinander hergingen.

„Ja, der bin ich." Er sah mich erstaunt an. „Woher wissen Sie das?"

„Sir Alasdair sprach von einem Neil. Es war also nicht schwer, daraufzukommen, daß du das bist", antwortete ich lächelnd. „Du siehst, ich bin keine Hellseherin."

Er blieb abrupt stehen und funkelte mich wütend an. „Machen Sie sich über mich lustig?"

„Nein, bestimmt nicht."

„Die andern tun's aber alle." Er ging weiter. „Wir müssen uns beeilen. Sir Alasdair kann es nicht leiden, wenn man ihn warten läßt."

Schweigend folgte ich meinem verdrießlichen Führer. Als wir kurz darauf um eine Ecke bogen und ein paar Stufen hinuntergingen, stolperte ich und wäre gefallen, wenn Neil mich nicht festgehalten hätte. Er sah zu mir hoch. Sein Gesicht sah bleich aus in dem fahlen Licht. „Warum sind Sie hierhergekommen?" fragte er schroff.

„Weshalb sollte ich nicht? Sir Alasdair ist schließlich mein Großvater."

„Ich würde nie von Paris weggehen und nach Glenlochy kommen."

„Findest du es hier denn nicht schön?"

„Ich hasse Glenlochy und alle, die hier wohnen", erwiderte er heftig und ging dann so schnell weiter, daß ich fast laufen mußte, um mit ihm Schritt zu halten.

Es war unfaßlich, aber das Zimmer, das ich erst vor einer Stunde verlassen hatte, war völlig verwandelt. Ein großer Tisch war gedeckt worden. Silberne Kerzenleuchter und kostbare Gläser funkelten auf schneeweißem Leinen. Mein Großvater hatte seinen Hausmantel abgelegt und trug statt dessen einen Gehrock aus schwarzem Samt, der am Kragen und an den Ärmeln mit Spitzen besetzt war. Coll stand auf dem Teppich vor dem Kamin. Die hochzüngelnden Flammen verliehen seinem bronzefarbenen Haar einen roten Glanz. Sein blauer Gehrock spannte sich über breiten Schultern. Neben ihm lagen die beiden Hunde zusammengerollt. Sie hoben nur schläfrig die Köpfe, als gehörte ich bereits zur Familie und müßte nicht mehr argwöhnisch im Auge behalten werden.

Coll streckte mir die Hand hin. „Kommen Sie, schließen Sie Freundschaft mit ihnen. Oder haben Sie Angst vor Hunden?“

„Nein, aber ich habe nicht viel Erfahrung mit so edlen Tieren, wie diese hier sind.“

„In Paris wird es diese Art auch wohl kaum geben“, meinte er lächelnd. „Bran und Wolf sind Abkömmlinge einer sehr alten Rasse. Sir Alasdair wird Ihnen erzählen, daß sie von Fionn MacCumhaills Jagdhunden abstammen.“

„Das stimmt auch“, sagte mein Großvater. „Einer meiner Vorfahren bekam ein Paar geschenkt. Das war vor mehr als fünfhundert Jahren, und seitdem werden sie hier gezüchtet.“

Ich legte meine Hand vorsichtig auf einen der schmalen grauen Köpfe, und eine kalte Nase drängte sich nach oben und stupste gegen meine Finger.

„Wer war Fionn MacCumhaill?“ fragte ich.

„Er war einer unserer Sagenhelden. Sie werden noch viel von ihm erzählt bekommen, wenn Sie länger hierbleiben“, erwiderte Coll.

„Natürlich wird sie länger hierbleiben. Sie ist meine Enkelin, oder etwa nicht?" mischte sich mein Großvater gereizt ein. „Gib mir deinen Arm, Coll! Wo, zum Teufel, ist Fiona? Ich dachte, sie würde heute abend mit uns essen. Läute mal, Neil. Diese verdammte Mrs. Drummond verspätet sich immer mit dem Essen."

Mir wurde jetzt klar, daß mein Großvater sehr gebrechlich war, obwohl er zunächst gar nicht so wirkte. Alter und Rheumatismus hatten seine Kräfte zermürbt, und er haßte offensichtlich seine Schwäche. Er murrte, als Coll ihm vom Stuhl hoch half. Ich hätte ihn auf der anderen Seite untergefaßt, wenn nicht in diesem Augenblick die Tür aufgegangen und eine junge Frau hereingekommen wäre. Ich erkannte sie sofort: das schwarze Haar, das dunkelrote Kleid. Sie ging schnell zu meinem Großvater, küßte ihn auf die Wange und hakte ihn unter.

„Es tut mir leid, daß ich zu spät komme, aber Vater fühlt sich nicht wohl. Er hat wieder diesen schrecklichen Husten, und ich mußte ihm einen heißen Trank bereiten, bevor ich hierherkommen konnte."

„Schon gut, meine Liebe. Hauptsache, du bist jetzt hier. Ich möchte dich mit meiner Enkelin bekannt machen. Marietta, mein Kind, das ist Fiona McPhail. Sie ist durch ihre Großmutter eine entfernte Kusine von dir."

Sie wandte sich zu mir um. Sie hatte seltsame Augen. Sie waren ausdruckslos und doch merkwürdig durchdringend. Ich sagte schnell: „Ich glaube, wir sind uns schon begegnet."

Ich hätte schwören können, daß sie einen Augenblick aus der Fassung geriet, dann aber erwiderte sie: „Nein, das ist unmöglich. Wie könnte ich es vergessen, wenn ich Mistress Gilmour von Glenlochy kennengelernt hätte."

Irgend etwas trieb mich dazu, ihr die Stirn zu bieten. „Ich sah Sie in Edinburgh an der Tür eines Hauses im

Canongate und dann noch einmal auf Mr. Camerons Abendgesellschaft.“

Sie lächelte. „Sie wollen mich gesehen haben? Sie müssen sich täuschen. Coll kann Ihnen genau sagen, wo ich in den letzten zwei Wochen gewesen bin, nicht wahr, Coll?“

„Aber natürlich! Drüben in Armadale auf Skye bei Angus Macdonald, der sie bestimmt wieder angehimmelt hat. Im übrigen hat wohl jeder von uns einen Doppelgänger.“

„Oder sie war gleichzeitig an zwei Orten“, mischte sich Neil ein. „Fiona ist eine Hexe, Miss Gilmour. Sie kann auf einem Besenstiel durch die Lüfte reiten, wenn sie will.“

Alle lachten wie über einen alten Scherz. Aber der Ton des Jungen war ausgesprochen boshaft gewesen, und Fiona gab ihm eine scharfe Antwort.

„Rede nicht solchen Unsinn, Neil! Sie dürfen meinen Bruder nicht ernst nehmen, Miss Gilmour. Er ist in einem Alter, in dem man Unverschämtheiten für besonders witzig hält.“

Ihr Bruder! Natürlich, das war die Ähnlichkeit, die mir aufgefallen war. Die Frau in Edinburgh mußte also tatsächlich Fiona gewesen sein . . . oder ihre Doppelgängerin.

Dann kam Mrs. Drummond herein, gefolgt von Kirsty und dem Diener, der Murdo hieß, wie ich inzwischen erfahren hatte. Sie brachten das Essen, und ich stellte fest, daß sich auch an Murdo und Kirsty eine Wandlung vollzogen hatte. Murdos Jacke war zwar abgetragen, aber sauber, und er trug weiße Kniestrümpfe und Spangenschuhe. Kirstys braunes Kleid zierte jetzt eine fleckenlose, spitzenbesetzte Schürze.

Als Vorspeise gab es Forellen, die Neil selbst geangelt hatte, wie er stolz verkündete. Danach wurde uns Lammbraten serviert, dazu französischer Rotwein in hohen venezianischen Kelchgläsern.

Während des Essens fiel mir vieles auf, vor allem der starke Gegensatz zwischen der Nachlässigkeit, die bei meiner Ankunft in allen Dingen geherrscht hatte, und dem guten Stil, ja sogar der Eleganz, in der das Abendessen eingenommen wurde. So mußte es einmal in allem gewesen sein, vor Culloden, ehe die Engländer kamen. Jetzt hatte diese Vortäuschung einstigen Glanzes etwas Pathetisches an sich, das mich zutiefst rührte.

Ich fragte mich auch, ob Coll mehr sei als nur der Gutsverwalter. Sein Benehmen war respektvoll und doch völlig zwanglos. Er zögerte nicht, offen seine Meinung zu diesem und jenem zu sagen, und widersprach sogar manchmal seinem Herrn. Außerdem redeten Fiona und er miteinander wie zwei Menschen, die sich seit langem gut kennen. Ich kam mir deshalb die meiste Zeit wie eine Außenstehende vor, außer wenn Coll zu mir herüberschaute und ich in seinen Augen Interesse und offene Bewunderung bemerkte.

Mir fiel auch auf, daß mein Großvater nur sehr wenig aß, aber sein Glas immer wieder neu gefüllt wurde. Hin und wieder unterhielt er sich angeregt mit mir, und ich mußte ihm von Paris erzählen, das er in seiner Jugend gut gekannt hatte. Doch dann verfiel er wieder in Schweigen, stocherte in seinem Essen herum und brütete über seinem Wein.

Als wir uns vom Tisch erhoben, kam er auf die Sithen-Brosche zu sprechen. „Hol sie, Coll. Fiona hat sie noch nie gesehen. Ich hatte geglaubt, sie wäre gestohlen worden, aber Marietta hat sie uns zurückgebracht."

„Die Ehre ist wieder nach Glenlochy zurückgekehrt", sagte Coll leichthin, als er die Brosche aus der Vitrine holte, in die sie inzwischen gelegt worden war.

Fiona nahm sie in ihre langen, schlanken Hände mit den spitzen Fingernägeln. Ihr dunkles Haar fiel nach vorn und verbarg ihr Gesicht, als sie sich darüber beugte. „Sie ist schön“, sagte sie ruhig. „Mein Vater würde sagen, daß ein blutroter Stein, der in eine Schlange gefaßt ist, Zauberkräfte besitzt.“

„Was für Zauberkräfte?“ fragte ich neugierig.

Sie hob den Kopf, unsere Blicke trafen sich, und ich wußte, daß sie die Brosche glühend begehrte und mich beneidete, weil sie eines Tages mir gehören würde.

Dann sagte mein Großvater: „Adam McPhail ist nicht nur unser Seelsorger, sondern auch ein Gelehrter. Er könnte dir erzählen, daß mit solch einem Stein immer eine Menge Aberglaube verbunden gewesen ist. Zur Zeit meines Urgroßvaters wurde er zum Heilen von Krankheiten benutzt. Wasser, in das der Häuptling des Clans den Stein dreimal eingetaucht hatte, heilte angeblich jede Krankheit, von Magenschmerzen angefangen bis zur Pest.“

„Hast du das auch einmal tun müssen, Großvater?“

„Ein einziges Mal“, er lächelte gezwungen, „und ich bin mir dabei wie der größte Narr vorgekommen. Ich war damals noch sehr jung, hatte gerade erst die Nachfolge meines Vaters als Clan-Oberhaupt angetreten. Irgendeine unglückselige Frau aus dem Tal fiel vor mir auf die Knie und flehte mich an, ihr krankes Kind zu heilen.“

„Und wie ist es ausgegangen?“

„Das Kind genas. Wahrscheinlich hat das klare Quellwasser ebensogut gewirkt, wie es so ein Gebräu von einem Arzt getan hätte.“

„Wir sind hier noch sehr rückständig in diesen Dingen, und es gibt auch keinen Arzt in der Nähe“, sagte Coll. „Unser Volk hat seinen eigenen Glauben und seine eigenen Heilmittel. Wir können es ja noch einmal versuchen und eine Apotheke einrichten, in der für einen geringen Preis Flaschen mit Wunderwasser feilgeboten werden."

„Wenn du das tust, wird dich die Fee bestrafen", erklärte Neil.

„Großer Gott, wo hast du nur all dieses dumme Zeug her?" seufzte Coll, nahm die Brosche aus Fionas Hand und legte sie an ihren Platz zurück.

„Du machst dich immer über alles lustig, was ich sage", entgegnete Neil heftig. „Kat hat mir das erzählt."

„Halt endlich den Mund, du dummer Bengel!" fuhr Fiona ihn an und warf einen schnellen Blick zu meinem Großvater hin, aber er war in seinem Sessel eingenickt. „Du weißt ganz genau, wie ihn das aufregt, wenn du über Kathryn sprichst", sagte sie in gedämpftem Ton.

Das muß die Schwester meines Vaters sein, dachte ich, meine Tante Kat. Doch bevor ich fragen konnte, fuhr Fiona fort: „Ich weiß gar nicht, was heute abend mit dir los ist, Neil. Du verekelst Miss Gilmour noch das Schloß."

„Machen Sie sich keine Sorgen um mich. Ich lasse mir nicht so leicht Angst einjagen", sagte ich unbekümmert. „Außerdem bin ich nach der Fee genannt worden. Das schützt mich sicherlich."

„Ach, stimmt, Sie heißen ja Marietta!" Coll wandte sich mir zu. „Ein schöner Name. Und Sie tragen auch noch Grün, die Farbe der Feen. Ich kenne niemanden, dem Grün so gut steht wie Ihnen."

Er blickte mich so bewundernd an, daß ich errötete und keine Antwort fand.

„Miss Gilmour stellt uns alle in den Schatten mit ihren eleganten französischen Kleidern", sagte Fiona scharf. „Sie wird uns wohl sehr hausbacken und altmodisch finden."

Die Boshaftigkeit ihres Tons berührte mich unangenehm, und ich erwiderte schnell: „Das tue ich ganz gewiß nicht." Ich war froh, daß Mrs. Drummond die Unterhaltung unterbrach. Sie kam mit einem Tablett mit Tee herein und stellte es auf den Tisch. Fiona stand auf und setzte sich dann sofort wieder mit einem Blick auf mich.

„Entschuldigen Sie. Ich bin es so gewöhnt, die Gastgeberin hier zu spielen . . . ich wollte nicht Ihren Platz einnehmen."

„Bitte lassen Sie sich durch mich nicht von Ihrer Gewohnheit abbringen", entgegnete ich. „Noch bin ich nur zu Gast hier."

In Wahrheit hatte mich eine derartige Müdigkeit überfallen, daß ich zu nichts mehr fähig war und alles um mich herum nur noch verschwommen sah. Ich stand auf. „Es war ein sehr anstrengender Tag für mich. Würdest du es mir verübeln, wenn ich zu Bett ginge, Großvater?"

„Aber nein, mein Kind."

Ich ging zu ihm hin und kniete mich neben seinen Sessel. Er strich mir zärtlich über das Haar, als ich mich vorbeugte und ihn auf die Wange küßte.

„Gute Nacht, Marietta. Schlaf gut. Morgen müssen wir viel miteinander besprechen."

Coll nahm einen der silbernen Kerzenleuchter, ging damit zur Tür und öffnete sie für mich. „Ich werde Ihnen den Weg leuchten, damit Sie sich nicht verirren und die Nacht in einem der Verliese verbringen."

„Gibt es hier im Schloß Verliese?"

„Eine Menge, und noch dazu sehr schaurige. Ich werde sie Ihnen irgendwann einmal zeigen."

Als wir zu meinem Zimmer kamen, waren die Kerzen schon entzündet worden, im Kamin prasselte ein Feuer, und Jeannie wartete auf mich.

Coll blieb vor der Tür stehen und blickte auf mich nieder. Die Kerzenflamme warf seltsame Schatten auf sein schönes Gesicht.

„Ich bin so froh, daß Sie gekommen sind, Miss Gilmour", sagte er ernst. „Sie haben es sicher inzwischen schon selbst bemerkt, daß es um Sir Alasdairs Gesundheit nicht zum besten steht. Ihre Anwesenheit wird ihm neuen Lebensmut geben."

„Das wäre schön!"

„Glenlochy ist von Tragik umschattet, und wir haben mit vielen Schwierigkeiten zu kämpfen. Ich hoffe, daß Sie das nicht von hier vertreiben wird."

„O nein! Ich habe es bereits in mein Herz geschlossen und würde gern für immer hierbleiben."

„Das würde mich freuen." Seine blauen Augen strahlten. Er drückte mir die Hand, und dann beugte er sich offenbar ganz impulsiv vor und küßte mich leicht auf die Wange. „Gott segne Sie für das, was Sie eben gesagt haben. Bis morgen dann!"

Jeannie half mir beim Ausziehen und redete ununterbrochen, auch dann noch, als sie mir das Haar löste und es eifrig bürstete. Ich war jedoch keine aufmerksame Zuhörerin.

„So was von Küchen habe ich noch nie gesehn, Miss Marietta. Riesige Steingelasse sind das, wo's einem wirklich angst und bang drin wird. Aber genug zu essen hat's gegeben, das muß ich ihnen lassen. Sie haben bloß immer in ihrer heidnischen Sprache geredet, so daß ich kaum was verstanden hab'. Aber eins weiß ich genau ... die können diese Mrs. Drummond alle nicht ausstehn, weil sie sich so aufspielt. Ist stolz wie ein Pfau und will auch nicht mit den andern zusammen essen. Läßt sich ihr Essen aufs Zimmer bringen. Na ja, ich kann's verstehen. Ein paar von den Jungs fressen wirklich wie die Schweine."

Ich sagte ein bißchen unwirsch: „Du mußt dich erst an die fremde Umgebung gewöhnen. Geh jetzt zu Bett, Jeannie. Wo schläfst du eigentlich?"

„Ich muß zusammen mit dieser Kirsty in einem Zimmer

schlafen, und das paßt mir überhaupt nicht." Sie zog die Nase kraus. Ich lachte und gab ihr einen Schubs.

„Raus mit dir! Du bist doch gern in Gesellschaft. Du und Kirsty, ihr werdet bald die besten Freundinnen sein. Dann kannst du mir allen Klatsch von hier erzählen."

Sie kicherte und sagte mir gute Nacht. Ich stieg in das große Bett und stellte fest, daß Jeannie einen heißen, in ein Flanelltuch eingeschlagenen Ziegelstein hineingelegt hatte, um die Bettücher zu wärmen. Schlaflos lag ich da und beobachtete die immer schwächer werdende Glut im Kamin. Es schien lange her zu sein, seit wir Fort William an jenem Morgen verlassen hatten. Ich fragte mich, wie Janet und Richard wohl das Tige Dubh vorgefunden hatten. Wirre Bilder von Großvater und Coll, von Fiona McPhail und Neil mischten sich mit Spukgestalten, tanzten vor meinen Augen, bis ich schließlich einschlief.

Ein Lachen weckte mich, das glückliche, erregte, von Befriedigung erfüllte Lachen einer Frau. So hatte ich meine Mutter lachen gehört, wenn sie eine Stunde mit einem ihrer vielen Liebhaber verbracht hatte. Es war ein Lachen gewesen, das dann stets von leidenschaftlichen Küssen erstickt worden war. Eine Tür wurde geschlossen, und es herrschte wieder Stille. Es gab ein Dutzend Erklärungen, und ich weiß nicht, warum ich dalag und zitterte. Zum erstenmal in dieser Nacht fiel mir der Brief wieder ein, der mich von Glenlochy hatte fernhalten wollen. Stammte er von jemandem, mit dem ich heute abend zusammen gewesen war? Und wenn ja, warum war er geschrieben worden? Ich sah keinen Grund, weshalb mein Hiersein für irgend jemanden eine Bedrohung darstellen sollte. Schließlich schalt ich mich selbst eine Törin, verscheuchte alle bedrückenden Gedanken, kuschelte mich in die Decke und schmiegte meinen Kopf in das Kissen. „Bis morgen", hatte Coll gesagt. Ich war damit zufrieden.

5

Ich schlief lange und wurde erst wach, als Jeannie an die Tür klopfte und mein Frühstück brachte. Die Sonne strömte durch die Gitterfenster herein, als ich mich gähnend aufsetzte. Jeannie stellte mit lautem Knall das Tablett neben das Bett.

„Wie spät ist es?" fragte ich verschlafen.

„Halb elf, und Sie legen sich besser was um die Schultern, Miss Marietta, wenn Sie sich nicht den Tod holen wollen. Es ist ja eiskalt hier drinnen. Ich werd' gleich diese Kirsty holen, damit sie Feuer macht."

„Nein, laß nur. Ich stehe sofort auf, wenn ich gefrühstückt habe. Was hast du mir denn Schönes gebracht?"

Sie schnitt eine Grimasse. „Unten in der Küche essen sie Porridge. Wie Leim ist der, ohne einen Tropfen Milch, und dann streuen sie auch noch Salz darüber. Stellen Sie sich das mal vor! Mir ist das Zeug im Hals steckengeblieben. Ich konnte keinen Bissen runterkriegen. ‚Das ist nichts für meine Herrin', hab' ich gesagt. Da hätten Sie mal sehn sollen, wie diese Mrs. Drummond mich angefunkelt hat. Wenn jemand den Teufel im Blick hat, dann die!"

„Rede nicht solchen Unsinn, Jeannie!" Ich betrachtete den Hafermehlkuchen, das gekochte Ei und die bauchige schwarze Teekanne. „Worüber regst du dich eigentlich auf? Es sieht köstlich aus, und ich habe einen Bärenhunger."

„Kein Stückchen Weißbrot im ganzen Schloß, und der Kaffee ist ein gräßliches Gebräu. Da haben die Bettler in der Rue Chantelle besseren von mir gekriegt."

Ich lachte. „Es hat keinen Sinn, frisch gebackenen Hörnchen und dem französischen Kaffee nachzujammern. Wir sind jetzt im Hochland", sagte ich fröhlich und machte mich heißhungrig über mein Frühstück her.

Als Jeannie das Tablett wieder hinausgetragen hatte, zog ich mich schnell an, denn ich brannte darauf, den Tag zu beginnen, mehr von Glenlochy zu sehen und vielleicht sogar das Hochtal zu erkunden. Ich war fast fertig, als ich lautes Gebell hörte. Ich lief zum Fenster, öffnete den Riegel und drückte fest gegen den sperrigen Rahmen. Das Fenster flog mit einem Ruck auf, so daß ich fast hinausgefallen wäre. Die beiden Hunde kamen unten aus einer Tür gesprungen, rasten quer über den Hof und verschwanden durch eine Maueröffnung an der anderen Seite. Coll folgte ihnen, aber gemächlicher. Er trug einen Reitanzug und hielt eine Kappe in der Hand. Die Sonne schien auf sein bronzefarbenes Haar. Er sah wirklich sehr gut aus, und mein Herz klopfte vor Erregung und Freude.

„Guten Morgen!" rief ich. „Wohin sind denn die Hunde gelaufen?"

Er schaute zu mir herauf und winkte. „Weiß der Himmel! Wahrscheinlich auf der Jagd nach ihrem Frühstück. Kommen Sie herunter, Sie kleine Schlafmütze. Es ist ein herrlicher Morgen, und ich möchte Ihnen etwas zeigen."

„Gut, aber gedulden Sie sich ein wenig. Ich weiß nicht, ob ich gleich den richtigen Weg finde."

„Gehen Sie einfach der Nase nach."

Trotz der Sonne blies draußen offenbar ein frischer Wind. Ich nahm das Plaid meines Vaters, legte es um und lief den Korridor hinunter. Nachdem ich zweimal in die falsche Richtung gelaufen war, kam ich zu einer offenstehenden Tür und dachte mir, daß hier die Hunde hinaus in den Hof gerannt sein müßten. Und richtig, Coll kam mir schon entgegen.

„Haben Sie gut geschlafen?“

„Zu gut“, sagte ich zerknirscht. „Ich wollte gar nicht so spät aufstehen. Aber ich mußte wohl all den Schlaf nachholen, den ich auf der Reise versäumt habe.“

„Das sieht man Ihnen aber wirklich nicht an. Verzeihen Sie, wenn ich das sage, aber Sie sehen heute morgen so frisch wie eine Blume aus, Miss Gilmour.“

„Oh, nicht doch! Sie brauchen mir nicht solche Komplimente zu sagen. Sie machen sich nur über mich lustig.“

„Aber ganz gewiß nicht!“ Er schwieg einen Augenblick und sah mich halb lächelnd an. „Vielleicht halten Sie mich jetzt für sehr taktlos, aber wissen Sie, keiner von uns konnte sich eine rechte Vorstellung von Ihnen machen ... und nun ...“

„Und nun?“

„Nun können wir uns glücklich schätzen, daß Sie sich als ein so reizendes Mädchen herausgestellt haben.“

Die unverhohlene Bewunderung in seinen Augen machte mich verlegen, und ich blickte zur Seite. „Ich hoffe nur, daß mein Kommen kein allzu großer Schock für meinen Großvater war.“

„Sir Alasdair kann nur erfreut sein, wie wir alle es sind.“

„Ist er schon auf? Sollte ich besser zu ihm gehen?“

„Er ist in den letzten Monaten immer bis mittags in seinem Zimmer geblieben.“

„Ist er krank?“

„Nein, das nicht. Nur alt und müde.“

Die Sanftheit in seiner Stimme rührte mich. „Mögen Sie ihn gern?“

„Er ist gut zu mir gewesen“, antwortete er schlicht.

Das Gefühl, daß uns eine starke Zuneigung miteinander verband, wurde übermächtig. Aber diese Zugetanheit war zu überraschend gekommen, zu schnell. Ich hatte Angst davor. „Sagten Sie nicht, Sie wollten mir etwas zeigen?" fragte ich befangen.

„Ja, kommen Sie hier entlang."

Wir gingen über den Hof und durch ein Steingewölbe in einen Raum, der das unterste Gelaß des Turms gewesen sein mußte. Feuchte, modrig riechende Luft umgab uns. An der rückwärtigen Wand war eine kleine Eisentür. Coll zog die schweren Riegel zurück und drückte auf die Klinke. Die Tür ging knarrend auf. Im selben Moment drang vom Meer her ein so starker Wind herein, daß ich zurückgestoßen wurde, und Coll seinen Arm um meine Taille schlang, um mich festzuhalten.

„Vorsicht! Halten Sie sich an mir fest", sagte er. „Ich dachte, das hier würde Sie interessieren. Als das Schloß noch ganz von Wasser umgeben war, konnten die Bewohner, Besucher oder auch Feinde nur mit einem Boot und durch diese Tür hierhergelangen, einen anderen Eingang gab es nicht."

Ich starrte auf die schmale Plattform und die Stufen hinunter, die grün von Schlick und Tang waren. Sie führten unmittelbar zu dem smaragdgrünen Meer hinab, das tosend gegen den schwarzen Felsen schäumte.

„Das sieht aber sehr gefährlich aus. Ist hier schon einmal jemand ertrunken?"

„Ich weiß es nicht, aber es würde mich nicht wundern. Es ist eine ausgezeichnete Möglichkeit, irgendwelche Feinde loszuwerden."

„Ein Stoß würde genügen", meinte ich schaudernd.

„Wie gut, daß diese schrecklichen Zeiten vorüber sind." Coll drückte die Tür zu und verriegelte sie wieder. „Murdo hat dafür zu sorgen, daß sie immer fest verschlossen bleibt."

Wir gingen durch eine Innentür vom Turm ins Schloß zurück und gelangten in einen mit einem Läufer belegten

Gang, an dessen Ende Coll wieder eine Tür zu einem Raum öffnete, halb Bibliothek, halb Arbeitszimmer. An zwei Wänden waren Bücher aufgereiht, an den anderen standen Aktenschränke und in einer Ecke ein großer Schreibtisch.

„Dies ist mein Kontor", sagte Coll.

Ich hörte ein dumpfes Brausen, das durch den Fußboden heraufzudringen schien. „Was für ein eigenartiges Geräusch ist das?" fragte ich neugierig.

Coll lächelte. „Sie hatten mich nach den Kerkern gefragt. Dies ist einer davon. Früher war das hier kein Zimmer, sondern ein Teil des Erdgeschosses vom alten Turm." Er rollte den verblichenen Teppich zurück. Eine Holzplatte mit einem Eisenring war in den Steinfußboden eingelassen. Coll bückte sich und zog sie zurück. Sofort verstärkte sich das Brausen. Ich blickte in einen tiefen Schacht hinunter, in völlige Finsternis. „Er geht bis zu den Felsen unter dem Schloß. Irgendwo muß eine Öffnung sein, durch die bei Flut das Meer hereinströmt. Früher haben die Gilmours hier ihre Feinde hineingeworfen und sie ertrinken lassen."

„Oh, wie entsetzlich!" Voller Grauen starrte ich in die dunkle Tiefe.

„Ach, ich weiß nicht. Ich kenne ein paar Leute, die ich hier auch am liebsten hineinwerfen würde." Sekundenlang änderte sich sein schönes Gesicht, und ich hatte das Gefühl, daß sich hinter seinem lässigen Charme Grausamkeit verbergen könnte. Dann lächelte er, schob die Holzplatte wieder an ihren Platz zurück und rollte den Teppich darüber.

„Coll", sagte ich schnell und stockte. Dann fuhr ich ein wenig verwirrt fort: „Entschuldigen Sie, daß ich Sie mit dem Vornamen anrede, aber ich kenne Ihren Nachnamen nicht."

„Ich habe keinen, zumindest keinen, auf den ich ein Anrecht habe“, erwiderte er gleichgültig. „Ich habe meinen Vater nie gekannt. In der Schule gaben sie mir den Namen Grant. Aber nennen Sie mich ruhig weiter Coll. Das tun alle hier.“

„Danke“, sagte ich etwas verlegen. „Ich hatte Sie fragen wollen, wie lange Sie schon für meinen Großvater arbeiten.“

„Seit sechs Jahren, seit ich die Universität in St. Andrews verlassen habe.“

„Ich verstehe. Was tut Neil eigentlich?“

„Oh, Neil“, Coll setzte sich auf die Schreibtischkante und lächelte trocken. „Er müßte an sich schon längst hier sein. Er ist als mein Gehilfe eingestellt worden. Kümmern Sie sich so wenig wie möglich um ihn. Er redet immer schrecklich viel dummes Zeug. In Paris würde man ihn ein *enfant terrible* nennen. Als er fünfzehn Jahre alt war, ist er fortgelaufen und hat versucht, in Fort William in die Armee einzutreten.“

„In die englische Armee?“ fragte ich ungläubig.

„Nein, nicht direkt. Er wollte in die Schwarze Garde eintreten. Sie setzt sich aus Hochländern zusammen, kämpft aber für König George. Ich habe Sir Alasdair noch nie so zornig gesehen. Er hat Neil zurückholen lassen. Mr. McPhail ist ein frommer Mann, aber er versteht rein gar nichts von der Erziehung eines Jungen. Seine Frau ist tot, und die arme Fiona wußte sich nicht mehr zu helfen. Sie konnte ihren Bruder einfach nicht mehr bändigen. So hat Ihr Großvater ihn hier ins Schloß geholt, wo ich ihn zur Vernunft bringen und gleichzeitig in Buchführung und ähnlichen Dingen unterweisen soll.“

„Was Sie sicher ausgezeichnet können.“

„Ich versuche es, aber es ist sehr mühsam.“

Ein Torffeuer schwelte im Kamin, und es war warm im

Zimmer. Ich streifte das Plaid von den Schultern und begann es zusammenzufalten. Coll streckte die Hand aus und half mir dabei.

„Es ist lange her, seit ich die Gilmour-Farben gesehen habe."

„Ich weiß. Das Plaid gehörte meinem Vater. In Fort William wäre ich fast in Haft genommen worden, weil ich es getragen habe. Aber Mr. Wynter meinte, hier würde sich niemand daran stören."

Coll zuckte zusammen. „Mr. Wynter?"

„Ja, Oberst Richard Wynter. Wissen Sie nicht, daß ich mit ihm und seiner Schwester von Edinburgh aus zusammen gereist bin? Sie sind oben im Tige Dubh."

„Richard Wynter", wiederholte er gedehnt. „Ist er mit Hauptmann Graham Wynter verwandt?"

„Er ist sein Bruder."

„Dann wissen Sie also schon über Hauptmann Wynter Bescheid?"

„Ich weiß, daß er das Schwarze Haus und Land gekauft und beides seinem Bruder hinterlassen hat. Hat Mr. Cameron nichts davon in seinem Brief erwähnt?"

„Wenn er es getan hat, hat Sir Alasdair mir nichts davon gesagt."

„Ist das wichtig?"

„Nein, natürlich nicht. Aber es hat niemand mehr im Tige Dubh gewohnt, seit ... Ach, vergessen Sie es. Ich würde es an Ihrer Stelle auch nicht Ihrem Großvater gegenüber erwähnen."

„Aber ich wollte doch Mr. Wynters Schwester besuchen und sie hierher einladen!"

„Wenn Ihnen sehr daran gelegen ist, dann tun Sie es, Miss Gilmour", sagte er ernst. „Aber vergessen Sie bitte nicht, daß Glenlochy nach Culloden sehr unter den Engländern gelitten hat. Oh, ich weiß, Sir Alasdair hatte das

Glück, daß man ihm sein Heim gelassen hat. Aber seine Söhne haben gegen König George gekämpft, und die Geldbuße war sehr hoch. Darum mußte er das Land verkaufen. Es ist nur noch wenig von dem einstigen Besitz übriggeblieben, und es ist manchmal ein harter Kampf erforderlich, um zu überleben. Nicht nur für Ihren Großvater und mich, sondern für alle, die von Glenlochy abhängig sind. Sie werden also verstehen, daß Sir Alasdair englische Nachbarn absolut nicht willkommen sind."

„Ja, das kann ich verstehen."

„Das wußte ich." Er blickte mich mit seinem charmanten Lächeln an. „Jetzt müssen Sie mich aber bitte entschuldigen. Ich habe zu tun."

„Coll, werden Sie mir davon erzählen? Von den Besitzungen, meine ich. Wie sie geführt werden, woher das Geld kommt. Ich würde das gern wissen."

„Warum, um Himmels willen, sollte sich eine junge Dame wie Sie für so langweilige Einzelheiten interessieren wie die Größe unseres Viehbestands, oder ob der Heringsfang dieses Jahr genauso gut sein wird wie im vergangenen Jahr?"

„Ich möchte das wirklich gern wissen! Gerade diese Einzelheiten sind wichtig. Ich meine es ernst."

Er lächelte merkwürdig, dann tippte er mit dem Zeigefinger auf meine Nase. „Wenn das so ist, Miss Blaustrumpf, dann sollen Sie alles erfahren, was Sie wünschen. Aber wir haben bestimmt noch lange genug Zeit dafür." Er setzte sich hinter den Schreibtisch. „Wenn Sie zufällig irgendwo diesen jungen Taugenichts herumlungern sehen sollten, diesen Neil, würden Sie ihn dann bitte sofort zu mir schicken?"

„Das werde ich", versprach ich lachend und ging hinaus.

Da mein Großvater mich nicht hatte zu sich rufen lassen, sah ich ihn erst am Nachmittag wieder. Ich nahm allein das Mittagessen ein, da Coll und Neil ins Tal gegangen waren, um einem der Pächter eine Botschaft zu überbringen. Ich hatte den restlichen Morgen zusammen mit Jeannie die letzten Koffer ausgepackt und mich dann im Schloß umgesehen. Es war ein riesiges, unregelmäßig angelegtes Gebäude mit unzähligen Räumen. Manche standen leer, und einige wiesen den verblichenen Glanz auf, der mir am Abend zuvor im Wohnzimmer aufgefallen war. Zwanzig Jahre Vernachlässigung hatten ihre Schönheit zerstört. Wenn ich einmal die Herrin hier bin, dachte ich, wird das alles anders. Vielleicht hatte ich mehr von meiner Mutter, als ich immer gedacht hatte. Trotz all ihrer Fehler war sie eine hervorragende Hausfrau gewesen. Das Haus in der Rue Chantelle war zwar klein, aber es hatte ihm nie an Behaglichkeit und Eleganz gefehlt.

„Wenn man Madame hier ein paar Wochen Zeit geben würde, tät sie ein Glanzstück aus dieser alten Ruine machen, mit oder ohne Geld", hatte Jeannie gemeint und damit einer Herrin Anerkennung gezollt, die sie nicht hatte ausstehen können. Aber sie hatte recht.

Am frühen Nachmittag, als mein Großvater immer noch nicht erschienen war, ging ich zu seinem Zimmer hinauf. Die Tür stand halb offen. Ich wollte gerade anklopfen, als ärgerliche Stimmen mich davon abhielten. Ich hörte Sir Alasdair scharf sagen: „Verdammt, was wollen Sie denn noch von mir? Haben Sie nicht all diese Jahre genug gehabt? Wenn es Ihnen nicht paßt, können Sie sich von mir aus zum Teufel scheren. Machen Sie, daß Sie rauskommen, verstanden? Raus, lassen Sie mich in Ruhe!"

Im nächsten Augenblick kam Mrs. Drummond so schnell durch die Tür, daß ich gezwungen war, zurückzutreten. Die braunen Augen in dem bleichen Gesicht funkelten.

„Sind das französische Manieren?“ zischte sie. „An Türen zu lauschen?“

„Ich habe nichts dergleichen getan!“ verteidigte ich mich empört. „Ich wollte mich nach dem Befinden meines Großvaters erkundigen, da ich ihn den ganzen Morgen nicht gesehen habe. Ich dachte, er fühle sich vielleicht nicht wohl.“

Sie starrte mich einen Moment an, dann stieß sie die Tür weit auf. „Er ist dort drinnen. Gehen Sie hinein und fragen Sie ihn selbst.“ Damit ließ sie mich stehen und eilte davon. Ich war so erstaunt, wie diese sonst so ruhige, beherrschte Frau sich plötzlich gewandelt hatte, daß es eine Weile dauerte, bis ich mich faßte und das Zimmer betrat.

Mein Großvater hatte noch seinen Hausmantel an. Das Fenster stand weit offen, als hätte er Luft gebraucht und es aufgestoßen. Er stand schwer atmend davor, den Rükken zu mir, und stützte sich auf das Fensterbrett. Sonne und Wind fluteten herein.

„Was wollen Sie denn jetzt schon wieder von mir?“ fragte er rauh.

„Ich bin es, Marietta ...“ Er drehte sich langsam um, und ich war entsetzt, als ich sein verzerrtes aschfahles Gesicht sah. Zitternd streckte er mir die Hand entgegen, und ich lief auf ihn zu. Ich half ihm zu einem Sessel. Er fiel fast hinein und lehnte sich mit einem Seufzer der Erleichterung und mit geschlossenen Augen zurück.

Ich schob ihm ein Kissen unter den Kopf. „Was hast du? Kann ich irgend etwas für dich tun?“ fragte ich besorgt.

Er umklammerte meine Hand nur noch fester, und nach wenigen Minuten nahm sein Gesicht wieder Farbe an. Er richtete sich etwas auf und öffnete die Augen. Sie waren erstaunlich blau, so blau wie Colls Augen.

6

Ein paar Tage lang blieb alles friedlich. Tom Cliffords dramatischer Auftritt hatte den Kindern einen gehörigen Schrekken eingejagt, und sie gehorchten – vorläufig. Della ahnte, daß dieser Friede nicht lange anhalten würde, aber die Atempause war ihr höchst willkommen. Jem Carter erschien nicht mehr zum Unterricht, und als sie seine Schwester nach ihm fragte, schüttelte das Mädchen den Kopf.

„Er kommt nich' mehr, Miss, und nach den Ferien komm ich auch nich' mehr. Mein Pa sagt, daß ich schon alt genug zum Verdienen bin."

„Das ist aber sehr schade. Du bist so gut vorangekommen."

Mary Ann schlug die Augen nieder. „Ja, aber das is' meinem Pa egal, wissen Sie. Nur meine Ma will, daß ich zur Schule geh."

„Und wie ist es mit dir selbst? Gehst du nicht auch gerne zur Schule?"

„Doch. Das Lesen wird mir fehlen. Das hat mir gefallen. Das is', wie wenn man aus 'nem Fenster schaut und draußen 'ne andere Welt sieht."

„Ich leihe dir gern ein paar Bücher, Mary Ann, Bücher, die du allein lesen kannst."

„Ich weiß nich'", sagte das Mädchen unsicher.

„Du mußt es versuchen", drängte Della. „Du hast Verstand, du könntest es weit bringen."

Das Mädchen war eine ihrer besten Schülerinnen gewesen, und es machte Della wütend, daß dieser rücksichtslose, brutale Vater das Kind hindern konnte, am Unterricht teilzunehmen und weiterzulernen. Mary Ann war groß für ihr Alter, schlank und anmutig, was sie von den anderen Mädchen unterschied. Mit gewaschenem und gekämmtem Haar, einem sauberen Baumwollkleid und ohne blaue Flecken im Gesicht würde sie vermutlich sehr hübsch aussehen.

Della hatte gewußt, daß es nur die Ruhe vor dem Sturm war. Noch vor Ablauf der Woche ging es wieder los. Sie war an die-

„Das ist schön", er tätschelte meine Hand. „Ich bin froh darüber. Und nun laß mich allein. Wir sehen uns dann später beim Abendessen."

„Ja, Großvater." Ich gab ihm einen Kuß auf die Wange. „Ruh dich noch ein bißchen aus, schlaf ein Weilchen."

Ich verließ auf Zehenspitzen das Zimmer. Der heftige Wortwechsel zwischen Mrs. Drummond und meinem Großvater hatte mich befremdet, aber als ich länger darüber nachdachte, kam er mir nicht mehr so absonderlich vor. Schließlich war es verständlich, daß Mrs. Drummond ihre Stellung im Haushalt durch mein Kommen bedroht sah, und mein Großvater war ein despotischer alter Mann. Er würde sich alle Fragen und jede Einmischung in seine Entscheidungen streng verbitten. Und was Coll betraf ... Warum sollte der junge Mann ihm im Laufe der sechs Jahre nicht ans Herz gewachsen sein, zumal er alle seine Söhne für tot gehalten hatte? Ich versuchte nicht, meine eigenen Gefühle zu ergründen. Sie waren zu neu, zu vage. Ich wußte nur, daß Coll mich in einem Maße verwirrte, wie ich es noch bei keinem anderen Mann erlebt hatte.

Wir aßen zusammen zu Abend, mein Großvater, Coll und ich. Neil hatte das Schloß verlassen, um den Abend mit seinem Vater und seiner Schwester zu verbringen. Ich war als erste im Wohnzimmer. Als Coll dann hereinkam, betrachtete ich gerade das große Porträt. Die Ähnlichkeit mit meinem Großvater war unverkennbar: das gleiche habichtartige Profil unter der Mütze mit den Adlerfedern. Nur die Farbe des Haars und des Schnurrbarts war rot, das Rot der Gilmours. Der Hund, der zu seinen Füßen lag, hätte Bran oder Wolf sein können.

Coll trat neben mich. „Das ist Donald Ruadh, Donald der Rote, der zwölfte Herr von Glenlochy."

„Dann hieß er genauso wie der Ahne, der die Fee heiratete."

„Ja, aber er war ein völlig anderer Mensch." Sir Alasdair stand auf der Schwelle und stützte sich schwer auf seinen Elfenbeinstock. Coll eilte sofort zu ihm. „Ich fürchte, mein Ururgroßvater hatte keine Fee zur Frau", fuhr er fort und setzte sich mit Colls Hilfe in seinen Sessel am Kamin. „Ich muß dir leider sagen, Marietta, daß er ein ausgesprochener Schuft war."

„Wirklich? Wieso? Was hat er getan?"

„Erst hat er die Braut seines Bruders vor dessen Nase entführt und ihn dann in einem Duell umgebracht. Später ist er ins Land der Campbells eingedrungen und kam mit etwa hundert schwarzen Rindern nach Hause zurück. Ihre Nachkömmlinge grasen noch heute auf unseren Weiden. Als Argyll seinen Verwalter schickte und das Vieh zurückverlangte, ist dieser spurlos verschwunden und wurde nie wieder gesehen."

„Ist er auch ermordet worden?"

Mein Großvater zuckte die Schultern. „Man hat sich seiner entledigt, ist vielleicht der richtigere Ausdruck."

Ich fragte mich, ob der Verwalter wohl zu den armen Geschöpfen gehört hatte, die in den finsteren Schacht gestoßen worden waren, um dort jämmerlich zu ertrinken. Mein Vater hatte einmal gesagt: „Wir entstammen einer sehr gemischten Familie, Marietta. Sie setzt sich aus Helden, Märtyrern, Viehdieben und Mördern zusammen. Man kann also ganz nach Belieben seine Wahl treffen." Es war ein eigenartiges Gefühl, daß das gleiche stolze wilde Blut in meinen Adern rann.

Coll schaute noch immer zu dem Porträt hoch, und etwas an seinem Gesichtsausdruck verwirrte mich. Es lag Neid und zugleich Bewunderung in seiner Stimme, als er sagte: „Er mag zwar grausam gewesen sein, aber er wußte wenigstens genau, was er wollte, und hat sein Ziel rücksichtslos verfolgt."

„Das kann man wohl sagen", meinte mein Großvater grimmig. „Es heißt, er sei der letzte Mann in Schottland gewesen, der den *Taghairm* vollziehen konnte."

„Den was?" Ich blickte von einem zum andern.

„Soll ich es ihr erzählen?" fragte Coll zögernd.

„Das Ganze ist nichts weiter als abergläubischer Unsinn", sagte mein Großvater trocken. „Aber es ist wohl eine der Legenden, die sich um Glenlochy ranken."

„Was bedeutet *Taghairm*?" fragte ich.

„Wörtlich übersetzt, den Teufel anrufen."

„Aber das ist doch lächerlich!" rief ich. „An so etwas kann man doch unmöglich glauben."

„In jener Zeit hat sich vieles abgespielt, was man nicht für möglich hält", erwiderte Coll. „Donald Ruadh war nicht der Erbe, müssen Sie wissen. Er war der zweitgeborene Sohn, und er wollte sicher sein, daß er eines Tages Herr von Glenlochy sein würde. Und so traf er sich eines Nachts mit ein paar guten Freunden in einer alten Scheune nahe dem Tige Dubh ..."

„Ja, so ist es damals zu seinem Namen gekommen, das Schwarze Haus." Coll schwieg einen Moment und fuhr dann fort: „Die Geschichte ist entsetzlich grausam. Wollen Sie sie trotzdem hören?"

Jetzt war meine Neugier geweckt. „Natürlich möchte ich sie hören. Schließlich war Donald Ruadh auch mein Vorfahr."

„Nun gut, aber machen Sie mir keine Vorwürfe, wenn Sie heute nacht Alpträume haben, Donald Ruadh und seine Freunde entfachten ein großes Feuer und begannen mit den Zauberritualen. Neben anderen Scheußlichkeiten wurde auch eine harmlose Hauskatze an einen Spieß gesteckt und bei lebendigem Leibe geröstet ..."

„O nein!"

„Ich habe Ihnen ja gesagt, daß Ihnen die Geschichte

nicht gefallen wird. Sehr bald, so heißt es, waren die Männer von einem Kreis von Katzen umringt, die alle grauenhaft schrien und sie wie Dämonen mit funkelnden gelben Augen anstarrten. Das Feuer loderte auf. Das arme brennende Tier schrie weiter, und plötzlich war ein riesiges schwarzes Ungeheuer mitten unter ihnen. Die Männer verloren vor Angst fast den Verstand, nur Donald Ruadh nicht. Er hatte den Mut, den Teufel mit seinem Schwertgriff — der die Form eines Kreuzes hatte — so lange in Bann zu halten, bis er ihm seine Fragen gestellt und die verlangten Versprechen von ihm erhalten hatte."

„Oh, wie entsetzlich!"

„Ja, aber es hat geholfen, und obwohl alles dagegen sprach, wurde er tatsächlich Clan-Oberhaupt und damit Herr von Glenlochy."

„Das Ganze ist nichts als ein Schauermärchen", sagte mein Großvater gereizt. „Glaube nur ja kein Wort davon. Ich muß allerdings zugeben, daß Donald Ruadh ein unangenehmer junger Mann mit lasterhaften Angewohnheiten war."

„Haben Sie keine Angst", sagte Coll leichthin. „Heutzutage begehen wir keine solche Greueltaten mehr."

„Hoffentlich nicht!"

Aber ich sah das Porträt nun mit anderen Augen. Diese abstoßende Geschichte hatte etwas erschreckend Wirkliches an sich gehabt, so daß das Zimmer einen Moment lang von Unheil erfüllt schien. Dann kam Kirsty mit unserem Abendessen herein, gefolgt von Murdo, und die gespenstische Atmosphäre wich.

Sir Alasdair fragte ärgerlich: „Wo ist Ailsa Drummond?"

„Sie hatte Kopfschmerzen, Sir. Sie hat sich hingelegt", gab Kirsty zur Antwort.

Er zog ein finsteres Gesicht, sagte aber nichts. Doch Coll

zeigte unerwartetes Interesse. „Ist sie wirklich krank, Kirsty?"

„Och nein, Sir. Ihr ist nur 'ne Laus über die Leber gelaufen. Morgen früh ist sie bestimmt wieder ganz die alte."

Meine Mutter hätte ihr für diese freche Redensart bestimmt eine Maulschelle versetzt, aber in Schottland schienen Dienstboten sich mehr Freiheiten herausnehmen zu dürfen als in Paris.

Nach dem Essen saßen wir gemütlich am Kamin beisammen, als mein Großvater plötzlich sagte: „Ich habe mir überlegt, daß wir jetzt, wo du hier bist, einige Feste geben müssen, Marietta. Ich hatte in den letzten Jahren weiß Gott kein Verlangen danach, aber nun ist das etwas anderes. Du bist meine Erbin, und unsere Nachbarn sollen dich kennenlernen." Er lächelte und lehnte sich in den Sessel zurück. „Ich weiß noch, wie es war, als ich volljährig wurde. Ich war gerade aus Frankreich zurückgekommen und wurde von meinem Vater mit den Anführern des Clans auf die Hirschjagd geschickt. Sie waren entsetzt über mich, weil ich mein zusammengerolltes Plaid als Kopfkissen benutzte. ‚Was für ein Jammerlappen', flüsterten sie sich zu, ‚der seinen Kopf nicht wie wir auf den harten Boden legen mag.'"

„Und was geschah dann?"

„Sie setzten mich auf eine große Steinpyramide, drückten mir das Schwert meines Vaters in die eine Hand und in die andere den Wassailhumpen. Mehr als ein Liter Rotwein war darin, der in einem Zug geleert werden mußte, um meine Tauglichkeit zu beweisen, ihr Häuptling im Krieg und Frieden zu sein."

„Das könnte ich bestimmt nicht schaffen!" sagte ich lachend.

„Nein, sicher nicht. Trotzdem ist es nur recht, den Leuten des Clans die Möglichkeit zu geben, sich darüber zu freuen, daß Glenlochy nicht an jemanden von fremdem Geblüt übergeht. Was meinst du, Coll?"

Coll hatte sich vorgebeugt und kraulte Bran an den Ohren. Der Schein des Kaminfeuers flackerte über sein Gesicht, und mir fiel auf, daß er Ähnlichkeit mit meinem Vater hatte, wie er in jungen Jahren ausgesehen haben mußte. Zum erstenmal fragte ich mich da, welches Geheimnis sich hinter Colls Herkunft verbergen mochte. Dann schaute er auf, blickte zuerst mich und danach meinen Großvater an, und die Ähnlichkeit schwand.

„Sie haben vollkommen recht, Sir. Wann soll das erste Fest stattfinden?"

„Wir haben jetzt April und brauchen ein bißchen Zeit. Ich möchte Duncan Cameron für die Beglaubigung hier haben. Versende Einladungen, Coll. An die Macdonalds und die Macleods von Skye, an die Farquarsons, die Camerons von Lochaber ..."

„Ein Abend im Mai ist am besten geeignet", unterbrach Coll ihn. „Dann können wir am Nachmittag Spiele veranstalten, ein Bankett in der großen Halle geben und beim Schein der Fackeln tanzen."

„Das hört sich wundervoll an!" rief ich. „Willst du das wirklich alles mir zu Ehren tun, Großvater?"

„Für wen denn sonst? Du hast ein Recht darauf. Wenn dein Vater noch lebte, gebührte es ihm."

Ich lehnte mich vor und streichelte seine Hand. „Um deinetwillen wünschte ich, ich wäre ein Junge", sagte ich.

„Wir sind unserem Schicksal ausgeliefert. Es kann mit uns tun, was es will", entgegnete mein Großvater ein wenig bitter, doch seine Hand schloß sich um die meine.

Wir hatten uns so angeregt unterhalten, daß ich Colls Warnung völlig vergaß. „Darf ich auch ein paar Freunde von mir einladen, Großvater?" fragte ich.

„Freunde? Wen kennst du denn hier, mein Kind?"

„Ich habe es Coll heute morgen erzählt, daß ich in Begleitung von Oberst Wynter und seiner Schwester, Lady Thorpe, von Edinburgh hierhergekommen bin."

„Wynter?" Mein Großvater richtete sich ruckartig auf. Seine Hände umklammerten die Lehnen des Sessels, und ich bekam plötzlich Angst. Aber ich hatte damit angefangen und mußte es zu Ende führen, obwohl meine Stimme etwas schwankte.

„Er ist der Bruder von Graham Wynter."

„Kein Mann mit Namen Wynter wird jemals wieder mein Haus betreten!"

Ich hätte keine Einwände erheben dürfen, aber ich tat es doch. „Ich weiß, daß er Engländer ist. Aber was vergangen ist, ist vergangen. Wir sollten nur noch an die Zukunft denken. Richard hat nichts Unrechtes getan."

„Richard?" fuhr er mich an. „Richard? Was bedeutet das? Stehst du etwa auf vertrautem Fuß mit diesem Mann?"

„Nein, natürlich nicht." Ich hatte bislang geglaubt, daß es mir kaum etwas ausmachen würde, wenn ich Richard Wynter niemals wiedersähe. Aber jetzt ärgerte ich mich, daß man so ungerecht von ihm sprach.

„Er war sehr nett zu mir, und seine Schwester auch."

Mein Großvater erhob sich schwerfällig aus seinem Sessel. Sein Gesicht war zorngerötet, und er sagte mit heiserer Stimme: „Graham Wynter kam hierher und wollte mich sprechen. Ich ließ ihn ein, obwohl er ein verfluchter Engländer war. Er nahm meine Gastfreundschaft an und besudelte sie. Er brachte Schande über Glenlochy."

„Was immer er auch getan haben mag, er ist tot. Du kannst es seinem Bruder nicht nachtragen."

„Ich weiß nur zu gut, daß die alten Zeiten endgültig vorbei sind", sagte er, als hätte er mich nicht gehört. „Nach

Culloden blieb einem Hochländer kaum mehr als seine Ehre, aber selbst die hat er mir geraubt.“ Voll Zorn schlug er mit der Hand gegen den Kamin. „Verflucht seien die Engländer für das, was sie mir und den Meinen angetan haben!“

Er zitterte am ganzen Körper, sein Gesicht war dunkelrot, und ich machte mir die heftigsten Vorwürfe, daß ich ihn so erzürnt hatte.

Coll sagte ruhig: „Sie dürfen sich nicht so aufregen, Sir. Die Sache ist es nicht wert.“

„Ja, du hast recht. Es ist vorbei, vergessen, erledigt, bis auf eines ... Ich will diesem Mann nicht begegnen, noch dir erlauben, ihn zu sehen. Du mußt das verstehen, Marietta.“

Ich wollte schon protestieren, aber ein warnender Blick von Coll ließ mich schweigen. Ich sagte nichts, und einen Moment später fühlte ich, wie die alte zitternde Hand sanft meine Wange streichelte.

„Ich will nicht hart zu dir sein, meine Kleine, aber ich muß darauf bestehen.“

Mitleid erfaßte mich, und ich blickte ihn an. „Ich verstehe dich, glaub mir. Es tut mir leid, daß ich dich so aufgeregt habe.“

„Schon gut.“ Er holte tief Atem. „Ich bin müde und werde wohl am besten zu Bett gehen. Ruf Murdo, Coll.“

Nachdem er — auf den Arm seines alten Dieners gestützt — das Zimmer verlassen hatte, kam Coll von der Tür her zu mir zurück und blickte auf mich nieder.

„Ich habe Sie gewarnt, oder nicht?“

„Ja. Es tut mir leid. Ich wollte ihn nicht aufregen.“

„Er wird es überstehen.“

„Was hat Graham Wynter getan, Coll?“

Er ging zum Kamin und trat mit dem Fuß gegen die Holzscheite, so daß sie in einem Funkenregen aufflammten. „Es war eine schlimme Geschichte und traf die ganze Familie", antwortete er dann. „Aber nicht einmal ich weiß alles. Ich glaube auch nicht, daß ich befugt bin, es Ihnen zu erzählen."

„Ich muß es ja doch eines Tages erfahren."

Er wandte sich zu mir um. „Fragen Sie Richard Wynter."

„Sie kennen ihn nicht. Wenn es eine Familienangelegenheit ist, wird auch er mir nichts davon erzählen", erwiderte ich trocken. „Es ist wohl das beste, wenn ich jetzt ebenfalls zu Bett gehe."

Er begleitete mich zur Tür und öffnete sie für mich. „Kennen Sie den Weg jetzt?"

„Ja, ich werde mich nicht verirren."

„Gute Nacht."

Ich wandte mich zum Gehen und blieb mit der spitzen Kappe meines Schuhs in dem ausgefransten Teppich hängen. Ich stolperte, und ohne zu wissen, wie es geschah, lag ich plötzlich in Colls Armen. Sein Gesicht war ganz dicht an meinem.

„Coll, bitte ...", stammelte ich, und er ließ mich sofort los.

„Entschuldigen Sie. Ich hätte das nicht tun dürfen. Ein namenloser Niemand und die Erbin von Glenlochy ..." Seine Stimme klang so bitter, daß er mir leid tat. Ich strich ihm sanft über die Wange.

„Sie sollten so etwas nicht sagen!"

„Es stimmt aber doch, oder etwa nicht?" Er ergriff meine Hand und küßte sie leidenschaftlich. „Ist auch das verboten?"

Ich entzog ihm meine Hand. „Wir kennen uns erst seit knapp zwei Tagen."

„Das ist Zeit genug. Man kann sich sogar schon innerhalb einer Stunde verlieben."

„Nein!“ widersprach ich atemlos. „Nein, ich werde Ihnen nicht länger zuhören.“

Ich ließ ihn stehen, lief mit heißen Wangen und klopfendem Herzen den Gang hinunter und wagte nicht, mich umzusehen, bis ich mein Zimmer erreicht hatte und mich in Sicherheit wußte. Ich ging hinein, schlug die Tür hinter mir zu und lehnte mich mit dem Rücken dagegen. Jeannie saß neben dem Bett und nähte eine abgerissene Rüsche an einem meiner Unterröcke an.

„Was ist los?“ fragte sie gleichmütig und biß den Faden ab. „Sie sehen so aus, als ob Sie vor einem Gespenst davongelaufen wären.“

„Vielleicht bin ich das auch. Das Schloß ist voll von Gespenstern.“

Dann riß ich mich zusammen. Gespenster, Dämonen, Mörder ... was hatten sie mit Coll und mir oder unserem Leben hier zu tun? Ich war froh, Jeannie mit ihrem nüchternen Verstand um mich zu haben, sie bei einer alltäglichen Arbeit inmitten der vertrauten Dinge zu sehen, die ich von zu Hause mitgebracht hatte. Ich setzte mich an den Frisiertisch, zog die Haarnadeln aus meinem Haar und ließ Jeannies beruhigendes Geplapper über mich ergehen, ohne richtig hinzuhören.

6

Die heftige Reaktion meines Großvaters auf die bloße Erwähnung des Namens Wynter verstärkte noch meinen Wunsch, hinauf zum Schwarzen Haus zu gehen, trotz allem, was er gesagt hatte. Ich mußte immer wieder an das Gespräch denken, das ich in dem Gasthof mit angehört hatte. Was immer sein Bruder auch getan haben mochte, Richard würde nicht ruhen, bis er herausgefunden hatte, wie er ums Leben gekommen war. Und ich fragte mich besorgt, ob die Bewohner des Hochlands und des Tals genauso von Haß erfüllt seien wie ihr Clan-Oberhaupt. Sie waren meine Leute, und ich fühlte mich ihnen schon zugehörig, aber gleichzeitig empfand ich tiefe Zuneigung für Janet. Irgendwie mußte ich sie und ihren Bruder warnen. Doch sosehr ich das auch wollte, konnte ich es nicht sofort. Drei Tage lang regnete es, wie es nur im Hochland regnen kann. Ein starker Sturm drang vom Meer her zum Land, brachte die Regengüsse mit sich, und riesige Wellen mit hohen Schaumkronen schlugen donnernd gegen die Felsen.

Einen dieser trostlosen Morgen verbrachte ich mit Coll im Kontor. Während er mir von den Besitzungen erzählte, hörte ich das dumpfe Brausen unter mir und dachte an die unglücklichen Gefangenen, die sich dort einstmals zusammengekauert und zitternd auf den Tod in den Klauen der hungrigen See gewartet hatten.

„Das Land hat immer dem Clan-Oberhaupt gehört", sagte Coll eben in Beantwortung meiner Frage. „Aber außer ein paar Morgen, die direkt an das Schloß angrenzen, ist alles an den Tacksman verpachtet ...“

„Tacksman?“

„So nennt man ihn hier. Sie haben George Fergusson noch nicht kennengelernt, werden es aber bald. Er ist in Geschäften im Tiefland gewesen. Er ist ein entfernter Verwandter Ihres Großvaters. Das Land wird von ihm an die Groß- und Kleinbauern weiterverpachtet sowie an die ganz Armen, die nur eine Kuh, ein paar Ziegen und ein Stückchen Boden besitzen, auf dem sie ihren Weizen und Hafer anbauen können.“

„Und zahlen sie einen Pachtzins?“

„Wenn sie können“, antwortete er trocken, „manchmal in Geld, häufiger jedoch in Form von Nahrungsmitteln. Sie versorgen das Schloß mit Fleisch, Milch, Käse, Eiern, Butter und Hafermehl. Im Herbst bringen sie das Vieh auf die Märkte und verkaufen es. Außerdem ernähren sie sich vom Heringsfang. Die Schwärme kommen zweimal im Jahr, wenn wir Glück haben. Sie werden als Nahrung für den Winter eingesalzen, und wir verkaufen sie, wo wir können, oder versenden sie per Schiff die Küste hinunter. Dann haben wir noch das Kelp ... finden Sie das nicht alles sehr langweilig?“

„Nein, es interessiert mich. Was ist Kelp?“

„Es ist ein Dünger aus Seetang. Wir sind nicht reich, Miss Marietta, Sie haben das sicherlich schon an unserer Lebensweise bemerkt.“ Er lehnte sich in seinen Stuhl zurück und trommelte mit den Fingern auf die Tischplatte. „In früheren Zeiten, vor Culloden, war das Clan-Oberhaupt König in seinem Land. Er stellte eigene Gesetze auf, er hatte die Macht über Leben und Tod und führte die Männer seines Clans in die Schlacht. Wie Donald Ruadh konnte er tun und lassen, was er wollte, und niemand konnte ihn daran hindern. Aber die Engländer haben uns all dies genommen. Heute ist jeder Häuptling hier im Hochland denselben Gesetzen unterworfen wie der Niedrigste seines Clans.“

„Wünschen Sie sich die alten Zeiten zurück, Coll?“ fragte ich lächelnd.

Er beugte sich vor. Der glühende Zorn, der aus seinen blauen Augen sprach, überraschte mich. „Hat nicht jeder Mann das Recht, das zu tun, was er will, sein Schicksal selbst zu bestimmen?“ Dann blickte er von mir weg. „Ich rede wie ein Narr. Wer bin ich schon, daß ich mir etwas wünschen kann? Ich kann kein Fleckchen Land mein eigen nennen. Alles, was ich weiß, ist nur, daß es so nicht weitergehen kann. Wenn wir überleben wollen, müssen Änderungen in Glenlochy vorgenommen werden.“

„Was für Änderungen?“

„Ich habe eine Menge Ideen, aber Sir Alasdair ist ein alter Mann und sehr starrsinnig. Er will mich nicht anhören“, sagte er grimmig. „Die Entscheidung liegt bei Ihnen, bei Ihnen und Ihrem künftigen Mann.“

„Aber ich habe noch keinen Mann, den ich heiraten möchte!“

„Eines Tages werden Sie einen haben müssen. Entschuldigen Sie, wenn ich das sage, aber keine Frau kann einen Besitz von dieser Größe allein verwalten.“

„Ich habe bestimmt noch viel Zeit. Mein Großvater wird noch nicht so bald sterben.“

„Gott bewahre! Ich hoffe, er bleibt noch viele Jahre am Leben. Aber man muß auf alles gefaßt sein.“

Ich beugte mich über den Schreibtisch. „Wenn . . . wenn ihm etwas zustoßen sollte, werden Sie dann hierbleiben, Coll? Oder tragen Sie sich etwa mit dem Gedanken, fortzugehen?“

„Ich werde so lange bleiben, wie Sie oder Glenlochy mich brauchen.“

„Danke.“

Er streckte die Hand aus und legte sie auf die meine. „Ich glaube, Sie wissen bereits, daß Sie mich dies nicht zu fragen brauchten, Miss Marietta.“

Seit jenem Abend, an dem er mich in die Arme genommen hatte, behandelte Coll mich mit distanzierter Höflichkeit, was mich merkwürdigerweise störte und irgendwie enttäuschte. Ich entzog ihm meine Hand und versuchte den Aufruhr meiner Gefühle zu unterdrücken. Ich stand auf und ging zum Fenster. Der Wind peitschte undurchdringlichen Regen gegen die Scheiben.

„Wird das noch länger anhalten?“ fragte ich seufzend.

„Nein, das Wetter wird sich bald ändern. Ich kenne die Anzeichen.“ Er kam zu mir und stellte sich hinter mich. „Hier herrscht im Frühling oft solches Wetter, aber wenn die Sonne durchkommt, kann es hier an der Westküste herrlich sein. Drüben auf Skye habe ich an einem einzigen Nachmittag Hagelschauer, Regen, Sonne und wunderschöne Regenbogen erlebt.“

„Ich möchte so gern das Tal erkunden!“

Er legte die Hand auf meine Schulter. „Soll ich Sie begleiten, wenn das Wetter sich gebessert hat?“

Ich sehnte mich danach, seine Arme wieder um mich zu fühlen. Noch nie in meinem Leben hatte ich mich zu einem Mann so hingezogen gefühlt, ein so starkes Verlangen gespürt. Am liebsten hätte ich gesagt: „Komm mit mir! Zeig mir alles.“ Aber es war zu früh für solche Vertrautheit, und ich konnte ihn nicht gegen den Willen meines Großvaters mit zum Tige Dubh nehmen.

„Ich glaube, ich möchte lieber allein gehen“, sagte ich.

„Wie Sie wollen.“ Er nahm seine Hand von meiner Schulter. „Sobald der Regen aufgehört hat, werde ich Neil ein Pony für Sie satteln lassen.“

„Das wäre sehr nett von Ihnen.“ Ich drehte mich zu

ihm um. „Sie verstehen mich doch, Coll? Es ist nur, weil ich noch nie so etwas erlebt habe.“

Er lächelte. „Durch den Wald und das Hochtal zu wandern und zu wissen, daß dies alles eines Tages Ihnen gehört ... Ich verstehe das durchaus und beneide Sie darum.“

Er hatte das ganz schlicht gesagt, und mir gefiel seine Offenheit. Es mußte schwer sein, keine Familie zu haben, nichts sein eigen nennen zu können. Ich hatte auch einmal so empfunden und viel weniger Grund dazu gehabt als Coll.

Am nächsten Morgen hatte sich das Wetter so überraschend geändert, wie Coll es vorausgesagt hatte. Strahlender Sonnenschein herrschte, als ich erwachte. Alles schien in neues, goldenes Licht getaucht, als ich nach draußen kam und Neil sah, der mit einem der kleinen kräftigen Ponys auf mich wartete. Wolf lief herbei und drückte zur Begrüßung seinen Kopf gegen meine Hand. Neil half mir in den Sattel, nahm das Pony beim Zügel und führte es über den Damm. Dann wies er nach vorn.

„Der Pfad da führt zum Tal“, sagte er. „Sie können ihn nicht verfehlen. George Fergussons Haus liegt ein bißchen zurück auf der linken Seite.“

„Ist es weit bis zum Tige Dubh?“ fragte ich so gleichmütig, wie ich nur konnte.

Neil blickte ruckartig zu mir hoch. „Warum? Wollen Sie dorthin?“

„Ich weiß noch nicht, vielleicht.“

„Nehmen Sie mich mit!“

„Nein, das wäre, glaube ich, nicht richtig. Sir Alasdair würde zornig werden.“

„Früher bin ich oft dort gewesen ...“

„Als Hauptmann Wynter noch lebte?“

„Ja. Ich konnte ihn gut leiden.“

7

Della war noch nie in einer Fabrik gewesen, und was sie an diesem Morgen sah, wirkte erschreckend und faszinierend zugleich auf sie. Das unaufhörliche Rattern der Maschinen, die die Wolle kämmten, krempelten und spannen, dröhnte ihr in den Ohren, während sie die ausgetretenen Stufen des rußgeschwärzten Gebäudes mit seinem hohen, rauchspeienden Turm hinaufstieg. Um sie herum roch es intensiv nach Rohwolle und Öl – ein besonders ekelerregender Gestank, der ihr den Atem benahm. Sie wurde durch einen langen Korridor und über eine Steintreppe in den ersten Stock geführt. In dem geräumigen Bürozimmer, das sie dann betrat, war der Maschinenlärm weniger stark zu hören. Tom kam hinter seinem Schreibtisch hervor, um sie zu begrüßen.

„Sie sind also doch gekommen."

„Natürlich. Was hätte mich abhalten sollen?"

„Ich dachte, Sie hätten es sich vielleicht anders überlegt."

„Oh nein. Ich habe mich schon die ganze Woche darauf gefreut."

In dem Raum herrschte so etwas wie ein geordnetes Chaos. Die Wände waren von hohen Schränken verdeckt, die bis oben hin mit Akten gefüllt waren; die Regale bogen sich unter der Last der unzähligen ledergebundenen Hauptbücher. In einer Ecke stand ein großer Schreibtisch mit einem hochlehnigen Stuhl dahinter, auf dem ein langer, hagerer Mann saß; sein Haar und sein Gesicht waren ebenso grau wie sein Arbeitsmantel. Auf einen Wink seines Dienstherrn hin erhob er sich. Neugierig musterte er Della durch seine dicke Brille und huschte dann wie ein grauer Schatten aus dem Zimmer.

„Seth Barker, mein Bürovorsteher", sagte Tom. „Er weiß fast mehr über das Geschäft als ich selbst. Darf ich Ihnen eine Erfrischung anbieten? Kaffee, oder vielleicht ein Glas Wein?"

„Nichts, vielen Dank."

„Nun denn, wo möchten Sie beginnen?"

lich verzogenem Gesicht ansah, sprach die Wahrheit klar und deutlich aus seinen haselnußbraunen Augen.

„Sie lachen mich nicht aus wie Coll und Fiona?“ fragte er.

„Nein, Neil, ich lache dich nicht aus. Ich weiß, was du meinst. Es ist das *taibhseachd.*“

„Sie können Gälisch?“

„Ein bißchen. Wie komme ich zum Tige Dubh, Neil?“

„Sie müssen das Hochtal entlanggehen bis zur Kirche. Hinter dem Friedhof ist ein Pfad, der den Berg hinauf führt. Er ist sehr steil, schlängelt sich dann aber wieder nach unten. Durch den Wald kämen Sie schneller zum Schwarzen Haus, könnten sich aber verirren. Kann ich wirklich nicht mit Ihnen kommen?“

„Nein, heute nicht. Vielleicht ein andermal.“

Er legte die Hand auf meinen Sattel. „Ich mag Sie, Marietta“, sagte er scheu.

„Ich mag dich auch, Neil.“ Ich trieb mein Pony an und ritt den Pfad hinauf. Die beiden Hunde folgten mir.

Der Pfad schlängelte sich durch das Hochtal an einem Bach entlang. Durch den vielen Regen floß er schnell dahin, sprudelte über Felsbrocken und war so klar, daß ich die Fische zwischen den braunen Steinen auf dem Grund sehen konnte.

Hier mußte Neil die Forellen gefangen haben, die wir an dem ersten Abend gegessen hatten. Es herrschte Ebbe an diesem Morgen. Vom Strand her kamen viele Frauen, die mit wankenden Schritten große Körbe voll nassem Tang auf den Köpfen trugen. Coll hatte mir erzählt, daß sie den Tang als Dünger für ihren Hafer und Weizen benutzten. Den Rest kochten sie dann in großen Bottichen, um das gewinnbringende Kelp herzustellen.

Überall ringsum sah ich kleine schwarze Hütten, aus Stein und Torf erbaut und mit Reisig gedeckt. Armselig und erbärmlich sahen sie aus mit ihren viereckigen unverglasten Löchern als Fenster. Einige waren mit Holzläden ausgestattet, aber die meisten waren nur mit Stroh und Lumpen gegen Wind und Regen geschützt. Barfüßige Kinder blieben bei meinem Anblick wie angewurzelt stehen, starrten mich mit großen Augen an und rannten dann weg, wenn ich sie ansprach. Frauen standen vor ihren Katen und beobachteten mich, sagten aber nichts. Ihre Blicke folgten mir, bis ich meine Schüchternheit überwand und ihnen in dem wenigen Gälisch, das ich konnte, ein paar Grußworte zurief. Die Wirkung war verblüffend. Ihre Gesichter erhellten sich. Sie überschütteten mich mit einem Schwall von Worten, die ich nicht verstand, aber ihre Freundlichkeit war unverkennbar. Ich winkte ihnen zu und lächelte. Eine junge Frau kam auf mich zu, lief vor meinem Pony her und hielt ihr kleines Kind hoch.

„Segnet sie, Herrin, sie ist nach Ihnen genannt, Marietta von Glenlochy."

Die Kleine war nicht älter als zwei Jahre. Runde blaue Augen blickten ernst in die meinen, und ich hielt das Pony an, um das Kind auf die rosigen Wangen zu küssen. Dies waren meine Leute, sie gehörten zu meinem Clan, und ich liebte sie. Noch nie hatten andere Menschen ein solches Gefühl in mir geweckt. Ich verspürte den Wunsch, sie zu beschützen, alles in meiner Macht Stehende für diese engverbundene Gemeinde zu tun, die so ganz von dem Willen ihres Oberhauptes abhängig war.

Ich ritt weiter das Hochtal hinauf, bis ich zu einem großen, aus dunklen Steinen erbauten Haus kam. Es war von Scheunen und Ställen umgeben, und eine Holzbrücke führte über den Bach zum Pfad hin. Ein Mann stand wartend auf der Brücke. Er hielt seinen Hut in der Hand und schlug leicht mit der Reitgerte gegen die Stiefel.

Er kam auf mich zu und legte die Hand auf die Mähne

meines Ponys. „Guten Morgen, Mistress Gilmour. Coll hat mir gesagt, daß Sie ins Hochtal kommen würden. Ich bin George Fergusson."

Ich weiß nicht, weshalb ich sofort eine starke Abneigung gegen ihn empfand. Er war ein breitschultriger hochgewachsener Mann mit dichtem rötlichem Haar und eigenartig hellen, verschlagenen Augen in einem wettergebräunten Gesicht. Er war gut angezogen und sprach ein ausgezeichnetes Englisch. Sein Benehmen war höflich, fast unterwürfig. Ich erwiderte seinen Gruß nur widerwillig. Merkwürdigerweise schienen die Hunde das gleiche zu empfinden wie ich, denn sie blieben in einiger Entfernung mit gespitzten Ohren stehen, und Bran stieß sogar ein leises drohendes Knurren aus. Es war absurd, aber mir war sogar sein Händedruck zuwider, und ein alberner Vers, den ich irgendwo einmal gehört hatte, fuhr mir durch den Kopf:

Am Prickeln meiner Fingerspitzen fühl' ich,
Unheil naht dir, hüte dich!

Ich verscheuchte den Gedanken und riß mich zusammen.

„Wollen Sie nicht hereinkommen? Es wäre mir eine Ehre, wenn ich Ihnen eine Tasse Kaffee anbieten dürfte. Oder würden Sie ein Glas frisch gemolkene Milch vorziehen?" fragte er.

Ich wußte sogleich, daß nichts mich dazu verleiten konnte, freiwillig sein Haus zu betreten. Doch ich zwang mir ein Lächeln ab und dankte ihm so freundlich, wie ich konnte.

„Ihr Angebot ist sehr liebenswürdig, Mr. Fergusson. Vielleicht nehme ich es ein andermal an, aber heute morgen möchte ich noch bis zum Ausgang des Tals."

Er trat zurück, um mich vorbeizulassen, und ich war froh, ihm entkommen zu können. Die beiden Hunde sprangen freudig kläffend vor mir her. In sicherer Entfernung blickte ich über die Schulter zurück und sah, daß er immer noch dastand und mir nachschaute. Aber die Sonne schien, ich war glücklich und ermahnte mich streng, mich durch meine Voreingenommenheit nicht beunruhigen zu lassen.

Der Bach schlängelte sich in vielen Windungen, bis ich die Kirche vor mir sah: ein niedriges massives Bauwerk mit einem kleinen Glockenturm, hinter dem der Berg hoch aufragte. Ein reißender Sturzbach schäumte in einem schmalen, glitzernden Strahl auf der einen Seite des Hangs herunter und ergoß sich — nachdem die erste Wildheit abgeebbt war — in das Flüßchen, dem ich gefolgt war. Auf der anderen Hangseite lagen vereinzelte Gräber, meist grüne Hügel, und dazwischen eine sonderbare hohe Pyramide aus aufeinandergeschichteten schwarzen Felssteinen. Obwohl ein scharfer Wind herrschte, war es hier geschützt, und die Sonne schien warm auf mich nieder. Ich ließ die Kapuze meines Umhangs zurückfallen, als ich zur Spitze des von Menschenhand errichteten Hügels emporstarrte. Außer dem Rauschen des Wassers und dem Gesang einer Lerche über mir war kein Laut zu hören. Die Stimme, die direkt aus den Steinen zu kommen schien, erschreckte mich.

„Das rote Haar würde ich überall erkennen. Sie sind Mistress Gilmour, nicht wahr?“ Der Mann, der behende hinter dem hohen Steinhügel hervorkam, war sehr klein, nicht größer als ich. Sein schütteres graues Haar wehte im Wind, und er war ganz in Schwarz gekleidet. „Fiona hat mir von Ihnen erzählt und Neil auch. ‚Sie ist so schön wie die Fee‘, hat er gesagt. Der Junge ist ein Romantiker, müssen Sie wissen. Willkommen in Glenlochy! Ich bin Adam McPhail, der Diener Gottes für diese armen Seelen.“

Ich gab ihm die Hand. „Mein Großvater sagte, Sie seien ein großer Gelehrter und kennen all die alten Sagen hier."

„Ich kenne einen Teil. Um sie alle zu kennen, brauchte ich mehr als ein Leben lang Zeit." Er deutete auf die Pyramide. „Ich habe gesehen, wie Sie sie betrachtet haben. Das ist die Grabstätte der Gilmours. Jedesmal, wenn ein Mitglied der Familie stirbt, wird ein weiterer Stein hinzugefügt, und das nun schon seit mehr als fünfhundert Jahren. Vielleicht wird der Grabhügel eines Tages so hoch wie der Berg sein."

Mr. McPhail entsprach nicht im geringsten der Vorstellung, die ich mir von Fionas Vater gemacht hatte. Für einen Mann war er sehr klein, so daß er fast wie ein Zwerg wirkte, und sein Lächeln war schelmisch. Er gefiel mir.

Wir setzten unsere Unterhaltung fort, während wir den Weg zwischen den grasbedeckten Grabhügeln entlangschlenderten. „Ihren Vater habe ich nie kennengelernt", sagte er. „Ich bin erst ein paar Jahre nach Culloden hierhergekommen. Meine arme Frau war mit dem Clan-Oberhaupt verwandt, mit Sir Alaisdair, meine ich. Sie starb nach Neils Geburt, und meine Fiona mußte für uns beide sorgen. Es wäre sehr schwer für uns gewesen, wenn wir nicht Hilfe vom Schloß bekommen hätten. Ihr Großvater ist uns immer ein guter Freund gewesen und Coll auch."

Coll und Fiona. Warum war ich nicht schon eher draufgekommen? Ich hatte genau gefühlt, daß sie mich nicht mochte. War das der Grund? Und Coll? Sie kannte ihn schon viele Jahre und ich erst ein paar Tage, aber Coll gehörte mir. Ich war erstaunt über das starke Verlangen, ihn für mich allein zu besitzen. Es war ganz plötzlich in mir wach geworden, und ich hätte es nie von mir erwartet. Wie Donald Ruadh würde ich nun mit allen Mitteln kämpfen, um zu bekommen, was ich wollte.

Ein Stück weiter, auf der rückwärtigen Seite eines Rasenstreifens, lag ein Grab mit einem Granitkreuz am oberen Ende. Im Gegensatz zu den anderen war es sorgfältig gepflegt. Weiße und dunkelrote Stiefmütterchen blühten inmitten des jungen Grases, auch Hyazinthen würden bald blühen, und Efeu rankte sich um das Kreuz. Ich beugte mich nieder, um das Kreuz näher zu betrachten. Der Name war tief eingraviert: GRAHAM WYNTER — weiter nichts. Ich hätte nie gedacht, daß Richards Bruder so weit von seiner Heimat entfernt begraben worden war. Mein Erstaunen war mir offenbar anzusehen, aber Mr. McPhails Worte überraschten mich noch mehr.

„Das war der englische Hauptmann", sagte er grimmig. „In früheren Zeiten wäre er an einem Kreuzweg mit einem Pflock im Herzen verscharrt worden."

„Wie können Sie nur so etwas Grausames sagen?"

„Er hat sich das Leben genommen!"

„Woher wollen Sie das wissen? Es kann ein Unfall gewesen sein . . . vielleicht sogar auch ein Mord."

Er blickte mich forschend an. „Haben Sie mit Neil darüber gesprochen? Der Junge hat eine zu lebhafte Phantasie. Ich werde ein ernstes Wort mit ihm reden müssen."

Ich wollte Neil nicht in Schwierigkeiten bringen und entgegnete schnell: „Nein, Neil war es nicht. Ich kenne den Bruder von Hauptmann Wynter."

„Ach ja, den Bruder, der jetzt im Tige Dubh wohnt und schon allerlei Nachforschungen anstellt. Ich bin ihm noch nicht begegnet. Er hat Mut, daß er hierhergekommen ist nach allem, was sein Bruder getan hat."

Da war sie wieder, diese Beschuldigung, und diesmal brachte sie mich richtig in Zorn. „Welches Verbrechen soll er denn begangen haben?" fragte ich aufgebracht.

„Ach so, Sie wissen nichts davon, Miss Gilmour! Aber es war ja auch nicht gerade eine Tat, auf die sein Bruder stolz sein kann. Als Sir Alasdair gezwungen war, einen Teil seines Landes an die Engländer zu verkaufen, wohnten etwa zwanzig Familien in dem Tal. Sie hatten viele Söhne, nette junge Burschen, die ihren Weg in der Welt machen wollten. Hauptmann Wynter erzählte ihnen von den Ländern, die er als Soldat kennengelernt hatte. Kanada und Amerika, vielversprechende Länder, in denen der Boden billig war für alle, die arbeiten und ihn fruchtbar machen wollten. Die Jungen waren einfache Bauernburschen und konnten wenig Englisch. Hauptmann Wynter hat also die Auswanderungspapiere für sie beschafft und ihnen das Schiff vermittelt, das sie übers Meer bringen sollte . . . aber er hat sie in die Sklaverei verkauft."

„Er hat sie verkauft?" wiederholte ich fassungslos.

„Sie haben guten Grund, entsetzt zu sein. Aber es ist die Wahrheit, ich schwöre es Ihnen. Ich bin selbst dabeigewesen. Ich habe gesehen, wie sie auf dem Deck des Schiffes gefesselt und hinunter in den Laderaum getrieben wurden. Ich hörte ihre alten Eltern am Ufer weinen. Sie mußten hilflos zusehen, wie ihre Söhne zur Zwangsarbeit in Carolina verdammt wurden, und wußten, daß sie niemals wieder die Freiheit erleben würden, die ihr Erbe war."

„Ich kann es nicht glauben", sagte ich. „Ich kann einfach nicht glauben, daß ein Mensch zu so etwas fähig ist."

„Ich lüge nicht", erwiderte er mit schlichter Würde. „Fragen Sie Coll, fragen Sie Ihren Großvater. Sie werden Ihnen von der Schande und dem Leid erzählen."

Aber ich brauchte sie nicht zu fragen. Sir Alasdairs heftige Reaktion allein auf den Namen Wynter war schon Antwort genug, und doch . . . Ich schaute auf die Blumen zu meinen Füßen. „Es gibt aber jemand, der ihn immer noch liebt, jemand, der dies alles nicht glaubt."

„Es gibt immer jemand, der selbst den Schlechtesten von uns liebt", sagte er ernst. „Und ich muß zugeben, daß er gute Eigenschaften hatte ... so viele, daß ich mich manchmal frage ..." Er stockte, und ich sah, warum. Fiona stand an der Kirchentür. Sie kam schnell zu uns herüber und sagte scharf: „Vater, du darfst doch bei diesem Wind nicht draußen sein! Ich habe dir das immer wieder gesagt. Du wirst wieder Husten bekommen."

„Ich komme schon, mein Kind, ich komme." Seine Beflissenheit und der entschuldigende Blick, den er mir zuwarf, hatten etwas Rührendes an sich. „Leider ist Fiona sehr streng mit mir, und sie hat recht. Ich bin eine große Last für sie."

„Oh, um Himmels willen, Vater, du bist gerade erst aus dem Bett!" Sie nahm ihn beim Arm. „Mistress Gilmour wird sicherlich Verständnis dafür haben, wenn ich dich jetzt ins Haus bringe."

Ihre seltsamen Augen hafteten auf mir mit einem Blick, den ich nicht zu deuten wußte.

„Mein Vater ist sehr schwächlich", fuhr sie dann fort. „Wenn ich mich nicht um ihn kümmerte, wer sonst würde es tun?"

„Es tut mir leid", entgegnete ich. „Ich wollte mich gar nicht so lange mit ihm unterhalten."

„Er regt sich leicht auf. Sie dürfen nicht alles ernst nehmen, was er sagt."

Sie zog ihn zur Kirche hin, aber er machte sich von ihr los.

„Meine Gesundheit ist zwar nicht die beste, aber ich bin klar bei Verstand, Tochter", sagte er mit mildem Tadel. „Wir werden uns wiedersehen, Mistress Gilmour, und das bald, hoffe ich." Er verbeugte sich leicht und ging mit altmodisch anmutender Würde davon.

Fiona zuckte ungeduldig die Achseln. „Da sehen Sie ja,

wie es mit ihm ist. Manchmal ist er schwieriger als ein Kind. Was hat er Ihnen erzählt?"

„Ich fragte ihn nach Graham Wynter."

„Dieser Engländer!" Sie trat heftig mit dem Fuß gegen die Blumen auf dem Grab. „Er ist tot und begraben."

„Glauben Sie, daß er Selbstmord begangen hat?"

„Was ich glaube, spielt keine Rolle, oder? Die amtliche Feststellung lautete auf Selbstmord."

„Neil ist anderer Meinung."

„Neil stellt solche Behauptungen nur auf, um die Aufmerksamkeit auf sich zu ziehen. Sie dürfen sich von ihm nicht beunruhigen lassen, Miss Gilmour."

„Das tue ich auch nicht. Ich kann ihn gut leiden." Ich trat einen Schritt auf sie zu und hielt ihr die Hand hin. „Fiona, ich bin erst seit kurzem hier. Alles ist noch so fremd für mich. Es ist also durchaus möglich, daß ich mich manchmal falsch benehme. Meinen Sie, daß wir Freundinnen werden könnten?"

„Freundinnen?" Sie sah mich an, ignorierte aber meine ausgestreckte Hand. „Warum nicht? Wenn Sie es möchten. Jetzt muß ich aber wirklich gehen und nachsehen, ob Vater nicht wieder irgendeine Dummheit begeht."

Ich schaute ihr nach, als sie auf die Kirche zuging, und wußte, daß trotz ihrer höflichen Worte mein Freundschaftsangebot rundweg abgelehnt worden war. Das Ganze war überhaupt sehr sonderbar gewesen. Ich dachte unentwegt darüber nach, was Mr. McPhail mir wohl noch erzählt hätte, wenn wir nicht so abrupt von Fiona unterbrochen worden wären. Ich hatte ihn bitten wollen, mir den Weg zum Tige Dubh zu beschreiben. Jetzt war ich nicht mehr so sicher, ob ich überhaupt noch dorthin wollte. Und doch konnte ich nicht glauben, daß Janet oder selbst Richard wußten, was ihr Bruder getan hatte . . . oder wußte Richard es doch? Mr. McPhail schien von Graham

Wynters Schuld überzeugt zu sein, und trotzdem hatte ich Zweifel. Es paßte alles irgendwie nicht zusammen, ergab keinen Sinn. Weshalb sollte Graham Wynter, der reiche Erbe eines großen Besitzes in Laverstoke, eine so verabscheuungswürdige Tat begehen? Welchen Beweggrund hatte er gehabt, freie Männer in die Sklaverei zu verkaufen?

Ich fand schließlich den richtigen Pfad. Neil hatte recht gehabt. Er führte steil bergan. Aber mein Pony war kräftig und hatte einen sicheren Tritt, und nach einer Weile schlängelte sich der Pfad wieder bergab. Ich kam in ein anderes Hochtal mit Ausblick auf das schimmernde Wasser des Loch und einen Waldstreifen, der offenbar zwischen den beiden Tälern lag.

Das Tige Dubh stand in einer kleinen Lichtung, seine Rückseite war fast in den Wald eingebettet. Es hatte einen großen Hof mit Pferdeställen und einem gewölbten Torweg. Das Haus war gar nicht schwarz, sondern bestand aus schiefergrauen Steinen, hatte Türmchen und Zinnen, ein Miniaturschloß, das ich entzückend fand. Ich ritt durch den Torweg. Janet mußte mein Kommen vom Fenster aus bemerkt haben, denn sie kam mir entgegengelaufen. Sie trug eine große weiße Schürze über ihrem Kleid und hatte ihre Locken mit einem breiten glänzenden Seidenband zusammengebunden. Kaum war ich vom Sattel geglitten, schlang sie die Arme um meinen Hals.

„Liebe Marietta, wie schön, dich zu sehen! Ich habe so oft an dich gedacht. Komm herein. Ich sterbe vor Neugier! Du mußt mir sofort alles erzählen."

Ein alter Mann kam aus einem der Ställe geschlurft und führte mein Pony zur Tränke, während ich Janet ins Haus folgte. Das Wohnzimmer war groß. Die Wände waren nur roh verputzt und mit Jagdtrophäen behangen. Die dunklen Eichenstühle wirkten heller durch leuchtendbunte Kissen, und überall standen Krüge mit grünen Zweigen, die Janet aus dem Wald geholt haben mußte. Sie stellte sich lachend in die Mitte des Zimmers und drehte sich im Kreis.

„Guck mich nur an! Meine Mutter würde vor Entsetzen umfallen, wenn sie mich in diesem Aufzug einen Gast begrüßen sähe. Aber schließlich bin ich hier Köchin, Hausmädchen und Butler, alles in einem."

„Aber wie ist das denn möglich?" rief ich. „Bist du ganz auf dich allein gestellt? Ich dachte, Mr. Cameron hätte alles für dich arrangiert. Hast du überhaupt keine Dienstboten?"

„Keine vernünftigen. Nur diesen alten Mann, den du draußen gesehen hast, und seine Frau. Sie sind zusammen mindestens hundertfünfzig Jahre alt und können nur ein paar Worte Englisch. Wir verständigen uns durch Zeichensprache. Ich kann inzwischen sehr gut durch Gesten zeigen, wie man ein Steak oder einen Lachs Kedgeree zubereitet. Rose läuft mit einem stocksauren Gesicht herum, obgleich natürlich James hier ist. Er ist ein wahres Wunder, sag' ich dir. Er ist schon viele Jahre bei Richard und kann einfach alles. Was mich anbelangt, war es ein Glück, daß ich Grannie Campbell hatte. Sie war nämlich der Meinung, daß eine junge Frau — gleich, welchen Standes — alles das können müßte, was sie von ihren Dienstboten verlangt. Ich lernte also kochen, putzen, staubwischen und nähen, als ich noch ein halbes Kind war. O Gott, wie ich das gehaßt habe! Aber es hat sich bezahlt gemacht. Selbst Richard war überrascht von meinen Fähigkeiten. Er meinte, daß John mich nächstesmal mit in den Feldzug nehmen würde, wenn ich so weitermachte. Möchtest du ein Glas Wein? Wir haben zwei Flaschen guten Madeira im Keller gefunden. Graham muß sie dort aufbewahrt haben. Ich kann dir aber auch Kaffee anbieten, wenn du gern möchtest. Ich habe ihn eben erst aufgebrüht und auf dem Herd warmgestellt."

„O ja, bitte Kaffee! In Glenlochy gibt es keinen."

„Ich habe vorgesorgt und welchen mitgebracht." Sie lief aus dem Zimmer und kam nach wenigen Minuten mit einem Tablett mit Tassen und einer silbernen Kaffeekanne zurück.

„Ich habe Richard Bescheid gesagt, daß du hier bist. Er wäscht sich nur noch die Hände, bevor er dich begrüßt. Er hat nämlich Holz gehackt."

Ich blickte sie erstaunt an. Holzhacken war das letzte, was ich von dem eleganten Richard erwartet hätte.

„Du bist großartig, Janet!" sagte ich dann. „Wie hast du es nur fertiggebracht, hier alles so gemütlich zu machen? Ist dir das nicht zuviel Arbeit?

„Ganz und gar nicht. Es ist eine herrliche Abwechslung von der Saison. Die ewigen Gesellschaften haben mich sowieso schon zu Tode gelangweilt." Sie kicherte. „Wenn ich wieder zu Hause bin, werde ich die ersten Wochen bestimmt zum Essen ausgehen. Meine Freundinnen würden bei dem bloßen Gedanken, in solch einer Wildnis wie hier allein für sich und ihren Bruder sorgen zu müssen, einen hysterischen Anfall bekommen. Das wird ein Spaß, wenn ich ihnen alle meine Erlebnisse erzähle! Sie halten mich sowieso für verrückt, weil ich Richard begleitet habe. Er sagt, unser Leben hier würde ihn an seine Zeit in Kanada erinnern, als er und seine Soldaten sich mit allem selbst versorgen mußten. Ich glaube aber, der Aufenthalt hier tut ihm gut. Er sieht schon viel besser aus."

„Besser? Wieso? War er krank?"

Sie schaute zur Tür und fuhr dann halb flüsternd fort: „Ich habe es dir bis jetzt nicht erzählt, weil Richard wütend geworden wäre, wenn ich auch nur ein Wort davon gesagt hätte. Du weißt doch, wie Männer sind. Stolz wie die Pfauen. Es ist für ihn unerträglich, wenn man ihn nicht für so stark wie ein Pferd hält. Was für ein dummer Vergleich das ist! Pferde sind solch empfindliche Geschöpfe. Jedenfalls wurde der arme Richard im letzten Feldzug sehr schwer verwundet. Am Bein, weißt du. Zuerst sah es so aus, als müßte er für den Rest seines Lebens an Krücken gehen. Deshalb wurde er als dienstuntauglich nach Hause entlassen. Etwas Schlimmeres hätte man ihm nicht antun können. Aber mit eisernem Willen hat er seine Behinderung überwunden. Er hat sich einfach aufs Pferd geschwungen und ist geritten, als er nicht gehen konnte. Ganz geheilt ist das Bein immer noch nicht, aber man merkt Richard überhaupt nicht an, daß er Schmerzen hat, nicht wahr?"

„Nein, ich wäre nie darauf gekommen." Ich mußte daran denken, wie oft ich während unserer Reise wegen seines unhöflichen, schroffen Benehmens wütend auf ihn gewesen war. Jetzt schämte ich mich dessen. „Ich wünschte, ich hätte gewußt . . ."

„Pst, ich glaube, er kommt! Laß dir um Himmels willen nie anmerken, daß ich dir das erzählt habe. Er würde mir das nie verzeihen." Als Richard gleich darauf das Zimmer betrat, sagte sie absichtlich laut: „Jetzt erzähl mir alles von Glenlochy."

Ich weiß nicht, ob es daher kam, was Janet mir eben anvertraut hatte, aber ich sah Richard plötzlich mit anderen Augen. Er war wie ein Landedelmann gekleidet: ein offenes weißes Hemd, darüber eine Lederweste und dazu eine Reithose und Stiefel. Sein dunkles Haar war mit einem Band zurückgebunden, und er sah entspannt und glücklich aus, wie ich ihn noch nie erlebt hatte. Er blickte mich mit seinem leicht belustigten Lächeln an, als er mir die Tasse Kaffee reichte, die Janet eingeschenkt hatte.

„Nun, Königliche Hoheit, hat sich Euer Hochlandreich als das herausgestellt, was Ihr Euch erhofft hattet?“ fragte er neckend.

„O ja, meine Erwartungen wurden sogar noch übertroffen!“

„Das freut mich!“ Und wir brachen zusammen in Lachen aus.

„Worüber lacht ihr eigentlich?“ fragte Janet ein bißchen beleidigt und blickte von Richard zu mir.

„Marietta weiß es sehr wohl, nicht wahr, meine Liebe?“ Er nahm sich eine Tasse Kaffee und sah mich über den Rand der Tasse an. „Erzählen Sie weiter. Wir möchten gern alles erfahren, was Sie in Glenlochy erlebt haben.“

Erst jetzt wurde mir bewußt, wie sehr ich die Gesellschaft von Menschen aus meiner Welt vermißt hatte. Ich erzählte den beiden von meinem Großvater, von dem Schloß und seinen Bewohnern. In meiner Begeisterung habe ich dann, glaube ich, viel mehr erzählt, als ich eigentlich gewollt hatte.

„Wie wundervoll!“ rief Janet schließlich. „Sir Alasdair scheint nach deinen Schilderungen wie ein Mensch aus einem früheren Zeitalter zu sein.“

„So ist es. Er ist sehr alt und hängt sehr an der Vergangenheit.“

„Wir haben außerdem viel über einen Mann namens Coll zu hören bekommen“, bemerkte Richard gleichmütig und stellte seine Tasse hin, damit Janet ihm Kaffee nachschenke. „Ist er der Märchenprinz in Ihrem verzauberten Königreich?“

Ich fühlte, wie ich glühend rot wurde, und ärgerte mich über mich selbst.

„Hänsele sie nicht, Richard“, sagte Janet schnell. „Ich finde das alles furchtbar aufregend und kann es kaum erwarten, daß du als neues Clan-Oberhaupt eingeführt wirst, Marietta. Wirst du uns zu dem Fest einladen?"

Ich hatte völlig vergessen, daß diese Frage früher oder später auf mich zukommen würde, und wußte nicht, wie ich sie beantworten sollte.

Richard kam mir zu Hilfe. Er nahm mir die Tasse ab und sagte ruhig: „Ich finde diese Frage nicht sehr taktvoll, Janet. Sir Alasdair ist Engländern gegenüber alles andere als freundlich eingestellt, wie du dir denken kannst."

„O Himmel, dieser alte Haß ist doch seit Jahren längst vergessen!" widersprach Janet. „Graham war in Schloß Glenlochy zu Gast. Ich weiß es, weil er es in einem seiner Briefe an Vater geschrieben hat, und ..." Sie stockte, da Richard sie tadelnd ansah, und sagte dann hastig: „Nun, es ist ja auch gleich. Wir werden alles auch so erfahren."

Aber die ungezwungene Atmosphäre war plötzlich geschwunden, und es breitete sich eine Verlegenheit zwischen uns aus, die ich nicht überbrücken konnte. Ich mußte daran denken, was Mr. McPhail mir erzählt hatte, und brachte es doch nicht über mich, es Janet zu erzählen. Graham war schließlich ihr Lieblingsbruder gewesen. Ich stand auf.

„Es ist schon spät. Ich glaube, ich muß jetzt gehen", sagte ich. „Sie erwarten mich im Schloß zum Abendessen."

Wir gingen zusammen in den Hof, wo Bran und Wolf lagen und auf mich warteten. Janet war entzückt von ihnen.

„Hast du jemals solche schönen Hunde gesehen, Richard? Vater wäre begeistert von ihnen. Werden sie in Glenlochy gezüchtet? Würde dein Großvater uns einen Welpen verkaufen?"

„Ich weiß nicht. Er und Coll behaupten, sie seien Abkömmlinge von Fionn MacCumhaills Hunden."

„Wer um alles in der Welt ist Fionn Mac ... soundso?“

„Fionn MacCumhaill oder Fingal, wie wir im Süden ihn nennen, mein ungebildetes Schwesterchen, schläft noch immer auf dem Berg Appin, umgeben von dreitausend seiner Anhänger. Ihr Atem ist der Wind hinter der Heide, und wenn Schottland sie eines Tages braucht, werden sie sich alle beim Ruf von Fingals Horn wieder erheben.“

„Großer Gott, woher weißt du das?“ rief Janet erstaunt.

„Ich habe immer zugehört, wenn meine Hochländer am Lagerfeuer ihre Balladen sangen“, erwiderte Richard. „Übrigens, Marietta, wenn Sie den Weg durch den Wald nehmen, ist das eine ziemliche Abkürzung. Ich werde Sie ein Stück begleiten und Ihnen den Weg zeigen.“

Janet bat mich, bald wiederzukommen. Ich versprach es nur zögernd, wußte ich doch, daß mein Großvater es mir nicht erlauben würde. Dann brach ich zusammen mit Richard auf. Schweigend gingen wir eine Weile nebeneinander her, führten das Pony am Zügel. Die Bäume waren noch immer unbelaubt, aber die Knospen standen kurz vor dem Aufbrechen, und bald würde in den Wäldern unter dem Dickicht von Birken und Haselnußsträuchern wieder hohes Farnkraut wuchern.

„Ich bewundere Janet“, sagte ich schließlich. „Ich kenne kaum ein Mädchen, das sich so schnell einer fremden Umgebung angepaßt hätte wie sie.“

Richard lächelte. „Janet ist mit zwei älteren Brüdern aufgewachsen und mit uns stets durch dick und dünn gegangen.“

„Sie hängt sehr an Ihnen.“

„Das kann schon sein. Ich mag sie auch sehr.“

Ich hatte das Gefühl, daß wir nur deshalb solche Belanglosigkeiten austauschten, um das Thema, das uns wirklich beschäftigte, zu umgehen. Richard brachte es schließlich als erster zur Sprache.

„Mir ist aufgefallen, daß Sie einer Antwort aus dem Weg gegangen sind, als Janet vorhin von der Einladung zu Ihrer Einführung als Clan-Oberhaupt sprach."

„Aber nein, das stimmt nicht!"

„O doch! Was hat Sir Alasdair eigentlich gegen uns?"

„Er hat nichts gegen Sie oder Janet", erwiderte ich verlegen. „Es handelt sich um Ihren Bruder."

Wir waren zum Ufer eines kleinen Baches gekommen und blieben stehen. Es war sehr still ringsumher. Nur das gedämpfte Bellen der Hunde war zu hören, die irgendwo in der Nähe durch das Unterholz streiften.

„Wie konnte Ihr Bruder nur so niederträchtig sein, die jungen Männer aus dem Tal nach Carolina in die Sklaverei zu verkaufen?" fragte ich.

„Was?" Die Bestürzung, die aus seinem Gesicht sprach, war so echt, daß ich wußte, wie sehr ich ihn mit meiner Frage getroffen hatte und daß er ahnungslos gewesen war. „Das ist unmöglich!" fuhr er fort. „Warum um Gottes willen sollte er so etwas getan haben?"

„Es ist allgemein bekannt. Mr. McPhail, der Gemeindepfarrer, hat es mir erzählt, und er würde niemals lügen."

„Wahrscheinlich nicht, aber er könnte sich irren", entgegnete Richard heftig. „Ich habe es immer sehr bedauert, daß mein Vater zu krank war, um hierherzukommen, und ich selbst war außer Landes, als mein Bruder starb. Graham hat bestimmt nie so etwas Niederträchtiges getan. Irgend jemand muß einen Grund gehabt haben, seinen Namen zu besudeln."

Ich dachte an George Fergusson, aber dann schob ich den Verdacht wieder beiseite. Wenn er es gewesen war, dann mußten auch mein Großvater und Coll in die Sache verwickelt sein, und das konnte ich einfach nicht glauben.

Richard packte mich bei den Schultern. „Glauben Sie es?“

„Ich weiß nicht. Es fällt mir schwer, so schlecht von einem Menschen zu denken.“

„Mein Gott“, sagte er plötzlich, „jetzt ist mir auch klar, warum die Leute hier sich weigern, für uns zu arbeiten. Ich habe ihnen Geld geboten, das sie dringend brauchen. Aber sie murmelten irgend etwas vor sich hin und schüttelten die Köpfe. Ich dachte, es wäre ihr Haß auf die Engländer, aber es ist mehr als das.“ Er hieb wütend mit der Faust gegen einen Baumstamm. „Wenn ich bloß ihre verdammte Sprache besser sprechen könnte!“

„Ich spreche sie ... ein bißchen.“

„Wollen Sie mir helfen, Marietta?“

Ich zögerte. „Ich weiß nicht recht, wie. Mein Großvater sprach voll Zorn von Ihrem Bruder.“

„Das heißt, daß ich von niemandem im Schloß Hilfe erwarten kann?“

„Nein, ich glaube nicht.“ Mir fiel das so sorgfältig gepflegte Grab ein, und ich fragte: „Sind Sie schon auf dem Friedhof gewesen?“

„Nein, ich nicht, aber Janet.“

„Irgend jemand hat Ihren Bruder noch sehr gern.“

„Ja, aber wer?“ Seine dunklen Augen blickten finster auf mich nieder. „Ich warne Sie, Marietta. Ich werde nicht ruhen, bis ich die Wahrheit herausgefunden habe.“ Dann entspannte sich sein Gesicht, und er lächelte. „Jetzt habe ich alles andere getan, als Ihnen Ihren Heimweg zu zeigen, nicht wahr?“ Wir wandten uns zum Gehen, und er nahm meinen Arm. Ein Reh war auf die Lichtung getreten. Sein Fell war hellbraun. Seine großen bebenden Lauscher wirkten im Licht eines Sonnenstrahls wie durchsichtig, schimmerten rosafarben. Hinter ihm erschienen zwei Kitze, und alle drei standen einen Moment lang ganz still.

Dann stießen sie einen seltsamen Laut aus und sprangen in den schützenden Wald zurück.

Ich holte tief Atem und fühlte, wie Richards Finger sich um meine schlossen.

„Gehen Sie manchmal auf die Jagd, Richard?“ fragte ich.

„Ja, hin und wieder. Aber ich habe noch nie ein Reh oder ein ähnliches Tier erlegt. Schönheit darf man nicht töten. Das wäre Mord.“

„Ich bin froh, daß Sie so denken!“

Einen Augenblick war es so, als hätten wir ein zauberhaftes Erlebnis geteilt. Dann schwand das Gefühl der Verbundenheit wieder. Richard deutete nach vorn.

„Dort ist der Pfad, direkt vor Ihnen. Sie können ihn nicht verfehlen.“ Er hielt noch immer meine Hand und blickte auf mich nieder. „Auf Wiedersehen, bis zum nächsten Mal, und vergessen Sie, was ich Ihnen erzählt habe. Es ist nicht fair, Sie in diese Angelegenheit hineinzuziehen.“

„Ich bin bereits hineingezogen worden, und außerdem sind es Angehörige meines Clans.“

„Nun gut, wir werden sehen.“ Er küßte mir flüchtig die Hand und ging den Weg zurück, den wir gekommen waren. Die Hunde kamen aus dem Dickicht gerannt und tollten den Pfad hinunter, den Richard mir gezeigt hatte. Ich folgte ihnen.

Der Pfad schlängelte sich zwischen den Bäumen hindurch und war an manchen Stellen überwuchert, so daß ich das Pony am Zügel führen mußte. Irgendwo mußte ich dann den Weg verfehlt haben, denn ich stand plötzlich am Rand eines kleinen Waldtals, das von riesigen Fichten überschattet war. In der Mitte des Tals ragte ein etwa fünf Fuß hoher Felsblock empor, der hier und da von grünen Flechten bedeckt war. In dieser Gegend gab es überall Felsen, und ich weiß nicht, wieso mir dieser hier Angst einflößte. Vielleicht kam das daher, weil es so still war: kein Vogel zwitscherte, kein Geraschel von Tieren im Unterholz, kein Wind in den Zweigen der Bäume. Vielleicht lag es aber auch daran, daß die Hunde wie erstarrt neben mir stehenblieben, und als ich Wolfs Kopf streichelte, fühlte ich, daß er zitterte.

Ich versuchte, mir einzureden, daß meine Angst unsinnig sei. Was gab es an einem schwarzen Felsblock schon zu fürchten? Ich brauchte doch nur die Lichtung zu überqueren und den Pfad auf der anderen Seite einzuschlagen. Aber als ich einen Schritt nach vorn machte, verweigerte das Pony den Gehorsam. Es senkte den Kopf und stemmte die Hufe in den Boden. Das sonderbare Verhalten des Tiers steigerte meine Angst, und das ärgerte mich. Ich schlang die Zügel um einen Ast und ging entschlossen zu dem schwarzen Felsblock hin. Die Hunde rührten sich nicht von der Stelle, und Bran winselte. Als ich schließlich neben dem Felsblock stand, war er noch größer, als ich gedacht hatte, und mir kam es vor, als sei er irgendwann einmal von Menschenhand geformt worden. Die Oberfläche war ausgehöhlt und bildete ein flaches Becken, in dem irgend etwas lag. Neugierig langte ich mit den Fingern hinauf, und sie schlossen sich um etwas Kaltes, Hartes. Ich zog es heraus und schaute es an. Es war eine kleine grobgeformte Puppe aus Ton, an der nichts Außergewöhnliches war, nur daß sie glänzendes rotes Haar hatte. Obwohl ich keine Ahnung hatte, was sie darstellte, wußte ich sofort, daß dies alles etwas Böses war: die merkwürdige Puppe in meiner Hand, der Felsblock, der wie ein Altar aussah, die unsichtbaren lauernden Augen, die ich auf mich gerichtet fühlte ... Entsetzen packte mich. Ich schleuderte die Puppe weit von mir und rannte den Pfad zurück, den ich gekommen war, zerrte das Pony hinter mir her, stolperte über Wurzeln und Steine, die Hunde wild kläffend hinter mir, bis ich aus dem Wald hinaus war.

Keuchend und mich plötzlich meiner panischen Angst schämend sah ich den Fluß, die Bauernkaten und Fiona, die zusammen mit George Fergusson den Weg vom Schloß herunterkam. Als sie mich sahen, blieben sie stehen.

„Ist Ihnen etwas zugestoßen, Mistress Gilmour?“ fragte George Fergusson. „Sie sehen ja ganz verstört aus.“

„Nein, nein, es ist nichts. Ich habe mich nur im Wald verirrt.“

„Sind Sie im Tige Dubh gewesen?“ wollte Fiona wissen.

„Wie kommen Sie darauf?“

„Nun, ich dachte, Sie hätten gestern mit meinem Vater davon gesprochen. Sir Alasdair wird nicht gerade erfreut darüber sein.“

Ihre Mißbilligung ärgerte mich, und ich entgegnete trotzig: „Wenn es nötig ist, werde ich es ihm sagen. Ich sehe keinen Grund, mit Menschen verfeindet zu sein, die unsere nächsten Nachbarn sind.“

„Das Tige Dubh hat nicht den besten Ruf, und es empfiehlt sich auch nicht, allein im Wald umherzustreifen“, meinte George Fergusson.

„Warum nicht? Was kann mir schon auf meinem eigenen Grund und Boden passieren? Die Leute meines Clans werden mir bestimmt nichts Böses antun wollen.“

„Sind Sie dessen so sicher?“ Er wechselte einen spöttischen Blick mit Fiona. „Sie beschämt uns mit ihrer Logik, wie? Unsere ungebildeten Hochländer leben in dem Glauben, daß im Wald ein *Glasteig* umgeht, dem Fremde zuwider sind.“

Mir war klar, daß sie sich über mich lustig machten, und so erwiderte ich ziemlich schroff: „Ich glaube ebensowenig an solche bösen Geister wie Richard Wynter. Und jetzt muß ich gehen. Es ist schon spät. Mein Großvater wird bereits nach mir gefragt haben."

Sie traten einen Schritt beiseite, so daß ich zwischen ihnen hindurchgehen mußte, und ich spürte ihre Augen auf meinem Rücken, doch ich drehte mich nicht um. Sie konnten nicht wissen, wieviel mein Vater mir in meiner Kindheit erzählt hatte. Wer auch immer im Wald umging, es war kein harmloser, freundlicher kleiner Zwerg wie *Glasteig*, sondern ein Mensch — ein Feind. Ich versuchte, die lautlose Lichtung aus meinem Gedächtnis zu verbannen. Aber es gelang mir nicht ganz, und der Zauber, der über dem Morgen gelegen hatte, war zerstört.

7

In derselben Nacht holte ich das Blatt Papier mit der grimmigen Warnung hervor und starrte beim Schein der Kerze darauf nieder. „Komm nicht nach Glenlochy." Mir war inzwischen klar, daß weder die Briefe meines Vaters noch der meine in Großvaters Hände gelangt waren. Aber wer hatte das verhindert, und warum? George Fergusson, Fiona, Ailsa Drummond, Coll? Welchen Vorteil hatten sie sich davon erwartet? Sicher, wenn es keinen Erben gegeben hätte, keinen nahen Verwandten, hätte der Besitz verkauft werden müssen. Vielleicht wäre er auch von den Engländern beschlagnahmt worden. Aber jetzt war ich hier, und nichts konnte etwas daran ändern. Ich beschloß, das Ganze zu vergessen, und hielt das Blatt Papier an die Kerzenflamme. Es rollte sich zusammen und zerfiel schließlich in Asche.

In der sicheren Geborgenheit meines Zimmers erschien mir die panische Angst, die mich im Wald erfaßt hatte, plötzlich absurd. Kinder bastelten sich manchmal solche Puppen für ihre Spiele. Und was lag näher, als daß sie diese Puppen mit solch rotem Haar versahen, wie es die neue Herrin im Schloß hatte? Es steckte bestimmt nichts dahinter. Meine Phantasie war mit mir durchgegangen, das war alles.

Die Tage vergingen wie im Fluge, und ich stattete dem Tige Dubh keinen Besuch mehr ab. Ich dachte oft an Janet und auch an Richard. Aber wenn mein Großvater erfuhr, daß ich zu ihnen ging, würde ihn das nur aufregen, und ich traute Fiona und George Fergusson nicht, daß sie Stillschweigen darüber bewahren würden. Außerdem war jede Stunde mit den Vorbereitungen für das große Fest ausgefüllt, das mein Großvater plante und in das alle Bewohner des Tals einbezogen werden sollten.

„Die Hochländer lieben Feste über alles", sagte Coll lachend, als ich einmal protestierte, daß für diesen einen Tag viel zuviel Geld ausgegeben würde. Er nahm meine Hand. „Es ist seit langem das erstemal, und Sir Alasdair ist so glücklich. Lassen Sie ihm das Vergnügen, daß er den Glanz der alten Zeit wieder erlebt, und es ist alles für Sie, wie Sie wissen."

Coll war mit Leib und Seele bei der Sache. Ich war glücklich über seinen Eifer, Sir Alasdair alles recht zu machen, und über seine Besorgtheit um mich. Trotz der unzähligen Dinge, die er zu tun hatte, fand er immer noch die Zeit, für mich dazusein, wenn ich ihn brauchte. An den langen Abenden, die wir gemeinsam verbrachten, ließ er mich seine Zuneigung und seine Bewunderung fühlen. Ich glaube, es gefiel meinem Großvater, uns zusammen zu sehen. Aber ich dachte nicht darüber nach, was daraus werden würde. Es genügte mir, Coll täglich um mich zu haben.

Manchmal fragte ich mich, welche Vorstellung sie sich von mir gemacht hatten. Es schien Coll zu amüsieren und zu verblüffen, daß ich gern hausfraulichen Pflichten nachging. Eines Morgens überraschte er mich dabei, als ich gerade die Kleinode polierte, die zusammen mit der Sithen-Brosche in der Vitrine aufbewahrt wurden. Da war der schwere Silberkelch, aus dem der Erbe mehr als einen Liter Wein trinken mußte. Ich konnte ihn nur mit Mühe hochheben und lächelte bei dem Gedanken, daß ich ihn bis zur Neige würde leeren müssen. Da war eine goldene, mit Edelsteinen besetzte Schnupftabaksdose und dann noch eine zauberhafte Miniatur einer Frau: ein blasses stolzes Gesicht, umrahmt von rötlichbraunem Haar. Die Augen der Frau schienen direkt in die meinen zu blicken, als hätte sie mir etwas zu sagen. Ich hörte Coll nicht hereinkommen. Erst als er mich ansprach, wurde mir seine Gegenwart bewußt.

„Ich habe nie gemerkt, wie sehr wir die Hand einer Frau hier im Schloß vermißt haben“, sagte er weich.

Ich schaute zu ihm hoch. „Ich dachte, Fiona käme jeden Tag.“

„Sie kommt nur gelegentlich. Meist, um mit Neil zu sprechen oder eine Botschaft von ihrem Vater zu übermitteln, aber nicht, um solche Dinge zu tun.“ Er blickte sich im Wohnzimmer um. Ich hatte bereits ein paar kleine Änderungen vorgenommen und die Vasen mit Frühlingsblumen gefüllt.

„Wo haben Sie das alles gelernt?“ fragte Coll bewundernd.

„Ich bin nicht zum Müßiggang erzogen worden. Wir waren nicht reich und gehörten nicht der vornehmen Pariser Gesellschaft an. Anfangs waren wir sogar sehr arm und hatten auch später nie mehr als zwei Dienstboten.“ Ich lächelte ein wenig bekümmert. „Ich fürchte, daß Mrs. Drummond nicht sehr erfreut über meine Einmischung ist.“

„Sie ist schon viele Jahre hier und deshalb natürlich ein bißchen eifersüchtig. Seien Sie nicht zu streng mit ihr. Möchten Sie, daß ich mit ihr rede?“

„Nein, Coll, bitte nicht! Das wäre falsch. Ich muß lernen, selbst mit meinen Leuten fertig zu werden.“

„So jung, so schön, und doch so weise“, sagte er leichthin.

Ich hatte noch immer die Miniatur in der Hand und hielt sie ihm hin. „Wer ist das, Coll?“

Er nahm sie mir ab und schaute einen Augenblick darauf nieder, bevor er sie in die Vitrine zurückstellte. „Das ist die Schwester Ihres Vaters, Ihre Tante Kathryn.“

„Meine Tante Kat? Natürlich, jetzt erinnere ich mich. Mein Vater hat mir von ihr erzählt. Sie ist die Jüngste der Familie. Wo ist sie?“

„Sie ist fortgegangen . . . Vor einiger Zeit.“

„Hat sie geheiratet?“

„Soviel ich weiß, nicht.“

„Weshalb ist sie dann fortgegangen?“

„Sie hat sich mit Sir Alasdair zerstritten. Sie war immer sehr eigenwillig, und da sie etwas eigenes Geld hatte, ist sie eines Tages fortgegangen.“

„Wie merkwürdig! Neil hat am ersten Abend von ihr gesprochen, und da habe ich mich schon gewundert, wo sie wohl sei. Er schien sie zu mögen. Wird sie zu meinem Fest kommen?“

„Ich weiß es nicht.“ Er schwieg einen Moment und sagte dann ruhig: „Sprechen Sie nicht von ihr in Gegenwart Ihres Großvaters, Marietta. Es würde ihn aufregen.“

„Wie er sich bei der Nennung des Namens Wynter aufregt?“

„Ja, genauso.“

Ich hatte das Gefühl, als wiche er mir irgendwie aus, und mir fiel ein, was Adam McPhail mir über die Männer erzählt hatte, die in dic Sklaverei verkauft worden waren. Es lag mir auf der Zunge, Coll danach zu fragen. Aber da kam Neil herein und sagte, daß George Fergusson draußen auf ihn warte. Coll entschuldigte sich und ging mit Neil hinaus, so daß ich ihm die Frage nicht mehr stellen konnte. Ich überlegte, wie weit Richard wohl mit seinen Nachforschungen gekommen sei.

Mein erster wirklicher Zusammenstoß mit Mrs. Drummond erfolgte am nächsten Tag. Bis dahin war sie immer ruhig und gelassen gewesen und hatte mich mit kühler Höflichkeit behandelt. Aber mir blieb der Nachmittag unvergessen, an dem ich sie aus dem Zimmer meines Großvaters herausstürmen sah. Ich wußte also um die Leidenschaftlichkeit, die sich hinter ihrem glatten Benehmen verbarg.

An diesem Morgen ging ich mit Jeannie in die Küche hinunter. Ich war erst einmal dort gewesen, und Entsetzen hatte mich erfaßt. Sie war wie ein Kerkergewölbe, direkt aus dem Felsen herausgehauen, mit einem riesigen Herd längs der einen Seite und tiefen Nischen an der anderen.

„Früher hat man Gefangene hier eingesperrt", flüsterte Jeannie mir zu, „und hat sie verhungern lassen. Dabei mußten sie zusehen, wie das Essen für den Schloßherrn und seine Familie zubereitet wurde."

„Pst, sie können dich hören!"

„Es ist wahr! Kirsty hat es mir erzählt."

Vielleicht hatte man wirklich einmal so schreckliche Dinge getan, wie die eingelassene Tür im Fußboden des Kontors bewies. Aber inzwischen waren die Kerker in Speisekammern umgewandelt worden. Wildbret jeglicher Art hing an dicken Haken, und ein großer, silbern schimmernder Lachs lag auf einer Steinplatte. Ich lächelte und nickte, denn ich war zu befangen, um mit den Küchenmägden zu sprechen, die respektvoll vor mir knicksten.

In der Meierei waren die Milchmägde dabei, die Holzeimer gründlich zu säubern. Ich sah, wie sie die Eimer mit kaltem Wasser füllten und dann Steine hineintaten, die in den Torffeuern glühend heiß erhitzt worden waren, so daß das Wasser sprudelnd aufkochte und reinigend wirkte. Plötzlich merkte ich, daß Mrs. Drummond, leise wie immer, neben mich getreten war.

„Es muß bestimmt eine andere Möglichkeit geben, um

die Eimer sauberzumachen“, sagte ich. „Wäre es nicht einfacher, Eimer aus Eisen zu benutzen und sie direkt aufs Feuer zu stellen?“

„Und wo sollen wir Eimer aus Eisen hier oben kaufen?“ entgegnete Mrs. Drummond schroff. „Außerdem sind unsere Leute an die alten Methoden gewöhnt. Sie wollen keine Änderungen.“

„Aber wenn damit Zeit und Arbeit gespart würde ...“

„Neue Besen kehren gut, aber sie können auch guten Willen hinwegfegen“, sagte Mrs. Drummond eisig. „Wenn Sie die Herrin hier sind, können Sie natürlich tun und lassen, was Sie wollen. Aber solange Sir Alasdair sein Vertrauen auf mich setzt, wäre ich dankbar, wenn meine Befugnisse nicht in Frage gestellt werden würden.“

Ich sah, wie Jeannies Augen zu funkeln begannen, und sagte schnell: „Das habe ich nie beabsichtigt.“ Dann nahm ich Jeannie beim Arm und zog sie hinter mir her, bevor ihr Temperament mit ihr durchgehen konnte und die Dinge noch verschlechterte.

Den Nachmittag verbrachte ich in dem kleinen Garten, der auf der rechten Seite des Dammes lag. Steinmauern schützten ihn vor dem Seewind. Es hatte sich offenbar seit langem niemand mehr um ihn gekümmert, aber ich hatte zwischen dem vielen Unkraut Veilchen und Schlüsselblumen gefunden. Außerdem Narzissen und Rosensträucher, die meine Großmutter — die lange vor meiner Geburt gestorben war — gepflanzt haben mußte. In einer geschützten Ecke stand ein Weißdornstrauch fast in Blüte. Ich schnitt einige Zweige mit rosafarbenen Knospen ab und trug sie hinauf ins Wohnzimmer. Mrs. Drummond war dort und stand neben dem Kamin.

„Bring Weißdorn herein, und du bringst Unglück ins Haus“, sagte sie übellaunig, als ich die Zweige in einen Krug stellte.

„Ich glaube nicht an solche Sprichwörter. Wie kann etwas so Schönes Unglück bringen!“ Ich trat einen Schritt zurück, um die Wirkung zu bewundern. Der Stuhl meines Großvaters war mir im Wege, und so stellte ich ihn ein bißchen beiseite und schob den Tisch daneben.

„Lassen Sie das!“ fuhr Mrs. Drummond mich an, ergriff den Stuhl und wollte ihn wieder an seinen alten Platz stellen. „Sir Alasdair mag es so, wie es ist.“

„Er würde nichts dagegen haben, wenn ich ihm sagte, daß ich ihn umgestellt habe“, erwiderte ich unbekümmert.

„Sie glauben wohl, Sie könnten ihn um den kleinen Finger wickeln, wie?“ zischte sie, und ich war überrascht von der Bosheit in ihrer Stimme. „Alles ist wunderbar, nicht wahr? Dauernd heißt es, Miss Marietta dies und Miss Marietta das. Und wir müssen alle unsere Angewohnheiten ändern, weil Miss Marietta es so will. Aber Sie werden noch erleben, wie anders Sir Alasdair sein kann, wenn er schlechter Laune ist. Er kann sehr böse und sogar grausam sein. Er kann Sie vernichten, genau wie er andere vernichtet hat. Es gibt vieles, das Sie nicht wissen.“

„Was weiß ich denn alles nicht, Mrs. Drummond?“

„Weshalb sollte ich es Ihnen erzählen? Finden Sie es doch selbst heraus, und sagen Sie dann bloß nicht, daß ich Sie nicht gewarnt hätte.“

„Ich brauche ja nur Coll zu fragen!“

„Coll?“ Sie erstarrte. Dann fragte sie: „Sie mögen Coll, nicht wahr?“

„Ja. Gibt es irgendwelche Einwände dagegen?“

„Nein, das nicht. Aber ich hatte nicht gedacht, daß . . .“ Sie trat ganz dicht an mich heran und legte ihre Hand auf meinen Arm. „Er besitzt nichts, wissen Sie, überhaupt nichts. Nur das, was Ihr Großvater ihm gibt.“

„Ist das nicht nebensächlich?“

„So ist das also! Sie lieben ihn, Miss Marietta, wie?“

Ihr Atem traf heiß meine Wange. Ich wich vor ihr zurück. „Sie haben kein Recht, mich das zu fragen!"

„Nein, vielleicht nicht." Sie straffte sich und lächelte. „Aber er sieht gut aus, oder? Er ist ein Mann voll Kraft, stark wie Donald Ruadh, und er kann genauso erbarmungslos sein. Wenn er etwas will, nimmt er es sich. Frauen mögen solche Männer, ist es nicht so, Miss Marietta?"

Es stimmte, was sie sagte. Er war so sanft, und doch war ich mir seiner Macht über mich bewußt, wann immer er bei mir war. Aber das wollte ich Mrs. Drummond nicht eingestehen. Ich sagte kühl: „Ich finde, es schickt sich nicht, daß Sie so mit mir sprechen, Mrs. Drummond."

„Entschuldigen Sie, Miss Marietta. Ich vergaß mich. Ich bin eine Bedienstete, und Dienstboten haben keine Gefühle, so ist es doch? Ich hoffe, Sie verzeihen mir mein ungebührliches Benehmen."

Ihr beißend-ironischer Ton störte mich mehr als ihre Erbitterung, aber ich ignorierte ihn.

„Sie haben sicher noch sehr viel zu tun, Mrs. Drummond. Lassen Sie sich durch mich nicht aufhalten. Ich werde hier noch Ordnung schaffen."

„Ausgezeichnet", entgegnete sie mit ihrem rätselhaften Lächeln, ging hinaus und schloß leise die Tür hinter sich.

Ich blickte zu dem Porträt hinauf. Erst jetzt fiel mir auf, daß der Dargestellte eine leichte Ähnlichkeit mit Coll hatte. Es war merkwürdig, wie das Bild mich faszinierte und gleichzeitig abstieß.

Als ich mich einige Tage später für den Abend umzog, kam Jeannie in mein Zimmer gestürzt und sprudelte geradezu über von irgendeinem Geschwätz, das sie in der Küche aufgeschnappt hatte.

„Sie werden es niemals glauben, Miss Marietta", sagte sie, nahm mir die Bürste aus der Hand und begann, meine Frisur zu lösen. „Wissen Sie, diese Kirsty hat's mir erzählt. Sie ist ja 'n ziemlich dummes Ding, das weder schreiben noch lesen kann, aber sie muß es irgendwo gehört haben."

„Was denn, Jeannie?"

„Ich bin fast vom Stuhl gefallen, das kann ich Ihnen sagen... Wollen Sie Ihr Haar heute abend in losen Locken tragen, oder soll ich es aufstecken?"

„Oh, das ist mir völlig gleich. Mach damit, was du willst", gab ich gereizt zur Antwort. „Jetzt sag mir, um Gottes willen, was Kirsty dir erzählt hat!"

„Na ja, sie hat behauptet..." Jeannie stockte einen Moment, bevor sie fortfuhr: „Also sie behauptet, daß Mr. Coll Ihr Vetter ist."

„Mein Vetter? Das kann wohl kaum stimmen! Und wenn er es ist, weshalb sollte Sir Alasdair es mir verschwiegen haben?"

„Weil er sich schämt, deshalb! Kirsty sagt, Mr. Coll wär' der Sohn von Ihrem Onkel Andrew, der in dieser Schlacht bei Culloden umkam. Mr. Coll wär' aber ein... Nun, sie waren nicht verheiratet, verstehen Sie? Er wurde hierhergebracht, als er sechs oder sieben Jahre alt war. Halb verhungert war er und in Lumpen gehüllt, und seine Mutter flehte Sir Alasdair um Hilfe an."

Natürlich konnte das nur leeres Gerede sein, ohne jede Beweise... Und doch konnte etwas Wahres daran sein, das eine Menge erklärte: das Interesse meines Großvaters an Coll, daß er ihn aufgezogen hatte und wünschte, daß er in Glenlochy bleibe.

„Weiß Mr. Coll das?" fragte ich.

Jeannie schüttelte den Kopf. „Kirsty sagt, nein. Sir Alasdair hätte sich geweigert, ihn als seinen Enkel anzuerkennen, weil er nie sicher wär', ob die Frau die Wahrheit gesprochen hat oder nicht."

„Wer war die Frau?"

„Kirsty weiß es nicht. Niemand weiß es", antwortete Jeannie, die Dramatik ihrer Geschichte genießend. „Kirsty war ja noch gar nicht auf der Welt, als das alles passierte, und diese Frau hat, scheint's, niemand je gesehen. Der Kleine war einfach eines Tages hier im Schloß und ist von da an wie 'n Kind aus der eigenen Familie versorgt worden. Ihr Großvater war aber schweigsam wie das Grab, hat nie ein Wort über die Sache gesagt."

„Woher weiß Kirsty das denn alles?"

Aber das war eigentlich leicht zu beantworten. Dienstboten klatschen immer untereinander, die Geschichten werden dann während des Erzählens ausgemalt und entstellt, werden zu halben Lügen. Doch es konnte durchaus etwas Wahres daran sein, und das verstärkte nur meine Zuneigung zu Coll. Wenn die Geschichte stimmte, hatte vielleicht nur die Tragödie von Culloden verhindert, daß er die Besitzungen erbte, die nun mir zufallen würden.

Als erster Gast traf Angus Macdonald ein. Er kam einen Tag vor dem Fest in seinem Segelboot herüber, und ich sah ihn den Strand heraufkommen: ein großer, schlanker junger Mann, gefolgt von seinem Diener, der den Koffer seines Herrn auf dem Kopf trug. Fiona und ihr Vater waren an diesem Morgen ins Schloß gekommen. Fiona hatte Mrs. Drummond geholfen, die Zimmer für die Gäste herzurichten, die über Nacht bleiben würden. Sie ging hinaus auf den Damm, um Angus Macdonald zu begrüßen. Bald darauf kamen sie zusammen mit Coll und George Fergusson ins Wohnzimmer, wo ich mit meinem Großvater und Mr. McPhail beisammensaß. Angus verneigte sich respektvoll vor Sir Alasdair und wandte sich dann mir zu. Er beugte sich galant über meine Hand, bevor er sie an seine Lippen zog.

„*Enchanté,* Mademoiselle. Sie sind also die Erbin vom Kontinent! Wir haben schon von Ihnen gehört.“ Er hatte helle, lustige Augen und ein fröhliches Wesen. „Als die Einladung kam, dachte ich, Mac'Ghille Mhoire würde das Feuerkreuz herumsenden, um uns wieder zu den Waffen zu rufen, aber diesmal, um für eine schöne Dame zu kämpfen.“

Ich lächelte und ging auf seine übermütige Laune ein. „Aber ich brauche niemanden, der für mich kämpft!“

„Oh, das kann vielleicht noch kommen, und wenn es soweit sein sollte, können Sie mich zu Ihren Beschützern zählen.“

„Sei nicht albern, Angus!“ sagte Fiona scharf.

„Aber ich bin gern albern. Was bleibt uns Hochländern denn noch anderes übrig, stimmt's, Coll? Entweder wir nehmen das Leben auf die leichte Schulter, oder wir müssen uns in so einen langweiligen, stocksteifen Engländer verwandeln, wie es dieser Richard Wynter oben im Tige Dubh ist.“

„Er ist weder langweilig noch stocksteif“, protestierte ich lachend. Aber dann sah ich, wie mein Großvater die Stirn runzelte, und wechselte schnell das Thema. „Was ist das Feuerkreuz?“ fragte ich.

„Was w a r das Feuerkreuz, sollten Sie besser fragen, meine liebe junge Dame“, mischte sich Mr. McPhail in das Gespräch ein. „Wenn ein Clan-Oberhaupt hier im Hochland seine Leute zusammenrufen wollte, um gegen die Engländer oder sonst einen Feind zu kämpfen, sandte er zwei Stäbe in der Form eines Kreuzes herum. Sie waren im Feuer versengt und in das Blut einer frisch geschlachteten Ziege getaucht worden. Dieses Kreuz wurde von

Mann zu Mann weitergegeben, bis der ganze Clan alarmiert war. Aber die Fehden haben ihnen häufiger Schande statt Ehre eingebracht."

„Nun, das ist alles längst vorbei und vergessen", sagte mein Großvater ungehalten. „Läute nach Murdo, Marietta. Er soll Wein für unsere Gäste bringen."

Wir aßen an diesem Abend miteinander. Es gab frischen Lachs und gebratenes Wildbret, und wir amüsierten uns über Angus Macdonalds munteres Geplauder.

Schließlich fragte er: „Können wir einmal auf die Jagd gehen, während ich hier bin, Coll?"

„Wenn du ein paar Tage bleibst und Sir Alasdair mich entbehren kann, können wir vielleicht droben in den Bergen jagen."

„Tu das, mein Junge, wenn du möchtest", willigte mein Großvater ein. „Die Zeit, da ich auf die Jagd ging, ist leider längst vorbei."

„Schade, daß wir nicht im Tige Dubh übernachten können", meinte Angus. „Was ist dieser Oberst Wynter für ein Mann? Meinst du, er würde vielleicht mit uns kommen? Gehen Engländer eigentlich auf die Jagd?"

„Das solltest du lieber Marietta fragen", sagte Fiona spitz. „Sie kann dir alles über den ehrenwerten Richard Wynter erzählen, denn sie stattet ihm im Tige Dubh häufig Besuche ab."

Mein Großvater blickte mich streng an. „Stimmt das? Hast du diesen Mann tatsächlich besucht?"

„Ich bin nur ein einziges Mal bei seiner Schwester und ihm gewesen. Sie waren auf der Reise hierher so nett zu mir. Ich hielt es deshalb für meine Pflicht, sie zu fragen, ob sie irgend etwas benötigten."

„Ich dachte, ich hätte meine Wünsche in dieser Beziehung eindeutig klargemacht!"

„Es tut mir leid, Großvater", entgegnete ich fest, „aber

in diesem Fall schien es mir nicht mehr als recht und billig zu sein. Danach bin ich nie mehr hingegangen."

„Ich kann es nicht ausstehen, wenn man mich hintergeht!"

„Ich habe dich nicht hintergangen. Hättest du mich gefragt, hätte ich es dir gesagt."

Zitternd wartete ich auf einen Zornausbruch, aber er kam nicht. Statt dessen herrschte eine Weile peinliches Schweigen, bis mein Großvater schroff sagte: „Nun, es läßt sich nichts mehr daran ändern. Aber merk dir — und das gilt für euch alle —, ich bin noch nicht tot. Ich bin immer noch Herr in meinem Haus."

„Das steht völlig außer Frage, Sir", erklärte George Fergusson glattzüngig. „Eines sollte ich aber vielleicht erwähnen: Dieser Oberst Wynter stellt den Leuten eine Menge Fragen."

„Fragen? Was für Fragen?"

„Über den Tod seines Bruders."

Das Gesicht meines Großvaters verfinsterte sich wieder. „Der Mann hat sich ertränkt. Es hat eine genaue Untersuchung stattgefunden. Was will Oberst Wynter denn noch wissen?"

„Offensichtlich ist er mit dem Untersuchungsergebnis nicht zufrieden."

„Wie kann er nur so töricht sein", brummte mein Großvater. Dann blickte er uns plötzlich der Reihe nach an. „Oder war da noch etwas? Etwas, das mir verheimlicht worden ist?" Niemand antwortete, und er schlug zornig mit der Faust auf den Tisch. „Ich verlange eine Antwort, gleichgültig, von wem. Ich hasse es, wenn meine Fragen nicht sofort beantwortet werden!"

„Es ist Ihnen nichts verheimlicht worden", sagte Coll und hob den Kopf. „Nicht das geringste. Das müßten Sie eigentlich wissen. Keiner unserer Leute hat die Hand gegen

Graham Wynter erhoben, obwohl sie, weiß Gott, Grund genug dazu hatten."

„Nun gut. Soll der Engländer tun, was ihm beliebt. Was uns betrifft, ist die Angelegenheit vergessen und erledigt."

Ich sah, wie Neil aufschaute, als wolle er etwas erwidern. Doch Fiona stieß ihn mit dem Ellbogen an, und er beugte sich wieder über seinen Teller. Das Gespräch wandte sich anderen Dingen zu, und ich weiß nicht, warum ich das sichere Gefühl hatte, daß sich hinter den glatten Antworten etwas verbarg.

Später am Abend wurde auf Wunsch meines Großvaters die Harfe aus der Ecke geholt und in die Mitte des Zimmers gestellt. Fiona setzte sich daneben und breitete ihren roten Rock um sich aus. Angus kam zu mir, nahm meine Hand und flirtete mit mir auf seine amüsante Weise.

Fiona sang eine alte Ballade mit dem Refrain:

„Mein Liebster war ein tapferer Mann,
wie alle Schotten es sind . . ."

Während die berückende, leicht belegte Stimme durch den Raum klang, flüsterte Angus mir zu: „Sie ist ein betörendes Geschöpf, nicht wahr?"

„Sind Sie in sie verliebt, Mr. Macdonald?"

„Das würde ich nie wagen! Unsere Fiona ist eine Hexe. Sie besitzt Zauberkraft."

„Jetzt sind Sie wirklich albern!"

„So? Seien Sie lieber vorsichtig, Miss Gilmour. Es gibt hier im Hochland noch seltsamere Dinge als das."

„Ich glaube, Sie machen sich über mich lustig."

Er lächelte, aber seine Augen blickten ernst. „Natürlich. Ich rede dummes Zeug, wie gewöhnlich. Wer sollte Ihnen je etwas zuleide tun wollen?"

Ja, wer schon? Einen kurzen Augenblick dachte ich an den dunklen Wald und die scheußliche kleine Puppe. Dann verwarf ich den Gedanken.

Fiona sang jetzt:

„Keine Frau auf dieser Welt
empfand je größere Freud'
als ich in unsrem Liebesbund
mit meinem Gilderoy."

„Wen zieht Fiona denn mit ihrer Zauberkraft in ihren Bann, Mr. Macdonald?" fragte ich leise.

„Oh, das verrate ich Ihnen nicht, sonst wäre ich ja ein Klatschmaul", neckte er mich.

Ich blickte neugierig im Zimmer umher. George Fergusson saß lässig in seinen Stuhl zurückgelehnt und lauschte dem Gesang mit halbgeschlossenen Augen. Coll stand mit dem Rücken zu Fiona, und als sie die Hände von der Harfe sinken ließ, wandte er sich zu mir um, und sein Blick war wie eine Liebkosung. Mich durchströmte ein solches Glücksgefühl, daß es mir völlig gleichgültig war, was die anderen sagen oder denken mochten. Coll gehörte mir!

8

Die unbeständige Hochlandsonne meinte es gut mit uns. Der Abend des ersten Mai war zauberhaft schön. Die Luft hatte noch die Frische des Frühlings, aber es war wunderbar hell und warm. Den ganzen Morgen lang waren Gäste mit dem Boot und zu Pferde eingetroffen. Wie in stillschweigendem Einverständnis trugen die meisten von ihnen die Hochlandtracht, ohne Rücksicht auf die Folgen. An diesem Tag wirkte mein Großvater wie ein neuer Mensch: stolz aufgerichtet, die Adlerfedern in seiner Mütze, sein Plaid auf der Schulter mit der Sithen-Brosche befestigt, schritt er, gefolgt von den großen Hunden, durch die Menge seiner Freunde.

Nach einem leichten Morgenimbiß zog er sich für eine Weile zurück, während die jüngeren Gäste und ich hinaus in den Sonnenschein gingen. Alle Bewohner des Tals hatten sich auf dem freien Feld neben dem Fluß versammelt: Männer, Frauen und Kinder jeden Alters. Viele hatten ihre Plaids um die Schultern geschlungen. Diese waren verblichen oder dunkel eingefärbt worden, um die auffallenden Farben vor den argwöhnischen Augen der Engländer zu verbergen. Schwerter und Dolche, die in der Erde vergraben oder in irgendeinem Strohhaufen versteckt gewesen waren, hatte man hervorgeholt, sie hingen nun an breiten Ledergürteln. Ringkämpfe und Kraftproben sollten ausgetragen werden, Schieß- und Fechtwettkämpfe. Und dies alles zu den Klängen des Dudelsacks, dieser eigenartigen durchdringenden Musik, die zu den Tälern und Bergen des Hochlands gehört und mit keinem anderen Klang auf der Welt zu vergleichen ist. Wie gebannt beobachtete ich die Schwerttänzer. Die Männer sprangen leichtfüßig zwischen den gekreuzten Klingen auf dem Boden vor und zurück, hin und her. Es war ein Kriegstanz, eine Siegesfeier nach gewonnener Schlacht. Der Tanz wurde immer wilder. Sie hoben die Schwerter auf, und Coll sprang zwischen die Männer, um auch seine Geschicklichkeit zu zeigen. Das Eisen war wie Quecksilber in seiner Hand.

In diesem Augenblick entdeckte ich Richard. Er stand abseits von den Dorfbewohnern und schaute dem Schwerttanz zu. Gleich darauf bemerkte ich, daß auch Coll ihn gesehen hatte. Er hob die Hand, und die Männer senkten ihre Schwerter, blieben wartend stehen, während Coll auf Richard zuging und die Menge zurückwich, um ihm Platz zu machen. Mein Herz krampfte sich zusammen, als ich sah, wie er Richard den Griff seines Schwertes hinhielt, denn das konnte nur die Aufforderung bedeuten, an dem Scheingefecht teilzunehmen. Ich war überzeugt, daß Richard das ablehnen würde, doch ich täuschte mich. Er nahm die angebotene Waffe an. Einer der Männer warf Coll sein Schwert zu. Erregung breitete sich unter den Zuschauern aus, als die Männer des Clans nun zurücktraten, um einen Kreis zu bilden.

Angus stand neben mir. Er nahm meinen Arm. „Kommen Sie", sagte er, „jetzt wird es interessant." Er zog mich hinter sich her, bahnte uns einen Weg durch die Menge in die vorderste Reihe.

Coll lächelte, blickte zu mir hin und küßte den Griff seines Schwertes. Dann stellte er sich Richard gegenüber. Sie hatten ihre Jacken abgelegt, und ich fühlte vom ersten Augenblick an, daß es mehr als ein freundschaftliches Fechten an einem schönen Frühlingstag war.

Angus flüsterte mir Erläuterungen zu, machte mich auf Finten und Paraden aufmerksam, von denen ich nichts verstand. Mir schien es, als sei der Kampf der beiden Männer bitterer Ernst, und ich mußte mehr als einmal an mich halten, um nicht laut aufzuschreien. Schließlich gelang es Coll, Richard auf ein Knie zu zwingen. Ein Seufzer der Befriedigung ging durch die Menge. Ich sah den Schweiß auf Richards Stirn, als er mit einer ruckartigen Kopfbewegung das Haar aus der Stirn warf, das ihm die Sicht hinderte. Ich dachte an sein verletztes Bein und wollte ihm zurufen, er solle aufhören. Doch ich wußte genau, wie sehr er mir das verübeln würde. Dann war er wieder auf den Füßen, und Coll und er umkreisten sich erneut. Ich weiß nicht, wie es geschah, aber plötzlich sprang Richard nach vorn, holte aus, und Colls Schwert wirbelte durch die Luft und fiel zu Boden. Das war so unerwartet gekommen, daß sekundenlang niemand sprach oder sich auch nur im geringsten rührte.

„Wollen Sie weiterkämpfen, oder sollen wir uns die Hand reichen und es bei einem Unentschieden belassen?" fragte Richard.

Verblüffung und Zorn spiegelten sich auf Colls Gesicht. Er stieß Richards ausgestreckte Hand beiseite und ging wortlos davon. Einen Moment stand Richard unbeweglich da, dann ließ er das geliehene Schwert achtlos zu Boden fallen und schritt auf den Kreis der Zuschauer zu, die ihm schweigend Platz machten.

Angus hatte mißbilligend die Stirn gerunzelt, und ich wünschte, Coll hätte nicht die Beherrschung verloren. Es war ein so dummer Zwischenfall. Ich war böse auf Coll, daß er ihn herbeigeführt hatte. Aber noch ärgerlicher war ich auf Richard, daß er die Herausforderung angenommen hatte. Meine einzige Hoffnung war, daß mein Großvater nichts davon erfahren würde.

Der Dudelsackspieler begann aufs neue mit seiner Musik, und dann kam der Moment, auf den alle warteten. Mein Großvater war auf den Damm herausgekommen. Er hob die Hand, um Schweigen zu gebieten. Danach führte er mich zu den Leuten seines Clans, sprach zu ihnen in ihrer alten Sprache. Als er geendet hatte, brachen alle in laute Freudenrufe aus, so daß ich ein tiefes Glücksgefühl, aber gleichzeitig auch Furcht empfand. Richard hatte mich einmal mit einer Königin verglichen. Einen flüchtigen Augenblick fühlte ich das gleiche, was Maria Stuart wohl empfunden hatte, als sie von Frankreich in ihr von Stürmen umwehtes bergiges Königreich kam. Die Last der Verantwortung war fast zu schwer. Ich stammelte ein paar Worte auf gälisch, und die Leute brachen wieder in Beifall aus, so daß ich meine Angst vergaß. Doch dann erstarb der Jubel plötzlich, Schweigen breitete sich aus. Die Menge, die sich am Ende des Dammes um uns geschart hatte, teilte sich, und eine Frau kam mit schnellen Schritten auf uns zu. Sie war hochgewachsen, ihr langer dunkler Umhang wehte nach hinten; die Kapuze war zurückgefallen, so daß die Sonne auf ihr Haar schien und es rot aufglänzte. Die Frau konnte niemand anders sein als meine Tante Kathryn.

George Fergusson streckte ihr die Hand entgegen, um ihr behilflich zu sein, und sie stieg leichtfüßig herauf.

„Ich komme spät, Vater, aber hier bin ich. Hast du vergessen, mich einzuladen?"

Ich dachte, Sir Alasdair würde ihr eine scharfe Antwort erteilen, aber sie war schließlich seine Tochter. Außerdem waren Fremde anwesend, die das überraschende Wiedersehen mit neugierigen Augen beobachteten. Und so sagte er nur ironisch: „Darf ich dich daran erinnern, Kathryn, daß du mir bei deinem Weggang erklärt hast, du wolltest Glenlochy niemals wiedersehen?"

„Ja, das habe ich gesagt. Aber das ist zwei Jahre her, und ich habe inzwischen Heimweh bekommen. Merkwürdig, nicht wahr? Ich hätte es nie für möglich gehalten. Doch mach dir darüber keine Gedanken, Vater. Ich bin nicht gekommen, um dich oder das Schloß wiederzusehen."

„Weshalb dann?"

Sie zuckte die Achseln. „Vielleicht aus Neugier. Ich wollte meine Nichte kennenlernen."

Die Gäste raunten sich hinter der Hand etwas zu, einige lächelten. Angus sagte: „Wo hast du dich die ganze Zeit versteckt, Kat?"

„Oh, da und dort", antwortete sie leichthin. Dann wandte sie sich mir zu. „Du bist also Ians Tochter! Du siehst ihm sehr ähnlich. Welchen Namen hat er dir gegeben?"

„Marietta."

Sie lächelte. „Marietta, die Fee. Der gute Ian! Er war immer ein Träumer, der arme Junge. Welch eigenartiger Gedanke, daß wir die ganze Zeit seinen Tod betrauerten, während er am Leben war und Frau und Tochter hatte."

Mein Großvater schien sich gewaltsam zusammenzureißen. „Laß das jetzt!" sagte er schroff. „Es wird kalt, wir wollen hineingehen. Gib mir deinen Arm, Coll!"

In diesem Moment haßte ich meine Tante, denn alle Frische war von meinem Großvater gewichen. Er sah wieder alt und müde aus. Ich konnte mir gut vorstellen, welche Mühe es ihn kostete, vor unseren Gästen seine Beherrschung und seine Würde zu bewahren.

Kathryn schien das nicht zu kümmern. Sie ging neben mir her und nickte einigen Gästen, die sie kannte, freundlich zu. Als wir drinnen im Schloß waren, nahm sie meinen Arm.

„Es ist wirklich ein sonderbares Gefühl, nach so langer Zeit wieder zu Hause zu sein", sagte sie.

Ich antwortete verlegen: „Du kommst am besten mit mir in mein Zimmer. Die anderen Räume sind alle belegt, und ich muß mich umziehen."

„Es ist alles so wie früher", fuhr sie munter fort. „Ich erinnere mich an Feste, wo wir zu viert oder fünft in einem Bett schlafen mußten und uns das überhaupt nichts ausmachte. Ich bin übrigens vorausgeritten. Mein Gepäck ist noch nicht hier. Duncan Cameron wird es mitbringen."

„Bist du in Begleitung von Mr. Cameron gereist?"

„Ja, bis auf das letzte Stück. Du weißt sicher, daß dein Großvater ihn gebeten hat, hierherzukommen. Er hat mir von dem Fest erzählt. Er konnte nur nicht eher hier sein, weil er noch einige dringende geschäftliche Dinge in Edinburgh zu erledigen hatte."

Ich ging vor ihr her den Korridor hinunter. Doch als wir zu meinem Zimmer kamen, trat sie vor mich und riß die Tür auf.

„Ach, man hat dir also mein ehemaliges Zimmer gegeben! Das hat natürlich Ailsa Drummond getan. Sie konnte mich nie ausstehen, genausowenig wie ich sie. Wie kommst du mit ihr aus?"

„Ich versuche, Geduld mit ihr zu haben."

„Das habe ich nie fertiggebracht und mich gar nicht erst darum bemüht." Sie ging zum Fenster, öffnete es und schaute hinaus. „Ich kann es kaum fassen. Alles ist fast unverändert. Wenn etwas Schreckliches passiert, das dein ganzes Leben ändert, meint man, daß sich auch alles andere ändern müßte. Aber das stimmt nicht. Die Dinge bleiben, wie sie sind, nur man selbst wird nie mehr so sein wie früher."

Ich wußte nicht recht, wie ich mich ihr gegenüber verhalten sollte. Sie war weder herzlich noch feindselig zu mir. Es war beinahe so, als existierte ich überhaupt nicht, als führe sie ein Selbstgespräch. Dann drehte sie sich plötzlich zu mir um. Ihre klaren Augen musterten mich eindringlich von oben bis unten, schätzten mich ab.

„Ist es dir eigentlich je in den Sinn gekommen, Marietta, daß dies alles mir gehören könnte, wenn diese Französin dich nicht zur Welt gebracht, wenn Ian nie eine Tochter gehabt hätte?"

Daran hatte ich tatsächlich nie gedacht. Ich starrte sie sprachlos an, sah sie plötzlich in einem neuen Licht. Es war für mich kaum vorstellbar, daß sie meine Tante war. Sie war viel jünger als mein Vater. Sie konnte nicht älter als sieben- oder achtunddreißig Jahre alt sein, und obwohl sie nicht schön war, hatte ihr stolzes, feingeschnittenes Gesicht etwas an sich, das man nicht so leicht vergessen konnte.

„Macht es dir sehr viel aus?" entgegnete ich schließlich.

„Ob es mir etwas ausmacht? Um Himmels willen, nein!" Sie warf den Kopf zurück und lachte. „Was sollte ich mit dieser alten Ruine anfangen? Es wäre überhaupt das beste, sie abzureißen, denn sie ist voller böser Erinnerungen. Ein neues Haus sollte an ihrer Stelle errichtet werden."

„Wie kannst du nur so etwas sagen!"

„Oh, ich habe ein gutes Recht dazu, meine Liebe. Ich habe viele Jahre meines Lebens hier verbracht und bin fast erstickt. Dir wird es genauso ergehen, wenn du nicht aufpaßt. Ich war ebenso eine Gefangene wie diese armen Teufel da unten in dem Felsenkerker. Weißt du davon?"

„Ja, ich habe ihn gesehen."

„Als Kind habe ich mir immer eingebildet, ich würde die Seelen der Verstorbenen des Nachts laut schreien hören. Besonders wenn meine Brüder mir gedroht hatten, mich dort hinunterzustoßen. Sie haben diese Drohung natürlich nie wahr gemacht. Dein Großvater hätte sie dafür auch bestimmt halb umgebracht." Sie schwieg einen

Moment und fuhr dann ernster fort: „Das Tal und dessen Bewohner sind etwas anderes. Früher träumte ich immer davon, was ich für sie einmal alles tun würde." Sie kam zu mir hin und setzte sich auf mein Bett. „Ich werde hierbleiben, mußt du wissen, ganz gleich, was Vater dazu sagt. Ich werde in eine der Hütten im Hochtal ziehen."

„Aber du kannst doch unmöglich in solch einer Hütte wohnen!" rief ich.

„O doch. Ich habe bereits eine, dafür habe ich gesorgt. Sie wird gerade für mich hergerichtet. Vater wird natürlich dagegen sein, aber er kann mich nicht hinauswerfen. Schließlich bin ich seine Tochter, und die Leute unseres Clans mögen mich. Sie haben mich immer gemocht. Einmal habe ich begonnen, eine Schule einzurichten. Ich könnte das wieder tun, wenn du damit einverstanden bist." Sie schaute zu mir auf und lächelte. „Arme Marietta, du hast überhaupt nicht mit mir gerechnet, nicht wahr? Du glaubst bestimmt, ich wäre halb verrückt. Ich bin es aber nicht. Ich weiß nur ganz genau, was ich will, und diesmal wird mich niemand durch irgendwelche gemeinen Tricks daran hindern. Aber lassen wir das jetzt. Es wird höchste Zeit, daß du dich umziehst. Ich kenne Vater. Er ist der ungeduldigste Mensch, den es gibt, und der heutige Abend ist sehr wichtig. Du mußt deinem Großvater und Glenlochy Ehre machen."

In diesem Augenblick kam Jeannie herein und starrte die Fremde neugierig an. „Das ist Mistress Gilmour", sagte ich, „meine Tante Kathryn."

Jeannie knickste. „Guten Abend, Miss. Kann ich Ihnen irgendwas holen?"

„Nein, danke. Ich will mir nur das Gesicht waschen, mehr nicht." Kathryn wandte sich wieder mir zu. „Die Kleine scheint schottischer Herkunft zu sein. Hast du sie aus Frankreich mitgebracht?"

„Ja. Ihr Vater war ein Mackenzie, Tante Kathryn."

„Oh, sag bitte nicht Tante zu mir! Ich komme mir dann wer weiß wie alt vor. Dein Vater hat mich immer Kat genannt. Nenn mich also ruhig auch so."

Jeannie hatte das grüne Brokatkleid mit der cremefarbenen Spitze und dem bestickten Unterrock für mich zurechtgelegt. Sie hatte dazu aus Efeublättern und Wiesenblumen einen Kranz für mein Haar geflochten. Als ich fertig angezogen war, trat Kat einen Schritt zurück und blickte mich prüfend an.

„Du kannst dich sehen lassen", sagte sie schließlich. „Du bist schön, Marietta, aber das weißt du sicher. Außerdem hast du einen ausgezeichneten Geschmack, oder hat deine Mutter das Kleid ausgewählt? Warum ist sie eigentlich nicht mit dir gekommen?"

„Sie ist wieder verheiratet."

„Und du magst es nicht, daß jemand anders die Stelle deines Vaters einnimmt, habe ich recht?" fragte sie scharfsinnig. Ich antwortete ihr nicht. Ich mochte nicht über meine Mutter mit ihr reden, und sie drang nicht weiter in mich.

„Ich wünschte, du könntest heute abend ein paar von den Familienschmuckstücken tragen", fuhr sie fort. „Aber der größte Teil davon wurde verkauft, um die Bußgelder zu zahlen, und den Rest hat sicher Coll mit seinen gierigen Händen beiseite geschafft."

Ich zuckte zusammen. „Wie kommst du dazu, so etwas zu sagen?" fragte ich ärgerlich.

Kat blickte mich scharf an. „So ist das also! Nimm dich in acht vor Coll, meine Liebe. Er ist hinter allem her, was er nur bekommen kann."

„Weshalb bist du so ungerecht gegen ihn? Er arbeitet hart, er liebt Glenlochy."

Sie zuckte die Achseln. „O ja, das muß ich zugeben.

Aber aus welchem Grund?“ Sie sah an sich hinunter. „Es hilft nichts, mein Reitkleid muß für heute abend genügen. Komm, wir müssen gehen.“

Als ich am Arm meines Großvaters die große Halle betrat, wurde ein Traum Wirklichkeit. Auf dem langen gedeckten Tisch funkelten Silber und kostbare Gläser, und hinter jedem Stuhl stand ein Hochländer mit einer brennenden Fackel aus Kiefernholz. Der Rauch stieg hinauf zu der hohen Decke. Mir stockte der Atem vor Staunen, denn das Bild, das sich meinen Augen bot, war so glanzvoll, als sei die Vergangenheit wieder lebendig geworden.

Der Wein war schon eingeschenkt. Die in einer langen Reihe nebeneinander stehenden Gäste hoben die Gläser zu meiner Begrüßung, bevor sie tranken. Mein Großvater hielt mir den Silberkelch an die Lippen, und ich nippte daran, ehe er einen langen Schluck nahm.

„In früheren Zeiten hätten wir unsere Gläser über die Schulter geworfen, damit sie zerschellen“, flüsterte Angus mir zu, als er meinen Stuhl für mich zurückschob. „Aber heute können wir uns solchen Luxus leider nicht mehr leisten.“

„Vergessen Sie nicht, daß Sie dann nachher die Scherben zusammenkehren müßten“, flüsterte ich zurück. Er lachte unterdrückt und ging zu seinem Platz. Die Fackelträger schritten um den Tisch zu der wehklagenden Musik des Dudelsackspielers, der ihnen voranging, und marschierten aus der Halle hinaus.

„Gott sei Dank, daß sie weg sind“, murmelte Kat. „Ich habe jeden Augenblick damit gerechnet, daß sie die Kleidung irgendeines Gastes in Brand stecken würden.“

Ich ärgerte mich über sie, weil sie meinen Traum zerstörte, indem sie sich darüber lustig machte.

Ein alter Mann trat mit schlurfenden Schritten vor. Sein langes weißes Haar reichte ihm bis auf die Schultern. Er trug eine kleine Harfe. Seine hagere, alte Hand strich über die Saiten, und er begann mit zitternder, schwacher Stimme zu singen, die dann jedoch kräftiger wurde.

„Wer ist das?“ fragte ich Kathryn leise und war erstaunt, wie gerührt sie war.

„Er ist der Barde, der Märchenerzähler. Er heißt Torquil und war schon alt, als ich noch ein kleines Kind war. Er hat mich immer auf den Schoß genommen. Obwohl er weder lesen noch schreiben kann, kennt er jedes Lied, jede Ballade auswendig, die je hierhergedrungen sind.“

„Hoffentlich singt er sie nicht alle“, murmelte Coll leise. „Der arme Teufel würde das niemals durchhalten.“

Kathryn warf ihm einen scharfen, mißbilligenden Blick zu. „Es hätte ihm das Herz gebrochen, wenn Vater ihn heute abend nicht hätte kommen lassen.“

Ich glaube nicht, daß ich diesen Abend jemals vergessen werde. Er ist noch heute in meiner Erinnerung lebendig, obgleich alles Schöne von den Geschehnissen überschattet wurde, die sich danach ereigneten.

Die Stimme des alten Mannes erzählte von den Heldentaten der vergangenen fünfhundert Jahre. Als er schließlich von Glenlochy selbst sang, übersetzte Kat das Gälische für mich:

> „Fels meines Herzens! Geliebter Fels,
> wo meine Kindheit so schön war.
> Das tiefe Tal dahinter ist mir teurer
> als die fruchtbaren Felder und stolzen Schlösser
> des Fremden ...“

Ich sah Tränen in den Augen meines Großvaters aufsteigen und über seine Wangen rollen, bevor er sie hastig abwischte. Ich legte meine Hand auf seine, und er lächelte mir zu.

Nachdem wir gegessen hatten und die lange Tafel abgedeckt worden war, kamen die Geiger herein, und wir tanzten. Die jungen Männer raunten mir Komplimente zu, wenn wir uns gegenüberstanden, und verbeugten sich voreinander. Es muß schon sehr spät gewesen sein, als eine kleine Abordnung erschien, um meinen Großvater respektvoll zu fragen, ob er nicht geruhen wolle, den Lustbarkeiten seiner Leute draußen vor dem Schloß zuzuschauen. Ein üppiges Mahl war ihnen im Hof und auf dem Damm vorgesetzt worden: kräftige Fleischbrühe, Lachs, Rindfleisch und Hafermehlkuchen. Sie hatten sich auf Kosten des Schloßherrn satt essen und nach Herzenslust trinken können.

Als wir hinaus in die Nacht traten, sah ich lange Rauchschwaden in den dunklen Himmel aufsteigen, denn es waren große Feuer entzündet worden, um die sich kleine Gruppen versammelt hatten. Für meinen Großvater war ein Stuhl bereitgestellt worden. Eingehüllt in ein Plaid ließ er sich darauf nieder und wurde sogleich von einigen älteren Männern umschart. Er genießt das, dachte ich. Es versetzt ihn in seine Jugendzeit zurück, als er noch König in seinem Land war. Ich beugte mich zu ihm nieder und küßte ihn, dann mischte ich mich unter die Leute. Neil schloß sich mir an. Er war ganz aufgeregt, als er mich bei der Hand nahm.

„Wissen Sie, was für eine Nacht das heute ist, Marietta? Heute ist Beltane, die Nacht der Hexen und Zauberer, und das sind die Baalfeuer."

„Davon habe ich noch nie gehört."

„Mein Vater sagt, es wäre ein Fest, das zur Zeit der

alten heidnischen Götter gefeiert wurde. Die Leute halten noch immer daran fest, obwohl sie seine Bedeutung längst vergessen haben."

Eine Gruppe junger Männer stand dicht gedrängt um eines der Feuer. Coll war darunter, aber auch Fiona in ihrem langen roten Kleid. „Was machen sie da?" fragte ich neugierig.

„Sie haben in dem Feuer einen Hafermehlkuchen geröstet. Jetzt brechen sie ihn in Stücke und legen sie in einen Korb. Ein Stück ist mit Holzkohle beschmiert, und wer das unwissentlich nimmt, ist das Opfer. Früher wäre derjenige getötet worden, um dem Clan Macht und Reichtum zu bringen. Aber heute braucht er nur dreimal über das Feuer zu springen."

Das war natürlich alles unsinnig. Aber in dieser Nacht der lodernden Flammen, der Fackeln aus Ginster oder Heidekraut, die an der Spitze langer Stäbe brannten und deren Schein über die dunklen Gestalten huschte, mal ein Gesicht erhellte, mal rotes Haar aufglänzen ließ, schien nichts unmöglich zu sein.

Plötzlich erschallte lautes Gelächter, und Coll hielt das geschwärzte Stück Hafermehlkuchen hoch. „Springen Sie mit mir über das Feuer, Marietta!" rief er. „Das wird Ihnen Glück bringen." Ich wollte schon seiner Aufforderung folgen, als mit einemmal Angst in mir aufstieg. Das Feuer loderte auf, und ich wich furchtsam zurück. Fiona warf mir einen zornigen Blick zu und ergriff Colls Hand. Zusammen sprangen sie über die brennenden Zweige, begleitet von lauten Beifallsrufen.

Neil sagte mißmutig: „Wären Sie doch nur über das Feuer gesprungen, Marietta! Jetzt wird Fiona Glück haben und nicht Sie."

„Sei nicht töricht", erwiderte ich. „Es ist doch nichts weiter als ein Spaß. Ich glaube nicht an solche Dinge."

„Fiona glaubt aber daran."

„Dummer Junge", sagte ich und streichelte seine Wange. „Du sagst das nur, weil sie deine Schwester ist und du eifersüchtig auf sie bist."

„Behandeln Sie mich nicht wie ein kleines Kind!" rief er erbost und lief davon. Ich folgte ihm nicht. Neil war ein sonderbarer, launischer Junge, und ich hatte noch nicht herausgefunden, wie man am besten mit ihm fertig wurde.

Ich ging von Gruppe zu Gruppe. Es war ungewöhnlich warm für Anfang Mai. Es war eine jener lauen Nächte, wie man sie hin und wieder hier an der Westküste erlebt. Die Sterne glitzerten am Himmel. Von den Feuern stiegen Rauchfahnen auf, und hier und da brannten noch Fackeln und warfen seltsame Schatten. Für mich war es eine zauberhaft schöne Nacht. Einige Frauen traten auf mich zu und schauten mich bewundernd an. Sie strichen über den Brokat meines Kleides und begrüßten mich in altertümlichem Englisch. Andere Frauen tanzten im Kreis um die Feuer und forderten mich auf, mich ihnen anzuschließen.

Zu meiner Überraschung sah ich plötzlich Janet und Richard halb verborgen zwischen den Bäumen stehen. Ich lief zu ihnen hin. Janet ergriff meine Hand und drückte sie. „Ist das nicht ein wundervolles Fest? Ich habe Richard überredet, mich herzubringen. Hoffentlich macht es dir nichts aus. Was für ein fabelhafter Mann dein Coll ist! Wenn John nicht wäre, würde ich mich auf der Stelle unsterblich in ihn verlieben."

„Janet, du bist eine erwachsene Frau und kein überspanntes Schulmädchen!" tadelte Richard sie ziemlich scharf.

„Ich weiß, und das ist eigentlich schade", erwiderte sie spitz. „Beachte ihn gar nicht, Marietta. Er ist nur eifersüchtig."

„Oh, hör auf, Janet!“ Er trat einen Schritt zurück.

„Hat dein Bruder dir von heute nachmittag erzählt?“ fragte ich ein bißchen boshaft.

„Was gibt es denn da zu erzählen?“

„Er und Coll haben ein Scheinduell ausgefochten.“

„Nein, wirklich? Wäre ich doch nur dabeigewesen! Wie ist es denn ausgegangen? Hat Richard gewonnen oder verloren?“

„Das fragst du ihn am besten selbst“, sagte ich und stellte mit Genugtuung fest, daß Richard endlich einmal etwas aus der Fassung geriet.

Eine lange Reihe tanzender Gestalten schlängelte sich zwischen den Bäumen hindurch auf uns zu. Ich wurde bei den Händen ergriffen und konnte Janet nur noch zuwinken, bevor ich mitgezogen wurde. Zuerst fand ich es lustig. Der Schein der Feuer flackerte gespenstisch über groteske Tiermasken: ein Schwein, ein Hund, ein Vogel, ein grinsender Teufel. Ich dachte, dies sei ein Teil irgendeines alten Brauches, und ließ mich willig mitziehen. An der Spitze des Maskenzuges spielte jemand auf dem Dudelsack eine mitreißende Melodie, die zum Tanzen verlockte.

Zunächst folgten wir dem Fluß. Dann umgab uns plötzlich warmes samtenes Dunkel, und ich merkte, daß wir in den Wald hineinliefen. Angst erfaßte mich. Ich stolperte über eine Baumwurzel und wurde wieder auf die Füße gerissen. Ich versuchte, mich loszureißen, aber der Griff um meine Hand verstärkte sich. Jetzt wurde ich gegen meinen Willen weitergezerrt und wußte, wohin wir gingen. Sekundenlang schloß ich die Augen. Als ich sie wieder öffnete, sah ich den schwarzen Felsblock in der Mitte der Mulde, und namenloses Entsetzen packte mich, schnürte mir die Kehle zu.

Die Musik wurde lauter, noch eindringlicher. Wir tanzten ohne Unterlaß um den Stein herum; unsere Schritte wurden immer schneller. Ich konnte mich nicht dagegen wehren. Die Luft war von einem moschusartigen Duft erfüllt, süß und betäubend. Irgend etwas glühte in dem flachen Becken. Blaue und grüne Flammen züngelten hoch, und in ihrem Schein schien sich eine riesige Gestalt zu erheben, die wie ein Hirsch gehörnt war.

Ich wollte schreien und konnte es nicht. Eine Stimme flüsterte mir ins Ohr: „Warum bleibst du, Marietta? Geh, geh schnell, bevor es zu spät ist."

War das Fiona? Ich wußte es nicht, und es ging weiter und weiter, hörte nicht auf, kaum mehr als ein Wispern und doch so deutlich wie ein Urteilsspruch.

„Hast du keine Angst? Feuer brennt, weißt du. Es vernichtet und hinterläßt keine Spuren."

Meine panische Angst verlieh mir ungeahnte Kräfte. Ich brach aus dem Kreis und rannte davon. Ich könnte schwören, daß hinter mir Lachen erklang. Aber das kann auch nur Einbildung gewesen sein, denn ich wußte von nichts mehr. Ich rannte und rannte blindlings kreuz und quer, schluchzte vor Verzweiflung, bis ich stolperte und der Länge nach hingefallen wäre, wenn mich nicht jemand aufgefangen hätte.

„Marietta, was ist? Was ist geschehen? Ich habe Sie überall gesucht."

Es war Coll. Seine Kleider rochen nach Rauch. Der seltsam betäubende Duft umgab uns, aber das kümmerte mich nicht mehr. Coll war da, und ich war in Sicherheit. Ich lehnte mich an ihn, brachte nur unzusammenhängende Worte heraus, und er strich sanft und beruhigend über mein Haar.

„Aber das ist doch alles nur ein Spaß", sagte er. „Sie brauchen wirklich keine Angst zu haben. Die Dorfbewohner veranstalten nur ein kleines Spiel. Sie tun das jedes Jahr, aber das können Sie ja nicht wissen."

„Es ist ein schrecklicher Ort", stammelte ich. „Er ist böse, verhext ..."

„Unsinn, das bilden Sie sich nur ein!"

„Sie haben mich bedroht ..."

Er schob mich ein bißchen von sich, hob mit dem Zeigefinger mein Kinn, damit ich ihn ansähe. Wir standen am Waldrand, wo es nicht ganz so dunkel war, und ich sah den Glanz in seinen Augen und das Lächeln um seinen schönen Mund.

„Wer, um alles in der Welt, würde Ihnen etwas Böses antun wollen?" entgegnete er mit belegter Stimme. „Ich muß es Ihnen sagen, Marietta, ich kann es nicht länger für mich behalten ... Ich liebe Sie, Marietta! O Gott, wenn Sie wüßten, wie sehr!"

Dann küßte er mich, und all meine Sinne drängten zu ihm hin. Ich konnte nicht anders; ich mußte ihn fühlen lassen, wie sehr ich ihm gehörte. Und dennoch löste er sich nach der ersten leidenschaftlichen Umarmung von mir und sagte unglücklich: „Ich hätte das nicht eingestehen dürfen, besonders heute nacht nicht. Wer bin ich denn, daß ich so zu dir zu sprechen wage? Ein Bettler zu Füßen einer Königin."

Ich lächelte über seine Überspanntheit, aber sie entsprach meiner Stimmung, und ich erwiderte weich: „Eine Königin kann einen Bettler lieben ..."

Er hob ruckartig den Kopf, ergriff mich bei den Schultern. „Das kannst du nicht ernst meinen! Ich bin ein Narr, das auch nur zu hoffen. Es ist unmöglich! Dein Großvater würde niemals seine Einwilligung geben ..."

„Laß uns jetzt nicht daran denken."

„Ist es wirklich wahr? Ist es uns beiden so ergangen? Ich wollte dir schon immer sagen, daß ich mich in dem Augenblick in dich verliebte, als du an jenem ersten Abend das Zimmer betratest."

„Ich habe das gleiche empfunden."

„O mein Liebling, meine große Liebe ..."

Seine glühenden Küsse weckten nie gekannte Gefühle in mir. Die überwältigenden Erlebnisse des heutigen Tages, die soeben ausgestandene Angst, alles kam zusammen, so daß ich meiner Leidenschaft beinahe nachgegeben hätte. Überall um uns her waren in dieser Nacht Liebende in inniger Umarmung versunken. Es wäre so wunderbar gewesen, mich Coll ganz zu schenken, und nur eines hielt mich zurück: die Erinnerung an meine Mutter, wie sie nackt mit einem Fremden im Bett gelegen hatte. Ich konnte mich nicht so leicht hingeben, nicht so, selbst nicht dem Mann, den ich liebte.

„Coll, wir müssen zurückgehen", sagte ich leise. „Mein Großvater und unsere Gäste werden sich schon Sorgen um mich machen."

Widerwillig ließ er mich los, aber er hakte mich fest unter, als wir auf das Schloß zugingen. Jetzt, da er mir seine Liebe eingestanden hatte, fand ich den Mut zu der Frage, die mir auf der Seele lastete.

„Coll, ist es wahr, was man sich erzählt? Bist du ... bist du ..."

Ich fühlte, daß sein Arm sich versteifte, und sah, daß er starr vor sich hin blickte. „Bin ich dein Vetter, Sir Alasdairs Enkelsohn? Das willst du von mir wissen, nicht wahr, Marietta?"

„Bist du unglücklich darüber? Ich habe gehört, was man behauptet ..."

„Natürlich, wie könnte es auch anders sein! Ich kann dir keine Antwort darauf geben, Marietta. Ich weiß es nicht genau, ob ich Sir Alasdairs Enkel bin oder nicht."

„Aber deine Mutter ..."

„Sie hat ihre Geheimnisse immer bewahrt." Er schaute mich an. „Ist das so wichtig für dich?"

„Nein", antwortete ich fest. Wir möchten den Mann, den wir lieben, immer glücklich sehen, und es gab für mich in diesem Augenblick keinen Zweifel, daß ich ihm seinen Herzenswunsch erfüllen könnte.

Die Feuer schwelten nur noch, und die Fackeln verglühten langsam. Müde Kinder waren zu Bett gebracht worden, und einige der Gäste waren ins Schloß zurückgekehrt, aber mein Großvater saß noch immer draußen. Als wir den Damm betraten, sah ich zu meiner größten Verwunderung, daß Fiona mit Richard Wynter sprach. Sie wollte ihn offensichtlich zu etwas überreden, denn er schüttelte den Kopf und wandte sich zum Gehen. Aber Fiona ergriff seine Hand und zog ihn zu meinem Großvater hin.

Ich hatte den Eindruck, daß Richard ihr nur ungern folgte. Ich sagte zu Coll: „Wie kann sie das nur tun? Großvater wird sich bloß aufregen. Vielleicht weiß sie das nicht. Ich will es ihr lieber sagen."

Doch Coll hielt mich zurück. „Sie weiß genau, was sie tut." Sein Gesicht hatte einen sonderbaren Ausdruck angenommen, fast, als sei er zufrieden.

Ich verstand das nicht. „Aber du hast mir selbst erzählt, wie er über die Wynters denkt, und der Arzt hat ihm jede Aufregung verboten!"

„Laß Fiona ihren Willen, Marietta."

„Nein, ich will nicht, daß alles verdorben wird, besonders heute nicht. Ich werde selbst einen Weg finden, um meinen Großvater mit den Wynters zu versöhnen."

Ich begann zu laufen, aber ich kam zu spät. Fiona und Richard standen schon dicht hinter meinem Großvater. Der Mond war inzwischen aufgegangen, und in seinem kalten Licht sah Richards Gesicht grünlich aus, mit dunklen Schatten unter den Augen. Er trat vor Sir Alasdair hin.

„Ich hätte Sie nicht gestört, Sir“, begann er, „aber ich kenne Ihre Enkelin, und wir sind Nachbarn. Ich möchte Sie beglückwünschen ...“, weiter kam er nicht.

Mein Großvater schaute auf. Sein Gesicht wurde aschfahl, und er sagte mit erstickter Stimme: „Nein, nein, das ist nicht möglich ...“ Dann verdeckte er mit der Hand sein Gesicht. „Gott verfluche Sie! Mußten Sie zurückkommen? Können Sie mich nie in Ruhe lassen?“ Er holte weit mit der linken Hand aus, als wollte er den Mann, der vor ihm stand, hinwegscheuchen. Gleich darauf schwankte er und fiel nach vorn. Richard versuchte, ihn aufzufangen, aber das Gewicht des alten Mannes zwang ihn auf die Knie. Im nächsten Moment war ich bei ihm, Coll dicht hinter mir. Angus sprang vor, und dann drängten sich auch die anderen um uns. Fiona stand neben Sir Alasdair und starrte auf ihn hinunter.

Völlig außer mir schrie ich sie an: „Das hätten Sie nicht tun dürfen! Wußten Sie denn nicht ...“

„Was gibt es da zu wissen?“ Sekundenlang blitzte es in ihren Augen merkwürdig triumphierend auf, so daß es mir kalt über den Rücken lief. Dann war dieser Ausdruck wieder geschwunden, und sie sagte gleichmütig: „Sie wünschten sich doch eine Versöhnung, oder? Ich wollte Ihnen nur einen Gefallen tun.“

„Aber nicht so.“ Doch bevor ich weiterreden konnte, kam Kathryn aus dem Schloß gelaufen. Sie stieß mich beiseite und erteilte sofort die nötigen Anordnungen. Innerhalb weniger Minuten hoben ein paar Männer ihren bewußtlosen Herrn behutsam auf und trugen ihn ins Haus. Ich wollte ihnen folgen, aber Richard hielt mich zurück.

„Es tut mir leid, Marietta. Ich wußte nicht ...“

„Haben Sie ihm nicht schon genug angetan? Konnten Sie ihn nicht wenigstens dieses Fest ungestört genießen lassen?“

„Weshalb wagt er mir nicht ins Gesicht zu sehen?“ fragte er. „Empfindet er Scham oder Schuld?“

„Wie können Sie sich erdreisten, ihn zu beschuldigen, nach dem, was Ihr Bruder getan hat?“

Wir blickten einander böse an, dann schien Richards Zorn zu schwinden.

„Hören Sie, ich werde nach Fort William reiten und den Garnisonsarzt holen. Wir können zwar nicht vor morgen früh hier sein, aber das ist das wenigste, was ich tun kann.“

„Aber Sie werden die ganze Nacht hindurch reiten müssen!“

„Das macht doch nichts.“

„Und Janet?“

„James wird sie nach Hause bringen. Ich werde so schnell wie möglich zurück sein, Marietta.“

Er sprang vom Damm hinunter, und ich bemerkte zum erstenmal, daß er hinkte, als er auf die Baumgruppe zueilte, wo die Ponys angebunden waren. Ich ging ins Schloß und die Treppe hinauf zum Zimmer meines Großvaters. Er lag auf dem Bett, den Kopf von Kissen gestützt. Coll hatte sich mit Fiona und ihrem Vater eingefunden. Kathryn stand über den Kranken gebeugt, und auf der anderen Seite des Bettes stand Mrs. Drummond, den Blick starr auf das Gesicht des alten Mannes gerichtet.

„Ist er tot?“ fragte ich angstvoll.

„Nein, natürlich nicht!“ beruhigte Kathryn mich. „Beeil dich, Duncan, gib mir die blaue Phiole.“

Erst jetzt bemerkte ich, daß auch Mr. Cameron da war. Er mußte im Laufe des Abends eingetroffen sein. Er zog eine kleine Schublade auf, und ein schwacher herber Duft von Kräutern drang durch den Raum. Mr. Cameron nahm ein Fläschchen heraus und reichte es Kathryn.

„Was gibst du ihm da?“ erkundigte ich mich besorgt.

„Ein Stärkungsmittel für sein Herz. Wir mußten uns immer selbst helfen, denn wir hatten nie einen Arzt in der Gegend. Ich verstehe etwas von Medizin."

Sie gab ein paar Tropfen der Arznei auf einen Löffel und zwang ihn zwischen die Lippen des Kranken. Nach einer Weile, während der wir ihn wie gebannt anblickten, zeigte sich eine Wirkung. Er schlug die Augen auf, und eine Spur von Farbe stahl sich in das aschgraue Gesicht. Mrs. Drummond wollte vorstürzen, aber Coll legte die Hand auf ihre Schulter.

Ich sagte: „Richard ist nach Fort William geritten, um den Arzt zu holen."

„Gut, aber er wird nicht vor morgen früh hier sein können." Kathryns Blick schweifte durch das Zimmer. „Ihr könnt jetzt alle gehen. Ich werde bei ihm Wache halten."

„Nein, ich!" Mrs. Drummonds heftiger, wenn auch leise vorgebrachter Widerspruch erstaunte mich. Sie stand unbeweglich neben dem Bett, und ich hatte das eigenartige Gefühl, daß die beiden Frauen über dem reglosen Körper einen Machtkampf ausfochten. Dann trat Coll dazwischen.

„Es ist besser, wenn Mistress Gilmour hierbleibt", entschied er ruhig. „Sie weiß, was zu tun ist. Fiona, würdest du Mrs. Drummond bitte hinauf in ihr Zimmer bringen?"

Ich sagte mit steifen Lippen: „Es wäre nett, wenn Sie ein Bett für Mr. Cameron beziehen lassen würden."

„Danke, Miss Marietta." Das sonst so runde rosige Gesicht des Notars wirkte eingefallen vor Erschöpfung und Besorgnis. „Es tut mir leid, daß ich erst so spät gekommen bin. Wir werden morgen alles miteinander bereden."

„Ja, ja, ganz wie Sie wollen. Wenn Sie etwas brauchen sollten, lassen Sie es sich bitte geben."

Er verbeugte sich und ging aus dem Zimmer, jedoch nicht, ohne noch einmal einen besorgten Blick auf die regungslose Gestalt auf dem Bett geworfen zu haben.

Als sich die Tür hinter ihm geschlossen hatte, erklärte ich fest: „Ich werde mit dir Wache halten, Kathryn."

Sie lächelte mir über das Bett hinweg zu. „Deine Anwesenheit würde kaum etwas nützen. Du bist jung, Marietta, du hast keine Erfahrung mit Kranken. Ich habe Vater früher mehrmals in einem ähnlichen Zustand erlebt."

Ich wollte nicht gehen, aber Coll legte den Arm um mich und sprach beruhigend auf mich ein. Da lehnte ich mich an ihn, denn ich fühlte mich plötzlich so elend, daß ich nur mit Mühe die Tränen zurückhalten konnte.

Coll brachte mich in mein Zimmer und zündete die Kerzen für mich an. „Hab keine Angst, mein Liebling! Laß dir unseren Abend nicht dadurch verderben. Dein Großvater wird wieder gesund werden, glaub mir. Ich werde jetzt Jeannie suchen und zu dir schicken."

„Aber die Gäste, Coll . . . Ich muß mich doch um sie kümmern!"

„Überlaß das alles mir!"

Er ging hinaus, und in diesem Moment verließ mich meine mühsam bewahrte Beherrschung. Meine Beine waren plötzlich wie Pudding, so daß ich kaum noch stehen konnte. Mit letzter Kraft zog ich den Bettvorhang zurück — und erstarrte vor Entsetzen.

Mein Schrei brachte Coll zurück.

„Was ist? Was hast du?" fragte er, atemlos vom Laufen.

Mit zitterndem Finger wies ich auf das Bett. „Sieh nur! Weshalb hassen sie mich bloß so?"

Auf meinem Kopfkissen lag eine klobige Lehmfigur mit langem roten Haar, aus deren Leib eine scheußliche Nadel ragte.

Ich hatte Coll noch nie so erregt gesehen. Der Zorn packte ihn mit einer Macht, daß er mit knirschenden Zähnen eine Flut von Verwünschungen ausstieß.

„Diese Narren!“ tobte er. „Diese gottverdammten Narren! Das war doch nicht nötig, jetzt doch nicht mehr!“ Er riß die Lehmpuppe von meinem Bett, warf sie auf den Boden und zertrat sie voller Wut mit den Füßen.

Die Heftigkeit seiner Reaktion verwirrte mich so, daß ich mein Entsetzen für einen Moment vergaß. „Wen meinst du damit? Wer hat das getan, und warum?“

Seine Hände zitterten, aber dann gelang es ihm schließlich, seinen Zorn zu unterdrücken.

„Das war dieser verdammte Bengel!“ sagte er mit rauher Stimme. „Das war Neil. Er treibt seinen Spaß mit Dingen, die er nicht versteht. Er wollte dir einen Schrecken einjagen.“

„Neil?“ wiederholte ich fassungslos. „Aber das kann nicht sein! Er hat mich gern.“

Doch Coll hörte mir gar nicht zu. „Ich werde ihn lehren, dir solche Streiche zu spielen!“

„Coll, geh bitte nicht so hart mit ihm ins Gericht. Wenn er es wirklich gewesen ist, dann hat er es bestimmt nicht böse gemeint.“

„Natürlich war es Neil! Manchmal glaube ich, daß er nicht ganz richtig im Kopf ist. Ich werde ihm eine Lehre erteilen, die er nicht so schnell vergißt.“ Dann erhellte sich sein Gesicht. Er kam zu mir und nahm meine Hand. „Du hast doch keine Angst mehr, oder? Jetzt nicht mehr?“

Aber ich hatte immer noch Angst. Nicht vor der scheußlichen kleinen Puppe, sondern vor etwas anderem, etwas Unerklärlichem, doch ich wollte meine Furcht nicht eingestehen.

Ich schüttelte den Kopf und sagte: „Nein, jetzt nicht mehr.“

„Ich liebe dich!“

„Ich dich auch!“

Sein Kuß war sanft, aber als ich wieder allein in

meinem Zimmer war, starrte ich auf das zertretene, formlose Ding zu meinen Füßen, und ein Schauder überlief mich. Ich brachte es nicht über mich, es aufzuheben oder auch nur zu berühren. Ich hatte keinen Grund, Colls Erklärung zu bezweifeln, und doch sträubte sich etwas in mir, zu glauben, daß es sich nur um einen dummen Streich von Neil handeln sollte. Die Szene im Wald wurde wieder in mir lebendig, die flüsternden Stimmen, das Gefühl, daß etwas Teuflisches vor sich ginge, und ich wurde erneut von panischer Angst gepackt. Konnte es Fiona gewesen sein? Fiona, die meine Feindin war, wie ich jetzt mit Sicherheit wußte. Weshalb hatte sie Richard Wynter zu meinem Großvater gebracht? Und das, obwohl sie wußte, daß er seinem Bruder — der auf so rätselhafte Weise ums Leben gekommen war — täuschend ähnlich sah. Dann war da noch Kat — meine Tante Kathryn, die alles geerbt hätte, wenn es mich nicht gäbe. Haßte auch sie mich? Ich fand keine Antwort auf diese Fragen.

Ohne den Trost, den ich in Colls Armen fand, fühlte ich mich sehr verlassen. Ich bezweifelte seine Liebe keinen Augenblick, und dennoch wurde ich das unbehagliche Gefühl nicht los, daß er mich belogen hatte. Oder hatte er einen triftigen Grund dafür gehabt? Ich sah keinen ... Es dauerte lange, ehe ich in dieser Nacht einschlief.

9

Ich wachte am nächsten Morgen spät auf und dachte sofort voll Sorge an meinen Großvater. Es war mir unbegreiflich, daß ich mich verschlafen hatte. Dabei hatte ich Kathryn doch noch großspurig erklärt, daß ich die Nachtwache mit ihr teilen wolle. Aber im hellen Morgenlicht sehen die Dinge meist ganz anders aus. Meine panische Angst vom vergangenen Abend erschien mir jetzt unsinnig und übertrieben. Ich zog mich schnell an. Als ich dann in den Spiegel schaute, dachte ich beseligt an Colls Küsse und fühlte mich trotz allem glücklich. Wie hatte ich ihm nur mißtrauen können? Er gehörte mir, wie ich sein eigen war, und nichts konnte uns trennen.

Sobald ich fertig war, ging ich zum Zimmer meines Großvaters. Die Vorhänge waren zugezogen, und es war sehr still. Kat war nicht da. Aber Murdo saß neben dem Bett, und die beiden Hunde lagen ihm zu Füßen. Den Kopf auf die Pfoten gelegt, bewachten sie ihren Herrn mit schiefergrauen Augen.

„Wie geht es ihm?“ fragte ich leise.

„Es geht ihm besser. Er schläft.“

„Wo ist Mistress Kathryn?“

„Sie wird gleich wieder hier sein.“

„Du solltest nicht allein bei ihm wachen.“

„Warum nicht? Keine Angst, Miss Marietta, ich werde bei unserem Herrn bleiben, solange er mich braucht.“ Murdo legte seine knotige braune Hand auf die langen dünnen Finger, die bewegungslos auf der Bettdecke ruhten.

„Sie verstehen das sicher nicht, wie sollten Sie auch", sagte er mit schlichter Würde. „Wissen Sie, wir sind nämlich Milchbrüder; wir wurden von derselben Muttermilch genährt. Ich habe ihm mein ganzes Leben lang gedient, und wenn Gott will, werde ich ihm auch noch bei seinem Tode dienen."

„Aber du wirst mich rufen lassen, wenn eine Änderung in seinem Befinden eintritt, ja?"

„Natürlich. Gehen Sie jetzt ruhig frühstücken, kleine Herrin."

Ich machte mich auf die Suche nach Kathryn. Auf der Treppe traf ich Angus und erfuhr zu meiner Erleichterung, daß die meisten Gäste früh aufgestanden und nach Hause zurückgekehrt waren, jedoch nicht, ohne ihre besten Wünsche für meinen Großvater und mich zu hinterlassen.

Das Frühstück war im Wohnzimmer angerichtet worden. Duncan Cameron saß am Tisch und erhob sich höflich bei meinem Eintritt. Ich wollte ihn gerade fragen, ob er meine Tante gesehen habe, als sie in Begleitung des Arztes hereinkam. Sie schenkten uns jedoch keine Beachtung, da der Doktor sich lebhaft beschwerte, daß man ihn im frühen Morgengrauen aus dem Schlaf gerissen und gezwungen habe, den langen Ritt nach Glenlochy auf sich zu nehmen. Man habe ihm nicht einmal die Zeit für ein kurzes Frühstück gelassen. Oberst Wynter, Sohn Lord Wynters, hatte offensichtlich seinen ganzen Einfluß geltend gemacht, um den rotgesichtigen, cholerischen kleinen Engländer aus seinem warmen Bett zu holen.

Als Kathryn ihm etwas zu essen anbieten wollte, winkte er ab und sagte unwirsch: „Nein, danke. Jetzt bin ich nun einmal hier und will lieber sofort nach dem Kranken sehen, wenngleich ich wahrscheinlich kaum etwas für ihn tun kann. Ich habe ihn schon gewarnt, als ich das letztemal hier war, und das ist immerhin ein Jahr her. ‚Sie müssen die Dinge ruhiger nehmen‘, hielt ich ihm vor, und er schrie mich an: ‚Ich denke nicht daran, so ein stumpfsinniges Leben zu führen! Wenn das alles ist, was Sie mir zu sagen haben, können Sie sich wieder davonscheren!‘“

Kathryn murmelte irgend etwas Besänftigendes, als sie ihn aus dem Zimmer führte. Ich wollte ihnen nachgehen, aber Mr. Cameron hielt mich zurück.

„Könnte ich kurz mit Ihnen sprechen, Miss Marietta?“

„Jetzt?“

„Je eher, desto besser. Es ist sehr wichtig.“

„Nun gut. Worum handelt es sich?“

Er legte seine Serviette auf den Tisch, ging zur Tür, öffnete sie und schaute argwöhnisch in den Korridor hinaus. Dann schloß er die Tür wieder.

„Ist solche Vorsicht wirklich notwendig, Mr. Cameron?“ fragte ich etwas gereizt.

„Ich habe oft genug erlebt, daß man nicht vorsichtig genug sein kann, wenn es um Geld und Besitztum geht.“ Er nahm mich beim Arm und zog mich zum Fenster hin, dann fragte er leise: „Wissen Sie, warum ich hier bin?“

„Mein Großvater sprach davon, daß er sein Testament ändern will.“

„Ja, so ist es, und ich hoffe nur, daß er sehr bald dazu fähig ist.“

„Er ist schwer krank. Ich will nicht, daß er beunruhigt wird. Er kann das Testament später ändern, wenn er wieder gesund ist.“

„Vielleicht. Aber wir wollen uns nichts vormachen. Sein Herz ist sehr schwach. Er kann jeden Augenblick das Zeitliche segnen, und es gibt etwas, das Sie unbedingt wissen müssen.“ Er schwieg einen Moment und sagte dann plötzlich: „Ich bin nur froh, daß er Ihre Tante Kathryn nicht aus dem Haus gewiesen hat.“

„Was hat das mit dem Testament zu tun?"

Er blickte mich scharf an. „Sie wissen wahrscheinlich nicht, daß Sir Alasdair sich vor zwei Jahren mit seiner Tochter entzweit hat. Ich kenne nicht alle Einzelheiten, aber er kam kurz danach zu mir nach Edinburgh. Es war das letztemal, daß er die lange Reise unternahm, und der Grund seines Kommens hat mich sehr überrascht."

„Inwiefern?"

„Ich mußte ein neues Testament für ihn aufsetzen. Er hat seine Tochter enterbt und alles diesem jungen Mann namens Colin Grant vermacht, den er für seinen Enkel, für das uneheliche Kind seines ältesten Sohnes hält."

„Er hat Coll alles vermacht?" rief ich. „Dann ist es also wahr!"

„Wahr oder unwahr, Ihr Großvater scheint jedenfalls davon überzeugt zu sein. Ich versuchte, ihn umzustimmen, weil mir Ihre Tante so leid tat. Aber er kann sehr starrsinnig sein. Wenn er einmal einen Entschluß gefaßt hat, läßt er sich durch nichts davon abbringen. Das Testament wurde also neu abgefaßt und ordnungsgemäß unterzeichnet."

„Weiß Coll das?"

Mr. Cameron zuckte mit den Achseln. „Ich habe keine Ahnung. Sir Alasdair hat strengste Geheimhaltung von mir verlangt, und ich habe mein Wort gehalten. Aber jetzt verstehen Sie sicher, wie wichtig es für Sie ist, daß so schnell wie möglich ein neues Testament aufgesetzt und unterzeichnet wird. Sir Alasdair hat mir seine diesbezüglichen Wünsche schriftlich mitgeteilt, so daß sich die Angelegenheit in kürzester Zeit erledigen läßt."

„Wir müssen abwarten, was der Arzt sagt."

„Ja, das weiß ich. Ich hoffe nur, daß sich die Sache schnell regeln läßt. Ich habe viel zu tun und kann nicht lange bleiben."

Er ging zum Tisch zurück und widmete sich wieder seinem Frühstück. Ich setzte mich zu ihm, aber ich hatte keinen rechten Hunger, denn mir schwirrte der Kopf. Wußte Kathryn von dem neuen Testament? Hatte Coll davon Kenntnis? Mir kam der schreckliche Verdacht, daß er sich durch eine Heirat mit mir das Erbe doppelt sichern wollte. Nein, das konnte nicht sein! Er liebte mich, daran bestand kein Zweifel. Von Unruhe getrieben, stand ich auf und ging wieder zum Fenster. Weshalb hatte dies nur dazwischenkommen und alles verderben müssen? In Glenlochy zu sein war für mich die Verwirklichung eines Traums gewesen, der jetzt durch Unterredungen über Testamente und Erbschaften getrübt wurde. Mit Unbehagen dachte ich daran, wie sehr der bloße Gedanke an Geld die Menschen verändert, wie selbstsüchtig und habgierig sie werden. Mir fielen die beiden Schwestern ein, die ich in Paris gekannt hatte. Sie hatten Tag und Nacht geweint, als ihre Mutter im Sterben lag, hatten sich dann aber nach ihrem Tod wie Wildkatzen um die paar Möbelstücke gestritten, die sie hinterließ.

Meine Gedanken wurden unterbrochen. Kathryn kam mit dem Arzt ins Zimmer. Sein Gesicht war ernst.

„Es ist so, wie ich befürchtet habe", sagte er. „Wir können kaum etwas für Sir Alasdair tun, und ich kann Ihnen nicht mit Bestimmtheit sagen, ob er am Leben bleiben wird oder nicht. Er ist sehr, sehr schwach, und die geringste Kleinigkeit kann seinen Tod herbeiführen." Er hielt das blaue Fläschchen zwischen Daumen und Zeigefinger hoch. „Das habe ich neben seinem Bett gefunden!" Er zog den Stöpsel heraus, roch daran, gab einen Tropfen auf seinen Finger und leckte vorsichtig mit der Zungenspitze daran. Dann schnitt er eine Grimasse. „Fingerhut ... Digitalis. Sie wissen, Miss Gilmour, daß das ein sehr starkes Gift ist?"

„Natürlich weiß ich das!“ entgegnete Kathryn ungehalten. „Ich habe es selbst destilliert. Aber es ist ein ausgezeichnetes Herzstärkungsmittel. Ich weiß das alles von meiner Mutter, die es wiederum von ihrer Mutter gelernt hat. Wir mußten uns hier oben immer selbst behandeln, wenn wir nicht sterben wollten.“

„Wenn das so ist, wieso haben Sie mich dann um jeden Preis hier haben wollen?“ erwiderte der Arzt mit dünnem Lächeln. „Digitalis ist ein äußerst gefährliches Mittel und darf nur nach genauer Anweisung verabreicht werden.“

„Mir ist auch das bekannt, aber Murdo ist absolut zuverlässig. Er würde lieber sterben, als seinem Herrn Böses anzutun.“

„Das mag wohl stimmen, doch man ist nie vor Irrtümern sicher. Ich habe Sie jedenfalls gewarnt.“

„Ich bin zwar nur eine Frau und noch dazu Schottin, aber ich bin nicht dumm“, gab Kathryn verärgert zur Antwort.

Ich merkte, daß der kleine Mann vor Zorn kochte, und versuchte schnell, ihn zu besänftigen. „Danke, daß Sie gekommen sind, Herr Doktor. Wir wissen das wirklich sehr zu schätzen.“

„Oberst Wynter versteht es ausgezeichnet, seinen Willen durchzusetzen“, sagte er trocken.

Ich bot ihm ein Glas Whisky an, das er dankend annahm, bevor er das Schloß verließ.

„Dieser Mann ist ein starrsinniger Dummkopf“, meinte Kathryn, als er fortgeritten war. „Ihm ist kaum mehr eingefallen, als Vater zur Ader zu lassen, als wäre er nicht schon schwach genug!“ Sie drückte mir das blaue Fläschchen in die Hand. „Ich gebe es am besten dir zur Aufbewahrung, Marietta. Stell es gut weg und benutze es nur, wenn dein Großvater wieder einen schweren Anfall bekommen sollte. Gib ihm dann ein paar Tropfen, wie ich es letzte Nacht getan habe. Der Arzt hat ihm vorhin ein Beruhigungsmittel verabreicht. Er wird also wahrscheinlich den ganzen Tag lang schlafen. Ich muß mich jetzt erst einmal um meine eigenen Angelegenheiten kümmern. Weiß der Himmel, was mit meinem Gepäck geschehen ist. Ich bin dann heute abend wieder hier, es sei denn, du läßt mich vorher holen."

In den nächsten drei Tagen änderte sich das Befinden des Kranken nur wenig. Kathryn kam und ging. Coll zog sich morgens und nachmittags in sein Kontor zurück. Fiona blieb im Schloß, um Mrs. Drummond bei den Arbeiten für die Abreise der letzten Gäste zu helfen. Murdo hielt oft die Krankenwache. Aber wenn er zum Essen ging oder sich ausruhte, saß ich bei meinem Großvater. Er lag immer sehr still da; sein Gesicht wirkte gegen die weißen Kissen wie aus braunem Holz geschnitzt. Manchmal hob er ein wenig den Kopf und schluckte mühsam ein paar Löffel Hafersuppe hinunter. Einmal murmelte er meinen Namen.

„Ich bin ja bei dir, Großvater", beruhigte ich ihn, nahm seine Hand und küßte ihn auf die Wange.

Duncan Cameron schaute mehr als einmal fragend herein, aber ich schüttelte stets den Kopf, und er ging wieder.

Am Abend des dritten Tages hatte sich der Zustand des Kranken so gebessert, daß ich mir erlauben konnte, das Haus zu verlassen und Luft zu schöpfen. Es war kühl draußen, denn es hatte etwas geregnet, aber ich empfand den frischen, salzig riechenden Seewind als eine Wohltat. Ich stieg den Damm hinunter und ging dann weiter zum Strand. Die Flut wich langsam zurück. Ich wanderte umher, bis ich zu dem Felsenriff hochschauen konnte, auf dem das Schloß erbaut war. Der grüne Schlick und die Wälle von Seetang zeigten mir, wie hoch das Wasser gewöhnlich stieg. Jetzt konnte ich auch die Eisentür sehen, die früher der einzige Eingang gewesen war, und die Treppenstufen, die abgetreten und zerklüftet von dort herunterführten. Gleich darunter, etwa zwanzig Fuß über dem Strand, entdeckte ich eine dunkle Öffnung; Seevögel flogen hinein und heraus. Ich überlegte, ob es sich um eine Höhle handle und wie groß sie sei. Brachvögel krächzten über meinem Kopf, ein klagender, unheimlicher Laut. Der Wind zauste an meinem Haar, und ich wollte gerade schnell weiter den Strand entlanggehen, als ich ein Mädchen vom Meer heraufstapfen sah, das einen großen Korb trug. Sie stellte ihn nieder und begann, ihn mit Seetang zu füllen. Ein Kind war bei ihr, ein kleines, etwa zwei Jahre altes Mädchen. Es lief hin und her mit den langen nassen Tangbändern und zog mehr aus dem Korb heraus, als es hineintat.

Das ältere Mädchen lachte und tat so, als wollte es die Kleine schlagen. „Laß das, Etta, sonst werden wir nie fertig!"

Die Kleine nahm, quietschend vor Lachen, Reißaus und plötzlich erkannte ich die beiden wieder. Es war die junge Frau, die mir ihr Kind entgegengehalten hatte, als ich zum erstenmal ins Hochtal hinaufgeritten war. Ich lief schnell über den Sand zu ihr hin, als sie sich abmühte, den schweren Korb hochzuheben.

„Laß mich dir helfen! Du kannst ihn unmöglich allein tragen."

„O nein, Miss Marietta, Sie werden sich Ihr schönes Kleid beschmutzen! Die Kleine läuft mir nur immer zwischen die Füße."

Die junge Frau hatte auffallend feine Gesichtszüge, und ihr Kleid war zwar aus billigstem Stoff, aber sauber und ordentlich.

Ich fragte neugierig: „Wie heißt du?“

„Mary Kintyre.“ Sie nahm das Kind bei der Hand und zog es an sich. „Und das ist Marietta.“

„Ach ja, ich erinnere mich!“

„Ich nenne sie Etta.“

Wir sahen uns einen Augenblick an, und dann sagte ich: „Du solltest keine so schweren Körbe tragen. Warum hilft dir dein Mann nicht?“

„Er ist weit weg, in einem anderen Land.“

„Ist er Soldat?“

„Nein.“

„Ist er etwa nach Amerika ausgewandert?“

„Ja, vor zwei Jahren. Er hat sein Töchterchen noch nie gesehen.“

Ihre Stimme klang traurig, und in einer plötzlichen Eingebung erriet ich die Wahrheit. „Gehörte er zu den Männern, die mit dem Schiff als ... als ...“

„Ja, er hatte Fesseln um die Handgelenke wie ein Sklave. Er, der immer frei wie ein Vogel war!“

Durch die Sorge um meinen Großvater hatte ich Richards Bruder und das Geheimnis, das ihn umgab, ganz vergessen.

„Wie war das nur möglich, Mary?“ fragte ich. „Es ist mir unbegreiflich, daß ihr nicht gemerkt habt, was er vorhatte.“

„Hauptmann Wynter war immer sehr gütig. Wir mochten ihn, obwohl er Engländer war. Er war nicht wie die anderen, die nur daran dachten, was sie uns alles wegnehmen könnten. Er liebte Glenlochy und das Tige Dubh, und so vertrauten wir ihm.“ Sie wandte sich ab und starrte zum fernen Horizont. „Ich kann es immer noch nicht glauben, daß er zu so einer gemeinen Tat fähig war.“

„Aber was hat er danach zu euch gesagt?“ fragte ich hartnäckig weiter. „Wie hat er sich gerechtfertigt?“

Sie drehte sich wieder zu mir um. „Ja, wissen Sie das denn nicht? Er war doch schon spurlos verschwunden, als das Schiff in See stach!"

„Was?" Ich starrte sie entgeistert an. „Aber Mr. McPhail hat mir erzählt, daß er vom Kai aus zugesehen hätte!"

„Ach, der Pfarrer!" sagte sie mit einem Achselzucken. „Der kann das ja gar nicht wissen. Er war doch krank, und Fiona hat ihm verboten, das Bett zu verlassen. Nein, wir dachten, daß Hauptmann Wynter an jenem Morgen kommen würde. Aber er war nicht am Kai und auch nicht im Tige Dubh. Ich bin selbst dorthin gelaufen. Dann glaubten wir, er wäre nach Fort William zurückgekehrt. Doch bald darauf wurde sein Leichnam vom Meer angespült. Es hieß, er habe diese schlimme Tat begangen und sich dann umgebracht. Er hätte mit dieser Schuld auf dem Gewissen nicht länger leben können."

„Wer hat das gesagt?"

„Na, zum Beispiel Fiona. Sie hat Hauptmann Wynter immer gehaßt."

„Weshalb?"

„Ist Ihnen das noch nicht aufgefallen? Sie bildet sich ein, alle Männer müßten von ihr entzückt sein und nach ihrer Pfeife tanzen", erwiderte sie trocken. „Aber Hauptmann Wynter hat sich nichts aus ihr gemacht."

„Du kannst sie nicht leiden."

„Nein. Aber es stimmt trotzdem, was ich Ihnen erzähle."

„Aber sicher hat nicht nur Fiona ..."

„Nein, Coll und mein Vater haben genauso hart von ihm gesprochen."

„Dein Vater?"

„Ja. Mein Vater ist George Fergusson."

„Aber Mr. Fergusson hat ein schönes Haus. Wenn du seine Tochter bist ..."

„Weshalb ich dann so lebe, wollten Sie mich fragen? Ich mag meinen Vater nicht, Miss Marietta, das ist der eine Grund, und der andere ist, daß er meinem Mann nicht gut gesinnt war."

„Willst du damit sagen, daß du ihn gegen den Willen deines Vaters geheiratet hast?"

„Ja, so ist es. Er glaubte, weil er mir eine gute Erziehung angedeihen ließ, weil ich lesen und schreiben und Spinett spielen kann, könnte er mich mit einem vornehmen Herrn verheiraten. Aber kostbare Kleider und ein Haus in Edinburgh sind kein Ersatz für den Mann, den man liebt. Deshalb bin ich von zu Hause weggelaufen und habe meinen Keith geheiratet."

„Aber es ist ein so schweres Leben . . ."

„Keith war Bauer, ein guter Bauer, und wir hatten gehofft . . ." Ihre Stimme brach, doch dann fuhr sie tapfer fort: „Ich will meinen Vater nicht um Gefälligkeiten bitten. Ich komme allein für mich und Etta auf."

„Was ist mit deiner Mutter?"

„Sie ist schon lange tot."

„Lebt dein Vater allein?"

Sie wich meinem Blick aus. „Es fehlt ihm nicht an Gesellschaft."

„Du bist sehr tapfer!" sagte ich impulsiv.

„Nein, gar nicht. Ich habe oft Angst. Aber jetzt wird es leichter für mich. Ich werde für Mistress Kathryn arbeiten. Ich habe ihr kleines Häuschen schon in Ordnung gebracht." Sie sah mich einen Moment an, als wollte sie noch mehr sagen. Doch dann ergriff sie den Korb und nahm das Kind bei der Hand. „Entschuldigen Sie mich jetzt bitte, Miss Marietta. Es wird Zeit, daß Etta ins Bett kommt."

Ich schaute ihnen nach, wie sie langsam in Richtung des Tals den Strand entlanggingen. Wenn ich heute alles noch einmal überdenke, glaube ich, daß an diesem Tag der erste ernsthafte Zweifel in mir aufstieg. Aber ich war noch weit davon entfernt, die Wahrheit zu erraten, und selbst wenn ich sie geahnt hätte, würde ich sie bestimmt als Lüge zurückgewiesen haben. Der Traum, den ich so lange gehegt hatte, war noch zu kostbar für mich.

Ein kalter Wind kam vom Meer her auf, und es war außerdem an der Zeit, zum Abendessen ins Schloß zurückzukehren. Als ich die Treppe hinauflief, klangen mir wütende Stimmen entgegen. Ailsa Drummond stand mit einem Tablett in den Händen vor dem Zimmer meines Großvaters, und Murdo verweigerte ihr hartnäckig den Zutritt.

Ich unterbrach ihren Streit. „Was ist? Ist etwas nicht in Ordnung?"

Mrs. Drummond drehte sich ruckartig zu mir um. Die dunklen Augen in ihrem bleichen Gesicht funkelten vor Zorn. „Dieser alte Narr will mich nicht hineinlassen. Wer soll Sir Alasdair denn sein Abendessen geben, wenn nicht ich?"

„Mac'Ghille Mhoire hat mir strikte Befehle erteilt", erklärte Murdo. „‚Halt mir ja dieses Frauenzimmer vom Leib!' hat er zu mir gesagt. Und ich werde sie ihm vom Leib halten!"

„Ich glaube ihm kein Wort!" keifte Mrs. Drummond. „Er lügt!"

Murdo zuckte mit den Schultern und grinste über das ganze Gesicht. Er genoß offensichtlich die Situation.

„Geben Sie mir das Tablett!" forderte ich sie auf. „Ich werde es hineintragen."

Widerwillig gab sie es mir und stolzierte dann murrend davon.

„Alter Besen!" murmelte Murdo, während er beiseite trat, um mich vorbeizulassen.

Mein Großvater saß aufrecht im Bett und sah zum erstenmal seit seiner Erkrankung recht munter aus.

„Was, zum Teufel, war da draußen los?“ verlangte er zu wissen.

„Nichts“, beruhigte ich ihn. „Mrs. Drummond wollte dir nur dein Abendessen bringen, und Murdo wollte sie nicht hereinlassen.“

„Die alte Hexe meint, sie müßte ihre Nase überall reinstecken“, knurrte er. „Ich will sie nicht um mich haben.“ Er blickte voll Abscheu auf die Schüssel mit Hühnerbrühe. „Ewig diese verdammten Suppen! Ich will etwas Richtiges zu essen haben und nicht so ein lasches Zeug.“

„Der Arzt hat aber gesagt ...“

„Laß mich bloß mit dem in Ruhe! Trau nie einem Engländer. Was weiß er denn schon? Steh nicht grinsend herum, Murdo! Wo, zum Teufel, ist der Whisky? Hast du vielleicht die ganze Flasche selbst getrunken, alter Gauner? Das sähe dir ähnlich!“

„Großvater, du mußt dich an die Anordnungen des Arztes halten, wenn du gesund werden willst! Wenn du die Suppe ißt, wird Murdo dir ein Glas Rotwein bringen.“

„Behandle mich nicht wie ein kleines Kind!“ schimpfte er weiter. „Wenn ich sterben muß, dann wie ein Mann und nicht wie ein wimmernder Säugling.“

Doch obwohl er sich so stark gab, ließen seine Kräfte schon wieder nach. Er sank erschöpft in die Kissen zurück. Murdo verließ, noch immer grinsend, das Zimmer, und ich brachte den eigenwilligen Kranken schließlich dazu, ein paar Löffel Suppe zu essen. Dann stieß er den Teller beiseite und sagte etwas sehr Merkwürdiges:

„Ich kann mich überhaupt nicht mehr erinnern, was an jenem Tag geschehen ist ...“ Er bewegte unruhig den Kopf hin und her. „Ich weiß nur noch, daß Fiona irgend jemanden zu mir gebracht hat und ...“

„Das stimmt, Großvater. Es war Richard Wynter. Er kam in bester Absicht und wollte dich nicht aufregen.“

„Wynter“, wiederholte er langsam. „Richard Wynter, nicht Graham . . .“

„Graham Wynter ist tot, hast du das vergessen?“ fragte ich sanft.

„Ja, ja“, murmelte er unwirsch. „Man hat mir von seiner Freveltat berichtet. Aber das war noch nicht das schlimmste. Ich war zu hart . . . Kathryn hatte recht . . .“ Er fuhr mit der Hand über sein Gesicht, als wollte er etwas wegscheuchen.

„Großvater, darf ich Richard Wynter herbringen?“ fragte ich eifrig. „Würdest du ihn empfangen?“

„Nein, nein!“ erwiderte er äußerst erregt, umklammerte meinen Arm und versuchte, sich aufzurichten. „Das kannst du nicht von mir verlangen, Marietta! Vergiß nicht, daß die Engländer meine Söhne getötet und das Leben deines Vaters zerstört haben. Vergiß das nie, hörst du?“

„Nein, ich werde es nie vergessen“, antwortete ich, nur um ihn zu besänftigen.

In diesem Augenblick kam Murdo mit einem Glas Rotwein herein, und Sir Alasdair trank es schnell, fast gierig. Seine blauen Augen glänzten vor Erregung.

„Ist der Notar noch hier, Marietta?“

„Duncan Cameron? Ja, natürlich. Er möchte unbedingt mit dir sprechen.“

„Hol ihn her!“

„Jetzt? So spät am Abend? Wäre es nicht besser, bis morgen zu warten? Du darfst dich nicht überanstrengen.“

„Vielleicht hast du recht.“ Er lehnte sich wieder in die Kissen zurück und schloß einen Moment die Augen. Dann sagte er: „Nun gut, morgen früh. Aber vergiß es nicht!“

Ich nahm ihm das Glas ab, und seine Finger umfaßten mein Handgelenk. Dann zog er mich nah an sich heran.

„Ich bin kein Dummkopf, Marietta. Ich weiß, daß ich nicht mehr lange zu leben habe, und es gibt Dinge, die du wissen mußt, wichtige Dinge." Seine Stimme war rauh vor Erschöpfung.

„Ja, Großvater, ich weiß. Aber wir haben noch Zeit genug dafür."

„Nicht mehr allzuviel. Jeder Mensch macht Fehler, aber ich habe mehr Fehler begangen als alle anderen. Doch ich habe immer versucht, alles für meinen Clan zu tun, was in meiner Macht stand. Vergiß auch das nie, Marietta!"

„Nein, bestimmt nicht, Großvater!"

„Da ist noch Coll." Seine Augen waren fest auf mich gerichtet. „Ich war nicht fair zu ihm."

„Mach dir darüber jetzt keine Gedanken."

Er umklammerte mein Handgelenk noch fester. „Glenlochy soll dir gehören! Du hast das Recht darauf. Aber hilf Coll, Marietta. Tu, was du kannst für ihn. Versprich es mir!"

„Ich verspreche es dir. Möchtest du, daß ich heute nacht bei dir bleibe?"

„Nein, mein Liebes." Er lehnte sich lächelnd zurück. „Du kannst deine Zeit bestimmt besser verbringen, als am Krankenbett eines alten Mannes zu sitzen. Murdo soll bei mir bleiben. Wir zwei sind aneinander gewöhnt. Morgen früh kommst du dann wieder zu mir, und wir werden alles besprechen."

Ich gab ihm einen Kuß und glättete sein Kissen. Dann fügte ich mich seinem Wunsch und verließ das Zimmer. In diesem Moment wußte ich noch nicht, daß ich dies schon bald zutiefst bereuen würde, obwohl ich das schreckliche Geschehnis durch mein Bleiben wohl kaum hätte verhindern können.

Ich ging zu meinem Zimmer, um mich fürs Abendessen frisch zu machen und umzuziehen. Kaum war ich eingetreten, fiel mir auf, daß inzwischen jemand darin gewesen war. Es herrschte zwar keine Unordnung, aber viele Dinge waren ein wenig verschoben, standen anders als vorher. Das kann nur Jeannie gewesen sein! dachte ich. Doch dann entsann ich mich, daß sie schon früh am Morgen aufgeräumt und staubgewischt hatte. In diesem Augenblick fiel mir das blaue Fläschchen mit dem Digitalis ein, das Kat mir zur Aufbewahrung anvertraut hatte. Ich wußte genau, wo ich es hingetan hatte: in die kleine Schatulle, in der ich meine wenigen Schmuckstücke aufbewahrte.

Ich zog die Kommodenschublade auf und nahm die Schatulle heraus. Die Phiole war nicht darin. Täuschte ich mich vielleicht? Hatte ich sie woanders versteckt? Solch eine Gedankenlosigkeit kann einem durchaus passieren, aber diesmal hatte ich mir das Versteck besonders gut gemerkt. Ich durchsuchte die ganze Schublade, riß eine andere auf und wühlte saubergefaltete Taschentücher und Wäsche durcheinander. Als auch das vergeblich war, lief ich zum Nachttisch. Die Kerze und meine Uhr befanden sich dort, aber kein Arzneifläschchen. Angst überfiel mich. Ich stürzte aus dem Zimmer, rannte über den Gang, dann die Treppe hinunter und ins Kontor. Coll war da und sprach angelegentlich mit Mrs. Drummond. In meiner Angst empfand ich das nicht als ungewöhnlich; ich war viel zu aufgeregt, um mich darüber zu wundern.

„Coll, die Arznei, die Tante Kat mir zur Aufbewahrung gegeben hat, ist verschwunden!" stieß ich atemlos hervor. „Das Digitalis, von dem der Arzt sagte, es sei sehr gefährlich. Ich kann es nirgends finden."

Er drehte sich lächelnd zu mir um. „Es muß doch da sein! Wer sollte es weggenommen haben? Vielleicht hast du vergessen, wo du es hingestellt hast."

„Nein, das habe ich nicht. Ich erinnere mich genau

daran, wo ich es verwahrt habe, aber es ist nicht mehr da!"

„Vielleicht glaubt Miss Marietta, daß einer von uns es gestohlen hat", meinte Mrs. Drummond und lachte spöttisch.

Ich blickte sie zornig an. „Da gibt es nichts zu lachen! Die Sache ist ernst. Begreifen Sie das nicht?"

„Entschuldigen Sie", erwiderte sie. „Soll ich mit Ihnen kommen und Ihnen suchen helfen?"

„Nein, überlassen Sie das mir." Coll legte seinen Arm um meine Schultern. „Beruhige dich. Wahrscheinlich ist es nur irgendwo druntergerutscht."

Er ging mit mir in mein Zimmer, und wir machten uns zusammen auf die Suche. Ich kniete auf dem Fußboden und durchsuchte die unterste Schublade der Kommode, da hielt Coll plötzlich das Fläschchen triumphierend hoch.

„Hier ist es doch! Was habe ich dir gesagt? Es war zwischen die Schublade und die Rückwand der Kommode gerutscht. Zweifellos ist es herausgefallen, als du etwas aus der Schatulle genommen hast. Du solltest es jetzt lieber mir zur Aufbewahrung geben.

Ich setzte mich auf die Fersen zurück und kam mir sehr dumm vor. Coll kniete sich neben mich und schlang den Arm um mich.

„Du bist völlig überanstrengt, mein Liebling, und das ist wirklich nicht verwunderlich nach allem, was in den letzten Tagen vorgefallen ist. Was hast du eigentlich gedacht? Daß einer von uns Sir Alasdair vergiften wollte? Aus welchem Grund, um Himmels willen?"

Mein Verdacht erschien mir mit einemmal vollkommen absurd, als Coll so ruhig und vernünftig mit mir darüber sprach. Ich lehnte mich an ihn, war froh, daß er so besonnen war. Er streichelte mein Haar, und ich war wieder verzaubert von seinen Küssen.

„Du siehst ganz erschöpft aus, Marietta“, sagte er schließlich. „Warum läßt du dir nicht von Jeannie das Abendessen heraufbringen und gehst dann früh zu Bett? Du hast die letzten drei Nächte kaum geschlafen. Es würde dir guttun, dich bald hinzulegen.“

„Ja, das ist vielleicht das beste.“

„So ist es recht!“ Er zog mich hoch. „Ich hatte bei deinem Großvater um deine Hand anhalten wollen. Aber jetzt müssen wir uns noch gedulden, bis es ihm wieder bessergeht. Das wird bestimmt nicht mehr lange dauern, und dann wird alles wunderschön für uns werden.“

Er nahm mich in die Arme und küßte mich plötzlich mit solcher Leidenschaft, daß mir ganz schwindlig wurde. Dann ließ er mich ebenso plötzlich wieder los. „Ich hätte das nicht tun sollen“, sagte er heiser, „aber es ist so schwer zu warten.“

Erst als er gegangen war, wurde mir klar, daß er das Fläschchen mitgenommen hatte. Noch immer benommen von seinen Küssen stand ich in der Mitte des Zimmers, als ich mit einemmal den moschusartigen Duft wahrnahm — schwach, aber unverwechselbar: das Parfüm, das Fiona benutzte und das ich im Wald gerochen hatte. Wilder Zorn packte mich, daß sie es gewagt hatte, mein Zimmer zu betreten, meine Garderobe durchzusehen und meine persönlichen Sachen zu berühren. Ich lief zum Fenster und riß es auf. Kalte frische Luft drang herein, und der Duft war nicht mehr spürbar. Vielleicht hatte ich mir das Ganze auch nur eingebildet. Die letzten drei Tage waren so anstrengend gewesen, daß meine Überreiztheit nicht verwunderlich war und ich nichts für unmöglich hielt. Wenn ich so weitermachte, würde ich noch gemütskrank werden. Als Jeannie das Abendessen brachte, hatte ich mich wieder gefaßt und alle beunruhigenden Gedanken verscheucht.

10

Kaum war ich am nächsten Morgen erwacht, beschloß ich, zum Tige Dubh zu reiten. Natürlich hatte ich nicht vergessen, was mein Großvater am Abend zuvor von mir verlangt hatte. Aber er hatte mir schließlich nicht verboten, dem Tige Dubh einen Besuch abzustatten. Außerdem mußte einer von uns Richard wenigstens dafür danken, daß er in jener Nacht den langen beschwerlichen Ritt auf sich genommen hatte. Hauptsächlich verspürte ich jedoch das unbändige Verlangen, das Schloß für ein paar Stunden zu verlassen und andere Menschen zu sehen.

Bevor ich mich auf den Weg machte, schaute ich ins Zimmer meines Großvaters. Murdo saß neben dem Bett und legte den Finger auf die Lippen, um mir zu bedeuten, daß der Kranke schliefe. Ich störte ihn also nicht. Es ging ihm ja auch so viel besser, daß kein Anlaß zur Sorge mehr bestand, und im übrigen würde Kathryn den ganzen Morgen bei ihm sein.

„Wenn er aufwacht, sag ihm, daß ich bald zurück sein werde", flüsterte ich Murdo zu. Dann ging ich zu den Ställen hinunter, um Tam oder einen der anderen Stallburschen zu bitten, ein Pony für mich zu satteln.

Zu meinem Erstaunen sah ich Neil auf einem der Steine sitzen, die zum leichteren Besteigen der Ponys benutzt wurden. Er starrte mißmutig vor sich hin. Als er mich bemerkte, sprang er auf.

„Solltest du nicht im Kontor sein und Coll bei der Arbeit helfen?" fragte ich ein wenig streng.

„Ja, kann schon sein“, erwiderte er mürrisch. „Reiten Sie aus?“

„Ja.“

„Ich werde Ihnen ein Pony holen.“ Er ging in den Stall, und ich folgte ihm.

„Ich habe dich seit Tagen nicht gesehen. Wo warst du eigentlich?“ fragte ich.

„Zu Hause. Fiona hat gesagt, ich müsse bei unserem Vater bleiben, solange sie im Schloß ist.“

„Ach so.“ Ich dachte, daß er verdrossen sei, weil Coll mit ihm geschimpft hatte, und sagte halb scherzend: „Ich bin sehr böse auf dich, Neil. Ich dachte, du magst mich.“

„Tu ich ja auch.“ Er beschäftigte sich angelegentlich mit dem Sattel. „Warum sind Sie denn böse auf mich?“

„Ich hätte nie geglaubt, daß ausgerechnet du mir einen so häßlichen Streich spielst. Das war wirklich nicht nett von dir, vor allem, weil ich sowieso schon genug Aufregung durch die Erkrankung meines Großvaters hatte.“

„Was für einen Streich?“ Er drehte sich zu mir um, und sein Gesicht spiegelte so ehrliche Verblüffung, daß sie kaum vorgetäuscht sein konnte.

„Du weißt genau, was ich meine“, fuhr ich trotzdem fort. „Wie konntest du nur diese schreckliche kleine Puppe in mein Bett legen und mich zu Tode erschrecken?“

Sein bleiches Gesicht wurde dunkelrot. „Ach das! Ich habe davon gehört, aber ich war es nicht. Ich schwöre es Ihnen! Es war jemand anders . . .“

„Wer?“

„Ich weiß es nicht.“

„Schieb die Schuld nicht auf jemand anders, Neil. Das macht die Sache nur noch schlimmer.“

„Tu ich ja nicht . . . Es war bestimmt Coll, der behauptet hat, daß ich es gewesen sei, nicht wahr?“ entgegnete er heftig. „Coll, der gern Clan-Oberhaupt werden möchte, nur wird er es nie sein. Das hab' ich ihm schon hundertmal gesagt, und deshalb haßt er mich."

„Ach, rede doch nicht solchen Unsinn!"

„Und nun tut er alles, damit auch Sie mich hassen", fuhr er unbeirrt fort.

Jetzt war ich wirklich böse auf ihn. „Schon gut", sagte ich schroff. „Ich will nichts mehr von alldem hören!" Ich führte das Pony aus dem Stall, aber Neil kam mir nach. Er reichte mir die Hand, um mir in den Sattel zu helfen. Dann stand er regungslos da, hielt den Zügel fest und starrte zu mir hoch.

„Warum haben Sie nicht auf mich gehört? Ich habe Sie doch davor gewarnt, nach Glenlochy zu kommen. Aber Sie haben sich nicht davon abhalten lassen."

Ich dachte an die hingekritzelten Worte auf dem Blatt Papier, das ich verbrannt und aus meinem Gedächtnis gestrichen hatte.

„Erinnern Sie sich?" drang Neil weiter in mich.

„Ja, natürlich. Du warst das also! Weshalb hast du mich warnen wollen, Neil, weshalb?"

Er trat von einem Fuß auf den anderen und wich halb angstvoll, halb trotzig meinem Blick aus.

„Ich habe ihr Gespräch mit angehört. Sie wollten nicht, daß Sie herkommen."

„Wer wollte das nicht?"

„Mr. Fergusson, Fiona, Coll... alle, außer Sir Alasdair."

Ich wußte nicht, ob ich ihm glauben sollte oder nicht. Sagte er die Wahrheit, oder wollte er nur böses Blut machen? Ich riß ihm die Zügel aus der Hand. „Anonymen Briefen schenkt man am besten keinerlei Beachtung. Weshalb sollte ich so etwas Törichtes ernst nehmen? Ich habe den Brief längst vernichtet."

Ich trieb das Pony an, um so schnell wie möglich von

Neil fortzukommen, denn er hatte mich unsicher gemacht. Vielleicht stimmte es, daß Coll mein Kommen unerwünscht gewesen war, aber da hatte er mich ja noch nicht gekannt. Jetzt war das alles anders. Ich war fest entschlossen, mir mein Glück nicht von einem arbeitsscheuen, unzufriedenen Jungen zerstören zu lassen.

Es war ein Morgen, an dem alles silbrig schimmerte. Das Meer, die Bäume und die Berge waren in leichten Dunst gehüllt. Da ich nicht durch den Wald reiten wollte, schlug ich den längeren Weg ein, der am Strand entlang und dann längs des Loch hinauf zum Hochtal führte.

Das Wasser des Loch war bläulichgrau. Ruhig und von wunderbarer Schönheit lag es vor mir. Nur der schrille Schrei der Brachvögel hoch über mir störte die Stille. Als ich ein Stück weitergeritten war, durchdrang die Sonne den Dunstschleier in langen goldenen Strahlen. Gelbe Butterblumen wuchsen zwischen dem Ried und am Ufer.

Ich dachte gerade, daß ich schon ganz in der Nähe des Tige Dubh sein müsse, als plötzlich vor mir, in Höhe eines Felsens, etwas Helles pfeilschnell herabkam und ins Wasser tauchte. Zunächst glaubte ich, es sei ein riesiger Fisch, ein springender Lachs vielleicht oder ein Nix, von dem mein Vater mir erzählt hatte — dieser Wassergeist in Pferdegestalt. Dann stellte ich erstaunt fest, daß es ein Mensch war, der da im Loch schwamm. Von Neugier getrieben, lenkte ich mein Pony dicht an das steile Ufer, und gleich darauf mußte ich über mich selber lächeln, als ich den dunklen Kopf Richard Wynters erkannte. Mit langen kräftigen Stößen teilte er das Wasser und glaubte sich zweifellos völlig unbeobachtet. Ich sah seine nackten Schultern, und der Anstand hätte mir natürlich geboten, die Augen niederzuschlagen und mich unbemerkt davonzuschleichen. Aber ich blieb stehen, weil es mich amüsierte, ihn in dieser Situation ertappt zu haben. In diesem Moment kehrte er plötzlich um und schwamm genau auf mich zu. Als er mich da stehen sah, tauchte er sofort unter und stieg erst in sicherer Entfernung aus dem Wasser.

Ich blieb, wo ich war, um seine peinliche Lage nicht noch zu verschlimmern. Ohne zu ihm hinzuschauen, glitt ich vom Sattel und band das Pony fest. Dann bückte ich mich und pflückte ein paar Blumen. Bald darauf kam Richard aus dem Schutz der Bäume heraus. Er mußte sich in aller Eile angezogen haben, und ich sah ihn zum erstenmal in dem Kilt der Schwarzen Garde. Das Hemd hatte er hastig übergestreift und das Plaid achtlos um die Schultern geschlungen. Seine bloßen Füße steckten in Wildlederstiefeln. Sonst war er immer typisch englisch gekleidet gewesen. Es war merkwürdig, wie verändert er jetzt aussah. Selbst von der Blasiertheit und leichten Herablassung war nichts mehr zu spüren, die mich bei unserer ersten Begegnung in Edinburgh so abgestoßen hatten. Ich hätte es auch nie für möglich gehalten, daß er jemals verlegen dreinsehen könnte. Von seinem nassen Haar tropfte Wasser auf sein Hemd, und er umklammerte ein Handtuch. Schließlich sagte er zerknirscht: „Ich dachte, ich hätte den Loch für mich allein."

„Es tut mir leid, daß ich Sie gestört habe", erwiderte ich und konnte nur mit Mühe ein Lachen unterdrücken. „Ist das Wasser nicht viel zu kalt?"

„Vielleicht für andere, aber nicht für mich. Ich habe es sogar gern, wenn es so kalt ist." Dann lächelte er ein wenig gezwungen. „Ich habe mich noch nie in einer so peinlichen Lage befunden. So etwas kann einem offensichtlich nur im Hochland passieren. Ich hoffe, Sie sind nicht allzusehr schockiert."

„Doch, sehr . . . bis ins Innerste meiner Seele", antwortete ich lächelnd. „Wissen Sie eigentlich, daß dieser Loch sehr gefährlich ist? Mein Vater hat mir davon erzählt. Ein *each uisge* haust darin."

„Was ist das denn?"

„Wenn Sie den Kilt tragen, müßten Sie das wissen."

Er sah an sich hinunter. „Haben Sie etwas dagegen, daß ich ihn trage?"

„Nein. Aber selbst wenn es so wäre, würden Sie sich doch wohl kaum darum kümmern, oder?"

„Vielleicht doch."

Er schaute mich so eigenartig an, daß ich schnell sagte: „Ein *each uisge* ist ein Wasserpferd. Wenn man versucht, es zu fangen und darauf zu reiten, zerrt es einen auf den Grund des Loch und frißt einen."

„Welch schreckliche Aussicht!" meinte er gleichmütig und bemühte sich vergeblich, sein nasses Haar trockenzureiben.

„Geben Sie mir das Handtuch. Ich kann das besser."

„Auf gar keinen Fall!"

Ich wollte ihm das Handtuch wegnehmen, und plötzlich rauften wir uns lachend darum. Als er sich im Kreise drehte und es hoch über seinen Kopf hielt, sah ich mit einemmal die lange, tiefe blutrote Narbe, die von seiner Hüfte bis zum Knie verlief. Ich konnte einen leisen Schreckenslaut nicht unterdrücken.

Sein Blick folgte dem meinen, und sein Lachen erstarb.

„Widerlich, nicht wahr?"

„Nein, gar nicht! Aber es muß entsetzlich weh getan haben, als es passierte." Mir fiel ein, was Janet mir erzählt hatte. Mit welch eiserner Willenskraft er gegen die Schmerzen und die Behinderung angekämpft hatte. Eine Welle des Mitgefühls durchströmte mich. Ich beugte mich vor und strich sanft über die Narbe. Er zuckte unter dieser Berührung zusammen, als hätte ich ihn geschlagen. Da wußte ich, daß ihn irgendwann einmal jemand wegen dieser Entstellung zutiefst verletzt hatte.

„Tut es noch weh?“ fragte ich.

„In der letzten Zeit nicht mehr so oft. Die Schmerzen kommen und gehen wie bei einem alten Mann, der von Gicht geplagt ist. Aber ich glaube, wir sollten uns jetzt lieber auf den Weg machen. Janet wird bestimmt schon den Kaffee aufgesetzt haben. Das tut sie immer, wenn ich schwimmen war.“

Als wir nebeneinander den Pfad entlangritten, erkundigte er sich höflich nach dem Befinden meines Großvaters. Ich dankte ihm, daß er seinen Einfluß in Fort William geltend gemacht und so schnell den Arzt geholt hatte.

„Großvater wollte Sie an jenem Abend nicht beleidigen“, fuhr ich fort. „Er war nur so verstört durch Ihre starke Ähnlichkeit mit Ihrem Bruder.“

„Ich dachte mir, daß dies der Grund sei. Aber ich bin erst hinterher daraufgekommen.“ Er blickte mich von der Seite an. „Trotzdem hätte ich nicht so mit ihm reden dürfen, und ich möchte mich dafür entschuldigen.“

„Vergessen wir es. Was hat Fiona eigentlich zu Ihnen gesagt?“

„Daß Ihr Großvater mich sprechen wolle.“

Das mochte stimmen, und doch bezweifelte ich es irgendwie. Wir gingen eine Weile schweigend weiter, bis Richard ruhig sagte: „Ich habe mir Ihren schönen Coll genau angesehen. Haben Sie Ihr Herz ganz an ihn verloren?“

„Es steht Ihnen nicht zu, mich das zu fragen!“

„Nein? Nun, schließlich habe ich ein besonderes Interesse, weil ich mich in gewisser Weise für Sie verantwortlich fühle. Wie ich gehört habe, soll er Sir Alasdairs Besitz ausgezeichnet verwalten.“

Die Art, in der er das sagte, machte mich wütend. Ich

erwiderte schroff: „Und er wird das hoffentlich noch sehr lange tun!“

„Als Ihr Mann, Marietta?“

„Richard, bitte ...“

„Dann stimmt es also!“ Er schwieg einen Moment, bevor er fragte: „Weiß Ihr Großvater davon?“

„Es ist noch nichts Festes ausgemacht; das wäre noch zu früh.“

„Viel zu früh ...“ Er blickte mich mit seinem sonderbaren Lächeln an. „Die junge Königin Maria ... erinnern Sie sich? Sie verliebte sich und heiratete überstürzt, was sich verhängnisvoll für sie auswirkte.“

„Was hat das mit mir zu tun? Sie sind unfair gegen Coll und mich, Richard!“

„Entschuldigen Sie. Es war nicht ernst gemeint. Janet würde behaupten, es wäre alles reine Eifersucht“, sagte er leichthin.

„Eifersucht?“

„Ja, natürlich. So wie Coll aussieht, kann er jede junge Frau für sich gewinnen.“

Ich schaute ihn verstohlen von der Seite an, während wir nebeneinander hergingen. „Ist das der Grund, weshalb Sie den Schwertkampf mit ihm ausgefochten haben?“

„Er hat mich doch dazu herausgefordert. Schottland gegen England ... Ich konnte diese Gelegenheit nicht ungenutzt vorübergehen lassen, oder?“

„Mir wäre es lieber gewesen, Sie hätten sie nicht genutzt.“

„Warum? Weil Coll seine Niederlage nicht überwinden kann?“

Zum Glück brauchte ich ihm keine Antwort darauf zu geben, denn wir hatten das Tige Dubh erreicht, und Janet kam uns zusammen mit Angus Macdonald entgegen.

„Sie sind bestimmt erstaunt, mich hier zu sehen", sagte er zu mir und grinste. „Mir ist die Stimmung im Schloß momentan einfach zu trostlos, vor allem kann ich aber dem Charme von Miss Janet nicht widerstehen."

„Für Sie Lady Thorpe", wies Janet ihn lächelnd zurecht.

„Oh, verzeihen Sie, aber es will mir nicht in den Kopf, daß Sie verheiratet sind. Wie kann ein Mann eine schöne Frau, wie Sie es sind, bloß allein lassen, und noch dazu in dieser Wildnis?"

„Aber ich bin ja nicht allein! Ich habe Richard, um mich vor zudringlichen jungen Männern zu beschützen. Und Marietta weiß, wie streng er sein kann, nicht wahr, Marietta?"

„Heute morgen konnte von Strenge keine Rede sein", meinte Richard trocken. „Sie hat mich völlig nackt und wehrlos beim Schwimmen im Loch überrascht."

„Wirklich?" Angus blickte grinsend von mir zu Richard. „Coll wäre damit sicherlich nicht ganz einverstanden."

Inzwischen hatten wir das Haus betreten, und Rose brachte mit verdrießlichem Gesicht den Kaffee. Wenn es nach ihr gegangen wäre, hätte sie ihre Herrin wohl auf dem schnellsten Wege aus diesem barbarischen Land zurück in die Zivilisation von Sussex gebracht. Ich fing Janets Blick auf und mußte lachen. Die letzte Woche war so sehr von Sorgen überschattet gewesen, daß es mir unendlich guttat, wieder einmal unbeschwert lachen zu können.

Wir tranken Kaffee, und dann holte Richard Gläser und eine dickbauchige schwarze Flasche. „Mögen Sie ein Glas Madeira mit uns trinken?" fragte er. „Ich kann unmöglich morgens um elf schon schottischen Whisky trinken."

„Das liegt an Ihrem schwachen englischen Magen. Ein ordentlicher Schluck Whisky am frühen Morgen versetzt einen Mann für den ganzen Tag in gute Laune. Madeira erinnert mich hingegen immer an Beerdigungen", erwiderte Angus unbekümmert. Trotzdem nahm er ein Glas Madeira und reichte auch mir eines. „Sagen Sie, Marietta, was werden Sie tun, wenn der alte Herr eines Tages das Zeitliche segnet? Werden Sie Glenlochy verkaufen und nach Paris zurückkehren?"

„Warum, um alles in der Welt, sollte ich Glenlochy verkaufen wollen?"

„Weshalb denn nicht? Ich würde Armadale jedenfalls verkaufen. Ich kann es nur nicht, weil mein älterer Bruder, wie üblich, der rechtmäßige Erbe ist. Käufer findet man heutzutage genug. Ich bin überzeugt, daß selbst Richard Ihnen Glenlochy abkaufen würde. Ach nein, da kommt mir eine noch bessere Idee! Verpachten Sie doch das Land an ihn! Er könnte dann alle Kleinpächter zum Teufel jagen, Schafherden hierherschaffen lassen und ein Vermögen damit verdienen. In Ross und drüben auf Skye hat man das schon gemacht."

Ich sah von ihm zu Richard. Sein Gesicht war undurchdringlich. Hatten sie bereits diesen abscheulichen Plan besprochen? Angus war stets zu Späßen aufgelegt. Ich wußte nie genau, ob er es ernst meinte oder nicht.

„Das würde ich nie tun!" erklärte ich schließlich. „Das Tal gehört den Clan-Angehörigen. Ihre Familien haben seit Hunderten von Jahren hier gelebt. Es würde ihnen das Herz brechen, wenn man sie vertriebe."

„Wenn es die Umstände erfordern, bleibt einem nichts anderes übrig", entgegnete Angus. „Coll hat vor kurzem auch davon gesprochen. Nur würde ihm Sir Alasdair natürlich nie seine Einwilligung dazu geben. Aber wenn er erst einmal tot ist ..."

„Coll soll davon gesprochen haben? Das kann nicht sein! Er liebt Glenlochy ebensosehr wie ich. Sie müssen sich irren!"

„Vielleicht." Angus zuckte mit den Schultern. „Sie kennen mich doch. Bei mir geht immer alles zu einem Ohr herein und zum anderen hinaus. Vielleicht war es Fiona. Sie haßt das Tal. Das arme Mädchen sehnt sich nach Edinburgh, nach den Bällen und glanzvollen Geselligkeiten. Aber wie es das Schicksal so will, ist sie mit ihrem langweiligen alten Vater an das Tal gefesselt."

Natürlich, es mußte Fiona gewesen sein und nicht Coll! Angus hatte das sicher durcheinandergebracht. Sein gedankenloses Gerede ärgerte mich, und ich sagte scharf: „Fiona ist nicht die Erbin von Glenlochy, und Coll hat ebenfalls kein Anrecht darauf!"

Angus erwiderte nichts, sondern sah mich nur mit einem sonderbaren Blick an. Richard wechselte den Gesprächsstoff. Er stellte sein Glas ab, stand auf und ging zu einer Kommode, die in einer Ecke des Zimmers stand.

„Ich möchte Ihnen etwas zeigen, Marietta. Wir fanden es vor ein paar Tagen in einer der Scheunen hinter dem Haus. Ich will sie zu Ställen umbauen lassen. Ich gab also den Auftrag, sie auszuräumen, und da fand man das hier!"

Er hielt mir einen Zweihänder hin, das Schwert der Hochlandschotten. Die Klinge war eingekerbt und ganz schwarz. „Das Wappenzeichen der Gilmours ist darin eingraviert, sehen Sie? Eine Wildkatze mit einer Krone auf dem Kopf."

„Ja, das ist unser Wappen!" Ich nahm das Schwert mit einem seltsamen Widerwillen entgegen, den ich mir nicht erklären konnte.

„Weiß der Himmel, wie lange es dort schon gelegen hat", fuhr Richard fort. „Aber das merkwürdige ist, daß es in einem großen Haufen verkohlten Holzes und Asche steckte, unter dem wir die mumifizierten Leichen von Tieren fanden . . . vermutlich Katzen."

„O nein, wie grauenhaft!" rief Janet. „Du hast mir nie etwas davon gesagt. Die armen Tiere müssen bei lebendigem Leib verbrannt worden sein!"

„Es kann auch anders gewesen sein, meine Liebe. Vielleicht sind sie rein zufällig in diese Falle geraten. Aber es war ziemlich schauerlich, das muß ich zugeben. Am seltsamsten war jedoch, daß der alte Lachlan totenbleich wurde und sich hartnäckig weigerte, die Scheune fertig auszuräumen. Ich mußte es selbst tun."

„Und sahst danach aus wie ein Kaminkehrer!" bemerkte Janet lachend.

„Eine verdammt sonderbare Geschichte! Was hältst du davon, Angus?"

„Da kann ich mir wirklich keinen Vers drauf machen", antwortete er mit deutlichem Mißbehagen. „Du solltest Mr. McPhail fragen. Er kennt alle alten Hochlandbräuche. Manche sind leider ziemlich scheußlich und einige einfach albern. Bei uns in Armadale lebt eine alte Dame, die steif und fest behauptet, sie könnte vom Schulterblatt eines Schafes die Zukunft voraussagen."

Sie setzten ihre Unterhaltung fort, aber ich beteiligte mich nicht daran, weil ich im Geiste Coll noch einmal die Geschichte vom *Taghairm* so ungemein anschaulich erzählen hörte. War es nur die Legende von Donald Ruadh, oder hatte Coll das alles selbst erlebt? Hatte er den Teufel angerufen, um zu erfahren, ob er Clan-Oberhaupt anstelle des Mädchens vom Kontinent werden würde, dessen Kommen er so gefürchtet hatte? Diese Vorstellung war so entsetzlich, daß ich sie nicht ertragen konnte. Das Schwert entglitt meinen Händen und fiel klirrend zu Boden. Richard, Angus und Janet sahen mich erschrocken an.

„Was hast du?“ fragte Janet.

„Nichts, es ist alles in Ordnung. Aber ich glaube, ich muß jetzt gehen. Ich möchte meinen Großvater nicht zu lange allein lassen.“

„Das kann ich verstehen. Aber hast du auch wirklich nichts?“ Janet trat besorgt auf mich zu. Doch ich hatte nur den einzigen Wunsch, zu gehen, bevor sie weiter in mich dringen konnte.

Angus war aufgesprungen. „Ich komme mit Ihnen.“

Ich wäre lieber allein gewesen, aber ich fand keinen Vorwand, um seine Begleitung abzulehnen. Mir war auch gar nicht danach zumute, das Schwert mitzunehmen. Aber als Janet es eingepackt und mir gegeben hatte, blieb mir nichts anderes übrig.

Richard kam mit hinaus in den Hof, wo die Ponys schon bereitgehalten wurden. Er reichte mir die Hand, um mir in den Sattel zu helfen. „Machen Sie sich keine unnötigen Gedanken über das, was Angus von Coll gesagt hat“, bat er. „Vielleicht ist nichts Wahres daran.“

„Davon bin ich überzeugt“, erwiderte ich schnell. „Es ist bestimmt nur dummes Gerede.“

Auf dem Rückweg zum Schloß schwatzte Angus von diesem und jenem, und ich gab ziemlich geistesabwesend Antwort. Mein gesunder Menschenverstand sagte mir, daß meine Angst unsinnig sei. Ein altes Schwert war zwischen verkohltem Holz und irgendwelchen Tierkadavern gefunden worden. War das denn hier im Hochland etwas so Ungewöhnliches, wo die Männer seit Jahrhunderten wilde Tiere erlegt und sich gegenseitig bekämpft hatten? Und doch konnte ich mich eines Zweifels nicht erwehren. Eine dunkle Flut von etwas Unheimlichem, Bösem schien immer näher auf mich zuzukommen, sosehr ich mich auch gegen diese Erkenntnis sträubte.

Die Sonne, die hin und wieder geschienen hatte, war

ganz verschwunden, als wir schließlich zum Strand kamen. Dicke dunkle Wolken türmten sich am Himmel, und ich beschleunigte das Tempo. Als wir dann den Damm hinaufritten, fühlte ich sofort, daß etwas nicht stimmte. Die große Eichentür stand offen, aber es war niemand in der Halle zu sehen. Ich glitt vom Sattel, warf Angus den Zügel zu, lief ins Schloß und die Treppe hinauf zum Zimmer meines Großvaters.

Sie waren alle dort: Coll, Fiona, Mrs. Drummond, Kathryn und sogar Neil. Mr. McPhail kniete neben dem Bett, und mein Großvater lag völlig regungslos da. Die Kissen unter seinem Kopf waren entfernt worden; die Fenster standen weit offen, um der scheidenden Seele den Weg in die Ewigkeit freizugeben.

Alle drehten sich zu mir um und sahen mich an, als ich auf der Schwelle stand. Dann eilte Kathryn auf mich zu und legte den Arm um meine Schultern.

„Wir wußten nicht, wo du warst. Es ist alles sehr schnell gegangen."

Ich hatte gewußt, daß der Tod jeden Augenblick eintreten konnte, und doch traf er mich jetzt völlig unerwartet. Unsägliche Trauer erfüllte mich, bittere Reue, daß ich nicht bei ihm geblieben war. Darüber hinaus noch ein Gefühl der Schuld, daß ich am Ufer des Loch mit Richard gescherzt und gelacht hatte, während mein Großvater ganz allein gestorben war.

Kathryn sagte: „Wir haben nach dem Arzt geschickt, obwohl das im Grunde sinnlos ist. Ich werde bei deinem Großvater bleiben, bis er kommt."

„Nein, ich werde bei ihm bleiben!" widersprach Mrs. Drummond. „Das ist mein Recht!"

Kathryn blickte sie an, und ich sah zum erstenmal nackten Haß in ihrem Gesicht. „Sie mögen zwar einst das Bett mit meinem Vater geteilt haben, und Gott allein weiß, wie bitter er das bereut hat, aber ich bin immer noch seine Tochter."

„Die Tochter, die er enterbt hat!" entgegnete Mrs. Drummond giftig. „Die Tochter, die er aus dem Haus gejagt hat, weil sie eine Hure ist ..."

„Darin stehen Sie mir dann wohl in nichts nach. Oder sind Sie etwa keine Hure?"

Doch Mrs. Drummond fuhr unbeirrt fort: „Und jetzt sind Sie zurückgekrochen gekommen, um sich wieder einzuschmeicheln und ..."

Kathryn warf den Kopf in den Nacken. „Ich habe ihn um nichts gebeten, als er noch am Leben war, und ich will auch jetzt nichts."

Der Haß, der aus den Worten der beiden Frauen sprach, war unerträglich.

„Seid still!" bat ich. „Er ist tot. Genügt das nicht?"

Mrs. Drummond wirbelte zu mir herum. „Wer sind Sie denn, daß Sie es wagen, Befehle zu erteilen?" keifte sie. „Hier sind andere, die ältere Rechte haben als Sie ..."

„Schämen Sie sich, Weib!" schrie Mr. McPhail und erhob sich von den Knien. „Schämen Sie sich beide, Sie und Miss Kathryn! Es schickt sich nicht, sich in Gegenwart eines Toten zu streiten."

„Sie alter Narr, was wissen Sie denn schon?" zeterte Mrs. Drummond weiter.

„Um Gottes willen, halt endlich den Mund! Das ist nicht die Zeit noch der Ort für Auseinandersetzungen!" rief Coll, und plötzlich schrien sie sich alle gegenseitig an. Es war, als entfachte der Tod meines Großvaters alte Feindschaften neu, die unter der Oberfläche geschwelt hatten. Sie beschimpften sich in unflätigster Weise. Ich wollte sie zum Schweigen bringen, aber die Worte blieben mir in der Kehle stecken.

Plötzlich übertönte eine kalte, herrische Stimme ihr Geschrei. „Wenn Sie sich gegenseitig in Stücke reißen wollen, dann haben Sie wenigstens den Anstand, das woanders zu tun!"

Duncan Cameron war ins Zimmer gekommen. Der kleine korpulente Notar strahlte plötzlich eine Würde und Autorität aus, die ich nie von ihm erwartet hätte.

„Mit welchem Recht ...", begann Coll.

„Mit allem Recht", schnitt Mr. Cameron ihm ruhig das Wort ab. „Ich bin Sir Alasdairs Treuhänder und Testamentsvollstrecker."

„Was hat er in seinem Testament bestimmt?" fragte Coll begierig.

„Das werden Sie erfahren, wenn die Zeit dafür gekommen ist. Aber bis nach der Beerdigung führe ich hier das Wort. Ich schlage also vor, Colin Grant, daß Sie zunächst einmal alle nötigen Vorkehrungen für das Begräbnis treffen."

Sie starrten ihn alle an, als ob sie unbedingt ergründen wollten, was sich hinter seinen klugen braunen Augen verbarg. In diesem Moment fiel mir ein, was mein Großvater mir anvertraut und wie eindringlich er mich gebeten hatte, den Notar auf der Stelle zu ihm zu holen.

Eine Weile herrschte Schweigen, dann ergriff Mr. McPhail das Wort: „Er hat recht. Komm, Fiona, komm, Neil ... Ich werde für Sie dasein, wenn Sie mich brauchen, Miss Marietta." Er nahm Mrs. Drummond beim Arm und bedeutete ihr, mit ihm zu kommen. Zuerst schien es so, als wollte sie aufbegehren, doch dann folgte sie seiner Aufforderung. Nur Coll zögerte noch und wollte offensichtlich mit mir sprechen, aber ich schüttelte den Kopf. Ich sehnte mich so sehr danach, bei ihm Trost zu suchen, aber der Aufruhr meiner Gefühle hielt mich davon zurück. Er drückte mir also nur die Hand und folgte den anderen.

Erst in diesem Augenblick entdeckte ich Murdo, der

neben dem Kopfende des Bettes kauerte. Über seine runzligen Wangen rannen unablässig Tränen. Neben ihm hockten die beiden Hunde und drängten sich an ihn. Sie schienen die einzigen zu sein, die ohne jeden eigennützigen Gedanken um meinen Großvater trauerten.

„Laß sie nur hier", sagte Kathryn leise. „Das ist das beste für sie. Sie werden den Verlust ihres Herrn auf ihre eigene Weise überwinden."

Die nächsten Tage vergingen in einer Art von Traum. Der Arzt kam und ging. Die nötigen Formalitäten mußten erfüllt werden. Urkunden wurden unterzeichnet, Todesanzeigen versandt. Die Gäste, die zu dem Fest meiner Einführung gekommen waren, wurden auch zur Beerdigung eingeladen. Coll kümmerte sich um alles und ließ sich von George Fergusson dabei helfen. Er schien ständig im Schloß zu sein, sprach gedämpft und unterwürfig, wann immer er mir begegnete, so daß sich meine Abneigung gegen ihn noch verstärkte, sofern das überhaupt möglich war.

Immer wieder mußte ich an die Szene denken, die sich zwischen Kathryn und Mrs. Drummond abgespielt hatte. Aber ich scheute mich, Kathryn zu fragen, was sich hinter den Beschuldigungen verbarg, die sie sich gegenseitig an den Kopf geworfen hatten. Der Gedanke, daß diese rätselhafte Frau mit ihrer verwüsteten Schönheit einmal die Geliebte meines Großvaters gewesen sein sollte, war für mich immer noch unvorstellbar, und doch erklärte das so vieles: ihre Vertraulichkeit, die Forderungen, die sie an ihn gestellt hatte, und selbst seine Härte ihr gegenüber.

Das alte Schwert, das Richard mir gegeben hatte, lag nach wie vor in meinem Zimmer. Ich brachte es nicht über mich, mit Coll darüber zu sprechen. Ja, ich ging ihm in diesen Tagen sogar soviel wie möglich aus dem Wege, bis er mich eines Morgens zur Rede stellte.

„Was hast du, mein Liebling? Weshalb bist du so abweisend zu mir?"

Wir standen im Korridor vor meinem Zimmer. Ich hätte mich am liebsten an ihn gelehnt, mich von ihm küssen lassen, um all meinen Jammer und mein Leid zu vergessen. Aber ich konnte es nicht, sondern sagte statt dessen: „Coll, ich möchte dir etwas zeigen."

„Was denn?"

Er blieb an der Tür stehen, während ich zur Kommode ging und das Schwert aus seiner Hülle nahm. Dann gab ich es ihm.

Er starrte eine Weile darauf hinunter, bevor er sagte: „Es sieht wie eine der alten Waffen aus, die unten in der Halle hängen. Was willst du bloß damit?"

„Richard hat es in einer der Scheunen vom Tige Dubh gefunden."

„Richard?" wiederholte er mit finsterer Miene. „Dort bist du also an dem Morgen gewesen, an dem dein Großvater starb! Das hätte ich mir eigentlich denken können."

„Aus welchem Grund sollte ich ihn und seine Schwester nicht besuchen?"

„Weil ich ihn nicht ausstehen kann, und das sollte auch für dich gelten. Ich werde es nicht dulden, daß du je nach Lust und Laune zu ihm hinläufst!"

Sein unberechtigter Zorn erstaunte mich und traf mich zutiefst. Deshalb antwortete ich spitz: „Entscheidungen dieser Art treffe ich ganz nach meinem Belieben. Du mußt mir die Freiheit lassen, das tun zu können, was ich für das beste halte. Noch bist du nicht mein Mann, Coll!"

„Ich dulde es nicht, hast du verstanden? Dieser verdammte arrogante Engländer, der mit seinem Reichtum prahlt, überall Fragen stellt und Unruhe stiftet!"

„Wieso stiftet er Unruhe?"

„Weil er überall herumschnüffelt."

„Ich verstehe nicht, was du damit meinst."

„Es tut mir leid, Liebling", suchte er mich plötzlich zu besänftigen. „Ich sollte mich besser in der Gewalt haben ... Ich glaube, ich bin eifersüchtig."

Es war eigenartig, daß er das gleiche Wort gebrauchte wie Richard.

„Dazu hast du keinen Grund", sagte ich.

„Ich weiß. Oh, zum Teufel mit diesem Richard Wynter! Weshalb streiten wir uns überhaupt, und noch dazu über eine solche Nichtigkeit? Was hat er dir denn von dem Schwert erzählt?"

Mit einemmal erschien mir das Ganze gar nicht mehr wichtig. „Nur, daß er es in einem Haufen verkohlten Holzes gefunden hat, unter dem auch noch die halbverkohlten Leichen von ein paar armen Katzen lagen."

„Katzen?" rief er erstaunt aus, um dann in Lachen auszubrechen. „Ach, du lieber Himmel, und da hast du bestimmt gedacht, es handle sich um den *Taghairm!*"

„Coll, du hast doch nicht ... du würdest doch nie ..."

Er lachte weiter. „Aber nein! Wir leben im Jahre 1770 und nicht im Mittelalter. Wie bist du nur auf diesen unsinnigen Gedanken gekommen, meine kleine Närrin?"

„Verzeih, es war dumm von mir", sagte ich reumütig. „Aber ich mußte die ganze Zeit daran denken, was du mir erzählt hast."

In meiner Erleichterung ließ ich mich von ihm in die Arme nehmen, und doch erfüllten mich seine Küsse aus irgendeinem Grund nicht mit der gleichen Glückseligkeit, die ich sonst empfunden hatte. Ich machte mich von ihm los.

„Was ist mit dir?" fragte Coll. „Liebst du mich nicht mehr?"

„Doch, aber Großvater ist noch nicht beerdigt ... Ich finde, da schickt es sich nicht, sich zu küssen."

Er lächelte. „Du hast zu viele törichte Skrupel. Ich werde sie dir nehmen, wenn wir verheiratet sind."

„Werden wir denn heiraten?"

„Wieso zweifelst du daran? Ich denke, das war beschlossene Sache!"

„Ich wünschte, wir hätten noch mit Großvater darüber sprechen können."

Er schüttelte ungehalten den Kopf. „Wir sind wohl alle ein bißchen überreizt, aber das wird sich bald geben. Jetzt werde ich erst einmal das Schwert dorthin zurückbringen, wo es hingehört. Du machst dir doch keine Gedanken mehr darüber?"

„Nein", log ich.

„Gut." Er streichelte mir sanft die Wange und wandte sich dann zum Gehen.

In dieser Nacht hatte ich einen schrecklichen Traum. Ich lief irgendwo im Dunkeln einen Pfad entlang, und Coll war vor mir. Ich konnte ihn ganz deutlich sehen, aber sosehr ich mich auch beeilte, ich konnte ihn nicht einholen, und dabei befand ich mich in tödlicher Gefahr. Ich rief laut seinen Namen, aber er drehte sich nicht nach mir um. Und hinter mir hörte ich lachende und flüsternde Stimmen, unablässig wie ein Echo. Sie drohten mir, aber ich wußte nicht, womit. Und rings um mich her war der betäubende moschusartige Duft, den ich damals im Wald wahrgenommen hatte.

Ich versuchte, noch schneller zu laufen, aber meine Beine waren wie gelähmt. Ich watete durch etwas Zähes, Schlammiges, und plötzlich öffnete sich vor mir eine schwarze Höhle. Entsetzt wollte ich stehenbleiben, aber ich konnte es nicht. Ich betrat sie und stolperte einen langen Schacht hinunter, in undurchdringliche Finsternis. Ich schrie, und doch war kein Laut zu hören. In diesem Augenblick erwachte ich, schweißüberströmt und am ganzen Leibe zitternd, aber dieser betäubende Duft umgab mich noch immer.

Starr vor namenlosem Grauen lag ich da, umklammerte die Decke, bis langsam das sanfte Licht des Mondes auf den hellen Fensterrahmen fiel, auf meine Kleidertruhe, den Spiegel, und mich eine unendliche Erleichterung durchflutete.

II

Sie trugen meinen Großvater bei Sonnenuntergang zu Grabe. Der Anführer des Clans kam am Morgen desselben Tages zu mir, um mit mir darüber zu sprechen. Er war ein hochgewachsener Mann mit braunem Gesicht und ergrautem Haar. Er blieb auf der Türschwelle stehen und umkrampfte seine Mütze mit beiden Händen.

„Ich bin Hamish Kintyre, Mistress Gilmour", sagte er in seinem langsamen mühsamen Englisch.

„Kintyre?" wiederholte ich. „Dann ist Mary Kintyre Ihre Schwiegertochter?"

„Ja, Mary ist die Frau von meinem Keith, aber davon möchte ich jetzt nicht reden. Es geht um unsern toten Herrn. Sie kennen sicher noch nicht unsere Bräuche, junge Herrin. Wir brauchen kein Fuhrwerk, um ihn zum Hochtal hinaufzubringen. Mac'Ghille Mhoire wird von seinen Leuten auf ihren Schultern zu seiner letzten Ruhestätte getragen werden."

Seine ganze Art drückte rührende Aufrichtigkeit aus, und ich erwiderte: „Tun Sie nur, was Sie für richtig halten."

Vier Männer trugen den schweren Sarg; weitere hielten sich bereit, um sie abzulösen, wenn sie erschöpft waren. So war es seit Jahrhunderten Brauch gewesen. Er war ihr Oberhaupt, der Vater des Clans, und obwohl er manchmal streng mit ihnen umgegangen war, hatten sie ihn geliebt und verehrt.

Die lange Prozession zog den gewundenen Weg zum

Hochtal hinauf. Das Licht der Fackeln fiel auf die Adlerfeder und den verblichenen Tartan. Ich besaß keine Trauerkleidung, außerdem hatte ich Schwarz immer gehaßt. So trug ich also ein weißes Kleid unter dem Plaid meines Vaters, und an meiner Schulter glitzerte die Sithen-Brosche. Ich ging Hand in Hand mit Tante Kat.

Dicke schwarze Wolken ballten sich am Himmel, als wir den Berghang erreicht hatten, und Blitze zuckten auf, während Mr. McPhail die Gebete sprach. Ein lauter Donnerschlag ertönte, als Coll mir half, den schwarzen Stein hochzuheben, der auf das große Hügelgrab gelegt werden sollte. Der Dudelsackpfeifer spielte während dieser Zeremonie ein so wehmütiges melodiöses Trauerlied, daß mir Tränen die Kehle zuschnürten.

Der Schein der flackernden Fackeln fiel sekundenlang auf Richards Gesicht. Er stand abseits von den anderen, nahe dem Grab seines Bruders, und es freute mich, daß er gekommen war. Ich wollte zu ihm hingehen, aber Coll hielt mich zurück.

„Er hätte den Anstand besitzen sollen, der Beerdigung fernzubleiben!" sagte er aufgebracht.

„Er meint es doch nur gut, Coll. Jetzt, wo Großvater tot ist, sollten wir die Vergangenheit vergessen."

„Nein, nie!"

„Warum eigentlich nicht? Hast du Angst vor Richard?"

„Der Teufel soll ihn holen! Was soll diese Frage?"

Ich verstand seinen Zorn nicht. Ich machte mich von ihm los und ging zu Richard hinüber. „Es ist sehr freundlich von Ihnen, daß Sie gekommen sind."

„Janet bat mich, Ihnen unser Beileid auszusprechen. Wenn wir irgend etwas für Sie tun können ..."

„Vielen Dank, im Moment nicht."

„Ich meine es ernst, Marietta." Er nahm meine Hand in beide Hände, und dann stand Coll neben uns.

„Komm, Marietta, sie warten auf uns!“ Er packte mich am Arm, zog mich grob mit sich, und ich sah das Befremden in Richards Gesicht.

„Mußt du dich so rüpelhaft benehmen?“ protestierte ich.

„Kaum ist dein Großvater unter der Erde, da machst du diesem Engländer schöne Augen!“

Der ungerechtfertigte Vorwurf empörte mich. Coll war stehengeblieben und sah mich an. „Ich liebe dich, Marietta, weißt du das nicht? Ich koche vor Wut, wenn du einen anderen auch nur ansiehst!“

Ehe ich etwas entgegnen konnte, begann es so heftig zu regnen, daß wir in aller Eile nach Glenlochy zurückkehren mußten, um nicht bis auf die Haut naß zu werden.

In der großen Halle sowie in den Küchenräumen und den Nebengebäuden waren Speisen und Getränke für die Trauergäste bereitgestellt worden. Ohne Kathryn hätte ich nicht gewußt, was ich tun sollte. Sie nahm mich bei der Hand und ging mit mir von einem Gast zum anderen. Die meisten Männer kannte sie von klein auf. Sie sprachen ihre Gedanken nicht laut aus, aber ich konnte sie ihnen deutlich von den Augen ablesen: Die glanzvollen, ruhmreichen Zeiten sind jetzt endgültig vorbei, da Glenlochy, das fünfhundert Jahre lang im Besitz starker Männer war, nun an ein schwaches Mädchen übergeht.

Schließlich legte Kat den Arm um meine Schultern und führte mich fort. „Wir können sie jetzt sich selbst überlassen. Sie werden sogar froh sein, wenn wir gehen. Viele von ihnen werden die Nacht durchzechen. Du darfst dich nicht daran stören, Marietta, das ist hier so Brauch. Morgen früh wird bestimmt manch einem der Schädel brummen. Morgen ist ja übrigens die Testamentseröffnung, und wir werden dann wissen, wie wir dran sind. Wir müssen uns danach einmal länger miteinander unterhalten, meine Liebe, damit wir uns näher kennenlernen.“

„Ja, das wäre schön!“

Völlig erschöpft von dem langen anstrengenden Tag ging ich früh zu Bett. Aber es herrschte die ganze Nacht ziemlicher Lärm im Schloß, so daß ich sehr unruhig schlief.

Jeannie brachte mir mein Frühstück auf einem Tablett und setzte sich auf die Bettkante, während ich es zu mir nahm.

„Haben Sie die da unten letzte Nacht gehört, Miss Marietta? Bis zum frühen Morgengrauen haben sie getrunken und gesungen. Man hätte wirklich meinen können, es wär' St.-Bartholomäus-Fest und nicht das Begräbnis vom armen alten Herrn. Und dann dieser Mr. Coll! Ich hab' mal den Kopf durch die Tür gesteckt, weil ich sehen wollte, was da eigentlich los ist. Und was soll ich Ihnen sagen? Da stand Mr. Coll doch tatsächlich auf dem Tisch und tanzte!“

„Tanzte?“ wiederholte ich.

„Jawohl! Und noch dazu total betrunken! Er tanzte so 'ne verrückte schottische Gigue, und die andern haben ihm alle zugetrunken. Eine Schande nenn' ich das!“

„Das ist hier nun einmal so der Brauch und bedeutet gar nichts“, beruhigte ich sie und fragte mich, wie viele der Männer in der großen Halle und droben im Tal schon in Coll den Erben sahen und insgeheim auf sein Wohl tranken.

Ich fühlte mich wie zerschlagen und dachte mit Unbehagen daran, was mir der Morgen wohl bringen würde. Duncan Cameron hatte alle gebeten, um elf Uhr im Wohnzimmer zu sein. Welche Bestimmungen würde das Testament wohl enthalten? Ich wußte es nicht und war mir nicht einmal im klaren darüber, was ich gern hören wollte.

Sobald ich mich angekleidet hatte, ging ich hinunter und stellte fest, daß ich die erste war. Das Zimmer kam mir ohne meinen Großvater merkwürdig verändert vor. Das große Porträt beherrschte nach wie vor den Raum. Die Hunde lagen vor dem Kamin. Der Silberbecher stand neben der Whiskyflasche, und auf dem Tisch lag noch das Schachbrett. Nur der Stuhl mit der hohen Lehne war leer.

Dann eilte Mr. Cameron geschäftig herein und begrüßte mich höflich. Schließlich erschienen auch die anderen kurz nacheinander. Murdo stand an der Tür zusammen mit Hamish Kintyre, während die Männer des Clans sich hinter ihnen scharten. Mrs. Drummond kam als letzte herein. Ihr Gesicht war noch bleicher als sonst, und sie trug ein tiefschwarzes Kleid. Sie blickte keinen von uns an und nahm wortlos ihren Platz hinten im Zimmer ein. Coll stand auf dem Läufer vor dem Kamin, groß, stattlich und völlig gelassen. Wenn er — wie Jeannie behauptete — in der vergangenen Nacht betrunken gewesen war, merkte man es ihm jedenfalls nicht an.

Mr. Cameron entfaltete das knisternde Pergament und begann zu lesen. Zuerst hörte ich kaum zu. Die gedrechselten Formulierungen überstiegen teilweise mein Begriffsvermögen. Es folgten geringfügige Schenkungen an Freunde, Bücher aus der Bibliothek an Mr. McPhail, ein Legat für Murdo — kein einziges Wort über Kat. Und dann kam es plötzlich: die Ländereien, das Schloß, das Haus in Edinburgh ... „All diesen und meinen sonstigen Besitz hinterlasse und vermache ich meiner Enkeltochter Marietta Gilmour unter der Bedingung, daß sie den jungen Mann namens Colin Grant, der mir treu gedient hat, in ihren Diensten behält ..."

Und so ging es weiter. Ich blickte Coll verstohlen an, aber sein Gesicht verriet keine Verbitterung, keinen Zorn, nur tiefe Niedergeschlagenheit. Ich wäre am liebsten zu ihm hingegangen, hätte gern meine Hand auf die seine gelegt und zu ihm gesagt: „Mein Großvater ist grausam und unfair dir gegenüber gewesen. Aber er hat sein Vertrauen in mich gesetzt, daß ich für ihn handle. Ich kann dies alles wiedergutmachen. Was mein ist, soll auch dein eigen sein."

Doch die Unterbrechung erfolgte nicht durch mich, sondern durch Mrs. Drummond, und das mit einer Heftigkeit, die mich entsetzte.

„Das ist eine Lüge!" rief sie mit erstickter Stimme. „Es kann nur eine Lüge sein! Er hat dieses Testament nie gemacht, hat es nie unterschrieben!" Sie sprang auf, durchquerte mit schnellen Schritten das Zimmer und blieb dann vor dem Tisch stehen, hinter dem Mr. Cameron saß. „Er war krank . . . Er war nicht mehr bei klarem Verstand . . ."

„Ich versichere Ihnen, daß Sir Alasdair im Vollbesitz seiner geistigen Kräfte war", unterbrach der Notar sie ruhig. „In der Nacht, in der er starb, hat er mich noch zu später Stunde insgeheim holen lassen. Das Testament wurde dann sogleich an Ort und Stelle in Gegenwart von Zeugen unterzeichnet."

„Das glaube ich nie und nimmer!"

„Fragen Sie Angus Macdonald. Er wird es Ihnen bestätigen, denn er war einer der Zeugen. Verlangen Sie noch einen weiteren Beweis?"

„Sie haben das gemeinsam ausgeheckt, Sie und dieses hochnäsige, nichtsnutzige Mädchen!" Ihre Stimme überschlug sich vor rasender Wut, und ich sah, daß Coll auf sie zuging.

„Er hat mir immer wieder versprochen, daß er es tun wird", geiferte sie weiter, „und er hat es getan!" Sie packte Coll beim Arm und schob ihn vorwärts. „Er ist der wahre Erbe, mein Sohn! Er ist ein Gilmour, auch wenn er sich nicht so nennen durfte. Sir Alasdair hat mir versprochen, daß er ihm alles vermachen wird. Ich schwöre es Ihnen . . ."

Coll ließ sie nicht weiterreden. Er nahm sie in die Arme

und sprach beruhigend auf sie ein: „Sei still, Mutter, es hat doch keinen Sinn! Sir Alasdair hat sich nie um andere geschert. Er tat immer alles nach seinem eigenen Willen, das müßtest du doch inzwischen wissen."

„Der Teufel soll ihn holen!" schluchzte sie. „Verflucht soll er sein, dieser Lügner und Betrüger!" Dann sank sie laut weinend an Colls Brust.

Ich starrte die beiden an. Es war mir unverständlich, daß ich die wahren Zusammenhänge nicht schon früher erkannt hatte. Sie war Colls Mutter und hatte all die Jahre die Haushälterin gespielt, um den alten stolzen Mann zufriedenzustellen, der ihre Geschichte nur halb geglaubt und seine gegebenen Versprechen gebrochen hatte.

Ihr Schluchzen verebbte, und Coll drückte sie sanft auf den Stuhl beim Kamin.

„Darf ich jetzt fortfahren?" fragte Mr. Cameron trocken.

„Ja, bitte", sagte ich.

„Ich bin schon fast am Ende." Er verlas mit klarer Stimme die letzten Einzelheiten und faltete dann die Urkunde sorgfältig zusammen. „Sie müssen mich jetzt bitte entschuldigen. Ich muß leider nach Edinburgh zurück", sagte er zu mir gewandt. „Meine Geschäfte erlauben mir nicht, noch länger hierzubleiben. Aber ich werde dafür sorgen, daß alle Formalitäten erledigt werden, und stehe jederzeit zu Ihren Diensten."

„Danke, Mr. Cameron. Ich bin Ihnen sehr dankbar für alles, was Sie getan haben."

Und dann beging ich etwas sehr Törichtes, sehr Unüberlegtes, aus Liebe und Mitleid für den jungen Mann, der meinetwegen alles verloren hatte. In welch bewundernswerter Haltung hatte er diesen harten Schlag hingenommen, obwohl er noch dazu von seiner eigenen Mutter vor uns allen zutiefst gedemütigt worden war! Ich stand auf und blickte sie der Reihe nach an, dann sagte ich mit fester Stimme: „Ich weiß, daß ich eine Fremde für euch bin und daß euch mein Kommen nicht recht gewesen ist. Ich hatte so sehr gehofft, daß mein Großvater und ich Zeit genug finden würden, uns besser kennenzulernen. Wäre mir das vergönnt gewesen, stünde ich jetzt nicht mehr so abseits, wäre euch allen nähergekommen. Aber ich möchte euch etwas sagen."

Ich zitterte ein bißchen, als ich mich nun Coll zuwandte. „Es handelt sich um etwas, das Coll und ich euch sagen möchten."

Doch Coll rührte sich nicht, sondern entgegnete nur: „Nein, Marietta, ich weiß, was du sagen willst. Aber ich kann es nicht annehmen, jetzt nicht mehr."

In diesem Moment waren alle Zweifel, die ich gegen ihn gehegt hatte, wie weggefegt, und ich erwiderte impulsiv: „Aber du mußt es annehmen! Großvater hat es so gewollt!"

„Marietta, überleg es dir gut! Willst du es wirklich? Bist du ganz sicher?"

„Ja, ganz sicher!"

„Nun gut!" Er hob stolz den Kopf. „Ich habe mich in dem Augenblick in Marietta verliebt, als sie zum erstenmal zu dieser Tür hereinkam. Aber wer war ich, daß ich ihr meine Gefühle hätte gestehen können? Erst als ich wußte, daß sie für mich das gleiche empfand, wagte ich es, ihr meine Liebe zu bekennen. Sie hat mir versprochen, meine Frau zu werden."

Ich weiß nicht, was ich erwartet hatte, aber gewiß nicht die tiefe Stille, die dieser Bekanntgabe folgte. Mr. McPhail starrte auf den Fußboden, die Männer an der Tür hatten ebenfalls den Blick gesenkt. Niemand rührte sich oder sprach, bis Duncan Cameron schließlich in seiner trockenen Art sagte: „Wenn das so ist, muß ich Ihnen beiden meinen

Glückwunsch aussprechen. Sie werden jetzt zweifellos andere Abmachungen treffen wollen. Ich kann nur wiederholen, daß ich Ihnen zu Diensten stehe, wann immer Sie mich brauchen."

Er verbeugte sich vor mir und den anderen. Dann nahm er seine Akten an sich und verließ schnellen Schrittes das Zimmer. Die Männer, die an der Tür standen, schlossen sich ihm an. George Fergusson lehnte mit einem sonderbaren Lächeln um die Lippen am Türpfosten, und ich fragte mich, was er wohl denke.

Dann kam Coll zu mir. „Du hast alle überrascht, mich eingeschlossen. Ich weiß gar nicht, was ich sagen soll."

„Du brauchst nichts zu sagen. Ich weiß, daß Großvater sich jetzt freuen würde."

„Du hast mich zum glücklichsten Mann der Welt gemacht!" Er küßte mir zärtlich die Hand.

Mr. McPhail sagte: „Kommt, Fiona, Neil . . ."

Doch Fiona rührte sich nicht von der Stelle. Ihre sonderbaren Augen waren nicht auf mich, sondern auf Coll gerichtet. „Herzlichen Glückwunsch! Du hast bekommen, was du wolltest. Hoffentlich bist du nun zufrieden." Dann verließ sie schnell das Zimmer und nahm ihren Vater und ihren Bruder mit sich.

Mrs. Drummond starrte mich an; ihr verwüstetes Gesicht war noch von Tränen verschmiert. Gleich darauf stand sie auf und ging wortlos aus dem Zimmer.

„Mach dir nichts draus", sagte Coll. „Sie ist noch ganz durcheinander. Sie hat Sir Alasdair sehr geliebt."

„Weshalb hast du mir verschwiegen, daß sie deine Mutter ist?"

„Er hat es nicht gewollt, und sie auch nicht. Es war ein Teil des Abkommens", antwortete er bitter. „Meine Erziehung als Preis für ihr Schweigen . . . und dafür, daß sie das Bett mit ihm geteilt hat."

„Armer Coll!“

„Jetzt nicht mehr! Verzeih mir, Liebling, aber ich muß mich erst einmal um sie kümmern.“

„Natürlich, aber komm bald wieder.“

Ich sah ihm nach und glaubte mich nun allein im Zimmer. Ich hatte ganz vergessen, daß Kathryn halb verborgen in der Fensternische stand. Sie kam jetzt heraus.

„Du bist eine Närrin, Marietta“, sagte sie langsam. „Ja, eine Närrin! Weißt du eigentlich, was du getan hast?“

„Aber ja! Ich habe ein Unrecht wiedergutgemacht. Wenn ich nicht wäre, hätte Coll alles geerbt.“

„Niemals! Vater hat das nur aus Zorn auf mich getan. Er hätte seine Meinung wieder geändert, ob du nun gekommen wärst oder nicht.“

„Bist du sehr enttäuscht, daß er dir nichts vermacht hat?“

Sie blickte mich kalt an. „Wie wenig du mich doch kennst!“

„Verzeih, ich hätte dich das nicht fragen sollen.“

„Liebst du Coll?“

„Ja, sicher“, antwortete ich hastig. „Es stimmt, was er gesagt hat. Auch ich wußte es vom ersten Augenblick an. Coll bedeutet alles für mich. Er will große Dinge für Glenlochy tun, genau wie ich.“

„Glaubst du das wirklich?“

„Ja.“

„Um so schlimmer für dich!“

„Wie meinst du das?“

„Schon gut. Vielleicht irre ich mich. Ich hoffe es jedenfalls für dich. Ich wünsche dir alles Gute, Marietta. Glaub mir, ich wünsche dir von ganzem Herzen nur das Beste.“

Ich trat auf sie zu. „Magst du nicht wieder hierherkommen und bei uns im Schloß wohnen?“

„Damit wäre Coll gewiß nicht einverstanden.“

„Wenn ich ihn darum bitte, bestimmt."

Sie sah mich seltsam an. „Nein, ich ziehe es vor, meine Unabhängigkeit zu bewahren. Ich werde in meiner kleinen Hütte wohnen bleiben. Aus der wird er mich wohl kaum verjagen. Solltest du jemals Hilfe brauchen, weißt du, wo du sie finden kannst."

„Warum sollte ich Hilfe benötigen?" entgegnete ich ein wenig hochmütig.

„Jeder Mensch hat sie irgendwann einmal nötig."

Dann gab sie mir einen Kuß auf die Wange und verließ das Zimmer. Außer den beiden Hunden war nun niemand mehr bei mir. Ich ging zum Stuhl meines Großvaters und setzte mich darauf. Eine Königin kommt vom Kontinent, um ihr Reich in Besitz zu nehmen, hatte Richard gesagt. Bald würde ich es mit dem Mann teilen, den ich mir gewählt hatte. Wolf legte seinen Kopf auf meine Knie, und die blauen Augen von Donald Ruadh blickten mit spöttisch-amüsiertem Lächeln auf mich nieder. Er hatte bekommen, was er wollte. Coll nun auch und ich ebenfalls — zumindest dachte ich das.

12

Es hört sich gewiß merkwürdig an, daß ich in den ersten Wochen nach dem Tod meines Großvaters unsagbar glücklich war, obwohl ich um ihn trauerte. Das lag aber nicht nur daran, daß ich, die vorher nichts besessen hatte, nun Herrin eines riesigen Besitzes war. Natürlich erfüllte mich auch das mit Freude, aber die Verantwortung, die ich damit übernommen hatte, bedeutete mir viel mehr. Und so machte ich mich mit Feuereifer daran, meine Pläne zu verwirklichen, mein Bestes für Glenlochy zu tun. Es war ein berauschendes Gefühl, doch ich hatte auch Angst, etwas falsch zu machen. Ich war deshalb froh, mich von Coll in allem beraten zu lassen, ihn so oft als möglich um mich zu haben, damit er mir alles erkläre, und die Entscheidungen noch ihm zu überlassen. Einmal schlug ich ihm vor, daß seine Mutter nun den ihr geziemenden Platz im Schloß einnehmen solle, aber er schüttelte den Kopf.

„Sie will das nicht. Sie will bleiben, was sie ist."

So sagte ich nichts mehr davon und war insgeheim erleichtert über die Ablehnung. Sie war eine zu seltsame Frau, und sosehr ich mich auch bemühte, ich konnte ihr keine Zuneigung entgegenbringen. Ich tat mein Bestes, um höflich und zuvorkommend zu sein, und beließ es dabei.

Meine Tage waren völlig ausgefüllt. Ich erforschte mit Jeannie jeden Winkel des Schlosses, mit dem Ziel, Instandsetzungen durchzuführen. Ich befaßte mich mit alten Stickmustern und begann voll Eifer mit der Arbeit an neuen

Stuhlbezügen, um die alten, verblichenen zu ersetzen. Auch für die Gestaltung des Gartens machte ich Pläne. Außerdem besuchte ich einige Kleinpächter und war entsetzt über die jämmerliche Armut, in der sie lebten, denn sie teilten ihren einzigen rauchgeschwärzten Raum mit den Tieren. Noch nie hatte ich solches Elend gesehen, und um so mehr rührte es mich, mit welcher Herzlichkeit die Leute mich begrüßten. Sie boten mir einen Platz am Herd an. Sie holten ihre Kinder herbei, um sie mir stolz zu zeigen, und brachten mir Milch und Hafermehlkuchen von ihren kargen Vorräten.

Nur Kathryn besuchte ich nicht und lud sie auch nicht ins Schloß ein. Ich hatte ihren Platz in dem Haus eingenommen, in dem sie aufgewachsen war und viele Jahre ihres Lebens verbracht hatte. Es war eine peinliche Situation, besonders da ich wußte, daß sie Coll nicht mochte. Ich war deshalb sehr erleichtert, als ich eines Tages Mary Kintyre traf und von ihr erfuhr, daß Kathryn für einige Wochen verreist sei. Auf diese Weise konnte ich die Entscheidung, wie ich mich ihr gegenüber verhalten sollte, noch hinausschieben.

Wann setzte die langsame schmerzliche Ernüchterung ein? Ich kann es nicht genau sagen, weil sie mir zuerst nicht richtig bewußt wurde. Aber ich glaube, sie begann an einem Morgen im Juni. Ich wollte einem alten Ehepaar, das statt eines Betts nur ein mit Lumpen bedecktes Lager aus Reisig hatte, ein paar Decken bringen und traf auf dem Weg dorthin Fiona.

„Lady Mildtätigkeit!“ bemerkte sie mit beißendem Spott. „Ich hätte es nie für möglich gehalten, daß Sie oder Coll überhaupt auf einen solchen Gedanken kommen könnten.“

„Wieso nicht? Er ist vollkommen einer Meinung mit mir, daß wir alles, was in unserer Macht steht, für unsere

Leute tun sollten. Nur kenne ich ihre Bedürfnisse besser als er."

„Wirklich? Ist das alles, worüber ihr zwei an den langen Sommerabenden redet?"

Sie lehnte an dem Geländer einer kleinen Brücke und sah hinreißend schön aus. Ich wußte genau, worauf sie anspielte, denn obgleich Mrs. Drummond bei uns im Schloß wohnte und Jeannie manchmal bei uns saß, um mir beim Sticken zu helfen, waren Coll und ich oft allein zusammen. Das verstieß natürlich gegen die gute Sitte, aber ich hatte nie sonderlichen Wert auf die Einhaltung von Formen gelegt, und hier an diesem abgelegenen Ort schien mir das erst recht nicht wichtig zu sein.

„Wir haben eine Menge zu besprechen", erwiderte ich. „Wir wollen im August heiraten."

„Ich wundere mich, daß die Hochzeit nicht schon früher stattfinden muß. Ich kenne Coll nur als sehr ungeduldigen Mann. Wie muß er sich geändert haben!"

„Vielleicht kennen Sie ihn nicht so gut, wie Sie denken", gab ich zurück.

Sie sah mich mit funkelnden Augen an. „Sie sind sich Ihrer Sache sehr sicher!"

„Ja, das bin ich. Ich liebe ihn nämlich!"

„Und liebt er Sie auch?"

„Weshalb fragen Sie das?"

„Was sind Sie doch für ein Unschuldslamm!" Sie brach in wildes Lachen aus.

„Lassen Sie das!" fuhr ich sie zornig an.

„Warum sollte ich nicht lachen, wenn ich mich amüsiere? Ich wünsche Ihnen viel Glück, Marietta. Ich möchte Glenlochy nicht einmal geschenkt haben wollen!" Damit wandte sie sich ab und ging.

Ich sah ihr nach und dachte: Sie ist ja nur neidisch! Ganz gleich, was sie sagt, sie würde gern meinen Platz einnehmen. Doch in einem hatte sie recht. Coll hatte sich in der kurzen Zeit geändert, was mich manchmal störte. Er war herrischer und noch selbstsicherer geworden, als fühlte er sich zum erstenmal unabhängig, befreit von allen Einschränkungen.

Im allgemeinen störte ich ihn nie bei der Arbeit, aber als ich an diesem Morgen ins Schloß zurückkehrte, ging ich nicht in mein Zimmer hinauf, sondern ins Kontor. Hamish Kintyre war bei Coll und protestierte heftig gegen irgend etwas. Er hieb mit der Faust auf den Tisch, und sein Gesicht war flammendrot vor Zorn. Sie sprachen gälisch, so daß ich kaum etwas verstand. Außerdem verfiel Kintyre sofort in Schweigen, als er mich bemerkte. Coll bedeutete ihm mit einer Handbewegung, daß er gehen solle. Einen Moment zögerte Kintyre noch, dann verbeugte er sich höflich vor mir und eilte aus dem Kontor.

„Worüber hat er sich denn so aufgeregt?“ fragte ich verwundert.

„Über nichts Besonderes“, antwortete Coll knapp.

„Er sagte etwas von Pacht, soviel ich verstanden habe“, fuhr ich hartnäckig fort. „Kann er sie nicht zahlen?“

„Nicht nur er, alle können sie nicht zahlen. Er überbrachte mir eine Bittschrift. Jetzt, da Sir Alasdair tot ist, kommen sie mit allen möglichen Klagen. Was, zum Teufel, erwarten sie eigentlich von mir?“

„Wie meinst du das?“

Er blickte mich mit gerunzelter Stirn an und trommelte mit den Fingern auf den Tisch. „Ich muß ihre Pacht erhöhen, wenn wir durchkommen wollen, und er behauptet, sie könnten jetzt schon kaum ihr Leben fristen.“

„Ich glaube, das stimmt auch. Ich war entsetzt, in welcher Armut die meisten leben. Findest du nicht, Coll, daß du zuerst mit mir hättest sprechen sollen, bevor du irgendwelche Änderungen vornimmst?“

„Mein liebes Kind, verwalte ich den Besitz für dich oder nicht?“

„Natürlich verwaltest du ihn. Aber ich trage die Verantwortung und schulde es Großvater, mein Bestes für unsere Leute zu tun. Er hat mir das mehr als einmal ans Herz gelegt. Du hättest wirklich mit mir darüber sprechen sollen!“

„Mußt du mich unbedingt daran erinnern, daß ich ein Habenichts bin, der eine reiche Erbin heiratet?“ fuhr er mich wütend an.

„Das ist unfair von dir, Coll! Es liegt mir fern, das auch nur zu denken. Ich meine bloß, daß ich ein Recht darauf habe, von den Änderungen in Kenntnis gesetzt zu werden, die du vorhast.“

Er sprang auf und ging erregt hin und her. „Daran habe ich mich also künftig zu halten, wie? Bitte, Miss Gilmour, darf ich die Anweisung geben, daß dies getan wird oder jenes? Wird das so bleiben, wenn wir verheiratet sind, oder nicht? Wirst du mir dann gnädigerweise erlauben, der Herr zu sein?“

Der Hohn in seiner Stimme verletzte mich. „Du weißt ganz genau, daß ich es nicht so gemeint habe!“

Er kam zu mir, stellte sich hinter mich, schlang die Arme um meine Taille und küßte mich auf den Nacken. „Es tut mir leid, Liebling, wirklich!“ sagte er in offensichtlicher Reue. „Ich wünschte, wir könnten schon morgen heiraten!“

„Es ist nicht mehr lange hin bis zu unserer Hochzeit, nur noch zwei Monate.“

Er drehte mich zu sich herum und sah mich bittend an. „Zwei Monate sind eine Ewigkeit, wenn man liebt. Laß uns morgen zur Kirche gehen. Mr. McPhail wird bestimmt keine Einwände erheben.“

Ich lächelte, denn er kam mir wie ein ungeduldiger

kleiner Junge vor. „Das können wir unmöglich tun! Es ist zu früh. Die Leute würden sagen, wir hätten heiraten müssen."

„Was kümmern uns die Leute!" Er küßte mich mit einer Leidenschaft, die mich bis ins Innerste erregte und gleichzeitig erschreckte. Seine Hände zerrten an den Spitzen meines Ausschnitts. Er küßte meinen Hals und dann meine Brust. Ich fühlte, daß ich nahe daran war, den Kopf zu verlieren, und stieß ihn zurück.

„Nein, Coll, bitte nicht!"

„Warum sollen wir noch warten?" fragte er heiser. „Ich will dich ganz, Marietta! Ich will dich jetzt, noch in dieser Minute!"

Ich wich von ihm zurück, in dem Gefühl, daß ich zu etwas getrieben werden sollte, wozu ich noch nicht bereit war. „Es wäre nicht recht ...", stammelte ich.

„Nicht recht! Sei doch nicht so prüde, mein Liebling! Wer kann uns schon vorschreiben, was wir zu tun oder zu lassen haben?"

Vielleicht hätte ich nachgegeben, ich weiß es nicht. Wenn er mich in den Armen hielt, war ich wie verzaubert, und alle Vernunft war wie ausgelöscht. Die Hunde bewahrten mich davor, dieser Schwäche zu erliegen. Sie stürzten plötzlich wild kläffend ins Kontor und jagten eine Katze, gefolgt von Neil, der schallend über ihre tolpatschigen Sprünge lachte.

„Was fällt dir ein, solchen verdammten Unsinn zu treiben? Kannst du diese verfluchten Biester nicht im Zaum halten?" schrie Coll ihn wütend an.

Neil blickte von ihm zu mir und grinste. „Entschuldigung, ich wußte nicht, daß Marietta hier ist."

Ich kehrte ihm hastig den Rücken zu, brachte mein Kleid in Ordnung und versuchte verzweifelt, meine Fassung wiederzugewinnen. Als ich schließlich wieder klar denken konnte, wurde mir bewußt, in welch peinlicher Lage ich mich befand und wie unerfahren ich war. Ich hatte das Gefühl, in eine Falle gelockt worden zu sein. Coll wollte mich offenbar völlig beherrschen, und ich lehnte mich dagegen auf, meine Unabhängigkeit zu verlieren. Sosehr ich meine Mutter auch verabscheute, wäre ich froh gewesen, mir ihren Rat einholen und sie trotz ihrer Gefühlskälte bei mir haben zu können.

Es war etwa eine Woche später, als ich an einem herrlichen Morgen erwachte, wie man ihn selten im Hochland erlebt. Aber dann ist das Licht so golden und von einem Glanz wie nirgends sonst auf der Welt. Coll war beschäftigt. Jeannie hatte in der Küche zu tun, und ich hielt es einfach nicht mehr im Schloß aus. Ich wollte draußen in der wundervollen Luft durch die Gegend streifen und beschloß, mich auf die Suche nach den Seehunden zu begeben.

„Jetzt ist die Jahreszeit, in der sie hierherkommen", hatte Murdo erst am Tag zuvor zu mir gesagt, als ich am Fenster stand, ihre sonderbaren bellenden Schreie hörte und ihre runden menschenähnlichen Köpfe im Meer auf- und untertauchen sah.

Ich ging über den festen weißen Sand. Der salzige Wind zerzauste mein Haar. Ich winkte den Tangsammlern zu und beobachtete die Seevögel, die zum Wasser herabstießen und sich dann mit ihrem durchdringenden Schrei wieder hoch in die Lüfte schwangen. Nachdem ich etwa eine Meile gegangen war, kam ich an die Stelle, wo der Loch sich verbreitert und ins Meer übergeht. Dort sah ich zu meiner Überraschung Richard Wynter sitzen. Sein kleines Boot schwappte gegen das Ufer, während er geduldig versuchte, die Knoten in seiner Angelschnur zu entwirren. Ich hatte ihn seit der Beerdigung nicht mehr gesehen und stellte fest, daß er braungebrannt war und so gesund wie noch nie aussah. Die Hochlandluft schien ihm offenbar gut zu bekommen.

„Guten Morgen!" rief ich fröhlich. „Lassen Sie mich das tun! Ich kann gut Knoten lösen."

Er blickte zu mir auf und lächelte. „Ihre Finger sind auch schlanker als meine!" Er überließ mir einen Teil der Schnur, und ich setzte mich neben ihn auf den Felsblock.

„Was machen Sie hier so weit vom Schloß entfernt an diesem wunderschönen Morgen?" fragte er.

„Ich wollte die Seehunde aufspüren, habe aber nirgends welche gesehen."

Er wies nach vorn, wo eine kleine graugrüne Felseninsel aus dem Meer ragte. „Dort halten sie sich meistens auf. Die Insel ist unbewohnt und deshalb ein beliebter Tummelplatz dieser Tiere. Man hat mir das jedenfalls erzählt. Ich will gleich hinüberrudern."

„Sie sieht sehr verlockend aus. Warum ist Janet nicht mit Ihnen gekommen?"

„Sie haßt Bootsfahrten, dabei ist das Meer spiegelglatt. Möchten Sie mit? Ich kann Ihnen garantieren, daß Sie nicht seekrank werden."

Ich zögerte. „Ich weiß nicht recht . . ."

„Trauen Sie mir etwa nicht?"

„Doch, das schon." Ich wußte selbst nicht genau, was mich zurückhielt. Ich hatte das merkwürdige Gefühl, daß ich einen Schritt ins Ungewisse tun würde, wenn ich mit ihm fuhr.

Er wickelte die entwirrte Angelschnur auf und erhob sich.

„Haben Sie Angst, daß Coll etwas dagegen hätte?"

Diese Bemerkung gab den Ausschlag. „Nein, gewiß nicht. Ich komme mit."

„Fein!"

Er half mir ins Boot und verstaute sein Angelzeug sowie den Fischbehälter darin. Dann stieß er es vom Ufer ab und ruderte uns mit langen kräftigen Schlägen über das sonnenüberflutete Wasser.

Die Insel war größer, als sie von weitem ausgesehen hatte. Sie bestand teils aus grauem Felsgestein, teils aus niedrigem Buschwerk. Nachdem wir das Boot auf den Strand gezogen hatten, gingen wir ein Stück weiter, bis wir zu einer kleinen Sandbucht kamen. Richard breitete sein Plaid aus, und wir setzten uns darauf, um auf das Auftauchen der Seehunde zu warten. Richard hatte recht gehabt, denn sie kamen bald darauf fast dutzendweise. Ohne jede Scheu vollführten sie ihre lustigen Luftsprünge und spielten munter in der Brandung und am Ufer herum. Es waren auch junge dabei mit kugelrunden dunklen Augen und hellem seidigschimmerndem Fell. Eines kam so nah zu mir heran, daß ich es mit der ausgestreckten Hand hätte berühren können.

„Sie haben etwas so Menschliches an sich, daß man die alten Sagen leicht für wahr halten kann", sagte ich.

„Diesmal sind Sie mir mit Ihrem Wissen nicht voraus", antwortete er. „Ich weiß alles über Seehunde. Sie sind verzauberte Königskinder. In Mittsommernächten kommen sie aus dem Meer, werfen ihre Fellmäntel ab und tanzen im Mondenschein. Gibt es nicht oben im Norden einen Clan, dessen Angehörige behaupten, Nachfahren einer Robbenfrau zu sein?"

Ich lachte. „Das habe ich auch schon gehört. Coll hat gesagt, es gäbe so viele Robben, daß sie manchmal Jagden darauf veranstalten. Ich begreife nicht, wie jemand es fertigbringen kann, sie zu töten. Sie sind so zutraulich."

„Manche Menschen scheuen vor nichts zurück, um leicht zu Geld zu kommen, und Seehundfelle sind sehr wertvoll."

Ich sah ihn an. „Könnten Sie das Junge dort töten?"

Er richtete sich wieder auf und schlang die Arme um die Knie. „Ich bin Soldat gewesen, Marietta, und für einen Soldaten heißt es oft, töten oder getötet werden. Auch mir ist diese Entscheidung nicht erspart geblieben, aber mit dem Ergebnis, daß ich Töten nur um des Tötens willen zutiefst verabscheue. Da ich jedoch ein ziemlich praktisch denkender Mensch bin, schieße ich hin und wieder einen Hasen. Janet ißt gern Wild. Manchmal erlege ich auch ein Kaninchen für den Kochtopf. Ich gehe auf Lachsfang, und hier in dem Behälter sind Forellen. Ich bin also kein Jäger im eigentlichen Sinne." Er lächelte ein wenig wehmütig. „Mein Vater ist ein großer Liebhaber von Parforcejagden. Er hält eine eigene Meute und verachtet mich wegen meiner Sentimentalität."

„Ich nicht."

„Lassen Sie das lieber Coll nicht hören! Alle Hochländer sind leidenschaftliche Jäger."

Ich mochte nicht mit ihm über Coll sprechen und entgegnete nichts. Wir schauten dem munteren Treiben der Seehunde so lange zu, daß wir Hunger bekamen. Richard suchte ein paar trockene Zweige und Äste zusammen, entzündete ein Feuer und spießte eine der mitgebrachten Forellen auf einen Stock, der an einem Ende gegabelt war. Dann hielt er sie in die Flammen, doch sie fiel vom Stock und verbrannte. Wir lachten darüber.

„Ich kann das nicht so gut wie meine Soldaten während des Feldzugs", sagte er und spießte eine zweite Forelle auf. Wir beugten uns zusammen darüber und verbrannten uns die Finger, als wir sie nach einiger Zeit abnahmen. Die Haut war vielleicht ein bißchen verbrannt, aber das Innere schmeckte köstlich mit ein paar Hafermehlkuchen, die Richard aus einem Bündel geholt hatte.

„Janet hat sie mir mitgegeben. Sie hat immer Angst, daß ich verhungere, wenn sie nicht dabei ist", sagte er.

Ich betrachtete sein schmales dunkles Gesicht, während er ein Loch grub und die Überbleibsel unserer Mahlzeit darin einscharrte. Es ist wirklich merkwürdig, dachte ich, wie ungezwungen ich mich in der Gesellschaft dieses Mannes fühle, den ich einmal unausstehlich gefunden habe...

„Ich hatte nie einen Bruder", sagte ich ohne Übergang.

„Hegen Sie solche Gefühle für mich? Sehen Sie in mir einen Bruder?" fragte er und fuhr fort, den Sand glattzustreichen.

„Das würde ich gern, wenn Sie nichts dagegen haben."

„Jetzt müßte ich wohl auch noch sagen, daß ich mich sehr geehrt fühle", erwiderte er ein wenig bitter.

„Wie alt sind Sie, Richard?"

Er wandte sich mit gerunzelter Stirn zu mir um. „Was für eine seltsame Frage! Ich bin einunddreißig, wenn Sie das unbedingt wissen wollen."

Ich fühlte, wie ich rot wurde. „Entschuldigen Sie! Es war sehr unmanierlich von mir, Sie das zu fragen, aber ich dachte über etwas nach."

„Worüber?"

„Daß Sie eigentlich längst verheiratet sein müßten."

„Sie reden genau wie mein Vater!" Er wischte sich mit einem Taschentuch die Finger ab. „Ich war einmal verlobt."

„Und weshalb wurde die Verlobung gelöst?"

„Ihr mißfiel der Gedanke, mit einem Krüppel verheiratet zu sein."

„Aber das sind Sie doch nicht!"

„Vor ein paar Monaten wohl."

„Oh, das tut mir leid!"

„Mir nicht. Ich glaube, ich kann von Glück sagen, daß es so gekommen ist."

„Das klingt sehr zynisch."

„Vielleicht. Schlechte Erfahrung tut weh, aber man

lernt daraus." Er starrte vor sich hin. „Ich habe sie zum letztenmal in Paris gesehen. Ich bin in die Kirche gegangen, als sie einem anderen angetraut wurde."

„Hat sie gewußt, daß Sie da waren?"

„O ja! Und ich glaube, es hat ihr nicht das geringste ausgemacht. Im Gegenteil, es hat sie offenbar mit Triumph erfüllt ... Der zurückgewiesene Geliebte, den es trotzdem zu ihrer Hochzeit getrieben hat." Er sprach mit tiefer Bitterkeit. „Ich bin direkt von Frankreich nach Schottland gekommen."

„Da habe ich Sie zum erstenmal gesehen ... auf dem Schiff."

„Ja, und ich Sie. Ein kleines rothaariges Mädchen, das tapfer gegen die Seekrankheit ankämpfte."

„Ich fand, daß Sie sehr einsam aussahen."

„Ich habe Sie immer beobachtet, wenn Sie gegen den Wind und den Regen ankämpften, mutig auf dem Deck umhermarschierten, während die meisten Passagiere krank in ihren Kabinen lagen."

„Es roch so entsetzlich da unten!"

Er lächelte, lehnte sich zurück und schaute auf die Wellen, die ans Ufer brandeten. Dann sagte er ruhig: „Ich glaube, ich teile das Schicksal meines Bruders ... Auch ich scheine vom Glück nicht sehr begünstigt zu sein."

Ich richtete mich auf. „Machen Sie sich immer noch Gedanken über seinen Tod? George Fergusson sagte, Sie stellen im Tal Nachforschungen an."

„Ja, das stimmt, aber bislang völlig ergebnislos. Sie meinen sicher genau wie Janet, daß ich davon besessen bin. Aber ich habe einen triftigen Grund, der Sache weiter nachzugehen. Ich möchte Ihnen etwas erzählen, Marietta, wenn Sie mir noch zuhören wollen." Er schwieg einen Moment und zeichnete mit dem Finger ein Muster in den Sand. Dann fuhr er fort: „Mein Bruder hat mir einen

Brief geschrieben, den ich erst nach seinem Tod erhielt. Er schrieb mir darin, daß er sich verliebt habe. ‚Sie ist die wundervollste Frau der Welt‘, hieß es in dem Brief. ‚Es sind zwar noch gewisse Schwierigkeiten zu überwinden, aber ich bin überzeugt, daß sie eines Tages meine Frau werden kann.‘ Schreibt das ein Mann, der aus dem Leben scheiden will?“

„Wer war sie?“

„Er hat den Namen nicht genannt. Vielleicht hielt er das für besser. Es sind schon viele Briefe in falsche Hände gelangt. Aber es gibt nicht allzu viele Frauen hier im Tal, die in Frage kommen, oder?“

„Vielleicht war sie aus Fort William.“

„Nein, sie hat hier gewohnt, davon bin ich fest überzeugt.“ Er sah mich an. „Ich habe in den letzten Wochen viel nachgedacht und habe den Leuten viele Fragen gestellt. Aber die meisten verstehen kaum ein Wort Englisch oder tun so, als verstünden sie es nicht, wenn sie nicht antworten wollen. Die einzige Frau, die es meiner Meinung nach sein könnte, ist Ihre Tante Kathryn.“

„Kat? Aber sie ist viel älter als Ihr Bruder!“

„Was macht das schon, wenn man liebt?“

„Sind Sie schon bei Kat gewesen?“

„Nein, noch nicht. Das ist nicht so einfach, wenn man bloß Vermutungen hegt.“

Ich dachte daran, daß mein Großvater gesagt hatte, Graham Wynter hätte ihm seine Ehre geraubt, und an die Beleidigungen, die Mrs. Drummond Kat an den Kopf geworfen hatte. Aber ich mochte Richard nichts davon sagen. Wenn Graham und Kat sich geliebt hatten, dann sollte er das selbst herausfinden.

„Was werden Sie tun?“ fragte ich.

„Ich weiß es noch nicht genau. Ihre Tante wohnt nicht weit vom Tige Dubh entfernt, trotzdem bin ich ihr erst einmal begegnet ... in der Nacht, in der Ihr Großvater erkrankte. Ich kann schließlich nicht einfach zu ihr hingehen und sie fragen: ‚Waren Sie es, die meinen Bruder in den Tod getrieben hat?‘“

„O nein, das ist völlig undenkbar! Es war bestimmt ein Unfall, es muß ein Unfall gewesen sein! Vielleicht hat ihn die Flut überrascht. Der Sog ist sehr gefährlich. Ihr Bruder war fremd hier und kannte sich mit den Gezeiten nicht aus. Es kann auch sein, daß er wie Sie mit solch einem Boot hinaus aufs Meer gefahren und in einen Sturm geraten ist.“

„Möglich.“ Richard sah nicht überzeugt aus. Dann stand er mit einemmal auf und sagte: „Wir haben die Zeit vergessen. Es ist schon spät, wir müssen zurückfahren.“

Aber wir hatten nicht mit dem Wetter gerechnet. In der geschützten Bucht zwischen den Felsen hatten wir nicht bemerkt, daß der Wind das Wasser zwischen der Insel und dem Festland aufgewühlt hatte. Richard blickte besorgt auf die Wellen.

„Ich kann es nicht riskieren, da die Gezeitenströmung gegen uns steht. Die augenblicklich laufende Ebbe könnte uns hinaus aufs offene Meer ziehen. Wenn wir warten, bis die Flut einsetzt, werden wir es leichter haben. Sie wird uns zum Land hin tragen.“

Die Sonne war hinter den Wolken verschwunden, und es kam ein kalter Wind auf. Richard nahm das Plaid und legte es mir um die Schultern.

„Wir können in einer der Felsspalten vor dem Wind Schutz suchen“, schlug er vor.

Es war eines dieser Unwetter, die häufig über den Bergen der Westküste niedergehen. Wir zwängten uns in eine enge Felsspalte, und trotz des Plaids fror ich in meinem dünnen Kleid.

„Es ist wirklich unverzeihlich von mir, daß ich den

Wetterumschwung nicht rechtzeitig bemerkt und Sie vorher zum Festland zurückgerudert habe", sagte Richard. „Ich hoffe nur, daß Sie sich nicht erkälten."

Er legte den Arm um mich und drückte mich an sich, um mich zu wärmen. Es war plötzlich so dunkel geworden, daß ich kaum noch sein Gesicht sehen konnte. Nach einer Weile sagte er unvermittelt: „Janet hat mir erzählt, daß Sie heiraten werden."

„Ja, im August."

„So bald schon?"

„Warum sollten wir noch länger warten? Ich habe meiner Mutter das Datum schon mitgeteilt."

„Wird sie herkommen?"

„Ich glaube kaum, daß sie meinetwegen die lange Reise von Paris auf sich nimmt. Sie hat sich nie viel um mich gekümmert."

„Ach so. Haben Sie niemanden, der Ihnen nahesteht ... irgendwelche Freundinnen?"

„Nicht hier."

„Ich hoffe, Sie betrachten mich nicht mehr als Ihren Feind."

„Nein, natürlich nicht. Ich sagte es Ihnen ja schon."

Es war tatsächlich so: Wenn ich bei ihm war, vergaß ich alles, was mein Großvater gesagt und wie ich selbst einmal über die Engländer gedacht hatte.

„Das macht mich sehr froh!"

Er wandte mir das Gesicht zu, und ich sah, daß seine Augen glänzten. Dann küßte er mich sanft und doch fest. Einen Augenblick durchströmte mich unter der Berührung seiner Lippen eine unsagbare Erregung. Dann schreckte ich entsetzt über mich selbst zurück. Ich bin also genau wie meine Mutter! dachte ich. Ich bin mit Coll verlobt und finde an den Küssen eines anderen Gefallen.

Richard zog mich wieder an sich.

„Bitte, Richard, bitte nicht!“ stammelte ich.

Er ließ mich sofort los. „Entschuldigen Sie! Habe ich Sie gekränkt? Aber Sie haben mich schließlich zu Ihrem Bruder ernannt.“

Er sagte das in einem so gleichmütigen Ton, daß meine Verlegenheit schwand. Wir sprachen von anderen Dingen, und etwa eine halbe Stunde später schaute Richard nach draußen.

„Ich glaube, wir können unser Glück versuchen“, meinte er. „Der Himmel lichtet sich, und der Regen hat fast aufgehört.“

Alles tropfte vor Nässe, aber der Sturm hatte sich so schnell gelegt, wie er gekommen war. Richard schob das Boot ins Wasser, und trotz des ziemlich starken Seegangs trug uns die einsetzende Flut zum Festland hin. Doch wir brauchten für die Rückfahrt viel länger als für die Hinfahrt. Der Abend war schon hereingebrochen, als Richard an der Küste entlangruderte und das Boot auf den kleinen Landungssteg vom Schloß zusteuerte. Er half mir beim Aussteigen und begleitete mich noch bis zum Damm. Ich nahm das Plaid ab.

„Danke für den schönen Tag“, sagte ich, und von einem plötzlichen Impuls getrieben, stellte ich mich auf die Zehenspitzen und gab ihm einen Kuß auf die Wange. „Grüßen Sie Janet von mir.“

„Das will ich gern tun.“

Er blieb noch stehen, während ich den Damm hinaufging. Kaum war ich vor dem Schloß angelangt, da wurde die Eingangstür aufgerissen, und Coll trat heraus.

„Da bist du ja endlich!“ rief er in leicht gereiztem Ton. „Wo bist du nur so lange gewesen? Ich habe mir solche Sorgen um dich gemacht!“

„Es tut mir leid, Coll. Ich wollte gar nicht so lange wegbleiben, aber dann traf ich Richard. Wir haben die

Seehunde beobachtet und darüber ganz die Zeit vergessen. Dann kam das Unwetter auf, und wir mußten warten, bis es sich gelegt hatte.“

„Richard?“ fragte er gedehnt. „Hast du gesagt, Richard? Das hätte ich mir denken können!“ Er stieß mich grob beiseite und stürmte den Damm hinunter.

„Nun, Oberst Wynter, was haben Sie zu Ihrer Rechtfertigung zu sagen?“ schrie er.

Richard hatte sich bereits zum Gehen gewandt. Er drehte sich wieder um und ging langsam auf Coll zu. „Ich wüßte nicht, wofür ich mich Ihnen gegenüber zu rechtfertigen hätte.“

„Glauben Sie ja nicht, daß Sie so davonkommen!“ Coll sprang vom Damm hinunter. Sie standen sich jetzt gegenüber, zwei zornige junge Männer, und ich bekam plötzlich Angst.

„Coll, bitte ...“, rief ich.

„Halt den Mund, Marietta, das ist allein meine Angelegenheit!“ Er trat noch einen Schritt näher an Richard heran. „Wie können Sie sich unterstehen, hier herumzuschleichen. Sie wissen genau, daß Sie nicht erwünscht sind! Und dann besitzen Sie noch die Dreistigkeit, meine zukünftige Frau zu überreden, Sie weiß Gott wohin zu begleiten. Ich verlange eine Erklärung für diese Unverschämtheit!“

„Sollten Sie nicht besser Miss Gilmour fragen, weshalb Sie mit mir gekommen ist?“ entgegnete Richard kalt.

„Es war eine harmlose Bootsfahrt, nicht mehr“, verteidigte ich mich.

„Zu zweit? Nur du und Mr. Wynter? Und da soll ich glauben, daß nicht mehr dahintersteckt? Sie wollten Marietta wohl verführen, wie?“

„Nehmen Sie das sofort zurück!“

„Ich denke nicht daran!“ Coll verlor jetzt jegliche Selbstbeherrschung. „Ihr verdammten Engländer! Ihr meint wohl, ihr könntet euch alles erlauben? Ihr nehmt uns unser Land, unsere Ehre, unsere Frauen, und wir müssen tatenlos zusehen. Aber diesmal nicht!“ Er holte mit der Hand aus und schlug Richard so heftig ins Gesicht, daß eine rote Spur zurückblieb.

„Ich hätte das Recht, Sie dafür zu töten!“ sagte Richard mit rauher Stimme. „Ich werde aber keinen Gebrauch davon machen. Nicht etwa, weil ich Mitleid mit Ihnen habe, sondern mit Marietta. Sie können sich also bei ihr dafür bedanken.“ Er drehte sich um und wollte gehen, aber Coll packte ihn an der Schulter und riß ihn zu sich herum.

„Sie erbärmlicher Feigling!“ zischte er. „Sie sind keinen Deut besser als Ihr Bruder! Großspurig daherreden, und sich dann hinter Weiberröcken verstecken!“

Sekundenlang stand Richard wie erstarrt da, dann schoß seine Faust vor und traf Coll mit solcher Wucht am Kinn, daß er zurücktaumelte und zu Boden fiel. Er schlug so hart mit dem Kopf auf, daß er einen Augenblick lang regungslos dalag. Ich lief zu ihm hin und kniete mich neben ihn.

„Er hätte das über meinen Bruder nicht sagen dürfen!“ erklärte Richard, bebend vor Zorn.

„Gehen Sie, Richard, bitte gehen Sie jetzt!“

Coll stand schwankend auf, Blut rann von seinem Mund. „Das werden Sie mir büßen“, murmelte er, „verlassen Sie sich darauf!“

Richard blickte ihn einen Moment schweigend an, bevor er antwortete: „Ich stehe Ihnen zur Verfügung, wann und wo immer Sie wollen.“ Dann ging er mit schnellen Schritten davon.

Coll starrte ihm mit einem so haßerfüllten Gesicht nach, daß ich angstvoll fragte: „Was hast du vor, Coll?“

„Ich werde ihm eine Lehre erteilen, die ihm seine verdammte Arroganz für immer austreiben wird!" knirschte er. Dann wandte er sich mir zu und umfaßte mein Gesicht mit beiden Händen.

„Ich habe dir schon einmal gesagt, daß du mir gehörst, Marietta, mir ganz allein, verstehst du? Ich werde dich mit niemandem teilen!"

„Aber, Coll, was für einen Unsinn redest du dir ein! Richard macht sich überhaupt nichts aus mir."

„Und ob! Denkst du, ich bin blind? Meinst du, ich sähe nicht, wie er dich mit seinen Blicken verschlingt?" Er tupfte mit seinem Taschentuch das Blut von seinen Lippen. „Weißt du, was Donald Ruadh getan hat, wenn ein anderer Mann es wagte, die Frau zu berühren, die er für sich haben wollte? Er hat sich mit ihm duelliert. Sie haben im Turm, im heutigen Kontor, gefochten. Die Falltür stand offen, und das Meer tobte unter den Kämpfenden. Ein falscher Schritt bedeutete den sicheren Tod unten auf Felsen."

„Wie grauenhaft!"

„Möglich, aber auch sehr befriedigend." Er lächelte grimmig. „Keine Angst, ich habe nichts dergleichen im Sinn. Es gibt andere Möglichkeiten, um mit dem Ehrenwerten Richard Wynter abzurechnen."

„Um Gottes willen, was hast du vor?"

„Das wirst du noch früh genug erfahren!"

„Du willst dich doch hoffentlich nicht mit ihm duellieren?" In Paris waren oft Duelle ausgetragen worden. Junge Männer hatten sich gegenseitig für nichts und wieder nichts im Bois de Boulogne umgebracht, nur weil sie sich in ihrer Ehre gekränkt fühlten.

„Duellieren?" wiederholte er gedehnt. „Ja, aber auf andere Weise. Er wird mich nicht ein zweites Mal schlagen, das schwöre ich dir!"

„O Coll, tu das nicht! Es ist so unnötig, so töricht!

Vergiß das Ganze. Ich verspreche dir, daß ich Richard nie wiedersehen werde.“

„Und mir das dann insgeheim nachtragen wirst ... nein, es gibt andere Wege.“ Er nahm mich bei der Hand. „Komm, Marietta, das Abendessen ist fertig. Ich habe Hunger.“

Wir gingen ins Schloß, und während des Essens erwähnte er nichts mehr davon, sprach über Nebensächlichkeiten. Danach sagte er: „Entschuldige mich jetzt bitte, meine Liebe. Ich muß noch mit George Fergusson einige geschäftliche Dinge besprechen.“

„Was denn?“

„Nichts, was dich interessieren könnte.“

Ich blickte ihm vom Fenster aus nach, als er über den Damm und dann mit schnellen Schritten den Pfad hinaufging, und konnte mich eines unbehaglichen Gefühls nicht erwehren. Im Hochland bricht die Dämmerung im Juni erst spät herein, und es war noch nicht dunkel. Ich weiß nicht, was mich dazu trieb, hinunter ins Kontor zu gehen. Dort drang kaum noch ein Lichtschein herein, da lange Efeuranken wie ein Vorhang draußen vor den Fenstern hingen. Ich muß sie bald einmal zurückschneiden, dachte ich. Dann schob ich den Teppich zurück und zog an dem Eisenring der eingelassenen Tür. Sie war viel schwerer, als ich gedacht hatte. Ich hatte sie erst halb zurückgezogen, da war das Zimmer schon vom Tosen des Meeres erfüllt. Ich starrte schaudernd hinunter in die undurchdringliche Finsternis und fragte mich, ob Donald Ruadhs Gegner bei dem Duell wohl den falschen Schritt getan und dort unten in der brausenden Gischt den Tod gefunden hatte.

„Was machen Sie denn hier?“

Ich schrak zusammen und drehte mich hastig um. Aber es war nur Ailsa Drummond, die mit einer Kerze in der Hand an der Tür stand.

„Nichts", stammelte ich und kam mir unsinnigerweise wie ein auf frischer Tat ertapptes Kind vor. „Ich wollte mir das hier einmal ansehen."

„Weshalb?" Sie kam ins Zimmer und stellte die Kerze auf den Tisch.

„Ach, Coll hat mir vor einiger Zeit eine alte Geschichte erzählt."

„Was für eine Geschichte?"

Ich gab ihr keine Antwort, sondern starrte wieder in die finstere Tiefe. „Ist es eigentlich irgend jemand einmal gelungen, von dort unten zu fliehen?"

„Nicht daß ich wüßte. Wir sollten die Tür lieber wieder schließen. Wenn es nach mir ginge, wäre sie längst zugenagelt worden. Es kann leicht etwas passieren."

Wir schlossen sie gemeinsam und legten den Teppich wieder darüber. Als das getan war, legte Mrs. Drummond ihre Hand auf meinen Arm.

„Sie lieben Coll, nicht wahr?"

„Ja, natürlich." Ich trat einen Schritt zurück, weil mir schon die Berührung ihrer Hand zuwider war.

„Dann stellen Sie ihm nicht so viele Fragen. Mischen Sie sich in nichts ein, was Sie nichts angeht."

„Was meinen Sie damit?"

„Genau das, was ich sage. Wenn Sie meinen Rat nicht befolgen, könnten Sie das eines Tages sehr bereuen."

„Ich verstehe nicht, was Sie damit andeuten wollen. Coll erzählt mir alles. Er hat keine Geheimnisse vor mir."

„Ja, ich weiß. Nur ...", sie stockte und schaute sich um. „Ich habe dieses Zimmer immer gehaßt."

Ihre rätselhaften Andeutungen ärgerten mich, und ich sagte schroff: „Es ist hier nur zu düster. Ich werde das ändern, wenn wir verheiratet sind. Ich gehe jetzt wieder nach oben. Würden Sie Jeannie bitte sagen, daß sie mir Kerzen heraufbringen soll?"

Sie war wieder ganz die alte: beherrscht und undurchschaubar. „Ja, selbstverständlich, Marietta."

Als ich zurück im Wohnzimmer war, blickten die Augen von Donald Ruadh zynisch aus dem Dunkel auf mich herab. Die Ähnlichkeit mit Coll erschreckte mich, war mir fast unheimlich. Ich riß mich gewaltsam zusammen. Das Ganze ist einfach absurd, sagte ich mir. Ailsa Drummond neigt dazu, alles zu dramatisieren. Aber als Jeannie die Kerzen brachte, faßte ich einen Entschluß. Ich würde Coll bitten, das Porträt in einem anderen Raum des Schlosses aufzuhängen, ganz gleich wo, nur daß ich es nicht mehr Tag für Tag sehen mußte.

13

Einige Tage später erhielt ich einen Brief von meiner Mutter. Auf die Postschiffe war kein Verlaß. Sie fuhren oft sehr unregelmäßig, und so hatte meine Mutter meinen ersten Brief aus Glenlochy zusammen mit der Nachricht vom Tod meines Großvaters und von meiner Verlobung mit Coll erhalten. Sie schrieb in ihrer üblichen sarkastischen Art:

„Jetzt ist Dein Herzenswunsch ja in Erfüllung gegangen. Hoffentlich wirst Du glücklich. Ich würde nicht für Geld und gute Worte in einem so einsam gelegenen Schloß zusammen mit lauter Barbaren leben wollen. Aber Du bist schließlich mündig, meine Liebe, und wenn Du unbedingt in Dein Unglück rennen willst, ist das Deine Sache. Aber warum eigentlich solche Eile mit der Hochzeit? Hat Dein hübscher Hochländer Dich vom Pfad der Tugend abgebracht, wie man so schön sagt? Sicher nicht, denn Du warst darin ja immer äußerst zimperlich. Oder gibt es in diesem düsteren Glenlochy nichts Amüsanteres zu tun? Und weshalb hast Du Dir ausgerechnet einen Mann ausgesucht, der keinen roten Heller und nicht einmal einen Titel besitzt? Es ist doch nicht Deine Aufgabe, die Fehler Deines Großvaters wiedergutzumachen! Was war denn gegen den Engländer einzuwenden, den Du in Deinem Brief erwähntest? Ich kenne Lord Wynter vom Hörensagen. Sein Sohn ist ein Frauenfeind. Es hat da einmal einen Skandal wegen der Auflösung einer Verlobung gegeben. Aber Männer wie dieser Richard Wynter lassen sich leicht herumkriegen, wenn man es schlau anstellt, und Du bist nicht umsonst meine Tochter. Aber nein, Marietta, die Romantikerin, muß sich an einen völlig mittellosen Mitgiftjäger wegwerfen! Narr bleibt Narr, habe ich immer von Deinem Vater gesagt.

Henri läßt Dich grüßen. Ich habe manchmal Ärger mit ihm, aber ich mag ihn trotzdem. Zu Deiner Hochzeit werden wir nicht kommen. Allein bei dem Gedanken an die lange, anstrengende Reise dreht sich mir der Magen um. Du hättest den jungen Mann doch nach Paris bringen können. Na ja, *chacun à son goût!* Schreib mir, was Du in Deinem gottverlassenen Schloß am dringendsten benötigst. Ich werde dann versuchen, es Dir zu besorgen . . ."

Wie sah das doch meiner Mutter wieder ähnlich, über Coll herzuziehen! Sie ließ es völlig kalt, wenn jemandem ein Unrecht zugefügt worden war. Es war immer das gleiche mit ihr! Zornig knüllte ich den Brief zusammen und warf ihn ins Kaminfeuer. Merkwürdigerweise hätte ich ihn im nächsten Augenblick am liebsten wieder herausgeholt, wenn es nicht zu spät dafür gewesen wäre. Im Grunde genommen war es mir gleichgültig, ob meine Mutter kam oder nicht, und doch hätte mich ihre Anwesenheit irgendwie aufgemuntert und mir Auftrieb gegeben. Aber vielleicht empfand ich das jetzt nur so, weil ich mich sehr einsam fühlte.

Ich wußte immer noch nicht, was Coll mit Richard vorhatte oder ob es bloß eine leere Drohung gewesen war. Doch wie die Dinge nun einmal lagen, konnte ich nicht zum Tige Dubh gehen, weil das nur zu weiteren Auseinandersetzungen geführt hätte. Es war seltsam, aber der Streit hatte genau das Gegenteil von dem bewirkt, was Coll damit bezweckt hatte. Ich dachte viel öfter an Richard als vorher. Kleinigkeiten fielen mir ein, die er gesagt oder getan hatte, und nahmen plötzlich eine ganz andere Bedeutung an. Ich fragte mich auch, wie das Mädchen wohl gewesen sein mochte, das ihm aus einem so nichtigen Grund den Laufpaß gegeben hatte. Wie herzlos mußte sie gewesen sein! Wenn ich einen Mann sehr liebte ... Ich erschrak. Was kamen mir da bloß für Gedanken? Ich liebte Richard doch nicht, sondern empfand nur Mitleid für ihn, woran ihm bestimmt nicht gelegen war. Wie ähnlich sah es meiner Mutter, sich über mich zu mokieren, weil ich mich ihm nicht an den Hals geworfen hatte! Sie hätte sich wie eine Klette an ihn gehängt, um in den Besitz seines Titels und Reichtums zu kommen, und hätte ihr Ziel auch mit ihren Tricks erreicht. Wie verachtenswert war das doch! Ich versuchte, nicht mehr an Richard zu denken. Doch es gab immer wieder Augenblicke, in denen mich die Erinnerung an den Tag überfiel, an dem er mich geküßt hatte. Wenn ich dann darüber nachsann, dachte ich stets: Ob er das Mädchen wohl immer noch liebt, das ihn so grausam verletzt und einen anderen geheiratet hat?

Gegen Ende Juni kamen die Heringsschwärme. Jeannie weckte mich eines Morgens in aller Frühe und war ganz aufgeregt. Sie stellte das Tablett mit dem Frühstück auf mein Bett, lief zum Fenster und zog die Vorhänge auf. Strahlender Sonnenschein flutete ins Zimmer.

„Sie sind da, zu Tausenden!“ rief sie. „Alle aus dem Tal sind schon am Strand, auch alle aus dem Schloß. Murdo, Kirsty, die Stalljungen, sogar Mr. Coll und ...“

„Wer ist da? Wovon redest du eigentlich?“

„Die Heringe, Miss Marietta!“

„Die Heringe?“ wiederholte ich. Und dann erinnerte ich mich. Die Fischkutter fuhren das ganze Jahr, Sommer wie Winter, aufs Meer hinaus. Aber die großen Heringsschwärme, die dicht an die Küste herankamen, waren unberechenbar. In manchen Jahren kamen sie gar nicht nach Glenlochy. Wenn sie also gesichtet wurden, war das ein großer Freudentag für die Leute, ein richtiges Fest. Es bedeutete, daß selbst der Ärmste sich ein Faß Heringe für den Winter einsalzen konnte und die Angst vor dem Verhungern bis zum nächsten Jahr gebannt war.

Ich zog mir in aller Eile mein ältestes Kleid an, band mir ein Tuch um den Kopf und lief mit Jeannie zum Strand hinunter. Es war ein unvergeßlicher Anblick. Das Meer wimmelte von Fischen, deren Leiber in der Sonne wie Diamanten, Saphire und Smaragde glitzerten. Möwen stießen mit schrillen Schreien nieder, Tölpel schossen pfeilschnell herunter, tauchten ins Wasser und flogen mit ihrer silbernen Beute wieder hoch. Eine lange Reihe von Männern watete mit großen Netzen in die Brandung hinaus und zog dann unter Aufbietung aller Kräfte die zappelnde und schlüpfrige Masse dorthin, wo die Frauen warteten, um die Heringe in Körbe zu tun und zum Strand zu tragen. Sie lachten, sangen, kreischten wie Kinder vor Jubel über die reiche Beute aus der See.

Irgendwann an diesem Morgen stand ich plötzlich neben Hamish Kintyre. Er war nackt bis zu den Hüften; sein dunkles Gesicht war von Schweiß überströmt. Er roch nach Fisch; seine Arme waren von schillernden Schuppen bedeckt.

„Wie lange werden die Schwärme hierbleiben?" rief ich ihm durch das Brausen der Brandung zu.

„Einen Tag und eine Nacht, vielleicht auch zwei, wenn wir Glück haben. Gehen Sie etwas zurück, Mistress Gilmour. Sie werden sonst ganz naß!"

„Ach das macht nichts! Werdet ihr nun alle für den Winter genug zu essen haben?"

Er unterbrach seine Arbeit einen Moment, zog aus seiner

Hosentasche einen schmutzigen Stoffetzen und wischte sich damit das Gesicht ab. „Ja, wenn wir Glück haben", wiederholte er und fügte dann hinzu: „Und wenn wir dann überhaupt noch hier sind."

„Wie meinen Sie das?"

„Ich glaube, Sie wissen genau, was ich meine." Er blickte mich grimmig an. „Zur Zeit Ihres Großvaters wären wir nie aus unseren Heimen vertrieben worden."

„Das werdet ihr auch nicht, solange ich lebe", antwortete ich.

Er starrte vor sich hin. „Sie sind keine Hochländerin, Mistress Marietta, und Sie sind jung und schön. Wer könnte es Ihnen verargen, daß Sie kostbare Kleider und viel Geld haben möchten? Aber Sie sollten auch an die Männer und Frauen im Tal denken, die den Gilmours treu gedient haben ... Haben wir nicht in Bannockburn, Flodden und Culloden gekämpft und unser Leben aufs Spiel gesetzt? Hat Ihr Herz kein Erbarmen mit uns?"

„Ich verstehe nicht, was Sie meinen, Mr. Kintyre! Warum sagen Sie das? Was habe ich denn getan?"

Er sah mich lange prüfend an, dann erwiderte er: „Vielleicht sollte ich besser den Mund halten, aber das ist nicht leicht. *Gille Ghille is measa na'n diobhul!*"

„Was heißt das?" fragte ich etwas gereizt.

„Der Knecht eines Knechts ist schlimmer als der Teufel!" antwortete er bitter, dann lief er als letzter in der Reihe seiner Männer wieder ins Meer hinaus.

Der Knecht eines Knechts ... damit konnte nur George Fergusson gemeint sein. Aber alles andere war mir ein Rätsel. Ich hatte doch mit Coll gesprochen, und er hatte mir das Versprechen gegeben, daß niemandem ein Leid zugefügt werden würde. Mir fiel ein, daß Mary Kintyre gesagt hatte, ihr Schwiegervater sei ein Mann, dessen Stolz ihn immer zur Aufsässigkeit gegen seine Dienstherren getrieben habe. Er hatte seine Rechte und die der anderen Clan-Angehörigen stets nachdrücklich verteidigt und sich sogar nicht gescheut, heftige Debatten mit meinem Großvater zu führen. Ich nahm mir vor, noch einmal mit Coll zu sprechen und auch mit George Fergusson, um die Angelegenheit ein für allemal zu klären.

Jeannie und ich gingen allein zum Mittagessen ins Schloß, denn Coll war nirgends zu entdecken. Ich hatte ihn schon während des ganzen Morgens nur hin und wieder kurz aus der Ferne gesehen.

Die frisch gefangenen gebratenen Heringe schmeckten köstlich. Ich hatte mir früher nie viel daraus gemacht, aber diese waren viel delikater, ließen sich gar nicht mit jenen vergleichen, die ich in Paris bekommen hatte. Mein Kleid war fast bis zu den Knien durchnäßt, und alles an mir roch nach Fisch. Trotzdem ging ich wieder zum Strand hinunter; ich konnte einfach nicht anders. Dieser Tag hatte etwas Barbarisches, Primitives an sich. In den Steinhütten nahmen die Frauen schon die Heringe aus, um sie zum Einlegen in die Fässer fertigzumachen. Sie sangen dabei und schwangen im Takt die Messer. Die Haufen von Innereien wurden immer höher, und die Möwen stritten kreischend darum.

Ich fragte mich einmal, ob Richard und Janet auch gekommen seien, um dem Schauspiel zuzusehen. Aber der Strand war so voller Menschen, daß es unmöglich war, das festzustellen.

Am späten Nachmittag sah ich Mr. McPhail, der den Mitgliedern seiner Gemeinde wohlwollend bei der Arbeit zuschaute. Er winkte mir zu und kam dann zu mir.

„Ein ungewöhnlicher und wundervoller Anblick", meinte er. „Der Herr speist uns aus seinem Überfluß."

Als ich wieder zum Schloß hinaufging, entdeckte ich Fiona. Sie saß auf einem Felsblock und sang leise vor sich hin. Der Wind hatte ihr hochgestecktes Haar gelöst, und es umwehte ihren Kopf wie eine dunkle seidige Wolke. Sie sah wieder so aus wie die Frau, die ich damals vor dem Haus in Edinburgh gesehen hatte. Sie hörte sofort zu singen auf, als ich mich neben sie auf den Felsblock setzte.

„Fiona, darf ich Ihnen eine persönliche Frage stellen?"

„Wenn es unbedingt sein muß, bitte."

„Ich möchte nicht aufdringlich sein, aber es waren doch Sie, die ich damals in Edinburgh gesehen habe?"

Sie drehte sich zu mir um und blickte mich mit ihren seltsamen Augen an, deren Farbe ich nie ganz bestimmen konnte.

„Ja, das war ich", gab sie kurz zur Antwort.

„Dann habe ich mich also nicht geirrt! Warum haben Sie es abgestritten?"

Sie lächelte ein wenig amüsiert. „Ach, Coll hatte mir den Schlüssel von dem Haus gegeben, aber natürlich ohne Sir Alasdairs Wissen. Ich wollte nicht, daß er meinetwegen Schwierigkeiten hätte."

„Ich verstehe. Haben Sie sich in dem Haus mit jemandem getroffen?"

Sie lachte aus vollem Halse, und dieses Lachen erinnerte mich an etwas, mir fiel nur nicht ein, woran.

„Sie sind sehr hartnäckig, Marietta", fuhr sie dann fort. „Sie werden mein Geheimnis doch nicht preisgeben?"

„Nein, bestimmt nicht."

Sie war merkwürdig übermütig gelaunt. Ihr schlanker Fuß unter dem rotgeblümten Rock wippte. „Nun denn, die Antwort ist ja." Sie blickte mich von der Seite herausfordernd an. „Sind Sie jetzt entsetzt?"

Ich war tatsächlich etwas schockiert, denn schließlich war sie die Tochter des Pfarrers. „Wer war der Mann?" fragte ich weiter.

„Sie erwarten doch wohl nicht im Ernst von mir, daß

ich Ihnen das sage?“ Sie stand auf und streckte sich. Mir drang der betäubende verführerische Duft des Parfüms entgegen, das Fiona so verschwenderisch benutzte. Dann wandte sie sich wieder mir zu und sagte: „Sie werden auch dieses kleine Geheimnis für sich behalten, nicht wahr, Marietta? Ich muß jetzt gehen. Es wird Zeit, daß ich meinen Vater nach Hause bringe, sonst erkältet er sich wieder.“

Ich war überzeugt, daß sie sich auf meine Kosten amüsiert hatte. Mir war nur nicht klar, warum. Ich ging langsam zum Schloß zurück, um mein schmutziges, nasses Kleid auszuziehen und mich zu waschen, um den Fischgeruch loszuwerden. Mein Haar klebte von dem Meersalz, so daß Jeannie etliche Eimer mit heißem Wasser heraufschleppte, damit ich auch meine Haare waschen konnte. Sie waren noch nicht ganz trocken, als ich zum Wohnzimmer hinunterging. Ich trat ans Fenster und blickte auf den Strand. Die Abenddämmerung war hereingebrochen, aber die Fische kamen noch immer in Massen auf das Ufer zugeschwommen. Das Wasser sah aus, als ob es in Flammen stünde; es leuchtete wie Phosphor. Die Männer arbeiteten beim Schein der Fackeln. Überall auf dem Strand und selbst droben auf den Hügeln waren Feuer entzündet worden.

Ich hörte, wie hinter mir die Tür geöffnet wurde, und wußte sogleich, daß es Coll war. Er kam näher, blieb hinter mir stehen und strich mit der Hand über mein Haar.

„Es kringelt sich wie bei einem Baby, wenn es feucht ist“, sagte er zärtlich, „und riecht so frisch wie eine Blume.“

Ich drehte mich zu ihm um, aber er wich lachend zurück.

„Faß mich nicht an! Ich bin schmutzig und stinke wie ein alter Fischteich. Ich werde hinunter in den Hof gehen, meine Sachen ausziehen und mich unter die Pumpe stellen. Siehst du die Feuer da draußen? Es ist Mittsommernacht, und obendrein wird noch das Kommen der Heringsschwärme gefeiert. Da werden sie die ganze Nacht essen, trinken und tanzen."

Ich war noch so erregt von den Erlebnissen dieses Tages, daß ich keinerlei Müdigkeit empfand, und so bat ich: „Können wir nicht zu ihnen gehen und mit ihnen feiern?"

„Nein", wehrte er schnell ab. „Nein, mein Liebling, das ist nichts für dich!"

„Wieso denn nicht?"

„Oh, um Himmels willen, Marietta, sie wollen dich gar nicht dabei haben! Du würdest ihnen nur den Spaß verderben. Die meisten von ihnen werden schon bald völlig betrunken sein."

„Gehst du denn hin?"

„Nur für eine Weile. Sie erwarten das von mir. Ich bleibe nicht lange."

Doch die Zeit verging, und er kam nicht zurück. Ich saß mit meiner Stickerei in der Hand da und konnte mich nicht auf sie konzentrieren. Schließlich steckte ich die Nadel in den Stoff und gab es auf. Ich fühlte mich sehr einsam. Selbst Jeannie war zusammen mit Kirsty fortgegangen. Mrs. Drummond war zwar sicherlich irgendwo im Schloß, aber nach ihrer Gesellschaft hatte ich nicht das geringste Verlangen. Die Musik drang zu mir herauf, der Klang der Dudelsackpfeifen, Geschrei und Gelächter. Überall blinkten Feuer, funkelten auf den Hügeln wie eingefangene Sterne.

Wie so oft, wenn man sich einsam fühlt, versank ich in düstere Gedanken. Da war Hamish Kintyre ... Es mußte etwas seinetwegen unternommen werden. Ich machte mir auch Sorgen um Richard. Allein die Tatsache, daß Coll ihn nicht mehr erwähnt hatte, steigerte meine Angst.

Ich fragte mich, ob an Fionas seltsamem Geständnis etwas Wahres dran sei. In diesem Augenblick überfiel mich plötzlich eine Erinnerung. In der Nacht nach meiner Ankunft hatte ich eine Frau lachen gehört: warm, glücklich, wollüstig. Genau wie Fiona an diesem Nachmittag gelacht hatte, als sie von ihrem heimlichen Geliebten sprach. Ich sprang auf. Weshalb hatte Coll darauf bestanden, daß ich nicht mit ihm kam? Ich nahm hastig einen Schal, lief in die Halle hinunter und zur Tür hinaus. Wie hatte ich nur so dumm sein können, Coll ohne mich gehen zu lassen?

Die Feuer brannten noch auf dem Strand, aber es waren nicht mehr viele Leute um sie versammelt. Die Musik drang jetzt irgendwo aus der Ferne zu mir. Sie mußten alle zum Hochtal hinaufgegangen sein. Es war sehr spät, schon nach Mitternacht. Ein riesiger Mond glänzte an einem dunklen, samtenen Himmel, und es war fast taghell. Ich blieb unschlüssig stehen, weil mir klarwurde, wie aussichtslos es war, Coll zu finden. Er konnte überall sein. Niedergeschlagen machte ich mich auf den Rückweg zum Schloß, und dann sah ich Neil. Er lehnte an einem Baum. Sein Gesicht war totenbleich, und seine Augen waren merkwürdig starr, völlig ausdruckslos. Er sah so eigenartig aus, daß ich bei ihm stehenblieb.

„Neil, was hast du?"

Er rührte sich nicht und schien mich nicht einmal zu bemerken. Mit leiser erregter Stimme sagte er: „Es steht in Flammen ... das Schloß ... es brennt ..."

„Du träumst!" sagte ich ein bißchen unwirsch. „Das sind die Freudenfeuer am Strand, nichts weiter."

Er streckte die Hand aus und umklammerte so fest mein Handgelenk, daß es schmerzte. „Die Flammen ... siehst du sie denn nicht? Sie zerstören es. Nichts wird übrigbleiben außer Asche, und ich bin froh, so froh ..." Dann wich die Starre plötzlich von ihm; sein Griff erschlaffte. Er sah mich an, und in seinen Augen stand blankes Entsetzen.

„Was hast du nur, Neil?“ drang ich in ihn. „Bist du krank? Komm lieber mit mir hinein.“

„Nein, nein, ich kann nicht ... Coll würde böse sein.“

„Coll? Wieso?“

„Weil ich versucht habe, sie aufzuhalten. Wissen Sie, ich habe alles versucht, um sie daran zu hindern ...“

„Woran zu hindern? Wovon redest du eigentlich?“ Ich schüttelte ihn, um ihn zur Besinnung zu bringen. „Neil, du mußt es mir sagen!“

„Es war Richard Wynter ... Es war schrecklich, grauenhaft ...“ Er riß sich von mir los und rannte wie ein Wahnsinniger zum Strand hinunter.

Alle Zweifel und Ängste der letzten Stunden wuchsen ins Unermeßliche. Es war eine laue Nacht. Das Licht des Mondes versilberte das Meer. Rings um mich her war Schönheit, und trotzdem schien etwas Böses die Hand nach mir auszustrecken und nach mir zu greifen, so daß mir ein eisiger Schauder über den Rücken lief. Ich verspürte den widersinnigen Wunsch, zum Tige Dubh zu rennen, gegen die Tür zu hämmern, um Richards gleichmütige englische Stimme mich fragen zu hören, weshalb ich Janet und ihn ausgerechnet zu dieser nachtschlafenden Zeit weckte. Es gelang mir nur mühsam, diesen Wunsch nicht in die Tat umzusetzen. Neil hatte sicherlich nur dummes Zeug geredet, hatte alles maßlos übertrieben, wie üblich. Es konnte nicht anders sein!

Ich ging ins Schloß und wanderte ruhelos umher. Es war halb vier, als ich schließlich in mein Zimmer hinaufging. Coll war immer noch nicht zurück. Kurz nach sechs stand ich wieder auf, weil ich keinen Schlaf fand. Als ich nach unten kam, war niemand zu sehen. Selbst in den

Wirtschaftsräumen hatte keiner der Dienstboten sein Tagewerk begonnen. Sie schlafen bestimmt noch alle ihren Rausch aus! dachte ich verstimmt und ging hinaus in den von Mauern umgrenzten Garten.

In den letzten Wochen hatte ich beinahe jeden Tag einige Stunden damit verbracht, die Beete vom Unkraut zu befreien, mit dem Erfolg, daß nun die Rosensträucher in voller Blüte standen und bislang verdeckte Blumen ihre Köpfe reckten, froh, von der Last des wildwuchernden Unkrauts erlöst zu sein.

Plötzlich erschien Jeannie im Garten. „Ich hab' Sie überall gesucht, Miss Marietta!" sagte sie vorwurfsvoll. „Mr. Wynters Diener hat eine Botschaft für Sie gebracht. Er hat hartnäckig drauf bestanden, daß ich sie Ihnen gleich geben soll."

Die Angst, die mich in der Nacht verfolgt hatte, überfiel mich wieder mit aller Macht. Ich riß das Kuvert auf. Die Nachricht bestand nur aus wenigen Worten: „Richard ist schwer verletzt. Bitte komm."

„Ist James noch hier?" fragte ich.

„Nein, er ist gleich weitergeritten, als wär' der Teufel hinter ihm her. Er hat gesagt, daß er nach Fort William müßte."

Wenn Janet den Arzt holen ließ, mußte Richards Verletzung sehr ernst sein.

„Sag Tam, er soll ein Pony für mich satteln", befahl ich Jeannie. „Ich muß zum Tige Dubh."

„Was ist denn da los?"

„Stell jetzt keine Fragen, Jeannie. Beeil dich lieber!"

Ich zog in aller Eile Reitkleid und Reitstiefel an. Bevor ich das Schloß verließ, ging ich noch ins Kontor, aber weder Coll noch Neil waren da. Ich wählte den kürzesten Weg, den Pfad durch den Wald, den ich sonst vermied. Aber ich dachte an nichts anderes als an Richard.

War es ein Unfall gewesen oder etwas Schlimmeres? Lauerte im Hochtal noch immer ein dunkler Rachegeist den Engländern auf? Dem Bruder von Graham Wynter, der die jungen Männer des Hochtals in die Sklaverei verkauft haben sollte? War es das, was Neil letzte Nacht gemeint hatte? Das war durchaus möglich, und doch konnte ich es nicht ganz glauben.

Rose öffnete mir die Tür vom Tige Dubh. Sie sah bleich und verängstigt aus. Im nächsten Moment kam auch schon Janet die Treppe heruntergelaufen und schlang die Arme um meinen Hals.

„Oh, Marietta, ich bin ja so froh, daß du da bist!"

„Ich habe mich sofort auf den Weg gemacht, nachdem ich deine Botschaft erhalten hatte. Was ist Richard zugestoßen?"

„Er will es mir nicht sagen. Er beteuert immer wieder, daß er nur im Wald über eine Wurzel gestürzt sei und sich dann verlaufen habe. Aber so etwas kann Richard gar nicht passieren! Welchen Grund hat er außerdem gehabt, mitten in der Nacht das Haus zu verlassen? James weiß bestimmt, was geschehen ist. Aber wenn Richard ihm verboten hat, es mir zu sagen, schweigt er wie ein Grab. Ich weiß nicht, was ich tun soll!"

Sie sah so verzweifelt aus, daß ich sie zu einem Stuhl zog und sie zwang, sich hinzusetzen.

„Jetzt erzähl mir einmal alles in Ruhe. Ist er schwer verletzt?"

Sie umklammerte meine Hände. „Ich weiß es nicht genau! Weißt du, er steht immer früh auf. Als er heute nicht zum Frühstück herunterkam, bin ich hinaufgegangen, um nach ihm zu sehen. Er wollte mich nicht in sein Zimmer lassen, und als ich einfach hineingegangen bin, hat er mich fast hinauswerfen wollen. O Marietta, ich hatte solche Angst! James muß ihm den Kopf verbunden haben, aber der Verband war voll Blut. Außerdem sah Richard so aus, als ob er hohes Fieber hätte. Ich merkte, daß er große Schmerzen hatte, und so habe ich James heimlich nach dem Arzt geschickt.“ Sie blickte mich mit großen, angsterfüllten Augen an. „Glaubst du, daß er von jemandem überfallen worden ist?“

„Ich weiß es nicht“, antwortete ich und faßte dann einen Entschluß. „Janet, ich werde Tante Kat holen“, sagte ich.

Sie sah mich erstaunt an, und mir fiel ein, daß sie Kat nie kennengelernt hatte. Richard mußte seine Vermutungen über sie außerdem für sich behalten haben. Janet konnte also kaum etwas von der Existenz einer Kathryn Gilmour wissen.

„Kann sie Richard helfen?“ fragte sie.

„Ja, sie kennt viele Heilmittel. Sie hat mehr für meinen Großvater getan als der Arzt. Bleib du bei Richard, und ich gehe sie holen.“

Ich wußte, daß Kathryn ins Hochtal zurückgekehrt war. Mary Kintyre hatte es mir erzählt und mir auch den Weg zu ihrer Hütte erklärt. Ein Pfad führe von der Kirche aus dorthin, hatte sie gesagt. Am Fuße des Wasserfalls mache der Fluß dann eine Biegung und fließe durch ein kleines grünes Tal.

Man kam schneller zu Fuß dorthin als mit dem Pony. Aber es ging steil bergauf, so daß ich völlig außer Atem war, als ich schließlich vor dem Wasserfall stand und verzweifelt nach dem Pfad Ausschau hielt, den ich von hier aus einschlagen mußte. Wahrscheinlich hätte ich ihn gar nicht gefunden, wenn ich nicht Kinderlachen gehört hätte. Bald darauf sah ich das kleine grüne Tal, das strohgedeckte Häuschen und zwei Kinder: die kleine Etta Kintyre und einen dunkelhaarigen, etwa gleichaltrigen Jungen. Sie stritten sich um einen Spielzeugkarren. Während ich ihnen noch zuschaute, ließ Etta den Karren plötzlich los, so daß der Junge rückwärts ins Gras purzelte und gleich darauf wie am Spieß zu schreien begann. Mary kam aus dem Häuschen gelaufen, hob ihn auf und schimpfte mit Etta. Sie bemerkte mich erst, als ich unmittelbar neben ihr stand, und sah mich verwundert an.

„Aber, Miss Marietta, was machen Sie denn hier?"

„Ist meine Tante da, Mary?"

„Ja." Sie küßte den kleinen Jungen aufs Haar und stellte ihn dann auf die Füße. „Nun ist's wieder gut, Robbie. Jetzt spielt wieder brav, ihr zwei, und streitet euch nicht wie kleine Wilde." Dann wandte sie sich mir zu. „Kommen Sie bitte mit, Miss Marietta."

Kat stand schon an der Tür, noch ehe wir am Haus angelangt waren. Bei ihrem Anblick wußte ich sofort, daß es richtig gewesen war, zu ihr zu gehen. Ihr feingeschnittenes Gesicht und ihre klaren Augen strahlten etwas Beruhigendes aus. Warum habe ich mich nicht schon eher ratsuchend an sie gewandt? fuhr es mir durch den Kopf. Hätten meine Vorurteile mich nicht davon abgehalten, könnte sie heute vielleicht meine Freundin sein!

Ich sagte ohne Umschweife: „Richard Wynter ist schwer verletzt. Seine Schwester hat große Angst um ihn. Kannst du mit mir kommen?"

„Verletzt? Welche Art von Verletzungen?"

„Weshalb fragst du das?"

„Damit ich weiß, was ich mitnehmen muß. Brauche ich Verbandzeug, Salben?"

„Ich glaube, ja. Bitte, Kat, beeil dich!"

„Ja, ja. Warte hier einen Moment." Sie ging in das Häuschen und erschien kurz darauf wieder, in einen Umhang mit Kapuze gehüllt, einen Verbandkasten unter dem Arm. „Paß auf die Kinder auf, Mary. Ich weiß nicht, wie lange ich wegbleiben werde."

„Ja, Madam, Sie können sich auf mich verlassen."

Der kleine Junge lief zu Kathryn und schmiegte seinen Kopf an ihren Rock. Sie strich ihm liebevoll übers Haar. „Bleib schön bei Mary, Robert! Sei ein braver Junge", ermahnte sie ihn.

Doch er brach in lautes Gebrüll aus. Mary nahm ihn auf den Arm und tröstete ihn, während Kathryn und ich den Pfad hinuntergingen. Erst als wir den steilen Hang hinabgeklettert waren und damit den schlimmsten Teil des Weges hinter uns hatten, sagte Kathryn: „Frag nur, Marietta! Ich sehe es deinem Gesicht an, daß du etwas wissen willst."

„Ja. Wer ist der kleine Junge? Hast du ihn adoptiert?"

Sie blieb stehen, und in ihren Augen blitzte es einen Moment lang belustigt auf. Dann wurden sie wieder ernst. „Es wäre einfach, sich hinter dieser Lüge zu verstecken, aber warum sollte ich? Ich schäme mich nicht. Nein, ich habe ihn nicht adoptiert. Er gehört mir, mir ganz allein!"

„Er ist dein Sohn?"

„Ja. Aber jetzt erzähl mir von Richard Wynter. Was hat er denn bloß gemacht, daß er sich so verletzt hat?"

„Ich weiß es nicht. Ich glaube aber eher, daß andere ihm diese Verletzungen zugefügt haben."

Sie blickte mich scharf an. „Wie kommst du darauf?"

Ich zögerte mit der Antwort, und wir setzten unseren Weg fort. Schließlich sagte ich: „Neil hat mir gestern nacht erzählt . . ."

„Ich würde an deiner Stelle allem, was Neil sagt, nicht zuviel Glauben schenken."

„Ich weiß." Ich mochte nicht über den Streit zwischen Coll und Richard sprechen, und da wir inzwischen kurz vor dem Tige Dubh angelangt waren, sagte ich nichts mehr.

Zu jeder anderen Zeit, und wenn die Sache nicht so ernst gewesen wäre, hätte ich mich sicher über Richards heftigen Widerstand amüsiert, Frauen in sein Schlafzimmer zu lassen. Er richtete sich krampfhaft im Bett auf, als Kat den Raum betrat. Seine Augen glänzten fiebrig, sein dunkles Haar war feucht von Schweiß, und durch den Verband um seinen Kopf sickerte Blut.

„Was, zum Teufel, wollen Sie hier?" protestierte er. „Wo ist James? Er kann alles Nötige tun. Ich brauche niemand anders!"

„Sie sind nicht gerade höflich, Oberst Wynter", entgegnete Kathryn resolut. „Marietta und ich sind eigens hergekommen, um Ihnen zu helfen. James mag ein ausgezeichneter Diener sein, aber er kann sicher nicht solche Verletzungen behandeln."

Sie wickelte den Verband ab, während sie sprach, und mir stockte der Atem, als ich an Richards Stirn die tiefe häßliche Wunde sah, die bis ins Haar verlief.

„Geben Sie mir die Waschschüssel und das Verbandszeug", sagte Kat ruhig.

Janet war kreideweiß geworden. Sie zitterte am ganzen Leibe, so daß ich dachte, sie würde ohnmächtig werden. Ich nahm ihr die Schüssel ab. „Geh nach unten", flüsterte ich ihr zu, und sie lief schnell aus dem Zimmer.

Richard hatte vor Schmerzen die Augen geschlossen. Kat säuberte und verband seinen Kopf mit geschickten Händen. „Jemand hat sein Bestes getan, um Sie umzubringen. Ist Ihnen das klar?"

„Sie fielen von hinten über mich her, als ich versuchte, den Hund zu befreien . . .", murmelte Richard.

Wir wechselten einen Blick, dann sagte Kat schnell: „Und das war noch nicht das schlimmste, oder? Was haben sie dann mit Ihnen getan? Lassen Sie mich jetzt Ihren Körper ansehen."

Richard hatte die Augen inzwischen wieder geöffnet. Er zuckte zusammen und hielt die Bettdecke fest. „Nein, lassen Sie mich in Ruhe! Mir fehlt nichts Ernstes. Die paar Wunden werden auch so heilen."

„Seien Sie doch nicht so töricht! Marietta wird bestimmt nicht in Ohnmacht fallen. Wollen Sie an Blutvergiftung sterben? Glauben Sie mir, ich weiß, wovon ich spreche."

Er versuchte, sie abzuwehren, aber sie stieß seine Hände beiseite. Das Laken, in das James ihn wohl eingehüllt hatte, war voll Blut. Kat zog es sanft zurück, und ich konnte nur mit Mühe einen Entsetzensschrei unterdrücken. Richards Körper sah so aus, als ob er von Raubtieren angefallen worden wäre. Ich starrte auf die tiefen Kratzwunden, die Krallenspuren und auf die langen tiefen Striemen auf seinem Rücken. Mir wurde ganz übel von dem Anblick. Sie mußten ihn festgebunden haben, ehe sie ihn mit der Reitgerte ausgepeitscht hatten. Kat sagte nichts. Sie säuberte die Wunden mit behutsamen Fingern und gab dann Salbe darauf. Schließlich bat sie: „Hilf mir, Marietta!" Und wir wickelten gemeinsam einen leichten Verband um seinen Oberkörper. Ich fühlte seinen schnellen Atem, und als sich unsere Blicke trafen, schloß er die Augen, als könnte er meinen Anblick nicht ertragen. Dann sank er bleich und erschöpft in die Kissen zurück.

„So, ich bin fertig", sagte Kat. „Es tut mir leid, wenn ich Ihnen weh getan haben sollte. Ich fürchte, Sie werden noch ein paar Tage lang Schmerzen haben, aber Sie werden wieder gesund werden."

„Danke." Seine Stimme klang feindselig, und ich dachte: Er haßt uns beide, weil wir das gesehen haben, was für einen so stolzen Mann wie ihn eine bittere Demütigung gewesen sein muß.

„Regen Sie sich nicht auf." Kat blickte mit einem leichten Lächeln auf ihn hinunter. „Ich habe schon Männer in viel schlimmerem Zustand gesehen. Jetzt lassen wir Sie in Ruhe. Versuchen Sie zu schlafen."

Sie stellte die Salbentöpfe und Arzneifläschchen zusammen und verließ das Zimmer. Ich zögerte noch einen Augenblick und sah Richard an. Schrecken und Entsetzen waren noch nicht von mir gewichen. Aber da war noch etwas anderes, etwas, das mein Inneres aufwühlte. Ich zitterte vor hilfloser Wut auf die Teufel in Menschengestalt, die ihn so erbarmungslos gequält hatten. Ich beugte mich zu Richard hinunter und strich ihm ganz sanft über die Wange.

„Es tut mir so leid, Richard, so schrecklich leid!"

Er öffnete die Augen und drehte seinen Kopf so zur Seite, daß er meine Finger küssen konnte. Es war sonderbar, aber ich hätte mich am liebsten neben ihn gekniet, meine Arme um ihn geschlungen und ihn getröstet. Ich ging schnell hinaus, weil ich Angst vor meinen Gefühlen hatte. Draußen vor der Tür blieb ich stehen und holte tief Luft, um das wilde Klopfen meines Herzens zu beruhigen. Doch ich brauchte eine Weile, bis ich mich so weit wieder in der Gewalt hatte, daß ich ruhig die Treppe hinuntergehen konnte.

Janet kauerte auf einem Stuhl und hatte ihr Gesicht in den Händen verborgen. Sie schaute auf, als ich hereinkam. In ihren Augen standen Tränen. „Ich schäme mich so! Ich kann den Anblick von Blut einfach nicht ertragen! Es ist wirklich zu dumm, aber ich konnte das schon als Kind nicht. Alles andere macht mir nichts aus, ich kann nur kein Blut sehen."

„Ich habe ihr schon gesagt, daß sie sich darüber nicht aufzuregen braucht." Kat trat zu uns. „Es gibt Männer, die heldenhaft kämpfen und in Ohnmacht fallen, wenn sie sich in den kleinen Finger schneiden. Sie brauchen sich auch keine allzu großen Sorgen um Ihren Bruder zu machen. Die Verletzungen sind meist oberflächlicher Natur. Sie werden heilen. Er muß das Ganze nur für eine Weile vergessen." Sie nahm ein Fläschchen aus ihrem kleinen Kasten. „Geben Sie ihm ein paar Tropfen davon."

„Richard haßt Betäubungsmittel!"

„Seit er die Beinverletzung hat?"

„Ja."

„Dann sagen Sie ihm nichts davon. Es ist nur eine Opiumtinktur. Geben Sie ihm die Tropfen in einem Glas Wein, und wenn nötig, noch mal ein paar. Er braucht dringend Schlaf."

„Ich bin Ihnen so dankbar!"

„Dazu besteht kein Grund." Kat nahm ihren Umhang und legte ihn um. „Es gibt hier ja keinen Arzt. Ich tue, was ich kann. Wenn Sie mich brauchen, wissen Sie, wo ich zu finden bin."

„Ich komme morgen wieder", sagte ich leise und küßte Janet auf die Wange. Sie klammerte sich einen Moment an mich. „Soll ich Jeannie zu dir schicken? Sie kann ja über Nacht bei dir bleiben."

„Nein, ich will allein mit alldem fertig werden. Ich will nicht so nutzlos sein."

„Rede nicht so dummes Zeug!" Ich drückte sie kurz an mich.

Als wir draußen waren, sagte Kat: „Sie ist so behütet aufgewachsen. Ein Glück, daß sie die schlimmsten Verletzungen nicht gesehen hat!"

„Du hast das geahnt, Kat, nicht wahr? Wie bist du daraufgekommen? Wer kann ihn nur so brutal überfallen haben?"

„Das weiß ich nicht genau. Alter Haß erlischt nicht, weißt du? Besonders in Gegenden wie der unseren lebt er fort und nimmt seltsame Formen an. Hamish Kintyre ist zutiefst erbittert über das, was man seinem Sohn angetan hat."

„Aber er ist ein anständiger Mensch."

„Ja." Kat sah mich eigenartig an. „Doch es gibt andere."

„Wird Richard wirklich wieder gesund?"

„Aber ja! Er ist stark und kräftig ... Aber welche Gefühle werden ihn bewegen? Die meisten Männer wollen sich rächen, wenn sie eine so tiefe Demütigung erfahren haben. Wie wird es bei Richard sein, Marietta?"

„Ich weiß es nicht." Wie gut kannte ich Richard eigentlich? Wie gut kannte ich Coll wirklich? Ich mußte noch immer an ihren Streit denken.

„Als Graham Wynter starb", fuhr Kathryn fort, „kamen die englischen Soldaten hierher. Sie stellten Nachforschungen an und gingen manchmal sehr brutal vor. Trotzdem haben sie nichts in Erfahrung gebracht. Wenn irgend jemand im Tal unter Verdacht steht, hält der ganze Clan zusammen. Sie verraten sich nie gegenseitig, das mußt du verstehen."

„Ja, natürlich."

„Wenn Richard Wynter jetzt offizielle Beschwerde führt, kommen die Engländer wieder hierher. Das ist anderswo im Hochland schon der Fall gewesen. Ich glaube, es liegt nur an unserer Abgeschiedenheit, daß wir bislang ziemlich glimpflich davongekommen sind. Wenn die Engländer keinen Schuldigen finden und einkerkern können, bringen sie es durchaus fertig, alle Hütten in Brand zu stecken und den Clan aus dem Tal zu vertreiben. Auf diese Weise würden alle für die Tat eines einzelnen büßen müssen. Würdest du das wollen?"

„Nein, sicher nicht."

„Dann geh der Sache vorerst nicht nach. Warte noch ein bißchen. Und wenn es zum Schlimmsten kommt, versuche Oberst Wynter zu überreden, seine Klage zurückzuziehen. Ich bin überzeugt, daß er auf dich hören wird. Jetzt muß ich aber zu Mary und den Kindern zurück."

Ich blickte ihr nach, als sie schnell den Pfad hochging. Dann wendete ich mein Pony und machte mich auf den Heimweg. In meinem Kopf drehte sich alles wie ein Mühlrad, und ich wußte nur noch eines: Ich mußte die Wahrheit herausfinden, ganz gleich, was Kat gesagt hatte.

Als ich ins Schloß zurückkam, saßen sie schon beim Abendessen. Coll und seine Mutter, Fiona und Neil sowie George Fergusson. Völlig gelassen saßen sie da und aßen und tranken.

Coll stand bei meinem Eintritt auf. „Wir waren unten am Strand und haben zugesehen, wie die letzten Heringe an Land gebracht wurden. Ich habe Fiona und George Fergusson dann zum Abendessen eingeladen. Wo warst du bloß so lange, Marietta? Wir haben uns schon Sorgen um dich gemacht!"

„Ich könnte dich eher fragen, wo du letzte Nacht so lange gewesen bist und was du getan hast!" entgegnete ich schroff. Dann blickte ich sie der Reihe nach an, bevor ich fortfuhr: „Oder weißt du etwa nichts davon? Weiß keiner von euch etwas davon?"

„Was sollen wir wissen? Wovon redest du eigentlich?"

„Richard Wynter ist gestern nacht in unserem Wald, auf dem Grundbesitz von Glenlochy, überfallen, grausam ausgepeitscht und fast ermordet worden!"

Wenn ich geglaubt hatte, sie damit zu überrumpeln, ihnen eine unüberlegte Bemerkung entlocken zu können, so hatte ich mich getäuscht. Ihre Gesichter drückten sprachloses Erstaunen aus, nur Colls Miene verfinsterte sich.

„Dort bist du also den ganzen Tag lang gewesen! Im Tige Dubh! Ich dachte, du hättest mir versprochen ..."

„Was bedeuten Versprechen, wenn etwas so Schreckliches passiert? Ich erhielt eine Nachricht von Richards Schwester. Sie hat fast den Verstand verloren ..." Doch dann wurde es mir plötzlich zuviel. Ich begann zu zittern. Ich versuchte weiterzusprechen, doch die Kehle war mir wie zugeschnürt.

Coll trat sofort auf mich zu. „Du bist überarbeitet, Liebste. Du nimmst zuviel auf dich."

Fiona war aufgestanden. Sie näherte sich mir, und ich sagte erregt: „Rühren Sie mich nicht an!" Coll winkte sie ab.

„Überlaß das mir. Komm, Marietta." Er legte mir seinen Arm um die Schultern. Er führte mich aus dem Zimmer, und ich folgte ihm.

In meinem Schlafzimmer sagte er: „Nun erzähl mir einmal in aller Ruhe, warum du dich so erregt hast."

Ich konnte nicht an mich halten. Ein Strom von verzweifelten und anklagenden Worten sprudelte aus mir hervor, bis er mich mit zornigem Gesicht zum Schweigen brachte, indem er mich an den Schultern schüttelte.

„Schiebst du mir am Ende die Schuld zu?"

„Ich weiß es nicht, Coll, ich weiß es nicht. Du haßtest ihn. Hast es mir selbst gesagt. Du wolltest mit ihm quitt werden für das, was er dir angetan hat."

„Und du glaubst, ich brächte so etwas über mich? Hast du eine solche Meinung von mir? Hat dich Liebe zu diesem Mann erfaßt? Sag's mir, Marietta! Bedeutet er dir soviel?"

„Nein, nein, ich schwöre es dir. Es handelt sich nicht um Liebe, aber was soll ich von dem Ganzen denken?" Zorn und Verzweiflung zwangen mir die Worte heraus. „So glücklich fühlte ich mich hier, und nun ist alles verdorben. Hamish Kintyre beschuldigte mich, die Leute aus ihren Heimen zu vertreiben. Warum sollte er dergleichen behaupten, wenn's nicht wahr wäre? Und dann wird

Richard so entsetzlich mitgespielt. Seit ich hierherkam, habe ich nur Leid verursacht.“

Meine Stimme versagte, und Coll setzte sich neben mich auf das Bett, zog mich eng an sich. „Ich hab's dir doch schon einmal gesagt, erinnerst du dich nicht? Hamish Kintyre ist ein Unruhestifter, ein vom Leben Enttäuschter, der immer Grund zum Klagen sucht. Du verstehst einfach nicht das Leben hier. Warum kannst du das alles nicht mir überlassen? Vertraust du mir nicht?“

„Du weißt, daß ich dir vertraue.“ Aber der alte Zauber wirkte nicht mehr. Ich konnte nicht mehr dem Bann seiner zärtlichen Stimme, seinen süßen Schmeicheleien erliegen. Ich verhärtete mich ihm gegenüber. „Ich möchte noch immer wissen, wer für diesen Überfall auf Richard verantwortlich war.“

Er drückte seinen Mund auf mein Haar. „Was teilte er dir darüber mit?“

„Nichts. Er hatte zu starke Schmerzen. Es war schauerlich, Coll, einfach schauerlich. Er war mit einer Peitsche geschlagen worden.“

„Wird er geheilt werden können?“

„Kat meint, ja.“

„Kat?“ Seine Arme umschlangen mich noch enger.

„Ich bat sie, zu ihm zu kommen.“

„Warum?“

„Es war ja niemand anders da.“

Seine Hände liebkosten mich. Er murmelte: „Mach dir keine Sorgen, Liebchen. Überlaß das alles ruhig mir. Ich werde Fergusson beauftragen, eine Untersuchung vorzunehmen.“

Ich setzte mich auf, entzog mich seiner Umarmung. „Coll, ich mag Fergusson nicht. Muß er überhaupt hier sein? Können wir ihn nicht entlassen?“

„Einfach so? Ohne jeden Grund?“ Er lächelte. „Er

macht seine Arbeit ausgezeichnet. Außerdem hat er ein Anrecht darauf. Er ist ein Vetter Sir Alasdairs."

„Das ist mir gleichgültig! Ich will ihn nicht mehr hier haben. Bitte, Coll, bitte . . ."

„Schscht . . . reg dich nicht wieder auf, sonst wirst du noch krank. Wenn wir verheiratet sind, wird alles anders, du wirst schon sehen."

Er zog mich erneut an sich, öffnete den obersten Knopf meiner Bluse. Seine Hand tastete nach meiner Brust, und er küßte mich leidenschaftlich.

Ich stieß ihn von mir. „Nein, Coll! Laß mich in Ruhe!"

„Was ist los mit dir?"

„Nichts." Ich stand auf und ging zur Frisierkommode. „Würdest du Jeannie bitte sagen, daß sie mir ein Glas Milch bringen soll?"

„Gern, Liebste, wenn du meinst, das wäre wirklich alles, was du brauchst."

„Ja, das ist alles!" sagte ich fest. „Gute Nacht, Coll."

Er ging nur zögernd. Als sich die Tür dann hinter ihm geschlossen hatte, starrte ich mich im Spiegel an: Meine Haare waren völlig zerzaust, die Augen dunkel umschattet, die Lippen geschwollen von Colls Küssen. Doch es war nicht Coll, sondern Richard, an den ich ständig dachte, an Richard und die seltsame neue Zärtlichkeit, die mich beim Anblick seiner Schmerzen und seines gedemütigten Stolzes erfaßt hatte. Ich versuchte, dieses Gefühl zu verbannen, aber es war tief in mir. Da gestand ich mir zum erstenmal ein, daß meine Mutter vielleicht recht hatte. Marietta, die Romantikerin . . . War ich völlig blind gewesen? Stimmte es, daß ich so töricht gewesen war, mich in einen Mann zu verlieben, den es in Wirklichkeit gar nicht gab? Hatte ich mein Herz an ein Trugbild verloren?

14

Als ich am nächsten Morgen erwachte, faßte ich den Entschluß, noch einmal zum Tige Dubh zu gehen. Zuviel war ungesagt geblieben. Doch ich hatte das unbehagliche Gefühl, daß Coll mich daran hindern würde, wenn er konnte. Ich beschloß also, zu Fuß zu gehen, statt mir ein Pony satteln zu lassen. Auf diese Weise würde ich das Schloß unbemerkt verlassen können.

Es war ein regnerischer, stürmischer Morgen, so daß ich meine dicken Stiefel anzog und mein langes Cape mit Kapuze umlegte. Jeannie war dabei, mein Bett zu machen und das Zimmer in Ordnung zu bringen. Sie sah mich mißbilligend an. „Sie sollten nicht allein ausgehen, Miss Marietta, das ist viel zu gefährlich. Weiß der Himmel, was sich für Teufel in diesen Wäldern rumtreiben!"

Sie klatschten also schon in der Küche über das, was Richard zugestoßen war.

„Sei nicht albern!" wies ich sie zurecht. „Wer sollte mir schon etwas antun wollen?"

Sie drehte sich, mit dem Staubwedel in der Hand, zu mir um und sah mich flehentlich an. „Müssen wir unbedingt hierbleiben, Miss Marietta? Können wir nicht einfach unsere Sachen packen und in die Rue Chantelle zurückkehren? Es ist zwar nicht immer leicht, mit Madame auszukommen, aber sie ist schließlich Ihre Mutter. Und Monsieur Henri konnte sehr nett sein, obwohl er mich immer ins Hinterteil kniff, wenn er die Treppe hinter mir raufschlich."

Ich mußte über sie lächeln. „Wieso willst du mit einemmal von hier weg, Jeannie? Ich dachte, es gefällt dir hier?"

„Ja, als ich mich erst mal eingewöhnt hatte, gefiel's mir ganz gut, aber jetzt nicht mehr. Ich weiß, Sie wollen Mr. Coll heiraten. Doch es hat sich vieles geändert, seit der alte Herr nicht mehr ist. Ich hab' das Gefühl, als wär' mit ihm was aus dem Schloß verschwunden, und was an seine Stelle getreten ist, gefällt mir ganz und gar nicht."

„Ach komm, Jeannie, solche Phantastereien sehen dir so gar nicht ähnlich! Nichts hat sich hier geändert, nicht das geringste!"

Doch ich wußte, daß sie recht hatte, ich hatte es bislang nur nicht wahrhaben wollen. Seit dem Tag, an dem mein Großvater gestorben war, hatte ich mir ständig etwas vorgemacht. Meine anfängliche Freude, das wundervolle Gefühl, in das von meinem Vater so heißgeliebte Hochtal heimzukommen, waren geschwunden.

Es war ein langer Weg, und es regnete jetzt in Strömen. Ich ging, so schnell ich konnte, aber es war fast Mittag, bis ich zum Tige Dubh kam. Die Haustür stand offen. Ich ging direkt ins Wohnzimmer und traute meinen Augen nicht, als ich Richard dort am Fenster stehen sah. Er wandte sich zu mir um, und ich stellte mit Schrecken fest, daß er sehr blaß war. Aber sonst war ihm nicht anzumerken, was er durchgemacht hatte, denn er hielt sich sehr gerade und war untadelig rasiert.

Ich sagte sofort: „Sie hätten besser im Bett bleiben sollen!"

„Warum? Ich habe einmal sechs Monate lang flach auf dem Rücken gelegen und habe nicht die geringste Lust, dieses unerquickliche Experiment zu wiederholen."

„Oh, Richard, warum müssen Sie sich selbst immer solche Gewalt antun?"

„Das hält Janet mir auch ständig vor!"

„Ich weiß nicht, was Kat dazu sagen wird ..."

„Das werden wir bald erfahren. Ich habe nämlich James zu ihr geschickt, um sie zu bitten, so bald als möglich hierherzukommen."

„Weshalb?"

„Ich glaube; Sie kennen den Grund."

„Wegen Ihres Bruders."

„Ja." Er trat auf mich zu. „Oh, verzeihen Sie meine Unachtsamkeit! Es ist sehr lieb von Ihnen, daß Sie trotz des Regens hergekommen sind. Sie müssen völlig durchnäßt sein. Lassen Sie mich Ihnen den Umhang abnehmen!"

„Aber nein, das kann ich wirklich selbst. Wo ist Janet?"

„Sie wird gleich herunterkommen."

„Was hat der Arzt gesagt?"

„Er war nicht hier."

„Er ist nicht hiergewesen? Wieso denn nicht?"

„James ist ohne ihn zurückgekehrt. Er ist nicht in der Garnison, sondern irgendwo in den Bergen."

„Welch ein Glück, daß es Tante Kat gibt!" sagte ich trocken.

„Ja wirklich. Ich habe ihr viel zu verdanken und Ihnen auch." Er schwieg einen Moment und fuhr dann fort: „Wenn ich mich recht erinnere, habe ich mich gestern sehr schlecht benommen."

Unsere Blicke trafen sich, und ich senkte die Augen, weil ich an die schrecklichen Peitschenstriemen auf seinem nackten Rücken denken mußte. „Das war verständlich", sagte ich verlegen. „Sie hatten große Schmerzen. Geht es Ihnen wirklich besser?"

Zum erstenmal an diesem Morgen verzog sich sein Gesicht zu einem leichten Lächeln. „Es tut noch höllisch weh, aber das geht ja vorüber."

„Ich habe mir die ganze Nacht Sorgen um Sie gemacht."

„Wirklich, Marietta? Warum?" Er sah mich eindringlich an, und ich hatte einen Moment lang das Gefühl, daß uns eine tiefe Zuneigung verband.

„Weil . . . weil . . .", stammelte ich.

„Weil, was?"

Ich weiß nicht, was ich geantwortet hätte, wenn wir nicht unterbrochen worden wären. Janet kam die Treppe heruntergelaufen, gleichzeitig öffnete Rose die Haustür, die ich hinter mir geschlossen hatte, und Kathryn kam mit dem kleinen dunkelhaarigen Jungen an der Hand herein. Er blieb schüchtern stehen und verbarg sein Gesicht in den Falten von Kats Rock. Sie gab ihm einen leichten Schubs.

„Sag deinem Onkel Richard guten Tag, Robert!"

Sekundenlang standen wir wie erstarrt da. Dann stieß Janet einen unterdrückten Schrei aus, und Richard beugte sich unbeholfen nieder und hielt dem Kleinen die Hand hin.

„Ich freue mich, dich kennenzulernen, Robert", sagte er ernst.

Das Kind ging zögernd auf ihn zu, dann versteckte es schnell die Hände hinter dem Rücken, blickte zu seiner Mutter hoch und stieß einen Schwall unverständlicher Worte aus.

Kathryn lachte. „Es ist recht schlimm mit ihm! Er spricht Gälisch und Englisch durcheinander, ganz wie es ihm gerade paßt. Er hat gefragt: ‚Schenkt er mir etwas?' Sie sehen, Ihr Neffe ist leider ein sehr habgieriger kleiner Junge."

Richard lächelte und richtete sich auf. „Ich kann mich noch gut daran erinnern, daß mein Bruder es immer schaffte, das größte Stück Kuchen zu bekommen."

Janet sagte mit bebender Stimme: „Grahams Sohn?

Aber das kann doch nicht sein ... Ich verstehe nicht ..." Sie blickte verwirrt von Kat zu Richard.

„Fang jetzt nicht zu weinen an, Janet!" ermahnte Richard sie brüsk. Dann wandte er sich an Kat. „Möchten Sie uns Ihre und Grahams Geschichte erzählen?"

„Wir haben uns geliebt. Wollen Sie darüber hinaus noch etwas wissen?"

„Ja, sehr viel."

„Nun gut, dann werde ich Ihre Fragen beantworten. Aber erst zu Ihnen. Als ich gestern von hier wegging, waren Sie sehr krank. Sie hätten wirklich noch nicht aufstehen dürfen, Oberst Wynter!"

„Richard", korrigierte er sie. „Ich bin Grahams Bruder, vergessen Sie das nicht. Und Sie brauchen sich keine Sorgen um mich zu machen. Ich bin ein alter Krieger und halte einiges aus. Aber hauptsächlich habe ich es Ihnen zu verdanken, daß ich wiederhergestellt bin ... oder zumindest fast."

Sie lächelte ein wenig. „Es ist wirklich erstaunlich, wie sehr Sie Graham ähneln." Dann setzte sie sich auf einen Schemel am Fenster und zog das Kind dicht an sich. Es lutschte an seiner kleinen Faust, zu schüchtern, um mehr zu tun, als uns mit großen, runden grauen Augen anzustarren.

Kathryn blickte auf ihre Hände, die sie lose auf dem Schoß gefaltet hatte. Dann begann sie zu erzählen: „Als Ihr Bruder hierherkam, habe ich ihn zuerst gehaßt, wie ich alle Engländer haßte. Ich war fünfzehn Jahre alt, als meine Brüder bei Culloden ums Leben kamen. Zwanzig Jahre lang waren Cumberlands Männer plündernd und mordend durchs Hochland gezogen und hatten unzählige Häuser in Brand gesteckt. Mein Vater war in einer verzweifelten Lage. Die Ernte war schlecht gewesen, die Heringsschwärme zwei Jahre ausgeblieben. Er brauchte dringend Geld, um für die Clan-Angehörigen Nahrungsmittel zu kaufen, wenn sie im Winter nicht verhungern sollten. Und da kam dieser reiche Fremde, der Land kaufen wollte.

Graham wurde also ins Schloß eingeladen und von uns äußerst liebenswürdig behandelt. Er kam mehr als einmal, und er unterschied sich von den anderen ... Oh, ich weiß, was Sie jetzt denken!“ Sie warf stolz den Kopf in den Nacken. „Sie können sich über mich mokieren, wenn Sie wollen. Ich war fünfunddreißig und hatte mich damit abgefunden, das Leben einer alten Jungfer zu führen, für Vater zu sorgen und mich um unsere Leute zu kümmern.

Sie können sich ja gar nicht vorstellen, wie das Leben hier gewesen ist! Kein Geld, um nach Edinburgh zu fahren, keine Geselligkeiten, keine Bälle, keine Besucher ... nicht einmal ein neues Kleid ... Nur Vater und seine Geliebte nebst Coll. Natürlich war es gegen die allgemeine Sitte, das war mir sehr wohl bewußt, und trotzdem ist es geschehen. Ich verliebte mich in Graham ... und er sich in mich.“

„Hat er Sie gebeten, seine Frau zu werden?“ fragte Richard.

„Ja, das hat er. Zuerst habe ich es abgelehnt, immer und immer wieder. Ich war fünf Jahre älter als er. Aber er ließ diesen Einwand nicht gelten ...“

„Ich weiß“, sagte Richard sanft. „Er hat mir geschrieben: ‚Sie ist die wunderbarste Frau der Welt.‘“

„Hat er das?“ Kathryn wurde rot wie ein junges Mädchen. „Aber es war von Anfang an hoffnungslos. Du hast Sir Alasdair nie im Zorn erlebt, Marietta, oder?“

„Doch, einmal, als er von Graham sprach.“

„Die Leidenschaftlichkeit der Gilmours konnte grauenhaft sein. Für Vater waren die Engländer immer nur die Feinde, die seine Söhne getötet hatten. Er beschimpfte

Graham und mich auf die schlimmste Weise. Er untersagte ihm, ins Schloß zu kommen. Er sprach von seiner Hochland-Ehre ... Ich weiß, es war schandbar von mir, aber was kümmerte mich Ehre?“

Trotz blitzte in ihren Augen auf, dann fuhr sie fort: „Graham bat mich, sofort mit ihm nach Fort William zu gehen. Aber wie hätte ich dort mit ihm zusammen leben können, wo mich jeder kannte? Ich wollte weder ihn noch meinen Vater in Schande bringen. Grahams Dienstzeit in Fort William sollte Weihnachten zu Ende sein. Ich schlug ihm vor, bis dahin zu warten. So kam ich heimlich hier ins Tige Dubh, wann immer ich konnte ...“

„Und was geschah dann?“ fragte ich leise.

„Ich wurde schwanger. Dumm, nicht wahr? Damit hatte ich nicht gerechnet. Als an meinem Zustand nicht der geringste Zweifel mehr bestand, war ich unsagbar glücklich und gleichzeitig außer mir vor Angst und Sorge. Ailsa Drummond hatte mich immer ebensosehr gehaßt wie ich sie. Sie kam dahinter, daß ich guter Hoffnung war, und sagte es meinem Vater. Wir hatten einen furchtbaren Streit, schrien uns an wie Verrückte, sagten schreckliche, unverzeihliche Dinge. Ich dachte schon, er würde mich umbringen oder irgendwo einsperren — das hat es in Familien wie der unseren schon öfter gegeben. Aber er tat weder das eine noch das andere. Ich verließ das Schloß und flüchtete hierher. Das war ein paar Tage, bevor Graham dienstfrei hatte. Als er dann kam, war er über etwas sehr erregt, was er herausgefunden hatte.“

„Haben Sie ihm von dem kommenden Kind erzählt?“

„Nein. Ich wünschte, ich hätte es getan. Vielleicht wäre Graham dann heute noch am Leben, ich weiß es nicht.“

„Hatte das, was er herausfand, mit dem Schiff zu tun und den jungen Männern, denen er bei der Auswanderung helfen wollte?“

„Ja. Er machte ihnen diesen Vorschlag, weil er wußte, in welcher Armut sie lebten und daß sie keinerlei Zukunftsaussichten besaßen. Er hat dann alle nötigen Schritte für sie unternommen. Aber der Kapitän des Schiffes sprach kaum Englisch. Graham konnte nicht allein mit ihm verhandeln. George Fergusson mußte für ihn dolmetschen. Er hat mir an jenem Abend nicht alles erzählt, sondern sagte mir nur, daß er unbedingt mit meinem Vater sprechen müsse. Er wollte ihm sagen, welche Gemeinheit in seinem Namen begangen werden sollte, damit sie noch verhindert werden könnte. Danach hatte er vor, mich nach Laverstoke, zu seinen und Ihren Eltern zu bringen. Wir haben hier in diesem Zimmer gesessen und das alles besprochen, bevor er sich auf den Weg zum Schloß machte. Ich habe ihn nie mehr wiedergesehen. Sein Leichnam wurde ein paar Tage später vom Meer angeschwemmt."

„Ist er ermordet worden?" fragte Richard grimmig.

„Ich weiß es nicht, ich weiß es nicht. Es war keinerlei Verletzung zu sehen, keine Wunde, nichts."

Tränen liefen über Janets Wangen, aber Kathryn saß mit trockenen Augen ganz still und ruhig da. Ich sah nur, wie ihre Hand auf der Schulter des kleinen Robert sich verkrampfte, so daß er verwundert zu ihr hochblickte.

Richard beugte sich vor. „Wurde auch Ihr Vater von den Engländern vernommen, als sie Grahams Tod untersuchten?"

„Ja, natürlich. Er schwor, daß Graham an jenem Abend nicht ins Schloß gekommen sei, und Coll und die Dienstboten sagten das gleiche aus."

„Und was haben Sie ausgesagt?"

Kathryn schien einen Augenblick die Fassung zu verlieren, doch dann fuhr sie beherrscht fort: „Es war mir klar, daß irgend jemand log, aber was konnte ich schon sagen? Daß ich seine Geliebte war? Was für einen Heidenspaß hätte es den Engländern gemacht, die schottische Hure des Hauptmanns zu schikanieren! Mein Vater hatte meine Beziehungen zu Graham verschwiegen. Ich konnte weder ihn mit Schmach beladen noch Grahams Namen beflecken. Er war tot, aber ich mußte an das Kind denken. Ich hatte nur noch den einzigen Wunsch, Glenlochy zu verlassen."

„Dazu hat gewiß sehr viel Mut gehört!" sagte Richard mitfühlend. „Mein Bruder hat Sie nach Laverstoke bringen wollen. Würden Sie mir erlauben, das an seiner Stelle zu tun?"

„Eines Tages vielleicht, aber nur, wenn Ihr Vater das wirklich wünscht."

„Das wird er bestimmt. Er hat Graham sehr geliebt."

Kathryn erhob sich. „Ich muß jetzt gehen. Aber zuvor möchte ich noch gern wissen, was Sie zu tun gedenken."

„Was ich zu tun gedenke? In welcher Hinsicht?"

„Haben Sie vergessen, daß Sie vorgestern nacht in brutalster Weise überfallen worden sind?"

„Ach, das!" Richard blickte zu mir hin. „Ich glaube, ich kenne den Grund dafür. Ich selbst bin mir nicht so wichtig, es geht mir um meinen Bruder. Ich will wissen, wer ihn umgebracht hat und warum."

„Aber das ist doch schon so lange her, und es läßt sich nichts mehr daran ändern . . ."

„Graham ging zum Schloß und kam nie zurück."

„Mein Vater hat ihn bestimmt nicht umgebracht", erwiderte Kat. „Kennen Sie nicht unsere Traditionen, wissen Sie nichts über die Hochland-Ehre? Graham war Gast im Hause meines Vaters. Er hatte sein Brot gegessen. Das genügte bereits, um ihn unantastbar zu machen, was immer er auch getan haben mochte."

„Alles sehr schön und edel! Aber Sir Alasdair könnte andere mit der Durchführung der Tat beauftragt haben."

„O nein!“ rief ich. „Das ist unmöglich! Wie können Sie nur so etwas Abscheuliches sagen?“

„Ihr Großvater ist tot, Marietta! Ihm kann niemand mehr etwas anhaben“, entgegnete Richard fest. Dann wandte er sich wieder Kathryn zu. „Wollen Sie denn nicht wissen, wer den Vater Ihres Kindes, den Mann, den Sie liebten, ermordet hat? Wen schützen Sie?“

„Wollen oder können Sie mich nicht verstehen?“ entgegnete Kathryn heftig. „Ich schütze keinen einzelnen. Aber die Bewohner dieses Tals sind Angehörige meines Clans, ihr Blut ist mein Blut. Sie haben genug gelitten. Ich will nicht, daß sie für etwas bestraft werden, was vor zwei Jahren geschah. Außerdem kann es wirklich nur ein Unfall gewesen sein. Marietta, sag ihm, daß du genauso denkst wie ich!“

Ich wußte nun, daß Kathryn — trotz ihrer Liebe zu Graham — für die Männer und Frauen kämpfen würde, mit denen sie zusammen aufgewachsen war und die zum Clan der Gilmours gehörten. Richard war zwar der Bruder des Mannes, den sie geliebt hatte, aber er war dennoch der Feind. Ich fühlte mich zwischen ihr und Richard hin- und hergerissen. Ich teilte Kathryns Gefühle. Hatte ich nicht das gleiche für meinen Vater empfunden und es meiner Mutter verübelt, daß sie alles herabsetzte, was er liebte und woran er glaubte? Und trotzdem verstand ich auch Richard. Ich wußte, daß die Liebe zu seinem toten Bruder ihn nicht ruhen lassen würde, bis er die Wahrheit herausgefunden hatte.

Der kleine Robert unterbrach uns. Wir hatten ihn über unserer Auseinandersetzung ganz vergessen, und er brach plötzlich in lautes Wutgeschrei aus. Das löste die Spannung.

Janet kniete nieder und nahm ihn in den Arm. „Der arme Kerl hat Hunger!“ Sie sah uns vorwurfsvoll an.

„Er hat immer Hunger", erklärte Kathryn. „Aber Mary wird sich schon Sorgen machen, daß ich noch nicht zurück bin. Ich muß jetzt gehen."

„Lassen Sie mich Ihnen noch eines sagen!" Richard trat auf sie zu. „Ich verspreche Ihnen, dafür zu sorgen, daß Robert und Ihnen kein Leid geschieht. Aber ich muß tun, was ich für richtig halte."

„Vielleicht kann Marietta Ihnen klarmachen, daß alles seine zwei Seiten hat und die eigene Auffassung für andere nicht immer die richtige ist", erwiderte sie trocken und nahm das Kind bei der Hand.

Janet blickte Richard und mich fragend an, bevor sie bat: „Darf ich mit Ihnen gehen, Kathryn? Ich würde so gerne wissen, wo Sie wohnen. Oder hast du etwas dagegen, Richard?"

„Nein, natürlich nicht. Aber laß dich von James begleiten. Ich möchte auf keinen Fall, daß du nachher allein zurückgehst."

Sie schnitt eine Grimasse. „Wer macht jetzt zuviel Getue um nichts? Ich bleibe nicht lang. Paß du inzwischen auf ihn auf, Marietta!"

Mit diesen Worten eilte sie Kathryn nach.

„Ich glaube, ich gehe jetzt besser auch", sagte ich.

„Bleiben Sie noch einen Moment", bat Richard. „Ich muß Ihnen etwas sagen."

„Können Sie das nicht ein anderes Mal? Sie sollten sich jetzt etwas ausruhen."

„Nein, es muß heute sein. Ich möchte es nicht aufschieben." Er ging zum Tisch und griff leicht lächelnd nach einer Flasche Madeira. „Wollen Sie mit mir trinken, oder sind Sie zu böse auf mich?"

„Warum sollte ich böse auf Sie sein?"

Er antwortete nicht, sondern schenkte zwei Gläser ein und reichte mir eines davon.

„Der Wein wird mir bestimmt zu Kopf steigen!“ sagte ich.

„Mir sicher auch. Aber das macht nichts, sondern ist vielleicht sogar ganz gut.“

Ich nippte an dem schweren süßen Wein und knabberte an einem der Kekse, die Richard mir hingestellt hatte. Er stand mit dem Rücken zum schwelenden Torffeuer. Seine Miene war verschlossen und finster. Er war wieder der Mann, den ich in Edinburgh gekannt hatte. Der Engländer, der Feind, nicht der fröhliche Gefährte, mit dem ich die Seehunde beobachtet und Forellen über dem Lagerfeuer geröstet hatte.

Schließlich sagte er abrupt: „Ich werde Janet zurück nach Laverstoke bringen müssen.“

„Sie wollen Glenlochy verlassen?“

„Ich laufe nicht davon. Aber es bleibt mir nach alldem, was geschehen ist, nichts anderes übrig. Ich will nicht, daß Janet etwas zustößt. Solange ihr Mann fort ist, trage ich die Verantwortung für sie.“

„Ich werde sie vermissen.“ Vor wenigen Minuten war ich noch wütend auf ihn gewesen, weil er so schlecht von meinem Großvater gesprochen hatte. Jetzt überfiel mich bei dem Gedanken, das Tige Dubh unbewohnt zu wissen, ein grenzenloses Gefühl der Verlassenheit.

Er trank sein Glas aus und stellte es auf den Tisch, bevor er weitersprach: „Ich hatte eigentlich nicht vor, es Ihnen zu sagen, aber ich glaube, Sie sollten es wissen.“

„Was?“

„Daß Coll mir eine Forderung überbringen ließ.“

Mir lief es eiskalt über den Rücken. „Eine Forderung zu einem Duell?“

„Ja. Aber Sie brauchen keine Angst um ihn zu haben. Ich habe den Brief unbeantwortet zurückgeschickt. Zuerst wollte ich die Forderung annehmen, aber dann fand ich es unsinnig, mich wegen einer solchen Nichtigkeit zu schlagen. Das Ganze hätte nie passieren dürfen. Es war meine Schuld. Ich hatte die Beherrschung verloren." Er schwieg einen Moment und fuhr dann in dem gleichen gelassenen Ton fort: „Vorletzte Nacht bin ich nach draußen gegangen, weil ich ein Tier vor Schmerzen schreien hörte. Ich dachte, es sei vielleicht die alte halbblinde Hündin drüben von Lachlan. Sie läuft immer davon und streunt durch die Gegend, wenn die Stalltür offensteht. Ich ging dem Jaulen nach bis in den Wald. Da lag die Hündin. Ihre Läufe waren mit Stricken fest zusammengebunden, und sie winselte erbarmungswürdig. Ich kniete nieder, um die Stricke zu lösen, und in diesem Augenblick fielen sie über mich her. Sie zerrten mich zu einer Lichtung. Es brannten nur Fackeln, aber ich konnte alles ziemlich deutlich erkennen . . ."

„Einen großen schwarzen Felsblock und Männer und Frauen, die scheußliche Tierköpfe übergestülpt hatten . . ."

„Ja." Er sah mich erstaunt an. „Sie wissen davon?"

„Ich sah sie in der Nacht, in der mein Großvater erkrankte. Es bedeutet nichts. Es ist nur ein alter Brauch, an dem die Leute hier seit der Zeit des Heidentums festhalten, wie Mr. McPhail mir erzählte", sagte ich so leichthin wie möglich.

„Ein sehr unschöner Brauch, muß ich sagen!" entgegnete er grimmig. „Ich möchte auch nicht weiter darüber sprechen. Aber als sie mich an den Pfahl banden, sah ich die Hand des Mannes, der die Peitsche hielt. Er trug einen ungewöhnlichen Ring. Ich konnte ihn deutlich im Schein der Fackeln erkennen: zwei gewundene Schlangen und in der Mitte noch irgendein Tier, eine Katze, glaube ich."

Der Ring meines Großvaters! Ich hatte ihn zum letztenmal an seinem Finger gesehen, als er aufgebahrt war. Ich sprang auf.

„Warum erzählen Sie mir das? Glauben Sie etwa, daß Coll sich auf diese Weise an Ihnen rächen wollte, weil Sie seine Forderung nicht angenommen haben? Beschuldigen Sie tatsächlich Coll?"

„Ich habe keinen Namen genannt!"

„Nein, aber Sie sind überzeugt, daß er es war."

„Sie verteidigen ihn sehr heftig. Trägt er einen Ring, wie ich ihn beschrieben habe?"

„Nein, natürlich nicht!"

„Aber es ist das Wappen der Gilmours, nicht wahr?"

„Ja, das stimmt", gab ich widerwillig zu.

„Ich habe mir das Ganze nicht eingebildet, Marietta. Wer sonst könnte den Ring tragen, wenn nicht Coll?" Er blickte mich fragend an, und als ich ihm keine Antwort gab, fuhr er fort: „Glauben Sie mir, es ist mir nicht leichtgefallen, Ihnen das zu sagen. Aber Sie haben mir einmal erklärt, Sie sähen in mir einen Bruder. Ich halte es deshalb für meine Pflicht, Ihnen einen Rat zu geben . . ."

„Welchen?"

„Sie wollen einen Mann heiraten, den Sie kaum kennen, Marietta. Sie sind erst so kurze Zeit hier. Ich bitte Sie, warten Sie noch eine Zeitlang."

Gegen alle Vernunft erboste mich die kühle, leidenschaftslose Stimme, die meinen Traum so grausam bedrohte. „Danke für den Rat, aber ich weiß genau, was ich tue!" erwiderte ich schroff.

„Das bezweifle ich. Bitte hören Sie auf mich, Marietta! Es ist wichtig. Ich habe Nachforschungen angestellt . . ."

„Das weiß ich. Sie haben damit nur Unruhe gestiftet. Als nächstes werden Sie noch behaupten, Coll sei der Mörder Ihres Bruders."

„Ich habe nichts dergleichen gesagt. Aber warum beantworten die Leute nicht meine Fragen? Was haben sie zu verbergen?"

„Nichts, weil es nichts zu verbergen gibt. Kathryn hat recht, Sie denken nur an sich! Wenn Sie mir nichts weiter zu sagen haben, möchte ich jetzt gehen."

„Da ist noch etwas ..."

„Ich will es nicht wissen!"

„Sie können tun, was Ihnen beliebt. Aber ich glaube, Sie sollten wissen, daß Duncan Cameron mir einen Brief geschrieben hat."

Ich horchte auf. „Aus welchem Grund?"

„Wir standen in Geschäftsbeziehung. Vielleicht ist Ihnen das entfallen, aber ich habe Ihnen einmal erzählt, daß ich das Haus in Edinburgh kaufen wollte."

„Weshalb?"

„Ich glaube nicht, daß das jetzt noch wichtig ist", erwiderte er kalt. „Jedenfalls hat sich die Lage geändert. Mr. Cameron schrieb mir in dieser Angelegenheit. Er erwähnte dabei etwas, das ihn sehr verwundert und bestürzt hat. Ich kann mir das gut vorstellen, besonders wenn ich bedenke, was Sie mir immer so nachdrücklich einzuprägen versuchten."

„Ich weiß nicht, wovon Sie reden!"

„Nein? Läßt es sich mit der Hochland-Ehre vereinbaren, daß eine junge Frau ihren großen Besitz an Männer verpachtet, welche die Bewohner des Tals innerhalb von drei Monaten aus ihren Heimen vertreiben und das ganze Gebiet für die sehr ertragreiche Aufzucht von Schafen benutzen wollen?"

„Was?" Ich starrte ihn fassungslos an.

Er ging zu einem kleinen Schreibtisch und holte einen Brief heraus. „Wollen Sie ihn selbst lesen?"

„Nein, lesen Sie ihn mir vor."

Er blätterte die Seiten um, bis er die Stelle fand.

„Hier steht: ‚Ich bin sehr erstaunt, daß Miss Gilmour so kurz nach dem Tod ihres Großvaters an den Höchstbietenden verpachten will. Es gibt genug Interessenten, die den verlangten Pachtzins zahlen wollen. Aber ich finde das Ganze sehr tragisch, besonders da Sir Alasdair dieser Versuchung so lange widerstanden hat. Bis zum letzten Atemzug hat er erklärt, daß er es den Angehörigen seines Clans schulde, ihnen ihr Heim so lange wie menschenmöglich zu bewahren.

Natürlich wird Miss Marietta ein sehr hohes Einkommen daraus erzielen, weitaus mehr als aus den Pachten, die sie jetzt von diesen armen, bemitleidenswerten Menschen erhält. Sir Alasdair vertraute seiner Enkelin, das ist das bedauerliche daran. Es scheint mir ein weiteres Zeichen für die Verkommenheit der jungen Leute heutzutage zu sein, daß sie das ihnen anvertraute Gut um des Geldes und eitlen Vergnügens willen aufgeben.'" Richard ließ den Brief sinken und sagte: „Mr. Cameron ist etwas puritanisch in seinen Ansichten!"

„Es ist nicht wahr, was er geschrieben hat! Es kann nicht wahr sein!"

„Er würde dies alles bestimmt nicht ohne Ihre Zustimmung durchführen."

Plötzlich fielen mir die Dokumente ein, die ich nach dem Tod meines Großvaters unterzeichnet hatte. Ich hatte Coll voll und ganz vertraut, hatte den Inhalt nie sorgfältig gelesen, wie es meine Pflicht gewesen wäre. Konnte es eines dieser Dokumente gewesen sein? Ich war zornig auf mich selbst und merkwürdigerweise noch zorniger auf Richard.

„Und Sie glauben natürlich alles, was in dem Brief steht!" fuhr ich ihn an. „Sie halten mich für eine verlogene Betrügerin, die nur hierhergekommen ist, um einen alten Mann zu umgarnen, damit er ihr alles vermacht."

Er faltete den Brief sorgfältig zusammen. „Ich habe erst vor kurzem die Erfahrung gemacht, daß man den Worten einer Frau keinen Glauben schenken kann."

„Und Sie meinen, ich wäre wie das Mädchen, das Ihnen den Laufpaß gegeben hat? Wenn Sie zu ihr genauso zynisch waren wie zu mir, wundert mich das gar nicht. Eine Frau wünscht sich einen Mann, der ihr vertraut, der sie liebt, und keinen herzlosen Kritiker, der ständig etwas an ihr auszusetzen hat."

Er packte mich mit eisernem Griff an den Handgelenken. „Kann ich denn noch etwas anderes von Ihnen denken? Oder sind Sie so dumm, Dokumente zu unterschreiben, ohne sie vorher gelesen zu haben? Sind Sie so töricht, sich von einem hübschen Gesicht und verbindlichen Manieren derartig blenden zu lassen, daß Sie nicht bemerken, was um Sie her vorgeht?"

„Lassen Sie mich los!"

Er ließ mich so plötzlich los, daß ich zurücktaumelte.

„O Gott", stöhnte er, „wenn einer hier der Narr ist, dann ich! Aber ich hatte eine bessere Meinung von Ihnen. Ich hatte gedacht ... Ach, was für eine Rolle spielt das schon! Nun denn, verpachten Sie Ihr Land, liefern Sie diese armen Menschen ihrem Schicksal aus! Sehen Sie zu, wie sie dem Hungertod preisgegeben werden, wenn Sie das wollen. Aber kommen Sie ja nicht mehr hierher und erzählen mir von der Liebe, die Sie für Ihre Leute empfinden. Behaupten Sie ja nicht mehr, ihr Blut sei auch das Ihre, denn ich weiß es jetzt besser. Sie sind genau wie die anderen. Sie denken nur an sich, Sie sind durch und durch selbstsüchtig!"

„Ich habe nicht die Absicht, mir das noch länger anzuhören! Glauben Sie von mir, was Sie wollen, mir ist das völlig gleichgültig. Gehen Sie doch! Machen Sie, daß Sie von Glenlochy fortkommen! Hier ist kein Platz mehr für Sie. Mein Großvater hat den größten Fehler seines Lebens begangen, als er Ihrem Bruder sein Land verkaufte. Zum Dank dafür hat Ihr Bruder seine Tochter verführt und die jungen Männer seiner Sippe in die Sklaverei verkauft. Ist das nicht viel schlimmer? Wenn mein Großvater ihn tatsächlich ermorden ließ, dann kann ich nur sagen, daß er es nicht anders verdient hat."

Mir war bewußt, daß ich in einem Anfall rasender Wut und wilder Verzweiflung so schrie. Ich sah Richards entsetztes Gesicht und stürzte aus dem Haus. Ich rannte den Pfad hinunter; meine Tränen vermengten sich mit dem Regen. Ohne auf den Matsch unter meinen Füßen zu achten, rannte ich weiter. Und meine Verzweiflung mischte sich mit dem Wissen, daß ich allein an alldem die Schuld trug und daß ich auf Richard nur so zornig war, weil er mit seinen Beschuldigungen recht hatte. Ich war dumm gewesen. Aber mein Stolz hatte es nicht zugelassen, mir einzugestehen, daß ich schmählich hintergangen worden war. Mein Gilmour-Hochmut wütete gegen Richard, weil er viel klarer als ich erkannt hatte, was um mich her vorging. Ich würde es ihm zeigen! Ich würde beweisen, daß ich keine Lügnerin und Betrügerin war. Ich würde dafür sorgen, daß er sich bei mir entschuldigte, angekrochen käme ... Ich blieb abrupt stehen. Genau das hatte Coll gesagt, und dann war er ... Nein, ich würde es nicht glauben! Er konnte sich unmöglich so verachtenswert verhalten haben; es mußte eine andere Erklärung geben.

Während des ganzen Heimwegs versuchte ich mit mir ins reine zu kommen. Aber nichts konnte die Tatsache aus dem Weg räumen, daß Coll mich hinters Licht geführt hatte. Er hatte mich immer wieder belogen, und ich wäre vielleicht erst dahintergekommen, wenn es zu spät gewesen wäre.

Der Abend war schon hereingebrochen, als ich ins Schloß zurückkehrte. Meine Stiefel waren durchnäßt, und mein Kleid bis zu den Knien mit Matsch bespritzt. Ich ging hinauf in mein Zimmer, um mich zu waschen und umzuziehen und mich für die Auseinandersetzung zu wappnen, die zweifellos sehr hart werden würde. Kirsty klopfte gegen meine Tür und rief, daß das Abendessen fertig sei. Erst da wurde mir bewußt, daß ich den ganzen Tag nichts zu mir genommen hatte, außer dem Wein und den Keksen, die Richard mir angeboten hatte.

Es war ein unheimliches Gefühl, das Zimmer zu betreten und die Gäste vom vergangenen Abend um den Tisch sitzen zu sehen, als hätten sie sich seitdem nicht von ihrem Platz gerührt. Ich blieb an der Tür stehen. Coll blickte auf — mein schöner Coll, den ich so liebte. Was verbargen die blauen Augen vor mir?

„Wo warst du so lange?" fragte er. „Wir haben dich vermißt."

Ich nahm meinen Platz am Kopfende des Tisches ein und sah sie der Reihe nach an. Dann erwiderte ich: „Entschuldige, aber ich wußte nicht, daß ich Gäste eingeladen hatte."

Coll schaute mich verwirrt an. „Aber, Marietta, mein Liebling . . ."

Fiona unterbrach ihn. „Sie gaben uns gestern abend keine Möglichkeit, Ihnen das zu sagen", erklärte sie honigsüß, „und heute sind Sie den ganzen Tag nicht hiergewesen. Wir haben Ärger mit unserem Haus. Seit einiger Zeit dringt Wasser in die unteren Räume. Durch die Feuchtigkeit wird mein Vater immer wieder aufs neue krank. Sie können das natürlich nicht wissen, weil Sie erst seit kurzem hier sind. Coll hat uns freundlicherweise angeboten, daß wir im Schloß wohnen können, bis der Schaden behoben ist."

Neil starrte unverwandt auf seinen Teller. Ailsa Drummond, die sehr selten mit uns aß, zerkrümelte ein Stück Brot zwischen den Fingern, und Mr. McPhail sah mich verlegen an.

„Ich hoffe, Sie empfinden unsere Anwesenheit nicht als störend, Miss Marietta.“ Er warf Fiona einen unbehaglichen Blick zu. „Sollte das der Fall sein, werden wir natürlich sofort das Schloß verlassen.“

„Aber nein, bleiben Sie nur! Ich möchte nicht, daß Sie meinetwegen wieder krank werden. Das Schloß ist groß genug.“ Ich wandte mich Coll zu. „Es wäre mir nur lieber gewesen, wenn man mich erst gefragt hätte.“

„Das Ganze kam sehr plötzlich“, erwiderte er. „Ich habe heute morgen erst festgestellt, in welchem Zustand sich das Haus befindet. Du bist immer so großzügig, Liebling, ich weiß, daß du als erste den Vorschlag gemacht hättest.“

„Und wie ist es mit Ihnen, Mr. Fergusson?“ fragte ich trocken. „Ist Ihr Haus ebenfalls unbewohnbar?“

Er lachte. „Sie machen sich wohl über mich lustig, Miss Gilmour? Nein, ich bleibe natürlich nicht hier. Aber Coll und ich haben den ganzen Tag hart gearbeitet. Er schlug mir dann vor, zum Abendessen zu bleiben. Wir haben nämlich im Moment eine Menge zu regeln.“

„Was denn?“

„Rechtliche Angelegenheiten, die mit Sir Alasdairs Testament zusammenhängen. Alles schrecklich langweilige Dinge, die eine schöne junge Frau wie Sie bestimmt nicht im geringsten interessieren.“

„Beabsichtigen Sie vielleicht, mein Land zu verkaufen oder zu verpachten?“

Er wechselte einen schnellen Blick mit Coll und lächelte dann nachsichtig, als wäre ich ein törichtes Kind. „Was für eine absurde Idee! Nein, bestimmt nicht.“

Ich war versucht, ihnen auf der Stelle zu sagen, was ich erfahren hatte, es ihnen mitten ins Gesicht zu schreien, doch ich beherrschte mich. Ich wollte Coll die Gelegenheit geben, sich zu rechtfertigen, wenn wir allein waren.

„Und dann hatte ich noch allerhand wegen dieser Geschichte mit Mr. Wynter zu tun“, fuhr Mr. Fergusson fort. „Coll hat mir erzählt, wie sehr Sie sich über seinen geringfügigen Unfall aufgeregt haben. Wie geht es ihm eigentlich?“

„Es war kein Unfall, sondern ein sorgfältig geplanter Überfall! Zum Glück befindet sich Mr. Wynter auf dem Wege der Besserung, aber er ist sehr zornig über das Ganze.“

„Das ist verständlich. Ich bin der Sache bereits nachgegangen.“

„Und haben sicher nichts herausgefunden, oder?“

Er zuckte die Achseln. „Solche Fälle sind nie leicht zu klären.“

Ich hätte ihm am liebsten gesagt: Ich verabscheue Sie, Mr. Fergusson! Für mich sind Sie ein gemeiner Lump und Betrüger, wenn nicht noch Schlimmeres. Ich zahle Ihnen noch eine Woche lang Ihren Lohn, und dann machen Sie, daß Sie fortkommen.

Aber man kann so etwas nicht zu einem Mann sagen, dessen Vorfahren den Gilmours seit urdenklichen Zeiten gedient haben und der ein — wenn auch noch so entfernter — Verwandter ist.

Statt dessen erwiderte ich: „Er ist unser nächster Nachbar. Ich fühle mich ihm gegenüber irgendwie verantwortlich.“

„Will er etwa Schwierigkeiten machen?“ fragte Coll.

„Ich weiß es nicht. Aber wenn es so wäre, was würdest du tun?“

„Wir sind schon früher mit den Engländern fertig geworden, meine Liebe, und schaffen das auch heute noch.“

„Wie? Durch Mord?“

„Du bist heute abend sehr merkwürdig gelaunt, Liebling. Bedrückt dich etwas?“

Ich gab ihm keine Antwort darauf, weil ich einfach nicht in der Verfassung war, zu streiten. Zu viele Gedanken bewegten mich, und es war eine Qual für mich, mit ihnen allen zusammenzusitzen. Ich legte Messer und Gabel hin und stand auf.

„Entschuldige, Coll, aber ich bin ziemlich müde und will mich noch darum kümmern, daß unsere Gäste gut untergebracht sind."

„Ich habe schon für alles gesorgt", sagte Fiona schnell.

„Danke, aber dies ist zufällig mein Haus!"

„Oh, es tut mir leid, daß ich mich in Ihre Angelegenheiten gemischt habe."

Es lag mir schon eine ärgerliche Antwort auf der Zunge, aber ich unterdrückte sie. Ich war zu durcheinander, um einem Streit mit Fiona gewachsen zu sein.

Coll öffnete die Tür für mich. „Was hast du nur, Marietta?" fragte er leise. „Ich merke doch, daß dich irgend etwas bedrückt!"

„Ich muß mit dir sprechen, Coll."

„Jetzt gleich? Soll ich mit dir hinaufgehen?"

Um mich durch seine Zärtlichkeiten dazu zu bringen, alles zu vergessen. Nein, nie wieder!

„Nein, es hat noch bis morgen Zeit."

Er wollte mich küssen, aber ich wich ihm schnell aus. Ich schloß die Tür hinter mir und ging hinauf in mein Zimmer. Dort zündete ich eine Kerze an, nahm sie, schlich die Treppe hinunter und dann über den langen Gang zum Kontor. Es war sehr still darinnen. Nur die Hunde lagen schlafend vor dem Kamin. Kein Meeresrauschen drang zu mir von den Felsen herauf. Es mußte Ebbe herrschen.

Wolf streckte sich und kam zu mir getrottet. Er stupste seine kalte Nase gegen meine Hand. Ich streichelte ihn zerstreut. Auf dem Tisch lagen säuberlich aufgestapelte Papiere, aber sie interessierten mich nicht. Ich suchte etwas anderes und entdeckte es nach wenigen Sekunden neben den Siegelmarken, dem Siegelwachs und der Streusandbüchse: den großen viereckigen Ring meines Großvaters. Wer sonst konnte ihn getragen haben außer Coll? Coll, der den Teufel angerufen hatte, um zu erfahren, was die Zukunft ihm bringen würde. Coll, der sich sowohl von Rechts wegen als auch durch die baldige Eheschließung mit mir für das siebzehnte Oberhaupt des Clans hielt. Coll, der Richard haßte, als Rivalen fürchtete, ihn eigenhändig ausgepeitscht und ihm eine unsagbare Demütigung zugefügt hatte. Mein Magen krampfte sich zusammen, so daß mir ganz übel wurde.

Plötzlich hörte ich draußen auf dem Gang Schritte näher kommen. Bran hob den Kopf und knurrte. Die Tür ging auf, und Coll kam herein. Obwohl mir niemand verbieten konnte, mich im Kontor aufzuhalten, zuckte ich schuldbewußt zusammen.

„Was machst du denn hier, Marietta?“ fragte er. „Ich dachte, du wärst zu Bett gegangen.“

Ich streckte die Hand aus, in der ich den Ring hielt. „Hast du ihn in der Nacht getragen, in der du Richard Wynter umzubringen versuchtest?“

Er blickte auf den Ring und dann in mein Gesicht. „Hat er das behauptet?“

„Er hat gesagt, daß an der Hand, welche die Peitsche schwang, dieser Ring steckte, der Gilmour-Ring. Nur du kannst ihn getragen haben!“

Er zuckte die Achseln. „Du vergißt offenbar, Liebling, daß Neil hier täglich aus und ein geht.“

„Neil?“ Ich starrte Coll fassungslos an. „Neil sollte Richard so etwas angetan haben? Das glaube ich nie und nimmer, es ist völlig widersinnig!“

„Ich habe dir doch gesagt, daß Neil anders ist, als er nach außen hin tut. Er ist tückisch. Es gibt unter den

Pächtern eine Menge junger Raufbolde, und sie waren in jener Nacht alle betrunken. In diesem Zustand sind sie zu allerlei Schandtaten fähig."

Ich sah im Geiste Neils Gesicht vor mir, als ich ihn draußen vor dem Schloß getroffen hatte. Es war durchaus möglich, und doch glaubte ich es nicht, keine Sekunde lang. Oben im Wald hatte ich das Böse greifbar gespürt. Was Richard angetan worden war, konnte unmöglich ein Jungenstreich gewesen sein.

„Beteiligen sich George Fergusson und Fiona auch an diesen merkwürdigen Streichen?" fragte ich.

„Was haben die denn damit zu tun? Wirklich, Marietta, du redest reichlichen Unsinn! Du hast Fiona nie gemocht, stimmt's? Weiß der Himmel, warum. Aber das ist doch kein Grund, sie auch noch für den schlechten Charakter ihres Bruders verantwortlich zu machen." Er wollte mich an sich ziehen, aber ich riß mich los.

„Nein, so kannst du nicht mehr mit mir umgehen! Du weichst mir aus, beantwortest meine Frage nicht."

„Spiel dich nicht so auf, Marietta, ich kann das nicht ausstehen!"

„Und ich kann es nicht ausstehen, wenn man mich belügt und betrügt! Ich habe heute nachmittag noch etwas anderes erfahren. Du hast mir versprochen, daß den Leuten vom Tal kein Unrecht zugefügt werden würde, daß wir uns gemeinsam überlegen würden, wie wir ihnen und damit auch uns am besten helfen könnten. Und nun muß ich hören, daß du das Land verpachten willst, mein Land, und noch dazu an irgendeinen Fremden, dem die Leute hier völlig gleichgültig sind. Er wird sie erbarmungslos aus ihren Heimen vertreiben und ihnen das Dach über dem Kopf anzünden, wenn sie ihm Widerstand leisten."

„Von wem hast du das gehört?" Colls Stimme war gefährlich ruhig.

„Duncan Cameron hat Richard einen Brief geschrieben. Er ist entsetzt über das, was in meinem Namen geschieht. Ja, in meinem Namen! Wie kannst du es wagen, hinter meinem Rücken so zu handeln? Mein Großvater hätte die Angehörigen seines Clans nie verraten und verkauft um seines Vorteils willen, und ich werde das ebensowenig tun. Lieber verbringe ich mein ganzes Leben in Armut!"

„Der Teufel soll ihn holen!" schrie Coll plötzlich. „Gott verfluche diesen Ehrenwerten Richard Wynter und seine verdammte Schnüffelei! Welch ein Jammer, daß wir nicht noch fester zugeschlagen haben!"

Ich wich vor ihm zurück, entsetzt über sein haßerfülltes Gesicht. In dem flackernden Schein der Kerze waren die blauen Augen kalt wie Eis und der schöne Mund bösartig verzerrt.

„Ja", schrie er weiter, „ich habe die Peitsche geschwungen. Ich habe ihn ausgepeitscht und es genossen, damit du's nur weißt! Er hat meine Forderung nicht angenommen, kam sich als Engländer wohl zu vornehm vor, um mit einem Hochländer zu kämpfen, mit einem Bastard ohne Rang und Namen! Nachdem wir ihn ausgepeitscht hatten, haben wir ihn nackt ausgezogen und im Dreck herumgerollt. Es war nicht mehr viel von seiner Aufgeblasenheit und Vornehmheit übrig, als wir mit ihm fertig waren."

Jetzt, da ich endgültig die Wahrheit wußte, konnte ich sie nicht ertragen. Ich schloß die Augen. Coll packte mich an den Schultern und beugte sein Gesicht ganz dicht an das meine.

„Was hat er dir sonst noch erzählt? Hat er dich den Brief lesen lassen, ja?" Ich schüttelte benommen den Kopf, denn ich war zu verstört, um sprechen zu können. „Nein? Und weißt du, warum? Weil er es nicht gewagt hat! Du bewunderst ihn, wie? So elegante, feine Manieren, etwas viel Besseres als wir armen Teufel! Hat er jemals hungern müssen? War er je gezwungen, sich zu erniedrigen, vor einem arroganten alten Mann auf dem Bauch zu kriechen, nur um des täglichen Brotes willen?“ Die bitteren Worte strömten unaufhaltsam über seine Lippen. „O nein, er hat sein ganzes Leben lang immer nur das Beste bekommen! Aber er hat dir offenbar nicht gesagt, daß er zu den Interessenten gehörte, die für dein Land geboten haben. O nein, das hat er dir nicht erzählt, oder? Nur ich bin der Lügner und Betrüger!“

„Das kann nicht sein! Richard würde das nie tun!“

„Da täuschst du dich aber gewaltig! Er ist ebenso gewinnsüchtig wie all die anderen Engländer, die glauben, daß sie Schottland nach Belieben ausplündern können. Wieso sollen nicht auch wir das Recht haben, die Freuden des Lebens zu genießen? Warum nicht?“

Plötzlich verebbte seine Wut ebenso schnell, wie sie gekommen war. Er ließ mich los und sank auf einen Stuhl neben dem Tisch. „O Gott, es tut mir leid, Marietta! Verzeih mir, aber du hast mich so in Zorn gebracht ... Ich wollte nicht, daß du all diese Dinge erfährst!“

„Du wolltest wohl warten, bis wir verheiratet sind, damit ich nichts mehr gegen die Verpachtung des Landes tun kann?“

Er ergriff meine Hand. „Versuche mich zu verstehen, Marietta, versuche mir zu verzeihen. Ich habe es für uns beide getan. Ist es denn so schlimm, auch ein bißchen von dem besitzen zu wollen, was andere immer gehabt haben? Überleg dir doch, was die Verpachtung für uns bedeuten würde!“

„Ich kann nur an die Männer, Frauen und Kinder denken, die dann ihre Heimat verlieren und elend verhungern würden. Nein, das lasse ich nicht zu! Ich werde sofort an Mr. Cameron schreiben.“

Colls Miene verhärtete sich. Er stand auf. „Überleg es dir noch einmal. Es ist noch Zeit genug. Das nächste Postschiff legt erst in einer Woche hier an."

„Ich brauche nicht darüber nachzudenken. Ich werde meine Meinung nicht ändern!"

„Wir werden sehen." Er nahm die Kerze vom Tisch. „Soll ich dir den Weg zu deinem Zimmer leuchten?"

„Nein, danke."

„Dann nicht!"

Ich nahm ihm die Kerze ab, und seine Hand schloß sich um meine. „Begehe keinen Fehler, Marietta! Ich habe am Ende immer das bekommen, was ich wollte. So wird es auch diesmal sein, verlaß dich drauf!"

„Nein, diesmal ganz bestimmt nicht."

Er lächelte. „Gute Nacht, mein Liebling." Seine Lippen streiften meine Wange, und ich schauderte zusammen bei der Berührung. Dann ging er hinaus, ließ mich zitternd, verzweifelt und mit einem Gefühl unsäglicher Verlassenheit zurück.

15

Mir war zunächst nicht klar, daß ich in eine Falle geraten war. Ich erkannte nicht, daß ich im Mittelpunkt einer Verschwörung stand, die in dem Augenblick begonnen hatte, als mein Brief in Glenlochy eintraf und vernichtet wurde, damit mein Großvater ihn nicht zu sehen bekam. Ich hatte so lange in einer Traumwelt gelebt, daß es unsagbar schwer war, daraus zu erwachen. Die Wahrheit starrte mir ins Gesicht, und trotzdem kämpfte ich dagegen an.

Ich weiß nicht, ob die Auswirkungen all der Aufregungen die Ursache waren oder ob ich mich durch den langen Marsch im Regen erkältet hatte. Jedenfalls wachte ich nach einer unruhig verbrachten Nacht mit schmerzenden Gliedern und schrecklichem Kopfweh auf. Außerdem war mir so übel, daß ich mich kaum bewegen konnte. Jeannie brachte mir das Frühstück, doch ich rührte es nicht an. Coll klopfte an meine Tür, aber ich gab ihm keine Antwort. Hinter zugezogenen Vorhängen lag ich im Bett und kämpfte gegen die Übelkeit und das grauenhafte Gefühl an, verraten worden zu sein. Ständig verfolgte mich Colls haßerfülltes Gesicht. Ich hatte mich verpflichtet, einen Mann zu heiraten, den es in Wirklichkeit gar nicht gab. Er hatte sich in ein Ungeheuer verwandelt. Er hatte mir Liebe vorgetäuscht, nur um mich zu hintergehen und mich zu etwas zu bringen, das ich freiwillig nie getan hätte. Und wie eine Närrin war ich in das Netz gegangen, das er für mich ausgelegt hatte.

Ich warf mich hin und her, verzweifelt und von Ängsten gequält, weil mir schien, daß es nirgends Treue und Glaubwürdigkeit gäbe. Zuerst war da meine Mutter gewesen, dann Coll und nun auch noch Richard. In seiner ernsten Art war er mir immer wie ein Felsen der Lauterkeit vorgekommen. Mir war jetzt klar, daß ich mich unbewußt mehr und mehr auf ihn verlassen und begonnen hatte, ihn zu lieben ... Ich barg meinen Kopf in den Händen, um nicht mehr an ihn zu denken. Denn wenn das stimmte, was Coll gesagt hatte, war Richard keinen Deut besser als die anderen. Er hatte mir Vorwürfe gemacht, daß ich meine Sippe verrate, und hatte gleichzeitig geplant, das Tal zu seinem Vorteil auszubeuten.

Drei Tage lang lag ich im Bett, von niemandem gestört, und focht einen einsamen Kampf aus. Dann kam mir meine natürliche Widerstandskraft zu Hilfe. Krank im Bett herumzuliegen und über den harten Schlag nachzugrübeln, den das Schicksal mir erteilt hatte, würde niemandem nützen. Wenn ich die Dinge wieder in Ordnung bringen wollte, mußte ich mich zusammenreißen. Entschlossen stand ich auf, zog mich an und zwang mich, wenigstens den Tee zu trinken und das gekochte Frühstücksei zu essen, das Jeannie mir heraufgebracht hatte.

„So ist's recht!" rief sie erleichtert, als sie das Tablett holte. „Sie waren ja kaum noch wiederzuerkennen, Miss Marietta! Sie sahen in den letzten drei Tagen so blaß und elend aus, daß ich überhaupt nicht mehr wußte, was ich tun sollte. Denen da unten ist's nämlich völlig gleich, ob Sie am Leben bleiben oder nicht, außer Mr. Coll natürlich."

Coll war es also nicht gleichgültig! Aber vielleicht nur deshalb nicht, weil ich nicht sterben durfte, ehe wir verheiratet waren und Glenlochy mit seinen Ländereien dann unabänderlich ihm gehörte. Und weshalb wohnten die anderen jetzt im Schloß? Ich hatte das beängstigende Gefühl, daß ich eingekreist war und unter Bewachung stand.

„Ist Miss Fiona noch hier?" erkundigte ich mich.

„Ja, und kommandiert alle 'rum, als ob sie die Herrin wäre. Dazu hat sie wirklich kein Recht, Miss Marietta! Ich hab' ihr das auch mitten ins Gesicht gesagt, was ihr natürlich gar nicht gepaßt hat."

„Laß nur, Jeannie, jetzt, wo ich wieder auf bin, wird sich das alles ändern."

Ich hatte meinen Stolz bezwungen und beschlossen, hinauf ins Tal zu gehen, um mit Kathryn zu sprechen. Ich wollte ihr meine Torheit eingestehen und sie um ihren Rat bitten.

Es war niemand zu sehen, als ich nach unten kam und das Wohnzimmer betrat. Das Porträt hing immer noch da. Coll hatte es also nicht entfernen lassen, obwohl ich ihn darum gebeten hatte. Ich blickte auf das schöne unbarmherzige Gesicht und fragte mich, ob Coll sich auch so sähe: als einen Mann, der rücksichtslos gegen alle vorging, die ihm Widerstand leisteten, dem weder Menschlichkeit noch Ehre etwas bedeuteten und der nicht einmal vor einem Mord zurückschreckte, wenn er sein Ziel dadurch erreichte.

An diesem Morgen hingen leichte Nebelschleier über dem Tal, die von einer sanften Brise zerteilt wurden. Ich atmete tief die frische salzhaltige Luft ein, froh, meinem stickigen Zimmer entronnen zu sein. Rings um mich her herrschte eine merkwürdige Stimmung, als ich den Pfad hinanstieg. Kein freundliches Lächeln wurde mir geschenkt, keine fröhlichen Grußworte wurden mir zugerufen. Die Frauen wandten ihre Gesichter ab und riefen ihre Kinder zu sich. Ich hatte geglaubt, daß sie mir zugetan seien, und jetzt schnitten sie mich. Tiefe Niedergeschlagenheit überfiel mich, die sich nicht verscheuchen ließ, sosehr ich mir auch zuredete, mich nicht unterkriegen zu lassen.

Bald darauf kam ich an Hamish Kintyres Haus vorbei. Es war größer als die anderen und aus Steinen erbaut. Vor der Frontseite war ein Blumengarten angelegt, was sehr ungewöhnlich war. Ich wäre weitergegangen, wenn Hamish Kintyre nicht gerade, mit einem Korb frisch geernteter Kartoffeln auf der Schulter, um die Ecke des Nebengebäudes gekommen wäre. Ich blieb stehen.

„Guten Morgen, Mr. Kintyre! Ist die Ernte dieses Jahr gut?"

Er stellte den Korb ab, ohne mich anzusehen. „Sie ist recht gut, Mistress Gilmour, aber das nützt uns nicht mehr viel."

Ich wollte mich nicht einschüchtern lassen und fragte unbefangen: „Wo sind denn alle Männer heute morgen? Ich habe kaum einen gesehen. Der Strand und die Felder sind wie ausgestorben."

Er blickte mich aus seinen tiefliegenden Augen an. „Was für einen Sinn hätte es denn auch, auf den Feldern zu arbeiten, da wir doch alle die gedruckten Mitteilungen auf unseren Tischen liegen haben. Mr. Fergusson hat sie eigenhändig diesen Morgen verteilt."

„Was für gedruckte Mitteilungen?"

„Ich verstehe nicht, wieso Sie das noch fragen! Es wurde uns kurz und bündig eröffnet, daß uns das Land genommen wird, weil wir die erhöhte Pacht nicht zahlen können. Im September müssen wir unsere armselige Habe zusammenpacken, unsere Kinder bei der Hand nehmen und das Tal verlassen. Sir Alasdair liegt erst zwei Monate im Grab, und seine Sippe wird zerstreut wie Blätter vom Wind."

Ich konnte es nicht fassen, daß diese Maßnahme so schnell getroffen worden war. „Sie müssen sich irren", sagte ich. „Das kann nicht sein. Das Land gehört mir, und ich werde es nicht zulassen, daß man es euch nimmt."

Er sah mich mitleidig an. „Ah, Sie reden mutig daher! Aber was weiß so ein unerfahrenes Mädchen wie Sie schon davon, wie Männer sind? Ihr Mann wird für Sie handeln. Der da oben im Schloß, der so schön und schmeichlerisch daherredet und nur darauf gewartet hat, daß der alte Adler stirbt, damit er ihm das Nest plündern kann."

„Mr. Coll ist noch nicht mein Mann!"

„Sie sind mit ihm verlobt, haben ihm Ihre Hand versprochen, oder? Wenn Mistress Kathryn die Erbin wäre ... Sie ist vom gleichen Geist wie ihr Vater, mutig wie eine Löwin ... Sie hätte uns nie im Stich gelassen."

„Und ich werde das ebensowenig tun! Ich bin gerade auf dem Weg zu ihr, um sie um ihren Rat zu bitten. Wir werden dafür sorgen, daß euch kein Leid geschieht."

Er schüttelte den Kopf. „Sie kommen zu spät, Mistress. Es ist niemand mehr in der Hütte und auch nicht mehr im Tige Dubh. Mistress Kathryn ist mit dem Engländer fortgegangen und hat auch das Kind mitgenommen."

Kathryn hatte also mit Richard Glenlochy verlassen, ohne mir ein Wort davon zu sagen. Sie hatte offensichtlich genau wie er geglaubt, daß ich mich des Vertrauens nicht würdig erwiesen hätte, das mein Großvater in mich setzte.

„Das wußte ich nicht", sagte ich hilflos.

Er sah mich verwundert an. „Mary kam auf dem Rückweg vom Schloß hier vorbei, um mir auf Wiedersehen zu sagen. Sie hatte Ihnen eine Nachricht überbringen wollen, aber man erklärte ihr, Sie seien krank und es dürfe niemand zu Ihnen. Sie hat den Brief dann für Sie hinterlassen. Es ist ihr nicht leichtgefallen, von hier fortzugehen, und Mistress Kathryn ebenfalls nicht. Sie waren beide sehr erzürnt über das, was hier geschieht."

Hamish hob den Korb wieder auf die Schultern und wandte sich zum Gehen. Doch dann drehte er sich noch einmal zu mir um. Sein Blick war anklagend, und aus seiner Stimme klang bitterer Vorwurf. „An dem Tag, an dem Mac'Ghille Mhoire oben auf dem Damm stand und Sie zu uns brachte, haben wir uns gefreut und Sie ins Herz geschlossen. Deshalb will ich Sie warnen und Ihnen sagen, daß einige von uns sich nicht so leicht von hier vertreiben lassen werden."

„Soll das eine Drohung sein, Mr. Kintyre?"

„Sie können das auffassen, wie Sie wollen, Mistress Gilmour. Aber wir sind Männer, in unseren Adern fließt Blut und kein Wasser. Einst waren wir bereit, es für unser Oberhaupt zu vergießen, aber jetzt werden wir für unser Recht kämpfen. Wir lassen uns nicht von Ihnen von Haus und Hof vertreiben!"

Ich sah ihm nach, als er mit schnellen Schritten den Pfad hinunterging. Aber ich folgte ihm nicht, ich wollte noch nicht ins Schloß zurück. Ich brauchte Zeit, um nachzudenken. Hamish Kintyre meinte es ernst. Wenn es kein Blutvergießen geben sollte, mußte ich Duncan Cameron so schnell wie möglich eine Botschaft zukommen lassen, aber wie? Neil und Murdo sammelten die Briefe immer bis zur Ankunft des nächsten Postschiffes. Wenn Coll sich nun vergewisserte, daß keiner von mir dabei war? Er hatte offenbar schon die Botschaft abgefangen, die Mary für mich hinterlassen hatte. Ob auch ein paar Zeilen von Richard dabeigewesen waren? Der Gedanke war qualvoll, daß er vielleicht vergeblich auf eine Antwort gewartet hatte. Noch nie hatte ich es als unangenehm empfunden, daß wir in Glenlochy so abgesondert von der Welt waren. Erst jetzt wurde mir das bewußt und jagte mir Angst ein. Hier konnte jedes Verbrechen verübt werden und würde längst vergessen sein, bevor es den Behörden zu Ohren kam. George Fergusson hatte sich bereits ans Werk gemacht. Er hatte den Männern und Frauen des Tals mit Erfolg eingeredet, daß ich es sei, die sie gnadenlos von

Haus und Hof vertrieb. Dabei hatte er sich wohl darauf verlassen, daß die meisten von ihnen kaum ein Wort Englisch sprachen.

Ich ging weiter und versuchte meine Angst zu unterdrücken, mir Mut zuzureden. Ich war die Herrin von Glenlochy, das konnte doch gewiß niemand in Abrede stellen. Ich war so in Gedanken versunken, daß ich nicht auf den Weg geachtet hatte. Erst als ich aufsah, stellte ich fest, daß ich am Rand des Waldes angelangt war. Doch ich schreckte nicht zurück, sondern ging entschlossen weiter. Ich wollte das grüne Waldtal einmal bei hellem Tageslicht sehen, um mich von meiner abergläubischen Furcht zu befreien und es als das zu betrachten, was es war: ein Ort, an dem ruchlose Menschen einen harmlosen, jahrhundertealten Brauch in etwas Böses verwandelt hatten. Dort hatten sie versucht, Richard umzubringen. Vielleicht hatten sie auch dort seinen Bruder ermordet. Ich holte tief Atem, weil ich mir zum erstenmal eingestand, daß Richard mit seinen Vermutungen recht haben konnte.

Lautlos ging ich zwischen den Bäumen hindurch. Der schwarze Stein war noch da. Sonnenstrahlen fielen schräg darauf, und er hatte nichts Schreckenerregendes mehr an sich. Er war nur noch ein häßlicher Granitblock. Ich ging näher heran, denn ich wollte wissen, ob wieder etwas in dem flachen Becken lag oder nicht. Und in diesem Augenblick erblickte ich in einiger Entfernung hinter dem Stein das Paar auf dem weichen grünen Gras im Schatten einer großen Eiche. Das lange schwarze Haar war unverkennbar und auch die Leidenschaft, mit der sie sich in den Armen lagen. Einen Moment lang verschwamm mir alles vor den Augen. Im Geiste sah ich meine Mutter mit dem Fremden im Bett meines Vaters liegen, dann waren es wieder Coll und Fiona. Ich wollte meinen Abscheu gegen sie laut herausschreien, aber mir kam kein Wort über die Lippen. Ich drehte mich um und rannte den Pfad hoch und dann den Weg zum Schloß hinunter. Wie konnte ich nur so blind gewesen sein? Es war grauenhaft zu wissen, daß ich nie geliebt worden, daß alles nur Heuchelei gewesen war. All die Küsse, all die Augenblicke der Zärtlichkeit waren nichts als Betrug gewesen.

Als ich schließlich das Schloß betrat, ging ich direkt in mein Zimmer. Ich warf mich aufs Bett und brach in haltloses Weinen aus. Eine Welt war für mich zusammengestürzt. Ich hatte nur noch den einzigen Wunsch, niemanden sehen zu müssen, ganz für mich allein zu sein. Ich brauchte Zeit, um meine Beherrschung wiederzufinden, um zu einem Entschluß zu kommen, was ich nun tun sollte.

Als Jeannie kam, um mir zu sagen, daß das Mittagessen fertig sei, antwortete ich: „Ich will nichts essen."

„Aber Sie müssen was essen, Miss Marietta! Oder sind Sie etwa wieder krank?"

„Nein, ich habe bloß keinen Hunger. Geh bitte nach unten, Jeannie, und sag Mr. Coll, daß ich ihn gleich nach dem Essen sprechen möchte."

Sie sah mich neugierig an. „Weshalb? Ist wieder was passiert?"

„Stell jetzt keine Fragen, sondern tu, was ich dir gesagt habe!"

„Na schön, Miss, wenn Sie's so wollen."

Als sie gegangen war, legte ich sorgfältig ein schlichtes schwarzes Kleid an und bürstete mein Haar, bis es glänzte, als würden solche Äußerlichkeiten mir die Würde und Kraft verleihen, die ich brauchte. Dann ging ich ins Kontor hinunter. Ich setzte mich hinter den Schreibtisch und wartete. Von unten drang das Tosen des Meeres zu mir herauf. Ein langer Sonnenstrahl fiel durch das Fenster und auf das silberne Tintenfaß, die Federkiele, das rote Siegelwachs und den Brief, der mit einem schönen Schnörkel mit

„Mac'Ghille Mhoire" unterzeichnet war. Coll fühlte sich also schon als Oberhaupt. Nun, noch war er nicht mein Mann!

Gleich darauf trat er fröhlich ein und sah genauso aus wie am Tag meiner Ankunft. Meine Entschlossenheit geriet sekundenlang ins Wanken. Aber dann sah ich George Fergusson hereinkommen, der Coll offensichtlich gefolgt war, und ich fand meine Willenskraft wieder.

„Ich hätte es vorgezogen, mit dir allein zu sprechen", begann ich.

„Warum denn? Welches Verbrechen soll ich nun schon wieder begangen haben?"

Sein unbekümmerter Ton, das leichte Lächeln auf Fergussons Gesicht, die noch so lebendige Erinnerung an Coll und Fiona in dem kleinen Waldtal an diesem Morgen machten mich rasend vor Zorn.

„Ich scherze nicht!" entgegnete ich schroff. „Wenn du deinen Freund unbedingt hier haben willst, bitte. Du kannst auch noch deine Mutter herholen, wenn du willst, Fiona, die Dienstboten, die Leute aus dem Tal, von mir aus die ganze Welt."

„Aber, Marietta, Liebling, was soll bloß dieser dramatische Ton?" Er zog sich einen Schemel heran und setzte sich mir gegenüber an den Schreibtisch. Er lächelte noch immer, aber seine Augen blickten wachsam. „Sprich weiter, ich höre!"

„Zunächst einmal", begann ich von neuem und versuchte meine Stimme in Gewalt zu halten, „wirst du deinem Helfershelfer, diesem Mr. Fergusson da drüben, sagen, daß er die Mitteilungen rückgängig macht, die er ohne mein Wissen verteilt hat. Er soll den Männern und Frauen des Tals erklären, daß ich sie nicht von hier vertreiben und die Pachtfrage noch einmal vor dem nächsten Zahltag erwägen werde."

„Sonst noch etwas?“ fragte er spöttisch, als sei ich ein Kind, das nach den Sternen greift.

„Ja. Du wirst unverzüglich an Mr. Cameron schreiben und ihm eingestehen, daß du ohne meine Einwilligung gehandelt hast. Du wirst ihm ferner mitteilen, daß alle Vereinbarungen für nichtig erklärt werden, die hinsichtlich des Verpachtens oder Verkaufs von Land getroffen wurden.“

George Fergusson stellte sich hinter Coll und antwortete an seiner Stelle. „Ist es Ihnen eigentlich klar, Mistress Gilmour, daß es drei bis vier Wochen dauern kann, bis der Brief in Mr. Camerons Hände gelangt?“

„Das weiß ich sehr wohl.“

„Inzwischen kann eine Menge passieren.“

„Was zum Beispiel?“

„Sie haben doch sicher nicht vergessen, daß Sie bis dahin Colls Frau sind und er von da an die Entscheidungen trifft.“

Jetzt war der Augenblick gekommen, den ich so gefürchtet hatte. Aber er mußte durchgestanden werden, und die kaum verhüllte Unverschämtheit von Fergussons Benehmen bestärkte mich darin. Ich sah Coll fest an. „Darauf wollte ich noch zu sprechen kommen ... Ich habe meine Meinung geändert ... Ich werde dich nicht heiraten.“

Ich glaube, es war ihm nie in den Sinn gekommen, daß er mich nicht ganz in seiner Macht haben könnte, daß ich nicht wie eine Puppe nach seinem Willen tanzen würde.

Er sprang auf und beugte sich über den Schreibtisch.

„Das kann unmöglich dein Ernst sein! Du sagst das nur im Scherz!“

„Mir ist noch nie im Leben etwas so ernst gewesen. Ich will nicht mehr deine Frau werden, Coll!“

„Weshalb nicht?“ Er schlug wie wild mit der Faust auf den Schreibtisch.

„Mußt du das noch fragen?“

Sein Gesicht verzerrte sich. „Daran ist dieser Richard Wynter schuld, nicht wahr? Er hat dich dazu gebracht. Ich hab’ es die ganze Zeit gewußt! Er hat dich gegen mich eingenommen, hat dir Lügen über mich aufgetischt und dich zu seiner Geliebten gemacht, stimmt’s?“

„Ich wundere mich, daß du seinen Namen überhaupt noch zu erwähnen wagst, nach dem, was du ihm angetan hast! Richard Wynter hat nichts damit zu tun. Er hat Glenlochy verlassen, wie du sicher weißt. Es muß in dem Brief gestanden haben, den du mir nicht ausgehändigt hast.“

Ich sah den Blick, den Coll und Fergusson wechselten, und wußte, daß ich recht hatte. Fergusson trat einen Schritt vor, aber Coll bedeutete ihm, wieder zurückzugehen.

„Überlaß das mir! Ich werde schon mit ihr fertig!“

„Aber mach nicht viel Federlesens. Ich habe lang genug gewartet.“

„Worauf, Mr. Fergusson?“ fragte ich.

Er wandte sich mir zu, und die Maske war gefallen. Ich sah ihn zum erstenmal so, wie er wirklich war.

„Das werden Sie gleich erfahren, Mistress Gilmour. Ich gebe Ihnen den guten Rat, Coll genau zuzuhören ... Sie könnten es sonst bereuen.“

„Drohen Sie mir?“

Er zuckte mit den Schultern. „Fassen Sie es auf, wie Sie wollen.“

Die Gehässigkeit in seiner Stimme war nicht zu überhören und jagte mir Angst ein. Um meine Unruhe zu verbergen, stand ich auf und ging zum Fenster. Ich hörte, daß die Tür geschlossen wurde. Dann herrschte einen Augenblick Schweigen, bis ich spürte, daß Coll hinter mir stand.

„Rühr mich nicht an!“ sagte ich schnell.

„Na schön, wenn du es nicht willst. Aber du mußt mich anhören. Es tut mir leid, daß dies alles zwischen uns getreten ist. Ich wollte dir letzte Nacht alles eingestehen. Ich wollte zu dir kommen, als du krank warst, aber du hast die Tür vor mir verschlossen. Die ganze Zeit habe ich nur an dein Wohl gedacht. Das Leben ist hier viele Jahre lang sehr schwer gewesen. Ich wollte mit dir die schönen Dinge des Daseins genießen. Auf Richard Wynter war ich nur eifersüchtig, weil ich dich so sehr liebe."

Ich drehte mich um und sah ihm fest in die Augen. „Liebst du mich wirklich, Coll? Und was ist mit Fiona?"

„Fiona?" Er blickte mich verwundert an.

„Oh, leugne es nicht! Ich bin blind gewesen, aber jetzt weiß ich es!" All die angestauten Gefühle machten sich in einem Zornausbruch Luft. „Ich habe euch heute morgen gesehen, dich und sie, in dem kleinen Waldtal ..."

Dieses Mal war ihm seine Verlegenheit anzumerken, aber er faßte sich schnell wieder. „Ach, das hat nichts zu bedeuten, überhaupt nichts. Eine kurze Torheit ... alle Männer erliegen ihr einmal, und Fiona verschenkt ihre Gunst sehr freizügig ..."

„Schieb nicht ihr die Schuld zu!" erwiderte ich verächtlich. „Was hattest du vor? Mich zu heiraten und sie als deine Geliebte zu behalten?"

„Nein, ich schwöre dir, daß ich dies nie plante! Die Affäre mit Fiona wäre zu Ende gewesen, sobald du meine Frau gewesen wärst."

„Ich glaube dir kein Wort mehr! Es ist immer nur Fiona gewesen. Sie war es, die ich mit dir zusammen in Edinburgh gesehen habe, bevor ich nach Glenlochy kam."

„In Edinburgh? Das ist unmöglich, da waren wir nie ..."

Aber ich ließ mich nicht beirren. „Du willst sie nur nicht heiraten, weil sie dir nichts zu bieten hat, während ich dir all das geben kann, was du dir immer gewünscht hast. Arme Fiona, kein Wunder, daß sie mich haßt!"

„Bemitleide sie nicht!" fuhr er mich wütend an. „Fiona ist eine Hexe, eine Teufelin. Sie angelt sich einen Mann und kettet ihn dann an sich. Bitte, Marietta, glaub mir ..." Er wollte meine Hand ergreifen, aber ich wich zurück.

„Es hat keinen Zweck, Coll! Es ist aus mit uns."

„O nein!" Sein Gesicht nahm den häßlichen Ausdruck an, den ich schon einmal erlebt hatte. „Nicht ganz! Ich kann dich dazu zwingen, mich anzuhören."

„Du kannst mich zu gar nichts zwingen!" antwortete ich und nahm all meinen Mut zusammen. „Ich könnte dir befehlen, auf der Stelle das Schloß zu verlassen, noch heute abend, dir und auch deiner Mutter. Aber ich werde es nicht tun. Ich will dir Zeit lassen ... und dir Geld geben ..."

„Damit wir nicht in der Gosse verhungern, wie? Wirklich sehr großzügig von dir! Soll ich mich auf die Knie werfen und dir danken? Du bist nicht dein Großvater, meine Liebe! Vor dir brauche ich nicht auf dem Bauch zu kriechen, wie ich es vor ihm mußte. Ich habe nicht alles aufs Spiel gesetzt, um es jetzt zu verlieren. Wenn du nicht wärst, gehörte Glenlochy mir. Ich hatte den Alten soweit gebracht. Er hatte sein Testament zu meinen Gunsten abgefaßt, nachdem seine Tochter den Wahnwitz begangen hat, sich mit diesem Engländer ..."

„Hast du ihn deshalb umgebracht? Weil er herausgefunden hat, daß ihr — du und George Fergusson — die jungen Männer des Tals in die Sklaverei verkaufen wolltet? Weil du wußtest, daß mein Großvater dich aus dem Schloß jagen würde, wenn er davon erführe?"

Es war eine bloße Vermutung, aber sie erwies sich als richtig.

„Mit dem Tod von Graham Wynter habe ich nichts zu tun", sagte er verdrossen.

„Aber George Fergusson, nicht wahr! Du wußtest, was er plante, und hast ihn nicht daran gehindert, und nun verlangt er seinen Lohn. Welchen Handel bist du mit ihm eingegangen?“

„Keinen, ich schwöre es dir! Ich will dich zur Frau haben, Marietta. Alles andere bedeutet mir nichts mehr. Ich habe dich vom ersten Tag an geliebt!“ Aus seiner Stimme klang Verzweiflung. „Du mußt mich anhören!“

Ehe ich ihn daran hindern konnte, hatte er mich in die Arme gerissen. Er preßte mich an sich; sein Mund suchte den meinen. Jetzt, da ich alles nur allzu genau wußte, war mir seine Berührung unerträglich. Ich wandte mein Gesicht ab und versuchte mich aus seiner Umarmung zu befreien. Er ließ mich los, packte mich aber dann an den Handgelenken.

„Verdammt, du hast mich einmal gewollt, Marietta! Du weißt, daß es so ist. Du gehörst mir, hast mir immer gehört!“

„Nein!“ widersprach ich. „Nein, darin täuschst du dich. Ich gehöre niemand!“

Ich riß mich los und lief aus dem Kontor. Mir war unsagbar elend zumute, und ich hatte schreckliche Angst. Aber ich war nach wie vor fest entschlossen, mich nicht unterkriegen zu lassen. Ich wußte noch nicht, daß ich bereits eine Gefangene war, so gefangengehalten, als wäre ich in einem der dunklen Verliese unter dem Schloß an die Mauer gekettet.

16

Bis zum frühen Morgengrauen saß ich in dieser Nacht in meinem Zimmer und quälte mich mit einem Brief an Duncan Cameron ab. Es klang alles so unglaubwürdig, wenn man es in schlichten Worten zu Papier brachte. Ich schrieb und schrieb, zerriß die Blätter wieder und begann von neuem. Wie war es nur möglich gewesen, daß ich mich so hatte täuschen lassen? Coll und George Fergusson mußten das Ganze schon seit zwei Jahren oder noch länger geplant haben. Sie hatten nur auf den Tod meines Großvaters gewartet, wohl wissend, daß dieser bald eintreten würde. Mein unerwartetes Kommen war sicher eine böse Überraschung für sie gewesen, bis zu jener ersten Begegnung, als Coll wußte, daß ich ein leichtes Opfer sein würde. Von da an hatte er seine Rolle mit großer Raffinesse gespielt. Während ich Blatt für Blatt mit dem Federkiel beschrieb, kämpfte ich immer wieder gegen die Tränen bitterer Demütigung an. Aber ich durfte nicht schwach werden, sonst war ich verloren.

In dem matten Licht des frühen Morgens faltete ich den Brief zusammen, versiegelte ihn und blies die Kerze aus. Jetzt war es geschafft. Ich fragte mich nur, wem ich das Schreiben zur Weiterbeförderung anvertrauen könnte. Bislang hatte ich Neil für meinen Freund gehalten, aber nun war ich mir nicht einmal dessen mehr sicher. Dann dachte ich an Murdo. Aber der alte Mann war seit dem Tod meines Großvaters sehr gebrechlich geworden. Schließlich fiel mir Hamish Kintyre ein. Er strahlte Stärke und Unerschrockenheit aus. Als er damals am Tag der Beerdigung zu mir gekommen war, hatte ich gespürt, daß er seinem Anführer und dem Clan treu ergeben war. Aber ich wagte nicht, selbst zu ihm zu gehen, denn sie würden mich bestimmt von jetzt an beobachten. Ich würde Jeannie zu ihm schicken. Sie konnte das Schloß durch einen Nebenausgang unbemerkt verlassen. Ich würde Hamish Kintyre einen Begleitbrief schreiben und ihn bitten, meine Botschaft an Duncan Cameron nach Fort William zu bringen. Ich wußte, daß zwischen der Garnison und Edinburgh ein ständiger Kurierdienst bestand. Wenn mein Brief in den amtlichen Postsack kam, würde er bestimmt zugestellt werden.

Nun, da ich den ersten Schritt unternommen hatte, überfiel mich tiefe Erleichterung. Ich legte mich aufs Bett und schlief ein paar Stunden so fest, daß Jeannie mich kaum zu wecken vermochte. Sie wußte offensichtlich, daß etwas nicht stimmte, und platzte beinahe vor Neugier.

„Sie sind alle unten in der Küche versammelt, Miss Marietta, und behaupten, daß Sie und Mr. Coll sich gestritten hätten."

„Gestritten haben wir uns nicht, Jeannie..." Ich stockte, weil ich ihr nicht zuviel erzählen wollte, dafür war später Zeit genug. So sagte ich nur vorsichtig: „Aber ich glaube nicht, daß ich ihn noch heiraten werde."

Sie ließ sich mit einem Plumps auf mein Bett fallen. „Ich weiß, daß ich das nicht sagen sollte, aber ich bin heilfroh darüber. Er ist zwar ein gutaussehender Mann mit feinen Manieren, aber ich hab' ihn nie ausstehen können. Da ist mir Mr. Wynter viel lieber, wenn er auch manchmal sehr streng sein kann."

Mein Herz krampfte sich zusammen. Jeannie hatte die Unterschiedlichkeit der beiden Männer also besser erkannt als ich. Wenn Richard doch nur noch hier wäre! Es wäre ein solcher Trost gewesen, zum Tige Dubh gehen zu können. Aber inzwischen war Richard wohl längst schon auf dem Weg nach Edinburgh und England. Ich bereute unseren letzten Streit jetzt zutiefst — welche Bitterkeit mußte er in Richard hinterlassen haben!

Ich erklärte Jeannie, was sie für mich tun solle, und sie hörte aufmerksam zu.

„Machen Sie sich keine Sorgen, Miss Marietta, ich paß schon auf, daß mich niemand sieht. Ich mach' den Umweg über den Strand und schleich' mich jetzt hinaus, während sie noch beim Frühstück sind."

Sie versteckte den kostbaren Brief sorgfältig in ihrer Tasche und lief hinaus. Kurz darauf ging ich nach unten, fest entschlossen, mich weder durch Drohungen noch durch schöne Worte von Coll oder George Fergusson von meinen Vorsätzen abbringen zu lassen. Doch ich hatte nicht mit Fiona gerechnet. Sie und Ailsa Drummond unterhielten sich im Wohnzimmer. Bei meinem Eintritt brachen sie das Gespräch sofort ab. Dann murmelte Mrs. Drummond irgend etwas vor sich hin und ging hinaus.

Fiona sagte nichts. Sie hatte eine Art, sich still und ruhig zu verhalten und ihre Gegenwart doch sehr bewußt werden zu lassen. Die beiden Hunde sprangen auf mich zu und begrüßten mich stürmisch. Es rührte mich zutiefst, daß sie inzwischen so an mir hingen wie früher an meinem Großvater.

Da Fiona ihr Schweigen nicht brach, ergriff ich als erste das Wort: „Es tut mir leid, daß ich ungastlich erscheine, aber ich hätte das Haus gern für mich allein."

„Vater geht es nicht gut", erwiderte sie gleichmütig. „Er muß seit heute morgen wieder das Bett hüten. Im übrigen hat Coll uns gebeten, bis zu Ihrer Hochzeit hierzubleiben."

„Dann werden Sie wohl noch sehr lange hierbleiben

müssen", sagte ich trocken. „Ich habe meine Meinung nämlich geändert. Coll und ich werden nie heiraten!"

„Ach, das!" Sie schnippte mit den Fingern. „Ein unbedeutender Streit zwischen Liebenden. Coll wird solche Szenen bald zu verhindern wissen."

Ihr kühler amüsierter Ton machte mich zornig. „Sie irren sich!" entgegnete ich heftig. „Ich habe Coll bereits gesagt, daß ich mein Haus nicht mit der Geliebten meines Mannes teilen werde."

Sekundenlang blitzte es in ihren Augen gefährlich auf, dann lächelte sie und kam langsam auf mich zu. „Sie wissen es also! Ich habe mich schon gefragt, wann Sie es endlich merken würden. Haben Sie wirklich geglaubt, Sie könnten ihn mir wegnehmen? Coll ist genau wie der da!" Sie wies auf das Porträt. „Er ist wie Donald Ruadh und will mehr, als Sie ihm in Ihrer kindlichen Art geben können. Sie haben ja keine Ahnung von diesen Dingen!" Sie war so dicht an mich herangetreten, daß mich der Duft ihres verführerischen Parfüms einhüllte. „Sie haben ihm alles genommen, was von Rechts wegen ihm gehörte. Also müssen Sie dafür zahlen. Nach der Hochzeit können Sie dann tun und lassen, was Sie wollen ... zurück zu Ihrer Mutter nach Paris gehen oder diesem Lackaffen von einem Engländer schöne Augen machen ... Coll braucht Sie dann nicht mehr, und ich erst recht nicht!"

Die Verachtung, die aus dem schönen Gesicht sprach, machte mich rasend vor Zorn. Ich holte aus und schlug mit aller Kraft zu. Das hatte sie offensichtlich nicht erwartet, denn sie fuhr benommen mit der Hand über ihre dunkelrot angelaufene Wange. Doch dann fiel sie über mich her; wir rangen miteinander wie zwei Wildkatzen.

„Fiona!" Colls Stimme war wie ein Peitschenhieb. Er drängte sich zwischen uns, zwang uns auseinander. „Hört auf, habt ihr mich verstanden? Hört sofort auf!"

Er stieß Fiona von mir weg, so daß sie taumelte und fast gestürzt wäre. „Ich habe nicht angefangen!“ kreischte sie ihn wütend an. „Es war deine hübsche kleine Puppe dort mit ihren feinen französischen Manieren. Ich habe ihr nur die Wahrheit gesagt.“

Ich zitterte am ganzen Körper und versuchte verzweifelt, mich zusammenzureißen. Ich wandte mich Coll zu, kämpfte um Gelassenheit, doch meine Stimme wurde unwillkürlich schrill. „Ich will diese Frau nicht länger in meinem Haus dulden! Sie muß heute noch gehen, ganz gleich, wie krank ihr Vater ist. Schaff sie hinaus, schaff sie beide auf der Stelle hinaus!“

„Marietta, bitte hör mir zu ...“

„Ich will es nicht mehr! Ich sage dir, ich will nicht ...“

Fiona beobachtete uns, die Hände in die Hüften gestemmt. „Was erwarten Sie eigentlich von Coll? Soll er meinen Vater etwa im Nachthemd aus dem Bett zerren?“

Ihre triumphierende Miene brachte mich erneut in Zorn, und ich sagte aufgebracht: „Ich werde Murdo rufen, Tam, die Stallburschen ...“

Sie lachte höhnisch. „Versuchen Sie's, Marietta, versuchen Sie's nur. Sie werden schon sehen, was geschieht. Sie wagen alle nicht, Hand an mich zu legen. Hier sind wir, und hier bleiben wir!“

Ich drehte mich zu Coll um. „Ich gehe jetzt in mein Zimmer und werde nicht eher wieder herunterkommen, bis sie weg ist. Sie und ihr Vater sowie George Fergusson. Dies ist mein Haus, meines ganz allein. Glenlochy wird niemals dir gehören, solange noch ein Atemzug in mir ist!“ schrie ich und merkte, daß meine Stimme sich überschlug, doch ich hatte sie nicht mehr in meiner Gewalt.

Ich rannte hinaus, die Treppe hoch und in mein Zimmer. Ich schlug die Tür hinter mir zu und lehnte mich keuchend mit dem Rücken dagegen. Mein Kleid war zerrissen, die Haare hingen mir wirr ins Gesicht. Noch nie hatte ich jemanden geschlagen oder mich wie eine Dirne mit jemandem gestritten, wie eben jetzt mit Fiona. Ich fühlte mich sterbenselend und erniedrigt, und ich hatte panische Angst.

Mir war klar, daß ich so schnell wie möglich von hier wegmußte. Aber wie? Auf der einen Seite war das Meer und auf der anderen eine fast weglose Wildnis, Berge, Flüsse und Täler, die ich überwinden mußte, um nach Fort William zu kommen. Nie würde ich allein den Weg dorthin finden, selbst wenn ich Neil oder Tam überreden konnte, ein Pony für mich zu satteln. Einen Augenblick wurde ich von Panik überwältigt. Ich wollte aus dem Schloß rennen und immer weiterlaufen. Es dauerte eine Weile, bis ich mich zur Ruhe zwingen und meine Lage vernünftig überdenken konnte. Coll und Fiona, George Fergusson und Ailsa Drummond waren schließlich keine Dämonen, sondern nur vier hartherzige Menschen. Sie konnten mir nichts anhaben, solange ich Mut und Entschlossenheit bewahrte. Ich brauchte nur noch kurze Zeit durchzuhalten. Wenn Mr. Cameron erst einmal meinen Brief erhalten hatte, würde er sofort handeln. Solange ich die alleinige Herrin von Schloß Glenlochy und den dazugehörigen Ländereien war, befand ich mich in Sicherheit. Coll konnte beides nur für sich gewinnen, indem er mich heiratete. Er würde bestimmt nichts tun, um die Hochzeit zu gefährden.

Jeannie kam am Mittag ganz außer Atem und aufgeregt zurück. „Ich bin bei ihm gewesen, und er hat eine Menge Fragen gestellt. Aber er bringt den Brief nach Fort William, Miss Marietta. Er bricht morgen in aller Frühe auf. Der weite Weg macht ihm nichts, hat er gesagt. Er wär' ihn schon oft genug gegangen und würde es auch diesmal schaffen."

Mir fiel eine solche Last vom Herzen, daß ich mich

plötzlich unbeschwert fühlte. Vielleicht hatte ich alles übertrieben und in meiner überhitzten Phantasie Fionas Eifersucht abnorme Formen annehmen lassen. Niemand sperrte meine Tür zu; ich wurde nicht gefangengehalten. Trotzdem blieb ich den restlichen Tag und auch am Abend in meinem Zimmer, weil mir der Gedanke unerträglich war, Coll und den anderen bei Tisch gegenüberzusitzen.

Aber am nächsten Morgen schien die Sonne, so daß Jeannie und ich den größten Teil des Tages in dem kleinen Garten verbrachten. Wir jäteten Unkraut, harkten die Beete und schnitten die verblühten Rosen ab. Ich fand inneren Frieden inmitten der Natur, und es war ein wunderbares Gefühl, die fruchtbare dunkle Erde zwischen den Fingern zu spüren — Erde, die mir gehörte, die von so vielen früheren Gilmours geliebt und mit allen Mitteln verteidigt worden war.

Am späten Nachmittag erschien Mrs. Drummond plötzlich im Garten. „Würden Sie bitte hereinkommen, Marietta? Coll will Ihnen etwas zeigen."

„Kann er nicht zu mir herauskommen?"

Sie blickte mich sonderbar an. „Ich glaube, es ist besser, wenn Sie sich seinem Willen fügen."

Ich erhob mich von den Knien, entschlossen, weder Angst noch Furcht zu zeigen. Ich gab Jeannie meinen Korb und ging durch den alten Turm zum Kontor. Sie waren alle dort versammelt: Coll, George Fergusson und Fiona.

„Was ist? Ich habe bereits gesagt, daß ich nichts mehr mit euch allen zu tun haben will!"

George Fergusson hielt mir zwischen Daumen und Zeigefinger einen Brief entgegen. „Haben Sie den geschrieben?"

Ich sah den Namen, den ich mit so viel Hoffnung geschrieben hatte. „Wo haben Sie ihn her?" fragte ich mit erstickter Stimme.

„Hamish Kintyre wird keine Botengänge mehr für Sie machen."

„Ist er etwa tot?"

„Wie kommen Sie darauf? Er hatte einen Unfall, das ist alles. Er wird einige Zeit das Bett hüten müssen."

Zorn und Verzweiflung überwältigten mich. „Ihr Teufel!" schrie ich. „Es war bestimmt kein Unfall! Ihr habt das getan, ihr drei! Er ist ein braver Mann."

„Hamish Kintyre ist ein Mann, der Groll im Herzen hegt", sagte Coll gelassen. „Er hat nichts als Unruhe gestiftet, wie ich dir bereits sagte. Ihm mußte einmal eine Lehre erteilt werden."

„Genau wie Graham Wynter, oder? Ihr habt ihn ermordet, genau wie ihr versucht habt, Richard umzubringen, und nun Hamish Kintyre . . ."

„Warum lehnst du dich immer noch gegen mich auf?" fragte Coll in leicht gereiztem Ton, als wäre ich ein Kind, das sich grundlos bedroht fühlt. „Weshalb willst du dich mit einem Besitz belasten, der kaum noch Erträge abwirft? Das ist wirklich unsinnig. Gib ihn auf. Du brauchst mich nur zu heiraten, und alles ist in bester Ordnung."

„O nein, denn du wirst mich einsperren, um mich um den Verstand zu bringen. Du wirst mich wie ein Stück Dreck wegwerfen, während du mit dieser Hure da ein schönes Leben führst!" Die vulgären Worte entströmten meinem Mund, als wäre ich nicht mehr ich selbst.

Plötzlich lehnte sich Coll bittend vor — der alte Coll, den ich einmal so geliebt hatte und von dem ich inzwischen wußte, daß er gar nicht existierte. „Warum willst du mir nicht glauben, Marietta? Weshalb hörst du auf Fiona? Du bist es, die ich liebe, du ganz allein . . ."

„Lüg nicht, das macht es nur noch schlimmer!" Ich wandte den Kopf ab, verwirrt über mich selbst, weil sich sekundenlang die frühere Liebe in mir geregt hatte.

George Fergusson schlug so heftig mit der Faust auf den Tisch, daß ich zusammenfuhr. „Schluß mit dem dummen Gerede!“ sagte er grob. „Wir haben dir deinen Willen gelassen, Coll, aber mit deinen Überredungskünsten hast du nichts erreicht. Jetzt sind wir an der Reihe. Willst du ihr sagen, was wir vorhaben, oder soll ich es tun?“

Coll lehnte sich mit gerunzelter Stirn zurück. „Mach, was du willst“, gab er verdrossen zur Antwort. In diesem Moment wußte ich, daß er trotz seiner Stärke nicht der Drahtzieher der Verschwörung war. George Fergusson war es. Ich hatte die ganze Zeit recht gehabt. Ich hatte vom ersten Augenblick an das Böse in diesem Mann gespürt. Jetzt trat es offen zutage: die Grausamkeit hinter dem verschlagenen Lächeln, die Rücksichtslosigkeit hinter den schmeichlerischen Manieren.

Er blickte mich eine Weile an, dann griff er in seine Tasche, holte etwas heraus und legte es auf den Tisch. „Kennen Sie das?“

Es war die blaue Phiole mit dem Digitalis, die Kathryn mir gegeben hatte. Ich hatte sie nie mehr zu Gesicht bekommen noch daran gedacht seit dem Abend, an dem Coll sie an sich nahm. Panische Angst erfaßte mich, als Fergusson sich jetzt vorbeugte.

„Wenn Sie sich weiterhin weigern, Coll zu heiraten, werden wir Sie des Mordes an Ihrem Großvater beschuldigen.“

„Was?“ Das war so unerwartet gekommen, daß es mir für einen Augenblick den Atem nahm. Ich sah von einem zum anderen. Sie saßen mit unerbittlichen Gesichtern starr da. „Aber das ist nicht wahr!“ rief ich. „Ich habe die Phiole nicht mehr gehabt, als er starb. Coll hat sie mir weggenommen. So war es doch, Coll? Du mußt dich doch an den Abend erinnern, als ich dachte, ich hätte sie verlegt, und wir sie zusammen suchten.“

„Ich soll sie dir weggenommen haben, Marietta? Ich erinnere mich zwar, daß wir sie gemeinsam überall suchten. Aber als wir sie dann schließlich fanden, wolltest du sie unbedingt behalten, obwohl ich dich bat, sie mir zu geben wegen der Gefährlichkeit des Gifts."

„Aber das ist nicht wahr!" rief ich verzweifelt und wandte mich Fergusson zu. „Er lügt, Sie wissen es! Er hat das Fläschchen in seine Tasche gesteckt und mitgenommen."

„Ihre Aussage widerspricht jener Colls", meinte Fergusson unerbittlich. „In der Nacht, in der Sir Alasdair starb, haben Sie darauf bestanden, ihm sein Abendbrot zu bringen." Er deutete mit der Hand auf Mrs. Drummond, die während der ganzen Zeit an der Tür stand. „Wir haben eine Zeugin. Ailsa Drummond wird schwören, daß Sie ihr gegen ihren Willen das Tablett abgenommen haben. Murdo ebenfalls, er war auch dabei. Er hat den Wortwechsel zwischen Ihnen und Mrs. Drummond mit angehört."

„Aber Murdo kannte den Grund. Mein Großvater wollte sie nicht um sich haben . . . das war der einzige Grund. Ich wollte nicht, daß er sich aufregt."

„Und wer wird Ihnen das glauben? Nein, meine Liebe, Sie wünschten seinen Tod. Sie nahmen das Abendessen, und bevor Sie es ihm gaben, sorgten Sie dafür, daß es eine ausreichende Dosis des Gifts enthielt. Sie wußten nämlich, daß eine solche Menge bei seinem geschwächten Zustand unweigerlich noch vor dem Morgengrauen den Tod herbeiführen würde."

Plötzlich war mir alles klar. Mit zitterndem Finger zeigte ich auf Ailsa Drummond. „Sie waren es, nicht wahr? Sie haben das Digitalis in die Suppe getan, in der Hoffnung, daß er sterben würde, ehe er sein Testament ändern konnte. Aber er starb nicht so schnell, wie Sie dachten. Er hat euch alle hinters Licht geführt!“ Ich drehte mich triumphierend zu den anderen um. „Warum sollte ich ihm den Tod wünschen, wenn das nur bedeutet hätte, daß Glenlochy auf Coll übergeht?“

Fiona sah mich mit ihren seltsamen Augen so starr an, daß es mir kalt über den Rücken lief. Coll blickte auf seine Hände, und Fergusson lehnte sich lächelnd zurück.

„Oh, Sie waren sehr schlau! Neil hat uns erzählt, wie geschickt Sie das alles eingefädelt haben.“

„Neil?“ rief ich fassungslos.

„Ja. An ihn haben Sie nicht mehr gedacht, wie? Ihr Großvater beauftragte Neil, Duncan Cameron zu ihm zu holen, nachdem Sie ihn in jener Nacht überredet hatten, sein Testament zu ändern. Als Sie das erreicht hatten, gaben Sie ihm die Suppe mit dem Gift. Dann gingen Sie, überließen den armen alten Mann, der Sie geliebt und Ihnen vertraut hatte, einem einsamen Tod.“

Sie waren so gelassen, hatten alles so genau überdacht, daß ich mir wie eine Fliege vorkam, die im Netz einer grauenhaften Spinne zappelt.

„Welche Anschuldigungen Sie auch immer gegen mich erheben, Sie können keine davon beweisen“, stammelte ich.

„Wir könnten den Leichnam Ihres Großvaters wieder ausgraben lassen und könnten auf einer Leichenöffnung bestehen ... Es ist genug Gift in seinem Körper, um ein halbes Dutzend Männer umzubringen. Überlegen Sie sich doch einmal, wie sich das vor Gericht anhört: Eine arme alleinstehende junge Frau, die sich mit ihrer Mutter und ihrem Stiefvater zerstritten hat, verläßt Paris und kommt nach Schottland. Dort stellt sie fest, daß sie Erbin eines großen Besitzes ist, wenn der unbequeme alte Mann schnell stirbt. Eine Erbin, die das Land, das ihr vertrauensvoll vermacht worden ist, verkaufen kann, um damit in den Besitz des Reichtums zu gelangen, den sie sich ihr ganzes Leben lang gewünscht hat. All die getreuen Menschen, denen sie durch ihren schändlichen Verrat das Herz gebrochen hat, werden dann nacheinander vortreten, um Zeugnis gegen sie abzulegen."

Es hörte sich schrecklich glaubhaft, schrecklich wirklich an. Ich kannte das schottische Gesetz nicht, hatte keine Ahnung, was es mir antun konnte. Aber ich sah mich auf der Anklagebank sitzen, sah im Geiste, wie man den Leichnam meines Großvaters aus dem Sarg zerrte, konnte mir das Entsetzen und den Abscheu der Talbewohner vorstellen, die mich als eine der Ihren anerkannt und in ihr Herz geschlossen hatten.

Coll sagte plötzlich: „Nichts von alldem braucht zu geschehen, Marietta, wenn du vernünftig bist. Du mußt mich nur heiraten, und alles wird sich zum Guten wenden. Wir werden glücklich sein, das schwöre ich dir!"

„Hör auf, hör auf! Schweig still!" Ich vergrub mein Gesicht in den Händen. „Laß mich in Frieden! Ich brauche Zeit . . . Zeit, um nachzudenken . . ."

„Sie haben Zeit genug dafür gehabt", sagte George Fergusson schroff. Aber Coll war aufgestanden und legte ihm beschwichtigend die Hand auf die Schulter.

„Laß sie in Ruhe. Für heute hast du genug gesagt. Morgen wird sie sicher anders darüber denken."

„Ich lasse mich zu nichts zwingen!" Ich blickte sie wild an. „Ich lasse mir auch nicht drohen! Wenn ihr eure Drohung wahrmacht, sage ich ihnen, was ich über Graham Wynter weiß, was ihr Richard angetan habt . . . Es ist nicht wahr, daß ich keine Freunde mehr habe . . ."

„Der Fall von Hauptmann Wynters Selbstmord ist längst abgeschlossen, und der Ehrenwerte Richard Wynter befindet sich auf dem Weg nach England", entgegnete Fergusson höhnisch.

„Ich höre mir das nicht länger an! Macht mit mir, was ihr wollt. Ihr werdet mich nie umstimmen!"

Tapfere Worte — und genauso sinnlos, wie wenn ich mit den Fäusten gegen eine Steinmauer geschlagen hätte. Ich drehte mich um und ging auf die Tür zu. Sie hielten mich nicht zurück, weil sie wußten, daß es keine Möglichkeit zur Flucht für mich gab.

Ich ging in meinem Zimmer auf und ab, während George Fergussons Drohung sich in mein Gehirn einhämmerte, bis mein Kopf dröhnte und jeglicher Mut mich verließ. Sie hatten mich in ein Netz von Lügen verstrickt, so daß alles, was ich tat, jedes Wort, das ich sagte, meine Schuld zu bestätigen schien. Ich sah im Geiste den schottischen Richter, wie er die junge Frau anhörte, die Fremde, zur Hälfte Französin, die wilde Beschuldigungen gegen Männer ausstieß, die ihrem Großvater mehr als zwanzig Jahre lang treu gedient hatten. Weshalb sollte er ihr mehr Glauben schenken als ihnen? Nichts lag näher, als daß er mich für eine abgefeimte Lügnerin hielt, und mir wurde ganz übel bei dem Gedanken.

Nur eines wunderte mich: Weshalb hatten sie mich nicht schon eher zu der Heirat gezwungen? Es gab nur eine Erklärung. Die Trauung mußte rechtmäßig vollzogen werden, und Mr. McPhail war der einzige, der sie vornehmen und ins Heiratsregister eintragen konnte. War er wirklich krank, oder hatte er sich geweigert? Es war unvorstellbar für mich, daß dieser kleine Mann mit seiner Aufrichtigkeit und Ehrlichkeit an dem Plan beteiligt sein sollte.

Ich blieb abrupt stehen. Was würde geschehen, wenn ich jetzt zu ihm ginge, mit ihm spräche, ihn auf meine Seite zöge? Der Versuch konnte sich lohnen. Ich wußte, daß er im anderen Flügel des Schlosses untergebracht war. Von Hoffnung beschwingt, spähte ich zur Tür hinaus. Niemand war zu sehen. Ich schlich auf Zehenspitzen den Gang entlang, hastete weiter über den Treppenabsatz und wieder hinunter zum nächsten Gang. Vor der Tür von Mr. McPhails Zimmer blieb ich mit erhobener Hand stehen. Sollte ich anklopfen oder einfach hineingehen? Während ich noch zögerte, wurde die Tür geöffnet, und Fiona stand mit spöttischem Lächeln vor mir. Sie sagte nichts, und ich wußte, daß es sinnlos war, mir mit Gewalt Eintritt zu verschaffen. Der alte Mann lebte in Furcht vor ihr. In Fionas Anwesenheit würde er mich gar nicht erst anhören. Ich drehte mich um und ging den Korridor zurück, hörte hinter mir ihr höhnisches Lachen, bis sie die Tür wieder schloß.

Die Stunden schlichen dahin, und am Abend klopfte Kirsty an meine Tür. „Wollen Sie was zu essen, Mistress Marietta?"

Ich hatte den ganzen Tag nichts zu mir genommen; es hatte keinen Sinn zu hungern. „Bring mir ein paar Kekse und einen Becher Milch herauf", sagte ich. Dann durchzuckte mich ein entsetzlicher Gedanke. „Wo ist Jeannie?" fragte ich.

Kirsty kicherte. „Oben in ihrem Zimmer eingesperrt. Mr. Coll hat gesagt, sie treibt sich ständig mit den Jungs 'rum. Jetzt hat man sie eingesperrt, um ihr bessere Manieren beizubringen."

Wie konnte Coll nur so eine unwahre Behauptung aufstellen! Jeannie, dieses tugendhafte kleine Ding, das dem Gärtnerjungen allein wegen eines unverschämten Blicks eine Backpfeife gegeben hatte. Jeannie, die lieber gestorben wäre, als sich an irgend jemanden wegzuwerfen. Ich kochte vor Zorn.

„Sie ist doch nicht verletzt?" fragte ich.

„Nein, Mistress, es geht ihr soweit gut. Sie hämmert nur wie eine Verrückte gegen die Tür." Kirsty kicherte wieder. Ich hatte sie und ihre verschlagene Art nie gemocht.

Irgendwann in der kurzen Hochlandnacht faßte ich den Entschluß, mich aus dem Schloß zu schleichen und den Versuch zu wagen, nach Fort William zu kommen. Lieber im Moor sterben, als zu einer Ehe mit einem Mann gezwungen zu werden, den ich jetzt zutiefst verachtete und der vor meinen Augen alles zerstören wollte, was ich liebte. Zum erstenmal dachte ich an den Tod. Wenn sie nicht davor zurückgeschreckt waren, Graham Wynter umzubringen, würden sie bei mir erst recht nicht zögern, sowie ich ihnen nicht mehr von Nutzen war. Der Gedanke trieb mich zur Eile an.

Ich streifte mein Reitkleid über, zog meine derben Stiefel an, nahm das Geld aus meiner Tasche und öffnete leise die Tür. Alles war still und ruhig. Ich schlich über den Korridor und die Treppe hinunter zu der Tür, die in den Hof führte. Einer der Hunde bellte und winselte dann. Ich hatte nicht daran gedacht, daß sie nachts in einem der unteren Räume schliefen. Mit klopfendem Herzen blieb ich stehen. Aber nichts rührte sich im Haus, und alles war wieder still.

In dem grauen, kalten Licht der Dämmerung huschte ich zu den Ställen. Einige der Stallburschen schliefen in einem Nebengebäude, aber ich wagte nicht, sie zu wecken. Im Stall war es fast dunkel. Ich tastete nach dem Sattel, während das Pony sich schnaubend an mich drängte. Ich hatte ihm den Sattel auf den Rücken gelegt, als die Tür aufging. Entsetzt drehte ich mich um und sah Neil dort stehen. Sein Gesicht war bleich, und seine Augen waren rot und geschwollen, als hätte er geweint.

„Neil, du mußt mir helfen!“ flehte ich. „Du weißt, was sie mit mir vorhaben. Bitte, bitte, hilf mir das Pony zu satteln und von hier wegzukommen!“

„Nein, das kann ich nicht, Marietta, ich wag' es nicht!" Er blickte mich unglücklich und doch fest an. „Es hätte sowieso keinen Zweck. Fiona würde es wissen und Sie zurückbringen lassen."

„Fiona, Fiona!" entgegnete ich verbittert. „Habt ihr denn alle Angst vor ihr? Ist sie eine Göttin, daß ihr tun müßt, was sie befiehlt?"

„Keine Göttin", murmelte er, „sondern etwas Schlimmeres. Sie verstehen das nicht, Marietta. Fiona und George Fergusson würden uns hart dafür bestrafen . . . uns beide. Warum sind Sie nur hierhergekommen? Weshalb sind Sie nicht in Paris geblieben, wie ich Ihnen geraten habe?"

Er war den Tränen nahe, und das brachte mich noch mehr auf. „Oh, um Himmels willen, fang nicht wieder damit an! Geh ins Schloß zurück, wenn du solche Angst hast, und laß mich tun, was ich will."

Ich zog die Sattelgurte unter dem Bauch des Ponys fest, und plötzlich stand Neil neben mir. Mit zitternden Händen versuchte er mir zu helfen.

„Schnell, schnell!" keuchte er. „Wir müssen uns beeilen!"

Aber all unsere Hast war vergeblich. Ich weiß nicht, ob sie mich gehört hatten, als ich das Haus verließ, oder ob das Bellen des Hundes mich verraten hatte. Jedenfalls ging die Tür knarrend auf, und Coll kam mit schnellen Schritten herein.

„Neil!" rief er scharf. Der Junge wandte sich totenbleich und zitternd zu ihm um. „Was, zum Teufel, treibst du da? Geh sofort ins Haus zurück!"

Neil blickte mich kläglich an, dann rannte er davon. Coll lehnte sich mit grimmigem Lächeln gegen den Türpfosten. „Warum leistest du uns Widerstand, Marietta? Es bleibt dir am Ende ja doch nichts anderes übrig, als Vernunft anzunehmen."

Ich sah ihn an. „Ich bin eine Gilmour, und wir Gilmours geben nicht so leicht auf. Das müßtest du eigentlich wissen, oder hat deine Mutter meinen Großvater auch darin betrogen?"

Ich hatte ihn an seiner wunden Stelle getroffen. „Du verdammtes kleines Biest, warum mußt du mich herausfordern?" Er packte mich grob an den Schultern, stieß mich aus dem Stall und zerrte mich zum Schloß zurück und die Treppe hinauf. Dann stieß er mich in mein Zimmer.

„Ich habe das nie gewollt. Du hast es dir selbst zuzuschreiben. Wenn du nicht freiwillig hierbleibst, werden wir dich dazu zwingen."

Er ging hinaus und warf die Tür hinter sich zu. Verzweifelt hörte ich, wie sich der schwere Schlüssel im Schloß drehte. Es gab kein Entrinnen mehr.

17

Die nächsten Tage waren wie ein gespenstischer Alptraum, aus dem es kein Erwachen gab. Ich war in meinem Zimmer eingesperrt und sah keinen Menschen außer Ailsa Drummond. Sie brachte mir Essen und Wasser zum Waschen. Nach einiger Zeit kam sie dann wieder, um das schmutzige Geschirr und Wasser zu holen. Ich fragte sie jedesmal, was nun mit mir geschehen würde. Aber sie gab mir keine Antwort, sondern bedachte mich nur mit ihrem kalten, gefühllosen Blick. In meiner ersten Verzweiflung dachte ich immer wieder an Flucht. Doch die Fenster an der einen Seite des Zimmers lagen zum Innenhof hin, und an der anderen Seite war nur ein schmaler Spalt — kaum mehr als ein Fußbreit —, von dem man in die Tiefe und unmittelbar aufs Meer hinunterblickte. Aber selbst wenn mir die Flucht gelang, was würde Coll und die anderen davon abhalten, ihre falschen Beschuldigungen gegen mich zu erheben?

Die Gefangenschaft wirkte sich mehr und mehr auf mich aus. Wahnvorstellungen quälten mich, so daß ich bei jedem Laut zusammenzuckte. Manchmal hörte ich draußen Schritte und schlug voll wilder Verzweiflung mit den Fäusten gegen die Tür. Einmal glaubte ich, Colls Stimme zu vernehmen, gefolgt von Fionas vollem sinnlichem Lachen. Mir wurde ganz übel davon. Ich hatte auch den Eindruck, daß das Essen, das man mir brachte, irgendein Betäubungsmittel enthalte. Ob das wirklich der Fall war, weiß ich nicht. Aber mein Kopf schmerzte unerträglich, und meine Glieder waren so schwer, daß ich manchmal kaum aufstehen konnte. Außerdem litt ich unter grauenhaften Träumen. Träume von hohen Mauern, von denen ich fiel, hinab in dunkle Tiefen stürzte.

Ich beschloß, nichts mehr zu essen außer Haferbrot und ein bißchen Käse und nur noch Wasser aus meinem Waschkrug zu trinken.

Am Abend des dritten Tages kam Mrs. Drummond, wie gewöhnlich, um das Tablett mit dem unberührten Essen zu holen. Doch diesmal brach sie ihr Schweigen und sagte: „Was für einen Sinn hat es, sich zu Tode zu hungern? Damit ändern Sie auch nichts." Dann blickte sie mir ins Gesicht und fragte: „Was haben Sie eigentlich an Coll auszusetzen? Ist er Ihnen nicht gut genug?"

„Sie wissen genau, daß das nicht der Grund ist!"

Ich kehrte ihr den Rücken zu, aber sie trat von hinten dicht an mich heran. „Sie haben ihn doch zuerst gewollt, nicht wahr? Glauben Sie, ich wüßte nicht, wie das ist, wenn eine Frau einen Mann begehrt? Es war Ihrem Gesicht anzusehen, wann immer er in Ihrer Nähe war. Sie sind nicht so leidenschaftslos, wie Sie tun mit Ihrem zimperlichen Gehabe!"

Ich ging ein paar Schritte von ihr weg, weil ich mich von ihren Worten getroffen fühlte. Ich wollte nicht daran erinnert werden und sagte: „Bitte sprechen Sie nicht mehr davon. Mein Entschluß steht fest."

„Warum sind Sie so widerspenstig? Coll besitzt alles, was Sie sich wünschen: gutes Aussehen, den Charme der Gilmours und ihre Leidenschaftlichkeit." Ihre Stimme war leise und eindringlich, als wollte sie mich anflehen. „Ich erinnere mich noch genau an den Tag, an dem ich seinen Vater zum erstenmal sah. Er war groß und stattlich. Außerdem hatte er ein sehr einnehmendes Wesen, dem man einfach nicht widerstehen konnte. Ich war damals eine Schönheit und wurde von vielen Männern begehrt, aber keiner hielt dem Vergleich mit ihm stand. Das war in Edinburgh. Ich war im ‚Weißen Hirsch' in Stellung, und er kam eines Tages dorthin. Ein vornehmer Hochländer, wie ich noch nie einen gesehen hatte. Sein Haar war noch feuerrot, obwohl er doppelt so alt war wie ich. Die anderen Mädchen machten sich über mich lustig ..."

Ich wandte mich unwillig zu ihr um. „Doppelt so alt wie Sie? Aber ich dachte immer, Andrew Gilmour wäre Colls Vater!"

Sie sah mich mit funkelndem, herausforderndem Blick an. „Andrew? Was hätte ich mit solch einem grünen Jungen anfangen sollen? Nein, Sir Alasdair, Mac'Ghille Mhoire in höchsteigener Person war Colls Vater ..."

„Mein Großvater?" Ich starrte sie fassungslos an, wollte ihr nicht glauben und wußte doch, daß ihre Behauptung stimmte.

„Ja, Ihr Großvater", erwiderte sie triumphierend, „obwohl er die Vaterschaft zuerst abstreiten wollte, als ich ihm den Jungen brachte. Er war in der Zwischenzeit sehr gealtert. Er hielt seine drei Söhne für tot und hatte durch die Engländer einen großen Teil seines Reichtums eingebüßt. ‚Hier bringe ich dir einen Erben', sagte ich zu ihm. Aber er wollte Coll nicht anerkennen. Er beschimpfte und beleidigte mich. Er ist immer ein sehr stolzer Mann gewesen, zu stolz, um einen Bastard als Sohn anzuerkennen, dessen Mutter nur eine Dienstmagd war ... Aber sein Bett hat er nur allzugern mit mir geteilt!" Ihre Stimme überschlug sich vor Bitterkeit. „Er hat den Jungen aufgezogen und verlangte seinen Lohn dafür. Aber ich habe ihn mürbe gemacht. Er hat schließlich nachgegeben, als er wußte, daß er nicht mehr lange zu leben haben würde. Er machte sein Testament ... und dann kamen Sie. Plötzlich war alles für Sie, alles, wofür ich mich jahrelang abgerackert hatte, und ich war für ihn nur noch Dreck!“ Sie packte mich an den Schultern und schüttelte mich. „Finden Sie nicht, daß Sie es Coll schulden, ihn zu heiraten? Hat er nicht ein Recht auf Glenlochy? Sie haben ihm alles geraubt, was er sich durch zwanzigjährige Knechtschaft verdient hat, indem er nach der Pfeife des alten Mannes tanzte. Aber das ist Ihnen völlig gleichgültig, wie? In der einen Minute heiß verliebt und in der nächsten kalt wie Eis. Sie haben ihn mit Ihrem verdammten Engländer fast um den Verstand gebracht, und der hat sich jetzt aus dem Staub gemacht . . .“

„Hören Sie auf, schweigen Sie!“ schrie ich sie an. „Es ist ja alles ganz anders. Sie haben das mißverstanden.“ Ich war angewidert von dem, was sie mir soeben erzählt hatte. „Lassen Sie mich in Ruhe. Bitte lassen Sie mich allein!“

„O ja, das werde ich. Aber unsere Geduld hat nun ein Ende. Sie werden Coll morgen heiraten, ob Sie wollen oder nicht.“ Sie richtete sich auf. „Jetzt sind wir es nämlich, die hier zu bestimmen haben, und Sie werden nach unserer Pfeife tanzen.“

Die Tür wurde zugeschlagen, und der schwere Schlüssel drehte sich.

Diese Nacht und der nächste Tag waren die schlimmsten Stunden, die ich je erlebt hatte. Ich konnte überhaupt nicht mehr klar denken. Mein Mitleid mit Coll mischte sich mit tiefem Abscheu. Ich war außer mir vor Entsetzen über das, was sie mit mir vorhatten, und Mrs. Drummonds Enthüllung steigerte noch mein Grauen. Es war ungeheuerlich, daß ich zu einer Ehe mit dem Halbbruder meines Vaters gezwungen werden sollte. Wußte Coll, wer sein eigentlicher Vater war? Er mußte es wissen, aber selbst das hatte ihn nicht von seinem Vorhaben abgebracht.

Die Stunden schlichen dahin, und es war schließlich sechs Uhr abends, als Mrs. Drummond die Tür aufschloß.

„Sie warten auf Sie", sagte sie schroff.

„Ich komme nicht mit."

Doch dann überfiel mich eine solche Hoffnungslosigkeit, daß ich mich nicht mehr wehrte, als Mrs. Drummond mich beim Handgelenk packte und mich die Treppe hinunter und ins Wohnzimmer führte. Sie waren alle dort, außer Neil. Er mußte sich irgendwo versteckt haben. Mr. McPhail stand neben Coll. Er sah alt, krank und bekümmert aus. Ich riß mich von Mrs. Drummond los und warf mich ihm zu Füßen.

„Lassen Sie das nicht zu, Mr. McPhail, bitte lassen Sie es nicht zu! Sie sind ein Geistlicher. Sie können mich doch nicht gegen meinen Willen zu Colls Frau machen. Das dürfen Sie nicht. Sie müssen mir helfen, Sie müssen!" Ich umklammerte seine Knie und blickte ihn flehentlich an. Ich sah, daß er unsicher zu Fiona hinschaute. Sie trat näher an ihn heran, und er legte seine zitternden Hände auf meine Schultern, ergriff mich dann an den Armen und versuchte mich hochzuziehen.

„Regen Sie sich nicht auf, mein Kind! Haben Sie keine Angst. Sie sind jetzt verwirrt. Sie wissen nicht, was Sie sagen. Aber Coll wird sich Ihrer liebevoll annehmen. Er wird alles für Sie tun, damit Sie wieder gesund werden."

Da wußte ich, wie sie ihn dazu überredet hatten. Sie hatten ihm eingeredet, daß ich nicht mehr ganz bei Verstand sei. Er war ein zu schwacher Mann, um sich gegen sie aufzulehnen. Wahrscheinlich hatte er diese Erklärung widerspruchslos hingenommen und nicht einmal angezweifelt, um sein Gewissen zu beruhigen.

Die Farce einer Trauung lief ab.

„Willst du, Marietta Jeanne, Colin Alasdair zu deinem . . ."

„Nein, nein, nein!" rief ich verzweifelt, aber ich hätte ebensogut schweigen können. Das Zeremoniell wurde bis zum bitteren Ende fortgeführt. Coll küßte mich schließlich auf die Wange und steckte mir den Ring an den Finger. Wir hätten das glücklichste Paar sein können, das jemals geheiratet hatte.

Danach fragte ich mich, ob es Fiona oder George Fergusson zuzuschreiben war, daß diese makabre Zeremonie auf die Spitze getrieben wurde. Speisen und Getränke waren auf dem festlich gedeckten Tisch bereitgestellt worden. Ich wurde gezwungen, neben Coll zu sitzen, während sie aßen und tranken und miteinander scherzten, als wäre es das fröhlichste Hochzeitsfest. Nur Mr. McPhail saß schweigend und trübsinnig da.

Coll häufte Essen auf meinen Teller. „Iß schön, mein Liebling! Mutter hat gesagt, daß du die letzten Tage kaum etwas zu dir genommen hast. Du mußt wieder zu Kräften kommen."

Angewidert stieß ich den Teller beiseite. George Fergusson schenkte Champagner ein und stand auf.

„Einen Toast auf Coll und seine reizende Braut", sagte er und verzog seine dünnen Lippen zu einem Lächeln. „Mögen sie glücklich werden!"

Sie ergriffen ihre Gläser und tranken uns zu. Coll zog mich vom Stuhl hoch und drückte mir das schöne venezianische Kelchglas in die Hand. Ich blickte meine Peiniger der Reihe nach an und zum Schluß meinen Mann. Da stand er mit glühenden Wangen, glücklich, daß er sein Ziel erreicht hatte, und alle Verzauberung wich endgültig von mir. Ich sah nur noch seine Verderbtheit, sah nur noch den Schuft, der Graham Wynter ermordet und versucht hatte, Richard umzubringen, und der das friedliche Tal in einen Ort der Verzweiflung und Trauer verwandeln wollte. Es kam mir wie ein Hohn vor, daß ich vor kaum drei Monaten, schüchtern und doch so stolz, genau hier an dieser Stelle neben meinem Großvater gestanden hatte.

„Nennst du das Hochland-Ehre?“ fragte ich bitter. Dann schleuderte ich mein Glas in den Kamin und floh aus dem Zimmer.

Ich warf mich auf mein Bett und konnte nicht einmal weinen, so weh war mir ums Herz. Der Kampf war vorüber. Ich hatte ihn verloren und wäre am liebsten gestorben. Wie lange ich da gelegen habe, weiß ich nicht. Vermutlich bin ich nach einer Weile aus lauter Erschöpfung ein wenig eingenickt. Ich weiß nur, daß ich mich plötzlich aufrichtete und auf Schritte lauschte, die näher kamen. Entsetzt rannte ich zur Tür, bevor mir einfiel, daß der Schlüssel ja von draußen steckte. Im nächsten Moment wurde die Tür aufgestoßen, und Coll stand auf der Schwelle. Er schwankte leicht. Das Licht des Kerzenleuchters, den er in der Hand hielt, flackerte über sein gerötetes Gesicht, sein zerzaustes Haar und den offenstehenden Hemdkragen. Ich merkte sofort, daß er stark betrunken war, und wich zurück.

„Hab keine Angst!“ lallte er. Dann kam er herein und trat die Tür mit dem Fuß zu. Ich wich bis zum Fenster zurück. Er kam mir nach und stellte den Kerzenleuchter auf den Nachttisch. Ein Windzug drang durch das offene Fenster und löschte die Flamme, so daß es im Zimmer plötzlich dunkel war.

Ich versuchte, an Coll vorbei zur Tür zu schlüpfen. Aber er bekam meinen Arm zu fassen und riß mich an sich.

„Nicht, Coll, nein, bitte nicht!“

„Was ist los? Hättest du statt meiner lieber Richard Wynter? Nun, er ist weg, meine Liebe, dafür habe ich gesorgt und bin heilfroh, daß ich ihn los bin. Ich bin dein Mann, nicht er!“

Ich fiel gegen das Bett, und er lag halb auf mir. Er schlang die Arme um mich, und sein Mund preßte sich auf den meinen. Ich schlug wild um mich, aber Coll war stärker als ich. Er hob mich aufs Bett, riß den Verschluß meines Kleides auf und küßte mich auf den Hals.

„Liebling, Liebling", stammelte er. „Ich habe dich schon so lange begehrt, und jetzt gehörst du mir, bist endlich mein!"

Es war grauenhaft, weil ich das Gefühl hatte, daß er das sogar ernst meinte. Ich glaube, daß er mich in diesem Augenblick tatsächlich geliebt hat, weil er durch mich nun das besaß, was er sich mehr als alles andere auf der Welt gewünscht hatte. Aber ich konnte nur an Fiona denken, an die tiefe Demütigung, die er Richard angetan, und an die Lügen, die er mir erzählt hatte. Er wälzte sich auf mich, überschüttete mich mit Küssen, und ich kämpfte verzweifelt gegen ihn an. Sein Atem roch so stark nach Wein, daß mir ganz übel wurde. Ich zog meinen Arm unter seinem Körper weg, um zu versuchen, ihn von mir zu stoßen. Dabei kam ich mit der Hand an den Kerzenleuchter auf dem Nachttisch. Meine Finger schlossen sich um den schweren Messingfuß. Kaum wissend, was ich tat, packte ich ihn fester und schlug ihn Coll gegen die Schläfe. Sein Griff erschlaffte, und er sackte wie leblos zur Seite. Ich ließ den Kerzenleuchter fallen und sprang aus dem Bett, nur noch von dem Gedanken besessen, zu fliehen.

Ich riß das Plaid meines Vaters aus der Kommode und hängte es über mein zerrissenes Kleid. Dann lief ich über den Korridor und die Treppe hinunter. Ich glaube, ich hatte die wahnwitzige Idee, durch den ummauerten Garten hinausgelangen zu können.

Im Schloß war es stockfinster. Ich stolperte in meinen weichen Pantoffeln und merkte in meiner Angst nicht, wohin ich lief. Plötzlich wurde mir klar, daß ich nicht in Richtung des Gartens gelaufen war, sondern mich in dem

Gang befand, der zum alten Turm führte. Die Tür zum Kontor stand weit offen. Ein Kandelaber brannte auf dem Tisch, und die Silhouetten von George Fergusson und Fiona hoben sich dagegen ab. Ich stand wie erstarrt da, gepackt von der Erinnerung an das alte Haus in Edinburgh und an die Frau und den Mann, die sich dort so leidenschaftlich geküßt hatten. Selbst in meiner Verwirrung und Angst empfand ich sekundenlang eine Spur von Mitleid für Coll. Sie hintergingen ihn genauso, wie sie mich hinters Licht geführt hatten.

In diesem Augenblick schaute George Fergusson auf und sah mich.

„Großer Gott, die kleine Braut ist ihrem Mann bereits davongelaufen!" Er brach in schallendes Lachen aus. „Was haben Sie mit Coll gemacht?"

„Ich glaube ... Ich glaube, ich habe ihn umgebracht."

„Was?" Fiona wirbelte herum und starrte mich mit funkelnden Augen an. „Ist das wahr?"

„Würde es Ihnen denn etwas ausmachen, wenn es so wäre?"

Fergusson lachte noch immer. „Sie hat nichts dergleichen getan, da kannst du ganz beruhigt sein, Fiona. Haben Sie noch nie einen betrunkenen Mann gesehen, Mistress Marietta?"

Er wirkte unbeschreiblich vulgär, als hätte er alle Hemmungen verloren und die Maske des wohlerzogenen Mannes endgültig abgelegt. Ich drehte mich um und wollte das Kontor wieder verlassen. Doch ich hatte kaum einen Schritt getan, da packte er mich schon am Arm und riß mich zurück.

„O nein, Sie werden nicht davonlaufen, nicht gerade jetzt! Wir sind noch nicht mit Ihnen fertig, meine Dame. Außerdem würde Coll das gar nicht recht sein, stimmt's, Fiona?"

„Ich sage ihm, was ich weiß, wenn Sie mich hierbehalten!“ entgegnete ich wild. „Ich werde ihm über Sie beide die Augen öffnen, und dann bekommen Sie nichts von ihm, nicht das geringste, Sie beide nicht!“

Fergusson schnippte mit den Fingern. „Unsinn! Das würde er nie wagen. Gehen Sie jetzt wieder zu ihm hinauf, wie sich das für ein braves kleines Mädchen gehört. Er ist nun Ihr Mann, ob Ihnen das paßt oder nicht, in Freud und Leid ...“

Er trieb absichtlich seinen Spott mit mir, weil es ihm offenbar Spaß machte, und dabei hielt er mich weiterhin am Arm fest. Ich kämpfte mit einer Kraft gegen ihn an, die ich mir nie zugetraut hätte. Es gelang mir schließlich auch, mich loszureißen, aber Fiona war vor mir an der Tür und stieß mich zurück. In dem matten Schein der Kerzen spielten wir ein tödliches Blindekuhspiel. Ich wurde zwischen ihnen hin und her gedrängt, von einem zum anderen gestoßen, und sie lachten über mich, bis ich gegen den Tisch taumelte. Blitzschnell packte ich den schweren Kandelaber mit beiden Händen und hob ihn hoch.

„Paß auf!“ schrie Fergusson Fiona zu, und dann fuhr er mich an: „Stellen Sie das verdammte Ding wieder hin, Sie Närrin!“

Aber ich war meiner Sinne nicht mehr mächtig und schleuderte, außer mir vor Wut, den Kandelaber in das schöne verhaßte Gesicht vor mir. Fiona duckte sich, und er fiel zu Boden und rollte dann quer durch den Raum. Mir war, als sähe ich eine Flamme hochzüngeln, als ich auf die Tür zurannte. Im nächsten Augenblick schien der Boden unter meinen Füßen nachzugeben, und ich fiel und fiel in eine Finsternis, die kein Ende nahm.

Ich mußte wohl eine Zeitlang das Bewußtsein verloren haben, denn ich konnte mich zuerst an nichts erinnern und hatte auch keinerlei Vorstellung, wo ich war. Es dauerte eine Weile, bis mir die Erkenntnis kam. Ich war von einer Finsternis umgeben, die so undurchdringlich war, daß ich glaubte, sie fühlen zu können. Tastend streckte ich die Hand aus und stieß gegen eine feuchte eiskalte Felswand. Kieselsteine knirschten unter meinen Füßen, knöcheltiefes Wasser drang durch meine dünnen Pantoffeln. Es roch stark nach Meer und verfaultem Seetang. Ich war in dem Felsenverlies, in das die früheren Gilmours, meine Vorfahren, ihre Gefangenen hineingeworfen hatten. Bald würde die Flut über den Strand heranschleichen und langsam und unerbittlich diesen Kerker füllen. Höher und höher würde sie steigen, bis ich ertrank. Namenloses Entsetzen packte mich, und ich zitterte am ganzen Körper. Ich verlor alle Beherrschung, schrie um Hilfe, schlug völlig sinnlos mit den Fäusten gegen die Mauern meines Gefängnisses, bis mir klar wurde, daß es hoffnungslos war. Erschöpft sank ich zu Boden. Meine Hände waren zerschunden und bluteten. Ich würde nie hier hinauskommen, nie! Ich würde hierbleiben müssen, bis der Tod mich überwältigte. Ich schmiegte mich in das nasse Plaid und ergab mich meinem Schicksal.

Ich weiß nicht, wie lange ich dagelegen und in die Finsternis gestarrt hatte, bis ich plötzlich etwas bemerkte. Zuerst nur schwach, dann aber immer deutlicher nahmen die Mauern um mich herum Form an. Ich befand mich in einer grobbehauenen Höhle, die sich an einem Ende verengte. Licht fiel durch einen langen Spalt, wurde heller und heller, je länger ich hinschaute. Im Laufe der Jahre mußte die unablässige Brandung den Felsen an dieser Stelle ausgewaschen haben. Hoffnung stieg in mir hoch. Wenn ich mich durch diesen Spalt zwängen konnte, brauchte ich vielleicht doch nicht zu ertrinken; ich mußte nur schnell handeln. Ich hatte keine Ahnung, ob die Flut eben erst eingesetzt hatte oder ob sie den Strand bereits überschwemmte. Mein ganzer Körper schmerzte, und ich war steif vor Kälte, aber die Angst verlieh mir Kraft. Das untere Ende des Spalts lag etwa einen Fuß über dem Boden und war sehr eng. Ich spähte hindurch und stellte fest, daß dahinter eine zweite Höhle war. Mir fiel sofort ein, daß ich vor ein paar Wochen vom Strand aus hochgeschaut und die dunkle Aushöhlung unterhalb der Schloßmauer gesehen hatte.

Als ich versuchte, zu dem Spalt hochzuklettern, rutschte ich mit dem linken Fuß aus und verlor den Schuh. Ich bückte mich, um ihn aufzuheben, und sah zwischen dem Sand und den Kieselsteinen etwas glitzern. Es war ein Rangabzeichen in Form einer Schnalle, einer Schnalle, die wohl einmal ein Plaid gehalten hatte. Ich hob sie auf und fragte mich, ob Graham Wynter auf diese Weise ums Leben gekommen sei. War er auch in dieser Höhle gewesen, vielleicht halb bewußtlos oder für tot gehalten? War er diesen Weg vor mir gegangen und dann ertrunken, als er versuchte, zum Ufer zu schwimmen? Würde es mir ebenso ergehen? Einen Augenblick schien mir das Risiko zu groß, um es einzugehen. Aber dann holte ich tief Luft, steckte die Schnalle in meine Rocktasche und zwängte mich durch die schmale Öffnung. Ich fühlte, wie das rauhe Gestein mein dünnes Kleid zerriß und meine Haut aufschürfte, bevor ich auf den sandigen Boden der kleinen Höhle fiel.

Hoffnung durchströmte mich, als ich das blaugrüne Meer und den Himmel darüber erblickte, hatte ich doch geglaubt, sie niemals wiederzusehen.

Ich kroch auf den Knien zum Rand der Höhle und blickte hinunter. Mindestens zwanzig Fuß trennten mich vom Meer, und die steile Felswand bot keinerlei Halt, so daß mich fast der Mut verließ.

Die Flut brandete schon gegen den Fuß des Felsens und stieg zusehends. Es war ein kühler, windiger Morgen, und die weiße Gischt der sich brechenden Wellen spritzte hoch auf. Über dem Wasser lag ein seltsamer rötlicher Schimmer, aber ich dachte in diesem Augenblick nicht weiter darüber nach. Eine Möwe flog an mir vorbei in die Höhle, und ich schrak angstvoll zurück. Aber der Augenblick war gekommen, und es hieß für mich, jetzt oder nie. Ich schob mich bis zur äußersten Kante vor, hielt den Atem an und ließ mich fallen. Das Wasser schlug mir über dem Kopf zusammen; es war eiskalt. Panik überwältigte mich. Meine Ohren dröhnten; ich glaubte zu ersticken ... Dann fand ich Boden unter den Füßen. Ein stechender Schmerz durchfuhr mein Bein. Aber ich hatte Glück gehabt. Ich war auf Sand gefallen, und das Wasser reichte mir nur bis zu den Hüften. Hustend und würgend tastete ich mich am Fuß des Felsens entlang, biß die Zähne zusammen gegen den Schmerz in meinem Bein. Der Sog des Wassers zog mich zurück, und dann drückten mich die herannahenden Wellen wieder gegen die Mauer. Es war nicht sonderlich weit bis zum sicheren Strand. Aber mir schien die Entfernung bis dorthin endlos zu sein, so daß ich mehrmals versucht war, aufzugeben und mich vom Meer forttragen zu lassen, wohin immer es wollte.

Endlich zog ich mich mit letzter Kraft um die Ecke und sah den Strand vor mir liegen. Ich schleppte mich durch die Brandung, bis die Wellen hinter mir lagen, und fiel dann völlig erschöpft auf den nassen Sand.

Der Lärm, den ich mit einemmal wahrnahm, riß mich aus meiner Betäubung. Es war ein prasselndes Tosen, lauter als das Rauschen der Brandung hinter mir. Ich kroch ein

Stück weiter den Strand hinauf und blickte um mich. Entsetzen packte mich, als ich sah, daß ein Teil des Schlosses brannte. Flammen schossen zum Himmel empor und ergossen sich dann in einem Funkenregen. Dichter Rauch stieg auf und wurde durch den starken Wind in Schwaden weitergetrieben. Ich erinnerte mich vage an den Kerzenleuchter, der zu Boden gefallen war, an das Aufflackern einer Flamme. Wie lange war das her? Zwei Stunden, drei ...? Mühsam richtete ich mich auf, versuchte zu gehen und brach wieder zusammen. Von Schmerzen gequält, kroch ich über den mit Steinen vermischten Sand. Jetzt konnte ich den Damm sehen und das Schreien der Leute hören. Alle aus dem Tal schienen sich dort versammelt zu haben. Aber ich war immer noch zu weit entfernt, um Einzelheiten zu erkennen.

Mit qualvoller Langsamkeit schleppte ich mich über den Strand. Niemand bemerkte mich. Sie waren alle zu sehr mit Löscharbeiten beschäftigt. Ich sah jetzt, daß der ganze Mittelteil des Schlosses brannte, nur der Turm hatte den Flammen widerstanden. Der Damm war an der Stelle, wo ich mich befand, mehr als sieben Fuß hoch. Vor seinem Sockel lagen schlüpfrige grüne Felsbrocken. Der Schmerz in meinem Knöchel war so unerträglich, daß jeder Schritt zur Qual wurde. Als ich versuchte, mich auf den Damm hochzuziehen, zerkratzten die rauhen Steine meine Knie, und meine Hände fanden keinen Halt auf dem schleimigen Seegras. Weinend vor Enttäuschung über meine Hilflosigkeit sank ich auf den Strand zurück. In diesem Augenblick hörte ich oben jemanden rufen. Ein Mann drängte sich durch die Menge, die am Rand des Pfades stand.

„Wo ist Marietta? Um Gottes willen, wo ist Marietta?"

Völlig fassungslos starrte ich hinauf, denn es war Richard. Ich glaubte zu träumen, aber er war es tatsächlich.

Sein schmales dunkles Gesicht war unverkennbar. Er führte einen heftigen Wortwechsel mit Hamish Kintyre. Dann kam Coll hinzu. Sein Hemd war zerrissen; sein Gesicht war von Ruß geschwärzt. Richard packte ihn am Arm.

„Um Himmels willen, wo ist Marietta? Was haben Sie mit ihr gemacht, Sie verdammter Mörder?"

Coll deutete auf das Schloß. Richard stieß ihn beiseite und wollte zum Schloß hinlaufen, aber Coll hielt ihn zurück.

„Ich werde sie herausholen, nicht Sie!"

Ich wollte schreien, aber es kam nur ein Krächzen aus meiner Kehle. Niemand hörte mich in dem Tosen der Flammen und dem Rauschen der Flut. Es war wie in einem Alptraum, wenn die Beine wie gelähmt sind und die Schreie, die man ausstößt, ungehört verhallen. Hilflos verfolgte ich den Kampf der beiden Männer. Ich hörte Coll rufen: „Sie ist meine Frau! Begreifen Sie das nicht? Sie gehört mir!"

Er stieß Richard so brutal von sich, daß er auf die Knie fiel. Fiona hatte sich inzwischen ebenfalls durch die Menge gedrängt. Ihr Kleid war schmutzig und zerknittert; das Haar hing ihr wirr ins Gesicht. Sie umklammerte Colls Arm.

„Es ist zu spät. Es ist doch egal, was mit ihr geschieht. Laß sie doch, wo sie ist!"

„Du Biest!" schrie er. „Du verdammtes Biest!" Er riß sich von ihr los und rannte auf den Turm zu.

Jetzt schrie ich, schrie, daß er stehenbleiben sollte. Ich krallte mich an die Dammauer; Tränen liefen über mein Gesicht; meine Hände bluteten. Im nächsten Augenblick stieg mit lautem Zischen eine riesige Flamme empor und fraß sich durch das Innere des Turms.

Ich hatte Coll geliebt und gehaßt, und er hatte sich in

ein Inferno gestürzt, um zu versuchen, mich zu retten. Namenloses Grauen packte mich. Ich ließ mich auf die Felsen fallen. Die Wellen erfaßten mich, rollten über mich hinweg, aber ich wehrte mich nicht mehr dagegen.

Es mußte eine lange Zeit vergangen sein, als ich glaubte, Richards Stimme zu hören. Sanfte Hände hoben mich hoch. Einmal schrie ich laut auf vor Schmerz, dann ließ ich mich in barmherziges Vergessen sinken.

18

Ich erinnere mich wirklich an so gut wie nichts mehr, bis ich die Augen aufschlug und erkannte, daß ich zwischen frischen Laken in einem kleinen Raum mit weißgetünchten Wänden und einer hohen gewölbten Decke lag. Ein Gesicht beugte sich über mich, ein vertrautes Gesicht mit Sommersprossen und einer Stupsnase.

„Jeannie!" flüsterte ich. „O Jeannie, ich bin so froh, daß du da bist." Ich brach törichterweise in Tränen aus.

„Nicht doch, Miss Marietta, Sie dürfen sich nicht aufregen! Sie sind jetzt in Sicherheit, und alles ist vorbei."

„Wo bin ich?"

„Im Tige Dubh. Mr. Wynter hat Sie hergebracht und mich auch. Er hat sich solche Sorgen um Sie gemacht. Wir konnten uns gar nicht vorstellen, wie Sie da auf den Strand gekommen sind, und dann in einem solchen Zustand. Bis auf die Haut durchnäßt. Was haben diese Teufel nur mit Ihnen gemacht, Miss Marietta?"

Aber ich konnte keine Worte finden, um das Vorgefallene zu erzählen, noch nicht. Statt dessen sagte ich: „Jeannie, was ist mit ..."

„Wir sind alle heil aus dem Schloß rausgekommen, sogar die Hunde. Alle sind gerettet außer ..."

Außer Coll. Ich wandte den Kopf ab und konnte nicht dagegen ankämpfen, daß mir die Tränen über das Gesicht flossen.

„Nun weinen Sie doch nicht, Miss Marietta! Das sollten Sie wirklich nicht. Ich wußte schon, daß etwas nicht stimmte, als diese Kirsty mich einschloß und wie 'ne Verrückte dabei kicherte, dieses verdammte ..."

„Bitte, Jeannie, hör auf ..."

„Schon gut, Sie haben ja recht. Vielleicht ist es am besten, daß alles so gekommen ist. Jetzt reden Sie nicht mehr, sondern essen ein paar Löffel von dieser guten Suppe. Wenn Sie sich dann kräftiger fühlen, kommt Mr. Wynter und wird Ihnen alles erzählen."

Mir schmerzten alle Glieder vor Erschöpfung. Meine Hände waren zerschunden; mein ganzer Körper war von blauen Flecken übersät, und obwohl ein Verband um meinen verletzten Knöchel lag, fühlte ich einen ständigen, heftigen, pochenden Schmerz. Ich hatte nur den Wunsch, die Augen zu schließen und die letzte grauenhafte Woche aus meinem Gedächtnis zu streichen. Aber sosehr ich mich auch bemühte, ich konnte die in den Himmel emporschießenden Flammen, das Tosen des Feuers und Coll nicht vergessen, der lief und lief ... Gegen alle Vernunft quälte mich ein Schuldgefühl. Ich war es, die versagt hatte. Alles war durch meine Torheit entstanden, weil ich mich hatte täuschen lassen. Selbst an dem Brand trug ich die Schuld. Ich konnte die letzte schreckliche Szene im Kontor nicht aus den Gedanken verbannen: meine furchtbare Angst, die Kerzen, die aus dem Kandelaber fielen, das Aufzüngeln der Flammen. Schließlich schlief ich ein, aber ich wurde von wirren Träumen heimgesucht. Als ich schließlich erwachte, war ich wie gelähmt und hatte das Gefühl zu fiebern.

Ich sah Richard erst am folgenden Nachmittag, als Jeannie hereingelaufen kam und geschäftig im Zimmer hin und her eilte.

„Mr. Wynter fragt, ob Sie sich wohl genug fühlen, daß er Sie kurz besuchen kann?"

„Ich glaube schon."

Ich hatte den ganzen Morgen vor mich hin gedämmert. Jeannie schüttelte jetzt hastig meine Kissen auf und strich die Decke glatt. Sie brachte mir einen Spiegel und bürstete mein Haar. Im Gegensatz zu mir hatte sie ein paar ihrer Sachen vor dem Feuer retten können. Ich trug also eines ihrer einfachen hochgeschlossenen Flanellnachthemden. Ich starrte trübsinnig auf mein bleiches Gesicht mit den dunklen Rändern unter den Augen und mein strähniges, glanzloses Haar. Doch es war mir völlig gleichgültig, wie ich aussah. Ich ließ mir von Jeannie den Spiegel wieder wegnehmen und zog das Tuch, das sie mir umgelegt hatte, enger um meine Schultern.

Gleich darauf klopfte Richard an. Er kam jedoch nicht herein, sondern blieb an der Tür stehen, und mir kam es vor, als habe sein Gesicht einen grimmigen, unfreundlichen Ausdruck.

„Wie fühlen Sie sich?"

„Ganz gut, danke."

„Und was macht der Knöchel?"

„Er tut noch ziemlich weh."

Wir redeten steif und verlegen miteinander.

„Ich muß mich noch bei Ihnen bedanken, daß Sie mich und auch Jeannie hierhergebracht haben", fuhr ich fort. „Ich war sehr erstaunt, daß Sie hier sind, weil ich dachte, Sie wären auf dem Weg nach England."

„Das war ich auch. Janet und Kathryn sind inzwischen sicher in Laverstoke. Ich beschloß aber, hierher zurückzukommen."

„Wieso?"

Er gab mir keine Antwort, sondern kam zu meinem Bett und hielt mir die Hand hin. „Jeannie hat das in Ihrer Rocktasche gefunden. Darf ich fragen, wo Sie die Schnalle her haben?"

Ich starrte auf das silberne Rangabzeichen. Der Anblick weckte in mir die Erinnerung an die grauenhaften Stunden, die ich mit aller Macht zu vergessen suchte.

„Ich war in dem Verlies unter dem Schloß", sagte ich zögernd. „Ich habe es dort liegen sehen, als ich hinunterfiel ... als ich von ..."

„Sie sind dort hinuntergefallen? Wie war das denn möglich?"

Ich schlug die Hände vors Gesicht. „Bitte, ich will nicht darüber sprechen! Bitte, fragen Sie mich nicht!"

„Es tut mir leid, aber ich muß es wissen. Wenn es Ihnen lieber ist, lassen wir es jetzt, und ich komme später wieder, wenn Sie sich besser fühlen."

„Nein, es ist schon gut." Ich mußte es ihm ja doch sagen, und je schneller ich es hinter mir hatte, um so besser.

Er blickte von der Schnalle auf und sah mich an. „Ich kenne sie gut. Es ist Grahams Regimentsabzeichen. Wo ist dieses Verlies?"

„Unter dem Turm. Früher wurden dort die Gefangenen eingekerkert", sagte ich unwillig. „Wenn die Flut kommt, dringt das Wasser herein, aber es ist eine Öffnung im Felsen."

„Und da haben sie Graham hineingestoßen? Hat er noch gelebt, oder war er schon tot?"

„Ich weiß es doch nicht!" antwortete ich unglücklich. „Ich weiß es doch wirklich nicht. Soviel ich weiß, hat er herausgefunden, daß die jungen Männer in die Sklaverei verkauft werden sollten, und hat gedroht, es meinem Großvater zu sagen. Um ihn zum ..."

„Um ihn zum Schweigen zu bringen, haben sie ihn in die Höhle gestoßen, damit er dort unten ertrinke. Wer war es, Marietta, wer?"

„George Fergusson und ..."

„Und Coll?"

„Ja."

Er schwieg eine Weile, bevor er ungläubig fragte: „Sie haben das gewußt und ihn trotzdem geheiratet?"

Ich wollte es ihm erklären, ihm erzählen, was sie mit mir getan hatten, aber seine finstere Miene und mein Stolz hießen mich schweigen. Richard hatte mich gewarnt, und ich hatte seine Warnung mißachtet. Ich wandte mein Gesicht ab.

Richard richtete sich auf. „Fergusson war klug genug, zu verschwinden, und ..."

„Und Coll ist tot." Ich unterdrückte das Schluchzen, das unwillkürlich in mir aufstieg.

„Ja."

„Was werden Sie jetzt tun?"

Er starrte auf das Abzeichen in seiner Hand. „Was kann ich schon tun? Es waren nicht die Leute aus dem Hochtal, die ihn ermordet haben. Kathryn hatte recht." Er sah auf, und unsere Blicke trafen sich. „Es tut mir leid, daß ich Sie aufgeregt habe", fuhr er freundlicher fort. „Ruhen Sie sich jetzt ein bißchen aus und machen Sie sich keine Sorgen. Sie müssen erst einmal gesund werden. Wenn Sie irgend etwas haben möchten, sagen Sie es Jeannie. Ich werde dann versuchen, es Ihnen zu besorgen."

„Danke."

Er streichelte flüchtig meine Hand, nickte Jeannie zu und ging hinaus.

Aber ich konnte keine Ruhe finden. Er gibt mir die Schuld, dachte ich, weil ich eine Gilmour bin, gibt er mir irgendwie die Schuld am Tod seines Bruders. Ich ärgerte mich über diese Ungerechtigkeit und war gleichzeitig zutiefst unglücklich. Es mußte so vieles getan werden, aber ich konnte mich einfach noch zu nichts aufraffen. Tagelang lag ich da und suchte Zuflucht in meiner Krankheit.

Jeannie erzählte mir, daß jeden Tag kleine Geschenke von den Dorfbewohnern für mich abgegeben würden: ein paar Eier, frisch gebackene Hafermehlkuchen, ein Körbchen Himbeeren oder ein schöner Lachs. Ich war gerührt von ihrer Anhänglichkeit und Treue, doch ich fühlte mich noch nicht stark genug, mich um sie zu kümmern, wie es meine Pflicht gewesen wäre. Mein Traum war brutal zerstört worden. Ich trieb hilflos in einem Meer der Verzweiflung, ohne einen Anker zu finden, an dem ich mich hätte festhalten können.

Es verging mehr als eine Woche, bevor ich das Bett verlassen konnte, und selbst dann schmerzte mein Knöchel immer noch. Ich hatte nichts anzuziehen außer einem Baumwollkleid von Jeannie. Sie kicherte, als sie es zuhakte. „Ich muß es einnähen. Sie sind so dünn geworden, Miss Marietta!"

Das Kleid war lavendelblau und hatte einen weißen Kragen. Ich betrachtete mich im Spiegel. Jeannie hatte mir die Haare gewaschen und gebürstet, aber mein Gesicht war immer noch sehr blaß, und meine Augen lagen tief in den Höhlen. Kein Wunder, daß Richard jeden Tag nur kurz zu mir hereinschaute und sich lediglich nach meinem Befinden erkundigte.

Es war ein warmer Abend gegen Ende August, als ich mich zum erstenmal die Treppe hinunterwagte. Ich hatte schon zu Abend gegessen und war irgendwie unruhig. Da ich wußte, daß unten im Wohnzimmer ein paar Bücher standen, wollte ich mir eines davon holen, um mich abzulenken. Ich hatte Richard am Nachmittag wegreiten sehen, und es war totenstill im Haus, als ich langsam die Treppe hinunterstieg. Leise öffnete ich die Wohnzimmertür. Der Raum war halb dunkel, so daß ich Richard nicht sogleich sah. Er saß in einem Sessel, mit einem Glas Sherry in der Hand. In dem matten Schein des

Kaminfeuers hatte sein Gesicht wieder den gequälten Ausdruck, den ich vor langer Zeit in Edinburgh an ihm gesehen hatte. Ich wollte leise umkehren, aber er hatte wohl die Tür gehen hören. Er zuckte zusammen und richtete sich auf.

„Bist du es, Jeannie?“

„Nein“, sagte ich zögernd, „ich bin es. Ich wollte mir ein Buch holen.“

Er stand auf. „Warten Sie, ich mache Ihnen Licht.“ Er hielt einen Wachsstock ins Feuer und entzündete damit die Kerzen, die auf dem Kaminsims standen. Dann drehte er sich zu mir um. „Dort drüben stehen die Bücher. Ich fürchte bloß, wir haben keine große Auswahl. Janet hat nur wenige hiergelassen. Im übrigen freue ich mich, daß Sie endlich auf sind. Das ist das einzig Richtige, sich zusammenzunehmen und mutig an die Dinge heranzugehen.“

Verärgert über seinen Ton, ging ich zu den Büchern und nahm aufs Geratewohl eins heraus.

„Meinen Sie, ich hätte mich vor meiner Verantwortung gedrückt?“ entgegnete ich.

„Nein, das nicht, obwohl die Versuchung natürlich groß ist. Glauben Sie mir, ich spreche aus Erfahrung. Vor ein paar Jahren lag ich flach auf dem Rücken und hatte nur den einen Gedanken, mich zu erschießen ... mit diesem jämmerlichen Leben Schluß zu machen. Aber Selbstmitleid nützt nichts. Das Leben geht weiter trotz verkrüppelter Glieder, einer zerstörten Karriere und eines gebrochenen Herzens.“

Er dachte offenbar, daß ich um Coll trauern würde. Vielleicht war es auch so, aber dann aus einem ganz anderen Grund, als er glaubte.

„Sie brauchen sich keine Sorgen um mich zu machen“, sagte ich schroff. „Ich werde Ihnen nicht mehr lang zur Last fallen. Während ich im Bett lag, hatte ich Zeit, nachzudenken. Ich habe beschlossen, nach Frankreich zurückzukehren."

„Zu Ihrer Mutter?" fragte er überrascht. „Wollen Sie Glenlochy tatsächlich verlassen? Was soll aus dem Tal und den Leuten werden?"

„Mr. Cameron wird sich darum kümmern. Er wird einen guten Verwalter einstellen."

„Oder einen neuen George Fergusson, wie?" meinte er trocken. „Bei der ersten Schlappe läßt die Königin also ihr Reich im Stich und läuft davon, um sich ihre Wunden zu lecken. Sie sollten sich schämen! Ich hätte nie gedacht, daß Sie so feige sind!"

„Sie verstehen das nicht", erwiderte ich, zutiefst empört über seine Kritik. „Wie könnten Sie auch!"

„Ja, ich bin nur einer von diesen verdammten Engländern, kein Hochländer mit charmanten Manieren und empfindsamem Ehrgefühl."

Die Bitterkeit seines Tons überraschte mich.

Er wechselte abrupt das Thema und sagte: „Ich werde ein paar Tage nicht hier sein. Ich reite morgen hinauf in den Norden und nehme Neil mit."

„Neil?" Ich starrte ihn verwundert an. Ich wußte, daß Mr. McPhail und Fiona in ihr Haus zurückgekehrt waren. Das war eine der Unannehmlichkeiten, vor der ich mich fürchtete, und ich hatte geglaubt, daß Neil mit seinem Vater und seiner Schwester gegangen sei.

„Ja", fuhr Richard fort. „Er hat mich nämlich in der Brandnacht geholt. Er ist zutiefst unglücklich, der arme Junge, und will nicht nach Hause zurück."

„Weshalb nehmen Sie sich seiner an?"

Er zog die Augenbrauen hoch. „Weshalb nicht? Graham mochte ihn. Er ist übrigens jeden Tag hergekommen und hat sich nach Ihrem Befinden erkundigt, obwohl er glaubt, daß Sie böse auf ihn sind."

„Nein, ich bin nicht böse auf ihn."

„Gut. Ich werde ihm das sagen. James lasse ich hier, damit er sich während meiner Abwesenheit um Sie und Jeannie kümmert. Wenn Sie nach meiner Rückkehr immer noch von Glenlochy fort wollen, lasse ich Sie gern nach Edinburgh bringen."

„Danke, aber ich möchte Ihnen keinerlei Umstände machen."

„Das würden Sie auch nicht", erwiderte er kühl. „Ich muß sowieso zu Duncan Cameron. Wollen Sie sich nicht an den Kamin setzen und es sich bequem machen?"

„Nein, danke." Ich wandte mich zum Gehen.

„Sie haben Ihr Buch vergessen!" Er kam mir nach und hielt es mir hin. Ich nahm es widerwillig. Unsere Finger berührten sich, und er nahm meine Hand in die seine. „Begehen Sie keine Torheiten. Passen Sie gut auf sich auf, während ich weg bin."

„Das werde ich. Gute Nacht."

Ich ging hinauf in mein Zimmer und warf vor Zorn auf ihn das Buch aufs Bett. Wie konnte er sich unterstehen, mich derartig abzukanzeln? Was wußte er denn schon von den Qualen, die ich durchlitten hatte? Ich hatte Colls brutales Vorgehen noch immer nicht vergessen, wurde noch immer von einem Gefühl der Erniedrigung und Schuld verfolgt. Doch obwohl die Härte von Richards Vorwürfen mich ärgerte, tat sie mir irgendwie gut. Sie gab mir meine Besonnenheit zurück. Wenn auch zögernd, gestand ich mir ein, daß er recht hatte. Ich hatte in Selbstmitleid geschwelgt — es wurde Zeit, daß ich mich davon befreite.

Richard war bereits ein paar Tage weg, als ich eines Morgens hinunterging und die beiden Hunde aus dem

Garten zu mir hereingelaufen kamen. Sie sprangen an mir hoch, bellten vor Freude und leckten mein Gesicht. Auch ich war glücklich, sie wiederzusehen.

„Mr. Kintyre hat sie gebracht", sagte Jeannie. „Er hat sie seit dem Brand versorgt. Er möchte übrigens dringend mit Ihnen sprechen, Miss Marietta."

„Wenn er das nächstemal kommt, sag ihm, daß ich ihn gern empfangen will."

„Er hat mir noch was erzählt", sagte Jeannie zögernd.

„Was denn?"

„Miss Fiona hat das Tal verlassen."

Sie hatte also ihre Wahl getroffen und war zu George Fergusson gegangen. Ich würde sie nie wiedersehen müssen. Mir war, als fiele eine schwere Last von meinen Schultern, als schiene die Sonne plötzlich heller, als duftete die Erde mit einemmal reiner und lieblicher.

Als mein Knöchel von Tag zu Tag weniger schmerzte, machte ich immer längere Spaziergänge, und die Hunde begleiteten mich. Ein Hauch von Herbst lag bereits über dem Tal, dessen Schönheit ich mit neuen Augen sah: das leuchtende Rot der Ebereschen, das Violett des Heidekrauts auf den Bergen, ein goldgelbes Blatt hier und da an den Bäumen und das torfartige Braun des kleinen Flusses, der über die Steine dahinfloß.

Genau eine Woche später faßte ich den Entschluß, hinunter zum Schloß zu gehen. Ich konnte mir keine Vorstellung machen, welcher Anblick mich erwartete, aber ich wollte es wissen. Es war an der Zeit, Entscheidungen zu treffen. Jeannie wollte mich begleiten, aber ich schüttelte den Kopf.

„Du hast genug hier im Haus zu tun. Mir wird schon nichts passieren."

„Ich wünschte, Sie würden warten, bis Mr. Wynter zurück ist."

„Nein“, sagte ich fest. „Das ist einzig und allein meine Angelegenheit.“

„Na schön, aber seien Sie vorsichtig mit Ihrem Knöchel. Klettern Sie dort unten nicht überall rum.“

„Nein, ich verspreche es dir.“

„Und bleiben Sie nicht zu lange, sonst wird das Mittagessen kalt.“

Ich lächelte und verließ die Küche, wo Jeannie gerade Brot backte. Sie genoß es sehr, allein den Haushalt führen zu können, und setzte ihren ganzen Stolz darein, köstliche Mahlzeiten zuzubereiten.

Während ich den Pfad längs des Flusses entlangging, dachte ich, wie töricht ich doch gewesen war, das nicht schon eher getan zu haben. Die Männer und Frauen des Hochtals kamen aus ihren Hütten gelaufen, winkten und riefen mir schüchterne Grußworte zu: *„Gu ma slàn a chì me thu!* Bleiben Sie gesund! Gott sei mit Ihnen!“

George Fergussons Haus lag dunkel und verlassen da. Irgend jemand hatte Schimpfwörter auf die Fensterläden gekritzelt. Hoffentlich blieb er, wo er war, und Fiona ebenfalls! Ich wollte nie mehr etwas mit ihnen zu tun haben. Nur der alte Mr. McPhail tat mir leid. Ich wollte dafür sorgen, daß sich jemand um ihn kümmerte. Ich blieb einen Augenblick stehen und lächelte über mich selbst: Ich blieb also hier, und dabei war ich doch fest entschlossen gewesen, wegzugehen!

Das Schloß war nur noch eine Ruine, nichts als das bloße Steingerüst war übriggeblieben: Mauern, die in den Himmel ragten, Treppen, die nirgendwohin führten. Ich ging über den Damm und durch die leere Türöffnung in die große Halle. Die Decke war eingestürzt, aber irgend jemand hatte den Schutt beiseite geräumt, um einen Durchgang zu schaffen. Es war sicherlich dumm von mir, aber ich ging vorsichtig hindurch, stieg die rußgeschwärzte

Treppe hinauf und betrat die leere Höhle, die einmal das Wohnzimmer gewesen war. Hier hatte ich einst gestanden und zum erstenmal meinen Großvater und Coll gesehen. Unwillkürlich stiegen mir Tränen in die Augen, doch ich unterdrückte sie sofort. Richard hatte recht. Die Vergangenheit war tot, und man kann sie nicht wieder aufleben lassen. Ich hatte versucht, das zu tun, und es hatte zu nichts als Unheil geführt. Ich wollte gerade wieder umkehren, als ich zwischen der Asche und dem Schutt etwas glitzern sah. Ich bückte mich, um es aufzuheben. Der blutrote Stein hatte einen Sprung, aber als ich meinen Finger anfeuchtete und darüber rieb, glänzte das Gold wieder ganz so wie früher. Es war die Sithen-Brosche. Ich konnte es kaum fassen, daß sie der Zerstörung entgangen war. Ich steckte sie in die Tasche von Jeannies Baumwollkleid.

Das einstige Fenster war nur noch ein klaffendes Loch, durch das der Wind, der salzige Geruch des Meeres und der durchdringende Schrei der Seevögel mir ungehindert entgegendrang. In der Ferne sammelten Frauen Seetang, und mir wurde die Unzerstörbarkeit des Lebens bewußt, so daß mir ganz demütig ums Herz wurde.

Während ich noch dastand, glaubte ich plötzlich Schritte zu hören. Angst stieg in mir hoch, denn ich hatte das Gefühl, von irgend jemandem beobachtet zu werden. Doch als ich mich umdrehte, war nichts zu sehen außer einer leichten Staubwolke, die der Wind vom Fußboden aufgewirbelt hatte. Ich fröstelte und hatte nur noch den einzigen Wunsch, aus dieser toten Ruine hinauszukommen, hinaus in den Sonnenschein und die Geschäftigkeit des Lebens.

Ich ging die Treppe wieder hinunter und schaute über den Gang zum alten Turm hin. Die Tür, die Coll mir an jenem ersten Morgen gezeigt hatte, schwang an zerbrochenen Angeln hin und her. Irgend etwas trieb mich, dorthin zu gehen. Der Wind blies mir ins Gesicht wie damals. Es herrschte Flut, und das Meer brandete schäumend gegen die Felsen, nur wenige Fuß unter mir. Die dunkle Höhle dort unten mußte jetzt voll Wasser sein. Ich dachte, welch unsagbares Glück ich doch gehabt hatte, daraus entkommen zu sein und jetzt hier oben stehen zu können. Und die Zukunft schien mir nicht mehr dunkel und hoffnungslos.

In diesem Moment packte mich jemand von hinten und stieß mich nach vorn. Meine Füße rutschten auf den glitschigen Stufen aus. Ich wehrte mich mit aller Kraft, klammerte mich an die hin und her schwingende Tür. Sie gab nach und schwang weit nach außen. Ich drehte mich um und blickte in Ailsa Drummonds haßverzerrtes Gesicht.

„Du hast ihn umgebracht!" zischte sie. „Du hast meinen Coll ermordet, und jetzt bist du an der Reihe!"

Sie zwang mich Schritt für Schritt durch die Türöffnung. Ich versuchte verzweifelt das Gleichgewicht zu bewahren, und mein Fuß fand schließlich in einem Spalt der Felsenstufe festen Halt. Ich stieß Ailsa Drummond mit letzter Kraft von mir, riß mich von ihr los. Sie taumelte zurück, und einen schrecklichen Augenblick lang dachte ich, daß sie über den Rand der Klippe in die Tiefe stürzen würde. Ich sah das Entsetzen in ihrem Gesicht und packte sie bei den Armen. Sekundenlang standen wir da eng umklammert, vor- und rückwärtsschwankend über der schäumenden Brandung. Dann schlug die Tür durch einen Windstoß gegen uns. Ich stolperte zurück, riß Ailsa Drummond mit mir, und wir fielen beide zu Boden.

Völlig außer Atem und erschöpft, richtete ich mich auf und kniete neben Mrs. Drummond nieder. Aber sie stieß mich von sich, schluchzte, schrie und stieß schreckliche obszöne Verwünschungen gegen mich aus. Ich sprang auf, lief von ihr fort, rannte durch die zerstörte Halle und den Damm hinunter, bis ich den Strand erreicht hatte. Dann brach ich auf dem Sand zusammen, krümmte mich vor den stechenden Schmerzen in meinem Knöchel. So fand mich Richard kurze Zeit später.

„Ich sah die Hunde“, sagte er und kniete neben mir nieder. „Gott sei Dank, daß ich Sie gefunden habe! Ich habe Sie überall gesucht. Als ich heute mittag zurückkam, sagte mir Jeannie, daß Sie weggegangen und noch nicht wieder zurückgekehrt seien. Sie war sehr in Sorge um Sie.“

Ich zitterte noch immer von der ausgestandenen Angst, und er legte seine Hand auf meinen Arm. „Marietta, was ist denn? Was ist geschehen?“

„Ailsa Drummond ... sie wollte mich umbringen ... gerade eben im Schloß ... Colls wegen. Oh, Richard, es war grauenhaft! Wir kämpften miteinander. Ich dachte, sie würde den Felsen hinunterstürzen, und dann hätte ich noch eine Tote auf dem Gewissen gehabt ...“

„Sie trifft keine Schuld an Colls Tod ...“

„O doch! Ich kann die Erinnerung daran nicht ertragen, ich ...“

Er schlang den Arm um mich und zog mich an sich, hielt mich so, bis ich aufhörte zu zittern. Dann fragte er ruhig: „Haben Sie ihn so sehr geliebt?“

„Nein, das ist es nicht, das hat wirklich nichts damit zu tun.“ Ich versuchte mich zusammenzureißen und löste mich aus Richards Armen. „Entschuldigen Sie, daß ich mich so töricht benehme.“

„Nein, ich bin derjenige, der sich entschuldigen muß. Ich muß Sie um Verzeihung bitten.“

„Wofür?“

„Für das, was ich zu Ihnen gesagt habe, bevor ich wegritt. Neil hat mir inzwischen einiges von dem erzählt, was man Ihnen angetan hat. Ich wußte ja nichts davon und ..."

„Das ist jetzt nicht mehr wichtig; es ist ja nun vorbei."

„Ich habe Ihnen innerlich Vorwürfe wegen Grahams Tod gemacht, habe Ihnen verübelt, daß Sie Coll liebten und ihn so leidenschaftlich mir gegenüber in Schutz genommen haben."

„Ich habe ihn geliebt", sagte ich langsam. „Aber der Mann, den ich liebte, hat in Wirklichkeit nicht existiert. Als mir das schließlich klar wurde, wollte ich es nicht wahrhaben. Und jetzt ..."

„Und jetzt?"

„Jetzt empfinde ich nur noch Mitleid für ihn. Wissen Sie, ich glaube, er vereinigte zwei Menschen in einer Person, und ich weiß nicht, welcher von beiden der wirkliche Coll war. Mein Großvater trägt viel Schuld daran." Ich sah Richard an. „Aber Sie hatten recht, mir Vorwürfe zu machen. Ich weiß noch nicht, was ich hier tun kann, aber ich werde auf keinen Fall davonlaufen."

„So ist es recht! Ich wußte doch, daß Sie ein tapferes Mädchen sind." Er ergriff meine Hand, und ich fühlte mich geborgen, als ich den Druck seiner Finger spürte.

„Der Wind ist kalt. Meinen Sie, daß Sie wieder die Kraft haben zu gehen?"

Er half mir beim Aufstehen. Dann gingen wir zusammen über den weißen Sandstrand, und die Hunde sprangen übermütig vor uns her.

Nach einer Weile fragte Richard: „Interessiert es Sie, wo ich gewesen bin?"

„Wenn Sie es mir sagen wollen, sicher."

„Ich habe mir Schafe angesehen."

„Schafe?"

„Ja. Das hört sich sonderbar an, nicht wahr? Aber oben

in Ross wohnt ein Mann, der versucht hat, an der Westküste Schafe zu züchten. Und er hat damit Erfolg gehabt, wie er mir sagte. Solange mein Vater noch am Leben ist, werde ich in Laverstoke nicht gebraucht, und mit meinem Bein bin ich für die Armee nicht mehr tauglich." Er lächelte gezwungen. „Ich habe deshalb beschlossen, hier im Hochland zu bleiben und mich mit Schafzucht zu befassen."

„Mit Schafzucht?" Ich blickte ihn fassungslos an, und mein früheres Mißtrauen gegen ihn wurde wieder wach. „Aber das können Sie doch unmöglich ernst meinen, Richard! Sie wissen doch, was das bedeutet ... Das Land müßte geräumt und die Leute aus ihren Häusern gewiesen werden ..."

„Nein, das ist eben nicht nötig. Es gibt andere Möglichkeiten als Ackerbau, um aus dem Land Gewinn zu erzielen. Man darf nur nicht gleich zuviel erwarten. Ich habe mit Hamish Kintyre darüber gesprochen. Er hatte bereits bestimmte Ideen, aber weder Ihr Großvater noch Coll wollten auf ihn hören. Die Männer des Hochtals könnten neue Gewerbe erlernen. Sie könnten Wolle und Hammelfleisch verkaufen und damit ihren Lebensunterhalt verdienen. Ich glaube, daß Graham das vorgehabt hat."

Seine Begeisterung überraschte mich, denn sie war das letzte, was ich von ihm erwartet hatte. Ich starrte ihn mit offenem Mund an. Als er das bemerkte, lächelte er fast entschuldigend, bevor er fortfuhr: „Es bedeutet eine Herausforderung, verstehen Sie? Es ist genau das, was ich brauche, was ich mir gewünscht habe. Als ich im März hierherkam, dachte ich, ich hätte nichts mehr vom Leben zu erwarten. Jetzt weiß ich, daß es nicht so ist. Können Sie mich verstehen, Marietta, oder halten Sie mich für verrückt?"

„Nein", sagte ich langsam, „nein, ich glaube, ich verstehe Sie. Ich habe das gleiche empfunden, als ich heute morgen durch das Hochtal ging. Ich finde es nur so seltsam, daß ausgerechnet Sie ..."

„Weil ich Engländer bin?" Er lachte ein wenig. „Sie vergessen, daß meine Großmutter aus dem Hochland stammt. Ich hatte immer eine Heidenangst vor ihr, aber ich erinnere mich noch genau, wie sie einmal sagte, daß nicht Schottlands Vergangenheit zähle, sondern seine Zukunft." Er schwieg einen Moment, dann sagte er: „Im Tiefland wird gerade eine neue Schafrasse gezüchtet, eine Kreuzung mit den Bergschafen. Es sind robustere Tiere, die den Hochlandwinter überstehen werden. Ich will sie mir nächste Woche ansehen. Wollen Sie mit mir kommen?"

„Ich? Aber ich verstehe nichts von Schafen!"

„Das können Sie lernen. Unsere Ländereien grenzen aneinander ... Ich würde gern auf Lebenszeit eine Partnerschaft mit Ihnen eingehen. Aber die Entscheidung darüber liegt natürlich ganz bei Ihnen."

Ich senkte den Blick. „Aber ich ... Sie können das doch nicht im Ernst wollen ... nicht jetzt gleich."

„Ich habe schon seit geraumer Zeit an kaum etwas anderes mehr gedacht. Seit Sie damals vor mir davongelaufen sind, wußte ich, was für ein Narr ich gewesen war, Sie gehen zu lassen. Ich schrieb Ihnen einen Brief. Er kam, mittendurchgerissen, aus dem Schloß an mich zurück."

„Ich habe ihn nie zu sehen bekommen!"

„Das hat Janet mir gesagt, und deshalb bin ich auch zurückgekommen, in der unsinnigen Hoffnung, daß Sie Ihre Meinung vielleicht geändert hätten. Ich weiß, Sie fühlen für mich wie für einen Bruder, aber ich habe doch schon eine Schwester!"

„Oh, Richard, was soll ich nur sagen?" Ich wußte nicht,

ob ich lachen oder weinen sollte. „Du mußt verstehen ... Coll und ich ..." Ich brachte es nicht fertig, über die schrecklichen Geschehnisse in jener Nacht zu sprechen, und sagte nur: „Ich war mit ihm verheiratet."

„Ich weiß", sagte er sanft. „Ich will auch nichts übereilen. Aber ich habe einmal meine Chance verpaßt, und das soll mir nicht ein zweites Mal passieren!"

Ich sah ihm in die Augen. „Bist du ganz sicher?"

„Ja, ganz sicher. Aber laß du dir Zeit, überleg es dir genau." Er hakte mich unter. „Inzwischen sehen wir uns die Schafe an."

Fünf Jahre sind seitdem vergangen, und es war ein harter Kampf in mancherlei Hinsicht. Richards Vater hält seinen Sohn für ziemlich närrisch. Aber Kathryn hat immer zu uns gehalten. Viele Schafe weiden jetzt im Hochtal, und die Leute des Gilmour-Clans passen sich einer neuen Lebensweise an. Bran und Wolf sind noch immer bei uns, und im Stall wächst ein Wurf Welpen heran. Für sie und die Kinder gibt es nichts Schöneres, als den Strand entlangzutollen und in den flachen Wassern in den Felsbuchten unterhalb des Schlosses herumzuplanschen. Wenn ich mit ihnen dort entlanggehe, denke ich manchmal an die hohe Steinpyramide und an den neuen Stein, den ich darauflegen ließ. Coll war schließlich ein Gilmour.

Dann höre ich die Kinder laut aufjubeln und lachen. Richard kommt vom Angeln zurück, und ich vergesse nicht, Gott für mein neues Glück zu danken, bevor ich Richard entgegengehe.

Bitte umblättern:

Unterhaltsame Literatur

Eine Auswahl

Robert Alley
Der letzte Tango in Paris
Roman. Band 8080

Frank Baer
Die Magermilch-bande
Mai 1945:
Fünf Kinder auf der Flucht nach Hause
Roman. Band 5167

Stefan Békeffy
Der Hund, der Herr Bozzi hieß
Roman. Band 8305

Martin Bettinger
Der Himmel ist einssiebzig groß
Roman. Band 7573

Roger Borniche
Elf Uhr nachts
Roman. Band 8354
Schach und matt
Roman. Band 8355

Thomas C. Breuer
Huren, Hänger und Hanutas
Roman. Band 8365

Pearl S. Buck
Ein angenehmer Abend
Erzählungen
Band 8330
Die Frau, die sich wandelt
Roman. Band 8329
Wie Götter werden
Roman. Band 8334
Zurück in den Himmel
Erzählungen
Band 8336

Charles Bukowski
Die Ochsentour
Bukowski auf Deutschland Tournee
Band 5255
Das Leben und Sterben im Uncle Sam Hotel
Stories. Band 5164
Schlechte Verlierer
Stories. Band 5135

Peter Butschkow
Grufties
Der alte Mensch ab dreißig
Cartoons. Band 8273
Mamas & Papas um Jahre geeltert
Cartoons. Band 8292
Matschoo!!
Cartoons. Band 8214

Fischer Taschenbuch Verlag

fi 1220/1a

Unterhaltsame Literatur

Eine Auswahl

Martine Carton

Hera und Die Monetenkratzer
Roman. Band 8141

Medusa und Die grünen Witwen
Roman. Band 8023

Nofretete und Die Reisenden einer Kreuzfahrt
Roman. Band 8038

Gabriel Chevallier
Clochemerle
Roman. Band 1190

Dagmar Chidolue

Bist du irre?
Roman. Band 7527

Das Maisfeld
Roman. Band 7574

John Cleland
Die Memoiren der Fanny Hill
Band 1530

Anthea Cohen

Carmichaels kleine Listen
Band 8312

Engel tötet man nicht
Band 8209

Tatmotiv Liebe
Band 8270

Wilkie Collins

Die Frau in Weiß
Roman. Band 8227

Der rote Schal
Roman. Band 1993

Lucilla
Roman. Band 8135

Quentin Crisp
Crisperanto
Aus dem Leben eines englischen Exzentrikers
Band 9362

John Crowley
Little Big oder Das Parlament der Feen
Band 8307

Maurice Druon

Die Wölfin von Frankreich
Roman. Band 8164

Lilie und Löwe
Roman. Band 8165

Ein König verliert sein Land
Roman. Band 8166

Fischer Taschenbuch Verlag

fi 1220/1b

Unterhaltsame Literatur

Eine Auswahl

Dummdeutsch
Ein satirisch-polemisches Wörterbuch.
Eckhard Henscheid, Carl Lierow, Elsemarie Maletzke und Chlodwig Poth (Hg.)
Band 7583

Werner J. Egli
Die Nacht, als der Kojote schwieg
Der Roman vom Untergang der Apachen
Band 8279

Stanley Ellin
Die geordnete Welt des Mr. Appleby
Kriminalstories
Band 8286

Der Tag der Kugel
Kriminalstories
Band 8295

Stanley Ellin
Tod am Weihnachtsabend
Kriminalstories
Band 8267

Paul E. Erdman
Crash '81
Der große Schock
Band 2606

Iring Fetscher
Der Nulltarif der Wichtelmänner
Märchen – u.a. Verwirrspiele
Band 5806

Wer hat Dornröschen wachgeküßt?
Das Märchen-Verwirrbuch
Band 1446

Klaus Fröba
Wölfe in Blinding
Band 8293

Catherine Gaskin
Alles andere ist Torheit
Roman. Band 8244

Denn das Leben ist Liebe
Roman. Band 2513

Der Fall Devlin
Roman. Band 2511

Die englische Erbschaft
Roman. Band 2408

Das grünäugige Mädchen
Roman. Band 1957

Im Schatten ihrer Männer
Roman. Band 8245

Wie Sand am Meer
Roman. Band 2435

Fischer Taschenbuch Verlag

fi 1220/1c

Unterhaltsame Literatur

Eine Auswahl

Shirley Ann Grau
Harter blauer Himmel
Roman. Band 8280

Thea von Harbou
Das indische Grabmal
Roman. Band 2705

Joseph Hayes
Insel auf dem Vulkan
Roman. Band 5138
Der Schatten des Anderen
Band 2015
Zwei auf der Flucht
Band 8172

Constance Heaven
Kaiser, König, Edelmann
Roman. Band 8297
Königin mit Liebhaber
Roman. Band 8296
Stürmischer Walzer
Roman. Band 8299

Mary Higgins Clark
Wo waren Sie, Dr. Highley?
Band 8057

James Hilton
Der verlorene Horizont
Ein utopisches Abenteuer irgendwo in Tibet
Roman. Band 2446

Franz Hohler
Der Granitblock im Kino und andere Geschichten
Band 7549

Victoria Holt
Herrin auf Mellyn
Roman. Band 2469
Im Schatten des Luchses
Roman. Band 2423
Königsthron und Guillotine
Das Schicksal der Marie Antoinette
Roman. Band 8221

Barry Hughart
Die Brücke der Vögel
Roman. Band 8347
Meister Li und der Stein des Himmels
Roman. Band 8380

Gary Jennings
Marco Polo
Der Besessene
Bd. I: **Von Venedig zum Dach der Welt**
Band 8201
Bd. II: **Im Lande des Kubilai Khan**
Band 8202

Jerome K. Jerome
Drei Männer auf einem Bummel
Roman. Band 8156

James Jones
Verdammt in alle Ewigkeit
Roman. Band 1124

Fischer Taschenbuch Verlag

fi 1220 / 1 d

Unterhaltsame Literatur

Eine Auswahl

Erica Jong
Fanny
Roman. Band 8045

M. M. Kaye
Insel im Sturm
Roman. Band 8032
Die gewöhnliche Prinzessin
Roman. Band 8351
Schatten über dem Mond
Roman. Band 8149

Werner Lansburgh
»Dear Doosie«
Eine Liebesgeschichte in Briefen. Band 2428
Wiedersehen mit Doosie
Meet your lover to brush up your English
Band 8033

Doris Lerche
Du streichelst mich nie!
Psycho-horror-picture-show I. Band 8219

Doris Lerche
Kinder brauchen Liebe
Psycho-horror-picture-show II. Band 8289
Keiner versteht mich!
Psycho-horror-picture-show III. Band 8240

Die wahren Märchen der Brüder Grimm
Heinz Rölleke (Hg.)
Band 2885

Märchen und Geschichten aus der Welt der Mütter
Sigrid Früh (Hg.)
Band 2882

Märchen und Geschichten zur Weihnachtszeit
Erich Ackermann (Hg.)
Band 2874

Pat Mallet
Gelegenheit macht Liebe
Das scharfe Buch der kleinen grünen Männchen
Cartoons. Band 8337
Der große Pat Mallet
Band 8017
Die kleinen grünen Männchen
Band 1856
Die kleinen grünen Männchen bleiben am Ball
Band 8041
Die kleinen grünen Männchen sind wieder da
Band 2507
... und die kleinen grünen Männchen waren doch dabei
Band 8018

Fischer Taschenbuch Verlag

fi 1220/1e

Unterhaltsame Literatur

Eine Auswahl

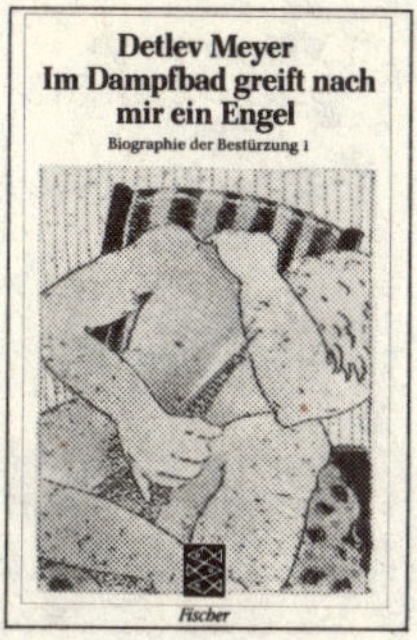

Pat Mallet
... die kleinen grünen Männchen sind immer noch dabei
Band 8153
Die kleinen grünen Männchen werden aktiv
Band 8084

Daphne Du Maurier
Cornwall-Saga
Roman einer Landschaft
Band 8182

Detlev Meyer
Im Dampfbad greift nach mir ein Engel
Biographie der Bestürzung I. Band
Band 8261
David steigt aufs Riesenrad
Biographie der Bestürzung II. Band
Band 8306

Jon Michelet
In letzter Sekunde
Thriller. Band 8374

Werner Möllenkamp
Hackers Traum
Ein Computerroman
Band 8720

Hubert Monteilhet
Darwins Insel
Ein fabelhafter Roman vom Ursprung der Arten
Band 8718

Timeri N. Murari
Ein Tempel unserer Liebe
Der Tadsch-Mahal-Roman. Band 8303

Hendrik Nachtsheim
Über Leben im Rockbusiness
Von Abräumen bis Zugabe. Band 7612

Robert Stuart Nathan
Der weiße Tiger
Roman. Band 8370

Josef Nyáry
Das Haupt des Täufers
Ein Roman aus Europas dunkler Zeit
Band 8258
Nimrods letzte Jagd
Roman. Band 8073

Leonie Ossowski
Die große Flatter
Roman. Band 2474
Wilhelm Meisters Abschied
Roman. Band 7587

Chlodwig Poth
Elternalltag
Cartoons. Band 2442
Taktik des Ehekriegs
Cartoons. Band 2484

Fischer Taschenbuch Verlag

fi 1220/1f

Unterhaltsame Literatur

Eine Auswahl

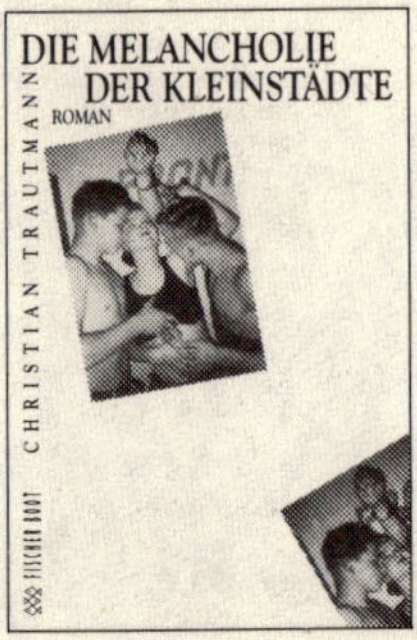

Chlodwig Poth
Wie man das Volk vertritt
Szenen aus dem Leben eines Bundestags-abgeordneten. Band 2491

Alfred Probst
Amideutsch
Ein kritisch-polemisches Wörterbuch der anglo-deutschen Sprache
Band 7534

Micky Remann
Der Globaltrottel
Who is who in Katmandu und andere Berichte aus dem Überall
Band 7615

Erik Rosenthal
Der Algorithmus des Todes
Ein mathematischer Kriminalroman
Band 8714

Bernd Schreiber
Good Bye, Macho
Roman. Band 7613

Gerhard Seyfried
Freakadellen und Bulletten
Cartoons. Band 8360

Thorne Smith
Meine Frau, die Hexe
Roman. Band 2751

Albert Spaggiari
Die Kloaken zum Paradies
»Der Coup von Nizza«
Roman. Band 8363

Paul Theroux
Dschungelliebe
Roman. Band 8361

Moskito-Küste
Roman. Band 8344

Orlando oder Die Liebe zur Fotografie
Roman. Band 8371

O-Zone
Roman. Band 8346

Saint Jack
Roman. Band 8345

Dr. Slaughter
Roman. Band 8372

Christian Trautmann
Die Melancholie der Kleinstädte
Roman. Band 7611

Fischer Taschenbuch Verlag

fi 1220/1g

Unterhaltsame Literatur

Eine Auswahl

Jules Verne
Reise zum Mittelpunkt der Erde
Roman. Band 8901
20 000 Meilen unter den Meeren
Roman. Band 8906
Reise um die Erde in 80 Tagen
Roman. Band 8907

T. H. White
Schloß Malplaquet oder Lilliput im Exil
Roman. Band 2702

Tad Williams
Traumjäger und Goldpfote
Roman. Band 8349

Barbara Wilson
Mord im Kollektiv
Band 8229

Barbara Wood
Herzflimmern
Roman. Band 8368
Seelenfeuer
Roman. Band 8367
Sturmjahre
Roman. Band 8369

Bari Wood
Tödliche Augenblicke
Thriller. Band 8373

Bari Wood / Jack Geasland
Die Unzertrennlichen
Psychothriller
Band 8357

Geert Zebothsen
Wettlauf mit dem Tod
Roman. Band 8348

Marion Zimmer Bradley
Tochter der Nacht
Roman. Band 8350

Marion Zimmer Bradley (Hg.)
Schwertschwestern
Magische Geschichten I
Band 2701
Wolfsschwester
Magische Geschichten II
Band 2718
Windschwester
Magische Geschichten III
Band 2731
Traumschwester
Magische Geschichten IV
Band 2744

Zwölf fröhliche Geschichten
von Werner Fink, Ephraim Kishon, Jack London u.a.
Band 1705

Fischer Taschenbuch Verlag

fi 1220/1h

Die Geschichte einer deutschen Epoche aus der Perspektive von Kindheits- und Jugenderinnerungen – so offen und ehrlich, so befreiend im Ton zwischen Lachen und Weinen ist diese Zeit wohl noch nie geschildert worden.

272 Seiten, gebunden
ISBN 3-552-04200-8

PAUL ZSOLNAY VERLAG